# THE BOOK
女人是一本
写满故事的书
OF FATE

[伊朗]帕里诺什·珊仪 —— 著　李镭 —— 译

中信出版集团 | 北京

图书在版编目（CIP）数据

女人是一本写满故事的书 /（伊朗）帕里诺什·珊仪
著；李镭译 . -- 北京：中信出版社，2023.9
书名原文：The Book of Fate
ISBN 978-7-5217-5558-9

Ⅰ.①女… Ⅱ.①帕…②李… Ⅲ.①长篇小说－伊朗－现代 Ⅳ.① I373.45

中国国家版本馆 CIP 数据核字（2023）第 053526 号

The Book of Fate
Copyright © 2003 by Parinoush Saniee
Original Title: SAHME-MAN
Published by arrangement with The Susijn Agency Ltd. through The Grayhawk Agency Ltd.
Simplified Chinese translation copyright © 2023 by CITIC Press Corporation
ALL RIGHTS RESERVED

女人是一本写满故事的书
著者： ［伊朗］帕里诺什·珊仪
译者： 李 镭
出版发行：中信出版集团股份有限公司
（北京市朝阳区东三环北路 27 号嘉铭中心　邮编 100020）
承印者： 北京诚信伟业印刷有限公司

开本：880mm×1230mm　1/32　　印张：13.25　　字数：382 千字
版次：2023 年 9 月第 1 版　　　　印次：2023 年 9 月第 1 次印刷
京权图字：01-2023-1988　　　　　书号：ISBN 978-7-5217-5558-9
　　　　　　　　　　　　　　　　定价：58.00 元

版权所有·侵权必究
如有印刷、装订问题，本公司负责调换。
服务热线：400-600-8099
投稿邮箱：author@citicpub.com

书中人物

（按人物称呼首字母排序）

阿巴斯-阿里	玛苏梅任职企业的门卫
阿巴斯伯伯	玛苏梅的伯伯
阿巴斯	共产主义组织成员
阿达兰	帕尔瓦娜的小儿子
阿尔德希尔	曼索耶的儿子
阿克巴尔	共产主义组织成员
阿里	玛苏梅的弟弟
阿齐兹外祖母	玛苏梅的外祖母
阿萨杜拉叔叔	玛苏梅的叔叔
阿斯加尔	屠夫
阿塔伊医生	药剂师
阿特菲	马苏德的妻子
艾哈迈德	玛苏梅的二哥
艾哈迈迪先生和夫人	帕尔瓦娜的父母
埃米尔-侯赛因	帕尔文太太曾经的恋人
巴赫拉米	玛苏梅的文学老师
巴赫曼	曼索耶的丈夫
比比	哈米德的祖母
达里什	帕尔瓦娜的弟弟
朵尔娜	西亚马克和莉莉的女儿，玛苏梅的长孙女
法蒂	玛苏梅的妹妹

I

法尔扎内	帕尔瓦娜的妹妹
法拉马兹·阿卜杜拉伊	希琳的丈夫
芙罗兹哈	法蒂的女儿，玛苏梅的外甥女
姑姑	玛苏梅的姑姑
哈米德舅舅	玛苏梅的舅舅
哈米德·苏丹尼	玛苏梅的丈夫，共产主义活跃分子
霍斯劳	帕尔瓦娜的丈夫
贾玛尔姨妈	玛苏梅的姨妈
拉丹	马苏德的未婚妻
拉蕾	帕尔瓦娜的次女
莉莉	帕尔瓦娜的长女
玛哈波贝	玛苏梅姑姑的女儿，玛苏梅的表姐
马哈茂德	玛苏梅的大哥
马哈索迪先生	马苏德在前线的战友，后来在政府机构任职
玛丽亚姆	玛苏梅的女同学
马苏德	玛苏梅的次子
玛苏梅（玛苏姆）·萨迪吉	故事的讲述者和主角
迈赫迪	莎哈扎德的丈夫，与莎哈扎德共同领导共产主义组织
曼妮吉哈	哈米德的妹妹
曼索耶	哈米德的二姐
莫尔塔扎	哈米德的父亲
莫塔麦迪先生	玛苏梅任职企业的副总裁
穆哈默迪	玛苏梅的同事
穆赫辛	玛哈波贝的丈夫
穆尼尔	哈米德的大姐
穆斯塔法·萨迪吉	玛苏梅的父亲
纳齐	赛义德的妻子
帕尔瓦娜·艾哈迈迪	玛苏梅最好的朋友
帕尔文太太	玛苏梅家的邻居

婆婆	哈米德的母亲
萨迪克	法蒂的丈夫，玛苏梅的妹夫
赛义德·扎雷伊	阿塔伊医生的药剂师助手
莎哈扎德（莎莉阿姨）	共产主义组织的联合领导人之一
苏赫拉布	芙罗兹哈的丈夫
苏拉娅	阿巴斯伯伯的长女
塔巴塔巴伊医生	医生
塔伊贝荷	玛苏梅的母亲
吴拉姆-阿里	马哈茂德的长子
吴拉姆-侯赛因	马哈茂德的次子
希尔扎迪先生	玛苏梅任职企业的一位部门主管
希琳	玛苏梅的小女儿
西亚马克	玛苏梅的长子
伊斯梅尔先生	擅长治疗骨折的医生
伊特兰-萨达特	玛苏梅的姨妈的女儿，马哈茂德的妻子
扎尔加先生	玛苏梅任职企业的上司
扎赫拉	马哈茂德的女儿，也是他的第二个孩子
扎丽	玛苏梅的姐姐
祖母	玛苏梅的祖母

人物关系图

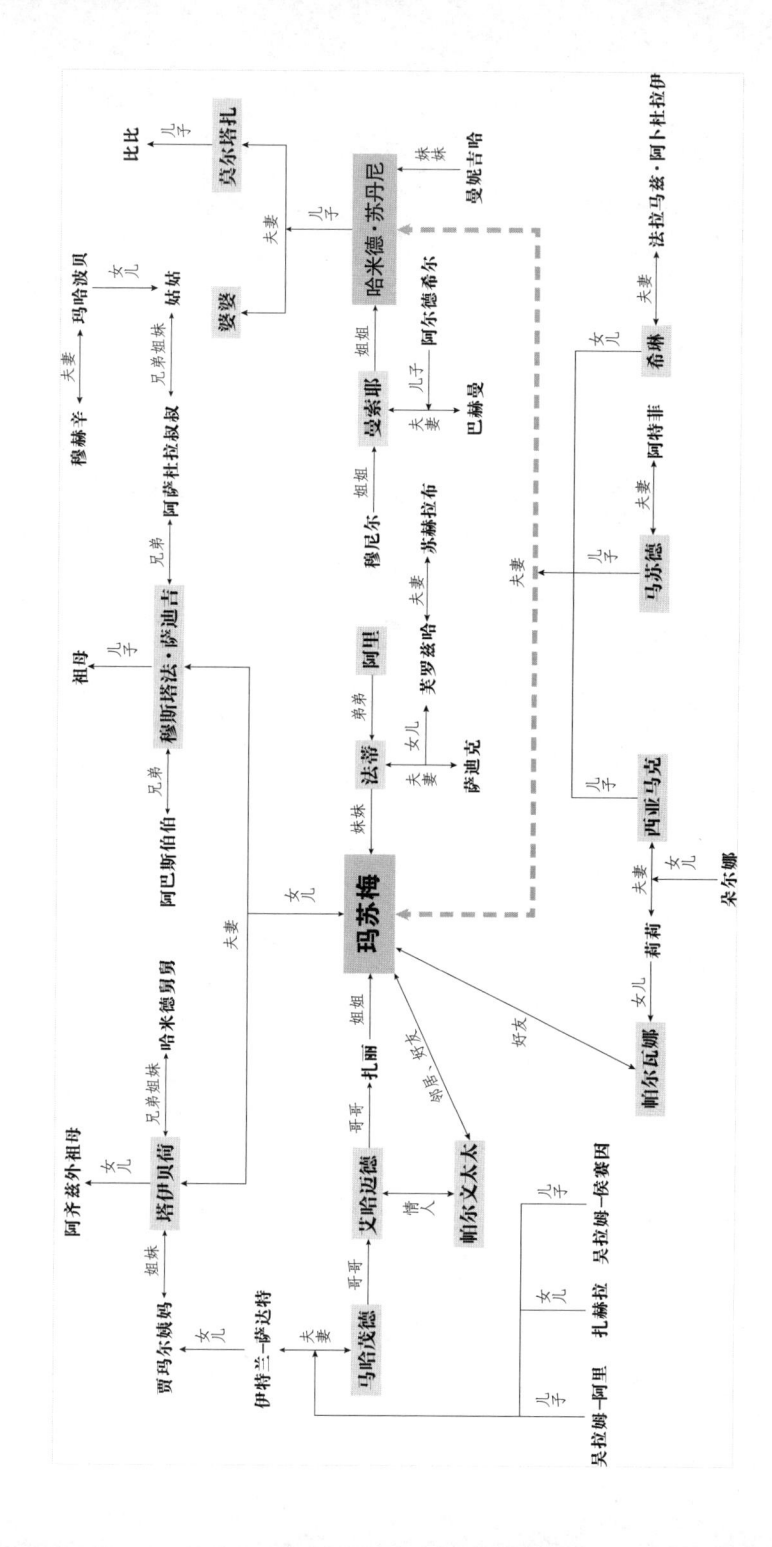

书中地名

阿瓦士——伊朗西部胡齐斯坦省的首府,靠近伊拉克边境。
加兹温——伊朗北部的一座主要城市。
格拉博-达耶——德黑兰北方的一座镇子,在厄尔布尔士山脉中。
克尔曼沙阿——克尔曼沙阿省的首府,位于伊朗西部。
马什哈德——伊朗东北部的一座城市,靠近阿富汗和土库曼斯坦边境,因为是伊玛目阿里·里达的圣陵所在地,故被视为圣城。
达马万德峰——厄尔布尔士山脉的主峰和伊朗的最高峰,位于德黑兰以北。
库姆——德黑兰西南方的一座城市,是伊斯兰教什叶派的活动中心。因为是法蒂玛·玛苏梅的圣陵所在地,故被视为圣城。
乌鲁米耶——伊朗西北部的一座城市,西阿塞拜疆省的首府。
谢米兰——德黑兰北部郊区。
大不里士——东阿塞拜疆省的首府,位于伊朗北部。
扎黑丹——锡斯坦-俾路支斯坦省的首府,靠近巴基斯坦和阿富汗边境。

专用词

阿迦——一种尊称，相当于"绅士""阁下""先生"。

七宝餐桌——诺鲁兹桌，是伊朗庆祝传统新年的桌宴。七宝餐桌包括七种食物，它们全部以"S"开头，象征着重生、健康、幸福、成功、喜悦、坚忍和美丽。这七种食物是苹果、麦芽、醋、蒜、苏马克香料[1]、萨马努[2]和干莲枣[3]。另外，七宝餐桌上还应该有：镜子、蜡烛、彩蛋、钱币、金鱼和玫瑰水。

赫加布（Hijab）——既指穆斯林女性用来完全包住头发的头巾，也是伊斯兰风格着装的总称。在伊朗，最常见的赫加布传统上包括头巾和恰多尔（Chador，用一大块黑布从头部向后垂下，将整个身体包裹起来，只露出脸部）。在革命后的伊朗，女性还被要求穿宽松的长衣或者曼图（manteau，长衣外加一块头巾）。

汗——贵族和部落首领被废弃的称号，现在被用作一种尊称，相当于"阁下"。

科西暖桌——伊朗文化中的传统家具。一种矮桌，下面有暖炉，桌上覆盖毯子。人们坐在桌子周围的坐垫上，用毯子盖住双腿。这在冬季是一种相对廉价的取暖方式。坐垫和毯子都可以留住热气。在寒冷的月份里，大多数家庭活动都在科西暖桌周围进行。

---

[1] sumac，苏马克果磨成的粉末，是一种酸味调料品。——译者注
[2] samanu，一种乳脂状的小麦布丁。
[3] senjed，一种很甜的银色浆果或者沙枣果实。

#　第一章

我的朋友帕尔瓦娜的所作所为总让我吃惊。对于她父亲的荣誉和名声，她从来都不太在意。她会在街道上高声说话，抬头直视商店橱窗，有时候甚至会停下脚步，伸手指一些东西要我看。无论我说过多少次"这不合规矩，我们赶快走吧"，她都充耳不闻。有一次，她甚至从街对面叫我。更可怕的是，她还喊了我的名字。我是那样窘迫难安，只能祈祷自己赶快融化成泥，消失在地里。感谢真主，当时我的兄弟们都不在我身边，否则谁知道会发生什么事。

我们从库姆搬过来的时候，父亲允许我继续上学。后来我告诉他，德黑兰的女孩子们在学校里都不穿恰多尔，我这样会成为大家的笑柄。于是父亲甚至允许我只戴一块头巾出门，但我必须保证会谨言慎行，不因"腐败变质"而令他蒙羞。我不知道他是什么意思，也不明白女孩怎么会像放久的食物一样变质。不过我的确知道自己必须怎样做才能够不让他感到羞耻，哪怕我没有用恰多尔或合规的赫加布把自己包得严严实实。所以我真的很喜欢阿巴斯伯伯！我听到他对父亲说："兄弟！女孩子要心地好才行。这和穿不穿合规的赫加布没什么关系。如果她的心坏了，她会在恰多尔下面做一千件让她的父亲荣誉尽失的事情。既然你们已经搬来了德黑兰，就应该像德黑兰人一样生活。女孩子们被锁在家里的日子已经过去了。就让她去学校，让她穿得和别人一样吧，否则她会显得更加与众不同。"

阿巴斯伯伯真是睿智又讲道理。他当然会是这样。那时他已经在德黑兰生活了将近十年,只是在有人去世的时候才会回库姆。每次他来的时候,祖母——愿真主让她的灵魂安息——都会说:"阿巴斯,为什么你不常来看看我?"

阿巴斯伯伯就会大声地笑着回答:"那我该怎么做呢?告诉亲戚们,要多死一些人?"祖母就会扇他巴掌,用力捏他的面颊。他脸上被捏红的痕迹久久都不会褪去。

阿巴斯伯伯的妻子是德黑兰人,她来库姆的时候总是会穿上恰多尔。但所有人都知道,她在德黑兰根本不会认真穿赫加布。她的女儿们对这些也毫不在意,她们甚至会不穿赫加布就去学校。

祖母去世后,她的孩子们卖掉了我们居住的祖屋,大家分了钱。阿巴斯伯伯对父亲说:"兄弟,不要住在这里了。收拾收拾来德黑兰吧。我们把两家分得的钱凑在一起,买间铺子。我会在附近帮你租个房子,我们一起工作。来吧,建立你自己的生活。要挣钱的话,就要来德黑兰。"

一开始,我的大哥马哈茂德还表示反对。他说:"在德黑兰,宗教和信仰都被丢在路边了。"

我的二哥艾哈迈德却很高兴。"是的,我们应该去,"他坚持说,"我们也该有所作为。"

母亲只是提醒说:"好好为女儿们想想吧,她们在那里找不到像样的丈夫。我们在德黑兰谁也不认识,我们的朋友和亲戚都在这里。玛苏梅已经有了六年级证书,甚至还多上了一年学。她该结婚了。法蒂今年就要上学了,只有真主知道她到了德黑兰会变成什么样子。大家都说在德黑兰长大的女孩都不是正经人。"

那时刚刚四岁的阿里说:"她可没有那个胆量!我会像一只鹰一样看着她,让她一下也不敢动。"然后他还煞有介事地踢了一脚正坐在地上玩的法蒂。法蒂开始尖叫,但没有人理睬。

我走过去抱住法蒂说:"这太没道理了,你的意思是德黑兰所有的女孩都是坏人?"

对德黑兰爱得要死的艾哈迈德喊道:"你闭嘴!"然后他转向其他

人说:"玛苏梅才是问题。我们要在这里把她嫁掉,然后搬去德黑兰。这样我们就能摆脱掉一个麻烦,然后让阿里盯着法蒂。"他拍拍阿里的背,骄傲地说这个男孩既热情又有荣誉感,会负责任地做事。我的心一沉。艾哈迈德从一开始就反对我去学校。这全都是因为他自己根本就不学习,八年级时一直留级,直到最后退了学。现在他不想让我学得比他更久。

祖母——愿真主让她的灵魂安息——曾经因为我上学的事情很不高兴。她不断教训母亲:"你的女儿什么手艺都没有。等她结婚之后,他们用不了一个月就会把她赶回来。"她又对父亲说:"为什么你一直把钱花在女孩身上?女孩没有用,她们是属于别人的。你工作得那么辛苦,却把钱花在她身上。到最后,你还要用多得多的钱才能把她送走。"

艾哈迈德已经快二十岁了,但他还没有正式的工作,只是为阿萨杜拉叔叔在集市里的店铺跑跑腿。而实际上,他总是在街上闲逛。马哈茂德虽然只比他大了两岁,却是一个认真和可以依靠的人,并且非常虔诚,从不会耽误祷告和斋戒。所有人都觉得马哈茂德比艾哈迈德大了十岁。

母亲很希望马哈茂德能娶我姨妈家的表姐伊特兰-萨达特。她说伊特兰-萨达特是赛耶德,也就是穆罕默德先知的后裔。但我知道我的大哥喜欢的是玛哈波贝——我姑姑家的表姐。每一次她走进我们的房子,马哈茂德都会脸红,说话也变得结结巴巴。他会站在一个角落里看着玛哈波贝,尤其是当玛哈波贝的恰多尔从她头上滑落下来,露出她的脸时。而玛哈波贝呢,愿真主赐福于她,她总是那样活泼又轻佻,甚至忘记要好好遮住自己。无论祖母怎样斥责她,告诫她要在非直系血亲的男性面前有些羞耻心,她都只是说:"没关系的,外祖母,他们就像我的亲兄弟一样!"然后又大笑起来。

我不止一次注意到,只要玛哈波贝一离开,马哈茂德就会坐下来祈祷两个小时,还会不停地重复着:"愿真主怜悯我的灵魂!愿真主怜悯我的灵魂!"我猜他心里一定认为自己犯了罪。那就只有真主才知道了。

在我们搬去德黑兰之前，家里发生了一连串久久无法平息的争执和吵闹。但所有人都同意一件事，那就是必须先把我嫁人，让我留在这里。就好像全部德黑兰人都在等着我的到来，好污染我一样。我每天都去法蒂玛·玛苏梅的圣陵[1]，祈求圣法蒂玛显灵，好让我的家人带我去德黑兰，去那里的学校上学。我向圣法蒂玛哭诉，只希望我是一个男孩，或者像扎丽一样生病死掉。扎丽比我大三岁，但她在八岁的时候就染上白喉去世了。

感谢真主，我的祈祷得到了回应。最终并没有什么人敲开我家的房门，请我递出手嫁给他。这段时间里，父亲已经处理好了一切事务，阿巴斯伯伯也为我们在靠近戈尔干街的地方租好了房子。接下来大家就都在等着看该如何处置我了。所有被母亲认为值得拜托的人都会听到她说："玛苏梅该嫁人了。"而我总是因为羞愧和恼怒而涨红了脸。

但圣法蒂玛站在了我这一边。我的结婚对象一直没有出现。最后，我的家人不知道从哪里听到风声，说一个离过婚的老光棍想要再讨个老婆。他还算富裕，年龄也不算很大，但没有人知道他为什么和自己的老婆刚过了几个月就离婚了。我见过他，感觉他的脾气很糟糕，让人害怕。在我知道自己将要迎接怎样的恐怖生活之后，我把一切礼仪和庄重都抛到一边，扑倒在父亲脚下，泪如雨下，直到他同意带我去德黑兰。父亲是一个心肠柔软的人。而且我知道，就算我是一个女孩，他依然是爱我的。母亲说过，在扎丽去世的时候，父亲曾经为我感到担心。那时我非常瘦，他担心我也活不长久。他一直认为，正是因为在扎丽出生的时候他不曾心怀感激，真主才会带走扎丽，以此来惩罚他。谁知道呢？也许他在我出生的时候也不曾心怀感激。但我真的很爱他。他是我们家里唯一理解我的人。

每天他回到家中，我都会拿一条毛巾，站在倒影池旁边。父亲会伸手扶住我的肩膀，将脚在倒影池中蘸几次，然后再清洗手和脸。他

---

[1] 法蒂玛·玛苏梅是伊斯兰教什叶派十二伊玛目派第八伊玛目阿里·里达的妹妹。816—817年，法蒂玛去探望哥哥，在经过库姆时不幸病故，阿里·里达遂将妹妹的陵墓建在了库姆河南岸。——译者注

从我手里接过毛巾擦脸的时候，一双浅褐色的眼睛越过毛巾看着我，我就知道他是爱我的，他会因为有我在身边而感到喜悦。我想要亲他，但……当然，一个成熟的女孩亲吻男人是不合规矩的，哪怕他是我的父亲。不管怎样，父亲是怜惜我的。而我可以用世界上的一切东西发誓，我不会被污染，不会令他蒙羞。

在德黑兰上学就又是另一个故事了。艾哈迈德和马哈茂德全都反对我继续接受教育。母亲认为让我去上缝纫课才是更要紧的事情。但经过我不断地乞求、哀告和哭泣，我终于说服父亲抵抗住他们的反对，为我在一所中学报名，让我成为一名八年级的学生。

艾哈迈德为此怒不可遏，几乎想要把我掐死。他开始找一切借口打我。我知道是什么伤了他的心，所以只是保持沉默。我的学校离家不是很远，十五到二十分钟就能走到。开始的时候，艾哈迈德会暗中跟着我，但我会用恰多尔紧紧裹住自己，小心地不被他抓住任何把柄。与此同时，马哈茂德已经完全不再和我说话，就好像我根本不存在一样。

终于，他们两个都找到了工作。马哈茂德在集市上的一家商店干活，那家店属于莫扎法里先生的兄弟。艾哈迈德去谢米兰附近的一间木工作坊当了学徒。根据莫扎法里先生的说法，马哈茂德整天都坐在店里，完全可以信赖。父亲常常说："马哈茂德才是真正经营莫扎法里先生的店铺的人。"而艾哈迈德很快就交了一堆朋友，开始很晚才回家。到最后，每个人都知道他身上的那股臭气是因为喝了太多酒，更确切地说，是中东亚力酒[1]。但大家什么都没有说。父亲会低垂着头，拒绝回应他的问候。马哈茂德总是转过头去，嘴里说着："愿真主怜悯。愿真主怜悯。"只有母亲会马上为他热好食物，还说："我的孩子牙疼，只能用酒精来止疼。"没人知道这是怎样一种永远也治不好的牙病。总而言之，母亲早就习惯了为艾哈迈德找借口，毕竟他是她最喜欢的孩子。

---

1 Arak，一种透明无色且不甜的茴香酒。——编者注

艾哈迈德还在家里找到了另一种消遣方式：从楼上的窗户偷看帕尔文太太的房子。帕尔文太太常常会在前院里做事，她的恰多尔也总是会滑落下来。艾哈迈德会一直站在起居室的窗户前。有一次我甚至看见他用两只手比画着，仿佛在跟对方交流什么信息。

不管怎样，艾哈迈德有太多需要关心的事情，完全顾不上我了。就算是父亲允许我只用一块普通头巾代替整套恰多尔，他也只不过吼叫争吵了一天。不过我知道，他没有真的忘记恨我。他只是停止了对我的责骂，根本不再和我说话。对他而言，我就是罪孽的化身。他甚至不会看我一眼。

但我不在乎。我去上学，取得了好成绩，和学校的所有人都交了朋友。我对生活还能有更多的期望吗？我真的很快乐，尤其是在帕尔瓦娜成为我最好的朋友之后。我们承诺永远不向对方隐瞒任何秘密。

帕尔瓦娜·艾哈迈迪是一个快乐又活泼的女孩。她排球打得很好，是校队的成员，只是在课堂上就没有那么优秀了。我相信她不是一个坏女孩，只是她没办法忍受太多的规矩。我的意思是，她不太能区别好与坏、对与错，不知道如何维护她父亲的良好名声和荣誉。她也有兄弟，但她完全不害怕他们。她甚至会跟他们吵架，有时候，她的兄弟们打了她，她还会还手。无论什么事情都能让帕尔瓦娜笑起来，而且她笑的时候从不分场合，甚至在大街上也无所谓。仿佛从没有人告诉过她，女孩笑的时候不应该露出牙齿，也不应该让任何人听到她的笑声。每当我告诫她某种行为不合规矩，应该停下来的时候，她都会一脸惊奇地问："为什么？"有时候她盯着我的样子就好像我来自另一个世界。（其实真的就是这样吧？）比如，她知道所有小轿车的牌子，还希望她的父亲能够买一辆黑色雪佛兰。而我根本不知道雪佛兰是一种什么样的车，也不想承认这一点，因为这会让我丢脸。

有一天，我指着一辆很漂亮，看上去也很新的轿车问："帕尔瓦娜，那是你喜欢的雪佛兰吗？"

帕尔瓦娜看看那辆车，又看看我，笑了起来，几乎是尖叫着说："哦，真有意思！你竟然把菲亚特当作雪佛兰了。"

我的脸红到了耳根，羞窘到简直想要去死——既是因为她的笑声，也是因为我愚蠢地暴露了自己的无知。

帕尔瓦娜家有收音机和电视。我在阿巴斯伯伯的家里看见过电视，而我们家就只有一台大收音机。祖母活着的时候或者我的大哥马哈茂德在家的时候，我们从不会听音乐，因为这是一种罪行，尤其是歌手是女性，唱的又是欢乐的歌曲的话。尽管父亲和母亲都很虔诚，也知道听音乐是不道德的行为，他们却不像马哈茂德那样严苛，并且很喜欢听歌。马哈茂德不在家的时候，母亲就会打开收音机。当然，她会把音量调低，以免被邻居们听见。她甚至知道一些新歌的调子，尤其是宝乌兰·夏哈珀丽的歌。她还经常在厨房里悄声哼唱。

有一天我对她说："妈妈，你知道许多宝乌兰的歌啊。"

母亲一下子跳了起来，就像被点燃的爆竹一样。她对我厉声喝道："闭嘴！你在说什么？绝对不要让你的兄弟们听到你说这种话！"

当父亲回家吃午餐的时候，他会打开收音机听两点钟的新闻，然后他会忘记把收音机关掉。当高哈音乐栏目响起的时候，他就会下意识地随着音乐节拍点头。我不在乎其他人会说些什么，我相信父亲喜欢玛兹耶的声音。当电台播放她的歌时，父亲从不会说："愿真主怜悯！关掉那东西！"但是只要维荷恩一开始唱歌，父亲就会突然想起自己的信仰和虔诚，高声喊道："那个亚美尼亚人又开始唱歌了！把它关掉。"但我很喜欢维荷恩的歌。我不知道是为什么，也许是因为他总让我想起哈米德舅舅。在我的记忆里，哈米德舅舅长得很好看。他与他的兄弟姐妹都不一样。他身上有一种古龙水的香气，那是我的生活中很少能闻到的气味……我还是小孩子时，他总是把我抱在臂弯里，对母亲说："做得好，姐姐！你生了一个多么美丽的女孩啊。感谢真主，她长得完全不像她的兄弟们，否则你就只能找一只大桶，把她泡白一点了！"

母亲会高喊道："哦，你在说什么？我的儿子们怎么丑了？他们都很英俊，只不过皮肤有一点橄榄色。那不是坏事。男人不应该那么漂亮。古时候人们就说，男人应该凶一点、丑一点、脾气坏一点！"她会把最后这句话唱出来，而哈米德舅舅则会发出响亮的笑声。

我长得像父亲和姑姑，所以人们总是以为玛哈波贝和我是亲姐妹。不过她比我更漂亮。我身材瘦削，她更加丰满。我的头发都是直的，无论怎样打理也没办法卷起来，而她则有着一头好看的小鬈发。不过我们全都有深绿色的眼睛、白皙的皮肤，笑的时候脸上都有酒窝。她的牙齿有一点不平整，所以她总是对我说："你的运气真好，你的牙齿那么白，那么整齐。"

母亲和她的其他亲戚都不一样。他们全都是橄榄色皮肤、黑色眼睛和波浪式的头发，而且都有些胖，其中最胖的要数母亲的姐姐，贾玛尔姨妈。当然，他们都不难看。母亲尤其漂亮。当她用细线绞去脸上的毛发，再修好眉毛，看上去就像是印在我们盘子上的阳光美女画像。母亲的唇边有一颗痣。她常说："你们爸爸来求我把手递给他的那一天，他在看到我这颗痣的一刹那就爱上了我。"

哈米德舅舅离开的时候，我只有七八岁。那天他来向我们道别，又把我抱在臂弯里，对母亲说："姐姐，为了真主的爱，不要太早把这朵花儿嫁掉吧。一定要让她接受教育，成为一位淑女。"

哈米德舅舅是我们家族中第一个去西方的人。我对于海外完全没有概念。我觉得那应该是一个像德黑兰一样的地方，只不过离我们更远。有时他会寄信和照片给阿齐兹外祖母。那些照片都很美。我不知道他为什么总是站在一座花园里，周围环绕着花草树木。后来他寄来一张照片，照片里他的身边还站着一个没有穿赫加布的金发女人。我永远也不会忘记那一天。那是一个接近黄昏的时候，阿齐兹外祖母来到我家，让父亲给她读信。父亲和祖母并肩坐在地毯上，先读了哈米德舅舅写给自己的信。突然他喊道："太棒了！大喜事！哈米德阿迦结婚了，这是他妻子的照片。"

阿齐兹外祖母昏了过去。祖母和阿齐兹外祖母的关系一直都不好。听到父亲的话，她用她的恰多尔捂住嘴，咯咯地笑了起来。母亲用手拍着脑袋，不知道是应该高兴还是应该先赶快叫醒自己的母亲。终于，阿齐兹外祖母醒了过来。在喝下许多调了蜜糖的热水之后,她问道:"那些人不是唱歌的吧?"

"不!他们不是歌手。"父亲耸耸肩说,"实际上,他们都是读书人,是亚美尼亚人。"

阿齐兹外祖母也开始用手掌拍脑袋,但母亲抓住她的双手说:"为了真主的爱,不要这样。这事没有那么糟糕。哈米德已经让她皈依伊斯兰教了。去问问你信任的每一个人。穆斯林男人可以娶一名非穆斯林女人,并让她皈依,而且这样做还能够得到真主的奖赏。"

阿齐兹外祖母用失神的眼睛看着母亲说:"我知道。我们的先知和伊玛目[1]们也有娶非穆斯林妻子的。"

"是啊,以真主的意志,这是值得祝福的。"父亲笑着说,"那么,你们打算什么时候进行庆祝?娶了一位外国妻子值得举办一场宴会。"

祖母皱起眉头说:"真主不会喜欢的。多了一个儿媳妇已经够糟糕的了,而这个儿媳妇还是外国人,完全不知道我们的信仰中什么是纯净的,什么是不洁的。"

阿齐兹外祖母却似乎已经恢复了体力,并且冷静下来。她起身离开的时候说:"娶新娘是一个家的喜事。我们可不像是某些人,不懂得爱护自己的儿媳,以为结婚只是给自己的房子里添了一个女佣。我们珍惜我们的儿媳,以她们为荣,尤其是一个西方人!"

祖母受不了她这么说,带着嘲讽的语气还嘴道:"是的,我看见了你是多么为阿萨杜拉汗的妻子感到骄傲。"然后她又恶狠狠地补了一句:"谁知道她是不是真的皈依了伊斯兰教。也许她是让哈米德阿迦犯了罪。说实话,哈米德阿迦的信仰和操守从来都算不上有多端正,否则他就不会搬去那个罪恶的地方了。"

"你看到了吗,穆斯塔法阿迦?"阿齐兹外祖母怒喝道,"你有没有听见她对我说了什么?"

最终还是父亲结束了这场争吵。

---

[1] 意为"引领朝拜之人",在伊斯兰教什叶派中的地位尤其崇高。——译者注

阿齐兹外祖母很快就举行了一场盛大的宴会，向每一个人夸耀她西方的儿媳。她给那张照片镶了镜框，挂在壁炉上方，将它展示给所有女人看。但直到她去世前的那一刻，她还在问母亲："哈米德的妻子成为穆斯林了吗？如果哈米德变成亚美尼亚人该怎么办？"

在她去世后，我们很多年都没有得到多少哈米德舅舅的音信。有一次我把他的几张照片带到学校去，展示给我的几位朋友。帕尔瓦娜非常喜欢他。"他好英俊，"她说道，"而且他是那么幸运，能够去西方。真希望我们也能去那里。"

帕尔瓦娜知道所有歌曲。她是德尔卡什的歌迷。学校里的一半女孩都是德尔卡什的歌迷，另一半女孩喜欢玛兹耶。我只能成为德尔卡什的歌迷，否则帕尔瓦娜就不会和我做朋友了。她甚至连西方歌手都知道。她的家里有一台留声机，可以播放唱片。有一天她让我看了那台留声机。那东西看上去就像是一只有红色盖子的小手提箱。她说这是便携式的。

我上了不到一年学就已经学了很多东西。帕尔瓦娜总是会借我的笔记。有时候，我们会一起学习，为此她必须来我们家。不过她一点也不在乎。她为人非常随和、容易相处，完全没有注意过我们有什么，没有什么。

我们的房子比较小。从前门进来，下了三级台阶之后是一个院子。院子正中是一座长方形的倒影池。我们在倒影池的一边放了一张大木床，另一边有一片和倒影池平行的长花圃——应该说是这片花圃比较长的一边和倒影池短的一边平行。厨房永远都是黑黢黢的。它在院子的一端，和主屋不相连。厨房的旁边是厕所。厕所外面有一只水槽。我们不必用倒影池里的水洗手洗脸。在房子里面，正门左侧有四级台阶，上去是一个小平台。楼下两个房间的门就在这里。这里还有楼梯通向楼上的两个房间。那两个房间共用一道门。前面的房间是起居室。起居室有两扇窗户。从起居室的一侧能够看见院子和一部分街道，从另一侧能看见帕尔文太太的房子。另外一个房间是艾哈迈德和马哈茂德的卧室。那个房间的窗户开在这幢房子的后面，有开阔的视野，能看到我们背后一幢房子的后院。

每当帕尔瓦娜过来的时候，我们就会上楼去，坐在起居室里。那里没有多少摆设——一张红色的大地毯、一张圆桌和六把曲木椅子，角落里有一只很大的暖炉，它的旁边放着几个软垫和靠背椅。墙上唯一的装饰是一张带镜框的壁毯，上面绣着《古兰经》中的一个篇章。这里还有一只壁炉台。母亲用一块刺绣品把它盖住，在上面放了她婚礼上用过的镜子和枝状烛台。

帕尔瓦娜和我会坐在软垫上悄声耳语、嬉笑和学习。而我在任何时候都不被允许去她家。

"你不能走进那个女孩的家。"艾哈迈德冲我吼叫，"首先，她有一个浑蛋哥哥；第二，她毫无羞耻心，轻浮放荡。让她下地狱去吧，就连她的妈妈都不穿赫加布。"

我会说："这座城市里有谁会穿赫加布？"当然，我只会在心里默默地说出这句话。

有一天，帕尔瓦娜想要给我看她的《妇女生活》杂志，我终于悄悄溜进了她家，待了五分钟。她的家是那样干净美丽，有那么多漂亮的东西。墙壁上挂满了风景的和女性的绘画。起居室里摆着几个巨大的深蓝色沙发，沙发坐垫还带着流苏。能够俯瞰前院的窗户上挂着同样颜色的天鹅绒窗帘。起居室的对面是餐厅，中间有一道帘幕将二者分隔开来。房子的正厅里放着一台电视、几把扶手椅和沙发。通向厨房、浴室和厕所的门都在这里。这样一来，在寒冷的冬季和炎热的夏季去这些地方的话就不必穿过露天的院子了。所有卧室都在楼上。帕尔瓦娜和她的妹妹法尔扎内共用一间卧室。

她们真是幸运！我们家就没有这么大的空间。尽管表面上我们家有四个房间，但实际上，我们大部分人都住在楼下的大房间里，在那里吃午餐和晚餐，冬天的时候在那里摆上科西暖桌。法蒂、阿里和我都睡在那里。父亲和母亲睡在旁边的房间里。那里有一张大木床和一只衣柜，里面放着我们的衣服还有各种零碎。我们各有一个架子可以放书。但我的书比其他人都要多，所以我占用了两个架子。

011

母亲喜欢看《妇女生活》中的图画。但我们一直藏着这些杂志，不让父亲和马哈茂德知道。我喜欢《在十字路口》这个栏目，喜欢看里面的系列故事。我会把这些故事讲给母亲听，还会夸张地描述许多细节，让母亲听了几乎要潸然泪下，而我也会再哭一次。帕尔瓦娜和我很快就说好，每个星期她和她的母亲看完最新一期杂志以后，她就会把那本杂志给我们。

我告诉帕尔瓦娜，我的哥哥们不允许我去她家里。她很惊讶地问道："为什么？"

"因为你有一个哥哥。"

"达里什？他怎么变成我'哥哥'了？实际上，他要比我们小一岁。"

"但他毕竟已经长大了。他们说我和他见面是不合规矩的。"

帕尔瓦娜耸耸肩说："我真不明白你们的规矩。"但她也没有再坚持让我去她家。

我在学年末考试中取得了优异的成绩。老师们都对我大加夸赞。但在家里，没人对此有任何反应。母亲几乎不太明白我对她说的是什么。

马哈茂德蛮横地说："那又怎样？你以为你这算得了什么？"

父亲便问他："是吗？那你怎么没有在你们班里当过尖子生呢？"

随着夏季开始，帕尔瓦娜和我不能在学校相见了。最初几天，她会在我的哥哥们出门后来找我，我们会站在前门外聊天。母亲为此总是不断地抱怨。她已经忘记了在库姆的时候，每天下午她是如何和女邻居们打发时间的。她们会一直聊天、吃西瓜子，直到父亲回家。她在德黑兰没有朋友和熟人。邻居的女人们都在冷落她，有几次甚至还笑话她，让她感到心烦意乱。在德黑兰住久了，她就忘记了下午闲聊的习惯，也就不让我和朋友说话了。

总而言之，母亲很不喜欢我们搬到德黑兰这件事。她会说："我们不属于这座城市。我们的朋友和亲戚都在库姆，我在这里只有一个人。就连你们的伯母对我们也只是装装样子，根本不在意我们。我们还能对那些陌生人有什么指望？"

她就这样一直不停地唠叨和抱怨，直到最终说服父亲送我们回库姆，在她姐姐的家里度过这个夏天。我带着嘲讽的口气说："所有人都会去郊外过夏天，你却要我们去库姆？"

母亲瞪着我说："你这么快就忘记自己是哪里的人了？我们一直都生活在库姆，你也从没有抱怨过。现在娇小姐想要住度假别墅了！我已经有一整年没有见到我可怜的姐姐了，你舅舅也一直都没有消息。而且我还应该去亲戚的墓地扫扫墓……这个夏天也就够我们去每个亲戚的家里住一个星期。"

马哈茂德同意我们回库姆，不过他想要我们一直住在姑姑家，这样等他周末去看我们的时候，他就只需要见玛哈波贝和姑姑了。"住在姑姑家就好了，"他说，"你们不需要在每个人的家里都住上几天。如果那样的话，他们来德黑兰就都要住进我们家了。多让人头痛啊。"（太妙了！他可真是好客！）

"没错！"母亲气恼地说，"如果我们去了你姑姑家，那么他们来德黑兰的时候我们就应该好好接待。但是真主不允许我们只住在她家，因为我可怜的姐姐也会想要来拜访我们。"（怎么样！他被当头一棒，应该明白自己的地位了。）

我们去了库姆。对此我没怎么抱怨，因为帕尔瓦娜和她的家人要去她祖父在格拉博-达耶的花园宅地度过夏天。

我们在八月中旬回到德黑兰。阿里有几门课没及格，所以必须补考。我不知道我的兄弟们为什么在学习上都这样懒惰。可怜的父亲对他的儿子有那么多期待，还希望他们能够成为医生和工程师。不过，我很高兴能够回到家里。我受不了流民一样的生活，从一幢房子搬到另一幢房子，从姨妈那里搬到叔叔那里，从姑姑那里搬到舅舅那里……我尤其不喜欢姨妈家。她的房子就像是一座清真寺。她还不停地问我们是不是做了祈祷，不停地唠叨我们的祈祷词念得不对。她还不知疲倦地炫耀她的虔诚，还有她的丈夫的亲戚都是毛拉[1]。

1　伊斯兰教中的神学家。——译者注

几个星期以后，帕尔瓦娜和她的家人也回到了德黑兰。随着新学年的开始，我的生活再一次变得开心快乐起来。看到我的朋友和老师们，我真的很高兴。和前一年不同，我已经不再是新人了。我不再对每一件事情感到惊讶，不再说傻话。我能够写出更优秀、更具文学性的作文，我就像德黑兰女孩一样见多识广，能够表达自己的观点。对于这一切，我都非常感激帕尔瓦娜。她是我的第一位老师，也是最好的一位。那一年，我还发现了读书的乐趣。我的阅读范围不再只限于课本。我们交换爱情小说，在阅读它们的时候发出许多声叹息，流下许多泪水，还用许多个小时一起讨论它们。

帕尔瓦娜制作了一本收集美好心愿的剪贴簿。她的一位亲戚用优美的字体为每一页写下标题，帕尔瓦娜将相应的图片贴在上面。班里的所有女孩、她的亲人和她家的几位世交就每一个问题写下了她们的答案。其中一些答案算不上有趣，比如对"你最喜欢的颜色是什么""你最喜欢的书是哪一本"的回答，但对于"你的爱情观""你有没有恋爱过"和"你的理想伴侣应该具有哪些重要的品质"的回答都很令人着迷。有人明确地写下了自己的愿望，完全没有考虑如果这本剪贴簿落进校长的手里会发生什么。

而我做了一本诗歌剪贴簿，用工整的笔迹在里面写下我喜爱的诗。有时候，我会在它们旁边画一幅画，或者贴一张帕尔瓦娜为我从外国杂志上剪下来的图片。

一个阳光明媚的秋日下午，帕尔瓦娜和我从学校步行回家时，她要我陪她去药房买绷带。药房在学校和我家中间。药剂师阿塔伊医生是一位庄重的老先生，所有人都认识并敬重他。我们走进药房的时候，柜台后面没有人。帕尔瓦娜喊了那位医生的名字，在柜台前面踮起脚尖向里面看。一个穿白色制服的年轻人正跪在地上，整理底层架子上的药箱。他站起身问："请问要买什么？"

帕尔瓦娜说："我需要一卷绷带。"

"好的，这就给您拿。"

帕尔瓦娜戳了我一下，悄声说："他是谁？他可真英俊！"

那个年轻人把绷带递给帕尔瓦娜。帕尔瓦娜一边跪下来从书包里拿钱，一边又悄悄说道："嘿！看看他。他真是太好看了。"

我抬起头看向那个年轻人。有那么一瞬间，我们的视线交汇了。一种奇异的感觉涌过我的身体，我感到自己的脸涨得通红。我迅速低下头。这是我第一次体验到这种不一般的感觉。我转向帕尔瓦娜说："好了，我们走吧。"然后就跑出了药房。

帕尔瓦娜从后面追上来问我："你怎么回事？难道以前没见过人？"

"我感到羞愧。"我说。

"羞愧什么？"

"你那样评论陌生人，我当然会感到羞愧。"

"那又怎样？"

"那又怎样？那真的很不合适。我觉得他听见你说的话了。"

"不，他没有。他什么都没听见。而且，我到底说什么不好的话了？"

"他很英俊，还有……"

"好了！"帕尔瓦娜说，"就算他听见了，可能也只是会感到高兴。不过和你说实话，我又仔细看了他两眼，发现他其实也没有那么好看。我必须告诉我爸爸，阿塔伊医生雇用了一名助手。"

第二天，我们去学校出发得有点晚。当我们跑过那家药房的时候，我看见那个年轻人正在看我们。我们回家的时候，又透过药房的窗户去看他。他正在忙，不过我觉得他仿佛能看见我们。从那天开始，我们和他仿佛达成了某种默契，每天早上和下午都能看见彼此。帕尔瓦娜和我找到了一个令人兴奋的新话题。很快，关于他的消息传遍了学校。女孩们都在谈论那个在药房工作的英俊青年，并且找各种借口去药房，吸引他的注意。

帕尔瓦娜和我渐渐习惯了每天都能看见他。我可以发誓，他也在等待着我们从窗前走过。我们会争论他最像哪一位演员。最后，我们决定他最像史蒂夫·麦奎因[1]。我真是见识了许多东西。那时我已经知

1　好莱坞硬汉派影星。——译者注

道不少外国影星的名字了。有一次,我逼着母亲和我一起去了电影院。她真的很喜欢那里。从那以后,我们每个星期都会瞒着马哈茂德去一次街角的电影院。那里放映的大部分是印度电影,它们总是让我和母亲泪如雨下。

帕尔瓦娜很快就查到了那名药剂师助手的信息。与她父亲交好的阿塔伊医生说:"赛义德还在大学攻读药理学。他是个好孩子,是乌鲁米耶人。"

从那以后,我们和他交换的目光中就多了一分熟识感。帕尔瓦娜还给他起了个绰号——"烦恼的哈吉[1]"。她说:"他看上去总是在忧心忡忡地等待,仿佛在寻找什么人。"

那一年是我人生中最美好的一年,一切都顺心如意。我学习很努力,我和帕尔瓦娜的关系越来越亲密,我们渐渐变成了拥有同一个灵魂的两副身体。唯一给我的光明和快乐的日子蒙上阴影的只有我对于家中那些闲言碎语的恐惧。随着这一学年接近尾声,这种暗中的议论也变得越来越多了。它们主要的意思就是停止我的学业。

"这不可能,"帕尔瓦娜说,"他们绝不能这样对你。"

"你不明白。他们不在乎我在学校的成绩有多好。他们说,女孩只要读完初中就足够了。"

"初中就够了?!"帕尔瓦娜惊讶地说,"现在就连高中的毕业文凭都已经不够了。我家里的所有女孩都要去上大学。当然,前提是我们必须通过入学考试。你肯定能通过,你比她们都聪明。"

"别提什么大学了!我只希望他们能够让我上完高中。"

"听着,你必须反抗他们。"

帕尔瓦娜就会说这种话!她根本不明白我处在一个什么样的环境里。我可以反抗母亲,和她顶嘴,为自己辩护,但我没有勇气在我的兄弟们面前明确表达我的想法。

在最后一个学期结束的时候,我们进行了学年末考试。我是班

---

[1] Haji,意为"去过麦加朝圣的伊斯兰教徒"。——译者注

级第二名。文学老师巴赫拉米夫人非常喜欢我，当我们拿到成绩单的时候，她说："干得好！你非常有天赋。你将来打算攻读哪一个领域？"

"我的梦想是研究文学。"我说。

"这太好了。实际上，我也正打算给你相同的建议。"

"但是，老师，我做不到。我的家人很反对我上学。他们说，初中文凭对于一个女孩来说就足够了。"

巴赫拉米夫人皱起双眉，摇摇头，走进了校长办公室。几分钟以后，她和校长一同走了出来。校长拿过我的成绩单说："萨迪吉，请你的父亲明天来学校一趟。我想要和他见一面。告诉他，只有他来，我才会把你的成绩单给你。别忘了！"

那天晚上，当我告诉父亲校长想要见他时，父亲很惊讶。他问我："你做了什么？"

"我发誓，我什么都没有做。"

父亲转头对母亲说："家里的，去学校看看她们想干什么。"

"不，爸爸，这样不行，"我说，"她们想要见的是你。"

"你什么意思？我是不会走进一所女子学校的！"

"为什么？别人的爸爸都会去。她们说，如果你不去，她们就不会把成绩单给我。"

父亲眉头紧锁。我为他倒了一杯茶，竭力让自己显得乖巧。"爸爸，你头痛吗？是不是想让我给你拿药来？"我将一只软垫放在他背后，又给他倒了一杯水。最后，他终于同意第二天和我一起去学校。

我们走进校长办公室的时候，校长从书桌后面站起身，热情地向父亲问好，请他坐到靠近自己的椅子上。"我要向你表示祝贺，你的女儿非常特别。"她说道，"她不仅在课堂上取得了优异的成绩，还非常有礼貌，非常讨人喜欢。"仍然站在门口的我低下头，脸上禁不住露出微笑。校长转向我说："亲爱的玛苏梅，请在外面等一下。我想要和萨迪吉先生谈一谈。"

我不知道校长对父亲说了什么，但是父亲走出来的时候，脸上满是光彩，眼睛里也闪动着光辉。他温柔又骄傲地看着我说："我们去主任办公室，为你的下一个学年做登记。往后我就没有时间过来了。"

我是那样高兴，甚至觉得自己要昏过去了。跟在父亲身后，我不停地说着："谢谢你，爸爸。我爱你。我保证一直会是班里最好的学生。你要我做什么我都会做。愿真主允许我把自己的生命给你。"

父亲笑着说："够了！我只希望你那些懒惰的兄弟能够有哪怕一丁点你的优点。"

帕尔瓦娜正等在外面。她非常担心，昨天晚上她根本没睡着。她用手语问我情况如何。我装出一副沮丧的神情，摇摇头，耸耸肩。她的眼中好像早就溢满了泪水，看到我这副样子，大颗的泪滴立刻沿着她的面颊滚落下来。我跑过去抱住她说："我骗你的！一切都很好。我已经做好下一学年的登记了。"

在校园外，我们俩像傻子一样又跳又笑，不停地抹去脸上的泪水。

父亲的决定在家里引起一场风暴，而他只是坚定地说道："校长说，她很有才能，会成为真正重要的人物。"我早已经乐昏了头，根本不在乎他们说了些什么，甚至艾哈迈德充满憎恨的眼神也没能吓到我。

夏天到了。虽然这意味着帕尔瓦娜和我将再一次无法见面，但我依然很快乐，因为我知道下一个学年我们还会在一起。我和家人只在库姆待了一个星期。随后每个星期，帕尔瓦娜都会找理由和她的父亲一起回德黑兰来看我。她一直坚持邀请我和他们去格拉博-达耶住几天。我真的很想去，但我知道我的兄弟们绝对不会赞成，所以我甚至都没有在家里提起过这件事。帕尔瓦娜提议由她的父亲出面去劝说我的父亲，她相信她父亲一定能说动我的父亲，但我不想再为父亲制造更多令他头痛的事情了。我知道，父亲肯定很难拒绝艾哈迈迪先生，但应付家中反对的声音和争吵同样会让他为难。实际上，为了让母亲高兴，我已经答应去上缝纫课。这样我至少还有一项技能可以让我将来在夫家安身立命。

说来也巧，药房就在去缝纫学校的路上。赛义德很快就发现我每隔一天就会经过那条路，而他总会及时出现在药房门口。现在只要走到距离药房还有一个街区的地方，我的心跳就会开始加速，我的呼吸也会变得更快。我会努力不去看药房的方向，不让自己脸红，但这样做根本没用。每一次我们目光交汇的时候，我的脸都会一直红到耳根，这实在是太令人羞愧了。而他也显得异常羞怯，但他的眼神中还是带着渴望，他甚至还会向我点一下头。

有一天，当我转过街角的时候，他突然出现在我面前。我是那样惊慌失措，连手中的缝纫尺都掉在了地上。他弯腰捡起缝纫尺，盯着地面低声说："抱歉，吓到你了。"

我说："没有。"然后就从他手中抓过尺子，快速跑开了。接下来很长一段时间里，我都像是丢了魂一样。每次回想起那一刻，我都会脸红，内心感到一阵喜悦的悸动。我不知道这是为什么，但我相信他一定也有同样的感觉。

随着第一场秋风吹起，九月到了。我们漫长的等待也终于结束。帕尔瓦娜和我返校了。我们有说不完的话，有许多事情要告诉对方。我们要分享发生在这个夏天的每一件事，我们做过的每一件事，甚至是我们想到的每一件事。而到最后，我们的话题总是会回到赛义德身上。

"跟我说实话，"帕尔瓦娜问我，"我不在的时候，你去过几次那家药房？"

"我发誓，我从没有去过那里。"我说，"这太不好意思了。"

"为什么？他又不知道我们在想什么，会说些什么。"

"只有你会这么以为！"

"不可能。难道他有说过什么？你是怎么知道的？"

"没有，我就是这么觉得。"

"好吧，我们可以装作什么都不知道，照我们自己的想法去做就好了。"

但事实是，的确有一些事发生了变化。我和赛义德的见面有了一种不同的意味和色彩,仿佛变得更加严肃了。从我的心里生出一种和他的羁绊,虽然无法言说,但已经强烈到很难向帕尔瓦娜隐瞒。我们一同上学刚刚一个星期,她就找到了去药房的理由,还拽着我一起去,让我觉得很难为情,就好像整座城市都知道我的心思,所有人都在看我一样。赛义德看见我们走进药房,一下子就僵在了原地。帕尔瓦娜想买阿司匹林,一连叫了他几次,他都没有听见。终于,阿塔伊医生走过来向帕尔瓦娜问好,又问候了她的父亲。然后他转身对赛义德说:"你怎么一直傻站在这里?给这位年轻的女士拿一盒阿司匹林。"

我们走出药房的时候,一切都已经暴露无遗。"你看没看见他看你的样子?"帕尔瓦娜惊讶地问。

我什么都没有说。她转过头盯着我。

"你的脸色为什么这么白?你看上去就像是要昏倒一样!"

"我?没有!我没有任何问题。"

但我的声音在颤抖。我们在沉默中走了几分钟。帕尔瓦娜陷入了深深的思索。

"怎么了?帕尔瓦娜,你还好吗?"

突然间,她像爆竹一样爆发了。她用比任何时候都更加响亮的声音喝问道:"你可真卑鄙。我是这么蠢,你却这么聪明。为什么你不告诉我?"

"告诉你什么?没有什么事情可以告诉你啊。"

"不!你们两个之间一定发生了什么。如果我还看不见,那我一定是瞎了。对我说实话,你们两个已经发展到什么程度了?"

"你怎么能这样说?"

"住嘴!别再戏弄我了。你什么都能做到,从只戴头巾到现在开始谈恋爱!我可真蠢!我还以为他总出现在我们眼前是因为我!你实在是太狡猾了。现在我明白他们为什么说从库姆来的人都很精明了。你甚至没有告诉我——你最好的朋友,而我把一切都告诉了你,尤其是这样重要的事情。"

我的喉头仿佛有一个巨大的硬结。我抓住她的手臂恳求她:"求求你,请发誓不要告诉任何人。不要在街上说得这么大声,这是不合规矩的。请小声一点，别人会听到的。我以我爸爸的生命发誓，我以《古兰经》发誓，没有任何事发生。"

但就像洪水不断积聚能量，帕尔瓦娜变得越来越愤怒。

"你真是一个叛徒。你还在我的剪贴簿里写过，你不会想这种事，对你来说唯一重要的就是学习，说男人什么都不是，他们很坏，还说不应该讨论这种事，说那是一种罪行……"

"我求求你，请不要再说了。我以《古兰经》发誓，我们之间什么事都没有。"

当我们快要走到她家的时候，我终于崩溃了，开始大哭。我的眼泪让她恢复了冷静，就像水浇灭了她的怒火。她用温和的声音说："你为什么要哭？这是在大街上！我生气只是因为我不明白，为什么你会向我隐瞒这件事。我什么事都会对你说。"

我再次向她发誓，我一直都是她最好的朋友，过去从来没有、将来也绝对不会向她隐瞒任何秘密。

帕尔瓦娜和我一同体验了爱情的所有阶段。她像我一样兴奋，不停地问我："你现在是什么感觉？"只要她看见我陷入沉思，就会问："告诉我，你在想什么？"我会告诉她我的幻想、我的渴望、我的兴奋、我对于未来的担忧和被迫另嫁他人的恐惧。她会闭上眼睛说："哦，多么有诗意啊！原来这就是坠入爱河的感觉，可我不像你这样敏感和情绪化。恋爱中的人们做的一些事和说的一些话会让我发笑，而且我从不会脸红。所以，我该怎么知道自己什么时候恋爱了？"

美丽而充满生机的秋天像秋风一样匆匆离去。赛义德和我依然没有说过一句话。但现在，每次帕尔瓦娜和我走过药房的时候，他都会非常小声地向我们问好。而我的心都好像一下子跌回胸膛里，就像一颗熟透的果实落进篮子里。

每一天帕尔瓦娜都会挖掘出一些关于赛义德的新消息。我知道他是乌鲁米耶人，他的母亲和姐妹们仍然住在那里。他来自一个受人尊重的家庭。他姓扎雷伊。他的父亲在几年前去世了。他正在上大三，读的是药理学。他非常聪明和好学。阿塔伊医生对他非常信任,对他的工作很满意。每一条信息都在我纯粹天真的爱上盖了一枚许可的印章。我觉得自己仿佛从一出生就认识他,而且我今后的全部人生都将只和他在一起。

每周都有那么一两次,帕尔瓦娜会找各种理由带我去药房。我们会悄悄交换眼神。他的双手会发抖,我的面颊会通红,帕尔瓦娜则仔细地监视着我们的每一个举动。有一次她说:"我一直都想知道'看对眼'是什么意思,现在我知道了!"

"帕尔瓦娜!你在说什么?"

"什么?我是在瞎说吗?"

每天早上,我会特别仔细地梳理好头发,戴上头巾,确保我的刘海依然整齐,我的长发可以在背后完全露出来。我总是拼命想要弄出几个发卷来,但我的头发就是卷不起来。有一天,帕尔瓦娜说:"你这个傻瓜!你的头发很美,直发是现在最流行的。难道你没有听说,学校的女孩们都在用熨斗烫她们的头发,好让头发变直?"

我会定期洗净和熨烫我的校服。我求母亲再买些布,找裁缝给我做一件新校服。母亲缝的衣服总是松松垮垮的,看上去很邋遢。我在缝纫课上学到的东西也只够我给母亲挑毛病的。帕尔文太太为我做了一身非常雅致的校服。我悄悄请她把裙摆做短了一点点,不过我的校服还是学校里最长的。我攒下钱,和帕尔瓦娜去购物。我买了一块深绿色的丝绸头巾。帕尔瓦娜说:"它真的很适合你,它让你的眼睛看上去更绿了。"

那一年的冬天很冷,街道上的雪还没有融化就又降下新雪。到了早晨,到处都结了冰,我们走路的时候不得不非常小心。每一天都会有人滑倒,而那一天就轮到了我。当时我就在帕尔瓦娜家不远处,踩在一片冰上,重重地摔了一跤。我试着站起来,但我的脚踝痛得要命。我刚刚用脚撑住地面,疼痛就一直蹿到我的腰上,让我又倒了下去。就在这时,帕尔瓦娜从家里走了出来。去上学的阿里也正好经过。他们扶我站起身，又扶我走回家。母亲给我包扎了脚踝。但是，临近黄昏的时候，我更疼了，而且脚踝肿得很可怕。男人们回家之后纷纷给出了自己的看法。艾哈迈德说："不用担心……她没什么事。如果她像个正经女孩一样留在家里，不在这种要命的冷天气里出去，这种事就不会发生。"说完他就出去喝酒了。

父亲说："我们带她去医院吧。"

"等等，"马哈茂德说，"伊斯梅尔先生很擅长正骨。他就住在谢米兰的拐角那里，我可以请他过来。如果他说玛苏梅的腿断了，我们再带她去医院。"

伊斯梅尔先生和父亲的年龄差不多，治疗骨折的确很有名。那个冬天，他的生意简直好得不得了。他检查了我的脚，说我没有骨折，只是扭伤。然后他把我的脚放进热水里进行按摩，还不断和我说话，就在我想要回答他的时候，他突然拧了一下我的脚。我痛得尖叫一声，昏了过去。等我醒来的时候，他正在用一种混合了鸡蛋黄、姜粉和一千种不同油膏的药剂揉搓我的脚踝。然后他给我的脚踝绑上绷带，告诫我两个星期内都不要用这只脚走路。

这真是一场灾难。我哭着说："但我必须去学校，马上就要期末考试了。"我知道离期末考试还有一个半月，我会流泪完全是出于另一个原因。

随后几天里，我真的完全不能动，只好躺在科西暖桌下面，想着赛义德。每天早上，所有人都去学校后，我会头枕着双手，让微弱的冬日阳光洒落在我的脸上，沉浸在甜美的幻想里，前往我梦中的城镇，畅想幸福的未来岁月，和赛义德在一起的人生……

唯一会打扰我清晨时光的人就是帕尔文太太了。她会寻找一切理由来拜访母亲。我真的不喜欢她。只要一听到她的声音，我就会装睡。我不知道整天嘴里念叨着信仰、正派的母亲怎么会和这个女人成为朋友。这里的人全都知道，帕尔文太太不是什么正经人。全都是因为艾哈迈德，母亲到现在都不明白帕尔文太太的品性。

到了下午，法蒂和阿里从学校回来，屋子里的平静安宁立刻就消失得无影无踪。阿里一个人就能搅得左邻右舍都鸡飞狗跳。现在他变得脾气又差,脸皮又厚。他在学艾哈迈德的样子,对我几乎就像艾哈迈德一样坏。尤其是我不能去学校的这几天,母亲一直在照顾我,父亲也对我流露出许多关心,这让阿里非常忌妒,仿佛我骗走了本应该属于他的权利。他会跳到暖桌上打法蒂,让她不停地尖叫,还会把我的书踢到一旁,或者有意无意地踢到我受伤的脚踝,让我痛得失声呼喊。终于有一天,在无数次乞求和哭泣之后,我说服母亲将我的铺盖搬到了楼上的起居室。这样我终于能躲开阿里,弄弄学习的事了。

"你为什么想要爬那些楼梯?"母亲不以为然地说,"而且楼上很冷,大暖炉坏了。"

"小暖炉对我来说就足够了。"

最后母亲总算是依了我。于是我搬到楼上,终于得到了一点平静。我认真学习、做白日梦、在我的诗歌剪贴簿上写写画画,沉浸在我的幻想世界之中,在我的笔记本里用我发明的字体到处写下赛义德的名字。我还找到了他名字的阿拉伯语词根,将这些抑扬顿挫的词语变化也都记录下来——Sa'ad、Saiid、Sa'adat,再把它们用在我的家庭作业要求的所有范例里。

有一天,帕尔瓦娜来看我。母亲在身边的时候,我们就说一些学校的事情,还有将要在三月五日举行的考试。但母亲一离开,帕尔瓦娜就对我说:"你一定不知道出了什么事。"

我知道她要说的是赛义德,立刻挺起身子问:"快告诉我,求求你,他怎么样了?赶快说,否则就要有人回来了。"

"最近,他又变成了烦恼的哈吉。我每天都看见他站在药房台阶上向远处眺望。他看到只有我一个人的时候,神情立刻就会黯淡下来,然后回身走进药房。他的样子就好像被哀伤狠狠击中了。今天,他终于鼓足了勇气走到我面前。一开始,他的脸色红了又白,白了又红,反复了好几次。然后他才结结巴巴地向我问好,并终于开口问我:'你的朋友已经有几天没有去学校了,我很担心,她还好吗?'我想要逗逗他,就装傻说:'你说的是哪个朋友?'他惊讶地看着我说:'那位总是和你在一起的年轻女士,她的家在戈尔上街。'他竟然知道你住在哪里！他真是个狡猾的家伙,有可能他跟踪过我们呢。我说:'哦,你说的是玛苏梅·萨迪吉啊。那个可怜的家伙摔倒了,扭伤了脚踝,两个星期都不能去学校了。'他的面色变白了,说这实在是太可怕了,然后他转身就走。我想要叫住他,让他知道他这样很没礼貌,不过他刚刚走出两步就意识到了这一点,于是又转回身说:'请代我向她问好。'然后他才像个正常人一样向我道别,回了药房。"

我的心和我的声音都在颤抖:"哦,我的真主啊!"我惶恐地说,"你把我的名字告诉他了?"

"别傻了,"帕尔瓦娜说,"这不是什么大事。他早就知道了,或者至少已经知道了你姓什么。我向你保证,他一定已经研究过你的家世了。他真的很爱你。我觉得用不了多久,他就会来请求牵你的手了。"

我几乎要昏过去了。母亲端着茶盘走进来的时候,我的表情一定非常不自然。她惊讶地看着我问:"出什么事了?你怎么这么高兴?"

"没有!"我结结巴巴地说,"什么事都没有。"

帕尔瓦娜立刻插嘴说道:"今天公布了考试成绩,玛苏梅得了最高分。"然后她冲我眨眨眼。

"姑娘,那又有什么用?女孩子用不上这种东西。"母亲说,"她在浪费时间。用不了多久,她就要给孩子洗尿布了。"

"不,妈妈,我不会那么快嫁人的。我必须先拿到毕业文凭。"

帕尔瓦娜顽皮地说:"是的,然后她就会成为一位医生太太[1]了。"

我瞪了她一眼。

"哦,真的?"母亲语带嘲讽地说,"她还要继续学习?她去学校越多,就会越不知羞耻。这全都是她爸爸的错,太溺爱她了,就好像她真的很特别一样。"

然后母亲继续咕哝着出去了。帕尔瓦娜和我同时大笑起来。

"感谢真主,妈妈没有发现,否则她就会说,你靠一张文学文凭怎么么当医生?"

帕尔瓦娜抹去笑出来的泪水说:"我的傻女孩,我说的不是你要去

---

[1] Mrs Doctor,此处一语双关。——编者注

当医生,我说的是你会成为一位医生的太太。"

在那段充满光彩和幸福的日子里,我总会无端地笑起来。我是那样高兴,完全忘记了脚踝的疼痛。帕尔瓦娜离开以后,我躺倒在枕头上,心中暗自思忖:他很担心,他在想我。我是那样满足。那一天,甚至艾哈迈德的叫嚷声也不曾让我感到烦恼——他是因为帕尔瓦娜的来访而斥责母亲。我知道,是阿里那个"间谍"把所有事情都报告给了他,但我不在乎。

每天早上我醒来之后,都会单脚跳着整理好房间,然后一只手扶着栏杆,另一只手拄着祖母曾经的手杖,缓缓爬下楼梯,洗干净手和脸,吃过早餐,再吃力地回到楼上。母亲不断地抱怨我会在楼上冻出肺炎,或者一头从楼梯上栽下来,但谁会听她的呢?我有那个石蜡小暖炉就足够了。就算是拿整个世界和我换那个私人小空间,我也不会答应。而且我觉得心里很暖和,一点也不冷。

两天后,帕尔瓦娜又来看我了。我听到她在前门,就赶快来到窗口。母亲冷冷地问候了她,但帕尔瓦娜没有在意母亲的腔调,只是说:"我为玛苏梅带来了考试安排。"然后她就跑上楼,进屋关上门,靠在门上大口喘着气。她脸色通红,我不知道那是因为天气太冷还是因为她太兴奋。我退回到床上,一双眼睛一直看着她。我没有胆量问任何问题。

终于她说道:"你可真是个聪明的家伙——躺在床上,却让我陷入了麻烦。"

"怎么回事?"

"先让我喘口气。我像个疯子一样从药房一直跑到了你家。"

"为什么?出什么事了?快告诉我!"

"我是和玛丽亚姆一起走的。我们到药房的时候,赛义德正站在门口,他冲我点了一下头。你知道玛丽亚姆有多狡猾吗?!她说:'英俊先生有事要找你。'我说:'不可能。他找我干什么?'然后我没理他,继续往前走,但他追上我们说:'打扰了,艾哈迈迪小姐,你能不能进来一下?我需要和你谈谈。'你的烦恼的哈吉那时候脸红得就像甜菜根。我紧张坏了，完全不知道该如何向爱管闲事的玛丽亚姆解释。于是我说道：'哦，我是不是忘记拿我爸爸的药了？它们准备好了吗？'但那个白痴只是站在原地瞪着我。我没有等他回话，就立刻向玛丽亚姆道了歉，告诉她我忘记了给我爸爸拿药。然后我向她道别，说明天学校见。但'爱管闲事小姐'可不打算放弃这个好机会，她说她不着急，可以陪陪我。

"我说得越多，她就越怀疑。她又说她也忘记了要买一些药，就和我一起进了药房。幸运的是，那时候烦恼的哈吉终于聪明起来，搞清楚了状况。他把一个药盒和一个信封放进一个袋子里，说那是药方和药品，让我一定要把它们交到我爸爸手里。我立刻把袋子塞进我的书包里。当时我真害怕玛丽亚姆会把它从我手里抢走。我发誓，她一定有这种念头。你知道她是一个多么好打听的人。尤其是现在，学校里的每一个人都在谈论赛义德。有半数女孩认为她们经过药房的时候赛义德看的是自己。现在等着瞧她们明天会给我编出什么故事来吧。不管怎样，我用最快的速度冲出药房，跑到了这里。玛丽亚姆这时候应该还在那里买牙膏呢。"

"太可怕了！"我说道，"现在她一定更疑心了。"

"好了！她已经知道我有事情在瞒着她了。那个愚蠢的赛义德竟然把所谓的药方放进密封的信封里！你有见过药剂师把药方放在信封里的吗？玛丽亚姆也不是白痴，她几乎要用眼睛把那个信封看穿了，所以我才这么害怕，赶紧跑了。"

随后几秒钟，我像尸体一样躺在床上，脑子里一团混乱。但我突然想起了信封，便一下子跳起来。

"把那封信给我！"我说，"但首先，去开门看一下，确保没有人在外面，然后把门紧紧关上。"

我从帕尔瓦娜手中接过那封信的时候，两只手一直在颤抖。信封上什么都没有写，我却没有勇气将它打开。他会写些什么？除了一声含糊的问候以外，我们还从没有说过话。帕尔瓦娜像我一样兴奋。就在这时，母亲走了进来。我迅速把信封塞到被子下面。我们全都坐得笔直，一言不发地看着她。

"这是怎么回事?"母亲狐疑地问。

"没事!"我慌张地回答。

但母亲的眼神里仍然充满了怀疑。帕尔瓦娜再一次给我解了围。

"没什么,"她说,"您女儿太敏感了。她对什么事都是小题大做。"然后她转向我说:"就算是你的英文成绩不好,那又如何?去他的吧。你妈妈和我妈妈可不一样,她不会因为这种事骂你。"她又看着母亲说:"对不对,萨迪吉太太?您会责备她吗?"

母亲惊讶地看着帕尔瓦娜,翘起嘴角说道:"我能说什么呢!你的成绩不好又算什么。实际上,你全都不及格才好呢。那样你就会好好去上缝纫课了,那才是最重要的。"然后她把茶盘放到帕尔瓦娜面前,走了出去。

我们静静地对视了几分钟,然后一起放声大笑。帕尔瓦娜说:"傻丫头,你怎么这么笨?你那副样子,任凭是谁看到了都会知道你没动好心思。一定要小心一点,否则我们可就要露出马脚了。"

兴奋和焦虑让我都快吐了。我小心地打开那只白色信封,同时又竭尽全力不把它弄坏。我的心跳就像一柄大锤一下下砸在砧铁上。

"哦,快点!"帕尔瓦娜不耐烦地说,"快看看!"

我打开信纸,几行美丽的字迹出现在我的眼前,我又是一阵昏眩。我们迅速看完了信,那上面其实只有几句话,然后我们又对视了一眼,不约而同地问道:"你看懂了吗?上面都写了什么?"我们把它又读了一遍。这一次,我们平静了一些,终于能看懂那些字句了。

> 愿你的身体永远不需要医生的碰触,
> 愿你的美妙永远不会受到伤害。

然后就是问候语,还有询问我的身体状况,希望我能够早日康复。

多么彬彬有礼,多么美丽动人啊!从他的字迹和文法中就能看出来,他是一个读了很多书的人。帕尔瓦娜没有逗留太久,因为她并没有和她的母亲说过会来看我,而且我也没有太多心思招待她。我已经进入了另一个世界,感觉不到自己的肉体,好像只有我的灵魂飘浮在空气中。我甚至能够看见自己就躺在床上,眯着双眼,嘴角翘起,露出一个大大的微笑,那封信就被我按在胸前。有生以来第一次,我开始后悔自己太多次许愿代替扎丽死去。生命是多么美好啊。我想要拥抱整个宇宙,用力亲吻它。

白天的时间就在我的狂喜和幻想中过去了,我都没有注意到夜晚已经到来。我的晚餐吃了什么?有谁来过?我们说了什么?我都不记得了。到了午夜时分,我打开灯,将那封信读了一遍又一遍。我将它按在心口上,做了一个又一个美梦,直到清晨。我的直觉告诉我,一个人一生只会有一次这样的体验,而且它只会发生在十六岁的时候。

第二天,我急不可耐地等待着帕尔瓦娜的到来。我坐在窗前,盯着前院。母亲在厨房和主屋之间走来走去,能够看见我,于是她比画着手势问我:"你想做什么?"

我打开窗户说:"没什么……我觉得好无聊,只是想看看街景。"几分钟以后,我听到了门铃声。母亲嘟囔着打开门。当她看见是帕尔瓦娜时,就转过身意味深长地看了我一眼:原来你等的是她。

帕尔瓦娜跑上楼,把书包扔到屋子中央,努力用一只脚把另一只脚上的鞋踩下来。

"快进来……你在干什么?"

"这该死的系带鞋!"

终于,她把鞋脱了下来,走进房间坐好说道:"让我再看一遍那封信,其中有些地方我忘记了。"

我把藏着那封信的书递给她,说:"和我说说,今天你看见他了吗?"

她笑着说:"是他先看见了我。他正站在药房前面的台阶上,就像以前那样东张西望。现在整个城市的人肯定都知道他在等什么人了。我一到他面前,他立刻就向我问了好,这一次他的脸不红了。他问我:'她怎么样?你有把信给她吗?'我说:'我给她了,她很好,还向你问好。'他长舒了一口气,说他一直很担心你会因为他而感到不安,然后他有一点着急地问:'她没有写回信吗?'我告诉他,我不知道,我把信给你就走了。现在，你打算怎么做？他还在等待回音呢。"

"你的意思是，我应该给他回信？"我紧张地问。"不，这不合规矩。如果我这样做了，他也许会认为我是个不知羞耻的女孩。"

就在这时，母亲走进来说："你的确是很不知羞耻。"

我的心一沉。我不知道她听到了多少我们的对话。我看着帕尔瓦娜，她也显得很惊慌。母亲放下给我们拿来的一碗水果，坐了下来。

"你终于认识到自己不知羞耻了，这很好。"她说道。

帕尔瓦娜迅速恢复了镇静，说道："哦，不，这不算是不知羞耻。"

"什么不算是不知羞耻？"

"是这样，我对我妈妈说，玛苏梅想要我每天都来看她，这样我就能告诉她每天的课程。玛苏梅刚刚说的是，我的妈妈也许会认为她真的很不知羞耻。"

母亲摇摇头，又警惕地看看我们，然后才缓缓站起身，走出去关上了屋门。我示意帕尔瓦娜保持安静。我知道母亲就站在门后偷听我们说话。于是我们开始高声谈论学校和班级里的事情，以及我已经落下了多少课程。帕尔瓦娜开始朗读我们的阿拉伯语课本。母亲非常喜欢阿拉伯语，她以为我们正在朗诵《古兰经》。几分钟以后，我们听到了她走下楼梯的声音。

"好了，她走了，"帕尔瓦娜低声说，"赶快决定你想要做什么。"

"我不知道！"

"不管怎样，你最终一定要给他写点什么，或者当面和他说。你们两个不可能一辈子只是相互打手势。我们至少要搞清楚他到底是怎么想的。他想要和你结婚吗？或许他只是想欺骗我们，把我们引入歧途。"

这真有趣。帕尔瓦娜和我把我们当成了一个人，把这件事当成了我们共同的问题。

"我不能。"我紧张地说，"我不知道该写什么，你来写。"

"我？我不知道该怎么写。你的作文比我好多了，你还知道好多诗歌。"

"你想到什么就写什么，我也会这么做。然后我们把写出来的东西合在一起，写成一封正式的信。"

那天下午晚些时候，艾哈迈德的吼声突然让我从思绪中惊醒。他的号叫充满了整个院子："我听说那个粗俗的女孩每天都会来这里，这是什么意思？难道我没有告诉过你，我不喜欢她？我看不惯她那种高傲自大的样子！为什么她总要来这里？她想干什么？"

"没什么，儿子。"母亲说，"你为什么会这样不安？她只是来给玛苏梅送家庭作业，而且很快就会离开。"

"让她下地狱去吧！如果我再看见她在这里，我就一脚踹在她的屁股上，把她踢出去。"

我真想抓住阿里，把他好好揍一顿。那个小浑蛋一直在窥探我们，向艾哈迈德打小报告。我告诉自己，艾哈迈德什么都做不了，但我还是必须警告帕尔瓦娜要小心，要等阿里不在家的时候才可以来。

那一整天里，我都在不停地写字又擦掉。我以前给他写过东西，但那都是用我自己编出来的字体写的，而且那些话太有感情、太亲昵了，不能写在正式的信里。实际上，发明那种字体是我不得已而为之。毕竟我在家里没有任何私人空间，甚至连一个完全属于自己的抽屉都没有。而我又需要写字，我不能停下来，必须把我的心情和梦想都写在纸上。只有这样，我才能整理好自己的思绪，明白我到底想要什么。

但我还是不知道应该给赛义德写些什么，我甚至不知道该如何在信里称呼他。亲爱的阁下？不行，这太正式了。亲爱的朋友？也不行，这不合规矩。我应该直呼他的名字吗？还是不行，这会显得我们太熟悉了。到了星期四下午，帕尔瓦娜放学之后来看我，我还没写出一个字。她这次比以前更兴奋，法蒂给她开门的时候，她甚至都没有拍拍法蒂的头，就直接冲上楼梯，把书包扔在地上，直接坐在门口，鞋子还没有脱下来就开始对我说话。

"我刚才正在回家的路上，他忽然在我的背后喊我：'艾哈迈迪小姐，你父亲的药已经准备好了。'我可怜的爸爸，谁知道他到底是生了什么病，竟然需要吃这么多药。感谢真主，那个好打听的玛丽亚姆没有和我在一起。我走进药房，他给了我一个包裹。赶快打开我的书包看看，包裹就在最上面。"

我的心都要从胸腔里跳出来了。我坐到地板上，迅速打开了她的书包,立刻就看见了一个小白纸包裹。我把纸撕开。那里面是一本能够装进衣兜的小诗集,诗集里还夹着一个信封。我的手心里全是汗水。拿起那封信,靠在墙上,我感到一阵昏眩。帕尔瓦娜终于甩掉了她的鞋,爬到我身边说:"现在可别昏过去!先把信读了,然后随你怎么昏都行。"

就在这时,法蒂走了进来。她一直来到我面前,说:"妈妈想要知道,帕尔瓦娜小姐是不是想要喝茶。"

"不用!不用!"帕尔瓦娜说,"非常感谢,不过我很快就要走了。"

然后她将法蒂从我身边拽开,吻了一下她的面颊说:"现在替我去谢谢你妈妈,那样才是好女孩。"

但法蒂再一次走过来,在我身边坐下。我明白,母亲一定叮嘱过她不要离开我身边。帕尔瓦娜从衣兜里掏出一块糖递给法蒂:"做个好女孩,去告诉你妈妈,我不用喝茶。否则她还要爬上楼来,这对她不好,她的腿会痛的。"

法蒂一离开,帕尔瓦娜就从我的手中抓过信说:"快点,否则又要有人来了。"她打开信封,拿出信读了起来。

"可敬的年轻女士。"

我们彼此对视一眼,笑了起来。"哦,这真有趣!"帕尔瓦娜高声说道,"谁会写'可敬的年轻女士'?"

"嗯,他也许不想在第一封信里就对我表现得太亲密,所以才没有管我叫'小姐'。说实话,我也正在对这个感到为难,不知道该如何给我的信开头。"

"先别想那个,读一读下面的。"

我还没有允许自己在纸上写下你的名字,尽管我每天都会在心中呼唤它一千遍。从未有人的名字能够如此适合和衬托她的面孔。你眼神中和脸上的天真无邪是如此让人喜悦。每一天,我都因为看见你而心醉。我是如此心驰神往,以至于当我被剥夺这份恩赐的时候,我发现自己真不知道在生活中应该做些什么。

我的心
是一面因为哀伤而模糊的镜子
请用你的微笑
拂去这面镜子上的尘埃

这些天一直没有看见你，我变成了一个失落与漂泊之人。在我深陷孤独的时候，请用只言片语告诉我，你还记得我，这样我就能再次找到自己。我以全心全灵祈祷你恢复健康。为了真主的爱，请照顾好你自己。

赛义德

帕尔瓦娜和我全都因为这封美丽的信而感到头晕目眩。当阿里走进来的时候，我们还处于狂喜之中。我迅速将那本书和信都压在腿下面。阿里用一种挑衅的眼神看着我们，怒气冲冲地说："妈妈想知道，帕尔瓦娜小姐是不是要留下来吃午饭。"

"哦，不用了，非常感谢，"帕尔瓦娜说，"我这就要走了。"

"那太好了，"阿里嘟囔着，"但我们现在就要吃饭了。"然后他就走了出去。

我真是生气又尴尬，完全不知道该对帕尔瓦娜说些什么。她已经注意到了我的家人对她态度冷漠，说道："我来得太频繁了。我觉得他们应该是受够我了。你什么时候回学校？你已经在床上躺了十天了，这还不够吗？"

"我简直要疯了，我在家里待得真是又累又烦。我可能会在周六[1]去学校。"

"你可以吗？没有关系吗？"

"我觉得好多了。我会一直练习脚踝，直到周六那天。"

"那样我们就自由了。我发誓，我已经没办法再和你的妈妈对视

---

[1] 在伊朗，休息日是周四、周五，周六至周三上学、上班。——编者注

了。周六早上七点半,我来接你。"

她吻了我的面颊,没有系上鞋带就跑下了楼梯。我听见她在前院里对母亲说:"非常抱歉,但我今天必须来一趟。您要知道,我们在周六会有一场考试,我必须告诉玛苏梅这件事,让她做好准备。感谢真主,看样子她的脚踝已经好多了。我会在周六来接她,我们可以慢慢走到学校去。"

"这没有必要,"母亲说,"她的脚踝还没有痊愈。"

"但我们有一场考试!"帕尔瓦娜坚持说。

"那你就去考吧,这没那么重要。阿里告诉我,学校考试会在一个月后举行。"

我打开窗子喊道:"不行,妈妈,我必须去。这是一场预备考试,它的成绩会被加到我们的实际考试里面。"

母亲气恼地转身走进了厨房。帕尔瓦娜抬头朝我眨眨眼,然后就离开了。

我立刻开始练习脚踝。只要我一感觉到痛就躺下来,把脚放到一只枕头上。一个鸡蛋黄不够,我开始用两个鸡蛋黄揉脚踝,药油的用量也加了倍。不调理脚踝的时候,我就抓住每一个机会来读那封信。现在那是我最心爱,也最珍贵的财富。

我一直在问自己:为什么他的心是一面因为哀伤而模糊的镜子?他一定活得很艰难。很明显,工作、养活他的母亲和三个姐妹,再加上学习,一定是一种沉重的负担。如果他不用承担这么多的责任,如果他的父亲还活着,或许他会立刻来请求牵我的手。阿塔伊医生说过,他的家族是受人尊敬的。哪怕是和他一同生活在阴暗漏雨的房子里,我也心甘情愿。但为什么他说我的名字很适合我的脸,还有我的性情?我接受了他的信,不恰恰证明我并不天真吗?如果我真的是天真无邪,我还会坠入爱河吗?但我就是控制不住自己。我竭力不去想他,在看见他的时候不让自己的心跳得那么快,不让自己脸红,但我什么都控制不住。

终于到了星期六,我醒得比平时更早了。实际上,我整个晚上几乎都没怎么睡着。我穿好衣服，整理好床铺，向所有人证明我已经好了。祖母的手杖也被我放到一旁，尽管它帮过我很大的忙。我抓着楼梯扶手走下楼，坐到准备好的早餐面前。

"你确定能去学校了？"父亲问我，"为什么你不让马哈茂德用摩托车载你去？"

马哈茂德严厉地看了父亲一眼，说道："父亲，你在说什么？现在我们已经做了很多不合规矩的事情，不能再让她不穿赫加布就和一个男人一起骑在摩托车上了。"

"但是儿子，她会一直戴着头巾的。对吗？"

"对啊，"我说，"我什么时候去学校不是把头巾戴得好好的？"

"而且你是她的哥哥，不是陌生人。"父亲又说道。

"愿真主垂怜！爸爸，看样子德黑兰也把你引诱得偏离正道了！"

我打断马哈茂德说："不用担心，爸爸。帕尔瓦娜会来接我，她会帮我的。我们一起走路去学校。"

母亲悄声嘟囔了些什么。艾哈迈德的眼睛还因为昨天晚上喝过酒而浮肿着，他以那种惯有的怒气冲冲的声音吼道："哈！帕尔瓦娜，又是她。我告诉过你不要和她混在一起，你却把她当成了你的拐杖？"

"为什么？和她在一起有什么不对了？"

"和她在一起有什么不对？"艾哈迈德冷笑着说，"她是个低俗的女孩，总是不停地大笑和傻笑。她的裙子太短了，而且她走路的时候一直扭屁股。"

我的脸一红，反驳道："她的裙子一点也不短，要比学校里其他人的更长。她是一名运动员，不是那种故意卖弄的女孩。而且，你怎么知道她走路的时候会扭屁股？为什么你会那么仔细地去看另一个男人的女儿？"

"闭嘴，否则我就把你的牙齿打掉！妈妈，你看到她变得多么放肆无礼了吗？"

"够了！"父亲喝道，"我认识艾哈迈迪先生，他是一位受过教育、非常可敬的人。阿巴斯伯伯在与旁边店铺的阿布-卡西姆·索拉蒂发生争执的时候，就曾经请他调解。没有人会反对艾哈迈迪先生说的话，大家都很信任他。"

艾哈迈德的脸涨得通红。他转向母亲说:"看看吧!你还在奇怪为什么这个女孩变得如此放肆大胆。既然每一个人都总是站在她那一边,她为什么不会放肆大胆?"然后他又朝我吼叫:"去吧,和她走吧,妹妹。当然,那个女孩就是正派体面的化身,去跟她学习什么是尊重吧。"

仿佛是我的运气来了,门铃恰好在这时响了起来。我转头对法蒂说:"告诉她,我马上就过去。"我以最快的速度戴好头巾,匆匆向家人告别,跛着脚走了出去。这场争吵也因此画上了句号。

街道上寒风吹来,我刻意停下几秒钟,享受一下清新的空气。随风而来的是青春、爱和快乐。我靠在帕尔瓦娜身上。我的脚踝还在隐隐作痛,但我不在乎。我竭力压抑自己兴奋的心情,和帕尔瓦娜一起缓慢而安静地向学校走去。还有很远一段距离,我就看见赛义德站在药房前的第二级台阶上向街道中眺望。一看见我们,他就跳下台阶来和我们打招呼。我咬住嘴唇,而他也意识到自己不应该这样做,便又站回到台阶上。看见我脚上的绷带和一瘸一拐的步伐,他充满激情的眼睛里流露出哀伤。我的心只想跳出胸膛,向他奔去。我觉得自己仿佛已经有许多年没有见过他,却又觉得比起我们上一次相见的时候,现在的我们更加亲近。现在我认识了他,我知道他对我有什么样的感觉,我比以往更加爱他了。

我们走到药房的时候,帕尔瓦娜对我说:"你一定是累了,我们歇一下吧。"

我把手扶在墙上,小心地回应赛义德的问候。"你的脚踝伤得很重吗?"赛义德低声问我,"需不需要我给你开一些止痛药?"

"谢谢,已经好多了。"

"小心,"帕尔瓦娜紧张地对我耳语,"阿里过来了。"

我们迅速道了别,继续向前走去。

那天,我们有一节一个小时的体育课。帕尔瓦娜和我把那节课和另外一节课都翘掉了。我们有太多的话要说。当校长助理来到校园里的时候，我们跑进厕所躲起来，然后坐到了学校小卖部后面。在二月份苍白的太阳下面，我们又把赛义德的信读了两三遍，赞美他的温柔体贴、知书达礼，陶醉在他秀美的笔迹和文雅的措辞之中。

"帕尔瓦娜，我觉得我得心脏病了。"我说。

"你怎么会这样想？"

"因为我的心跳很不正常，总是有心悸的感觉。"

"是在你看见他的时候，还是在你看不见他的时候？"

"我一看见他，心跳就变得特别快，甚至会气喘吁吁的。"

"这不是心脏病，亲爱的。"帕尔瓦娜笑着说，"这是爱情带给你的病。我这个与他毫无关系的人可不会因为他突然出现在我眼前就开始疯狂心跳，我只能想象你的感觉。"

"你觉得，等我们结婚以后，我还会有这种感觉吗？"

"说什么傻话！如果你在结婚以后还有这种感觉，那你就真的要去看医生了，那时候你肯定是得了心脏病。"

"哦，我至少要等两年，他才能念完大学。当然，这也没有那么糟糕，到时候我也会有毕业证书了。"

"但他还要服两年兵役，"帕尔瓦娜说，"除非他已经服过兵役了。"

"我不这么觉得。他年纪有多大？也许他不需要服兵役。他是家里的独子，他爸爸已经去世了，他要负责供养整个家庭。"

"也许吧。不过他还必须找一份工作。你觉得他能够供养得起两家人吗？药剂师能挣多少？"

"我不知道。但如果没有别的办法，我会去跟他的妈妈和姐妹们住在一起。"

"你是说，你愿意搬到外省去，跟你的婆婆还有大姑子、小姑子们住在一起？"

"我当然愿意。如果有必要，我会和他一起住在地狱里。况且乌鲁米耶是一个不错的城市，他们说那里很干净也很漂亮。"

"比德黑兰还要好？"

"至少气候比库姆要好。你忘记我是在哪里长大的了？"

多么甜美的幻想啊。就像所有浪漫的十六岁女孩一样，我愿意为赛义德去任何地方，做任何事情。

帕尔瓦娜和我那天用了大部分时间阅读我们写给他的回信。我们一遍又一遍地检查，努力想要写出一封完美无缺的信来。但我的手指冻得很僵，而且把信纸垫在书包上写字，让我的笔迹显得格外潦草。到最后，我们决定我晚上回家后把信誊写一遍，第二天再把它交给赛义德。

那个冬季的那一天是我一生中最快乐的日子之一。我感觉整个世界——好朋友、真爱、青春和美丽灿烂的未来——仿佛就在我的掌心里。我是那样高兴，甚至连脚踝的疼痛也成了值得庆幸的事情。毕竟，如果我没有扭伤脚踝，我就不可能收到这些美丽的信。

到了下午，天空开始变得乌云密布，飘起了雪花。我们已经在寒冷的室外坐了几个小时，我的脚踝开始感觉到一下一下的抽痛，我走路也变得困难起来。回家的路上，我的大部分体重都压在了帕尔瓦娜的肩膀上。每走几步，我们都不得不停下来喘口气。终于，我们来到了药房前面。赛义德看见我的困境，飞奔出来撑住我的手臂，把我领进药房。药房里面温暖又明亮，透过雾茫茫的高大橱窗能看见外面萧瑟寒冷的街道。阿塔伊医生正忙着照顾已经在柜台前排成队的顾客们。他一个接一个地招呼他们，和他们讨论该如何用药。所有人的注意力都在他身上，没有人理会坐在角落里软椅上的我们。

赛义德跪在我面前，抬起我的脚，把它放在软椅前面的矮凳上，小心地触摸我被绷带裹住的脚踝。尽管隔着那么多层绷带，他的手仍然让我全身战栗，仿佛我碰到了一根有生命的电线。这种感觉真奇怪。他也在颤抖。他用温柔的眼光看着我说："这里的炎症还很严重，你不应该用它走路。我给你准备了一些药膏和止痛药。"

他站起身，走到柜台后面。我的视线一直跟随着他。很快，他拿过来一杯水和一粒药丸。我吞下药丸，把杯子还给他。他又将另一只信封递给我，我们的视线交汇。我们想说的所有事情都映照在彼此的眼睛里，无须交换任何言语。我忘记了身上的疼痛。现在我能看见的只有他，我们周围的所有人好像都消失在雾气中，他们的声音也听不清了。我失去了理智，好像飘浮在另外一个世界里。突然，帕尔瓦娜用胳膊肘戳了我一下。

"怎么了？发生什么事了？"我困惑地问。

"看那边！"她对我说，"快看！"

她挑了挑眉，示意我朝药房窗户外看。我下意识地坐直身子，又开始心跳加速了。阿里正站在窗外，透过窗户向药房里张望。他的脸紧贴着玻璃，两只手遮在眼睛上面。

帕尔瓦娜问我："怎么了？你的脸怎么黄得像姜一样？"然后她起身走出去喊道："阿里，阿里，快过来帮忙。玛苏梅的脚踝出问题了，现在她疼得厉害，我一个人没办法把她送回家。"阿里斜眼瞥了她一下就跑掉了。帕尔瓦娜回到药房里说："你有看到他看我的眼神吗？他想要把我的头砍下来！"

我们离开药房回家的时候，太阳已经开始西沉，天快要黑了。我还没来得及拉响门铃，房门就猛然打开，一只手抓住我，把我拽了进去。帕尔瓦娜没有意识到发生了什么，还要跟我进门。但母亲扑向她，把她推到街上，尖叫着说："我再也不想见到你了！我们承受的一切灾难全都是因为你！"然后她就狠狠地摔上了门。

我从台阶上滚下去，跌倒在院子中央。阿里抓住我的头发，把我往房子里拽。我现在能想到的只有帕尔瓦娜。我感觉羞愤不已，放声尖叫道："放开我，你这个白痴！"

母亲走过来，不住地咒骂着，非常用力地掐我的胳膊。

"这是怎么回事？"我喊道，"到底发生了什么？你们都疯了吗？"

"你说发生了什么，你这个小荡妇！"母亲也在尖叫，"现在你敢在大家眼前和陌生男人调情了？"

"什么陌生男人？我的脚踝很痛。药房的医生给我做了检查，又给了我一些药。就是这样！我都要痛死了。而且，伊斯兰教不认为医生是陌生人。"

"一个医生！一个医生！从什么时候开始，一个店里跑腿的变成医生了？你觉得我是傻瓜吗，不知道你最近干的勾当？"

"为了真主的爱，妈妈，我没干什么啊。"

阿里在踢我。他脖子上的血管都鼓了起来。他用嘶哑的声音咆哮着:"没错!我每天都在跟踪你。那个蠢货就站在门口,一直向外看,等你们出现。我的朋友们都知道这件事,他们说:'你的姐姐和她的朋友跟那个家伙好上了。'"

母亲用力拍打自己的头,哀号着:"我向真主祈祷,真希望看见你躺在停尸间的床板上。看看你给我们带来了什么样的羞耻和污名吧。我该怎么对你的爸爸和哥哥们讲?"她又掐了一下我的胳膊。

就在这时,院门被撞开,艾哈迈德走了进来,用一双满是血丝的眼睛瞪着我,双手攥成了拳头。他全都听到了。

"你终于干出了这种事?"他号叫着,"你看看啊,妈妈,好好管管她吧。我从一开始就知道,让她来到德黑兰,每天打扮起来,跟那个女孩在街上乱转,到最后她就会给我们带来羞辱。现在,你该怎样在朋友和邻居面前抬起头来?"

"我做错什么事了?"我尖叫道,"我以爸爸的生命发誓,我当时在街上就要摔倒了。是他们把我扶进药房,给了我一粒止痛药吃。"

母亲看了看我的脚,那只脚已经肿得像枕头一样了。她轻轻碰了一下那里,我大声喊起痛来。

"别理她,"艾哈迈德叫嚷着,"她做出了那么多丑事,你还想要纵容她?"

"丑事?究竟是谁做出了丑事,难道不是你吗?每天晚上喝醉了才回家,还和别人的老婆有一腿!"

艾哈迈德扑向我,一拳打在我的嘴上。我的嘴里立刻充满了鲜血。我发疯般尖叫着说:"我说的有错吗?我亲眼看见她的丈夫不在家时,你偷偷溜进了他们的房子。而且那已经不是第一次了。"又一拳打在我的眼睛下面,我感到一阵头昏。有一刻,我觉得自己要瞎了。

母亲尖叫道:"闭嘴吧,女儿!知道些羞耻吧。"

"你等我去告诉她丈夫吧!"我喊道。

母亲跑过来用手捂住我的嘴,说:"我没有告诉你把嘴闭上吗?"

我拽开她的手,满心怒火地高喊:"难道你看不见他每天晚上都是满身酒气地回家吗?警察已经带他去了两次警察局,因为他对别人动刀子。这些都不是丑事,而我在药房里吃一颗药就让你羞耻了?!"

连续挨了两拳让我开始耳鸣,但我控制不住自己,没办法把嘴闭上。

"闭嘴,愿真主用白喉狠狠责罚你。你们不一样,你是女孩!"母亲的泪水涌了出来。她将双臂举向天空,恳求道:"哦,真主啊,救救我吧!我能够向谁求助?女儿,我祈祷你会受苦,我祈祷你被撕成碎片。"

我倒在房间的角落里,感到无比绝望,眼泪从我的眼睛里不停地涌出来。阿里和艾哈迈德在前院里低声嘀咕着什么。母亲带着哭腔打断了他们:"阿里,够了,闭嘴。"

但阿里的小报告还没有打完。我在想他怎么能搜集到那么多情报。

母亲再一次喊道:"阿里,我说够了!快出去买些馕。"终于,她狠狠拍了一下阿里的脑袋,把他轰了出去。

这时,我听见父亲走进前院,向母亲打招呼。母亲用和平常一样的声音回应说:"哦!你回家真早,穆斯塔法阿迦……"

"这么冷的天不会有人来买东西,所以我决定早些歇业。"父亲说,"出什么事了?你看起来很紧张。艾哈迈德也回家了。马哈茂德呢?"

"马哈茂德还没回来,所以我有些担心,他总是会在你之前回家的。"

"他今天没有骑摩托车,"父亲说,"交通情况很糟糕,他有可能打不到出租车。现在到处都是冰雪。看样子,今年的冬天根本不想结束……我猜那个亚美尼亚人也很早就关店了,所以有人才这么早回家来。"

父亲极少与艾哈迈德说话,即便是指责他的时候,往往也只是拐弯抹角地讥讽一下。

艾哈迈德坐在倒影池边反唇相讥:"实际上,他关门不算早,但我今天在搞清楚我该如何看待你们之前,是不会出门的。"

父亲扶住门框,开始脱鞋。从门口射进来的光无法把房间完全照亮,我躺在科西暖桌旁边的地上,他看不见我。他用嘲弄的语气说:"所以!不是我们该如何看待这位先生,而是这位先生想要知道该如何看待我们。"

"不是你,而是你那个不守规矩的女儿。"

父亲的脸变得像粉笔一样白。

"注意你说的话,"他警告说,"你妹妹的名誉就是你的名誉,要知道羞耻。"

"算了吧!她早已经把我们的名誉都败光了。别自欺欺人了,爸爸,不要只盯着我了。你早已名誉扫地了。邻居们全都听到了它崩塌的声音,只有你往耳朵里塞满了羊毛,什么都不想听见。"

父亲明显在打战。惊恐万分的母亲恳求道:"艾哈迈德,我亲爱的艾哈迈德!愿真主允许我为你牺牲吧,愿令你烦恼的所有不安和困苦都落在我身上吧,不要这样说,你爸爸会被气死的。什么都没有发生,她的脚踝很痛,所以他们给了她药吃。"

父亲恢复了镇静,对母亲说道:"不要拦着他,让我听听他要说什么。"

"你为什么不去问问被你惯坏的女儿?"艾哈迈德指着房间里面说。父亲寻觅的目光落在了我身上。他没办法看清楚,便伸手打开灯。我不知道自己是什么样子,但他的声音突然变得非常惊骇。

"我的真主啊!他们对你做了什么?"他惊呼一声,冲过来扶我坐起来,从衣兜里掏出手绢,擦掉我嘴角的血。他的手绢有一股玫瑰水的清爽香气。

"是谁打的你?"他问道。

我的泪水落得更快了。

"你这个卑劣的无赖,竟然动手打女人?"他向艾哈迈德喊道。

"说得好啊!"艾哈迈德讥讽道,"现在我成了有罪的人了!还谈什么贞洁和美德,我们根本就没有这些。谁又在乎她会落在什么样的人手里呢?从现在开始,我都要被当作无赖了。"

我不知道马哈茂德是在什么时候回到家的。但就在这时,我看见他站在院子里,显得非常困惑。母亲打断了父亲和艾哈迈德的对话,用恰多尔裹住肩膀说道:"够了!现在赞美先知和他的圣裔吧,我要准备晚饭了。你,站到一边去。你,把台布拿来,铺到这边的地板上。

法蒂?法蒂?你在哪里?你这个淘气鬼。"

法蒂一直都在旁边站着,只是没有人注意到她。她从房间角落里被褥堆的阴影中挪出来,向厨房跑去。几分钟以后,她端着晚餐盘回来,轻轻地把它们放在暖桌上。

父亲查看过我嘴角的伤口、我青肿的眼睛和流血的鼻子,然后问我:"是谁干的?艾哈迈德?他真该被诅咒。"他朝院子里喊道:"你这个浑蛋,难道我死了吗?你凭什么这样对待我的妻儿?就连在卡尔巴拉杀害了伊玛目侯赛因[1]的谢姆尔也不会对妻子和女儿做这种事。"

"好啊!好啊!现在这位女士是纯洁又神圣的,我就是比谢姆尔还要坏了。爸爸,你的女儿把你的脸都丢尽了。也许你不在乎,但我在乎,我在人前还要面子呢。等阿里回来,你自己问问他都看见了什么。这位女士和药房里的那个伙计调情,让全世界都看见了!"

"爸爸!爸爸,我向真主发誓,他在说谎。"我恳求道,"我以您的生命发誓,我向祖母的坟墓发誓,我的脚踝很痛,就像我第一天跌倒的时候那样痛。当时我就要瘫倒在街上了,是帕尔瓦娜把我拖进了药房。他们抬起我的脚,给我吃了止痛药。阿里当时也在,但是当帕尔瓦娜叫他进来帮忙的时候,他就跑掉了。然后我一回家,他们就打了我。"

我开始放声痛哭。母亲在布置晚餐。马哈茂德靠在我旁边的架子上,不动声色地观察着混乱的局面。艾哈迈德跑进来,站在屋门口,抓住门框疯狂地叫喊着:"承认吧,承认吧!那个家伙把你的脚放到凳子上,抚摸你,逗弄你。承认你那时候一直在笑,在调情!承认他每天都在街上等你,向你问好,奉承你……"

马哈茂德的态度变了。他的脸涨得通红,低声嘟囔着什么。我只听到了"愿真主怜悯"。父亲转过头,用疑问的眼神看向我。

"爸爸,爸爸,我发誓……"这时阿里正捧着刚烤出来的馕走进屋门,馕的香气充满了房间。"……他在说谎,他污蔑我,是因为我发现他溜进了帕尔文太太的屋子。"

---

1 穆罕默德的外孙。——译者注

艾哈迈德又一次扑向我,但父亲伸手将我护住,并警告他说:"不许碰她!你说的事情不可能是真的。她的校长告诉我,在她们的学校里,没有人比玛苏梅更加正派和纯洁。"

"是啊!"艾哈迈德冷笑着说,"她们的学校里一定全都是贞洁淑女。"

"闭嘴!注意你的言辞。"

"爸爸,他说得没有错,"阿里说,"我亲眼看见了。那个家伙把她的脚抬起来放到凳子上,还给她按摩。"

"不,爸爸,我发誓,他只是握着我的鞋。我的脚踝裹了那么厚的绷带,没有人能够碰到它。而且医生并不被看作陌生人,对吗,爸爸?他只是问我:'哪里痛?'"

"只是握着你的鞋!"艾哈迈德说,"当然,我们相信你。看看她在我们面前是如何编造谎言的吧。你也许骗得了爸爸,但我要比你想象的更精明。"

"闭嘴,艾哈迈德,否则我就在你的嘴上狠狠揍上一拳。"父亲说。

"那就来啊!你还在等什么?你就知道打我们。阿里,为什么你不说话?把你告诉我的事情都告诉他们。"

"我看见那个蠢货每天都站在药房外面等她们。"阿里又打起了小报告,"她们一过去,他就向她们问好。她们还会回应他。然后她们就会悄声嘀咕些什么,还一起傻笑。"

"说谎!我已经十天没去过学校了。为什么你要编造这些谎言?是的,每次他看见帕尔瓦娜的时候都会向她问好。他是给帕尔瓦娜的爸爸准备药,让帕尔瓦娜转交。"

"愿那个女孩的坟墓在火焰中燃烧,"母亲拍着胸口说,"那的确是她的做派。"

"那你为什么要让她走进这幢房子?"艾哈迈德喝问道,"难道我没有告诉过你,不要这样做吗?"

"我又能怎样?"母亲说,"她来的时候,她们就坐在一起读书。"

阿里拽过艾哈迈德的胳膊,在艾哈迈德耳边悄声说了些什么。

"为什么你要说得那么小声?"父亲问。"大声说出来,让所有人都听见。"

"她们不是在读书，妈妈，"阿里说，"她们是在读别的东西。有一天，我走进她们的房间，她们立刻就把某些纸藏到腿下面去了。她们以为她们能够骗得过一个孩子！"

"去，去看看她的书本，看看能找到什么。"艾哈迈德说。

"我在她回家之前找过，那些纸不在书里面。"

我的心在疯狂地跳动着。如果他们搜我的书包该怎么办？那样一切就都完了。我小心地扫视过整个房间。我的书包就在我身后的地板上，我缓慢而谨慎地把它推到了科西暖桌的毯子下面。然而，马哈茂德冰冷的声音打破了只维持了几秒钟的寂静。

"无论那是什么，一定在她的书包里。她刚刚把书包放到毯子下面去了。"

我觉得仿佛有一桶冰水从我的头顶浇下，我完全没办法说话了。阿里扑过去，把书包从桌子下面拖出来，将里面的东西全都倒在暖桌上。我什么都做不了了，只觉得一阵阵昏眩，全身瘫软。他用力摇晃书包，里面的书本和那些信全都落在了地板上。艾哈迈德一下子冲过来，拿起信，迅速打开一封，兴高采烈地看着，仿佛他刚刚得到了这个世界上最大的奖励。

他的声音因为兴奋而颤抖着。"就是这个，就是这个，爸爸，好好听听吧。"

然后他开始以嘲讽的语调读了起来。

"可敬的年轻女士。我还没有允许我自己……"

我因为羞耻、恐惧和愤怒而扭动着身体，整个世界都在我的脑海中盘旋。信中有一些地方，艾哈迈德读不出来。他读到一半的时候，母亲问："儿子，这是什么意思？"

"这个意思就是当他充满爱意地看她的眼睛时……她又纯洁又天真。对吧！"

"愿真主带走我的生命吧！"母亲喘息着说道。

"再听听这个：'我的心……我不知道这是什么……哀伤……请用你的微笑……'你这个不知羞耻的贱货！我会给他一个他永远也无法忘记的微笑。"

"看这个，看这个，这里还有，"阿里说，"这是她的回信。"

艾哈迈德一把抢走了那封信。

"太妙了！这位女士写回信了。"

马哈茂德面色赤红，脖颈上的血管根根暴起。他喊道："我没有告诉过你们吗？没有和你们说过吗？一个女孩只要把自己打扮起来，在一座充满恶狼的城市街头四处乱逛，就再也不可能保持纯洁无瑕了。我一直在要求你们把她嫁掉，而你们却说，不，她要去学校。是的，去学校学习如何写情书。"

我没有为自己辩护。我已经失去了所有武器，我投降了。我用恐惧和焦急的目光看向父亲。他的嘴唇在颤抖，他的面色是那样苍白，让我觉得他可能马上就要倒在地上。他将那双充满惶惑的深褐色眼睛转向我。和我预料的不一样，那双眼睛里没有怒火，只有深深的哀伤弥漫在晶莹的泪水中。"这就是你对我的回报？"他喃喃地说道，"你真是懂得信守承诺，懂得如何维护我的名誉。"

他的目光和话语要比我承受的所有殴打更令我痛苦，它们像一把匕首刺穿了我的心。泪水沿着我的面颊滚落，我用颤抖的声音说："但我发誓，我没有做任何错事。"

父亲转过身背对着我说："够了，闭嘴！"

他没有穿外衣就走出了房子。我明白他出去是什么意思。他已经收回对我的全部支持，让我任由他人处置。

艾哈迈德还在翻看那些信。我知道他有很多词都不认识，而且赛义德是用花体字写的，令他阅读起来更加困难。但他看起来就像理解其中每一句的意思一样，并且正在努力地用愤怒的面具来掩饰自己的喜悦。几分钟后，他转向马哈茂德说："现在我们该怎么处理这桩丑闻？那个杂种会以为我们是没有脊梁的软蛋。等着瞧吧，我会给他上一课，让他永远也忘不了。除非让他流血，否则我绝对不会罢休。阿里，去拿我的匕首，跑着去。让他流血是我的权利，对不对，马哈茂德？他已经对我的妹妹有了企图。证据就摆在眼前，是他亲手写下来的。快点，阿里。我的匕首就在楼上的壁橱里……"

"不，不要碰他！"我在恐惧中尖叫道，"他没有做任何错事。"

艾哈迈德发出一阵大笑。他以一种他很久都未出现过的镇定状态对母亲说:"妈妈,你看见了吗?你有没有看见她在如何维护她的情人?让她流血也是我的权利,对不对,马哈茂德?"

母亲的眼睛里泛着泪光,不停地拍打着胸口说道:"真主啊,看看我遭受了什么样的毁灭吧!女儿,愿真主让你受苦。这多羞耻啊!我真希望你代替扎丽死掉。看看你都对我做了什么。"

阿里拿着匕首跑下了楼。艾哈迈德面色冰冷地站起身,仿佛他只是要出门去做一件普通的事情。他抻了抻自己的裤腿,接过匕首,把它举到我面前。

"你想要我给你带回他的哪一部分?"

"不!不要!"我尖叫着,扑到他的脚边,伸出双臂抱住他的腿哀求道:"为了真主的爱,请以妈妈的生命发誓,你不会伤害他。"

他拖着我向门口走去。

"我求你,请不要这样。我做错了,我忏悔……"

艾哈迈德带着一种疯狂的喜悦看向我。这时他已经来到前门。他嘶吼着粗鲁的脏话,猛地一抬腿,从我的手臂中挣脱出去。跟着我们的阿里狠狠地踢了我,我从台阶上滚了下去。

艾哈迈德走出门时大喊了一句:"我会把他的肝脏带给你。"然后他狠狠地摔上了院门。

我的肋骨断了,呼吸艰难,但真正的痛楚在我的心里。一想到艾哈迈德会如何与赛义德对峙,会对他做些什么,我就害怕得要死。我坐在倒影池旁的冰雪之中哭泣。我的全身都在颤抖,但我感觉不到冷。母亲让马哈茂德把我抱进屋里,让我不要继续在外面丢脸,但马哈茂德不想碰我。在他的眼里,我现在已经被污染,不再洁净了。最终,他抓住我的衣服,怒不可遏地把我从倒影池边一直拖进屋子里,将我扔下。我的头撞在门沿上,我感觉到脸上有温热的血。

母亲说:"马哈茂德,去追上艾哈迈德,不要让他惹麻烦。"

"不用担心,无论艾哈迈德对那个家伙做什么,都是他罪有应得。说实话,我们应该把家里这个也杀掉。"

不过马哈茂德还是出去了。房子里重新陷入了寂静。母亲一边低声嘟囔,一边哭泣。我也止不住地抽噎着。法蒂站在角落里,咬着指甲,盯着我。我陷入了一种怪异的恍惚状态,已经感觉不到时间的流逝。

不知过了多久,院门口传来的声音让我恢复了神志,我在惊恐中跳起身。艾哈迈德在他卑鄙的笑声中走进来,将染血的匕首举到我眼前。"好好看看,这是你情人的血。"

房间开始旋转,艾哈迈德的脸变得扭曲,一片黑幕遮住了我的双眼。我仿佛坠入了一口深井,周围的声音都变得模糊、悠长而且刺耳。我越坠越深,完全没办法停下来。

扎丽就要死了。她的脸上泛起一种怪异的颜色。她呼吸很困难,发出一种沙哑的声音。她的胸腹在快速地起伏着。我咬着指甲,在被褥堆后面看着她。从前院里传来的说话声让我感到更加恐惧。

"穆斯塔法阿迦,我发誓,她的情况很糟糕。去找一位医生来吧。"

"够了!够了!不要歇斯底里了,你会让我的儿子感到不安。她不会有事的。我正在等药煎好,只要我给她喝了药,不等你把医生请回来,她就已经好了。去忙你的吧,不要傻站在这里……去吧,亲爱的。放心吧,你的女儿不会死的。"

扎丽握着我的手,我们跑过一段黑暗的隧道。艾哈迈德在追赶我们,他的手里拿着刀。他每迈出一步,和我们的距离就会缩短几米,就好像他在飞一样。我们尖叫着,但回荡在隧道里的只有艾哈迈德的笑声和吼声。

"血,血,看啊,这是血。"

祖母在努力让扎丽喝下汤药。母亲将她的头放在自己的大腿上,用手指捏开她的嘴。扎丽很虚弱,完全没有挣扎。祖母把一勺汤药倒进她的嘴里,但药汁流不进她的喉咙,母亲便去拍打她的面颊。扎丽无法呼吸,挪动了一下手和脚,然后发出一个奇怪的声音,又开始呼吸了。

母亲哭泣着说:"阿兹拉太太说我们必须送她去圣陵附近的医生那里。"

"让她下地狱去吧!"祖母说,"起来,去做晚饭。你的丈夫和儿子们还得吃饭呢。"

祖母围绕着扎丽转圈,不停地祈祷着。扎丽的面色越来越暗,古怪的声音不断从她的喉咙里传出来。这时,祖母突然跑进院子喊道:"塔伊贝荷,塔伊贝荷,快去找医生来!"

我握住扎丽的手,轻轻抚摸她的头发。她的整张脸几乎都黑了。她睁开眼睛。那双眼睛是那样大,里面都是恐惧,眼白因为充血变成了红色。她用力握紧我的手,从枕头上抬起头,但又立刻倒回枕头上。我将手从她的手心里抽出来,跑去藏在了被褥堆后面。她的胳膊和腿在不停地挪动。我用双手捂住耳朵,把脸埋在枕头里。

院子里,祖母高举起炭火罐,在空中画着圈。炭火的光亮一圈圈扩散,越来越大,最终占满了整个院子。祖母的声音在我的耳边回荡:"女孩们不会死。女孩们不会死。"

扎丽在睡觉。我抚摸她的头发,将散乱的发丝从她的脸上拨开。那张脸突然变成了赛义德。他的头从枕头上滚落下来,掉在地上。我努力尖叫,喉咙里却发不出声。

我的噩梦无穷无尽。我常常被自己的尖叫声惊醒,感觉到自己全身都是汗水,然后再一次落入深渊。我不知道自己的这种状态持续了多久。

有一天,我醒过来,脚上传来一阵火烧一般的感觉。看光线应该是上午,房间里充满了酒精的气味。有人在转动我的头,并说道:"她醒了。看啊,夫人。我发誓她醒了。她在看我。"

眼前的面孔都很模糊,但声音很清楚。

"哦,伊玛目穆萨·本-贾法尔在上,是您满足了人们的心愿,拯救了我们!"

"夫人,她醒了,快去弄些鸡汤来,尽量喂她喝一些。她已经几乎一个星期没有吃过任何东西了,她的胃很虚弱,你必须慢慢喂她。"

我闭上眼睛,不想看见任何人。

"鸡汤马上就准备好。感谢真主十万遍。这段时间里,我喂她吃什么都会被她吐出来。"

"昨天她退烧的时候,我就知道她会醒过来。这个可怜的小东西!她受了多少苦啊,谁知道她是怎么高烧和精神错乱的啊!"

"哦,帕尔文太太,你看到我的痛苦了吗?在过去这几天里,我已经死去活来上百次了。我既要看着我亲爱的孩子在我的眼前抽搐挣扎,又得承受着羞耻和她兄弟们的嘲讽,因为我生出了这样的女儿。这些全都灼烧着我的心。"

我不感到痛苦。我只是躺在床上,奄奄一息。我没办法动弹,仅仅是把手从毯子下面抽出来对我而言也如同一桩无比艰巨的任务。我希望自己能够变得越来越虚弱,直至死亡。为什么我要醒过来?这个世界上已经没有什么属于我的东西了。

我再一次恢复知觉的时候,母亲正将我的头放在她的大腿上,努力想让我喝一些鸡汤。我拼命摇头,抗拒着她想要捏开我嘴巴的手指。

"愿真主让我为你牺牲吧,只要一勺……看看你都成什么样子了。喝一点吧。如果你的痛苦和灾难都能落在我身上就好了。"

这是她第一次对我说这样的话,以前她从不曾这样疼爱过我。她总是忙着照看我的弟弟妹妹,或者把心思放在我的哥哥们身上——她喜爱他们胜过她自己的生命。我一直都是被忽视的中间那一个,既不年长,也不幼弱,更不是男孩。如果扎丽没有死,我现在肯定要被彻底忘记了,就像法蒂一样。她通常都躲在角落里,没有人看见她。我从不会忘记母亲生下她的那一天。祖母听说生的是个女孩,立刻就昏了过去。后来法蒂还遇到了一个可怕的问题——他们都说法蒂是噩兆,因为在她出生后,母亲流产了两次,而且两次都是男孩。我真的不清楚母亲是怎么知道他们都是男孩的。

鸡汤流到了床单上。母亲抱怨着走出了房间。

黄昏时分，我再次睁开眼睛。法蒂正坐在我身边，用她的小手把我的头发从脸上拨开。她是那样天真和孤单。我看着她，就像看到曾经坐在扎丽身边的我。我感觉到脸上有温热的泪水。

"我知道你会醒过来的。"法蒂说，"为了真主的爱，不要死。"

母亲进来了，我又闭上了眼睛。

到了夜里，我能听见每个人在说话。母亲说："今天上午她睁开过眼睛，她有意识了，但无论我多么努力想要喂她一点鸡汤，她都不接受。她已经虚弱得不能动弹了，可不知道她是从哪里来的力气，还能和我作对。今天上午帕尔文太太说，我们不能只是给她吃药，如果她不吃些东西，就会死掉的。"

我听见父亲说："我就知道我妈妈是对的，我们不能养女孩。就算她恢复了，也和死人没什么区别了……毕竟发生过那种名誉扫地的事。"

我没有再听下去。看样子，我似乎能够控制自己听到什么，看到什么，就像打开或者关掉收音机一样。但我没办法控制噩梦，许多影子一直在我紧闭的双眼后面跳动。

艾哈迈德一只手攥着滴血的匕首，另一只手拽着法蒂的头发向我冲过来，法蒂小得就像一只布娃娃。我站在悬崖边缘，艾哈迈德把法蒂扔向我，我努力想要接住法蒂，但她滑过我的手，掉到悬崖下面去了。我跟着往下看，却看到了扎丽和赛义德满是血污的残破躯体……

我被自己的尖叫声惊醒。我的枕头都湿了，嘴唇干得可怕。

"出什么事了？你就是不想让我们好好睡一觉，对吗？"

我把端到嘴边的水大口吞了下去。

清晨，各种日常的嘈杂声把我吵醒，他们正在吃早餐。

"昨天晚上她又烧到了最高值，还产生了各种幻觉。你们听到她的尖叫声了吗？"

"没有!"马哈茂德说。

"妈妈,你能不能让我们安静地吃上一口饭?"艾哈迈德抱怨着。

他的声音就像匕首刺穿了我的心,我希望自己能够有力气坐起来,把他撕碎。我恨他,我恨他们所有人。我翻过身,把脸埋进枕头里。我希望自己能够快些死掉,好摆脱这些自私自利、铁石心肠的人。

我的眼睛因为注射器的刺痛而下意识地睁开了。

"好啊,你终于醒了,别假装你没有醒。我是不是应该拿一面镜子来,让你看看自己的样子?你看上去就像一副骷髅。看啊,我去大篷车糕点店给你买了饼干,配上茶真的很好吃……萨迪吉太太!玛苏梅醒了。她想要喝茶,给她倒一满杯茶来吧。"

我用恍惚的眼神看向她,看不清她的脸。我知道,所有人都在背后议论她,说她的丈夫还不知道她和别的男人有染。我觉得她是一个肮脏的女人。但不知为什么,当我看见她的时候,我并不像自己以为的那样讨厌她。我在她身上并没有看到什么丑恶的地方,我只是不想和她有任何接触而已。

母亲拿着一只高高的玻璃杯走了过来,茶水满到了杯沿。

"感谢真主。"她说道,"她想要喝茶吗?"

"是的,"帕尔文太太说,"她要用一些茶水就着吃饼干。起来吧,我的孩子,坐起来。"

她把手伸到我的身子下面,将我扶起来。母亲把几只枕头放在我身后,把玻璃杯举到我的唇边。我咬住嘴唇,转过头,好像为这个简单的动作用尽了力气。

"这样不行。她不让我喂她,茶水会洒出来。"

"你别费劲了,我来喂她吧。我会一直坐在这里,在她喝了茶之前绝不离开。去做你的事情吧,不用担心。"

母亲走出了房间,看起来烦闷又气恼。

"好了,我的好孩子,不要让我丢脸。张开嘴,只要喝上一口就行。为了真主的爱,让这样漂亮的皮肤变得灰黄干瘪难道不是罪过吗?你现在瘦得可能和法蒂一样重了。一个像你这样美丽的女孩应该活下来,而如果你不吃东西,可能就没办法……"

我不知道帕尔文太太是在我的眼睛里看见了什么,还是在我唇边的冷笑中读出了什么,她突然就安静下来,两只眼睛紧盯着我,然后又像是有了什么重大发现一样说道:"是的!这就是你想要的……你想要死。你在用这种方式自杀。我真是个白痴!为什么我没有早点看出来?没错,你想要死。但是为什么?难道你不是正在恋爱中吗?谁知道呢,也许你最终还是会和他在一起。为什么你想要杀死自己?赛义德一定会非常伤心……"

听到赛义德的名字,我突然打了个哆嗦,眼睛一下子睁大了。

帕尔文太太看着我说:"你到底是怎么了?你觉得他不爱你了吗?不用担心,不过爱情之所以甜蜜,也正是因为你这样的忧虑。"

她将玻璃杯送到我唇边。我用尽自己的每一点力量欠起身,握住她的手。

"和我说实话,赛义德还活着吗?"

"什么?他当然活着。为什么你会认为他死了?"

"因为艾哈迈德……"

"艾哈迈德怎么了?"

"艾哈迈德对他动了刀子。"

"嗯,是的,但他没出事……哦……你看到那把染血的刀子以后就一直不省人事……所以你在半夜时做的那些噩梦,发出的那些尖叫都是因为这个?我还真够可怜的。我的卧室就在这面墙的另一边,每天晚上我都会听见你的喊声。你一直在叫个不停:'不,不。'你是在为赛义德呼喊,你以为艾哈迈德杀了他,对吧?好了,孩子,艾哈迈德没有这个胆量。你以为人们能够大摇大摆地走到街上杀人,然后再随意地走回自己的家?这个国家是有法律的,杀人不是那么容易的。亲爱的,放心吧,他那天晚上只不过划伤了赛义德的手臂,然后又划了一下他的脸,医生和店里的其他人马上就拦住了他。赛义德甚至没有去警察局,他没事,第二天我亲眼看见他就站在药房外。"

经过整整一个星期,我终于可以呼吸了。我闭上眼睛,由衷地赞叹了一声"感谢真主",然后就倒回到床上,把脸埋进枕头里,哭了起来。

直到春天到来，新年假日开始的时候，我才多多少少恢复了一些健康。我的脚踝康复了，但我还很瘦弱。我一直没有得到学校的消息，也不可能主动提起这件事。我只能在屋子里闲待着，甚至去公共浴室也不可以。母亲会给我烧热水，我只能在家里洗澡。一种寒冷苦涩的气氛彻底吞没了我。我不喜欢说话。大部分时间里，我只是沉浸在哀伤和自己的思绪里，不知道身边发生了什么事。母亲非常小心地不提起此事，但她偶尔还是会说漏嘴，让我内心一阵痛楚。

父亲从来不看我，就好像我根本不存在一样。他也很少和其他人说话。他显得哀伤而又紧张，比以前老了很多。艾哈迈德和马哈茂德都尽可能不面对我。每天早上，他们匆匆吃过早餐就迅速离开家。到了晚上，艾哈迈德回家更晚，也比以前喝得更多，一到家就径直上床去了。马哈茂德会迅速吃些东西，然后就去清真寺，或者在他的房间里长时间地祈祷，直至半夜。我很高兴不必看见他们。但阿里是个摆脱不掉的麻烦，他不停地骚扰我，有时还对我说一些粗俗下流的话。母亲经常会斥责他，我只是尽量对他视而不见。

法蒂是这幢房子里唯一让我感到安慰的存在，我只希望她能够留在我身边。每天她放学回家，都会来亲吻我，用一种奇怪的同情的眼神看着我。无论她吃什么都会给我一些，并坚持要我吃下去。有时候，她甚至会攒钱给我买巧克力吃。她一直都很害怕我会死去。

我知道，返回学校已经变成了一个不可能的梦，但我希望在新年之后，他们至少会让我去上缝纫课。尽管我一点也不喜欢缝纫，但这是我走出这四堵墙，得到一点自由的唯一希望。我非常想念帕尔瓦娜，不知道自己到底是更想见到她还是赛义德。奇怪的是，尽管我经历了这些痛苦和羞辱，尽管我和赛义德的关系引来了这么多恶毒的评价，但我丝毫不曾后悔我们之间发生的事情。我不仅没有半点负罪感，而且我认为自己心中最纯洁和最诚实的感情就是我对他的爱。

慢慢地，帕尔文太太将我身边发生的事情和这些事对帕尔瓦娜家造成了什么样的影响都告诉了我。我瘫倒的那天晚上，也可能是随后一天的晚上，艾哈迈德喝得酩酊大醉后去了她家，向帕尔瓦娜和她的家人抛出了无数诅咒和谩骂。他对帕尔瓦娜的父亲说："有点羞耻心吧，你那不守妇道的女儿就要把我们家的女孩带上邪路了。"然后他又说了无数难听的脏话。我光是想到那些话就出了一身冷汗。我该怎样再去面对帕尔瓦娜和她的父母？艾哈迈德怎么能对一位受人尊敬的先生说出这样令人痛恨的言辞？

而我一直都没有听到关于赛义德的消息，这几乎要把我逼疯了。最后，我乞求帕尔文太太去药房打听一下他的近况。尽管害怕艾哈迈德，但帕尔文太太本就喜欢做一点出格的事情。我从不曾想象过，有一天她会成为我的知心朋友。我仍然不喜欢她，但我没有其他人可以拜托了。她是我和外部世界唯一的联系。让我大为惊讶的是，家里没有人反对她陪在我身边。

第二天，帕尔文太太来看我。母亲正在厨房里干活。我焦虑又兴奋地问："有什么消息？你去了吗？"

"是的，我去了。"她告诉我，"我买了几样东西，然后问医生，为什么赛义德不在。他说：'赛义德回家乡去了，这里已经没有他的容身之处了。那个可怜的家伙失掉了自己的名誉和尊严，他的安全也得不到保证。我问他，如果有人在暗处用刀子对付他，他该怎么办，那样他的青春就要毁于一旦了。不管怎样，他们不会允许他娶那个女孩的……因为她那个疯子哥哥！所以，他已经暂时放弃了学业，回到他在乌鲁米耶的家人中间去了。'"

泪珠沿着我的面颊滚落下来。

"够了！"帕尔文太太用责备的语气说，"不要再这样了。别忘了，你本来以为他死了。你应该因为他还活着而感谢真主。稍稍等待一段时间吧。等这件事完全平息之后，他可能就会联系你了。不过我觉得你最好还是彻底忘记他，他们不会把你给他的。你应该明白我的意思，艾哈迈德绝不会同意……除非你能说服你爸爸。不管怎样，我们先等等看赛义德会不会露面。"

这个新年假日唯一值得高兴的就是他们放我走出家门两次。第一次是去公共浴室进行传统的年前沐浴。那一次我没有看见任何人，因为他们给我约的时间非常早。第二次是去给阿巴斯伯伯拜年。那时天气还非常冷。那一年的春天到来得很迟,不过空气中已经充满了新一年的清新气息。能够离开那个家对我来说是一种快慰。外面的空气更洁净也更明亮,让我更容易呼吸。

伯母和母亲的关系不是很好,她的女儿们也和我们处不来。苏拉娅是阿巴斯伯伯的长女,她说:"玛苏梅,你长高了。"

伯母插口道:"但她瘦多了。说实话,我担心她可能是得病了。"

"不可能!"苏拉娅反驳道,"都是因为她学习得太刻苦了。玛苏梅,我爸爸说你学习很好,是你们班的尖子生。"

我低下头,不知道该说什么。母亲走过来替我解围:"她摔断了腿,所以才瘦了这么多。这么久以来,你们从没询问过我们是否安好。"

"实际上,爸爸和我一直想要去拜访你们,"苏拉娅说,"但叔叔说他不太舒服,不想要任何人去家里。玛苏梅,你是怎么摔断腿的?"

"我在冰上滑倒了。"我低声说。

为了转移话题,母亲转向伯母说:"苏拉娅已经有毕业证书了,为什么你们不给她找个婆家?"

"当然不找,她还要好好学习,去念大学,现在就结婚太早了。"

"太早了?胡说。说实话,她已经太大了。我猜现在你们已经没办法给她找一个好丈夫了。"

"实际上,我们有不少很不错的候选人,"伯母挑衅一般地说道,"但像苏拉娅这样的女孩可不会轻易喜欢上哪个男人。在我们家里,每一个人都要接受教育,无论男人还是女人。我们和从外省来的人不一样。苏拉娅想要有真才实学,想成为一名医生,就像我姐姐的女儿们一样。"

我们的亲人之间相互拜年总是充满冷嘲热讽,不可能让人感到轻松。母亲的暴躁易怒和犀利的言辞总是让所有人都对她敬而远之。我的姑姑经常说,母亲有一条刀子一样的舌头。我一直都想和我的亲戚们处得更亲密一些,但这种根植于内心深处的敌意让我的愿望变成了泡影。

新年假日过去了，我还待在家里。我之前小心翼翼地提起过，希望能够去上缝纫课，但最后也不了了之。艾哈迈德和马哈茂德任何时候都不允许我离开家，而父亲对此一言不发。对于他而言，我已经死了。

我经常会感到无聊。在完成了日常家务以后，我会去楼上的起居室，看看窗外的街道。这片风景成为我和外部世界的唯一联系，但就算是这件事，我也要瞒着家里人。如果我的哥哥们发现了，他们有可能会用砖头把窗口砌死。我的梦想之一就是能够看见帕尔瓦娜或赛义德出现在窗外的街道上。

那时我已经知道了，只有当我成为某个人的妻子时，我才能离开这幢房子。实际上，对于我这个难题，这也是家里人都认可并且赞成的唯一解决之道。我恨这座房子的每一个角落，但我不想背叛我亲爱的赛义德，从一座监狱走进另一座监狱。我要等待他，直至我生命的尽头，哪怕他们把我拖上绞刑架。

有一个家庭表达出了想要与我缔结婚姻的兴趣，三个女人和一个男人要来家里拜访。母亲忙碌起来，尽心竭力地把家里清扫整理了一番。马哈茂德买了一套有红色靠垫的沙发，艾哈迈德买了水果和油酥点心。他们表现出一种怪异的、前所未有的合作精神。就好像溺水之人死死抓住一块漂在水上的废木头一样，只要不失去这名求婚者，他们什么都愿意做。看见那个准新郎的第一眼我便明白，他的确只是一块废木头。他是一个身材肥胖的人，头顶没有头发，差不多有三十岁。吃水果的时候，他会发出很大的声音。他与马哈茂德一起在集市上工作。庆幸的是，他和那三个女人想要找一个丰满的妻子，而我完全不符合他们的要求。那天晚上，我睡得愉快又平静。第二天上午，母亲把昨天的事都和帕尔文太太讲了，没有漏掉任何一个细节，还不忘添枝加叶。她对于结果的深深失望让我非常想笑。

"真是可惜啊！"她说，"这个可怜的女孩真没福气。他不仅富有，还有一个好家族，更何况他还很年轻，以前都没有结过婚。"（这真好笑，那个男人的年龄是我的两倍，但在母亲看来，他很年轻……难道她看不见他的秃头和大肚子?!)"当然,帕尔文太太,这话我也只能和你说说。那个人的决定是正确的,她的确太瘦了。那个人的妈妈说:'太太,你的女儿需要治一治。'如果我没猜错,那个麻烦精一定做了些什么,好让自己看上去更加病恹恹的。"

"哦,亲爱的,你把那个人说得就好像二十岁一样。"帕尔文太太不以为然地说,"我在街上看见他们了。那种人没能看上玛苏梅真是再好不过的事情,玛苏梅那么好的女孩可不能嫁给那样一个大肚子侏儒。"

"我还能怎么办?我们本来对这个孩子有很高的期待。我就不用说了,连她爸爸以前都经常说,一定要把玛苏梅嫁给一个真正的人物。但现在出了这种羞耻的事情,还有谁会娶她呢?她只能嫁给不如她的男人了,要不然就是做个二妻[1]。"

"胡说!那件事很快就会平息下去。人们都很健忘的。"

"人们会忘记什么?找媳妇的人会向周围的人打听。一个正经男人的姐妹和母亲绝对不会允许他娶我这个倒霉女儿。现在她的丑事邻居们都知道了。"

"再等等看吧。"帕尔文太太劝母亲,"他们会忘记的。为什么你要这么着急呢?"

"是她的哥哥们着急。他们说只要她还在这幢房子里,他们就没办法心平气和,也没办法在别人面前抬起头来。人们是不会忘的……就算一百年也忘不了。马哈茂德还想结婚呢。但他说,只要这个女孩还在家里,他就不能结婚。他说他不信任他妹妹,害怕她会把他的妻子也带上邪路。"

"什么混账话!"帕尔文太太轻蔑地说道,"这个可怜的孩子就像婴儿一样天真无辜。那件事其实根本不算什么。所有像她这种年龄的美丽女孩都会有爱上她们的男孩子,你不可能因为有男人喜欢她们就把她们绑在木桩上烧死……这并不是她的错。"

"是的,我很清楚我的女儿。她的祈祷和斋戒也许没有那么勤谨,

---

[1] 伊朗男人在得到妻子允许的情况下,可以娶第二个妻子。——译者注

但她的心一直是和真主在一起的。前天她还说：'我梦到去库姆的伊玛目阿卜杜勒齐姆圣陵祈祷。'以前她每周都去圣玛苏梅的陵墓祈祷。你一定想象不到她那时候是多么虔诚。都怪那个坏心眼的女孩帕尔瓦娜。如果不是她，我的女儿怎么会遇到这种事？绝对不可能！"

"就再等一等吧。也许那个人会来这里把她娶走，到时候就皆大欢喜了。他不是个坏男孩，他们也都喜欢对方。所有人对他的评价都很不错。而且他很快就会成为一位医生了。"

"你在说什么，帕尔文太太？"母亲气愤地说道，"她的哥哥们说宁可把她交给死亡天使亚兹拉尔，也不会给他，而且看样子他也不会撞开我们家的门来找她吧。真主的愿望一定会实现。每个人的命运和前途从出生的那一天开始就已经写在他们的额头上了。他们已经不在一条路上了。"

"那也不要急着做任何决定，就让命运做出安排吧。"

"但她的哥哥们说，除非她嫁给别人，他们不必再为她负责，否则他们就要一直背负她羞耻的烙印。你觉得他们能把她关在家里多久？他们害怕他们的爸爸会因为可怜她而让步。"

"说实话，这个可怜的小家伙真值得怜悯。她真是个美人。等到她的健康恢复了，你就能看到会有什么样的男人来追求她了。"

"我向真主发誓，我每天都给她煮米饭、炖鸡，还用小羊腿炖汤，用小麦和肉一起煮粥。我让阿里去买羊头肉和羊蹄汤给她做早饭。所有人都希望她能够胖一些，不要显得那么病弱，好让像样的男人喜欢上她。"

我想起小时候听过的一个童话故事。一只怪物绑架了一个女孩，但那个孩子太瘦了，怪物不爱吃。于是他把女孩锁起来，给她拿来许多好吃的食物，让她尽快长胖，能够成为他的一顿美餐。现在，我的家人也想让我胖起来，好把我扔给一个怪物。

我变成了等待出售的商品，而招待客人们来看我是否符合他们的选妻条件成为我们家唯一重要的事情。我的哥哥们和母亲不断传出要为我找丈夫的消息，各种各样的人纷至沓来。其中一些就连艾哈迈德和马哈茂德都看不上。每天晚上我都祈祷赛义德能够出现。每个星期，我都至少会乞求帕尔文太太去一次药房，看看有没有赛义德的消息。医生告诉帕尔文太太，赛义德只给他写过一封信，而他的回信被退回来了。很明显，地址是错误的。赛义德好像融化成泥，消失在地里了。有时我会夜里去起居室祈祷，悄悄向真主倾诉，然后站在窗前，眺望在街道上移动的影子。有几次，我看见街对面房子的拱门下有一个熟悉的影子，但是我一打开窗户，那个影子就消失了。

只有和赛义德共同生活的梦能够让我安然躺在床上，忘记心中的痛苦和沉闷乏味的日子。我在心里不断描画着我们小而美丽的房子，还有每一个房间里的家具和装饰。那是我的小天堂。我想象我们的孩子美丽、健康又快乐。在我的梦里，我永远都被爱着，被祝福着。赛义德是一位模范丈夫，一位绅士，温文尔雅，彬彬有礼，又讲道理又聪明，从不会和我争吵，也从不会贬低我。哦，我是多么爱他啊。有哪个女人曾经像我爱赛义德这样爱过一个男人吗？要是我们能够一直活在幻想里该多好。

到了六月初，期末考试刚刚结束，帕尔瓦娜一家就从我们家附近搬走了。我知道他们早有这样的计划，但没想到他们走得这么快。后来我才知道，他们实际上想要更快地搬离这里，但最终还是决定等学年结束以后再走。有段时间，帕尔瓦娜的父亲一直抱怨这里已经不是定居的好地方了。他是对的。只有像我兄弟们那样的人才会喜欢这种地方。

一个非常闷热的上午，我正在清扫房间，还没有把遮光的帘子放下来，忽然听到了帕尔瓦娜的声音。我跑进院子。法蒂正在前门。帕尔瓦娜是来道别的。母亲抢在我前面来到院门口，把半开的门挡住，又抢过帕尔瓦娜递给法蒂的信，还给帕尔瓦娜。"快走。不要让她的兄弟们看见你，否则就又是一桩丑事了。不要再拿任何东西过来了。"

帕尔瓦娜哽咽着说："但是夫人，我只是写信向她道别，把我们的新地址给她。您可以拆开看。"

"这没有必要！"母亲厉声说道。

我用两只手抓住院门,拼命想要把门拽开,但母亲依旧紧紧抓着门,把我踢到一旁。"帕尔瓦娜!"我高声喊道,"帕尔瓦娜!"

"为了真主的爱,不要那样伤害她,"帕尔瓦娜乞求说,"我发誓,她什么坏事都没有做。"

母亲摔上了门。我坐在地上不住地哭泣。我失去了我的守护者、朋友和知己。

最近的一名求婚者是艾哈迈德的朋友。我经常感到奇怪:我的哥哥们是怎样找到这些人的?艾哈迈德又是怎样告诉他的朋友,他有一个待嫁的妹妹?他和马哈茂德是怎样对那些人说我的?有没有向他们做出过什么承诺?有没有像集市上的商人一样,拿我去讨价还价?我知道,无论他们使用了什么样的手段,都肯定不是什么值得尊敬的勾当。

阿斯加尔阿迦是一名屠夫,他不仅年龄和艾哈迈德相仿,那种粗鲁的态度和品性也和艾哈迈德一模一样,而且他没接受过什么教育。他说:"男人必须用有力的臂膀给自己挣到饭吃,而不是像那些手里拿着铅笔、半死不活的职员一样,坐在一个角落里写写画画。"

"他很有钱,并且知道如何对付这个女孩。"艾哈迈德说。

看到我干瘦的身子,阿斯加尔阿迦说:"这没关系。我会给她很多肉吃。只要一个月的时间,她就能胖得像桶一样。"

阿斯加尔阿迦的母亲是一个年纪很大、神情凶恶的女人。她不停地吃东西,赞成她儿子说的每一句话。阿斯加尔阿迦则获得了每一个人的认可。母亲很高兴,因为他年纪轻,而且以前没有结过婚。艾哈迈德是他的朋友,并且全力支持他,因为在贾姆希德咖啡馆的一场斗殴之后,阿斯加尔阿迦为他做了证,他才没有被关进监狱。父亲会同意是因为这个人的肉铺子收入很不错。马哈茂德说:"这样很好,他是一名商人[1],而且他有能力管好这个女孩,不会让她做越界的事情。我

---

[1] 集市(巴扎)商人在伊朗的政治和经济生活中扮演了重要角色,有着相当高的社会地位。——译者注

们越早解决这件事越好。"

没有人在乎我是怎么想的。我也没有告诉他们,我是多么排斥和这样一个肮脏、傲慢、没受过教育的凶恶男人共同生活。就在他前来请求一个女孩伸出手,同意他的求婚的这一天,他的身上依旧散发着生肉的臭气。

第二天上午,帕尔文太太着急忙慌地冲进我们家。

"我听说你们想要把玛苏梅嫁给阿斯加尔阿迦,那个屠夫。为了真主的爱啊,不要这样做!那是一个喜欢用刀子的流氓,他酗酒,玩弄女人,我知道他。至少问问周围的人,先搞清楚他的情况再说吧。"

"别啰唆了,帕尔文太太。"母亲说,"谁会更了解他呢,是你还是艾哈迈德?艾哈迈德已经把他的事情都告诉我们了。就像他说的,男人在结婚以前是会胡作非为,但他们成为丈夫,有了妻子和孩子以后,就会改过自新。他已经以他爸爸的生命和他的一缕胡子发誓,结婚之后不会再有半点差池。而且,我们找不到比他更适合玛苏梅的人了。他很年轻,玛苏梅会成为他的第一个妻子。他还很有钱,有两个肉铺子,行事作风也很像个男人。我们还能要求什么?"

帕尔文太太用充满同情和怜惜的眼神看着我,仿佛正在看着一个已经被宣判了死刑的人。又过了一天,她对我说:"我恳求艾哈迈德不要这样做,但他完全不听我的。"(这是她第一次承认她和我哥哥私下里有往来。)"他说:'继续把她留在家里很不明智。'你怎么不做些什么?难道你不明白自己正在面临怎样的灾祸?你真的愿意嫁给那个无赖?"

"那又有什么区别?"我冷漠地说,"他们想做什么就做什么吧。就让他们以为可以把我嫁出去。他们不会知道,除了赛义德,其他人只能碰到我的尸体。"

"愿真主垂怜!"帕尔文太太惊呼一声,"千万不要再说这种话了。这是有罪的,你必须把这种想法从脑子里赶出去。没有人能够代替你的赛义德,但也不是所有男人都像这个流氓一样坏。再等一下,也许会有更好的求婚者出现呢。"

我耸耸肩说道:"根本没有区别。"

帕尔文太太满面愁容地离开了。她在厨房前停了一下,和母亲说了些什么。然后母亲一巴掌抽在她自己的脸上。从那一刻起,我受到了更加严格的看管。他们收起了所有药瓶子,也不让我碰剃刀和刀子。我上楼的时候,他们之中肯定会有一个人急匆匆地跟上我。这只让我觉得好笑。他们真的以为我会愚蠢到从二楼的窗户跳下去!我有更好的计划。

关于婚礼的讨论拖延了一段时间,因为新郎的姐姐不在。她已经结婚了,居住在克尔曼沙阿,要再过十天才能来德黑兰。"没有姐姐的同意,我不能做这个决定。"阿斯加尔阿迦说,"她对我有恩,就像我妈妈一样。"

某天上午十一点左右,我正在院子里,忽然听到有人用力敲门。家里人不允许我开门,所以我叫了法蒂。母亲从厨房喊道:"这次就算了,你去开门吧,看看是谁那么着急。"我刚刚打开门,帕尔文太太就冲了进来。

"孩子,你可真是走了好运。"她几乎是叫嚷着说道,"你肯定不会相信,我为你找到了一个多么好的求婚者。简直就像月亮一样完美,像花朵一样芬芳……"

我站在那里,目瞪口呆地看着她。母亲从厨房里跑出来说:"出什么事了,帕尔文太太?"

"我亲爱的夫人,"帕尔文太太对母亲说,"我有一个天大的好消息。我已经为她找到了一位完美的求婚者。他是一位真正的绅士,来自一个受尊敬的家庭,受过良好的教育……我发誓,他的一绺头发就要比上百个那种流氓无赖更贵重。我能请他们在今天下午过来吗?"

"等一下!"母亲说,"先别着急。他们是谁?你是在哪里找到他们的?"

"他们是正经的好人家,我认识他们已经有十年了。我为那家的母亲和女儿们缝制过许多件衣服。他们家的长女穆尔很早就嫁给了大不里士的一位地主,定居在那里。二女儿曼索耶上过大学,在两年前结了婚,现在已经有一个胖乎乎、非常可爱的小男孩了。小女儿还在上学。他们一家人都很虔诚。现在父亲退休了,有自己的产业,是一座工厂,不对,是印书的地方——那地方叫什么来着?"

"那个男孩本人怎么样?"

"哦,那才真是你应该听听的呢。他实在是太棒了。他上过大学。我不知道他学的是什么,不过他是在他父亲的工厂里工作。他们是做书的。他差不多三十岁了,生得可俊俏了。我去给他妈妈试衣服的时候看过他一眼。愿真主护佑他,他长得可好看了,黑色的眼睛,深褐色的眉毛,有一点点橄榄色的皮肤……"

"那么,他们是在什么地方看见玛苏梅的?"母亲又问。

"他们还没见过她,但我把玛苏梅的样子和他们说了。我告诉他们她是一个多么好的女孩子:又漂亮,又会持家。那个男孩的妈妈很想让她的儿子结婚,她曾经问过我,有没有合适的女孩子。那么,我可以请他们今天下午过来吗?"

"不行!我们已经向阿斯加尔阿迦做出承诺和保证了。他的姐姐下个星期就会从克尔曼沙阿过来。"

"好了!"帕尔文太太喊道,"你们还什么都没做呢,甚至连新娘都没有同意。就算是在举办婚礼的时候,还可能会有人反悔呢。"

"那怎么跟艾哈迈德交代?只有真主知道他会搞出什么事情来。他又该说他拥有各种权利了。他会觉得受到了羞辱。毕竟他已经答应了阿斯加尔阿迦,不可能那么轻易就反悔。"

"别担心,我会说服艾哈迈德的。"

"你应该为自己感到羞耻!"母亲斥责道,"你这是什么话?愿真主饶恕你。"

"别瞎想了。艾哈迈德是哈吉的好朋友,很听他的话,我会让哈吉来调解这件事。想想你这个无辜的女儿吧,我非常清楚她将要落到一个怎样的无赖手里。那家伙只要一喝酒就会发疯,而且现在他还有个女人呢。你以为那个女人会那么轻易就放手?绝不可能!"

"他有什么?"母亲困惑地问,"你说他有什么?"

"别想多了,"帕尔文太太说,"我的意思是,他还和另一个女人不清不楚的。"

"那他为什么还想要这一个?"

"实话告诉你,他是想要这个女人做他的妻子,给他生孩子。那个女人生不了小孩。"

"你怎么知道的?"

"夫人,我很了解这种人。"

"怎么了解的?你和谁聊这种事情?有点羞耻心吧。"

"你总是把人往坏处想。我自己的弟弟就是这种人,我就是和这样的男人一起长大的。为了真主的爱,不要让这个可怜的女孩从一个火坑里爬出去,又掉进另一个火坑。让我说的这家人过来,和他们谈谈,看看人和人有多么不一样。"

"首先,我必须和她爸爸谈谈,听听他怎么说。另外,如果这家人这么好,为什么他们不从自己的族人里找一个新娘?"

"说实话,我不知道。我猜这是玛苏梅的运气好。真主爱她。"

看到帕尔文太太的热情和坚持,我又惊又疑。我真是不明白这个女人,她做的事情根本就是自相矛盾的。我想不通为什么她要这样关心我的未来。我觉得这里面一定另有隐情。

父亲和母亲讨论了一整个下午。马哈茂德也曾加入这场讨论,但没过多久他就说道:"管它呢。你们想干什么就干什么好了。赶快摆脱掉她,让她离开,好让我们的内心平静下来。"

艾哈迈德的反应更奇怪。那天他很晚才回家。第二天早上,母亲和他提起这件事的时候,他完全没有反对,只是耸耸肩说:"我又知道些什么?你们想怎么做就怎么做好了。"

帕尔文太太对他造成了多么奇异的影响啊!

一天后,新的求婚家庭来到我家。艾哈迈德没有回家。当马哈茂德得知访客全都是女性,而且没有穿正式的赫加布时,他始终没有走进起居室。母亲和父亲不停地上下打量她们,以一种买家的眼神对她们进行评估。那位求婚者本人并没有来。他的母亲穿了黑色的恰多尔,但他的姐妹们都没有穿正式的赫加布。和之前来求婚的那些家庭相比,她们真的完全是另外一个世界的人。

帕尔文太太主导了这次会面，不遗余力地赞美我。当我托着茶盘走进起居室的时候，她说："看看她是多么漂亮啊。想象一下，她修了眉毛之后又会是怎样的一个美人。她前几周感冒发烧了，所以才有些瘦。"我皱了皱眉，有些惊讶地看向帕尔文太太。

"如今，瘦是很时尚的，"那家人的大姐说道，"现在女人们为了减肥简直都不要命了，而且我弟弟也不喜欢胖女人。"

母亲的眼睛里闪烁起喜悦的光亮。帕尔文太太露出骄傲的微笑，转头看了母亲一眼，就好像她们是在称赞她，而不是我。按照母亲的每一个指令，我为客人们奉茶，然后退到旁边的房间里坐好。现在茶炊和茶都被搬到了楼上，以防我上下楼的时候不小心出洋相。她们说话的速度都很快。听话音，她们家的那个年轻人正在大学里攻读最后一年的法律专业，暂时还没有获得学位。

"现在他在一家印刷厂工作。实际上，他的父亲是那个厂子的半个股东。他的薪水不算低，能够养活妻子和孩子，而且他有自己的房子。当然，那房子实际上不是他的，是他祖母的。老人家住在楼下，而我们为哈米德把楼上都装修好了。年轻人喜欢有自己的地方。哈米德是家里唯一的儿子，所以他想要什么，他父亲都会给他。"

"那么，他在哪里？"父亲问，"我们能有幸见他一面吗？"

"实际上，我的儿子把一切决定权都交给我和他的姐妹们了。他说：'如果你们喜欢她，赞同这桩婚事，那么我也赞同。'他现在正在外面出差呢。"

"一切服从真主的意志。他什么时候回来？"

他家的小女儿插口道："一切服从真主的意志。等到举行婚礼仪式的时候，他就回来了。"

"什么？"母亲惊讶地问，"你的意思是，我们要到婚礼仪式上才能看见新郎？这是不是有点奇怪？难道他不想至少先看一眼自己的未婚妻吗？稍稍看一眼在宗教上也是被允许的。"

他家的大姐尽量放慢语速，好让母亲能够完全明白："实际上，现在的问题并不是教义是否许可，而是哈米德正在出差。我们已经见到了这位年轻的女士，我们的决定就是哈米德的决定。而且我们带来了一张哈米德的照片,可以让这位年轻的女士看看。"

"什么?"母亲又一次高声问道,"怎么可以这样?如果新郎有什么问题或者身体缺陷呢?"

"女士,请注意你的言辞,我的儿子再健康不过了。真主不会允许他有任何问题!难道不是这样吗,帕尔文太太?至少帕尔文太太见过他。"

"是的,是的,我见过他。真主祝福他。他没有任何问题,而且可英俊了。当然,我是以一个姐妹的角度来看待他的。"

他家的大姐从自己的手包中拿出照片,递给帕尔文太太。帕尔文太太转而将其递到母亲眼前,说:"看看他是多么温文尔雅啊!愿真主祝福他。"

"现在,请把照片给那位年轻的女士看一下。"大姐说,"如果一切服从真主的意志,她喜欢哈米德,我们下个星期就可以准备婚事了。"

"请等一下,女士。"父亲说,"我还是不太明白为什么要这么匆忙。为什么我们不等到那个年轻人回来再说呢?"

"嗯,实际上,萨迪吉先生,我们真的没有时间了。他的父亲和我下个星期就要前往麦加朝圣,我们想要在行前履行好自己的责任。哈米德对自己的事很不上心。可如果他不结婚,我的内心就会不得安宁。人们都说,去麦加朝圣的人应该把一切事情都安排妥当,不应留下未解决的问题,不应丢掉应该担负的责任。我们听说您的女儿之后,我曾经求助于占卜,结果非常好——从没有一个女孩得到过这样好的结果。我意识到,我必须在离开之前把一切确定好,以免我无法回来。"

"一切服从真主的意志,您一定会健康快乐地回来。"

手里一直拿着照片的母亲站起身说:"你们可真是幸运。我希望我们也能够有幸去敬拜真主的家。"然后她来到旁边的房间里,把照片举到我面前。"就是这个人,你看一下。他们和我们不是一类人,但我知道你更喜欢他们。"

我把她的手推开了。

随后的讨论进行得很快。父亲看起来已经被说服,新郎没有必要在婚礼前出现了。这非常奇怪。她们想要在一个星期后举行婚礼,而母亲只是担心该如何在这么短的时间里把一切都安排妥当。不过帕尔文太太提出可以帮忙，还保证把所有事都办好。

"完全不必担心。"她说，"我们明天就去买东西。我只要两天时间就能把她的衣服做好，我还会帮忙缝制好其他一切所需的东西。"

"但她的嫁妆该怎么办？当然，我从女儿们出生的那一天开始就在为她们置备出嫁需要的东西，但现在还是缺很多东西。而且大部分我给她准备好的东西还在库姆。我们必须回去一趟，把那些东西运过来。"

新郎的母亲说："请不必担心，太太。让这对小夫妻先去他们自己的家吧。我们可以等到从麦加回来之后再庆祝他们的圆满婚姻。到那时，我们就有时间安排他们所需要的一切了，而且哈米德那里已经有一些生活所需的物件了。"

她们定好了第二天一起去买结婚戒指，并邀请我们一家在任何一个晚上去拜访他们，直接看看他们的家和生活方式，对他们有更多了解。我真无法相信这样严肃的事情会在这么短的时间里就安排好。突然间，我听到自己内心的声音："赛义德，救救我！我该怎样阻止这一切？"我对帕尔文太太感到非常愤怒，恨不得把她的头拧下来。

新郎的家人一离开，我们家里的讨论和争吵就开始了。"我不会去买戒指，因为他的妈妈也不会去。"母亲宣布，"玛苏梅不能一个人去。帕尔文太太，你和她一起去吧。"

"可以，当然没问题。我们还要买布为她做嫁衣。顺便提醒你一下，不要忘记买新郎的戒指。"

"我还是不明白，为什么新郎不露面。"

"别总看不好的一面。我了解那家人。你根本无法相信他们是多么好的一家人。他们把家庭地址给你，就是为了让你放心。你可以四处打听他们一下。"

"穆斯塔法，她的嫁妆要怎么办？"母亲对父亲说，"你和儿子们必须回一趟库姆，把我为她准备的瓷器和几套床品拿过来。都在她姑姑的地窖里。但她需要的其他东西该怎么办？"

"不必担心。"帕尔文太太说，"她们已经说了，那不重要。而且着急的是他们，一切都是他们的错。这样对你们反而更好。无论你们缺了什么，都可以把责任推给他们。"

"我不会让我的女儿两手空空地走进她的丈夫家。"父亲怒喝道，"我们已经买好一些必需品了，剩下的我们会在这个星期买齐。一切别的东西，我们都能及时准备好。"

唯一在这场讨论中没有位置，没有提出任何建议，没有问过任何问题，说出的话也不会得到任何重视的人，是我。我没有睡觉，坐了一整晚，心中充满了哀伤和焦虑。我祈求真主能够带走我的生命，将我从这场被迫进入的婚姻中拯救出来。

第二天早晨，我感觉非常难受。我假装在睡觉，等待所有人离开家。我听见父亲在和母亲说话。他想要利用自己的人脉调查新郎的家庭，那天就不去工作了。然后他说道："家里的，我把买戒指的钱放在壁炉台上了，你看看够不够。"

母亲数过钱以后说："够了，我觉得用不了这么多。"

父亲带着阿里一起出了门。幸运的是，从这个夏天开始，他就一直带着阿里一起去工作，家里因此得到了安宁，否则真主知道我会遭遇些什么。

母亲走进房间对我说："起床吧，你得好好准备一下。我让你睡得久一些，是为了让你今天能有更多力气。"

我坐起身，抱住膝盖，坚决地说："我不会去的！"没有任何男人在家的时候，我就会变得很大胆。

"起来，不要像个被惯坏的孩子一样。"

"我哪里都不会去。"

"你说什么胡话！我不会让你把自己的好运毁掉的，尤其是现在这个时候。"

"什么好运？你了解那些人吗？那个家伙又是谁？他甚至都不愿意来一趟。"

这时门铃响了，帕尔文太太走了进来。她很精心地打扮了一番，穿着恰多尔，活力满满。

"我觉得自己应该早点过来，看看有什么需要帮忙的。对了，我已经为结婚礼服找到了非常漂亮的图样,我们得去购买合适的布料。你想要看看图样吗?"

"帕尔文太太,帮帮我。"母亲恳求道,"这个孩子又开始犯倔了。你来看看能不能让她出门。"

帕尔文太太脱下高跟鞋,走进房间笑着说:"早上好,新娘小姐。快点起床洗脸,她们随时都有可能过来。我们可不想让她们以为她们未来的新娘是个懒姑娘,对不对?"

看到她,怒火立刻在我的心中升腾起来。我喊道:"你到底算是什么人?她们到底给了你多少钱来让你当这个媒婆?"

母亲抽了自己一嘴巴,哭喊道:"愿真主惩罚你!快闭嘴!这孩子真是丝毫不知羞耻、不讲礼数了。"然后她又冲过来想要教训我。

帕尔文太太伸手拦住了她,说:"请不要这样,没关系的。她只是有些生气,让我劝劝她。把这里交给我吧,我们再过半个小时就能准备好。"

母亲离开了房间。帕尔文太太关上屋门,靠在门板上,她的恰多尔掉落在地上。她的两只眼睛盯着我,但她看的不是我,而是某个非常遥远的地方。随后的几分钟里,房间里寂静无声。我用好奇的眼神看着她。当她终于开始说话的时候,她的声音让我感觉很陌生,和她平时那种音色完全不同,听起来苦涩而压抑。

"我十二岁的时候,我爸爸把我妈妈赶出了家门。那时我上小学六年级,突然间我发现自己成了我弟弟和三个妹妹的妈妈。他们都在向我索要只有母亲才能给的东西。我煮饭、洗衣服、做清洁、照顾小孩,操持所有家务。爸爸再婚以后,我的活儿一点也没有减少。我继母就像所有继母一样。不是说她会虐待我们,不给我们东西吃,但她对自己的孩子比对我们更好。也许她做得对。

"从小就有人告诉我,我的脐带刚被剪断时,我就和我的一位堂兄——埃米尔-侯赛因定亲了,所以我的那位伯伯总是管我叫'漂亮的儿媳妇'。我不知道那是从什么时候开始的,但从我有记忆以来,我就一直爱着埃米尔。我妈妈离开以后,他就变成了我唯一的安慰。埃米尔也爱我。他总会找些理由来到我家,坐在倒影池边上,看我干活。他经常说:'你的两只手这么小,怎么能洗完这么多衣服?'我总是把最难的活儿留到他来的时候再干,我喜欢他用关心和怜惜的目光看着我。他会向我伯伯和伯母讲述我的生活是多么艰难,所以每次伯伯来我家的时候都会对爸爸说:'好兄弟,这个孩子太可怜了,你对她太无情了。怎么能因为你和她妈妈处不好,就让她受这样的苦?不要这样顽固了,去找她的妈妈,把她带回家吧。'

" '不,哥哥,绝不。不要在我面前提起那个贱人的名字。我心意已决,向她提出了三次离婚,我们再没有挽回的余地了。[1]'

" '那就想想别的办法。这个孩子越来越瘦弱了。'

"他们离开的时候,伯母总是会将我抱住,让我紧贴在她的胸前。我的泪水会止不住地流出来。我觉得她的气味很像我妈妈,也许只是因为我想要撒娇吧。不管怎样,我爸爸最后想到了一个解决方案,娶了一个带着两个孩子的女人。我们家就像是一个幼儿园——有七个年龄和身高各不相同的孩子。我是最年长的。不能说所有的活儿都是我干的,但我的确从早到晚都在忙,却还是干不完。尤其是我继母对于什么是洁净的,什么是不洁的有着极为严苛的标准。她特别不喜欢我伯伯和伯母,因为她认为他们是站在我生母这一边的。她来到我们家做的第一件事就是不允许埃米尔再来看我。她对我爸爸说:'让那个浑蛋随时都能过来,坐在这里盯着我们,这实在是太荒谬了。而且这个女孩已经够大了,需要开始把自己遮盖起来了。'

"一年以后,她拿我们当借口,跟伯伯家断绝来往了。我非常想念他们,但只有在我们都去我姑姑家里的时候,我才能看见他们。我会乞求我的表姐妹,让她们说服我父母允许我在她们家过夜。为了不给继母添麻烦,我还得把自己的弟弟妹妹都带上。一年过去了。每一次我见到埃米尔,他都长得更高了。你根本无法想象他是多么英俊。他的眼睫毛是那样长,在他的眼睛上投下一片影子,就像一把小阳伞。

---

[1] 伊斯兰教规定,男子只要连续三次向妻子提出离婚,就能终结他们的婚姻关系,并且双方不需要签署离婚协议,这是合法的。——译者注

他会为我写诗，给我买我喜欢的唱片。他会说：'你的声音那么动人，学学怎么唱这首歌吧。'说实话，我的读写不是那么好，我在学校里学到的那点知识已经快被我忘光了。而他总是说，他会教我。那是一段多么美妙的时光啊。但渐渐地，姑姑厌倦了我们总是住在她家里，姑夫也在不断抱怨，于是我们见面的时间只能越来越少。到了下一个新年，我求爸爸带我们去看望伯伯，他已经快答应了，但继母说：'我不会走进那个女巫的房子。'

"我不知道为什么我的继母和伯母那么不喜欢对方，可怜的是夹在她们中间的我。那个新年是我最后一次看见他们，还是在姑姑家里，是她安排我爸爸和伯伯见上一面，她希望他们两个能够改善一下关系。那天本来所有人都坐在楼上的起居室里，但他们让所有孩子都出去。小孩子们都去花园里玩了。我姑姑的女儿们在厨房里准备茶点。埃米尔和我坐在楼下的一个房间里，房间里只有我们两个人。埃米尔握住我的手，我突然感觉全身火热。他的双手很温暖，手心很湿。他说：'帕尔文，我爸爸和我谈过了。今年等我拿到毕业证书以后，我们就会来请求牵你的手。爸爸说，我们可以在我去服兵役之前先订婚。'我想要扑进他的怀里，开心地大哭一场。我都快要无法呼吸了。

"'你是说今年夏天？'

"'是的，只要我的每一门课都及格，我就能毕业了。'

"'为了真主的爱，可不要有哪一门课不及格啊。'

"'我保证，为了你，我会非常努力地学习。'

"他握住我的手，我觉得他好像把我的心握在了他的手心里。他说：'我再也受不了和你分别了。'

"哦……！我还能说什么？我无数次地回想起那个场景和那些话语，那时的每一秒钟都好像电影画面展现在我的眼前。坐在那个房间里，我们完全沉浸在自己的世界中，没有意识到一场冲突正在爆发。等到我们来到走廊里的时候，发现我爸爸和继母正大声咒骂着走下楼梯。伯母俯身在栏杆上和他们对骂。我姑姑跟在我爸爸身后，恳求他不要这样做。都这个时候了，姑姑还在希望爸爸和他的哥哥放下对彼此的成见，达成和解。姑姑恳求他们，为了他们母亲的灵魂之爱，为了他们父亲的灵魂之爱,不要忘记他们是兄弟,应该彼此支持。她提醒他们那句老话,兄弟之间打断骨头连着筋。我爸爸慢慢冷静下来,但我的继母尖叫道:'难道你没有听见他们对我们说的话吗?他算是什么兄弟?'

"我姑姑说:'阿赫达斯太太,请不要这样,这是不对的。他们并没有说任何冒犯你们的话。他是哥哥,如果他是出于关心和好意而说了什么,你不应该觉得那是冒犯。'

"'他是哥哥又怎么样?他没有权利想说什么就说什么。我丈夫是他弟弟,不是他的仆人。他们凭什么要掺和我们的生活?他那个就会瞪眼睛的妻子看不得任何人比她好,我们可不想要这样的亲戚。'

"然后,她抓住她的一个孩子,飞快地走了出去。伯母冲着她的背影喊:'还是好好看看你自己吧!如果你是一个正经女人,你的第一个丈夫就不会把你和两个孩子都扔出来了。'

"我甜蜜的幻想持续了一个小时都不到,就像一个气泡,很快就破掉消失了。我的继母打定主意说,她会让我伯伯一家永远因为失去我而痛心。她告诉我爸爸,她在我这个年纪已经当妈妈了,所以不能容忍我再待在她的房子里。就在那时,哈吉阿迦来请求牵我的手。他是我继母的一个远亲,已经结过两次婚了。他说:'我和她们离婚是因为她们无法怀孕。'现在他想要娶一个年轻健康的女孩,好确保自己有孩子。那个白痴!他不愿意用哪怕一秒钟的时间去想一想,有问题的其实是他自己。当然,男人从不会觉得自己有任何问题或缺点,尤其是有钱的男人。他当时已经四十岁了,比我大二十五岁。我爸爸说:'他非常有钱,在集市里有几家铺子,在加兹温还有大量的土地和财产。'简而言之,我爸爸的口水都要流出来了。哈吉阿迦说:'如果她怀了我的孩子,我就会给她海一样的钱。'当他们带我去参加婚礼的时候,我的心境比你现在还要糟。"

帕尔文太太盯着某个遥远的地方,两滴泪水沿着她的面颊滚落下来。

"为什么你没有自杀?"我问。

"你觉得这很容易吗?我没有这样的勇气。你也应该把这种愚蠢的念头从你的脑子里赶出去。我们每个人都有自己的命运,你无法和你的命运对抗。而且自杀是一种极大的罪过。你无法预测以后会怎样,也许这桩婚姻会成为你的一件幸事呢。"

母亲一边敲门一边喊:"帕尔文太太!你们在干什么?我们要晚了,现在已经九点半了。"

帕尔文太太抹去她脸上的泪水回答:"别担心,我们马上就准备好。"然后她走过来,坐到我身边。"我已经把我的事情都告诉你了,你不应该再以为我对你现在的处境不了解了。"

"那你为什么还要让我也经历这种痛苦和不幸呢?"

"不管怎样,他们都要把你嫁出去。你根本不知道艾哈迈德是怎么为你打算的。"然后她又问我:"对了,为什么他那么恨你?"

"因为爸爸爱我胜过爱他。"

这句话脱口而出之后,我才突然理解这个事实。以前我从没有如此清楚地理解过——是的,父亲更爱我。

我记忆中父亲第一次对我表现出关爱,是在扎丽去世的那一天。他工作结束回到家里,僵立在门口。母亲在哭号,祖母在念诵《古兰经》。医生摇着头走出来,脸上满是憎恨和厌恶。当他走到父亲面前时,他吼道:"这个孩子已经在死亡边缘挣扎了至少三天,你却一直磨蹭到现在才叫医生?如果是你的一个儿子躺在这里,你还会这样干吗?就因为她是一个无辜的女孩?"

父亲面如死灰,看上去马上就要瘫倒了。我跑过去,用细瘦的胳膊抱住他的腿,转头去叫祖母。父亲坐倒在地,紧紧抱住我,将他的脸贴在我的头发上啜泣。祖母说:"起来,儿子。你是一个男人,不应该像女人一样哭。真主给予的,真主还会拿走。你不应该挑战真主的意志。"

"你说这不是什么大事!"父亲喊道,"你说她很快就会好起来,是你不让我请医生!"

"请了医生也没用。如果命运让她活下来,她自然会活下来。就算是最伟大的贤者和医生也无法改变命运。这是我们的命运。我们本就不应该有女孩。"

"这全都是胡说,"父亲喊道,"全都是你的错!"

这是我第一次看见父亲向他的母亲叫喊。说实话,我喜欢父亲那时的样子。那天以后,父亲就经常把我抱在怀里,无声地哭泣。我知道他在哭,是因为我感觉到他的肩膀在颤抖。从那时起,他就将不曾给过扎丽的爱和关注都给了我。艾哈迈德从不会忘记,也绝不会原谅这种偏爱。他愤怒的目光总是跟随着我,父亲不在的时候,他就会打我。现在,艾哈迈德终于达成了心愿。我失去了父亲目光中的宠爱,我破坏了他的信任,而父亲也因为失望和心碎抛弃了我。这是艾哈迈德最好的复仇机会。

帕尔文太太的声音让我从沉思中回过神来。"你根本不知道他打算对你做什么,你不知道他是一个多么卑鄙和令人厌恶的人。也不要幻想什么人能来拯救你。你不会相信为了让他去拒绝那个无赖,允许这家人来见你,我都做了些什么。我一直在为你心碎。你就像十五、二十年前的我。我看到了你的家人是多么想赶快把你嫁出去,而那个无能的赛义德又没有半点音信。我觉得你至少应该嫁给一个不会在婚礼之后就用他的拳头把你打得全身青一块紫一块的家伙,嫁给一个够体面的人,如真主所愿,一个能让你慢慢产生感情的人。就算不行,他也能让你有自己的生活。"

"就像你一样?"我用一种讽刺而又苦涩的语调对她说。

她用责备的目光看着我。"我不知道。照你自己的意愿去做吧。我们最终都会找到一种方式去报复命运的不公,从而让自己好受一点。"

我没有和她们一起去买戒指。帕尔文太太对新郎的家人说我感冒了。她摘下了我手上的银戒指,这样她就知道我的结婚戒指应该买什么尺寸的了。

两天后,父亲、艾哈迈德和马哈茂德去了库姆,拉了一车家什回来。母亲说:"等一下,等一下。不要把这些东西放到这里,把它们直接送到她自己的房子里去吧。帕尔文太太会跟你们一起去,给你们带路。"然后她转向我说:"过来,孩子,你也起来去看看你之后的家,看看那里还少些什么,还有告诉他们你想把那些东西怎么摆放。快点,做个好女孩,快起来。"

"不需要。"我耸耸肩,"让帕尔文太太去吧。我本来就不打算结婚。看样子她才是那个兴高采烈的人。"

第二天,帕尔文太太把结婚礼服拿过来让我试穿,我拒绝了。"没关系,"她说,"我有你的尺寸,我会按照你的其他衣服去做,最后做出来的衣服一定很好看。"

我不知道该怎么办。我总是睡不着觉,也吃不下东西,心中一团乱麻,感觉一直得不到休息。就算是昏睡过去几个小时,也总是会做许多噩梦,醒来的时候更加疲惫。我就像一个被判了死刑的人,一分一秒地等待着自己被处死的那一刻。最后,我决定和父亲谈一谈,无论那会多么艰难。我要扑倒在他脚下不停地痛哭,直到他可怜我。但所有人都小心地不让我和父亲独处,哪怕是一分钟。而且很明显,父亲也在竭尽全力躲着我。我只能在心底期待会有奇迹发生。我开始幻想会有人从天而降,在最后一刻把我救走。但什么都没有发生。

一切都在按部就班地进行着,说好的那一天终于到来了。从一大清早开始,家门就敞开着,马哈茂德、艾哈迈德和阿里不停地进进出出,在前院里摆放好一排椅子,准备好一盘盘油酥点心。当然,他们知道没有几个客人会来。母亲不让通知库姆的任何人来参加婚礼——她不想让我们的亲戚看到这种会让人心生遗憾的场面。他们告诉我姑姑,婚礼要在几个星期以后举行,不过他们还是不得不邀请了阿巴斯伯伯,于是他成了这场仪式中我们唯一的亲戚,另外还有我们的几位邻居,剩下的客人就都是新郎那边的了。

所有人都坚持要我去一趟美容院,但我拒绝了。于是帕尔文太太又充当了美容师。她用细绳绞去我脸上的绒毛,拔掉我多余的眉毛,还给我弄了发卷。整个过程中,我一直在以泪洗面。伯母也在清早就来帮忙,或者依照母亲的说法,是来"刺探"。"哦,你就这么怕疼吗?"她说,"你的脸上几乎没有什么绒毛,怎么你会哭成这个样子?"

"我的孩子最近很虚弱,所以才受不了这个。"母亲说。

帕尔文太太的眼睛里也泛着泪花。她总是装作要去拿新线绳的样子,转身把眼泪抹去。

婚礼会在下午五点钟开始,那时天气会凉爽一些。到了四点钟,新郎的家人们到了。天气还是很热。男人们都待在屋外,坐在大桑树的树荫下。女人们待在楼上的起居室里,婚礼索福耶已经铺好了。我待在隔壁房间里。

母亲忽然冲进我的房间斥责道:"你怎么还没穿好衣服?快一点!那位绅士一个小时之内就要到了!"

我从头到脚都在颤抖。我扑倒在母亲脚下,乞求她不要强迫我接受这样的婚姻。"我不想要丈夫,"我哀告着,"我甚至都不知道他是谁。为了真主的爱,不要逼我了。我对《古兰经》发誓,我会杀了自己。请解除这份婚约吧。让我和爸爸谈一谈。否则你们就会看到,我不会说'好'的。看我会怎么做!要么你结束这桩婚事,要么我在所有人面前说,我不同意结婚。"

"愿真主带走我的生命吧!"母亲惊呼道,"小声点!你在胡说什么?现在你想要在所有人面前让我们蒙羞吗?这一次你的哥哥会把你切成碎片的。艾哈迈德一整天都在他的衣兜里装着刀子。他说:'如果她说一个不合规矩的字,我就立刻了结她。'想想你可怜的爸爸的名誉吧。他会犯心脏病,会立刻死掉。"

"我不想结婚,你们不能强迫我。"

"把嘴闭上,别用这么大的声音说话,大家会听见的。"

她来到我面前,但我已经钻到床底下,缩进了最深处的角落里。我头上的发卷都松开了,落得房间里到处都是。

"你还是去死好了!"母亲压低声音吼道,"赶快出来!但愿真主让我看见你躺在停尸间里。快出来!"

有人在敲门,是父亲。"家里的,你们在干什么?"他问道。"那位绅士马上就要到了。"

"没事,没事,"母亲说,"她正在穿衣服,让帕尔文太太赶快来一下。"

然后她又向我吼道:"快出来,你这个可恨的小坏蛋,再不出来小心我要你的命。不要再搞什么丑事出来了。"

"我不会的,我不会结婚的!为了我大哥马哈茂德的爱,为了你深爱的艾哈迈德的爱,不要强迫我结婚。告诉他们,我们改主意了。"

母亲没办法爬到床底下来。她把手伸进来抓我,一把揪住我的头发,把我从床下面拽了出来。就在这时,帕尔文太太走了进来。

"愿真主怜悯!你们在干什么?你把她的头发都扯下来了!"

母亲气喘吁吁地说:"你看看她在干什么!她直到最后一刻都想要让我们蒙羞。"

我仍然蜷缩在地上,用憎恨的目光瞪着母亲,而母亲的手里还紧紧攥着我的一撮头发。

我不记得自己在婚礼上说了"好"。母亲一直用尽力气捏着我的胳膊,悄声对我说:"说'好',说'好'。"终于,有人说了"好",所有人都欢呼起来。马哈茂德和另外几个男人一直坐在隔壁房间里高声赞美穆罕默德先知和他的圣裔。婚礼上还交换了几样东西,但我完全不记得那些是什么了。我的眼睛前面蒙着一片薄纱,我感觉一切都飘浮在雾气里,模糊不清。人们的各种噪声混成一团,让我感到很困惑。我呆若木鸡地盯着远方的一个点,完全不在乎那个坐在我身边,已经变成我丈夫的男人。他是谁?他看起来是什么样子?一切都不重要了。赛义德没有来。我的希望和梦想结出了一个苦涩的果实。赛义德,你对我做了什么?

当我回过神的时候,我们已经在那个男人的卧室里了。他坐在床沿上,背对着我解下了领带。很明显,他并不习惯系领带,这让他感到很不舒服。我站在屋子一角,双手攥着他们强迫我穿上的白色恰多尔,把它紧紧按在心口上,身子颤抖得就像秋天的一片树叶。我的心在狂跳。我竭力不弄出一点声音来,以免他会注意到我的存在。在一片寂静中,我的泪水不停地掉落。真主啊,这算是什么传统?前一天,他们想要杀了我,只因为我和一个我已经认识两年的男人说了几句话。我很了解那个男人,很爱他,已经准备好和他一起去到世界上的任何地方。第二天,他们又想让我爬上一个陌生人的床,而我对这个人一无所知，心里唯一的感觉就是害怕。

一想到他的手会碰触我，我的整个身体都在战栗。我觉得自己马上就要被强奸了，但没有人会救我。这个房间里的光线很昏暗。仿佛我的目光灼烧了他的颈后，他转过身看向我，用一种轻柔又有些惊讶的声音问："怎么了？你在害怕什么……？害怕我吗？"然后他露出一丝讽刺的微笑，"请不要那样看着我，你看上去就像是一只羊羔在盯着屠夫。"

我想要说些什么，却发不出声音。

"放轻松。"他说道，"不要害怕。你看上去要得心脏病了。我不会碰你，我不是畜生！"

我紧绷的肌肉稍稍松弛了一些。我不知道自己已经多久没有正常呼吸过了，听到他的话才终于恢复。但他忽然站起身，我又浑身一紧，再一次缩进房间的角落里。

"听着，我亲爱的女孩，今天晚上我还有些事要做，我必须去见我的朋友们。我现在就走。你换上舒服的衣服睡一觉吧。我向你保证，如果我今天夜里回家来，我不会来找你的。我以我的荣誉发誓。"然后他拿起鞋子，投降一样举起双手，说："看，我现在就走了。"

听到前门关上的声音，我就像一块破布一样，瘫在地板上。我实在是累坏了，两条腿已经支撑不住身体。我觉得自己仿佛一直在扛着一座山。我就这样一动不动地坐着，直到恢复了正常的呼吸。我能看见自己在桌上梳妆镜中的样子。那真的是我吗？那片可笑的面纱歪歪斜斜地挂在我散乱的头发上。尽管能明显看到化了浓妆，我的脸还是白得可怕。我把面纱拽下来，又试着去解裙子背后的纽扣，可完全解不开。我用力揪领子，直到把那些扣子拽脱。我想要把这件衣服撕碎，摆脱掉关于这场荒谬婚姻的一切。

我向房间里扫视了一圈，想找身舒服的衣服穿上。床上有一件带着大量皱褶和蕾丝的亮红色睡袍。我在心里说：这一定是帕尔文太太买的。我看见我的衣箱被放在房间的一个角落里。它又大又沉，我费了好大力气才把它拽出来，从里面拿出一件家居服穿上，然后走出卧室。我不知道洗手间在什么地方,打开所有灯、所有门后才终于找到了它。我把头伸到水龙头下面,把脸冲洗了好几遍。放在水池旁边的那套剃须工具看起来是外国货。我的视线停留在那把剃刀上。是的,那是我逃脱这一切的唯一办法。我必须让自己得到解脱。我开始想象他们发现我毫无生命迹象的尸体倒在地上后,会作何反应。那个陌生人肯定是第一个发现我的。他一定会被吓一跳,但他肯定不会伤心。但是当母亲发现我死了,她一定会号啕大哭。她会想起她是怎样抓着我的头发把我从床底下拽出来,我又是如何对她苦苦哀求的。她的良心一定会受到谴责。我感到一阵冰冷而快意的情绪掠过心底,继续发挥着自己的想象力。

父亲会怎样做?他会将手按在墙上,把头埋进臂弯里哭泣;他会想起我是多么爱他,我多么希望能够好好学习,而不是早早嫁人;他会因为他对我表现出的残忍而饱受折磨,也许他还会因此而生病——镜子里的我正在微笑——这是多么令人满意的复仇啊!

那么,其他人呢?

赛义德。哦,赛义德一定会惊骇至极的。他会哭喊哀号,咒骂自己。为什么他没有及时来请求牵我的手?为什么他没有在某个晚上悄悄来把我救走?他的余生都会在哀伤和悔恨中度过。我并不想让他这么哀痛,但这都是他自己的错。为什么他要消失不见?为什么他不来找我?

艾哈迈德!……艾哈迈德不会伤心,但他也会感到愧疚。听到我的消息以后,他肯定会先愣一下,然后跑到帕尔文太太那里通宵达旦地喝酒,喝上一整个星期。从那以后,他会在我责备的目光中酩酊大醉地度过每一个夜晚。我的灵魂绝对不会让他得到安宁。

大哥马哈茂德会摇摇头说:"那个可怜的女孩,犯下了一桩又一桩罪孽,她现在一定正陷于熊熊烈火之中吧。"他一点都不会责备自己。不过他还是会念诵几章《古兰经》,在几个周五的晚上为我祈祷,然后为自己是一个如此富有同情心、宽宏大量的哥哥而感到骄傲。尽管我是一个坏妹妹,但他还是请求真主宽恕我,还用他的祈祷减轻我的罪孽!

阿里呢？他会做什么？他可能会有些伤心，变得比较沉默。但只要邻居的孩子来找他，他立刻就会跑出去疯玩，忘掉一切。而可怜的小法蒂，她是唯一会不带任何负罪感为我哭泣的人。她的心情一定就像扎丽去世时的我，她之后也会因为和我类似的命运而饱受折磨。可悲的是，我没办法帮助她，她也会发现自己孤身一人，没有任何朋友。帕尔文太太会钦佩我宁可死去也不愿意过没有任何尊严的生活，她会后悔自己缺乏勇气采取同样的行动，背叛了她最爱的人。帕尔瓦娜一定会在很久以后才知道我死了，她会大哭一场，会把她有的关于我的所有纪念品都摆出来，一直哀悼，永远悲伤。唉！帕尔瓦娜，我是多么想念你，多么需要你啊。

我哭了起来。所有的幻想都消失了。我拿起剃刀，把它放在我的手腕上。这把刀子不是很锋利，我必须用力把它割下去。但我没有这样的勇气，我害怕了。我努力去回想我的愤怒、憎恨和绝望。我提醒自己艾哈迈德对赛义德造成的伤害。我数了"一、二、三"，然后把刀子按了下去。一阵强烈的灼痛让我丢下了剃刀。鲜血涌了出来。我高兴地想："好了，割开一只了，现在我该怎样割开另一只手腕呢？"强烈的疼痛让我无法用受伤的手握紧剃刀。我在心里对自己说："没关系。只不过时间会久一点，到最后，所有的血都会从这只手腕流走的。"

我再一次沉浸在自己的幻想中。我感觉没那么痛了。我看着自己的手腕——出血停止了。我用力挤压伤口，因为再一次变得强烈的痛楚而呻吟起来。又有几滴血落进水池里，随后出血就又停住了。这没有用，伤口不够深，我没能割到血管。我又拿起剃刀。手腕处的割伤传来一阵阵痛楚。我该怎样下手再去割同样的地方？我希望能有更好的办法，让我不用这么痛，流这么多血。

我下意识地开始为自己辩护。我想起那个在一场《古兰经》女士诵读会上讲话的女人。她谈论到，自杀是一种罪行，真主绝对不会原谅结束自己生命的人，这样的人会永远在地狱烈火中承受折磨，无数毒蛇会对这些人使用毒牙，拷打者会不断鞭打这些人燃烧的躯体。罪人在那里只能喝臭水，被灼热的长矛刺穿身体。我想起自己在那以后的一个星期里都不停地做噩梦,在熟睡时发出惨叫。不,我不想去地狱。但我又该如何复仇?我该怎样让他们难受?我该如何让他们明白,他们对我是多么残忍?

  我告诉自己,我必须这样做,否则我就会发疯。我必须折磨他们,就像他们折磨我一样。我必须让他们穿上丧服,余生都为我的死而哀悼。但他们真的会眼含泪水地度过接下来的日子吗?他们为扎丽哭了多久?扎丽死去没有犯下任何罪,但随着一年又一年过去,已经没有人再提起她的名字。其实只过了一个星期,他们就聚在一起说,那是真主的意志,他们不应该有任何质疑或不满。他们说那是真主在考验他们。作为真主的仆人,他们必须经受住这个考验,保持住自己的荣誉。真主给予的,真主自然可以收回。到最后,他们全都认为自己没有做错任何事情,扎丽的死无须他们任何人负责。我相信他们也会这样对我。只要过几个星期,他们就会平静下来,至多两年以后,他们就会把我忘记。我却会遭受永恒的折磨,也无法再提醒他们曾经对我做过什么。而在这个过程中,那些真正爱我、需要我的人会深陷在孤独和痛苦之中。

  我丢下了剃刀。我没办法自杀。就像帕尔文太太一样,我也只能屈从于自己的命运。

  我的手腕已经不再流血了。我用一块手帕把它包住,走回了卧室。我趴在床上,把脸埋在床单里哭了起来。我只能接受失去赛义德的现实,他不想要我了。就像一个人埋葬了自己的爱人,我将赛义德埋葬在心底最深处的角落里,站在他的坟墓前痛哭了几个小时。现在我必须离开他,让时间把自己变得冷漠和健忘,将一切关于他的记忆从我的心里彻底抹去。那一天真的会到来吗?

第二章

当我从无梦的沉睡中醒来时,太阳已经高悬。我环顾了一圈,感觉晕头转向。周围的一切看起来都很陌生。我在哪里?又过了几秒钟,我才想起发生的一切。我是在那个陌生人的家里。我猛地坐起身,审视着整个房间。屋门开着,但听不见任何声音。我意识到这里只有我一个人,放下心来。奇怪的是,我整个人变得很冷漠,很麻木,过去几个月里一直在我心中燃烧的怒火似乎都熄灭了。我并不感到哀伤,也不渴望回到我曾经居住的房子里,回到和我分别的家人们中间。我对他们没有归属感,对那幢房子也没有。我甚至连恨意都没有了。我的心就像冰块一样,但它还是在缓慢而有规律地跳动着。我不知道这个世界上是否还会有什么事情能让我再次快乐起来。

我下了床。这个房间似乎比昨晚更大了。床和梳妆台都是新的,散发着清漆的气味。也许这就是父亲所说的他买的东西。我的衣箱敞开着,里面一片凌乱。房间的角落里有一只纸板箱,我打开看到里面有一些床单、枕套、烤箱手套、围裙、毛巾和其他几样我的家人没来得及拆掉包装的零碎物品。

我走出卧室,来到一个方形的厅里。厅对面还有一个房间,看上去像是储藏室。我的左手边有一道蜂巢框架的大玻璃门。厨房和洗手间在右边。厅里铺着一块红色地毯,两侧排列摆放着与地毯配套的坐垫和靠垫。靠墙有几个装满书的架子,玻璃门旁有另一个架子,上面放了一只旧糖罐、一个我没有看出是谁的男人的半身像,还有几本书。

我朝厨房里边看了一眼,那里相对小一些。在砖砌案台的一侧有一盏深蓝色的柳条灯,另一侧是一个两只火眼的新煤气灶,煤气罐放在案台下面。一张小木桌上摆着一套有红色花卉图案的瓷盘子。我清楚地记得,在我还很小的时候,母亲在一次前往德黑兰的旅行中买下了它们,作为扎丽和我的嫁妆。厨房正中间放着一个大纸板箱,里面堆满了各种尺寸的、新抛光的铜壶,几把刮刀,还有一个沉甸甸的大铜盆。很明显,他们没有找到合适的位置来安放这些东西。

所有新的东西都属于我,其他一切都属于那个陌生人。我站在这里,被从我出生时起就开始为我准备的各种嫁妆环绕着。卧室和厨房中的这些物品代表了我全部的人生目标:在厨房中做饭,在卧室中侍奉。真是艰巨的任务啊!在这样一个杂乱无章的厨房里烹饪,我能完成这项单调乏味的工作吗?在卧室里不情愿地伺候一个陌生人,我真的能忍受吗?

这一切我都很排斥,可我甚至都没有力气为接下来的日子感到焦虑了。

我继续探索,打开了那道玻璃门。房间里铺着我陪嫁的一块地毯,壁炉台上有两盏带红色垂饰的水晶枝状吊灯和一面带框的镜子。它们也许都是从我的婚礼上拿过来的,但我不记得自己看见过它们了。角落里放着一张方形的桌子,铺着已经褪色的旧桌布。桌上摆放着一台棕褐色的大收音机。收音机上两个骨色的大旋钮看上去就像是一双凸起的眼睛,正在盯着我。

收音机旁边放着一个奇怪的方形匣子。我来到桌边,看到桌上还有一些大大小小的信封,上面有一些管弦乐队的图片。我认出了这个匣子。这是一台留声机,就像帕尔瓦娜家里的那一台。我打开留声机的盖子,手指滑过那些叠放在一起的黑色圆盘。太可惜了,我不知道怎样播放它。我又看向那些信封。太好了,那个陌生人竟然听外国音乐。要是马哈茂德知道这件事就好了……在这幢房子里,我唯一感兴趣的就是那些书和这台留声机。我真希望不要再有人来烦我,只让我和这两样东西待在一起。

这一层差不多就是这样,没有什么别的东西了。我打开前门,来到了一个小阳台上。这里有向下通往前院和向上通往房顶的楼梯。我下了楼。在砖铺的院子中央是一座圆形的倒影池,外围涂着陈旧的蓝色油漆,里面注入了清水。池子两侧有两片细长的花圃,其中一片花圃中央有一棵比较高的樱桃树,另一片花圃中央的树矮一点——当秋季到来的时候,我才知道那是一棵柿子树。树的周围种了几丛大马士革玫瑰。花叶上蒙着尘土,看上去有些枯萎。靠墙处,一片干枯的老葡萄藤从饱经风霜的格栅上垂挂下来。

这幢房子的外墙和环绕院子的内壁都是用红砖砌成的。站在院子里,我能看到楼上卧室和起居室的窗户。院子另一端是厕所,是我在库姆时就一直很害怕使用的那种厕所。在院子后面,登上几级台阶就是一楼的大露台。这幢房子的一楼有高大的窗户,窗口被柳条编织的遮阴帘覆盖着,不过有一扇窗户的帘子被打开了。我走过去,把手遮在眼睛上窥望。里面铺着深红色的地毯,有几只坐垫,床铺被褥叠好堆放在墙边,一只坐垫旁边摆放着茶具。

一楼的前门看上去比楼上的更陈旧,门上有一把大挂锁。这里应该是那个陌生人祖母居住的地方,她也许是去参加某个聚会了。我回想起在婚礼上似乎见过一位略微驼背的老妇人,穿着白色的恰多尔,上面点缀着黑色的小花。她将一样东西放进我的手里,好像是一枚金币。那个陌生人的家人一定是接她去了别的地方,好让新娘和新郎能够单独相处几天。新娘和新郎!……我暗笑着走回院子里。

有一道楼梯是通向地窖的。地窖的门被锁住了。透过下面的狭窄窗户,些许阳光洒进地窖。那里面落满了灰尘,很凌乱,显然已经有相当长的时间没人下去过了。我转身回到上面,又看见了那些被尘土覆盖的大马士革玫瑰。它们真可怜。正好倒影池旁边有一只浇水壶,我就给它们浇了点水。

差不多下午一点的时候,我饿了。走进厨房,看到了一盒从婚礼上拿过来的油酥点心,尝了一块,很干,就想找些爽口的东西。厨房的角落里有一台白色的小冰箱,里面有奶酪、黄油、一些水果和另外几样东西。我拿了一瓶水和一个桃子,坐在厨房的窗台上,边吃边环顾着整个厨房:多么杂乱无章啊!

我从厅里的架子上拿了一本书,回到还没整理过的床上躺下来,读了几行。但我完全无法集中精神,不知道自己读的是什么。我把书扔到一边,想要睡觉,却又睡不着,各种思绪不停地在我的脑海中盘旋。现在我该做什么?我必须与这个陌生人共度余生吗?他半夜去了哪里?一定是去他父母家了。他会不会向他的父母抱怨我?如果他的母亲责备我把她的儿子赶出了他自己的家,我又该说些什么?

我在床上辗转反侧,直到赛义德在我的脑海里出现,让我忘掉了一切。然后我努力把赛义德也抛到一旁。我告诫自己,以后再也不应该想他了。现在我连自杀都失败了,以后我必须小心行事。帕尔文太太一开始也是这样,而现在正坦然地欺骗着她的丈夫。如果我不想像她一样,我就必须忘记赛义德。但对他的记忆就是挥之不去,于是我开始琢磨,只能收集药品了。这样,如果有一天生活变得无法忍受,我堕入不道德的深渊,我还能用一种轻松无痛的办法自杀。真主到时一定会明白,我这样做是为了避免自己犯下罪行,就不会让我受到可怕的惩罚了。

我感觉自己已经在床上躺了好几个小时,甚至还打了个盹,但是当我抬头看向墙上那只大圆钟时,发现才三点半。我还能做些什么呢?太无聊了。于是我又开始琢磨:那个陌生人去哪里了?他打算对我怎么样?我希望自己能够住在这座房子里,但同时和他没有任何关系。这里有收音机,可以听音乐,还有许多书,最重要的是,这里很安静,有足够的空间和自由。我一点都不想见到我的家人。我可以做好所有家务。我可以和那个陌生人各过各的。真主啊,如果他能同意就好了。

我还记得帕尔文太太说过,也许我慢慢会喜欢上他,就算不行,他也能让我有自己的生活。我打了个哆嗦。我很清楚她是什么意思,但这真的是她的错误和罪过吗?如果我也做出同样的事,我就是一个不忠贞的女人吗?不忠贞于谁?不忠贞于什么?下面两种情况哪种才是更大的不忠?和一个根本不爱我的陌生人睡觉,一个我完全不想让他碰我的人,一个只是因为别人说了几句话,我就必须嫁给他,不得不说"好"的人——甚至这一声"好"很可能还是别人替我说的?还是和一个我爱的人在一起,我觉得他是我的一切,我梦想着与他一起生活,只是没有人会赞同我们的结合?

许多奇怪的想法在我的脑海里打转。我必须做些什么,必须让自己忙起来,否则我就要疯了。我打开收音机,调大音量。我必须听一些别人的声音。我回到卧室,把床铺好,把那件红色的睡袍揉成一团塞进纸板箱。我打开衣柜看了看,里面很凌乱,许多衣服都从衣架上掉了下来。我把里面的东西都拿出来,将我的衣服放在半边,将那个陌生人的衣服放在另外半边。接着我又整理了梳妆台抽屉里的各种物件,还有乱放在梳妆台上的东西。我将沉重的纸板箱拖进了厅对面的储藏室,那里本来只放了几箱书。我把储藏室也打扫了一下,然后把暂时不需要的东西都从卧室搬到了那里。等我收拾好这两个房间,天已经黑了。不过,现在我知道每一样东西都放在哪里了。

我又饿了。我洗了下手,再次走进厨房。哦,厨房也是一团乱,但现在我已经没有力气继续收拾了。我烧了水,煮了茶,但没找到馕,于是在干点心上抹了一些黄油和奶酪,凑合着填饱了肚子。我再次走到厅中的书架前。有些书名很奇怪,我看不太懂;有几本法律书,显然是那个陌生人的课本;还有一些小说和诗集,作者是阿哈万·萨莱斯[1]、芙茹弗·法洛克扎德[2]和另外几位我非常喜欢的诗人。我想起赛义德送给我的那本诗集。那本属于我的小书,封面是一幅墨水画——一枝牵牛花插在瓶子里。我本应该记得把它带过来的。翻阅着芙茹弗的《俘虏》,我在想:她要有怎样的勇气,才能这样坦然地表达自己的心情?我全身心地去体会她的诗句,仿佛它们是我写下的。我标记出几首诗,打算之后把它们抄在我的诗歌剪贴簿里。然后我放声朗读起其中一首:

> 在一个别人看不见我的时刻,
> 我想要展开翅膀,飞出这座黑牢,

---

[1] Akhavan Saless,伊朗现代诗人,是伊朗自由诗(新型诗歌)的先驱之一。——编者注

[2] Forough Farokhzad,伊朗二十世纪极具影响力的女诗人,因其备受争议的现代主义和反传统的诗作而著称。——编者注

冲那牢狱的看守大笑，
　　在你身边开始新的生活。

　　没读几句我就停下了，觉得自己这样太没有羞耻心了。
　　我拿起一本小说去床上的时候，已经十点多了。我感到筋疲力尽。这本书叫《马蝇》。它讲述了一些非常可怕的事情，但我就是没办法把它放下。因为它能让我不去思考，不会害怕一个人待在这个陌生人的家里。我不知道自己最后是几点睡着的。书从我的手中滑落，灯依然亮着。

　　我醒过来的时候，已经快到中午了。屋子里依然一片寂静，依然只有我自己。这是多么幸福的生活啊，没有任何人打扰，我可以睡到自然醒。我下床洗好脸，煮了茶，又吃了一些点心。我对自己说，今天是周六，所有店铺都开门了，如果那个陌生人不回来，我就得出去买些东西了。但我哪里有钱呢？而且如果他不回来，我又该做些什么呢？他今天肯定去上班了，如真主所愿，他傍晚就会回来的。我有些想笑。我刚刚在心里说了"如真主所愿"，说明我希望他能回来。我不由得暗自思忖：难道我真的开始在乎他了？
　　我记得在《妇女生活》杂志上看过这样一个故事：一名年轻女子被迫嫁给了一个男人，就像我一样。在她的新婚之夜，她告诉自己的丈夫，她爱着另一个男人，不能和他上床。那个丈夫承诺不会碰她。几个月以后，女子开始发现自己丈夫的种种优点，对他产生了感情，渐渐忘记了原先的爱人，但丈夫却不愿违背自己曾经的承诺，一直不肯碰她……我不禁在想：那个陌生人会做出同样的承诺吗？如果可以的话，那就太好了！我对他一点感觉都没有，我只是想让他回家而已。第一，我需要搞清楚我们之间到底是一种什么样的关系；第二，我需要钱；第三，我必须向他讲清楚，无论如何，我都不愿意再回到我父母家去。实际上，这里成了我的避难所，我喜欢现在这样的生活，再也不想受到那个家的烦扰和折磨了。
　　我打开收音机，把声音调大，开始干活。我在厨房里忙了好几个小时,将一格格橱柜都擦干净,铺上报纸,把碗盘和其他物件整齐地摆放好。我将那些大的铜壶铜锅都放在了案台下面。在放毛巾和抹布的纸板箱里,我找到了一些布料,把它们裁成了不同尺寸的桌布。没有缝纫机,我只好手缝给它们锁了边。我将一块桌布铺在厨房的桌子上,其他的铺在案台和橱柜上。接着我把新茶炊(这显然也是我的嫁妆)放入橱柜的一格,茶盘放入旁边一格。然后我又把满是油渍的煤气灶和冰箱都擦干净了。我还用了很长时间刮洗厨房的地面,直到它看上去比较亮堂了。我的嫁妆里还有几块刺绣桌布。我把它们拿到起居室,铺在壁炉台、放收音机和留声机的桌子以及书架上。我重新整理了所有唱片和书籍,按照高低顺序把它们码好。我又鼓捣了一会儿留声机,但还是没能把它打开。

在我的一番辛勤劳动之后,这个家已经完全变了样。我喜欢它。听到前院传来一阵声音,我便跑到窗前去看,却发现一个人影也没有。那两片花圃里的花花草草看上去又干了,我下楼给它们浇了水。然后我又往院子里和楼梯上泼了水,把它们都清洗干净了。现在天已经黑了,我也终于干完了活儿。我累得够呛,衣服都被汗水湿透了。我想起这里有浴室。虽然没有热水,我也不知道该如何打开浴室角落里那台巨大的煤油热水器,但我对这个浴室已经很满意了。我刷干净浴盆和水池,洗了个冷水澡。我迅速洗了头发,身上打了遍肥皂,然后赶紧出来了。我换上一身帕尔文太太为我缝制的花朵图案的家居服,扎了个马尾。看着镜子中的自己,我觉得我的样子完全不同了。我已经不再是孩子了。好像在短短几天之内,我就长大了好多岁。

听到院门响了一声,我心里一沉。跑到窗前,我看到那个陌生人的父母、他的小妹妹曼妮吉哈,还有他的祖母比比正站在前院里。曼妮吉哈搀着祖母的手臂,扶她踏上台阶,来到一楼的门廊上。他的父亲走上前打开门锁,我听到他的母亲气喘吁吁地上了楼。我手脚颤抖着打开门,深吸一口气之后,向她问好。

"好啊!好啊!新娘子,你还好吗?新郎在哪里?"不等我有机会回话,他的母亲已经走进屋里喊道:"哈米德?儿子,你在哪儿?"

我长舒了一口气。他们还不知道他在我们的新婚之夜就跑掉了，自那以后再也没有回来过。"他不在家。"我低声说道。

"他去哪儿了？"他的母亲问。

"他说要去见朋友。"

他的母亲摇摇头，开始审视这个家。她探头查看了房间里的每一个角落和每一道缝隙。我不知道她一直在摇头是什么意思，只觉得就好像有一位严厉的老师正在批改我的试卷。我非常紧张，等待着她最终的判分。她伸手抚过我铺在壁炉台上的刺绣桌布，问我："这是你绣的吗？"

"不是。"

她走进卧室，打开衣柜门。我很高兴那里面已经被我收拾得整整齐齐了。她再一次摇了摇头。到了厨房，她又仔细看了厨柜里面摆放的碗盘，并拿起一只在手中转来转去。"这是马苏德瓷器？"

"是的！"

终于，审查结束了。她回到厅里，坐在一只坐垫上，背靠着靠垫。我备好茶，将一些点心放在大浅盘中，端到了厅里。

"孩子，过来坐。"她说道，"我可真高兴。就像帕尔文太太说的那样，你很漂亮，做事又仔细，品位还非常好。只用了两天时间，你就把这里全都布置好了。你妈妈还说，婚礼之后过一两天，我们就要来这里帮你打扫一下卫生，但如今看来那完全没有必要。我看得出，你是一个居家能手。我终于放心了。对了，孩子，你刚才说哈米德在哪儿？"

"和他的朋友在一起。"

"听我说，孩子。作为妻子，一个女人必须紧紧拴住自己的丈夫，管住他。你必须睁大自己的眼睛。我的哈米德是有棘刺的，他的刺就是他的朋友们，你必须把那些刺从他身上拔掉。我要警告你，他的朋友们可不好对付。所有人都说，只要我们让他娶妻生子，忙碌起来，他就会对那些朋友失去兴趣了。现在就要靠你来分散他的注意力，让他不觉得虚度了光阴。过九个月，你就要给他生下第一个孩子，再过九个月生第二个。简而言之，你必须让他彻底忙起来，让他对别的事情都不再感兴趣。我已经竭尽全力，利用哭泣、昏厥和祈祷让他结了婚，现在轮到你了。"

我感觉自己眼前的面纱突然被掀开了。啊！原来就像我一样，那个可怜的陌生人也是被迫参加这场婚礼的。他根本就不想要妻子，也不想进入婚姻生活。也许他也在爱着别人吧。但如果真是那样，为什么他的家人不帮他去求娶那个女孩？毕竟他的父母非常重视自己儿子的意愿。和我不同，他用不着坐在家里等待求婚者到来。他可以选择自己想要的任何人。他的父母又是这样盼望他结婚，肯定不会拒绝他。也许他是抗拒婚姻本身，不想扛起这副担子？但为什么呢？毕竟他已经到年纪了。难道真的只是因为他的朋友们？这时，他母亲的声音将我从思绪中拉了回来。

"我用香草炖了小羊腿。哈米德非常喜欢这个，我就总想做给他吃。我给你带来了一锅。我知道你这段时间肯定顾不上清洗收拾香草……顺便问一下，你这里有米饭吗？"

我惊讶地耸耸肩。

"大米在地窖里。他爸爸每年都会给我们买大米，也总是会给比比和哈米德买几袋。今晚做些焖饭吧，用羊肉汤焖米饭很好吃。哈米德不喜欢吃蒸米饭。我们明天就要走了，所以我只能把比比送回来，不然我还想让她在我们那里多住几天的。她是一个温和善良的老太太，你只需要偶尔去看她一眼就好。她通常都会自己做饭，不过如果你能多去看看她，给她带些吃的，那就再好不过了，真主也会很高兴的。"

就在这时，哈米德的妹妹和父亲也上楼来了，我起身向他们问好。他的父亲面带微笑地对我说："你好，孩子，在这里住得惯吗？"然后他又对他的妻子说："你说得对，她看上去比在婚礼上漂亮多了。"

"看看，她在这么短的时间里就让这个家大变样了，看看她把一切弄得多么整齐干净！现在看看我们的儿子还能编出什么理由来！"

曼妮吉哈到处看了一圈之后说："你怎么有这么多时间干活啊？你们两个昨天可能睡了一整天，而且还要回门。"

"我们要干什么？"我问道。

"回门，去看岳母。我说得不对吗，妈妈？难道新婚夫妻不是要在结婚第二天去拜访新娘的妈妈吗?"

"嗯,是的。你们应该已经去过了吧?"

"没有,"我说,"我不知道要去。"

他们都笑了。

"也是,哈米德对这些习俗传统什么的都完全不了解,这个可怜的女孩又怎么会知道呢?"他的母亲说,"不过现在你知道了,你们两个必须去拜见你妈妈。他们在等着你们呢。"

"是的,而且他们会给你们礼物。"曼妮吉哈说,"妈妈,还记得你在曼索耶和巴赫曼汗回门的时候,你给巴赫曼汗的那个美丽的真主吊坠吗?"

"是的,我记得。对了,孩子,你想要我给你从麦加带什么礼物回来?不要不好意思。"

"不用了,谢谢您。"

"我们已经决定,等我们回来以后就举行床边礼。好了,明天之前你还可以再好好想一想,看看麦加有什么你想要的。"

"老婆,我们走吧。"他的父亲说,"我觉得儿子短时间内回不来,我已经累了。如真主所愿,明天他会来看我们,或者去机场为我们送行。好了,孩子,我们明天再道别吧。"

他的母亲拥抱并亲吻了我,还有些哽咽地说:"请以你和他的生命发誓,你会照顾好他,不会让任何坏事发生在他的身上。我们不在的时候,曼索耶会照顾曼妮吉哈,不过你有时间也要多去看看她。"

他们离开后,我长舒了一口气。收拾好茶杯和点心盘以后,我下楼去找大米。这时我听见比比在她的房间里叫我,便走过去向她问好。她将我从头到脚打量了一番,然后说:"你的脸蛋可真好看。如真主所愿,你会拥有一个幸福的婚姻。我的孩子,你一定会管好这个男孩的。"

"很抱歉,我想问问您有地窖的钥匙吗?"我问她。

"它就在门框最上面,我的孩子。"

"谢谢您。我马上就把晚餐准备好。"

"好孩子。去吧,去做饭吧。"

"我会给您送一些过来,您自己就别做饭了。"

"不用了,孩子,我不吃晚饭。不过如果你明天去买馕,也给我买些来。"

"好的!"

可是,如果那个陌生人一直不回来,我又要拿什么去买馕呢?

清新的香草味和焖米饭的香气勾起了我的食欲,我已经记不起自己上次正经吃饭是在什么时候了。晚餐大约十点才准备好,而那个陌生人还是没有回来。不,我等不了,也不想等了。我狼吞虎咽地吃完饭,洗好盘子,把剩下的饭菜放到冰箱里——那还足够我吃四顿的。然后我又拿着书上床了。和前一晚不同,我很快就睡着了。

一觉睡到八点,我的作息慢慢恢复了正常,这间卧室对我来说也不再陌生了。在这个家里生活的时间虽然还很短,但我感受到的平静是我在之前那个拥挤又危险的家里从不曾感受过的。我又在床上懒了一会儿才起来。铺好床走出卧室,我一下子愣住了——那个陌生人正睡在厅里的地上,只铺了一块毯子,那些坐垫就在他旁边。我昨晚甚至没有听见他走进来。

我一动不动地站了好久。他睡得很沉,小臂压在前额和眼睛上。他的面容并不像我想象中的那样粗蛮。浓密的胡须完全覆盖了他的上唇和一部分下唇,一头鬈发很是散乱,皮肤是橄榄色的,个子看起来很高。我心里想,虽然这个人已经是我的丈夫,但如果我在街上撞见他,我根本都认不出。多么荒谬啊!我静静地洗漱完,煮了茶。但家里没有馕,这到底该怎么办?终于,我想到一个办法。我穿好恰多尔,轻手轻脚地走了出去。比比正在倒影池旁给浇水壶盛水。

"你好,新娘子。那个懒惰的哈米德还没起来吗?"

"还没有。我要去买些馕。您还没吃早饭吧?"

"还没吃呢,孩子。不过我不着急。"

"烤馕店怎么走啊?"

"出门右转,走到头儿以后向左转,再走一百步左右,你就能看见烤馕店了。"

我犹豫了一下说:"很抱歉,您有零钱吗?我不想叫醒哈米德,可我担心烤馕店找不开钱。"

"有,亲爱的,就在壁炉台上。"

我买完烤馕回来,看到哈米德还在睡,就去厨房准备早餐。刚从冰箱里拿出奶酪,我一转身就看到了他正站在门口。我下意识地倒吸一口气。他赶紧往后退,投降一般举起双臂说:"别!别!为了真主的爱,别害怕。我看上去像是怪物吗?我真的那么可怕吗?"

看到我想笑的样子,他放松下来,将双手举得更高,扶在门框最上面。

"看样子你今天感觉好些了。"他说。

"是的,谢谢你。早饭很快就准备好了。"

"噢!有早饭!你还打扫了房间。看来妈妈说得没错,有个女人在家里,一切都会变得整齐干净。我只希望还能找到我的东西。现在一切都井井有条的,我还真不太习惯。"

他走进了浴室。几分钟后他喊道:"嗨……这里原本有一条浴巾,你把它放哪儿了?"

我把一条叠好的浴巾拿到浴室门口。他探出头说:"顺便问一下,你叫什么名字?"

我愣住了。他甚至不知道我的名字。至少我的名字在婚礼上已经说过好几次了,他那时候是有多心不在焉啊?还是他一直都只是在想自己的事情?

我冷冷地说:"玛苏姆。"

"啊,玛苏姆。是玛苏姆还是玛苏梅?"

"都一样,平时大家都叫我玛苏姆。"

他更加仔细地端详了一下我的脸,说:"这名字很好……能配得上你。"

我的心里一痛。赛义德也是这样说的。区别是他的话充满了爱意,而这个人对我毫不在意。赛义德曾经告诉我,他每天都会在心里呼唤我的名字一千遍。泪水就要流下来时,我转身回到厨房,将早餐端到厅里,在地上铺好布。哈米德从浴室里出来了,他的一头鬈发依旧湿漉漉的，一条毛巾挂在他的脖子上，深褐色的眼睛看起来和善又快乐。我已经不觉得害怕了。

"太棒了！多么丰富的早饭啊，还有现烤出来的馕。结婚的又一个好处。"

或许他只是为了照顾我的心情才这样说的，或许是想掩饰忘记我名字的尴尬。他盘腿坐下来，我给他倒了一杯茶。他将奶酪抹在一块烤馕上，然后说："能不能告诉我，为什么你那么害怕我？我真的很吓人吗？还是那一晚无论是谁作为你的丈夫走进你的卧室都会让你感到害怕？"

"无论是谁都会吓到我。"

我在心里又补了一句："赛义德除外。"如果那个人是他，我一定会欣喜若狂地跳进他的怀里。

"那你为什么要结婚？"他问。

"我没有选择。"

"为什么？"

"我的家人认为我该嫁人了。"

"但你还非常年轻。你觉得你该嫁人了吗？"

"不该，我想去上学。"

"那你为什么不去上学？"

"他们说小学毕业证书对于女孩已经足够了。"我解释说，"我恳求了很多次，他们才又让我多上了几年。"

"所以他们强迫你接受这桩婚姻，还不让你去上学，剥夺了你的合法权利？"

"是的。"

"为什么你不拒绝？为什么你不反对他们？为什么你不起来抗争？"

他的脸颊泛起一阵潮红。

"你应该争取自己的权利，哪怕是用斗争的方式。如果人们都不屈服于压迫，这个世界上就不会有那么多压迫别人的人了。正是人们的服从强化了暴君的力量。"

我感到一阵惊愕，他真是不知人间疾苦。我努力不让自己大笑出声,但难免流露出嘲讽之意:"那你就没有屈服于压迫吗?"

他愣愣地看着我说:"谁?我吗?"

"对。你也是被迫接受这桩婚姻的,不是吗?"

"谁说的?"

"这太明显了。你并不着急结婚。是你那可怜的妈妈,又是昏厥又是哀求,费尽了力气,才让你屈服。"

"我妈妈说的,对不对?没错,她说的是实话。你说得对,我是被迫结婚的。鞭打和折磨并非唯一的压迫手段。有时候,人们会用爱和关心来让你缴械投降。我是同意结婚了,只是完全没想到会有女孩愿意在这种情况下嫁给我。"

我们都一言不发地吃着东西。过了一会儿,他端起茶杯,靠在一只垫子上说:"你说话可真直接……我喜欢这样。这样不会浪费时间。"然后他笑了,我也笑了起来。

"你知道为什么我不想要一个妻子吗?"

"不知道。为什么?"

"因为一个男人结婚以后,他的生活就不属于他了。他会变得束手束脚,再也没有心力去思考什么理想,更别提去实现它了。曾经有人说:'男人结婚后,他就只能站在原地。当他的第一个孩子出世,他就要开始跪着;第二个孩子出世,他就只能躺在地上;等到第三个孩子出世,他就彻底被毁了。'或者是类似的话吧……当然,我不介意起床就能吃到早饭,房间被收拾得干干净净,能够有人为我洗衣服,照顾我。但这些全都是人性的自私,它的根源是我们在男权社会中长大形成的错误认知。我们不应该认为女人只能做这些事。女人是历史上被压迫得最严重的人群,是第一个遭受另一个人群剥削的人群。一直以来,她们都被当作工具来利用,而这种错误还在继续。"

尽管他的话听起来有点像是在背书,而且其中有几个词我也不太明白是什么意思,比如"剥削",但我还是很喜欢听。"女人是历史上被压迫得最严重的人群"这一句一下子就深深地印在我的脑海里。

"所以你才不想结婚?"我问他。

"是的,我不想受到限制和束缚,因为这是传统婚姻不可避免的本质。如果我们是朋友，有着同样的想法和观点，也许情况就会不一样了。"

"那你为什么不找一个和你有着同样想法和观点的人呢？"

"我们那群人里的女孩子可不会轻易步入婚姻，她们也都已经投身于这项事业了。而且我妈妈不喜欢我们之中的每一个人，她经常说：'如果你娶那种人，我就自杀。'"

"你爱她吗？"

"爱谁？……哦，不，请不要误解。我并不是说我在爱着谁，而我的妈妈在反对我和某一个人的婚姻。不是那样！我爸妈一直想让我结婚，我就决定在我们那群人中找一个，这样她就不会成为我行动的障碍，从而彻底解决问题。但我妈妈一下子就看透了我。"

"你们那群人？你说的是哪群人？"

"那不算是一个正式的群体。"他说，"我们只是一些志同道合的人，我们要采取有价值的行动，帮助劣势群体。每个人都有自己的人生目标和理想，并为之努力奋斗。你的目标是什么？你的人生方向呢？"

"我之前的目标是继续接受教育，但现在……我不知道了。"

"不要告诉我你一辈子都想在清扫这幢房子中度过。"

"我不想！"

"那你想干什么？如果你的目标是接受教育，那就去做啊。为什么要放弃呢？"

"因为中学不接受已经结婚的人。"我说。

"你是说，你不知道还有其他方法可以接受教育？"

"比如什么方法？"

"去读夜校，然后进行统一考试。并不是所有人都要去普通学校的。"

"我知道了。可你不会反对吗？"

"我为什么要反对？实际上，我很愿意和一位受过教育，有知识、有文化的人在一起。况且这是你的权利。我是谁，有什么资格阻碍你？我又不是你的狱卒。"

我震惊了，无法相信自己听到了什么。他是一个什么样的男人啊？和我所知道的那些男人相比，他是多么不同！我觉得仿佛有一束明亮的阳光照进我的生命中，高兴得几乎说不出话来："你说的是实话吗？真主啊，如果你能让我去学校……"

看到我这个样子，他很想笑，却只是温和地说："当然是实话。这是你的权利，不需要感谢任何人。每个人都应该能够追寻自己的理想，走上自己认为正确的道路。结婚不意味着要强迫你的另一半放弃自己的人生。恰恰相反，它意味着两个人要相互支持。难道不是这样吗？"

我热切地点着头。我明白，他的意思是，我也不应该阻碍他要做的事情。从那天开始，我们就为我们的共同生活达成了一项不成文的协议。尽管因此我得到了一些属于我的权利，但到最后，这项协议的受益人并不是我。

那天他没去工作，自然我也没有问为什么。他决定和我一起去他父母家吃午餐。他们晚上就要出发了。出门准备耽误了我一些时间。我不知道该穿什么样的衣服，便决定戴上平时的头巾，想着如果他不赞同，我就再穿上恰多尔。当我走出卧室的时候，他指着我的头巾问："那是什么？必须戴着它吗？"

"是的，是我爸爸允许的，我只戴普通头巾就行。不过如果你要求的话，我可以穿上恰多尔。"

"哦，不！不！"他喊道，"这条头巾已经很多余了。当然，这要由你自己来决定。你想穿成什么样都可以，这也是人的基本权利。"

经过了长时间的压抑，那一天的我简直快活极了。我觉得我有了可以依赖的支持者，在短短几个小时以前还遥不可及的梦想现在却已近在咫尺。我从容自若地走在他身边。我们一直在交谈，只是他说得比较多。有时候他会不停地掉书袋，听起来就像是一名教师在教导一个愚蠢的学生。但我不介意。他真的读过很多书，在人生阅历和接受的教育方面，我可能连做他的学生都不够。我非常敬佩他。

到了他父母家，所有人都聚集在我们周围。他的大姐穆尼尔带着两个儿子从大不里士赶来了。那两个男孩和大家有些疏远，一直没有太融入。大部分时间里,他们都在用土耳其语相互交谈。穆尼尔和她的妹妹们也完全不同,看上去要比她们年长许多。在我眼里,她更像是她们的阿姨,而不是姐姐。看到哈米德和我相处融洽,大家都很高兴。哈米德不停地和他的母亲与姐妹们说着笑话,逗她们开心。而且,他竟然会亲吻她们的面颊。一切都让我觉得惊讶又有趣。在我长大的家里,男人很少会和女人说话,更不要说开玩笑和一起大笑了。我喜欢他们家的氛围。曼索耶的儿子阿尔德希尔刚刚会爬。他非常可爱,总是想扑进我怀里。我非常高兴,发自心底地笑了起来。

"感谢真主,新娘子原来知道该怎样笑。"哈米德的母亲喜悦地说,"我们都没有看见她笑过。"

"说实话,她笑的时候会有酒窝,更漂亮了。"曼索耶还说:"我发誓,如果我是你,我会一直笑个不停。"我低下头,脸红了。曼索耶继续说道:"看啊,弟弟。看看我们为你找到了一个多么美丽的女孩,快说'谢谢'。"

哈米德笑着说:"感激不尽。"

"你们都怎么了?"曼妮吉哈突然沉着脸说,"为什么你们都像是以前从没有看见过人一样?"

然后她就走出了起居室。她的母亲说:"不要管她,毕竟她一直都是她哥哥的宝贝。哦,我可真是高兴。现在我看到你们两个在一起,才算是放了心。感谢真主十万遍。现在我可以去真主之家履行我的誓言了。"

就在这时,哈米德的父亲从外面回来了,我们都站起来迎接他。他吻了我的前额,温和地说:"你好啊,新娘子。过得好吗?希望我的儿子没有欺负你。"

我的脸又红了。我低下头轻声说:"没有,他没有。"

"如果他欺负了你,就来告诉我。我会揪住他的耳朵,让他再也不敢那么做。"

"亲爱的爸爸,请不要这样。"哈米德笑着说,"你已经让我们都变成长耳朵了。"

道别时,哈米德的母亲将我拉到一旁说:"听着,亲爱的,过去人们就说，你必须从新婚的第一个晚上开始就立好规矩。一定要强势起来。我不是说要和他争斗。恰恰相反，你要幽默和体贴。你想想办法，施展女人的魅力。你要用自己的美貌与风情迷倒他。总之一句话，不要让他晚上在外面鬼混，到了早上要让他按时去上班。你必须将他的朋友们赶出你们的生活。还有，如真主所愿，快些怀孕。不要让他有喘息的机会。只要有了几个孩子在身边，他就会忘记所有那些蠢事了。我等着看你的手段啊。"

回家的路上，哈米德问："妈妈都和你说了什么？"

"没什么，她就是让我照顾好你。"

"是的，我知道，照顾好我，让我远离那些朋友，对不对？"

"差不多是这样……"

"你怎么说的？"

"我能说什么？"

"你应该说：'我不是狱卒，不能一直看着他，让他的人生变成悲剧。'"

"我怎么可能第一次去你爸妈家就那样说话？"

"愿真主从那些旧式女人手中拯救我们吧！"他呻吟了一声，"她们根本不明白婚姻是什么。她们认为妻子就是可怜的男人们脚踝上的镣铐。实际上，婚姻意味着友谊、合作、理解、悦纳和平等。你觉得婚姻还意味着什么？"

"我觉得你说得太对了。"我在心里不停地赞美着这些充满智慧又无私的想法。

"我无法容忍女人无休止地问她们的丈夫：你在哪儿？你和谁在一起？你为什么这么晚回家？在我们看来，男人和女人是平等的，权利界定是清晰的。我们都无权限制对方的手脚，强迫对方做不愿做的事情，也没有权利盘问对方。"

"说得太好了！"

我清楚地接收到了他要传达的信息。我绝对不能问他去了哪里、为什么去、和谁在一起……事实是，当时这些对我真的不重要。毕竟他比我年长那么多，受过那么多教育，有那么多人生经验，我觉得他肯定比我更懂得应该如何活着。而且我为什么要在意他做了什么，去了哪里？他认为女人是有权利的，支持我继续接受教育，让我追寻自己的理想，这对我来说已经再好不过了。

我们很晚才到家，他一句话没说就拿起了一只枕头和一条毯子，去外面准备打地铺。我觉得很不安。我自己睡在床上，却让他这么好的人睡在地上，这太不好意思了。我犹豫了一会儿，终于说道："这样真的不合适。你去床上睡吧，我睡地上。"

"没事的，我不介意，我在哪儿都睡得着。"

"但我习惯睡在地上。"

"我也是。"

我回到卧室，思索着这样的日子要持续多久。我还并没有对他产生任何爱意或者欲望，但还是觉得亏欠他。他从我父母的家里拯救了我，还允许我返回学校，向我表达了最大的善意。结婚的第一个晚上，我一想到会被他碰就反胃，而现在那种厌恶已经消失了。我又走到他身边说："请进来，睡在你应该睡的地方吧。"

他好奇地看着我，用眼神确认我的心意，然后微笑着向我伸出手。我拉他站起来。他成了我的丈夫。

那一晚，在他睡熟之后，我哭了好几个小时，在房间里来回踱步。我不知道自己怎么了。我想不清楚，只是很伤心。

几天以后，帕尔文太太来看我。她兴奋地说："我一直在等着你去看我，但你没去，所以我决定来看看你过得如何。"

"我过得很好！"

"那他怎么样？没有欺负你吧？告诉我，你在第一晚是怎么过的？以你当时的情形，我觉得你一定被吓坏了。"

"是的，那天我觉得很恐怖。但他理解我，明白我的心情，所以他出去了，让我能好好睡觉。"

"噢！多么善解人意啊！"帕尔文太太惊讶地说，"感谢真主。你无法想象我是多么担心。现在你看到选择他是多么明智了吧？如果你嫁给了那个叫阿斯加尔的屠夫，只有真主知道他会对你做什么……话说回来，你喜欢和他在一起吗？"

"是的。他是个非常好的人，他的家人也都非常好。"

"感谢真主！现在你看到他们和其他求婚的人有什么不同了吧？"

"是的，您真是帮了我一个大忙。直到现在我才明白，您为我做了一件天大的好事。"

"哦，别那么说……这没什么。是你自己特别好，他们才都喜欢你的。感谢真主，现在你可以安心过日子了。我就可怜了，我可没有你这样的好运气。"

"但您跟哈吉阿迦也没有什么问题，"我说，"那个可怜的男人也不会管您。"

"哼！你看到的只是他现在的样子，他老了，又有病，就没脾气了。你可不知道他曾经是怎样的一头狼，第一个晚上他是怎样对我的，我是怎样发抖和哭泣，他又是怎么咬我的。那时候他很有钱，还认为女人怀不上孩子都是女人的错。他是个大人物，眼里只有他自己。他还对我做过好多我都说不出口的事。那时我一听到前门响，知道他回家了，就会从头到脚止不住地发抖。我那时只是一个孩子，对他真是怕极了。不过真主恩典，他破产了，失去了一切。而且医生告诉他，是他自己有问题，所以永远都不可能有孩子。就像是用一根针刺破了气球，他所有的神气都跑光了。一夜之间，他好像老了二十岁，所有人都抛弃了他。而那时我年纪更大、心智更强了，也更有勇气了。我可以反抗他，或者干脆不理他。如今轮到我嚣张了。但我在他这里失去的青春和健康呢？我永远也没办法把它们找回来了……"

我们静静地坐了一会儿。帕尔文太太摇摇头，仿佛是想要甩掉那些回忆。"对了，怎么你们还没有去看望你爸妈？"

"为什么我要去看他们？他们对我做过什么好事？"

"什么？他们可是你的爸爸妈妈呀。"

"他们把我从那幢房子里赶了出来。我再也不想回去了。"

"不要这样说，这样说是有罪的。他们正在盼着你回去。"

"不，帕尔文太太。我做不到。别再和我说这件事了。"

我的婚姻生活转眼就过去了三个星期。一天上午，门铃响了。我有些惊讶。谁会来看我？我跑到门前，看见母亲和帕尔文太太正站在那里。我站住脚，冷冷地向她们打了招呼。

"你好，夫人！"帕尔文太太说，"看样子你过得很不错。过去的生活已经完全被你抛下了，你都不回头看一眼。你的妈妈都要伤心死了。我对她说：'我们去看看她吧，这样你可以亲眼看到你的女儿过得很好。'"

"你去哪儿了，孩子？"母亲生气地问道，"我一直都非常担心你。三个星期了，我们一直盯着家门，等着你回来。难道你忘记了自己还有爸爸妈妈？忘记了传统和规矩？"

"说实话，"我说道，"我不知道你指的是什么传统和规矩。"

帕尔文太太摇头示意我不要说话，然后她说道："至少请我们进门吧。这个可怜的女人已经在大热天里走了很久。"

"那好吧，"我说道，"请进。"

母亲在爬楼梯的时候嘟囔着："婚礼第二天，我们一直坐到深夜，等我们的新郎来拜访我们，但一个人影都没看到。然后我们说也许你会在明天过来，可能在礼拜五过来，可能在下一个礼拜五过来……最后，我说我女儿一定是死了，她一定是出事了，不然怎么可能在离开爸妈家以后再也不回来？就好像她根本没有爸爸妈妈，不需要向任何人报恩一样。"

我们走到厅中间的时候，我突然再也受不了她的唠叨了。

"报恩？"我喊道，"为什么我要向你们报恩？因为你们生了我？是我求你们怀上我的吗？如果不是我求的，为什么我要报恩？你们完全是为了自己高兴。当你们发现我是个女孩的时候，你们就唉声叹气、哭天抹泪，后悔有了我。你们又为我做过什么？我乞求你们让我去上学，你们呢？我乞求你们不要强迫我嫁人，让我能够在那个不停伤害我的家里再住上一两年，你们呢？你们打过我多少次？我差点死掉多少次？你们把我锁在那幢房子里，锁了几个月？"

母亲不住地抹着眼泪，帕尔文太太惊恐地看着我，但我心中的怒火已经爆发，我无法再压抑它了。

"从我记事开始,你们就说女孩是别人的,而且你们的确很快就把我交给了别人。你们是那么着急要摆脱我,甚至不在乎我会落进什么样的人手里。难道不是你把我从床下面拖出来,好快些把我扔出去?难道不是你说我必须离开那个家,好让马哈茂德能够结婚?是你们把我扔出来的,现在我已经属于别人了,而你们还期待我会吻你们的手?你们真行!"

"够了,玛苏梅!"帕尔文太太用斥责的口气说道,"你应该为自己感到羞愧。看看你在对这个可怜的女人做什么。无论怎样,他们都是你的爸妈,是他们把你养大的。难道你爸爸还不够爱你吗?他想要为你做好每一件事。难道他还不够担心你吗?还有,我亲眼看到这个女人在你生病的时候是多么辛劳。她每个晚上都坐在你身边,不停地哭泣和祈祷,直到天亮。你不是一个忘恩负义的女孩。天下所有父母,就算是最糟糕的,也应该得到孩子的感激。无论你是否接受,你都亏欠他们的。你有责任明白这一点,承认这一点,否则就连真主都会感觉受到冒犯。他会对你发怒的。"

我感觉平静多了,仿佛卸下了一副重担。一直都在折磨我的恨意和苦涩心情就像熟透了的疖子一样流干了脓水。母亲的眼泪如同一剂良药,抚慰了我的痛苦。

"我作为他们孩子的责任?很好,我会履行这个责任的。我不想成为有负罪感的那一方。"然后我转向母亲说,"如果你们需要我为你们做些什么,我会做的,但别指望我会忘记你们对我做过的事。"

母亲哭得更厉害了。她说:"去拿一把刀来,砍断这只抓住你的头发、把你从床底下拽出来的手吧。我向真主发誓,那会让我更好受一些。每天我会对自己说一百次'愿真主折断你的手臂,你这个女人,怎么能打那样无辜的孩子?'。但是我的女儿,如果我不那样做,你知道会发生什么吗?你的哥哥们会把你砍成碎片。实际上,那天早上艾哈迈德就对我说'如果这个家伙做出任何让我们丢脸的事,我就把她丢到火堆上'。而且当时你爸爸的胸口已经疼了整整一个星期了。全都是靠药撑着,他才挺过了那一天。我很担心他会犯心脏病。我还能怎么做?我发誓,我的心都要碎了。但我真的不知道还能怎样做。"

"你是说,你不想把我嫁人?"

"不,我想。我每天都会祈祷一千遍,能有一个好男人出现,牵住你的手,把你从那个家里救走。你以为我不知道你在那个像监狱一样的家里是多么伤心痛苦吗?你越来越瘦,一天比一天虚弱。每次我见你,都觉得心都要碎了。我向真主祈祷,你能找到一个好丈夫,能够获得自由。我一直在为你伤心,伤心得都要死了。"

母亲言语中饱含的关怀之情融化了我内心的寒冰。我说:"好了,不要哭了。"然后我去厨房里端来了三杯冷果子露。

为了调节一下气氛,帕尔文太太说:"好啊,好啊!你的家可真是整洁啊。对了,你喜欢那个床和梳妆台吗?是我亲自挑选的。"

"是啊,帕尔文太太那时真是费了不少力气,"母亲说,"我们都非常感谢她。"

"我也是。"

"哦,请不要这样说!这会让我不好意思的。费什么力气?我很高兴能帮上忙。而且无论我为你挑了什么,你爸爸都会毫不犹豫地买下它们。我从没有像那样买过东西。估计就算我请他为你买下沙阿[1]的家具,他也一定会买下来的。那个男人真的很爱你。艾哈迈德不停地叫嚷,质问我为什么要买那么贵的东西,但你爸爸就是想给你买。他不停地说'我希望每一样东西都不会让她丢脸,我想让她能够在她的婆家高昂起头来。我不想让他们说,她连一份正经的嫁妆都没有'。"

母亲还没有完全止住哭泣,她抽着鼻子说:"他为你定做的沙发都已经准备好了,正在等你方便的时候送过来呢。"

我叹了口气。"现在他身体怎么样了?"

"怎么说呢?他很不好。"

母亲用她头巾的一角擦了擦眼睛,继续说道:"这正是我想和你说的。你不想见我,这没什么。但你爸爸已经伤心得要死了。他不跟家里的任何人说话,而且他又开始抽烟了。一根接一根地抽,还不停地咳嗽。我很担心他,担心他会出事。哪怕只是为了他,你也回去看看

---

[1] 旧时伊朗国王的称号。——译者注

吧。我不想让你将来因为没有去看他而后悔。"

"真主在上,不要这样说!这话不吉利。我会回去的,我这个星期就会回去。我要看看哈米德什么时候有时间。如果他没时间的话,我就自己回去。"

"不,亲爱的,这样可不对。你必须依照你丈夫的意愿行事。我不想让他因此而不安。"

"不,他不会不安的。不必担心,我会安排好的。"

哈米德明确地告诉我,他对家庭拜访没有兴趣,也没有耐心,并鼓励我建立起自己独立的社交生活。他甚至为我画了乘坐公共汽车的路线图,为我设计了各种路线,还向我解释了为什么最好还是乘出租车回去。几天以后,八月中的一个下午,我知道哈米德不会回家,就穿好衣服,自己去了我父母家。很奇怪,这幢房子在我的心里这么快就变成了"他们的",而不再是"我的"。其他女孩也会这么快就变成自己父母家中的外人吗?

这是我第一次单独出行,并且乘坐公共汽车赶了很远的路。尽管有点紧张,但我还是很喜欢这种独立的感觉。我觉得自己是一个成年人了。当我来到原先居住的那片老街区,各种情绪便开始在我的心底翻涌。想到赛义德,我的心再次开始疼痛;走过帕尔瓦娜之前住过的房子,我更加思念她了。我害怕自己会在街上哭起来,便加快了脚步。但距离我父母的房子越近,我的双腿就越是虚弱无力。我不想去面对那些街坊邻居,因为他们会让我感到难堪。

看到法蒂在门口迎接我的时候,泪水打湿了我的眼眶。她一下子跳进我的怀里,哭了起来。她求我回来住,或者把她一起带走。当我走进家门时,阿里依然一动不动地坐着。他只是冲法蒂喊道:"不要哭鼻子了!我不是让你把我的袜子拿过来吗?"

艾哈迈德回家的时候,天色已经暗了下来。他没等天黑就喝醉了,神情异常恍惚,完全不在意已经快一个月没见到的我,只是拿了一些忘拿的东西就又出去了。马哈茂德到家以后皱了皱眉,含混地回应了我的问候,就上楼去了。

"看到了吗？妈妈，我不应该来的。哪怕我一年只来一次，也会惹他们心烦。"

"不，孩子，这不是因为你。马哈茂德是在因为别的事情而生气，他已经有一个星期没有和任何人说过话了。"

"为什么，他出什么事了？"

"你不知道吗？几周前，我们全都穿戴得整整齐齐，买了点心、水果和布料，去库姆看望你姑姑，请求玛哈波贝将手交给马哈茂德。"

"然后呢？"

"什么结果都没有。命中注定他们没有缘分。在那一周以前，玛哈波贝已经答应嫁给别人了。但他们故意没有告诉我们，来报复我们没有邀请他们参加你的婚礼。当然，这样最好。我可不想看到他们两个结婚，玛哈波贝的那个妈妈就是个巫婆。就是马哈茂德一直在说他的那个表妹——玛哈波贝这个啦，玛哈波贝那个啦。"

我感觉自己从头到脚都充满喜悦，好像全身上下每一个细胞都进行了"甜蜜的复仇"。我对自己说："你可真是恶毒！"但我心里又有另外一个声音说："这是他应得的，就让他受苦吧。"

"你根本无法想象你姑姑是如何吹嘘那个新郎的。她说那个人是一位阿亚图拉[1]的儿子，但他上过大学，想法很现代。然后她又不停地吹嘘他是多么有钱。可怜的马哈茂德，他气极了，当时就算是用刀子刺他，估计他也不会觉得痛。他的脸涨得通红，我觉得他都要犯心脏病了。然后她又嚣张地说要用电灯装饰整幢房子，婚礼庆典要持续七天七夜，要骄傲地让自己的女儿出嫁，而不是悄无声息地草草了事，说如果姑姑都不被邀请参加侄女的婚礼，那还有谁会……"

父亲回到家的时候，我故意躲到了墙边。现在屋里比外面更暗，他没看到我。只见他一只手扶着门框，将左脚放在右膝上，开始解鞋带。

"爸爸。"我轻声唤道。

---

[1] 对伊朗等国伊斯兰教什叶派领袖的尊称。——译者注

父亲的脚落在地上。他往昏暗的房间里看，盯了我好几秒钟，脸上挂满了慈祥的微笑。然后他把脚放回到膝盖上，一边继续脱鞋一边说："真是惊喜啊！你还记得我们？"

"我一直都记得你们。"

他摇摇头，穿上拖鞋。就像以前一样，我将毛巾递给他。他用责备的眼神看向我说："我真没想到你会这样忘恩负义。"我哽咽了。这已经是他能对我说的最亲切的话了。

晚餐时，他把每样吃的一一放在我面前，说话的语速很快。我从来都不知道他是这样健谈。马哈茂德没有下楼来吃饭。

"好吧，告诉我，"父亲笑着说，"你在午饭和晚饭时都喂你的丈夫吃什么？你知道怎样做饭吗？我听说他想要来抱怨你呢！"

"谁？哈米德？那个可怜的家伙从来不抱怨食物。无论我把什么东西放到他面前，他都会吃下肚。实际上，他对我说：'我不想让你把时间浪费在做饭上。'"

"是嘛！那你应该做什么？"

"他说我必须继续接受教育。"

房间里陷入一片沉默。我看见父亲的眼睛里闪过一丝光亮，而其他人都瞪大了眼睛看着我。

"那谁来照顾家啊？"母亲问。

"那很容易，我可以把两件事都做好。而且哈米德还说：'我一点都不在乎午饭、晚饭吃什么，家务有没有人做。你必须做你自己感兴趣的事，尤其是去上学，那实际上非常重要。'"

"不可能！"阿里说，"他们不会再让你去学校了。"

"不，他们会的。我去和他们谈过了。我会去上夜校，并参加统一考试。对了，我要把我的那些书带走。"

"感谢真主！"父亲高声说道。母亲惊讶地看向他。

"那么，我的书在哪儿？"

"我把它们全都放在那个蓝色粗呢袋子里了，就在地窖里。"母亲说，"阿里，去把那个袋子拿上来。"

"为什么要我去？难道她没有胳膊和腿吗？"

父亲带着前所未有的怒意转向阿里，抬起手就要抽他的嘴巴，同时向他喊道："闭嘴！我不想听到你这样说你的姐姐。如果你再犯这种错误，我就把你的牙都打掉。"

　　我们全都看着父亲。阿里看起来又气又怕，立刻站起身走了出去。法蒂紧紧地靠着我，偷偷笑着。我能感觉到她的大快人心。

　　我起身准备离开的时候，父亲送我到门口，低声问我："你还会再来吗？"

　　现在去夜校报名注册夏季学期已经太晚了。我便登记了秋季学期，急切地等待着开学。我有大量的自由时间，大部分都用来读哈米德书架上的那些书了。我先从小说开始，然后是诗集。每一本诗集我都读得非常仔细。然后我又读了那些哲学书，它们都很枯燥难懂。最后，因为无事可做，我甚至读了他的旧课本。阅读虽然使人愉悦，但它还不够填满我的生活。

　　哈米德往往都是很晚才回家。有时候，他甚至连续几天都不会露面。一开始，我会做好晚餐，铺好桌布，等他回来。有许多次我都等得睡着了，但之后还是会继续这样做。我不喜欢一个人吃饭。

　　有一次，他差不多午夜时候才回来，发现我就睡在地上，身旁是准备好的晚餐。他将我叫醒，斥责我说："难道你没有更重要的事情要做了吗，只会把时间浪费在做饭上？"我先是因为被叫醒而吓了一跳，然后又因为他的反应感到很受伤，于是我回到床上默默哭泣，直到又睡过去。第二天早晨，他就像对着白痴听众演讲一样，对我说了一大堆关于妇女在社会中的角色的话，然后压抑着怒气说："不要像一个文盲一样，不要做被剥削的传统女性。不要给自己戴上镣铐，也不要用愚蠢的爱意和柔情把我困住。"

　　我很生气，也很受伤，反驳道："我并没有想要做什么，只是我厌倦了孤独，也不喜欢一个人吃饭。你不回家吃午饭，我也不知道你在外面吃了些什么，我觉得至少可以为你在晚上准备一顿正经饭菜。"

　　"也许你不是有意要困住我，但在潜意识里，这依然是你的目标。这是女人的惯用伎俩。她们会通过拴住男人的胃来拴住男人的心。"

"算了吧！谁想要拴住你了？不管怎样，我们都是夫妻。我们的确不爱对方，但我们也不是敌人。我很喜欢和你说话，从你那里学习知识，听到这幢房子里还有另一个人的声音。而你每天至少应该吃上一顿家里做的饭。况且你妈妈也坚持如此，她很担心你吃不好饭。"

"哈！我果然猜对了，这里面肯定有我妈妈的手腕。我知道这不是你的错，你只是在服从她的指示。从第一天开始，你就聪明而理性地同意绝不会成为我人生的障碍，不会阻挠我履行责任、实现理想。所以请代我告诉我妈妈，她完全不必担心我的吃饭问题。我们每晚都要开会。有人专门负责准备食物，他们都是很好的厨师。"

从那天开始，我夜里就再也不等他了。他和那些我从未见过的朋友一起，生活在一个我完全不了解的世界里。我不知道他的朋友是什么人，他们从哪里来，也不知道他们的理想到底是什么，怎么能让人如此骄傲。我只知道，他们对哈米德的影响要超过我和他的家人百倍。

随着夜校开学，我的生活也变得规律起来。我把大部分时间都用在学习上，但那幢房子里的孤独和空虚依然沉重地压在我的心头，尤其是在寒冷和寂静的深秋，尤其是在天色将晚的时候。我们的婚姻在相互尊重的基础上维系着，生活里没有吵闹和争执，也没有任何兴奋和喜悦。我唯一的外出活动就是在星期五的时候，跟一定会及时赶回家的哈米德一起去公婆家。但即便只有这种和他的短暂相处，我也觉得很满足了。

我知道他不喜欢我戴头巾，尤其是在我们一起出门的时候。于是我把自己全部的头巾都收了起来，希望他能够因此多带我出去。然而，他的朋友们根本没有给他更多的时间陪我。再加上他奇怪的敏感情绪，我也不敢向他抱怨，甚至不敢提起他的那些朋友。

住在我们楼下的哈米德的祖母比比，是我唯一的同伴。我照顾她，为她准备饭食。她是一位和善安静的老人，但听力比我最开始想象的要差很多。当我想要和她说话的时候，必须用力叫喊。到最后，我感到精疲力竭，只好放弃。她每天都问我："亲爱的，哈米德昨晚有没有早些回家？"

我都回答:"有的。"

让我惊讶的是,她一直都相信我的话,从没有问过为什么哈米德不曾在她眼前出现过。她听力不好,而她表现得好像视力也不太好。偶尔当她觉得有些精神的时候,就会和我说说过去的事情。关于她的丈夫——那是一位善良虔诚的人——他的死让她痛彻心扉。她还会提起她的孩子们。他们都在忙自己的生活,很少来看她。有时候,她会把我公公小时候的淘气事讲给我听。公公是她的第一个孩子,也是她最喜欢的孩子。她会不时回忆起我不认识的人们,而那些人大多已经去世。比比曾经是一个幸运快乐的人,但现在,她似乎已经无事可做,只是在等待死亡,尽管她根本没有那么老。奇怪的是,其他人对于她也持有相同的看法。他们并不会对她说些什么,也不会在任何方面忽视她,但他们的行为的确传达着这个意思。

孤独导致我拾起了对镜子说话的旧习惯。我会坐在镜子前,和我的镜像聊上几个小时。我从很小的时候开始就喜欢这样做了。那时我的哥哥们总是拿这件事笑话我,说我是个疯子。我曾经非常努力地戒掉这个习惯,但实际上,这种冲动从没有离开过我,它只是被压抑了。现在我没有人可以交谈,也无须再隐藏什么,于是它就又出现了。和"她"交谈,或者说是和我自己交谈——无论怎样说都可以——帮助我厘清了自己的想法。有时候我们会聊起久远的事情,一起哭泣。我会告诉"她",我是多么想念帕尔瓦娜。要是我能找到她就好了,我们有太多话要说了。

有一天,我终于决定找一找帕尔瓦娜。但我该怎么做?我只能再一次向帕尔文太太寻求帮助。有一次我去看望母亲的时候顺便去拜访了她,请她向周围的邻居们打听一下,看看是否有人知道艾哈迈迪一家搬去了哪里。我不好意思自己去向那些人询问,总觉得他们在用一种特别的眼神看我。帕尔文太太打听了一下,但没有人知道。或者也许是因为他们都知道她和艾哈迈迪的关系,所以不想把艾哈迈迪家的地址给她。甚至有一个人问她,是不是在为那个挥舞刀子的无赖打听那家人的地址。我决定去我原先的学校问问,但那里已经没有帕尔瓦娜的档案了——她转学了。我的文学教师很高兴见到我。当我告诉她,我还在继续接受教育时,她给了我很大的鼓励。

在一个寒冷阴暗的冬季黄昏,正当我感到百无聊赖的时候,哈米德提早回家了,让我有幸和他共进晚餐。我真是欣喜若狂。正好那天上午母亲来看我,给我带来了一些白鱼。她说:"你爸爸买了鱼,但他一定要分给你一些,他自己才能吃下去一块。我把这个带来,是为了他能安心。"

我把鱼放进冰箱里,但根本没有心情为自己做菜。当我知道哈米德会留在家里吃晚餐的时候,就用一些干香草制作了香草焖饭,配着鱼肉一起吃。这是我第一次自己做这种食物,不过成果还不错。实际上,我一直在精进我的烹饪技艺,为这样的时刻做着准备。油炸鱼肉的香气勾起了哈米德的食欲。他一直在厨房里晃荡,不时会捏一点吃的放进嘴里,而我总是笑着让他别这样做。一切准备好之后,我让他将比比的晚餐送下楼。然后我摆开桌布,尽我所能地装饰了一番。这看起来就像是一场正式的筵席,不仅是在这个家里,更是在我的心里。哦,快乐对我而言是多么简单,又是多么奢侈的事情啊。

哈米德回来后,迅速洗干净双手,坐下来开始吃东西。他一边为我们两个把鱼刺择出去,一边说道:"吃香草焖饭和炸鱼挺好,只是必须用手择刺。"

我自然而然地接话:"哦,多么美妙的夜晚啊!在这个寒冷黑暗的夜里,如果你没有回家来,我一定会孤独得发疯……"

他沉默了片刻,然后说道:"不要把我看得这么重要。你要好好利用自己的时间。你有功课要学,这里还有这么多书可以读。我就很希望自己能有时间坐下来看看书。"

"这里已经没有我没读过的书了,其中一些我都读两遍了。"

"真的吗?你都读了哪些书?"

"所有的书,连你的课本我都看了。"

"你没开玩笑吧!你知道那些书在说什么吗?"

"有些不是很好懂。而且我的确有几个问题,希望你有时间的时候可以为我解答一下。"

"真是太意外了！那些短篇故事集你觉得怎么样？"

"哦，我非常喜欢它们。每次我读它们的时候都会流泪，它们太让人伤心了，里面有那么多的痛苦和磨难，那么多悲剧。"

"它们只是展露了真实生活的一角。"他说，"为了牟取更大的权力和财富，政府一直都在强迫本就一无所有、无力保护自己的民众辛苦劳作，然后再窃取他们的劳动果实。这样的结果就是人民在不公正的社会里过着贫困而悲惨的生活。"

"这太让人心碎了。这样绝望的日子什么时候才能结束？人们又能为此做些什么呢？"

"反抗！明白个中道理的人必须站起来对抗暴君。如果每一个生而自由的人都奋力反抗这种不公，那么这个压迫人的社会系统就会崩溃。这是必然的。最终，全世界受压迫的人都会团结在一起，铲除掉所有不公和欺诈。而现在，我们必须为了这样的团结和起义铺平道路。"

听上去，他就像是在朗读一篇文章，但我完全被迷住了。我非常敬佩他所说的事情，不由自主地背诵起一段诗歌：

> 如果你站起来，如果我站起来，
> 每一个人都会站起来。
> 如果你坐下，如果我坐下，又有谁还会站起来？
> 谁还会与敌人战斗？

"噢！没错！"他惊讶地说，"你还真有点思想。有时候你说出来的话，根本不像你这个年纪和教育水平的人说的。看样子，我们可以带你走上正路。"

我不知道应该将他的话当作恭维还是侮辱，但我不想让任何事情破坏这个惬意的夜晚，于是决定不理会他说了什么。

晚餐后，他倚在靠垫上说："真好吃，我都吃撑了。我已经很长时间没有吃过这么美味的饭菜了。那些可怜的家伙，谁知道他们今晚会吃些什么呢？也许还是那些烤馕和奶酪吧。"

我借着他的好心情和话头说："为什么你不邀请你的朋友们来家里

吃晚饭呢?"他看着我,陷入沉思。他正在心里权衡一些事情,但并没有皱起眉头。于是我继续说道:"你不是说过,每晚都会有不同的人负责准备食物吗?那么,为什么我不能负责准备一次食物呢?至少让你可怜的朋友们吃上一顿正经饭吧。"

"说实话,前段时间莎哈扎德就说想要见见你。"

"莎哈扎德?"

"是的,她是我非常要好的一位朋友。她聪明、勇敢,是真正有信仰的人。在分析和总结问题上,她比我们都厉害很多。"

"她是一个女孩?"

"你什么意思?我说过她的名字是莎哈扎德。有人会管男孩叫莎哈扎德吗?"

"不,我的意思是,她有没有结婚?"

"哦,你们总关注这个……是的,她结婚了。我的意思是,她别无选择。她必须由此摆脱家庭的控制,从而全身心地投入自己的事业。很不幸,在这个国家里,无论女人处在何种社会地位,都没办法摆脱社会习俗的制约。"

"她的丈夫不会介意她一直和你还有你的朋友们待在一起吗?"

"谁?迈赫迪?不会,他也是我们中的一员。这是我们的内部婚姻。我们做出了这样的决定,是因为从很多方面来看,这对于组织都会有好处。"

这是他第一次和我谈论他的朋友们和他们的组织。我知道,我做出任何强烈或轻率的反应,都会让他再次陷入沉默。我必须做一个好的聆听者,哪怕是面对这样一个奇怪的话题,也要保持平静。

"我也想见见莎哈扎德,"我说道,"她一定是一个非常有趣的人。答应我,你会邀请他们来家里。"

"我得想一想。我会和他们讨论一下这件事,然后再决定。"

两个星期以后,我终于有幸得知,哈米德的朋友们决定在下个星期六来家里吃午餐。那是一个法定假日。我忙了一整个星期,清洗窗帘,擦净窗户,不停地重新布置家具。家里没有餐桌,哈米德却说:

"没事的,他们要餐桌做什么?把桌布铺在地上更好。他们会觉得更舒服,空间更大。"

他只邀请了十二个人,都是他最亲密的朋友。我不知道该做些什么菜才好,兴奋地问了他好几次。"你喜欢做什么就做什么,"他说,"那不重要。"

"那当然很重要,我想要做他们喜欢吃的菜。告诉我,每个人都喜欢什么。"

"我怎么知道?每个人的喜好都是不同的。你不必为每个人都做一道菜。"

"好吧,那就不做那么多。那比如说,莎哈扎德喜欢什么?"

"香草炖汤。不过迈赫迪喜欢用切开的豌豆炖汤,阿克巴尔一直在念叨我和他说过的香草焖饭和炸鱼。而等到傍晚,天气变冷的时候,所有人都会想要面条汤的。总之,他们什么都喜欢……不过,你不要太麻烦了。就做点好做的饭菜吧。"

我从周二就开始购买食材。现在气温已经很低了,外面凉风习习。我买了非常多的东西,提了太多沉重的袋子爬上楼梯。就连比比都受不了了,出来对我说:"孩子,就算是要宴请七位国王,也不用做这么多的准备。"

周四我就开始备菜了。周五去探望公婆,我们早回来了一会儿,我又在厨房里忙活起来。我准备了那么多食物,只是将它们重新加热一遍,也要从上午一直忙到中午。幸好天气很冷,所以我把锅和罐子都摆在了阳台上。到了黄昏时,哈米德临走前对我说:"就算有事耽搁了,我也会带着他们在明天中午时过来。"

周六那天,我很早就起了床,再一次清扫了整个家,然后淘米煮饭。等一切都布置妥当之后,我赶快洗了个澡,但没有洗头发。昨天晚上我就洗好了头,还做了发卷。我穿上一条黄裙子——那是我最好的一件衣服,又涂了一点口红,梳了头,让美丽的鬈发从背后垂下来。我想要让自己看上去完美无瑕,不给哈米德丢脸,让他再也不会把我像愚钝的私生子一样藏在家里。我想要让他的朋友们接纳我,认为我值得加入他们的组织。

快到中午的时候,门铃响起,我的心一紧。门铃声是一个信号,因为哈米德有钥匙。我迅速脱下围裙,跑到楼梯口去迎候他们。外面寒风呼啸,但我不在乎。就在楼梯上,哈米德向我介绍了每一个人。他们之中只有四位女性,其余都是男人。他们的年龄都差不多。进了屋子,我接过他们的外衣,又有些好奇地看向那些女人。她们看上去和男人没有多大差别,全都穿着长裤和大号毛衣。那些毛衣都显得很旧了,和她们的其他服饰完全不搭。对她们来说,头发好像是个麻烦事:有人剪得很短,以至于从背后看会被误认为是男人;有人用橡皮筋随便扎了一下。而且她们全都没有化妆。

尽管每一个人都很有礼貌,但除了莎哈扎德,没有人对我多加留意。只有她亲吻了我的面颊,将我从头到脚端详了一番,说道:"真是个美人啊!哈米德,你有个光彩夺目的妻子。你从没有告诉过我们,她是多么有魅力,又是多么懂得穿搭。"

直到这时,其他人才转过头来仔细地打量我。我感觉到有人露出了无形的冷笑。尽管没有人说任何不礼貌的话,但他们的一举一动之中都包含着一种意味,不仅让我感到脸红和窘迫,也让哈米德似乎有些不舒服。他想要改变话题,便说道:"好了!去起居室吧,我们要上茶了。"有几个人坐到了沙发上,其他人都坐在了地上。他们之中几乎有一半人抽烟。哈米德急忙说道:"烟灰缸,把我们家的烟灰缸都拿来。"我去厨房把烟灰缸拿来给哈米德,然后又回去倒茶。哈米德跟着我进了厨房,向我质问道:"你这算是什么装扮?"

"怎么了?你什么意思?"我困惑地问他。

"你穿的是什么裙子?你看上去就像是一个洋娃娃。去换些简单的衣服——衬衫和裤子,或者半身裙。把脸洗干净,把头发扎起来。"

"但我没有化妆,只是涂了一点口红,而且颜色非常浅。"

"我不知道你做了什么,只是不要看起来那么与众不同就好。"

"我要用煤把脸涂黑吗?"

"是的,去吧!"他生气地说道。

我的眼里泛起泪水。我从来都搞不清楚,在他的眼中什么是好,什么是坏。我一下子就泄了气,就好像在那一刻,一个星期的疲惫突然压倒了我。我在几天前就感冒了,只是一直在刻意忽略。此时此刻,我觉得感冒加重了,一阵头昏目眩。我听到有人在说:"茶怎么还没好?"我打起精神把茶倒好,哈米德把茶盘端到了起居室。

我走进卧室,脱下裙子,在床上坐了一会儿。我什么都没想,只是觉得很哀伤。我穿上在家里经常穿的百褶长裙,从衣柜里随便拿了一件衬衫,用发夹把头发扎起来,又用一个棉球把口红擦掉了。我努力平复自己的情绪,害怕如果看到镜子中的自己,就会立刻流下眼泪。我努力让自己转移注意力。我想起还没有给米饭浇上澄清的奶油,便走出卧室,却正好遇到一个刚刚从起居室走出来的女孩。她一看见我就问:"呀,你怎么换衣服了?"

他们全都伸长了脖子从起居室看我。我的脸一直红到了耳根。哈米德从厨房里探出头说:"因为她这样更舒服。"

我一直留在厨房里,其他人都没有再理我。大约两点钟的时候,一切才都准备好。我将桌布在厅里摊开。尽管我关上了起居室的门,让自己可以自在地摆盘,但还是能听到他们的大声交谈。他们所说的东西,我有一半都不明白,就好像他们说的都是外语一样。有一段时间,他们在谈论一种被称作"辩证法"的东西,还不断使用"平民""民众"这样的词。我不明白他们为什么不说"人们"。午餐终于准备好了。我感觉腰酸背痛,嗓子像火烧一样。哈米德查看过午餐摆放之后就邀请客人们入席。所有人都对这么丰盛、美观又美味的菜肴感到惊讶,不停地让别人试试这道菜或者那道菜。

莎哈扎德说:"希望你不会因此而过于劳累,真的太麻烦你了。其实我们有烤馕和奶酪就够了,你不必这样辛苦的。"

"算了吧!"一个男人说,"我们每天都在吃烤馕和奶酪。现在我们既然到了小资产阶级家庭,就让我们体验一下他们都吃些什么吧。"

所有人都笑了起来,但我觉得哈米德不喜欢这样的评价。午餐之后,他们都回到了起居室。哈米德把一摞盘子端到厨房,气恼地说:"你一定要做这么多菜吗?"

"怎么了?有什么不好的?"

"没有,但现在我必须听他们的嘲笑,直到世界末日了。"

哈米德给他们端了几轮茶。我收拾好午餐桌布，洗干净碗碟，放好剩菜，清洁了厨房。四点半了。我的后背还是很疼，感觉自己发烧了。没有人找我，我被遗忘了。我非常清楚，我跟他们合不来。我觉得自己就像是一个女学生闯进了教师们的聚会。我和他们不是同龄人，没有他们的教育水平和人生阅历，更不可能像他们那样讨论问题，甚至没有足够的勇气去打断他们，问问他们想要喝些什么、吃些什么。

我又倒了一轮茶，准备了一托盘奶油泡芙，将盘子端到起居室。所有人再次对我表示感谢。莎哈扎德说："你一定很累了。很抱歉我们没能帮助你收拾碗筷。实际上，我们真的不擅长做这种事情。"

"不客气，这没什么。"

"没什么？你今天做的事情，我们完全干不来。现在休息一下吧，来我这边坐。"

"好，我马上就来。请让我先把今天的礼拜做了，然后我就能回来好好和你坐在一起了。"

他们再一次用奇怪的眼神看向我，哈米德皱起了眉头。我再一次不明白自己说了什么非同寻常的奇怪的话。阿克巴尔之前称哈米德为小资产阶级，我那时就感觉到他们两个之间有些剑拔弩张。这时他说道："太好了！这里还有要做礼拜的人。我可真高兴！夫人，既然你保留了老祖宗的信仰，那你能否向我解释一下，为什么你要做礼拜？"

我被气得面红耳赤。"为什么？因为我是穆斯林，而每个穆斯林都必须做礼拜。这是真主的旨意。"

"真主是怎样向你传达这个旨意的？"

"不只是向我，也向每一个人。他通过信使和自己赐予的《古兰经》来传达旨意。"

"你是说，有人坐在那里写下了真主的旨意，然后把它们扔到了先知的怀里？"

我越来越愤怒，也越来越困惑。我转向哈米德，用眼神向他求助。但他的目光中没有半点同情，只有怒火。

一个女孩说："那么，如果你不做礼拜的话，又会发生什么事呢？"

"那我就犯下了罪行。"

"犯下罪行的人会怎样呢？比如说，我们就不做礼拜。根据你的说法，我们都是罪人。那我们会有什么样的下场？"

我咬着牙说："你们死后会受苦，会下地狱。"

"哈！地狱。那你说，地狱又是一个什么样的地方？"

我全身都在颤抖。他们在嘲笑我的信仰。

"地狱是由烈火铸就的。"我有些结巴地回答。

"那里应该还有蛇和蝎子？"

"是的。"

所有人都笑了起来。我带着恳求的神情看向哈米德。我需要帮助，但他只是低垂着头，虽然没有和其他人一起笑，却也没有为我说任何话。阿克巴尔转向他说："哈米德，你甚至没有让你的妻子得到启蒙，又该怎样拯救民众，让他们摆脱迷信呢？"

"我不是迷信。"我气愤地喊道。

"不，亲爱的，你是。不过这不是你的错，是他们将这些概念深深植入你的思想，让你不得不相信它们。你所说的就是迷信，做礼拜就是浪费时间。这些东西对于民众来说没有任何价值。它们会让你觉得应该依靠他人，而不是你自己。那些人是要借此来恐吓你，让你满足于现在所拥有的生活，不会为了自己不曾拥有的一切而战斗，并寄希望于自己会在另一个世界得到一切。你所相信的那些东西，就是为了剥削你而创造出来的。这就是彻彻底底的迷信。"

我又是一阵头昏目眩，感觉自己马上就要吐出来了。"不要侮辱真主！"我怒喝道。

"看啊，孩子们！看看他们是如何给民众洗脑的！这不是民众的错，这些概念从他们还是孩子的时候开始就深植在他们的脑海中。看看我们面前是一条怎样艰苦卓绝的道路吧。我们必须和'民众的鸦片'作战。正因如此，我才会说，我们必须将对抗宗教的运动纳入我们的纲领。"

我感觉天旋地转，无法再听他们说下去了。哪怕再多待一分钟，我也会立刻瘫倒在地。我赶紧跑到厕所，吐了起来。我觉得自己体内有一股要命的压力。我的背和小腹痛得仿佛被刀子刺穿了，然后我又感到两腿之间一片潮湿。我低下头,看到地上有一摊血。

我在被烈火灼烧。在我的身体下方,火焰正在吞噬着我。我努力想要逃走,但我的两条腿无法挪动。面容凶恶可怖的女巫正在用干草叉刺我的肚子,将我推向烈焰。生着人头的蛇正在嘲笑我。一个丑恶的怪物死命将腐臭的水灌进我的喉咙。

我的怀里抱着一个孩子,我们被锁在一个燃烧着熊熊烈焰的房间里。我朝不同的门跑去,但每一扇门打开后都是更多的火焰。我又看向我的孩子,他倒在血泊中。

我睁开眼睛,发现自己正在一个陌生的白色房间里。一股强烈的寒意穿透了我的身体。我又闭上眼睛,蜷缩着身体不住地发抖。有人将毯子盖在我身上,还用温暖的手摸了摸我的额头。我听见有人说:"已经度过危险期了,出血也基本止住了。不过她非常虚弱,必须给她补一补身体了。"

我听到了母亲的声音。"你听到了吧,哈米德阿迦?让她去我们家至少住一个星期吧,让她好好恢复一下。"

我在父母家躺了整整五天。法蒂像蝴蝶一样在我周围转来转去。父亲不断买回各种奇怪的东西,说是很有营养、很滋补,可以帮我恢复身体。每次我睁开眼睛,母亲都会逼着我吃些东西。帕尔文太太坐在我身边,整天陪我说话,只是我没有耐心理睬她。哈米德每天下午都会来看我。他看上去沮丧而羞愧。我不想看到他。我又一次变得不想和周围的人说话,心里满是哀伤。

母亲不停地说着:"我的女儿,为什么不告诉我你怀孕了?为什么你要干那么多活儿?为什么不让我来帮你?为什么你让自己患上那么重的感冒?不管怎样,最初几个月里都是要非常小心的。好了,一切都会好起来的。你不应该为一个没有出生的孩子这样难过。你知道我流产过多少次吗?这也是真主的意志和智慧。人们都说,流产的孩子一定是有缺陷的,健康的孩子不会那么容易死去。你应该感到庆幸。

如真主所愿,你以后生的孩子都会很健康。"

我回自己家的那天,哈米德开曼索耶的车来接我。我离开之前,父亲将一只黄金祈祷吊坠挂在了我的脖子上。除了这样,他不知道该如何表达他的爱。我很理解他,但我根本没有心情和他说话,向他表示感谢。我只是一直在抹眼泪。为了照顾我,哈米德在家里待了两天。我知道他一定认为自己做出了非常大的牺牲,但我并没有半点感激之情。

他的母亲和姐妹们也来看望了我。"我的第二个孩子也流产了,就在生下穆尼尔之后。"婆婆说,"但我后来又生了三个健康的孩子。不要徒自伤心了。你还有许多时间,你们两个都还很年轻。"

实际上,我也不知道自己为何会如此沉痛失望。这肯定不是因为流产。尽管我在最初的几个星期里就已经感觉到了变化,意识到发生了什么,但我还无法接受自己变成了一位母亲,我还不明白拥有一个孩子意味着什么。我仍然觉得自己是一个上学的女孩,首要任务就是学习。我的哀伤中还掺杂着因愧疚而产生的痛苦。我信仰的根基被动摇了,而且我知道,我让阿克巴尔那些人感到厌恶。不过,我对之前坚定不移的信仰的确产生了怀疑,而这种怀疑让我感到恐惧。我相信真主正是因此才惩罚我,夺走了我的孩子。

"你怀孕了为什么不告诉我?"哈米德问。

"我还不能确定,而且我觉得这会让你不高兴。"

"生孩子对你来说真的很重要吗?"

"我不知道。"

"我知道你的问题不只是孩子。还有另外一些东西在困扰你,不过那都是你的错觉。莎哈扎德、迈赫迪和我对此展开了很多讨论。那天你在各方面都承受了巨大的压力。你的身体很疲惫,又患了重感冒,而那些人说的话给了你最后一击。"

我的眼睛里涌出了泪水。

"而且你并没有保护我。他们取笑我,嘲笑我,把我看成白痴,而你和他们站在了一边。"

"不！相信我，他们对你完全没有恶意。那天之后，你不知道莎哈扎德是如何跟所有人争吵的，尤其是跟阿克巴尔。我们因此还增加了一条纲领，就是在宣传和推广我们的主义时，必须采用适当的方式方法。莎哈扎德说：'你们这些人说话的方式只会让别人感到冒犯，从而心生警惕。你们把他们都吓跑了。'那天莎哈扎德一直跟我一起陪在你身边。她不停地说：'都是因为我们，这个可怜的女孩才会出这种事。'大家都在担心你。阿克巴尔想要来向你道歉。"

第二天，莎哈扎德和迈赫迪来看我，为我带来了一盒油酥点心。莎哈扎德坐在我的床边说："真高兴你的身体好些了。你当时真把我们吓坏了。"

"抱歉，我不是有意的。"

"不，不要那样说。我们才应该道歉，都是我们的错。我们怀揣信仰，只知道慷慨陈词，却忘记了其他人并不习惯于这种辩论，这会把他们吓坏。阿克巴尔总是吵得最凶，不过他并没有任何恶意。他现在真的非常不安。今天他还想来看你，但我让他不要来打扰你。看到他，你只会再一次感到不舒服。"

"不，那不是他的错。是我自己太软弱，只是听到几句话，信仰就动摇了，而且我没办法做出回应，进行应有的反驳。"

"没什么，你还很年轻。我在你这个年纪的时候，甚至不敢和我父亲争辩。随着你的年龄增长，阅历变得丰富，你的信仰也会有更加坚实的基础。而且那会是基于你自己的认知、研究和知识的信仰，而不是一味地重复别人的话。不过，我想要告诉你的是：不要过于相信那些所谓的知识分子的高谈阔论，不要太把他们当回事。其实他们心里还是有真主的。在艰难的时刻，他们还是会不由自主地去向真主寻求保护。"

这时，哈米德正站在门口，手托着茶盘，发出一阵笑声。莎哈扎德转过头对他说："难道不是这样吗，哈米德？我们诚实一些吧。你能完全忘记自己的宗教信仰吗？能彻底从心中抹去真主吗？能在任何情况下都不提及他的名字吗？"

"不能，而且我觉得没有必要。你们来吃午饭之前的那一天，我们就在讨论这件事。所以阿克巴尔才会说那些话。我不明白,为什么大家都反应这么激烈。在我看来,有宗教信仰的人往往更平和,内心更加充满希望。他们很少会感到自己被遗弃,感到孤独。"

"你是说,你并不觉得我的祈祷和信仰很可笑,你不认为这是迷信?"我问他。

"是的!有时看到你祈祷时平静而充满信心的样子,我甚至会觉得很羡慕。"

莎哈扎德露出赞许的微笑。她说道:"请记得也为我们祈祷!"我激动地抱住她,亲吻了她的面颊。

从那以后,我很少再见到哈米德的朋友们。就算偶尔见面,我们也都是彬彬有礼,刻意保持着距离。他们尊重我,但并不认为我是他们中的一员,也竭力不在我的面前谈论真主和宗教。有我在,他们总是显得很局促,而我也不是那么想要见到他们了。

每隔一段时间,莎哈扎德和迈赫迪都会来看望我,就像朋友一样,可我对他们还是没什么亲近感。我对莎哈扎德的感情杂糅着尊敬、友善和羡慕:作为一位女性,她却能得到男人的尊敬;她受过良好的教育,聪明善辩;她不害怕任何人,也不需要依靠任何人——实际上,她才是他们整个组织所依赖的人。有趣的是,她不仅内心强大,而且还非常温柔敏感。每当看到人们遭遇苦难,她那双深褐色的眼睛里都会立刻溢满泪水。

她与迈赫迪的关系对我来说也是一个谜。哈米德告诉过我,他们是为了组织的利益而结为夫妻的,但我觉得他们之间有着某种更深沉、更人性化的东西。迈赫迪是一位非常安静、有智慧的男士。他很少参与争论,也几乎从不展示自己的才学。就像一位教师聆听学生们复述课程一样,他只是安静地听着、观察着。没过多久我就明白了,莎哈扎德是他的发言人。在他们组织的讨论中,莎哈扎德总是密切关注着他的一举一动。迈赫迪点一下头就是表示赞许,她就会继续当下的话题;而他稍稍抬一下眉毛,她就会陷入沉思。我觉得,没有爱的话,两人是不可能建立起这样的关系的。我知道哈米德理想中的妻子就像莎哈扎德一样,而不是我这副样子。不过我对她依然没有半点怨恨。

在我眼里，她远超于我，自己甚至不配忌妒她。我只是非常想要变得像她一样。

春天即将过去，在高一年级的期末考试期间，我再一次感到虚弱疲惫，还伴随着一阵阵恶心。我知道，我又怀孕了。虽然很艰难，但我仍然在考试中发挥得非常好。这一次，我小心而热切地等待着孩子的降生。这是哈米德送给我的礼物，我再也不用面对那种无尽的孤独了。

听到我怀孕的消息，哈米德的家人都非常兴奋，认为这意味着哈米德终于改变了他的生活方式，要安定下来了。他们愿意相信就让他们相信好了。我知道，如果我跟他们抱怨哈米德对于家庭的疏远，这不仅会背叛哈米德，可能会因此永远失去他，而且他的家人也会责怪我，认为是我做得不够好。婆婆真心认为有能耐的妻子会让自己的丈夫对家庭负责，而且总是不失时机地提醒我这一点。作为证明，她还会向我讲述她在年轻时是如何从搞共产主义的人民党那里拯救了她的丈夫的。

那个夏天，马哈茂德娶了我的表姐伊特兰-萨达特。我一点都不想帮忙准备他们的婚礼，而怀孕为我提供了绝佳的理由。说实话，他们两个我都不喜欢。但母亲高兴得不得了。她一直都在说，新娘子比玛哈波贝好在哪里。姨妈一直在帮母亲准备婚礼所需要的一切，但她总是犹豫自己是否应该先脱下合规的赫加布，好让她干活时轻松一些。

举办婚礼那天，马哈茂德就像在参加葬礼一样。他眉头紧锁，面色阴沉，一直低着头，没有给过任何人好脸色。庆祝仪式同时在父亲家和帕尔文太太家举行。男人们聚集在父亲的房子里，女人们则去隔壁。和一直以来的决定完全相反，马哈茂德在父亲的房子里一天都没有多待。他在靠近集市的地方租了一所房子，新婚之夜就把新娘带到那边去了。

墙壁上和树木之间都挂上了彩灯，屋门两边摆着座灯。食物都是在帕尔文太太的前院里烹煮的,那里要比我们家的院子更大一些。婚礼上没有音乐和歌声,因为马哈茂德和他的岳父都不允许任何人做出有违宗教礼仪的事情。

我和其他女人一起坐在帕尔文太太的前院里,自顾自地扇着扇子。女人们都在欢快地聊天,吃着水果和点心。我有些好奇男人们在做什么。隔壁几乎没有什么动静,只是偶尔有人要求大家赞美先知穆罕默德和他的圣裔。看样子,他们全都在等待开席,都想赶紧完成任务,离开这个无聊的地方。

"这算是什么婚礼?"帕尔文太太不停地抱怨,"这就像是之前我爸爸的葬礼!"

姨妈听到这话,立刻皱起眉头说:"愿真主怜悯!"帕尔文太太便知趣地闭上了嘴。

我的姨妈认为,除了她自己,这个世界上的人都有罪,礼拜做得都不够虔诚。但她对帕尔文太太的厌恶完全是另一个维度的。那天晚上她不停地嘟囔着:"那个贱女人在这儿干什么?"如果我们不是在帕尔文太太的家里,姨妈肯定早就把她赶出去了。

艾哈迈德连面都没露。母亲不停地问阿里,是谁站在前门处:"你哥哥艾哈迈德来了吗?"然后她还拍着手背说:"你说说!这可是他哥哥的婚礼。你可怜的爸爸连个帮忙的人都没有。艾哈迈德根本不在乎别人,他心里只有那些讨厌的朋友。他肯定以为,只要一个晚上不和那些坏种出去鬼混,这个世界就要毁灭了。"

母亲的话引得帕尔文太太也开始抱怨:"你妈妈说得没错。自从你离开之后,艾哈迈德变得更糟糕了。他整天和一群乱七八糟的人在外面鬼混。愿真主不要让坏事发生在他的身上。"

"他就是个蠢货,无论遇到什么事都不奇怪。"我说。

"哦,不要这样说,玛苏梅!你怎么能这么说呢?如果你们能够多关心他一点,也许他就不会这样了。"

"怎么关心?"

"我不知道。但你们全都抛弃了他,这是不对的。你爸爸甚至都不会多看他一眼。"

那天晚上，姑姑是一个人来参加婚礼的。她来之前，母亲不停地说："你看你姑姑多不在乎我们，甚至都不来参加她大侄子的婚礼。"姑姑出现后，母亲又撇了撇嘴说："那位女士给咱们长脸了。"然后她就忙活起来，装作完全没有看见姑姑的样子。

姑姑走到我身边坐下来，高声说道："哦，我赶路都要累死了！车子在半路抛锚了，耽误了两个小时。真希望你们能在库姆举行婚礼，这样全家人都能过来，我也不用这么费力地跑来跑去了。"

"哦，亲爱的姑姑，我们真的没想给您添这么大的麻烦。"

"这有什么麻烦的？一个人的大侄子能结几次婚？难道不应该为这个多走两步路吗？"

然后她转头冲母亲说："你好，夫人。你看，我最终还是来了。而你就这样迎接我吗？"

"现在才来？"母亲嘟囔着，"像个外人一样？"

我希望转移话题，便说道："对了，亲爱的姑姑，玛哈波贝怎么样了？我真的很想她，真希望她也能来。"

母亲瞪了我一眼。

"说实话，我的孩子，玛哈波贝不在库姆。她要我代她向你们道歉。她和她丈夫昨天去叙利亚和贝鲁特了。真主祝福她的丈夫，那可真是个好人，他非常宠爱玛哈波贝。"

"这可真有趣。为什么要去叙利亚和贝鲁特呢？"

"那他们还能去哪儿？他们说那儿很美丽。人们都说贝鲁特是中东的新娘。"

母亲没好气地说："亲爱的，可不是所有人都能像我弟弟一样去西方的。"

"说实话，他们完全可以。"姑姑反驳说，"但玛哈波贝想要去朝圣。你知道吗？她本来很想去麦加的，但因为她怀着孩子，所以她丈夫说他们暂时还是去圣扎伊纳布的陵墓就好了，以后再去麦加朝圣。一切如真主所愿。"

"据我所知，要去麦加朝圣，一个人必须先履行好自己的所有责任，安排好自己的人生。"母亲继续争辩道。

"不，我亲爱的塔伊贝荷，不能去麦加的人可以找出各种理由。"姑姑反唇相讥，"实际上，玛哈波贝的公公是一位有教职的学者，他已经赞助十个神学院的学生去麦加朝圣了。他说，任何有经济能力的人都应该去朝圣。"

母亲发出一阵嘶嘶声，就像野芸香被扔到了火里。她在吵架时如果没办法反击就会是这副样子。"绝对不是！我姐夫的兄弟，我们新娘的本家叔叔是一位更有修养的学者。他说，去麦加有许多条件和要求，绝不是那么简单的事情。不只是你的家人，甚至是你右手边的七位邻居和左手边的七位邻居都对你没有需要的时候，你才能去麦加。不过，你嘛，既然你的儿子没有工作……"

"什么叫没有工作？上千人受他的恩惠呢。他爸爸想要为他开一间铺子，但我儿子不想要。他说：'我不喜欢集市，不想成为商铺老板。我想要学习，成为一名医生。'玛哈波贝的丈夫受过教育，他说我儿子很有天分，还要我们保证让那个孩子参加大学的入学考试。"

母亲又张嘴想要说些什么，但我不想让她们继续这个话题了。我担心如果她们继续争吵下去，婚礼现场可能就要变成战场了。

"对了，姑姑，玛哈波贝几个月了？她有没有特别想吃什么？"

"还在头两个月。现在她感觉很好，没有任何问题。医生甚至允许她出门旅行。"

"我的医生说，我不能走太多路，也不能经常弯腰。"

"那就别做那些事，我的孩子。在最初的几个月里，你必须非常小心，尤其你的身子又弱。愿真主能让我把我的生命给你，也许他们都没办法照顾好你。一开始，我甚至都不让玛哈波贝动一下手指头。每天我都会做好她想吃的东西，送到她家去。这是妈妈的责任。告诉我，他们有没有给你煮谷物蔬菜汤？"

姑姑就是不愿意停火。

"有的，姑姑，"我急忙说，"家里人不停地给我送吃的，只是我总没有胃口。"

"亲爱的，那也许是因为他们不会做饭。我会做完全合你胃口的饭菜，让你恨不得把手指头都吃下去。"

母亲气得脸色像甜菜根一样红。她正要说些什么,帕尔文太太叫住了她,告诉她该给男人们布置筵席了。母亲离开以后,我终于长舒了一口气。姑姑也安静下来,就像一座火山突然停止了喷发。她向周围扫了一眼,向几名客人点头致意,然后又将注意力转回到我身上。

"真主祝福你,我亲爱的,你看上去可真漂亮。你怀的肯定是男孩。现在告诉我,你和你丈夫过得好吗?我们还从没有见过那个小伙子呢。他们那么着急地举行婚礼,就好像他是一锅热汤,不快点喝就不好喝了一样。那么,他真的是一锅好汤吗?"

"我该怎么说呢,姑姑?他并不坏。当时他父母正要去麦加朝圣,所以实在是没有时间。他们想在去麦加之前把一切都安排好,这样才能安心。所以当时我们结婚才有些匆忙。"

"但你们不调查一下,问问他们的邻居吗?我听说你甚至在婚礼前都没有见过新郎。是真的吗?"

"是的,不过我见过他的照片。"

"什么?亲爱的,一个人可不会和照片结婚。你是说,你看了一张他的照片就对他有了感情,知道他是你的真命天子了?就算是在库姆,人们也不会这样嫁女儿。玛哈波贝的公公是毛拉——可不是那种假毛拉,他是受到人们尊敬的教士,要比全库姆人都更虔诚。他来请求玛哈波贝和他儿子牵手时就说过,男孩和女孩应该相互交谈,确认他们想要彼此,然后才能做出决定。玛哈波贝和穆赫辛汗谈了至少有五次。他们还邀请我们去他们家吃过几次晚餐,我们也同样邀请过他们。尽管全库姆的人都认识他们,根本不需要做什么调查,但我们还是把周围的人都问了一圈。绝不能把女儿随便就交给一个陌生人,就好像她是在街边捡的一样。"

"说实话,姑姑,那时我也不愿意,但我的哥哥们都着急把我嫁出去。"

"他们怎么敢这样?难道你占他们的地方了?从一开始,你妈妈就太溺爱那些男孩子了。马哈茂德只是在假装虔诚。艾哈迈德总是到处野,永远只有真主才知道他在哪儿。"

"但是姑姑,我现在并没有不高兴。这是我的命运。哈米德是一个好人,他的家人都很照顾我。"

"他的经济情况怎么样?"

"还不错,我什么都不缺。"

"他是做什么的?"

"他们有一个印刷厂。他的父亲拥有那家厂子的一半,哈米德就在那里工作。"

"他爱你吗?你们在一起快乐吗?你知道我是什么意思吧?"

姑姑的话让我思考了一下。我从没有问过自己是否爱哈米德,或者他是否爱我。当然,我对他不是没有好感。他是一个讨人喜欢的男人,就连父亲也喜欢他,尽管他们极少见面。但我对赛义德感觉到的那种爱从不曾在我和哈米德中间出现过。我们之间更多的是责任和肉体需求,而不是爱的表达。

"怎么了,我的孩子?怎么突然不说话了?你爱不爱他?"

"姑姑,他是个好人。他支持我去上学,让我做我想做的事。我可以去电影院,去参加聚会,去郊游。他从不会多说一句。"

"如果你一直在街上晃荡,那什么时候做家务,做午饭和晚饭呢?"

"哦,姑姑,时间是足够的。而且哈米德对于午饭和晚饭并不太在意,就算是我一整个星期都只给他吃烤馕和奶酪,他也不会抱怨。他真的不会伤害别人。"

"这算是什么话……不会伤害别人!你的话开始让我担心了!"

"为什么,姑姑?"

"听着,我的孩子,真主到现在还没有创造过不会伤害别人的人。他或者是没安好心;或者是只想让你为别的事情而忙碌,不会干涉他的生活;或者是爱你太深,没办法拒绝你——最后这种可能性非常小,就算是真的也不会持久。再等等看吧,你终究会看清他到底打的是什么算盘。"

"我真的不懂。"

"我的孩子,我了解男人。我们玛哈波贝的丈夫不仅虔诚,还受过教育,思想很现代。他很喜欢玛哈波贝,眼睛总是一刻也不离开她。

自从知道玛哈波贝怀孕之后,他就像对孩子一样宠爱玛哈波贝。但他也会像鹰一样紧盯住玛哈波贝,要知道她去了哪里、做了什么、什么时候会回来。这话我只对你说。有时候,他甚至会有一点忌妒心。毕竟这才是爱,爱总是会带有一点忌妒的。你的丈夫一定也有他的小忌妒。他有吗?"

哈米德会忌妒吗?为我?我相信他没有半点忌妒。如果我这时对他说我想要离开他,他也许还会非常高兴呢。尽管他对自己的生活拥有绝对自由,可以随便出去,我从不敢抱怨自己独守空房的日子,他依然认为婚姻是一种令人头痛的镣铐,不停地抱怨家庭生活对他的约束。也许我还是在他心中占据了一个位置,让他无法全心全意地去追寻自己的理想?不,哈米德从来没有因为我而忌妒过。

当这些想法快速在我的脑海中掠过时,我瞥见了法蒂,就立刻叫她过来。"法蒂,亲爱的,过来把这些盘子收走吧。妈妈在布置筵席吗?告诉她,我马上就过去给沙拉加调料。"我用这个借口逃离了姑姑和她向我的人生竖起的那块残忍的镜子。我莫名地感到很沮丧。

入秋之后,我感觉好多了。我的肚子渐渐大了起来。我报名了夜校的高中二年级。每天黄昏时分,我都会去学校。每天早上,我会拉开窗帘,在阳光的包围中伸开双腿,一边吃水果卷,一边学习。我知道,我很快就不会有多少时间学习了。

有一天,哈米德在上午十点钟回了家,令我简直无法相信自己的眼睛。他已经有两天两夜没回家了。我觉得他可能是病了。或者,他真的是在担心我?

"你怎么在这个时候回家了?"

他笑着说:"如果你不喜欢,我可以走。"

"不是……我只是有些担心。你还好吗?"

"当然好。电话公司打电话通知我,他们会来给我们装电话。我不知道该怎么联系你,而且我知道你没有钱,所以我就过来了。"

"电话?真的吗?他们要给我们装电话了?哦,太好了!"

"你不知道吗?我很早以前就把电话买好了。"

"我怎么知道？你几乎不和我说话。不过这真是太棒了！以后我可以给大家打电话，就不会那么孤单了。"

"不，玛苏梅女士！这可不行。电话是必要的时候才能用的，可不是为了女人们闲聊天准备的。我必须有一部电话交流重要的信息，电话线绝不能被占用。我们接到的电话会比打出去的更多。记住，你不能把电话号码给任何人。"

"你是什么意思？爸爸妈妈也不能有我的电话号码吗？我还以为这位绅士买电话是因为担心我，因为他会连续离家好几天，希望至少能知道我的情况，或者如果我突然要生的话，至少可以打电话找找人。"

"好了，别担心。你当然可以在必要的时候用电话。我是说，我不希望你每天二十四小时都在聊电话，让别人打不进来。"

"说实话，我又能打给谁呢？我没有朋友。爸爸妈妈也没有电话，他们必须去帕尔文太太家借电话。我能打电话的也只有你的妈妈和姐妹们。"

"不！不！绝对不要把电话号码给她们，否则她们就会整天打电话唠叨我了。"

电话装好了，我和外部世界的联系也恢复了——因为越来越大的肚子和寒冷的天气，我几乎已经完全被困在了家里。我每天都和帕尔文太太通话，她还经常会邀请母亲去她家和我说话。如果母亲有事，法蒂就会和我聊天。终于，婆婆发现了这部电话，这让她非常生气。她问我要了号码，还以为是我不想把号码给她。我不能告诉她真相——她儿子就是这样命令我的。从那天开始，她每天会打两次电话过来。渐渐地，我熟悉了她打电话的时间，当我确定是她打过来的时候，就不再去接电话。我实在是太不好意思了，不想继续骗她说哈米德在睡觉、出去买东西了或者是在洗澡。

在一个寒冷的冬夜，我第一次感觉到阵痛袭来。我的心中充满了恐惧和焦虑。我该怎样告诉哈米德？我的思绪变得一团混乱。我必须好好思考，想清楚医生给我的指示。我必须让自己保持清醒，必须记下宫缩时间，必须找到哈米德。我只有他工作地点的电话号码，但我知道,在这么深的夜里,那里已经没有人了。我拨通了那个号码,没有人接电话。我也没有他朋友们的电话。他从来都小心地避免写下任何电话号码和地址,总是用脑子记住它们,这一直都让我感到奇怪。他说这样更安全。

我唯一的选择就是给帕尔文太太打电话。一开始,我非常不想在这么晚把她吵醒,但宫缩的疼痛让我放下犹豫。我拨了她的号码。电话铃声从听筒中传出来,但没有人接电话。我知道她睡得很熟,而她丈夫几乎什么都听不见。我挂了电话。

现在是凌晨两点,我坐下来,盯着那只大钟的分针。宫缩的间隔现在已经变得很规律了,但和我想象的又完全不同。随着每一分钟的流逝,我越来越害怕。我想到给婆婆打电话。但我该说什么?我怎么能告诉她哈米德不在家?今天早些时候,我已经告诉她,哈米德回家了,刚刚下楼去探望比比。后来哈米德从不知什么地方打来电话,我叮嘱了他给婆婆打电话,告诉婆婆他去探望了比比。如果我现在打电话告诉婆婆,他根本就没回家,她一定会责备我,会为她的儿子担心得要死。她会逐一去每家医院找哈米德,会在街上乱转。她对儿子的关心已经接近于痴迷,根本不会讲任何原因和逻辑。

愚蠢的想法不断在我的脑海中翻腾。我用手捧住肚子,在房间里来回踱步,慌乱得几乎要昏过去。每一次宫缩到来,我都会僵立在原地,努力不发出声音,随后我想起来,就算是我大喊大叫也不会有人听得见。比比已经快聋了,而且睡得很沉。就算是我叫她起来,她也帮不了我。我记得姑姑和我说过,玛哈波贝的宫缩开始时,她丈夫紧张得一直在她的身边转圈,告诉她自己是多么爱她,会怎样宠她。我的心中充满了憎恨和厌恶。我们的孩子和我的生命现在对于哈米德来说不值一提。

我看向大钟,现在是三点半了。我再一次给帕尔文太太打了电话。电话铃响了很长时间,还是没人接。我觉得我应该穿上衣服出去看看,总会有人开车经过,送我去医院的。十天以前,我已经准备好了一只手提箱,把我和孩子所需要的东西都放在里面了。我打开它,把里面的东西倒出来,寻找医生和曼索耶写给我的注意事项清单。然后我把所有东西都塞回去，合上了箱子。我又经历了几次宫缩，现在阵痛来得越来越有规律了。我躺倒在床上，觉得自己不应该这样。我必须集中精力。

我又看向大钟，已经四点二十了。下一次我因为剧痛而猛然坐起的时候，是早晨六点半。看来是宫缩终于停了一段时间，我睡着了。我更加紧张，急忙来到电话前，拨了帕尔文太太的号码。这一次我要让电话铃声一直响下去，直到有人接电话。电话铃响了十二次。帕尔文太太带着睡意终于出现在电话的另一端。听到她的声音，我一下子流出了眼泪。我哭着说："帕尔文太太，救救我！孩子要生了。"

"哦，真主啊！快去医院。快去！我们马上就过来。"

"怎么去？凭我现在这副样子吗？"

"哈米德不在吗？"

"不在，他昨晚没回家。昨晚我一定给你打了一百次电话。幸亏如真主所愿，孩子还没出来。"

"穿好衣服。我们马上就到。我会去叫你妈妈，我们立刻就过来。"

半个小时以后，帕尔文太太和母亲赶到了。她们用出租车将我送到医院。尽管还要忍受剧痛，但我感觉平静了一些。医生说现在孩子出世还太早。母亲握住我的手说："女人快生产的时候要在阵痛之间祈祷，这样祷告就会成真。快祈祷真主宽恕你的罪行吧。"

我的罪行？我有什么罪行？我唯一的罪行就是曾经爱过一个人。那是我一生中最甜蜜的回忆，我不希望任何人抹杀它。

过了中午，孩子还是没有要出来的意思。医生给我打了几针，但都没有用。每一次帕尔文太太走进病房，都会忧心忡忡地看着我，努力找些话题来和我说。但她总是要问："哈米德到底在哪里？让我给他妈妈打个电话吧，也许她知道他在哪里。"

我呻吟着，用颤抖的声音告诫她："不，不要。他回家以后会给医院打电话的。"

母亲怒气冲冲地说："这算是怎么一回事？难道他妈妈不应该过来看着自己的儿媳妇和孙子吗？为什么他们全都这么不上心？"她不断唠叨，让我更紧张了。

133

到了下午四点钟，母亲已经满脸忧虑。我能听见门外的父亲在说："医生在哪里？他一直通过电话了解病人的情况，这是什么混账事？他应该在她的床边！"

"我们自己那宝贝似的助产士呢？"母亲说，"我的孩子已经疼了一整天了。快想点办法！"

我不时会因为疼痛而昏过去，甚至已经没有力气呻吟了。

帕尔文太太擦拭着我脸上的汗水，对母亲说："不要哭。生孩子总是要痛的。"

"不，你不明白。我亲眼见过我的许多亲戚生孩子。我的另一个姐姐——愿真主让她安息——也是这种样子。最后她死了。我看着玛苏梅躺在这里受苦的时候，就好像是看到了玛兹耶。"

奇怪的是，尽管疼痛难忍，但我还是能够清楚地感知到周围发生的一切。母亲不停地说着我是多么像玛兹耶。我越来越虚弱，越来越没有希望。我在心里想，我很快就要死了。

过了五点钟，哈米德来了。一看到他，我突然感觉安全了，也有了力量。虽然无法解释，但在危急时刻，一个女人最亲密也是最好的支持者确实是她的丈夫，哪怕那个人对她并不好。我没有注意到他的母亲和姐妹是什么时候到的。不过我听到了身边的喧嚣，婆婆正在和护士争吵。

"医生到底在哪里？我们就要失去那个孩子了！"我知道她关心的是她的孙子，而不是我。

正在给我做检查的护士说："好了，好了，别发脾气了！太太，医生说时候到了他一定会来的。"

到了夜里十一点，我已经一点力气都没有了。他们将我送到了另一个房间。听身边人们的对话，我知道了孩子的呼吸有问题。医生迅速戴上手套，向无法找到我血管的护士叫嚷。然后一切都变黑了。

我在一个洁净明亮的病房中醒过来。母亲正坐在我的床边打盹。我不觉得痛，浑身上下只有可怕的虚弱感和疲惫感。

"孩子死了吗？"我问。

"别胡说！你生了一个再英俊不过的儿子。你根本无法想象，我知道那是一个男孩的时候有多高兴,在你婆婆面前又有多骄傲。"

"他健康吗?"

"是的。"

我再一次睁开眼睛的时候,看到了哈米德。他笑着对我说:"恭喜!太难了,是吗?"

我一下子哭了起来,对他说道:"独自一个人更难。"

他伸出手臂抱住我的头,轻轻抚摸我的头发。我一下子就忘记了自己全部的怨恨。

"孩子健康吗?"我问。

"是的,只是他非常小。"

"他有多重?"

"两公斤七百克。"

"你数过他的手指和脚趾了吗?它们都在吗?"

"当然,它们全都在。"他笑着说。

"那为什么他们不把他给我抱过来?"

"因为他还在保温箱里。生产的时间太长了,也对他造成了很大消耗。他们会一直把他放在保温箱里,直到他正常呼吸。不过我已经看到,他非常活泼,不停地挥舞着小手小脚,还会'呜呜'地哭。"

第二天,我感觉好多了。他们把孩子给我抱了过来。那个可怜的小家伙脸上全都是抓痕,他们说那是产钳造成的。我感谢了真主没有让他受到伤害。不过他一直在哭,不喝我的奶。我累得几乎又要昏过去了。

那天下午,病房里聚了一大堆人。没有人能就这个孩子到底像谁而达成一致。婆婆说他看上去和哈米德一模一样,但母亲认为他看上去像他的舅舅们。

"你要给他起个什么名字?"母亲问哈米德。

哈米德毫不犹豫地说:"他当然要叫西亚马克。"然后他意味深长地看了一眼公公。公公笑着点头表示赞许。我愣住了。我们完全没有讨论过孩子的名字,我从没有想过孩子会叫西亚马克,这个名字根本不曾在我长长的心愿名单中出现过。

"你说什么？西亚马克？为什么是西亚马克？"母亲问道。

随后母亲又说："西亚马克算是什么名字？孩子应该用先知们的名字，这样他才会在一生中得到祝福。"

父亲示意母亲不要说话，他自己也一直没有开口。

哈米德以不容置疑的口吻说："西亚马克是一个好名字，孩子应该用伟人的名字。"

母亲疑惑地看向我，我耸耸肩，表明我不知道他说的是什么意思。后来我发现在他那一群人中，大部分男人都有着类似的名字。根据他们的说法，他们用的都是真正的共产主义者的名字。

出院以后，我回到了母亲家里，在那里住了整整十天，直到自己感觉恢复了些力气，也学会了如何照顾我的孩子。

然后我回了自己家。我的儿子很健康，但他一直哭个不停。我会将他抱在怀里，来回踱步，从夜晚一直到黎明。到了上午，他会时不时地睡上几个小时，但我还有上千件事情要做，无法休息。帕尔文太太几乎每天都会来看望我，有时候还会带母亲一起来。她给了我很多帮助。我没办法离开房间，所以全部的外出采购都是她帮我做的。

哈米德仍然没有任何责任感，他人生的唯一改变就是晚上一定会回家了。他会拿着枕头和毯子去起居室睡，然后抱怨睡不好，在家里找不到安静的地方。我带儿子去看过几次医生。医生说经历过难产、用产钳被拽出来的孩子常常会表现得紧张和脾气暴躁，不过他们没有任何特别的问题，我的孩子很健康。另一名医生说有可能是因为我的儿子感觉饥饿。我的乳汁不足，喂不饱他。他建议我为他做一些辅食，让他也吃一些婴儿食品。

疲劳、虚弱、缺乏睡眠、我的儿子持续不断的哭泣，这些让我日渐抑郁，而最沉重的打击还是孤独。我无法向任何人吐露心声。我觉得哈米德不想待在家里是我的错。我失去了自信，想要避开每一个人，往日的失望和挫折感以前所未有的凶猛力量向我扑来。我感觉我的世界已经完了，我再也无法摆脱这沉重的负担。我的眼泪经常随着儿子的哭声落下来。

哈米德没有注意过我，也没有注意过孩子，每天只是在为他自己的事情而忙碌。连续四个月，除了带孩子去看医生，我从没有走出过家门。母亲一直在说："大家都有孩子，但没有人像你一样只坐在家里。"

随着天气越来越暖和，孩子渐渐长大，我的心情也好了一些。我受够了疲惫和沮丧。终于，在美丽的五月份的一天，我恢复了做决定的能力。我告诉自己，我是一位母亲，要担负起自己的责任。我必须强壮起来，站稳脚跟，我必须在一个快乐健康的环境里养育我的儿子。

一切都改变了，生命的喜悦在我的体内流淌。好像儿子也感觉到了我的转变，他的哭泣变少了，有时候甚至会发出笑声，一看见我就会向我伸出双手。看着他的变化，我也忘记了我的一切哀伤。他仍然会在许多个夜晚吵得我无法入睡，但我已经习惯了。有时候，我会坐在他身边，看上几个小时。他的每一个动作对我而言都有特殊的意义，就好像他是一个我刚刚发现的世界。日子一天天过去，我也变得更加强壮有力，每一天我都会更爱他一些。母爱慢慢地渗透进我的每一个细胞。我不断告诉自己，今天我对他的爱又比昨天多了那么多，没有任何爱能够比这更强烈。但是到了第二天，我就感觉他更加可爱了。我已经不再需要与自己交谈。我和他说话，为他唱歌。他那双聪明的大眼睛让我明白他喜欢什么样的歌。当我唱出有节奏的歌曲时，他就会伴随歌声拍起双手。每一个下午，我都会抱着他在街边的大树下散步。他很喜欢我们的出游。

法蒂会想方设法来看望我，将西亚马克抱在怀里。学期结束之后，她有时候还会和我一起过夜，这对我来说是一个巨大的安慰。每周五去我公婆家吃午餐的习惯又恢复了。尽管西亚马克不是一个好脾气的孩子，让他从一个人的怀里换到另一个人的怀里并不是件容易的事，但哈米德的家人都非常喜爱他，完全不接受因此取消周五的聚餐。

父亲和西亚马克的关系则是所有亲人关系中最温柔美丽的。前两年，父亲来我家不超过三次。但现在，每周他都会在店铺关门之后来看我一两次。一开始，他还会为自己的来访找些理由，会带来牛奶或者婴儿食品。但很快，他就不再觉得自己需要什么理由才能来了。他会来和西亚马克玩一会儿，然后再回家。

是的，西亚马克给了我新的生命气息和色彩。他出现在我的生命里之后，我已经不再像以前那样对于哈米德的缺席那么敏感了。我每天都要忙着喂养他，给他洗澡，为他唱歌。他很聪明，一直占满我的全部注意力。这个小坏蛋想要得到我全部的爱和关注。我把学校、课程和考试全丢开了。而且我们还有了一样令人愉悦的迷人物件——公公送来了一台电视作为西亚马克的礼物。

夏天快结束的时候，我们和公婆一起去旅行。多么奇妙啊！那个星期真是太快乐了。在婆婆身边，哈米德完全缴械。他为我们找了一千个不去旅行的理由，但没有一个能成功。那是我第一次去里海的海滨。我就像是一个兴奋的孩子。看到那样美丽丰饶的地方，最终还看到了大海的波涛，我完全惊呆了。我可以在海边坐上几个小时，尽情陶醉在美景之中。西亚马克似乎也很喜欢这样的景色和有父母陪伴的感觉，他不停地钻进哈米德的怀抱里，只有在累了或者饿了的时候才会来找我。他会用自己的两只小手抓住哈米德的手，他的祖父母则会喜不自胜地看着他们父子俩。有一天，婆婆欢快地悄声对我说："你看，哈米德已经离不开这孩子了。他没心思再去做他那些事了。赶快把第二个孩子放进他怀里吧。感谢真主！"

哈米德买了一顶草帽，好为皮肤白皙的西亚马克遮住阳光，而我却晒成了古铜色。有一天，我注意到哈米德和婆婆在悄声说着什么，哈米德还不时转过头来看我，我立刻紧张起来。我已经很久都没有戴过头巾，穿过恰多尔了。不过我一直都很注意自己的穿着。那一天，我穿了一件比较薄的短袖长裙，并且分开了领子。尽管和那些穿泳衣的女人相比，这种穿着已经相当保守了，但我还是觉得有些不自在。我心里想，他们批评我是对的，我现在太大胆了。

等哈米德回到我身边的时候，我有些担忧地问："婆婆在和你说什么？"

"没什么！"

"你说'没什么'是什么意思？她在谈论我。告诉我，我做了什么让她不高兴的事？"

"好了!那些婆媳不和的故事真是深入你的脑海了!她没有半点不高兴。为什么你要把人往坏处想?"

"那告诉我,她都说了什么。"

"没什么。她只是说:'你的妻子晒过太阳以后,要比以前更美了。'"

"真的吗?那你说了什么?"

"我?你想让我说什么?"

"我的意思是,你是怎么想的?"

他从头到脚地端详我,目光充满欣赏。然后他得意地说道:"她说得对。你非常美,而且你每一天都变得更美了。"

我的心中感觉到一种非同寻常的喜悦,不由得露出了微笑。他的赞美真的让我很高兴,这是他第一次毫无隐讳地表达对我的喜爱。我用谦逊的语气说:"不!这只是因为太阳,否则我总是面色苍白。你不记得了?去年你还经常说我看上去就像是得病了。"

"不,不是像得病了,你只是看上去像一个孩子。现在你成熟了,还胖了一点。太阳让你有了更加美丽的肤色。你的眼睛颜色更浅,更明亮了。简单来说,就是你变成了一个美丽而完整的女人……"

那个星期是我一生中最美好的一段日子。是那些阳光灿烂的温暖日子支撑我度过了随后到来的许多个寒冷阴沉的夜晚。

我的西亚马克是一个聪明活泼、帅气而又好动的孩子,至少在我的眼里如此。听到我这样的评价,哈米德会笑着说:"有一句外国格言说,每个母亲都觉得自己的孩子是最好的!"

西亚马克走路和说话都非常早,他很快就能用断断续续的词句来表达想法了。我可以很有信心地说,从他迈出第一步的那一天开始,他就再没有安静地坐下过。无论他想要什么,都一定要得到。如果他的要求没有得到回应,他就会尖叫哭喊,直到达成心愿。但与婆婆的预言恰恰相反,就算是孩子的爱和需要,也没能将哈米德留在家里。

一年以后,我再一次想到要回去上学,但照顾孩子让我几乎没有自由时间。等到我终于完成了高二的学年末考试时,西亚马克已经两岁了。只要再过一年，我就能拿到高中文凭，实现我的梦想了。但几个月之后，我郁闷地发现我又怀孕了。我知道这个消息不会让哈米德感到高兴，但我没想到他居然会表达出那样强烈的愤怒和厌恶。他怒不可遏地质问我为什么不注意吃避孕药。我向他解释，我吃不惯那些药，它们让我很难受。而这只是让他更加气恼。

"不，问题在于你那白痴的心态。"他吼道，"所有人都能吃那种药，怎么就你会不舒服？为什么你不承认，是你喜欢成为生育机器？！你终于还是选择了将这个作为你的人生目标。你以为只要每年生一个孩子，你就能把我困住，让我放弃我的战斗吗？"

"你似乎并没有为了养育我们的儿子出过力，也没有花任何时间来陪伴他。现在你却害怕会在家里用掉更多时间？你什么时候在意过你的妻子和孩子？现在你凭什么担心会在第二个孩子身上用掉更多时间？"

"你们的存在已经对我造成妨碍了。你在让我窒息。我没有耐心再去听第二个孩子哭哭啼啼了。你必须赶快解决掉这个问题，趁时间还来得及。"

"解决掉什么？"

"把孩子打掉。我认识一个医生……"

"你的意思是，杀死我的孩子？一个就像西亚马克一样的孩子？"

"够了！"他嚷道，"这种蠢话让我恶心。什么孩子？现在它还只是几个细胞，一个胎儿。你说'我的孩子'，就好像那个孩子已经在你面前到处爬了。"

"当然，他是实实在在的。他是一个人，有着人类的灵魂。"

"是谁教你说这种傻话的？库姆的那些顽固守旧的老太婆吗？"

我也生气地哭着说："我不会杀死我的孩子！他也是你的孩子。你怎么能这样？"

"你是对的。这是我的错。从第一天起，我就绝对不应该碰你。就算是我一年只找你一次，你也肯定能怀孕。我向你保证，我再也不会犯这样的错误了。你随便怎么做都可以，但我要和你说清楚，不要想着依靠我，也不要对我有任何期待。"

"我从没有期待过你什么。你又为我做过什么？你为我承担过什么责任？难道现在我还会对你有更多期待吗？"

"不管怎样，就当我不存在好了。"

这一次我知道了将会发生些什么，很早就为每一件事做好了准备。帕尔文太太给我父母家接了一根电话线，这样我就能更方便地联系他们，不会像上一次那样慌慌张张了。幸运的是，这个孩子要到夏季结束的时候才会出生，那时学校还在放假。我们计划在最后几个星期的时候让法蒂过来陪我，这样在我突然要去医院的时候，她能照顾西亚马克。我还准备好了婴儿所需要的一切。西亚马克的旧衣服还可以穿，我不需要买太多衣服。

"哈米德阿迦不在吗？"母亲总是这样问我。

"你知道的，哈米德的工作没有固定时间。有时他必须在印刷厂值夜班，而且还常常会临时出差。"

和我第一次怀孕时不同，这一次一切都很顺利，都按部就班地进行着。我知道只能依靠自己，便仔细地计划和安排好了所有事情。我不紧张，也不担心。就像我所预料的那样，当我开始宫缩的时候，哈米德不在家。直到两天以后，他才得知我已经把孩子生下来了。

母亲气坏了。"这太荒唐了，"她说道，"我们的传统的确不要求在我们生产的时候丈夫必须陪在床边，但他们总应该在孩子落地之后来看看我们，至少对我们有些关心和爱护。你的这个丈夫真是太过分了，就好像没事人一样。"

"算了吧，妈妈，你为什么要这样在意呢？他最好还是别过来，他有一千零一件事情要担心和负责呢。"

我要比第一次坚强得多，也更有经验。尽管我生产的时候依旧在剧痛中煎熬了许多个小时，但生产过程很正常，我全程都保持着清醒。当我听到孩子的哭声时，立刻就有了一种强烈的感觉。"恭喜！"医生说，"是个胖乎乎的小男孩。"

我不需要花时间去适应做母亲的感觉，这种感觉已经充盈在了我的每一个细胞中。和上次不同，这个孩子在我眼里没有一点陌生和不寻常的地方。他哭泣的时候，我不会紧张；他咳嗽或者打喷嚏的时候，我也不会慌乱；就算是他整夜不睡觉，我也没有半点焦躁。但他其实比西亚马克要安静得多，顽强得多。孩子们的脾气准确地反映了我在生产时的情绪状态。

出院以后，我回了自己家，这样照顾孩子会更方便。我开始照顾需求不同的两个孩子，并且迅速操持各种家务。我知道不能指望哈米德。他终于找到了他一直都在寻找的借口。他利用我的愧疚感，解放了他自己，抛弃了他对我的最后一点责任心。他甚至还摆出一副我欠他的样子。夜里他很少回家，就算是回家也会睡在另一个房间里，完全不理睬我和孩子们。我的自尊不允许我希望或者期待从他那里得到任何东西。也许是因为我知道，就算满怀希望，也终究会是一场空。

我最大的难题是西亚马克。我给他的人生中带来了一个竞争对手，而他对此很难释怀。当我怀中抱着婴儿走进家门的时候，他表现得就像我犯下了最恶劣的背叛罪行。他不仅不跑过来揪住我的裙子，还跑进床底下躲了起来。我把婴儿交给法蒂，去找西亚马克，说着甜言蜜语和各种承诺，把他抱进怀里，亲吻他，告诉他我有多么爱他。我把早先就买好的玩具车给他，说这是他的小弟弟给他买的。他用怀疑的眼神盯着那件玩具，最终还是不情愿地同意看看那个婴儿。

但我的策略没能奏效。随着日子一天天过去，西亚马克越来越暴躁易怒、神经紧张。他刚刚两岁的时候就已经有了很强的语言能力，可以轻松地表达自己的想法。现在他却很少说话，就算是开口说话也常常搞乱语序，或者用了错误的词语。他有时甚至会尿湿裤子——他在一年以前就已经不需要尿布了。现在，我不得不强迫他重新穿上尿布。

西亚马克变得那样哀伤和沮丧，我每一次看到他都会感到心痛。在悲哀的重压下，这个三岁男孩的肩膀看上去更加瘦弱了。我不知道该怎么办。儿科医生建议我让西亚马克参与到照顾小婴儿的工作中来，尽量不要在他面前把弟弟抱在怀里。但我该怎么做？当我喂婴儿吃奶的时候，没有人能够帮我照顾西亚马克。而且除非是被强迫，否则他绝不会靠近他的弟弟。我不可能独自一个人填满他生命中的空虚，他非常需要他的父亲。

一个月过去了,我们还没有为弟弟起好名字。有一天母亲来看我们,她说:"那个没骨气的父亲不想给他的儿子取一个名字吗?你怎么不想想办法?这个可怜的孩子!所有人都会为了庆祝他们的孩子得到名字而抛掷油酥点心。大家会四处寻求建议,测字占卜,只为选一个好名字。而你们两个却完全不放在心上。"

"现在还不算太迟。"

"还不算太迟?这孩子已经快四十天了!你终究还是要给他取一个名字。你还想要叫他'宝贝'多久?"

"我不叫他'宝贝'。"

"那你叫他什么?"

"赛义德!"我冲动地说。

帕尔文太太了然地看了我一眼,她的眼睛里闪动着关切的泪光。母亲却全然不在意地说:"这是个好名字,和西亚马克很配。"

一个小时以后,当我在卧室里给婴儿喂奶的时候,帕尔文太太走进来,坐在我身边说:"不要这样。"

"不要怎样?"

"不要管你的儿子叫赛义德。"

"为什么?你不认为这是一个好名字吗?"

"不要和我打哑谜,你很清楚我是什么意思。为什么你想要再提起过去的伤心事?"

"我不知道。也许我想要在这个冰冷的家里总能听到一个熟悉的名字吧。你根本无法想象我是多么孤独,多么渴望爱。如果这幢房子里能有一点点爱,我也会忘记他的名字。"

"如果你这样做了,每一次你叫儿子的时候,你都会想到赛义德,你的生活只会变得更加艰难。"

"我知道。"

"那就另选一个名字吧。"

第二天,我找到一个机会问哈米德:"你不打算给这个孩子办出生证了吗?我们必须给他取一个名字。你有没有想过这件事?"

"当然,他的名字是鲁兹贝赫。"

我知道鲁兹贝赫是什么样的人。无论他是英雄还是叛徒,我都不会依照哈米德的心意给孩子取这个名字,不管他怎样强迫我都不行。我的儿子必须有他自己的名字,这个名字要有属于他的含义,拥有自己的人格。

"绝对不行!这一次我不会让你用你那些偶像给我的孩子命名。我的儿子要有一个能够让我满心欢喜的名字,而不是一个只会让人们想到死人和悲惨死亡的名字。"

"一个死人?他是自我牺牲和抵抗不公的英雄。"

"我不在乎他是什么人,也不想让我的儿子成为自我牺牲和抵抗不公的英雄。我想让他有正常快乐的一生。"

"你真是太庸俗了,完全不明白革命的重要性和走在自由之路上的真正英雄。你想到的只有你自己。"

"为了真主之爱啊,住口吧!我已经受不了你再照本宣科了。是的,我很庸俗,很自私。我只想到我自己和我的孩子,因为没有其他人会想到我们。而且,对于一个不愿意为这个孩子承担任何责任的人来说,怎么到了取名字的时候,他又突然想起自己是个父亲了?不,这一次由我来选。他的名字是马苏德。"

当西亚马克三岁四个月大,马苏德八个月大的时候,哈米德失踪了。当然,一开始我没有想到他会彻底不见踪影。

"我会和一些人去乌鲁米耶待两个星期。"他说。

"乌鲁米耶?去那里做什么?"我问他,"然后我猜你还会去大不里士看望穆尼尔,对吗?"

"不!实际上,我不希望任何人知道我在哪里。"

"如果你不去工作,你爸爸会知道的。"

"这个我清楚。所以我会告诉他,我要出城去见一个人。那个人有不少旧书,他想要卖掉其中一些,把另一些进行重印。我请了十天假。到时候我会再找个别的理由。"

"你的意思是,你不知道要去多久?"

"不知道。别大惊小怪的。如果我们成功了,我们还会停留得更久一些;如果不成功,我们也许不到一个星期就会回来。"

"出什么事了?你要和谁一起去?"

"你可真唠叨!不要再审问我了。"

"抱歉,"我说,"你当然不需要告诉我你要去什么地方。我又是谁?有什么资格知道你的计划?"

"好了,你不需要因为这个生气。"他说,"也不要捣乱。如果有人问起来,就说我出差了。对于我妈妈,你只能想办法让她放心,不要让她胡思乱想。"

随后的两三个星期都平静地过去了。我们已经习惯了哈米德不在家,没有感到任何困难。他给了我足够一个月开销的钱,我自己也有一些钱。一个月以后,公婆开始担心了。不过我安慰了他们,告诉他们我还能得到他的音信,他刚刚打过电话,说他情况很好,只是工作还需要更多时间,以及诸如此类的谎话。

到了六月初,天气突然变热了,一种类似于霍乱的疾病开始在儿童之中传播。尽管我努力保护我的儿子们,但他们还是都得病了。我注意到马苏德开始发低烧、肚子痛,不等帕尔文太太来照顾西亚马克,我就带着两个男孩去看了医生,买了药回家。但到了午夜时分,两个孩子的病情都恶化了。我喂给他们的药都被他们吐了出来,他们的体温一直在往上升。马苏德的情况更糟,他飞快地喘着气,就像是一只被吓坏的麻雀,小肚子和胸口不停地一起一伏着。西亚马克的脸涨得通红,不停地要我带他去浴室。我来来回回地奔忙着,将他们的脚放进冰水里,把冷毛巾敷在他们的额头上。但这些都没起什么作用。我注意到马苏德的嘴唇变得又白又干,想起了医生和我说的最后一件事:"小孩子脱水的速度会超过你的想象,而这可能会要他们的命。"

我的脑海中有一个声音说,如果我多等一分钟,就会失去我的孩子。我看了一眼大钟,快到凌晨两点半了。我不知道该怎么做,我的大脑已经不转了。我咬着指甲,泪水滚落下来。我的孩子们,我心爱的孩子们,他们是我在这个世界上拥有的一切,我必须救他们。我必须做些什么,必须足够坚强。我能给谁打电话?无论谁接到我的电话,都必须过一段时间才能赶到,但现在已经没有时间可以浪费了。

我知道塔赫特贾姆希德大街上有一家儿童医院。我必须赶快行动。我给两个孩子穿上尿布,拿上家中所有的钱,一只手抱起马苏德,另一只手牵着西亚马克,就这样出了家门。街上空无一人。可怜的小西亚马克虚弱无力,全身滚烫,几乎一步都走不动。我努力抱起他们两个,但我身上还背着一个沉重的提包,这让我每走出几步都不得不放下西亚马克歇一下。我可怜的孩子们甚至连哭泣的力气都没有了。从家到街角的距离似乎无限遥远。西亚马克几乎要昏过去了。我拽着他的手臂,他的脚在地上拖着走。我一直在想,如果我的孩子出了事,我就杀了我自己。这是我脑海中唯一能想到的事情。

一辆汽车停在我身边。我一句话都没有说就拉开后车门,带着孩子们一起爬了进去。随后我能说的只有:"塔赫特贾姆希德,儿童医院,为了真主的爱,请快一点。"

开车的是一个相貌威严的男人。他看着后视镜中的我问:"出什么事了?"

"他们今天下午开始生病,有一点腹泻,但突然就恶化了,现在都在发高烧。我求你,请快一点。"

我的心在狂跳,大口大口地喘着气。汽车驶过空旷的街道。"怎么只有你一个人?"那个人问,"他们的父亲呢?你不可能只靠自己就把孩子们送进医院。"

"不,我可以。我必须这样,否则我就要失去他们了。"

"你的意思是,他们没有父亲?"

"对,他们没有。"我果断地说道。

然后我气愤地将头转向一旁。

到了医院门口,那个人跳下车,将西亚马克抱起来。我抱着马苏德,和他一起跑进了医院。急诊室医生一看到两个孩子就皱起眉头问:"你怎么耽搁了这么久?"他将已经失去知觉的马苏德从我的怀里接了过去。

"医生,"我恳求道,"为了真主的爱,请做些什么吧。"

"我们会竭尽全力。"他说道,"去住院处填表格吧,剩下的就交给真主好了。"

开车送我们来医院的男人怜悯地看着我,让我再也控制不住自己的泪水。我坐在一条长凳上,双手捂住脸,不停地哭泣。这时我看见了自己的脚。我的真主啊!我还穿着家里的拖鞋,怪不得我在街上几乎要摔倒一百次。

医院需要先付费才会收治病人。那个人说他带了钱,但我没有接受。我把身上的钱全都交给了收费员,告诉他到了早上,我会第一时间把钱交齐。那个睡眼惺忪的收费员抱怨了几句,不过最后他还是同意了。我感谢了帮助我的那个人,和他告别,然后快步跑回了急诊室。

我的孩子们躺在病床上,看上去又小又脆弱。西亚马克的身上插着输液器,但他们找不到马苏德的血管。他们在他的全身各处扎针,而我失去意识的儿子连一点声音都没有。每一次他们把针扎进他身体的时候,我都觉得他们是在把匕首刺进我的心脏。我用手捂住嘴,以免自己的哭声会干扰医生和护士。透过模糊的眼泪,我正在看着我心爱的儿子慢慢死去。我不知道自己为何引起了医生的注意,他示意一名护士带我离开房间。护士伸手按住我的肩膀,和善却不容置疑地领我走出病房。

"护士,到底发生了什么?我要失去我的儿子了吗?"

"不,女士,不要担心。祈祷吧。如真主所愿,他会好起来的。"

"为了真主的爱啊,请和我说实话。他的情况非常危急吗?"

"他的情况当然不好,但只要我们找到血管,给他输上液,就有希望了。"

"你的意思是,所有医生和护士都找不到那孩子的血管?"

"女士,儿童的血管是非常细的。而且找到一个发着高烧、严重脱水的孩子的血管就更困难了。"

"我能做些什么?"

"不必做什么,坐在这里祈祷就好。"

随后的很长一段时间里,我伴随着每一次心跳呼唤真主。但我完全没办法说出一段完整的祷词,甚至连正确的祈祷也做不到。我需要呼吸新鲜空气,我需要看见天空。如果不能亲眼看到天堂,我就没办法向真主祈祷，没办法面对他。

我走出医院，感觉到清晨的凉风吹在脸上。我抬头仰望天空。天依旧黑暗，只透出微弱的光亮，有几颗星星闪烁着。我靠在墙上，膝盖不住地颤抖。凝视着远方的地平线，我说道："真主啊，我不知道你为什么要把我们带到这个世界上。我一直都努力去接受令你喜悦的事情，并让自己对此感到满足，但如果你将孩子们从我身边夺走，我就不会再对你有任何感激之情。我不想说亵渎你的话，但这太不公平了。我祈求你，不要将他们带走。请宽恕他们。"我不知道自己都在说些什么，但我知道他能听见，能明白我。

我重新走进医院，打开病房门。一部输液器连在马苏德的脚上，他的腿上被固定了夹板。

"发生了什么？他的腿断了吗？"

医生笑着说："不，女士。我们固定住了那条腿，以免他会乱动。"

"他怎么样了？能好起来吗？"

"我们只能等着瞧了。"

我在两张病床之间来回走动，看到马苏德动了一下头，又听见西亚马克在低声呻吟。这让我有了希望。到早上八点半的时候，他们将两个孩子转移到了一间普通病房。

"赞美真主，他们脱离危险了。"医生说，"不过我们必须非常小心，确保输液器不会脱落。"

把输液器留在西亚马克的手臂上才是最困难的事情。

母亲、帕尔文太太和法蒂慌乱地冲进病房。一看见孩子们，母亲的眼泪就落了下来。西亚马克格外焦躁，必须有人一直按住他的手臂。马苏德依然非常虚弱。一个小时以后，父亲到了。他用那么哀伤的眼神看着西亚马克，让我的心都痛了。西亚马克一看见父亲，立刻向他伸出手，放声大哭起来。不过，只用了几分钟，父亲的爱抚就让他平静下来。他终于睡着了。

公婆与曼索耶和曼妮吉哈一起赶来了。母亲向他们投去愤怒的目光和刻薄的言语。我瞪了母亲一眼，示意她别说了。他们已经非常难堪和不安了。曼索耶、法蒂、帕尔文太太和曼妮吉哈全都要求留在我身边，不过我更愿意有帕尔文太太做伴。法蒂自己还是个孩子，曼索耶还有儿子要照顾，而曼妮吉哈和我根本没有什么感情。

帕尔文太太和我一起在医院过了一整夜。她握着西亚马克的手，我坐在马苏德的床边，用双臂抱住他，头靠在他的双腿上。从下午开始，马苏德也渐渐变得不安稳了。

经过艰难而又极度令人疲惫的三天，我们终于回家了。我们三个都瘦了很多。我已经连续四个晚上没有睡过觉。我看着镜子里的自己：双颊凹陷，黑眼圈明显。帕尔文太太说我看上去就像是吸食鸦片的人。她和法蒂留下来陪我。我给孩子们洗了澡，自己也好好洗了一下。我想要让水冲走心中的痛苦，但我知道，这段回忆会永远留在我心里。我绝不会原谅哈米德对我们的遗弃。

两个星期以后，生活基本回到了正轨。西亚马克恢复了他的淘气、坏脾气和倔强。他已经渐渐接受了马苏德的存在，开始允许我抱马苏德。但我能感觉到，他心里还残留着对我的愤怒。马苏德则是个天性欢快的孩子，他会跳进每一个人的怀里，从不躲避谁。每一天，他都变得更加甜美和喜悦。他会双手抱住我的脖子，亲吻我的面颊，用他刚刚长出来的几颗小牙咬我的脸，就好像想把我吃掉。我很喜欢他这样表达爱意。西亚马克从没有表现得如此亲热过，甚至在他非常小的时候也没有。他对于爱的表达总是显得非常勉强。我有时会感到奇怪：这两个同父同母的孩子怎么会如此不同？

哈米德已经走了两个月，我没有他的任何消息。当然，因为他走之前说的话，我对他也不是很担心。但公婆又开始紧张了。我不得不告诉他们，他打过电话回来，他的情况很好，只是不知道工作还要耽搁多久。

"但他到底在干什么？"婆婆气恼地问我，又转头对公公说："去印刷厂看看，问一下他们派他去了什么地方，为什么要用这么长时间。"

又过了两个星期。有一天，一个男人打来电话："很抱歉打扰你，但我想要知道，你是否有莎哈扎德和迈赫迪的消息？"

"莎哈扎德?没有。你是谁?"我问道。

"我是她哥哥。我们非常担心他们。他们说要去马什哈德待两个星期,但现在已经两个半月了,而我们完全没有他们的消息。我妈妈已经担心坏了。"

"马什哈德?"

"他们是不是去了别的地方?"

"我不知道。我还以为他们是去了乌鲁米耶。"

"乌鲁米耶?乌鲁米耶和马什哈德有什么关系?"

我很后悔自己说了这种话,只好不安地回答道:"不,我一定是搞错了。顺便问一下,是谁给你这个号码的?"

"不必害怕,"他说,"是莎哈扎德给了我这个号码。她说,如果事情紧急,只有打这个电话才有可能得到回答。这不是哈米德·苏丹尼的家吗?"

"是的,是他家。但我也没有他们的消息。"

"求求你,如果你有什么发现,请一定给我打电话。我妈妈担心得要死。如果不是迫不得已,我是不会麻烦你的。"

我也开始感到忧心了。他们到底去哪里了?为什么连打个电话,让家人放心都做不到?也许哈米德不在乎,但莎哈扎德看上去不像是那种会对亲人全不在意的人。

我的钱也用光了,无论是哈米德给我的钱还是我自己省下的钱。孩子的住院费还是我从父亲那里借的。我不能对公公透露半个字,现在他已经够担心的了。我甚至从帕尔文太太那里借了一些钱,但这些钱也都花光了。

难道哈米德不想想我们该怎样生活吗?还是他真的出什么事了?

三个月过去了,我没办法再编造新的谎言让婆婆保持平静。随着日子一天天过去,我也变得越来越惴惴不安。婆婆经常哭着说:"我知道我的儿子一定发生了可怕的事情,否则他肯定会给我打电话,或者给我写信。"

她竭力不说任何让我不安的话。但我知道,她心里在责怪我。我们都不敢提起哈米德有可能被逮捕了。

"我们报警吧。"曼妮吉哈说。

公公和我在惊恐中异口同声地说道:"不,不,这只会让事情变得更糟!"说完我们又对视了一眼。婆婆则不停地斥责和诅咒着哈米德那些令人厌恶的朋友。

"我亲爱的玛苏姆,"公公说道,"你有没有他朋友的地址或者电话号码?"

"没有,"我说,"看样子他们全都在一起。一段时间以前,有一个人给我打了电话,说他是莎哈扎德的哥哥。他也很担心,在努力打听消息。但他说了一些奇怪的话。他说莎哈扎德和迈赫迪是去了马什哈德,而哈米德说的是他们要去乌鲁米耶。"

"那也许他们并不在一起,也许他们在执行不同的任务。"

"任务?"

"哦,我不知道。应该是类似于任务的事吧。"

然后公公就找了个理由把我拽到一旁说:"不要和任何人谈起哈米德。"

"但所有人都知道他出门了。"

"是的,但不要说任何有关他失踪的话。只说他还在乌鲁米耶,还需要在那里工作一段时间,你和他一直都有联系。绝对不要说你没有他的音信,这只会令人生疑。我会去乌鲁米耶,看看能有什么发现。对了,你有钱吗?哈米德留下的钱够不够开销的?"

我低下头说:"没有了。孩子们住院把我的钱都花光了。"

"那你为什么不说?"

"我不想让你们不安。我从我爸妈那里借了些钱。"

"哦,你不应该这样做,你应该告诉我的。"他给了我一些钱,然后说:"把你欠娘家人的钱还了,就说哈米德寄钱来了。"

一个星期以后,公公疲惫又沮丧地回到了家。他这次出行没有任何结果。他和穆尼尔的丈夫一起找遍了西阿塞拜疆省的每一个城镇,直到苏联国界,但他们没有发现哈米德的丝毫踪迹。现在我真的开始担心了。我从没有想过自己会为哈米德担心。在我们的婚姻早期,我就已经习惯了在家里看不见他。但这一次情况不同。他已经走了太久,现在的情况实在是太可疑了。

八月底的一天夜里,我猛然被一阵奇怪的声音惊醒。天气还很热,所以我一直开着窗户。我仔细听了听,那声音是从前院传过来的。比比这时候不会待在室外。我惊恐地想到了破门而入的盗贼。

我深吸了几口气,鼓起勇气,踮着脚尖来到窗前。在苍白的月光下,我看见一辆汽车的影子。前院里还有三个人,他们正来回奔忙着搬运什么东西。我想要喊叫,却发不出声音。于是我只能站在窗前,盯着那些人。几分钟以后,我才意识到他们不是在将房子里的东西搬出去。恰恰相反,他们是从车里把东西搬进地窖。不,他们不是盗贼。我知道自己必须保持冷静,不能发出声音。

十分钟以后,那三个人搬完东西,第四个人从地窖里走了出来。就算是在黑夜里,我也能认出那是哈米德。那三个人保持着绝对的安静,将汽车驶出了院子。哈米德关上院门,爬上楼梯。我的心中百感交集——愤怒中夹杂着喜悦和宽慰。我觉得自己就像是一个找回了失踪儿子的母亲,想要先狠狠一巴掌抽在他的脸上,然后再哭泣着用双臂紧紧抱住他。哈米德正努力不出声音地打开二楼的门锁。我想要气气他。他一走进来,我就打开了灯。他向后一闪,惊恐地看着我。几秒钟以后,他说道:"你醒了?"

"是啊!看见你回来可真是惊喜。你迷路了吗?"我用嘲讽的语气说。

"太棒了!"他反唇相讥,"多么温馨的欢迎仪式啊。"

"你想要我欢迎你吗?休想!这么长时间你跑到哪里去了?甚至连个电话都懒得打。送封信回来会要你的命吗?哪怕是一张纸条也可以啊!难道你不知道我们都担心得要死吗?"

"我能看出你对我有多担心!"

"是的,我很担心,我就是个白痴。就算是用不着惦记我,难道你不想想你可怜的爸爸妈妈?他们都担心得快生病了!"

"我告诉过你不要胡思乱想,我们的工作时间有可能比原计划要久。"

"是的,十五天变成一个月倒也不算奇怪,但怎么也不应该是四个月。你可怜的老爸到处找你,我一直担心他会出什么事情。"

"找我?他去哪里找我?"

"所有地方!医院、验尸官办公室、警察局……"

他又惊恐地喊道:"警察局?"

我有些幸灾乐祸,想要刺痛他。

"是的,还有莎哈扎德的哥哥和你其他朋友的亲人。他们都把你们的照片登在报纸上了。"

哈米德的脸白得像粉笔一样。

"你们都疯了!难道你们就不能只管好自己吗?"

然后他立刻开始穿回满是尘土的鞋子。

"你现在要去哪里?好吧,我可以告诉警察,你已经回来了,还带着东西。"

他用一种恐惧得要死的眼神看着我,让我非常想笑。

"你在说什么?你想要让我们全都死掉吗?不行,这个地方已经不再安全了。我必须告诉其他人,必须想想我们现在应该做些什么。"

他打开门,正要走出去。我对他说:"不需要。我骗你的,没有人报警。你爸爸只是去了乌鲁米耶,没找到你就回来了。"

他长舒了一口气,然后说道:"你疯了吗?我差点犯心脏病了。"

"那是你应得的……凭什么只有我们要被吓得半死?"

我在起居室给他布置好床铺。"我想睡在我的房间里,"他说,"我去后屋。"

"我已经把那里变成儿童房了。"

没等我把话说完,他已经躺倒在床铺上,头一沾枕头就睡着了。他的身上还穿着满是灰尘的衣服。

第三章

几个月很快就过去了。孩子们慢慢长大了。他们的性格越来越分明，也越来越不同。西亚马克是一个骄傲好斗、非常淘气的男孩，非常含蓄内敛，只要一点点不如意就会被激怒，总是用拳头打倒路上的一切障碍。马苏德则正相反。他温和亲切，性情乖巧，总是会对身边的人表达自己的善意，甚至对普通物品也爱护有加。他的爱意安抚了哈米德的冷漠给我造成的痛苦。

然而，这两个男孩以奇异的方式形成了互补。西亚马克下达命令，马苏德就去执行；西亚马克幻想、编造各种故事，马苏德就会相信它们；西亚马克开玩笑，马苏德就会笑；西亚马克挥出拳头，马苏德就接受殴打。我经常担心马苏德温柔善良的本性会被西亚马克的敌意和强势的个性毁掉。但我绝对不能公开保护马苏德，因为我的任何一点最微弱的表示都足以激怒西亚马克。他会爆发出强烈的妒意，更多地殴打弟弟。为避免冲突，我只能用一些更有趣的事情转移他的注意力。

但西亚马克也是一面牢不可破的盾牌，可以保护马苏德免受其他人的伤害。他会猛烈地攻击任何威胁到他弟弟的人。而马苏德则会为自己的敌人向他求情，那个敌人通常是我哥哥马哈茂德的儿子——吴拉姆-阿里，他的年龄正好介于西亚马克和马苏德中间。我不知道为什么他们三个一见面就会打架。哈米德认为男孩们就是以这种方式玩耍和交流的。但我无法理解，也不能接受他的理由。

尽管马哈茂德结婚比我晚三年，但他已经有了三个孩子：大儿子就是吴拉姆-阿里；女儿扎赫拉比马苏德小一岁；最小的吴拉姆-侯赛因才只有一岁大。直到现在，马哈茂德仍然总是阴沉着脸，不愿意和别人说话，而且变得越来越执拗。伊特兰-萨达特常常向母亲抱怨他。"最近他真是越来越疯，脑子越来越不清楚了。"她这样对母亲说，"他总是连续几次重复祈祷，却还是会怀疑自己是不是把祷词说错了。"

在我看来，马哈茂德根本没有变糊涂，他的思维像以往一样清晰敏锐。在工作和与钱有关的事情上，他的脑子尤其好使，并因此取得了生意上的成功。他已经在集市里有了自己的店铺。人们都认为他是第一流的地毯专家。他在工作中从没有过半点犹疑或者错误。而宗教在他的职业生涯中所扮演的角色就是促使他谨慎遵守穆斯林的义务，将收入的五分之一捐赠给慈善事业。每到月底，他都会将自己的全部收入寄给伊特兰-萨达特在库姆的父亲，而对方会将其中一小部分做慈善，将其余的寄回给马哈茂德。通过这种被他们称作"转手"的过程，马哈茂德的所有钱财都将成为符合伊斯兰教义的收入，这样他就可以高枕无忧了。

艾哈迈德早就离开了家。没有人比帕尔文太太更担心他。帕尔文太太经常会说："我们必须做些什么。如果他再这样下去，恐怕就要没命了。"

艾哈迈德的问题已经不再只限于晚上喝酒以及喝醉以后在街上惹是生非，帕尔文太太说他还在嗑药。但母亲不愿意相信帕尔文太太的话，只想用祈祷和各种迷信的手段把他从邪恶和那些坏朋友手中救出来。父亲则已经彻底放弃了对他的希望。

阿里也长大了。但他没能取得初中文凭。他在艾哈迈德干活的木工作坊里工作了一段时间，但父亲认为他不应该在那里耽误人生，便威逼他离开了艾哈迈德。"如果我不管他，现在还不去阻止他，他很快也会像另一个孩子那样离开我们。"父亲曾这样说过。

阿里自己也慢慢明白了艾哈迈德有多糟糕。他曾经将他的二哥视作又强壮又有能耐的偶像，现在却痛苦地看见艾哈迈德变成了一个麻木不仁的醉鬼。而当贾姆希德咖啡馆的一个保安将艾哈迈德狠揍了一顿，又把他扔到大街上之后，这个偶像形象显然已经彻底崩塌了。艾哈迈德当时醉得甚至连抬起一根手指保护自己都做不到。在木工作坊里，阿里的同事们在不久之前还竞相以成为艾哈迈德的学徒为荣，现在都将他视作笑柄，用各种方式欺负他。发生了这些事以后，阿里心甘情愿地离开艾哈迈德（虽然表面上，他还装作是迫于父亲的压力），去为马哈茂德工作了。他希望自己也能成为虔诚且富有的商人。

法蒂长成了一个仪态端庄、性情温和又有些害羞的女孩。她在学校里待了三年，然后按照一个好女孩应有的样子，开始上缝纫课。她对于继续接受正式教育没有多少兴趣。

我尽早让西亚马克上了学——比法律规定的入学年龄早了一年。我知道他足够聪明，完全能够跟得上课程。我一直希望学校能够教他懂得遵守纪律，也希望他可以在同龄人中间消耗掉那种无穷无尽的精力，这样他在家里就能安静一些。但就像其他事情一样，让他上学也是一段令人疲惫不堪的经历。一开始，我必须和他一起坐在教室里，直到他能够适应课堂环境之后我才能离开。然后我又必须在学校操场站上几个小时，让他能够透过窗户看见我。他的心里在害怕，但他会以暴力的方式来表达他的恐惧。上学的第一天，当学校主管牵着他的手去课堂的时候，他咬了她的手。

当西亚马克的怒火到达顶峰的时候，我只有让自己成为他发泄怒气的对象才能使他平静下来。我会用双臂抱住他，忍受他的踢踹和小拳头的击打，直到他平静下来，开始哭泣。只有在这个时候，他才允许我抱紧他、安抚他、亲吻他。在其他时间里，他都会装作不需要任何感情。但我深深地知道，他一直在渴望着爱护与关注。我为他感到难过。我知道他心中的苦楚，只是我不知道这是为什么。我知道他爱自己的父亲，父亲的疏远让他感到痛苦。但为什么他不能习惯于这种情况？难道父亲的缺席会对一个孩子造成如此巨大的影响？

我一直在读各种心理学的书籍，并认真观察西亚马克的行为。哈米德在家时，西亚马克就完全不一样了。他只听他父亲的话。平时他根本不可能安静地坐上一会儿，但他会久久地坐在哈米德的大腿上，听他说话。我用了很久才明白，他不愿意睡觉是因为在等他的父亲。哈米德在家时，会在西亚马克睡前轻抚他的头发，这样西亚马克就能平静安心地入睡。于是我给取了哈米德一个外号——"安眠药"。

　　幸运的是，我父亲和西亚马克之间深厚的感情在某种程度上弥补了哈米德所造成的缺失。西亚马克平时不喜欢接近任何人，但是父亲来看望我们的时候，他就会紧靠在父亲身边，偶尔还会坐在他的大腿上。父亲总是神态平静地对待西亚马克，就像对待一个成年人。而西亚马克也会听他的话，毫不犹豫地接受他所说的一切。不过，西亚马克完全受不了哈米德和父亲向马苏德表达出任何爱意。他已经接受了包括我在内的其他人将注意力平均分给他和他弟弟，甚至我们更喜爱马苏德一点也无所谓，但他想要他的父亲和外祖父全心全意地爱他，无法容忍在这件事上有竞争对手。对于哈米德，这不是问题，他从不曾对马苏德有过任何关注。父亲非常理解西亚马克的心情，所以他也只好努力不在这个孩子面前流露出对马苏德的爱。这让西亚马克甚至更加感激他的外祖父，对他的爱也更深了。

　　西亚马克终于适应了去学校，只是每个月我都会被校长叫去，因为他又打架了。不管怎样，在他的新课程表确定下来之后，我再一次开始思考我自己的教育。我还没有得到高中文凭。这么久还没能完成这件重要的事情，令我完全没办法高兴起来。西亚马克去上学之后，马苏德会专心地玩游戏，或者用彩色铅笔画上几小时的画。如果天气好，他还会在院子里骑骑三轮车。于是，我能坐下来安静地学习，觉得自己不需要去上课……

　　每个下午，当西亚马克从学校回来的时候，整个房子就好像开始地震了。而且每天为了让他完成所有家庭作业，我几乎快被逼疯了。渐渐地，我明白了自己表现得越敏感，他就会越顽固。于是我努力保持耐心，不给他施加压力。这样到了很晚，或者第二天早上，他就会开始写作业。

　　一天上午，当家里只有我和马苏德的时候，帕尔文太太来看我。她显得有些兴奋。我立刻就知道，她带来了新的消息。她很喜欢当面传递各种一手的小道消息，还会添油加醋地补充许多细节，然后再看我有什么反应。如果消息很普通，她就会在电话里告诉我了。

"今天有什么消息?"我问她。

"消息?谁说我有消息了?"

"你的表情、你的态度、你的脸,它们全都告诉我,你有重大消息!"

她兴奋地坐下来说:"是的,你根本无法相信,我今天……不过先给我来杯茶吧,我的喉咙都干了。"

这也是她的习惯之一。每次她在告诉我一些事情之前,都会先把我逗弄一番,挑起我的好奇心,然后才肯说正经事。越是重要的事情越是如此。我飞快地把茶壶放到炉子上,又跑了回来。

"好了,快告诉我。茶还要再等一会儿才能煮好呢。"

"哦,真主啊,我都要渴死了,渴得都说不出话来了。"

我气恼地回到厨房,给她端来一杯水。"这样行了吧?快告诉我吧。"

"我们还是先喝口茶再说吧。"

"哼……要是这样的话,就不用告诉我了,我不想知道。"我气哼哼地丢下这句话,就回到了厨房。

她跟在我身后对我说:"别生气啊。猜猜我今天看见谁了。"

我的心一沉,睁大了眼睛问道:"赛义德?"

"哦,别这样,你还没放弃吗?我还以为两个孩子已经足够让你忘记那家伙的名字了。"

我本来也是这样以为的。我觉得有些尴尬。我真是不假思索就说出了他的名字,这是不是意味着他还在我心里?

"这没什么的。"我说道,"赶快告诉我,你看见谁了?"

"帕尔瓦娜的母亲!"

"为了真主的爱啊,你没有骗我?你在哪里看见她的?"

"所有事情都会在正确的时间发生。水已经开了。把茶煮好,我会把一切都告诉你。今天我去塞巴沙拉公园后面的街上买鞋子,正好透过一家店铺的窗户看见里面有一个女人。她看上去很像是艾哈迈迪夫人。一开始我还不敢确定。说实话,她看上去真是老了很多。对了,我们已经多久没看见过他们一家了?"

"差不多七年了。"

"我走进那家店,仔细看了看:果真是艾哈迈迪夫人。一开始,她已经不记得我了。不过我觉得哪怕是为了你,我也要和她聊上几句。我向她问了好,她终于认出了我。我们还聊了挺长一段时间,她向我询问了住在我们那里的每一个人。"

"她有没有问到我?"我兴奋地问。

"说实话,没有。不过我把话题引到了你身上,告诉她我常常会见你,你结婚了,还有了孩子。她说:'那幢房子里,也只有她还值得交往。当然,我丈夫说他们的父亲是一个有荣誉的好人,但我绝对不会忘记她的那个哥哥对我们说的话。他让我们在邻里间颜面尽失。从来没有人那样对我丈夫说过话,你根本无法想象他是如何污蔑帕尔瓦娜的。我可怜的丈夫都要昏过去了。他让我们根本无法在那里抬起头来,所以我们才会那么快就搬了家。但帕尔瓦娜愿意把自己的生命给那个女孩。你根本不知道她当时哭得有多厉害。她一直在说,他们会杀了玛苏姆。帕尔瓦娜后来又去过他们家几次,但玛苏梅的妈妈不让她见那个女孩。我可怜的孩子,她受的打击实在是太大了。'"

"有一次她来找我的时候,我还知道。她就在门口,但妈妈不让我见她。"我说,"其他的我就不知道了。"

"看样子,她甚至还想邀请你参加她的婚礼,还给你送过一张请柬。"

"真的?他们没有把请柬给我。我的真主啊,那些家伙真是太可恨了。为什么他们没有告诉我?"

"你妈妈可能害怕你会再一次迷恋上那个男孩。"

"迷恋?在我有了两个孩子以后?"我恼怒地说道,"我会让他们知道,我已经不是小孩子了。"

"哦,不是的,"帕尔文太太说,"那时候你还没有马苏德,那已经是很久以前的事情了,差不多有四年了。"

"你是说,帕尔瓦娜已经结婚四年了?"

"嗯,当然,难道他们要把她养成老姑娘?"

"胡说!她能有多大?"

159

"别忘了,她和你差不多大,而你已经结婚七年了。"

"就不要提我了。我是被迫的,他们根本就是把我往火坑里推。但可不是所有人都要经历这种地狱的。那她嫁了个什么样的人?"

"她嫁给了她爸爸的姑姑的孙子。她妈妈说她毕业之后有过许多追求者,但她最后还是嫁给了那个人。那人是个医生,住在德国。"

"你的意思是说,她住在德国?"

"是的,她结婚以后就搬过去了。不过夏天大部分时间她都会和家人一起住在这边。"

"她有孩子吗?"

"有。她妈妈说她有一个三岁大的女儿。我告诉艾哈迈迪夫人,你一直在寻找帕尔瓦娜,非常想念她。而且你的哥哥早就变成了一个窝囊废,除了对他自己,对别人都不再危险了。最后我终于拿到了她的电话号码。不过她给我号码的时候可不是很情愿的。"

我的心一下子回到了七年以前,那时我和帕尔瓦娜的友情是那样美好而深切。之后,我不曾和任何一个人再有过这样的感情。我知道,我再也不可能有一个像她那样的朋友了。

但我还是感到非常羞愧,不好意思给她母亲打电话。我不知道该和她说些什么。当我终于鼓起勇气拨通了她的电话,听见她的声音时,我觉得自己的喉咙好像被什么硬东西卡住了。我做了自我介绍,承认我知道自己这样贸然给她打电话是非常鲁莽的行为。我也告诉了她,帕尔瓦娜是我最好的朋友,也是我唯一的朋友,我为过去发生的那些事感到惭愧,请求她原谅我的家人。我还对她说,我每天都会想帕尔瓦娜,很想见到她,和她聊上几个小时。我把我的电话号码给了艾哈迈迪夫人,请帕尔瓦娜下次回伊朗的时候给我打电话。

家里有两个吵闹的孩子,还有上千件家务要做,上千个责任要承担,同时还要准备学年末考试,实在是不容易。我只能等到孩子们入睡之后才能学习。有一天,天都快亮了,哈米德回到家,发现我还在学习。他看上去有些惊讶,对我的顽固和决心似乎也有了新的认识。我在西亚马克结束他的学年末考试之后也进行了我的学年末考试。我这么多年的梦想终于成真了——一个我这样年纪的女孩天生就有权得到，而不应经历这么多磨难才实现的简单梦想。

哈米德的活动变得越来越严肃和危险了。他甚至规划了一些安全措施，在家里设计好了多条逃亡通道。尽管我不知道他的组织到底在计划些什么，但我已经能感觉到自己身边充满了危险。在他那次诡异的长时间出差和失踪之后，他们的组织似乎也变得更加严密，目标更明确，工作更强调效果了。与此同时，新闻报道中一些发生在城中各处的事故让我很难不想到他们。总之，我不知道实际的情形是怎样的，也完全不想知道。只有不去想，生活才能过得下去，我才不会过于害怕，尤其是害怕孩子们受到伤害。

夏季的一天，早上六点钟，电话铃声响了。哈米德抢在我前面接了电话，结果没说两句就把电话挂了。他的面色突然变得惨白，神情惊恐不定。几乎用了一分钟的时间，他才恢复镇定。我愣愣地看着他，心中感到害怕，却又没胆量问他到底发生了什么。他奔忙起来，将几件必需物品塞进行李袋，又拿上了家里所有的钱。我努力保持平静，低声问他："哈米德，你们被出卖了？"

"我觉得是，"他说，"但还不能确定到底发生了什么，有一个人被逮捕了，所有人都要转移。"

"谁被逮捕了？"

"你不认识。是个新人。"

"他认识你吗？"

"他不知道我的真名。"

"他知道我们的住址吗？"

"幸好不知道，我们没有在这里见过面。但可能还会有其他人被捕。不要慌，你什么都不知道。如果你住在这里不安心，可以去你爸妈家。"

西亚马克被电话铃声吵醒了。他的视线一直跟随着哈米德，眼神中充满了担忧与惊慌。他感受到了我们的焦虑。

"你要去哪里?"我问哈米德。

"不知道。我只能暂时先离开这里。我不知道自己会去什么地方,接下来一个星期我都不会再联络你们了。"

西亚马克伸出双臂抱住哈米德的腿,恳求道:"我想和你一起走!"

哈米德将他推开,对我说:"如果他们来这里,无论找到什么,你都说那不是我们的东西。幸好你什么都不知道,否则我们只会更危险。"

西亚马克再一次抱住他,哭喊道:"我和你一起走!"

哈米德恼怒地把他从腿上扯下来,又对我说:"管好孩子,照顾好自己。如果你需要钱,就去找我爸爸,但不要对任何人说这件事。"

他离开以后,我又在原地站了一段时间,感到一阵阵昏眩。我的心里只剩下害怕,不知道会有什么样的命运在等待我们。西亚马克变得异常狂暴,他用自己的身体去撞墙和门,然后冲向了刚刚睡醒的马苏德。我跑过去把他抱起来。他努力想要挣脱我,对我又踢又打。现在已经不可能再装作一切正常,无事发生了。这个聪明敏感的孩子能够从我的每一次呼吸中感觉到深深的焦虑。

"听我说,西亚马克。"我在他的耳边悄声说,"我们必须镇定下来,不能把我们的秘密告诉任何人,否则爸爸就会遇到非常可怕的事。"

西亚马克一下子就安静了。他问我:"不能告诉任何人什么?"

"不要告诉任何人爸爸今天离开的样子,也绝对不能让马苏德知道。"

他带着害怕和难以置信的神情看着我。

"我们不应该害怕,我们必须勇敢坚强。爸爸就非常坚强,他知道该做什么。不要担心,没有人会找到他。我们是他的士兵,我们必须镇定,保守他的秘密。他需要我们的帮助。你同意吗?"

"同意。"

"那就让我们对彼此承诺,我们不能对任何人说出任何事,更不能表现得大惊小怪。好吗?"

"好。"

我知道他不可能真的明白我告诉他的事情是多么沉重，但这没关系。他那充满想象力的小脑袋完全可以填补我这番话里的留白，将其理解为他最喜欢的英雄故事。

我们再也没有谈过这件事。有时候，当他看见我陷入沉思，就会静静地握住我的手，一言不发地看着我。我会努力赶走心中的忧愁，向他露出充满信心的微笑，在他的耳边说："不用担心，他在一个安全的地方。"他就会跑开，生龙活虎地继续玩游戏，比如以闪电的速度蹿到沙发后面，或者用他的水枪朝所有方向射击，嘴里还发出怪异的配音。此时此刻，也只有他能以如此戏剧性的方式调整自己的心情和行为。

这种让人忧心如焚的日子仿佛没有尽头。我努力不做出任何轻率的举动，不告诉任何人发生了什么。我的钱包里还有一点钱，便尽量节省着用它们度日。我常常问自己，如果他们抓住了他，会如何处置他？他的组织到底干了什么？如果我在报纸上看到的那些破坏性事件真是他们干的，那又会怎样？我从没有感觉到恐惧是如此接近和真实。一开始，我以为他们的聚会无非是知识分子的一种游戏、一种消遣、一种孩子气的自我标榜。但现在，一切都变了。我还记得他们在那个夏季的深夜将神秘的东西藏进地窖里的情形。这让我感到更加恐惧。在那个夜晚之后，地窖门上就一直多了一把大挂锁。

我不止一次向哈米德抱怨过这件事。但他只是对我说："你总是唠叨什么？为什么你要操心这件事？你根本也不去地窖，楼上的地方已经够大了。"

"但我很害怕。下面到底有什么？如果那些东西让我们陷入危险该怎么办？"

哈米德一直向我保证，完全不需要为那些东西担心，它们一点都不危险。但他这次离开之前又对我说，如果那些人在家里发现了什么，我就要说那不是我们的，我完全不知道那是什么。这就是说，下面的确有一些东西是他不想被别人发现的。

一个星期以后，在午夜时分，前门传来的声音将我从不安多梦的睡眠中惊醒。我跑进厅里,打开了灯。哈米德悄声说:"把灯关上,快关上!"

他不是一个人。在他身后还有两个看上去很怪异,用恰多尔紧紧裹住头和脸的女人。我看了一眼她们的脚,她们都穿着破烂的男人靴子。他们三个径直去了起居室。哈米德又走出来,关好起居室的门,同时对我说:"现在你可以打开那盏小灯,把最近的消息告诉我。"

"没有什么消息。"我说,"这里什么都没发生。"

"我知道,但你有没有注意到什么值得怀疑的迹象?"

"没有……"

"你出过门吗?"

"出过,几乎每天都出去。"

"你有没有觉得自己被跟踪?我们有没有什么新邻居?"

"没有,我什么都没有注意到。"

"你确定?"

"我不知道。我没有察觉到任何不正常的事情。"

"那好吧。请给我们拿些吃的来,茶、烤馕和奶酪,或者剩饭就行。把你能拿的都拿来。"

我把水壶放在炉子上。尽管我知道危险还围绕在他身边,但我还是感到高兴。他平安无事,这让我松了一口气。茶煮好之后,我把奶酪、黄油、新鲜香草、我刚刚做好的腌菜和家里的全部烤馕都放在托盘里,端到起居室门口,低声呼唤哈米德。我知道我不应该进去。他打开门,迅速接过托盘,又对我说:"谢谢,你去睡觉吧。"

他看上去瘦了一些,胡子有一点花白。我很想亲亲他。

我走进卧室,关上门。我希望他们能够放松一下,好好洗个澡。同时我再一次感谢真主,让我能够看到他平安地活着。但一种不好的预感在啃咬我的心。我渐渐沉陷在各种模糊的想象中,终于睡了过去。

太阳刚刚升起,我就醒了。我想起家里没有烤馕了,便穿好衣服,洗过脸,去厨房煮茶,然后又去了厅里。孩子们也醒了。但起居室的门仍然关着。

西亚马克跟在我背后走进厨房,悄声问我:"爸爸回来了?"

我愣了一下,反问他:"你怎么知道的?"

"家里有些怪异。起居室的门锁着,玻璃后面还有人影。"

起居室的门上镶着蜂巢格的亚光玻璃。

"是的,亲爱的。但他不想让任何人知道,所以我们什么都不能说。"

"他不是一个人,对吧?"

"不是,还有两个他的朋友。"

"我会确保不让马苏德发现。"

"这样很好,儿子。你现在是男人了,但马苏德还小。他也许会对别人说些什么。"

"我知道,我不会让他靠近起居室的门。"

西亚马克神情坚决地守在起居室门外,这反而让马苏德更加好奇,想要知道起居室里发生了什么。就在他们快要吵起来的时候,哈米德走出了起居室。马苏德一下子愣在原地,而西亚马克已经冲上去抱住了哈米德的腿。哈米德将他们两个都抱进怀里,亲吻他们。

"和你的孩子们待一会儿吧,我去准备早饭。"我说。

"好的。我先要洗漱一下。也为我们的朋友准备些吃的。"

当我们一家四口一起坐在铺好桌布的餐桌周围时,我突然有一种想哭的感觉。

"感谢真主,"我叹了一口气,"我一直在害怕我们永远也无法重聚了。"

哈米德温柔地看着我说:"至少现在一切都好。你没有对任何人说过吧?"

"没有,我甚至没有告诉你爸妈。不过他们一直都很想知道你的事情,总是不停地问我。别忘了给他们去个电话。否则就像你说的,这里可要有大麻烦了。"

"爸爸,"西亚马克说,"我也没有对任何人说过,我还很小心地不让马苏德知道。"

哈米德惊讶地看向我。我摊开手,向他表示无须担心。然后我对

165

他说:"是的,西亚马克帮了大忙。他非常懂得保守秘密。"

马苏德用他孩子气的甜美声音说:"我也有一个秘密,我也有一个秘密。"

"算了吧,"西亚马克呵斥道,"你还是个小孩子,你不明白。"

"我不是小孩子,我明白。"

"孩子们,安静!"哈米德责备他们两个,然后又对我说:"听着,玛苏姆,做好午饭以后,你们就去你爸爸家。我会给你打电话,告诉你什么时候可以回来。"

"你什么时候打电话?"

"你今晚肯定要在那边住了。"

"但我该怎样对他们说?他们会以为我们吵架了。"

"没关系,就让他们以为你在生气吧。不管怎样,除非我给你打电话,否则你绝对不能回来。你明白吗?"

"我明白,但这些事最后肯定会给我们带来真正的麻烦,我一整个星期都担心得要命。为了真主的爱,无论你在这幢房子里藏了什么,都要把它们全运走。我很害怕。"

"你们先走,我们会这样做的。"

西亚马克生气又不安地说:"爸爸,让我留下来。"

我示意哈米德和他谈谈,然后带着马苏德去了厨房。他们两个面对面地坐好。哈米德开始用一种严肃的声音对西亚马克说话,而西亚马克也专心地听着。那一天,我六岁半的儿子就如同一名成年人,知道自己要担负起怎样的责任。

我们向哈米德道别之后,就去了父亲家。西亚马克非常镇静,抢着背起了沉重的行李袋。我不知道他的小脑袋里在想什么。在父亲家里,西亚马克既不玩游戏也不发出任何声音,只是坐在倒影池边上,看着池中游动的红鱼。甚至就连伊特兰-萨达特在那天下午带着吴拉姆-阿里来到父亲家的时候,他也不怎么兴奋,既不打闹,也没有任何恶作剧。

"他怎么了?"父亲问。

"没什么,爸爸。他长大了!"

我看着西亚马克，露出微笑。他也抬起头冲我微笑，看起来很是平静。现在，西亚马克、哈米德和我有了一个共同的秘密，一个非常重要的秘密。我们是亲密的一家人，马苏德是我们的孩子。

正如我所料，母亲对于我们的不宣而至很吃惊。一路上我都在思考该如何对她说，能找一个什么样的理由提出我们想要在这里过夜。我一走进院门母亲就说道："如真主所愿，真是好事上门。是什么风把你们吹来了？还带着行李？"

"哈米德要举办一个男人的聚会，"我解释说，"他的一些朋友和印刷厂的人要过来。他说如果我不在的话，他们会更方便一些。他们之中有人是从外省来的，要住几天。哈米德要我等他们走了以后再回去。等他们离开之后，他会过来接我。"

"真的吗？"母亲说，"我还不知道哈米德阿迦还有这种荣誉感，有陌生男人来访的时候会不想让妻子留在家里！"

"不管怎样，男人们在一起的时候只想更自由一些，能够聊一聊他们在女人面前说不出口的事情。而且我有几块布料，想要让法蒂给我做条裙子，正好趁这个机会做了。"

我在父亲家里住了三天两夜。虽然我一直满心忧愁，但这仍然是一段快乐的时光。帕尔文太太为我做了一套雅致的衬衫和裙子，法蒂则为我做了两件碎花家居服。我们一直在说说笑笑。母亲一个星期以前刚刚去过库姆，带回来许多亲戚、老邻居和老熟人的消息。我知道玛哈波贝有了一个女儿，还怀上了第二个孩子。

"这次估计也是个女孩。"母亲说，"光从她的样子和一举一动上，我就能看出来。你根本想象不到，当我说起你的儿子和马哈茂德的儿子时，他们有多忌妒。玛哈波贝的女儿看上去和玛哈波贝小时候一模一样，都是那么苍白又普通。"

"哦，妈妈！"我用责备的语气说，"玛哈波贝小时候非常可爱。还记得她那些金色的发卷吗？现在这个时代儿子和女儿已经没有区别了，他们可不会因为马哈茂德和我都有男孩就忌妒我们。"

"什么叫没区别?你总是这副样子,根本不知道珍惜自己拥有的一切。不过你肯定能想到他们有多傲慢。现在他们有钱了,那副骄傲的样子,就算是他们给自己身上的虱子起了花名我也不会感到惊讶!但是当我告诉他们,马哈茂德阿迦的生意有多么成功,他挣了多少钱的时候,他们一下子又开始忌妒他了。"

"好了,妈妈。他们为什么要忌妒?你刚刚说过,他们很有钱。"

"确实,但他们就是看我们不顺眼,想让我们都一贫如洗才好。对了,你的姑姑说玛哈波贝的丈夫今年想要带她去西方旅行,但玛哈波贝不想去。"

"为什么?她可真傻!"

"才不是呢。为什么她想要去?西方的一切都是不洁的。她在那里该怎样做礼拜?对了,还有件事,伊特兰-萨达特的叔叔被逮捕了。马哈茂德非常不安,害怕这会影响他的生意。"

"什么?谁逮捕了他?"

"还能有谁!是秘密警察……看样子,他是在清真寺做了一场演讲。"

"你说真的吗?真主啊!真没想到他会那么勇敢。他们什么时候抓走的他?"

"大约有两个星期了。他们声称会用镊子把他身上的肉一条条撕下来。"

一阵寒意掠过我的脊背。我在心中默念,愿真主怜悯哈米德。

第三天傍晚时分,哈米德开着一辆黄色的雪铁龙2CV来接我们。孩子们看到他开着车都很兴奋。和以前不一样的是,这次哈米德并没有急着带我们离开。他与父亲一同坐在院子里的木床上,一边喝茶一边聊天。

道别的时候,父亲说:"感谢真主,我终于放心了。我一直以为你们两个吵架了。愿真主不要让这样的事情发生,我很担心。但我必须说,这三天里我非常高兴。看见你们全都在这幢房子里,我的灵魂也恢复了生机。"

父亲并不习惯说这么多话，他的声音深深打动了我。在开车回家的时候，我把亲戚们的事情告诉了哈米德，尤其是伊特兰-萨达特的叔叔被逮捕的事。

"该死的萨瓦克力量越来越强了，"他说，"他们在追踪每一个组织。"

我不想在西亚马克面前继续这个话题，便说道："你是从哪里搞到这辆车的？"

"现在这辆车由我使用。我们必须清理掉几个地方的东西。"

"那就请从你自己的家里开始吧。"

"那里已经清理好了。现在我不再担心那幢房子了，之前我真的很紧张……如果他们突然闯进家里，我们就全都要被处死了。"

"为了真主的爱啊，哈米德！可怜可怜这两个无辜的孩子吧。"

"我已经布置好了所有可能的预警手段。那段时间里，我们的房子是唯一安全的地方。"

尽管汽车的引擎声很大，但我们还是尽量压低了声音。我注意到西亚马克在专注地倾听我们的谈话。

"嘘！孩子们……"

哈米德转过头，瞥了西亚马克一眼，然后微笑着说："他已经不再是孩子，而是男人了。我不在的时候，他会照顾好你的。"

西亚马克的眼睛里闪过一丝光芒，他骄傲地挺直了身子。

我们一到家，我就去了地窖。地窖门上的挂锁不见了，里面除了普通居家物品什么都没有。我提醒自己，明天早上一定要进行一次彻底的检查，以免他们留下来什么东西。

西亚马克总是跟在哈米德身边，甚至不让我给他洗澡。

"我是男人了，"他说，"我要和爸爸一起洗。"

哈米德和我对视一眼，笑了起来。于是我和马苏德先洗了澡，然后是他们两个。他们的声音回荡在浴室中。我能听出他们在交谈，语气中带着喜悦。尽管哈米德和我们一起度过的时间很少，但那对父子却有着非常深的感情。

哈米德又忙碌了一阵子。但突然间，他有了很多能够在家中度过的自由时间，仿佛没有别的地方可去。他的朋友们也都不见了踪影。就像所有男人一样，他白天工作，傍晚回家。只是这种生活让他越来越感到无聊和沮丧。我趁这个机会经常让他带孩子们去公园或者去散步。他以前从没有做过这样的事情。我觉得这应该是我的孩子们人生中最美好的一段日子。拥有父亲、母亲和正常的生活，对于其他孩子而言，这算不上有多么特殊，也没必要感到庆幸，但对于他们而言，这是非同寻常的幸运，也是我的幸运。渐渐地，我的胆子大了起来。有一天，我甚至提出全家人一起出去旅行几天。

"我们可以去里海，"我说，"就像西亚马克出生那年一样。"

哈米德严肃地看着我说："不行，我们去不了。我正在等消息，我只能在家里或者印刷厂。"

"只要两天。"我坚持说，"已经两个月没有任何消息了。学校下个星期就会开学，就让孩子们有一些美好的回忆吧，让他们至少能够和父母一起去旅行一次。"

孩子们都抱住了他。马苏德哀求哈米德带我们去旅行，虽然他还不知道旅行是什么。西亚马克什么都没有说，但他也握住哈米德的手，用充满希望的眼睛看着他。我知道，这样的目光一定会让哈米德心软。

"你知道吗？曼索耶的丈夫在里海边上买了一栋别墅。"我继续劝说他，"曼索耶一直都和我说，大家都去那里住过了，只有我们一家还没去过。如果你愿意，我们还可以带上你爸妈。毕竟他们也应该出去玩玩了。他们一直梦想着能够和儿子一起来一场短途旅行。我们可以开车去。"

"不行，那辆车不是很结实，受不了恰卢斯的路况！"

"那我们就从哈拉兹过去。你说过，那是新车。为什么它不够结实？我们可以慢慢开。"

孩子们还在乞求他。当西亚马克亲吻他父亲的手后，我们赢了。

公婆没有和我们一起去，但他们很高兴能看到，在这么多年以后，我们终于要开始一次家庭旅行了。曼索耶已经先去了北边。她和哈米德通了电话，很高兴地把地址给了他。终于，我们出发了。

离开城市，我们感觉自己仿佛进入了一个新世界。孩子们被群山、峡谷和草原迷住了。他们的眼睛贴在各自旁边的车窗上，许久都不说一句话。哈米德哼起了一首歌，我跟着他唱了起来。我的心中充满了喜悦。我念诵了通常会在旅行之前诵读的祷词，请求真主不要夺走让我们团聚在一起的好运。汽车在陡峭的上坡路上走得有些艰难，但这没有关系。我希望这段旅程永远都不要结束。

我已经准备了肉饼当作午餐。我们停在一片风景优美的地方，开始吃饭。孩子们相互追逐着。我享受着他们的笑声。

"这真奇怪，"我说道，"西亚马克现在完全变了。你有没有注意到他是多么沉稳？他变得听话又讨人喜欢。我已经记不起上次教训他是在什么时候了。而过去，我们每天都要大吵一架。"

"我真的不明白你对这孩子有什么误解。"哈米德说，"我觉得他是个非常棒的男孩子。我相信，我比你更了解他。"

"不，亲爱的，你只是看到了你在家时他的样子。你不在的时候，他的性格完全不同。你在家的这两个月里，他简直就像变了一个人。你对他就像是一种镇静剂，一种安慰心灵的良药。"

"呃……不要这样说！任何人都不能这样依赖我。"

"但许多人都在依赖你，"我对他说，"这不是你能控制的。"

"就算只是想到这个，我也会感到烦恼和焦虑。"

"好吧，那我们就不要再纠结这个话题了。我们就只要享受在一起的这些美妙的日子就好了。"

曼索耶为我们准备了一个通风很好，还能够看见大海的房间。因为有她在，哈米德没办法把自己的被褥挪到别的房间去，只能和我睡在一起。我们全都很喜欢这里的阳光和大海。我想要晒黑一些。我把头发放下来，穿上了自己新做的颜色鲜艳的开领裙子。我想再一次吸引哈米德欣赏的目光，想要得到他的关注和爱。在第三个晚上，他终于打破了自己几年前立下的誓言，将我抱进怀里。

那段值得纪念的旅行让我们比以往任何时候都更加亲密了。我知道哈米德希望我不只是一个家庭妇女。我在过去这些年里读过自己能找到的所有书，于是能够和他讨论我从书中学到的一切。我尽可能地填补着他的朋友留下的空缺，和他分享各种理念，谈论社会和政治问题。一点一点地，他意识到我也对各种政治和社会问题有自己的看法。他甚至开始赞叹起我的聪慧和超群的记忆力。对他而言，我已经不再是懵懂无知的孩子或者没受过教育的妇女了。

有一天，当我背诵起书中一段他忘记的文章时，他说道："真是可惜啊，你这样有能力，却没能继续接受教育。为什么你不参加大学的入学考试？我相信如果你继续学习下去，一定能取得很大的进步。"

"我应该不可能通过那种考试吧。"我说，"我的英语很糟糕。而且，如果我上了大学，孩子们又该怎么办？"

"你在接受中学教育的时候也有同样的问题。更何况现在孩子们已经长大了，你也有了更多自己的时间。先上英语课，或者参加大学入学考试的预科班，这样会更好。你无论想怎样都可以。"

结婚八年以后，我终于有了真正的家庭生活。我在尽情享受它的一分一秒。那个秋季，我趁着哈米德下午在家，去上了预科班。我不知道他能够在家里留多久，只能尽量利用这段珍贵的时光。我一直对自己说，他们的组织已经解散了，我们可以永远这样生活下去，成为真正的一家人。哈米德仍然常常会感到紧张，他在等待某个电话。不过我相信，这种等待很快就会到头了。

我对于他们的组织还是一无所知。有一次在我们讨论问题的时候，我问起了这件事。"不，不要打听那些人和我们的活动，"他说，"这并不是因为我不信任你，或者你无法理解，只是因为你知道得越少就越安全。"

之后，我再没有对那些人表示出过任何好奇。

秋季和冬季都静静地过去了，哈米德的生活节奏渐渐发生了变化。每过一两个星期，召唤他的电话铃声就会响起，然后他就会消失一两天。到了春季，他向我保证危险已经过去了。他的团队成员都不会被追踪，而且他们几乎全都迁移到了安全的住处。

"你的意思是,这段时间里,他们实际上都无家可归?"我问他。

"不是。"他说,"他们只是在不断逃亡。早先的那些逮捕行动发现了我们的许多地址,许多人被迫放弃了他们的家。"

"就连莎哈扎德和迈赫迪也没有家了?"

"他们是第一批离开家的。他们失去了所拥有的一切,当时他们的时间只够保存好所有记录和档案。"

"他们有许多财产吗?"

"哦,莎哈扎德的家庭给了她大笔嫁妆,足够用来装满两个家。当然,她逐渐已经放弃了许多东西,不过剩下的还有很多。"

"他们离开家以后又去了哪里?做了什么?"

"不要问了!不要探究细节和关键的事情。"

春季和夏季,哈米德又有过几次长时间的外出。他的精神重新振作了起来,而我则小心地不让任何人发现他的长期离家。与此同时,我一直在努力学习,为大学的入学考试做准备。当我通过考试之后,哈米德和我都很高兴。我的家人们则为此大吃一惊,并且有着截然不同的反应。

"你去大学做什么?"母亲问我。"你又不想做医生。"

在她的概念里,所有人去大学都是为了当医生。

父亲很高兴,虽然有些意外,但他为我感到骄傲。

"你的校长早就告诉过我,你是多么有才华。我早就知道了。"他说,"我只希望那些男孩中至少有一个能够像你一样。"

阿里和马哈茂德则只是认为我还没有放弃小时候的愚蠢念头,而我的丈夫不够强硬,所以才完全控制不了我。一切都是因为他不够男人,没有尊严。

我则仿佛已经飞到了天上,感觉自豪又自信。现下的一切都是我想要的。

我为曼妮吉哈举办了一场大型聚会。她在不久之前结了婚,而我一直没有时间祝贺她和她的丈夫。经过多年的疏远之后,我们的家人终于相聚在一起。当然,马哈茂德和阿里以聚会上的女人们不穿戴赫加布为借口，没有来，但伊特兰-萨达特带着她那几个吵吵闹闹的孩子来了。

我太快乐了。无论遇到什么麻烦事，我脸上的笑意都从未停止过。

我的生活有了一个新方向。我将马苏德送到了附近的一家幼儿园，尽量在晚上把一切家务事做好，这样我就能在上午安安心心地去上大学，同时又不让哈米德和孩子们缺少任何生活所需。

天气变冷了，秋风开始揪扯窗外的树枝。那天下午开始下起的毛毛雨中混杂着雪粒，正变得越来越大。哈米德刚刚睡下。我感受着突然到来的冬天，心中庆幸自己已经把暖和的衣服准备好了。

差不多凌晨一点的时候，我已经准备好要上床了，突然响起的门铃声一下子让我僵在原地。我的心脏在胸膛里飞快地跳动着。我等了几秒钟，告诉自己听错了。但就在这时，我看见哈米德站在厅中央，神情格外慌乱。我们对视着。

低哑的声音从我的喉咙里冒出来："你也听见了？"

"嗯！"

"我们该怎么办？"

哈米德直接将裤子穿在睡裤外面，对我说："尽可能拖住他们。我会从房顶出去，按照计划路线逃走。然后你再打开门。如果有什么危险，就把所有的灯都打开。"

他迅速穿上衬衫和上衣，向楼梯跑去。

"等等！把毛衣和外套也穿上，还有……"

门铃连续不断地响起。

"没时间了，快走！"

这时他已经快跑到通向房顶的屋门了。我抓住身边的一件毛衣，向他扔过去。然后我竭力恢复镇定，装出一副刚刚睡醒的样子，用外套裹住身子，下楼来到前院。我的全身都在不受控制地颤抖着。

外面的人已经在捶门了。我打开院子里的灯，让屋顶上的哈米德能看清楚，然后才打开门。有人推开门，冲进院子，又把门关上。是一个穿着花朵图案恰多尔的女人。但这件恰多尔显然不是她的，它的下摆几乎够不到她的脚踝。我惊恐地盯着她。湿漉漉的恰多尔耷拉在她的肩膀上。我突然惊呼起来:"莎哈扎德!"

她迅速将手指竖到嘴唇前,让我噤声,然后悄声对我说:"把灯关掉。为什么你们两个要开灯?"

我抬头看了一眼房顶,关上了灯。

她全身都湿透了。

"快进来,你会感冒的。"我悄声说。

"嘘!安静!"

我们站在门后,仔细倾听街上的动静。街上一片寂静。几分钟以后,莎哈扎德仿佛全身的力气都耗尽了,一下子靠在门上,又坐倒在地。她的恰多尔落在地上。她用双臂抱住膝盖,把头埋在双腿之间。雨水不断沿着她的头发滴落。我撑住她的手臂,努力想要把她扶起来。她没办法走路。我捡起她的恰多尔,拉住她的手。她的手热得惊人,整个人更是显得虚弱又无助。就这样,她跟随着我爬上了楼梯。

"你必须先把身子擦干。"我说,"你病得很厉害,对不对?"

她点点头。

"家里有热水,先洗个澡。我给你找些衣服。"

她一言不发地去了浴室,在淋浴喷头下面站了一会儿。我找到一些应该适合她的衣服,又在起居室铺好被褥,让她能睡下。她从浴室走出来,穿上衣服。自始至终,她都一言不发,看上去就像是一个绝望的孩子。

"你一定饿了。"

她摇摇头。

"我热了牛奶,你一定要喝下去。"

她沉默而顺从地喝掉了牛奶。我领着她来到起居室,她甚至还没有在铺位上躺舒服就睡着了。我给她盖上毯子,走出起居室,关好门。

直到这时,我才想起哈米德。他还在房顶吗?我悄悄爬上房顶,哈米德正缩在楼梯顶的小亭子里避雨。

"你有没有看到那是谁?"我悄声问他。

"是莎哈扎德!"

"那你为什么还待在这里?她又没有危险。"

"实际上,她非常危险。我必须再等等,看看有没有人跟踪她。她到这里有多久了?"

"半个小时……不,四十五分钟了。如果有人跟踪她,现在早就出事了,对吧?"

"不一定。有时候他们会等到所有人聚齐再动手。没有周密的计划和万全的准备,他们不会围剿组织的房子。"

我又开始发抖了。"如果他们围住了我们的房子该怎么办?我们也会被逮捕吗?"

"不要害怕,你和我们无关。就算是他们逮捕了你,你也什么都不知道,他们会放你走的。"

"但他们怎么知道我什么都不知道?我猜他们一定有很多折磨人的手段!"

"忘掉这些愚蠢的想法吧。"他说道,"事情没有那么简单。你一定要坚强。如果你一直这样想,只会彻底失去信心。现在告诉我,她情况如何?有没有说些什么?"

"什么都没说,她说不了话。我觉得她病得很厉害,应该是得了严重的流感。"

"莎哈扎德和迈赫迪已经彻底暴露,早就被盯上了。他们的房子是第一个被围剿的。到现在,他们已经逃亡了一年半,在外省待了很长时间,直到我们为他们安排好一处安全屋。他们一定是又暴露了。"

"你的意思是,这两个可怜人在这一年半里都无家可归?"

"是的!"

"她的丈夫在哪里?"

"我不知道。他们一直都在一起,一定是有什么事迫使他们分开了……迈赫迪可能被捕了。"

我的心一沉,脑海中闪过的第一个念头是迈赫迪知道我们住在这里。

那天夜里,哈米德一直守在屋顶,直到天亮。我给他送去了保暖的衣物和热茶。到了早晨,我比平时更早地叫醒了孩子们,吃过早餐就送他们去了学校和幼儿园。一路上我都在小心地查看周围,寻找任何非同寻常、值得怀疑的地方,从人们的每一个眼神和动作中仔细分辨危险的迹象。送完孩子们以后,我买了一些吃的回家。哈米德已经下楼了。

"我不知道该怎么做,"他说,"我该不该去印刷厂?"

"我觉得我们最好还是和平时一样,不要引起任何人的注意。"我说道。

"你在街上有没有注意到什么不同寻常的事?"

"没有,一切看上去都很正常。也许一切正常才是不正常的地方,也许他们不希望我们有所警惕和防备。"

"不要胡思乱想了。"哈米德说,"我觉得我必须留在家里,等莎哈扎德起床以后和她谈谈,确认一下到底发生了什么。她也许需要我为她做什么事。你不去叫醒她吗?"

"不,那个可怜的女孩累坏了,而且还得了重病。你想要我给印刷厂打电话,告诉他们你今天不去上班吗?你可以休息一下,等她自己醒过来。"

"不,你不需要打电话。他们已经习惯我偶尔旷工了。我不去印刷厂的时候,从没有给他们打过电话。"

莎哈扎德躺在铺位上,仿佛失去了知觉,就这样一直沉睡到下午一点。我煮了一大锅萝卜汤,还腌了一些肉,准备烤着吃。她非常需要恢复体力。和我上一次见到她的时候相比,她大概只剩下一半体重了。我又出去了一趟,买了些止痛药、止咳糖浆和退烧药。孩子们应该快回家了。我轻手轻脚地来到莎哈扎德身边,伸手去摸她的额头。她还是烧得很厉害。感觉到我的触碰,她猛然坐了起来。随后几秒钟里,她愣愣地看看我,又看看周围,似乎是不知道自己在什么地方。

"别害怕。"我轻声说道,"镇静。是我,玛苏梅。你很安全。"

她一下子想起了所有事。她深吸一口气,躺回到枕头上。

"你实在是太虚弱了。"我说,"坐起来。我煮了些汤,喝一点吧,然后把药也吃了,再睡一觉。你得了很重的流感。"

她的大眼睛里充满了哀伤,嘴唇在不住地颤抖着。我假装自己什么都没有注意到,走了出去。哈米德正在厅里踱步。

"她醒了吗?"哈米德问。"我必须和她谈谈。"

"再等等,让她恢复些力气,先吃些东西……"

我把汤和药送到了起居室。她正在坐起身。我摘下昨夜用来裹住她头发的毛巾,她的头发还有些潮湿。

"吃东西吧,"我说,"我去拿梳子来。"

她把一满勺汤放进嘴里,闭上眼睛品尝汤的滋味。

"是汤!还是热的!你知道我已经有多久没吃过热乎的东西了吗?"

我的心中感到一阵痛楚,什么都没有说就走了出去。哈米德还在厅里不耐烦地来回踱步。

"你是怎么了?"我喝问道,"你到底在着急什么?再等一下。她不吃完东西,我不会让你和她说话。"

我拿着一把梳子回到起居室,好不容易才把她缠绕在一起的头发理顺。

"我已经有不下一百次想要把它们剪掉了,"她说,"但我就是没有时间。"

"什么?为什么你想要剪断这么美丽茂密的头发?没有头发的女人真的会很丑。"

"女人!"她若有所思地说道,"是的,你说得对。我忘记我是个女人了。"

她发出讽刺的笑声,喝光了剩下的汤。

"我还做了烤肉。你必须吃些肉,恢复力气。"

"不,现在不行。我已经四十八小时没有吃过东西了,必须慢慢吃,一次只吃一点。等一会儿再给我一些汤……哈米德在家吗?"

"在。他正在等着和你说话,我觉得他就要没有耐心了。"

"让他进来吧。我感觉好多了,仿佛又活过来了。"

我收拾好碗碟,打开门,让哈米德进来。他迫不及待地向莎哈扎德打了招呼,不过他的礼貌和尊重并没有减少半分,仿佛对方是他的老板。我走出去,关上门。

他们低声交谈了一个多小时。

孩子们从学校回来了。西亚马克走进家门的时候,就像一条嗅到了屋子里有陌生人的狗。他问道:"妈妈,谁在家里?"

"你爸爸的一个朋友。"我说,"这件事不要告诉任何人!"

"我知道!"

然后他开始仔细观察家中的一切。他装作只是在厅里玩耍的样子,但他一直待在起居室门前,仿佛是希望听到起居室里的动静。我对他说:"去买两瓶牛奶回来。"

"不,我不去。"

然后他便继续在紧闭的门后玩游戏。

哈米德走出起居室,将几张纸塞进上衣口袋,然后穿上鞋子对我说:"莎哈扎德暂时住在这里。我必须出去一趟。如果我回来晚了,或者今晚没回家,不用担心,我明天傍晚前肯定会回来。"

我走进起居室,莎哈扎德还躺在铺位上。

"你吃药了吗?"我问她。

她有些困窘地坐起来说:"请原谅我,我知道自己打扰了你们。我会尽快离开。"

"别这样说!你需要休息。就把这里当作你的家吧。在你完全康复以前,我是不会让你离开的。"

"恐怕我会给你们带来麻烦。这些年来,为了你和孩子们,我们一直努力确保这幢房子是安全的。但昨天晚上,我把危险带到了这里。我花了整整两天时间从一处避难所向另一处避难所转移,但我运气不好,天气突然变冷了,还开始下雨下雪。我感觉很不舒服,发烧了,身体越来越虚弱。我担心自己会直接倒在街上。我实在是没有别的办法了,否则我绝不会来这里。"

"你正应该到这里来。现在请什么都不必担心,只要好好睡觉休息就行。这里不会有任何事发生。"

"为了真主的爱啊,请不要对我这样客气。"

"好的!"

但我还是没办法和她太过亲近。我其实还不太明白自己应该怎样对待她,不明白我们之间到底是什么样的关系。孩子们正透过门缝向屋里窥探，用好奇的眼神看着莎哈扎德。莎哈扎德笑着向他们摆了摆手。

"真主祝福他们。"她说，"你的儿子们都这么大了。"

"是的！西亚马克现在上三年级了，马苏德也五岁了。"

我把药和水杯递给她。

"没想到他们年龄差这么大。"她说。

"我们提前一年让西亚马克入了学。到这里来，孩子们，向莎哈……"说到这里，我突然注意到莎哈扎德警惕的表情，这才想到不应该让别人知道她的名字。我犹豫了片刻才又说道："来向莎莉阿姨问好。"

莎哈扎德扬了扬眉毛，又笑起来，仿佛是觉得这个名字有些傻。

孩子们走进来，向莎哈扎德问了好。西亚马克继续用好奇的神情仔细打量莎哈扎德，这让她变得紧张起来，甚至低头看了看，确认自己的衬衫扣子没有松开。

"好了，可以了，"我说，"我们都出去吧，阿姨要休息。"

来到门外，我对孩子们说："不要大呼小叫，更不要告诉任何人阿姨来咱们家了。"

"我懂！"西亚马克立刻不服气地说道。

"我知道你早就懂得，儿子，不过现在马苏德也知道了。你明白吗？亲爱的，这是我们的秘密，你不能告诉任何人。"

"好的。"马苏德欢快地说。

几天以后，莎哈扎德恢复得差不多了，只是还在不断干咳，这让她晚上一直无法入睡。我竭力烹煮各种美味的菜肴，希望她能够恢复一些体重。哈米德有时在家，有时不在。每次回家以后他都会关上屋门，单独向莎哈扎德汇报，然后又带着新的指示离开。

一个星期就这样过去了。莎哈扎德不停地在房间里踱步，同时一直注意远离窗口。我已经不再去大学，也不送马苏德去幼儿园，以免他会在无意中说出家里的事情。马苏德白天只是安静地在家中玩耍，用哈米德给他新买的乐高玩具搭房子，绘制美丽的图画——这是他从小就显露出的一项非凡天赋。他充沛的情感显露出艺术家的那种充满创造力的灵魂。他会专注地盯住一些东西，发现它们之间一些很难被常人注意到的特点。天气好的时候，他会在院子里的花草之间忙上几个小时，甚至会埋下一些种子。让我感到惊讶的是，那些种子都会发芽抽叶，茁壮成长。他生活在一个完全不同的世界里，而我们这个世界的事情对于他似乎完全无足轻重。和西亚马克不同，他很容易就会原谅别人，并且能够适应各种环境，哪怕是最微小的善意也能够得到他全身心的回应。他能够感觉到我的所有情绪。如果他知道我心中不安，就会用一个甜蜜的吻让我高兴起来。

马苏德和莎哈扎德之间很快就发展出一种深切而温柔的爱。他们喜欢一同消磨时光。马苏德像一名卫兵一样照看着莎哈扎德，不停地给她画画，为她盖小房子。他会坐在莎哈扎德的大腿上，用他孩子气的甜美言辞编造各种古怪的故事，讲述他建造的都是些什么，就这样不停地说上很久。莎哈扎德会发出由衷的欢笑。马苏德被这笑声鼓励，会更努力地把他的故事讲下去。

而西亚马克对待莎哈扎德总是充满了敬畏，就像哈米德和我一样。实际上，我非常喜欢莎哈扎德，总想在她身边放松下来，和她成为朋友。但不知为什么，我在她面前总觉得自己是一个无知的学生。对我而言，她就是能力、政治智慧、勇气和独立自主的化身，这些品质让她成为我心目中的一位伟人。她待我一直都很随和，充满善意，但我无法忘记，她的洞察力和智慧就算是我的丈夫也远远无法相比，所以哈米德才会甘心听从她的命令。

哈米德和莎哈扎德常常会进行密谈。我竭力不去打扰他们，也不表现出任何好奇。一天晚上，我让孩子们上床以后，回到卧室，坐下来开始读书。他们以为我也睡了，便坐在厅里，随意地交谈起来。

"幸好阿巴斯从没有来过这幢房子，"哈米德说，"那个浑蛋甚至连四十八小时都没有坚持过去。"

"我从一开始就知道他很软弱。"莎哈扎德回应道，"还记得他在训练的时候是怎样不断地抱怨吗？他的信仰明显不够坚定。"

"为什么你没有告诉迈赫迪？"

"我和他说了，但他说已经来不及把他除名了，阿巴斯什么都知道了。迈赫迪说,我们应该尽量让他回心转意,毕竟他的基本认知还是正确的。但我在心里一直保持着对他的警惕。"

"是的,我记得。"哈米德说,"就算是在边境的时候,你也反对让他跟着我们。"

"也正因为如此,迈赫迪从没有给过他任何关键性的信息。我则尽可能地让他少见一些人,所以他对你一无所知,甚至不知道你的真名,你住在哪里,在哪里工作。这确实帮了我们。"

"是的,但我们最走运的还是他并不住在德黑兰,否则他终究还是会把我们的底细都搞清楚。"

"那个废物哪怕是能坚持四十八个小时,我们也能挽救一切。不过感谢真主,德黑兰的核心资源和人都没有被抓住。剩下的弹药应该够了。如果行动顺利,按照计划,我们可以夺取敌人的武器。"

我感到一阵寒意从脊背掠过,冷汗从我的额头上渗出来。无数问题涌上我的脑海:他们计划干什么?他们一直都在哪里?我的真主啊,我到底在和什么样的人一起生活?当然,我知道他们是在反抗沙阿[1]的统治,但我不知道他们的行动已经发展到了这种程度。我一直都在想象他们只不过是在进行一些思想辩论、印刷传单、在报纸上发表文章、出版图书、进行演讲之类的活动。

那天晚上,哈米德回到卧室的时候,我把自己听到他们谈话的事情告诉了他。我流着眼泪恳求他放弃这一切,要他想想自己的生活和孩子们。

"太晚了。"他说,"我根本就不应该组建家庭。我用一千种不同的方式把这一点告诉了你,但你就是不接受。我活着,是因为我的思想和责任。我不能只是想到我自己的孩子,而忘记了成千上万受苦的孩子还生活在这个刽子手的暴政之下。我们已经发誓要拯救人民,让他们获得自由。"

"但是你们的计划非常危险。你们真的以为只靠几个人的力量就能够和军队、警察还有萨瓦克作战吗?你们怎么可能消灭他们,拯救人

---

[1] 此处指伊朗末代国王穆罕默德·礼萨·巴列维。——编者注

民?"我问他。

"我们必须做些什么,让整个世界知道这个国家并不是一座和平稳定的孤岛。我们必须动摇暴君的统治基础,唤醒大众,让人们不再害怕,让人们相信就算是如此强大的政权也是可以被推翻的,然后他们就会渐渐加入我们。"

"你们全都太理想主义了。我不相信你所说的事情会发生,你们全都会被杀掉。哈米德,我很害怕。"

"那是因为你不相信。而且你也不必心惊胆战,你听到的事情还只存在于我们的讨论中。我们有上百个这样的方案,但没有一个方案真正执行过。不要让虚无缥缈的事情毁掉你和孩子们的平静。睡吧,不要向莎哈扎德提起这件事。"

随后的十天里,哈米德继续这样来了又去,将各种消息和命令传递给我不知道的在某些地方的某些人。然后他们决定,除非引起了敌人的注意,否则莎哈扎德就一直住在我们家里,而我们应该尽力恢复正常生活。现在唯一的问题就是我们要想个办法不让其他人来家里。

我们平时并没有多少访客,但我们的父母偶尔还是会来看我们,帕尔文太太和法蒂也不时会来拜访。我们决定要定期带比比和孩子们去公婆家,这样他们就不会想要来我们家了。我会告诉我的家人,我每天都要去大学上课,而且有空的时候就会去看望他们。我还告诉他们,如果我下午要上课,就会请他们照顾孩子。尽管如此,我们偶尔还是会遇到不请自来的客人。这时莎哈扎德就只能留在起居室,从里面锁上门。我们会告诉客人,我们的钥匙找不到了,进不了那个房间。

莎哈扎德就这样住下了。她试着要帮助我操持家务,但她完全不擅长。当她出丑的时候,她自己笑得比任何人都厉害。这反而让她和孩子们的关系更加亲密。她无微不至地关心和照顾着马苏德。到了下午,西亚马克放学回家,她就会和他一起写作业,帮他复习功课和练习听写。而我则可以去大学上课,还学起了开车。我们都认为,如果我学会了开车,在发生紧急情况和孩子们的安全受到威胁的时候一定能派上用场。那辆雪铁龙仍然被布遮着,停在院子里。莎哈扎德和哈米德认为没有人会怀疑那辆车，我就算开车出去也是安全的。

马苏德几乎与莎哈扎德形影不离，而且总是在忙着为她做各种东西。他画了一幢房子，告诉莎哈扎德，这就是他们的家。等他长大以后，他会把这幢房子盖起来，然后他们就会结婚，一同住在那里面。莎哈扎德将那幅画钉在了墙上。每当和我出去购物的时候，马苏德都会求我买下所有他喜欢的食物，这样他就能把这些吃的给莎哈扎德。阳光明媚的日子里，他就在院子各处寻找有趣的礼物送给莎哈扎德。但那个季节实在没有什么花会开，于是他常常会从生满棘刺的蜡梅丛中摘几朵花，用带着血的手指把它们捧到莎莉阿姨面前。而莎莉阿姨总会像是得到了珍宝一样把它们保存起来。

我们在一起生活得越来越久，我对莎哈扎德的了解也越来越多。她是一个非常简单的女人，不能说是漂亮，但很特别、非常有魅力。有一天，她在洗过澡以后请我帮她把头发剪短。

"我给你吹干吧。"我说，"这样它们会干得更快，而且会非常漂亮。"

她没有反对。马苏德站在旁边，专注地看着我打理莎哈扎德的头发。他热爱美丽的事物，喜欢观察女人打扮自己。就算是我薄薄地涂一层颜色最浅的口红，他也能立刻注意到，并对我表示赞美。而他最喜欢的莫过于我涂上鲜艳的口红。我吹好莎哈扎德的头发以后，他拿起一支口红说："莎莉阿姨，涂上这个。"

莎哈扎德看向我。

"好啊，涂上它吧，"我说，"这没什么。"

"不，我觉得很不好意思。"

"在谁面前不好意思？我？马苏德？不管怎样，涂上一点口红又有什么错？"

"我不知道。这是没什么，但不适合我。这样有点太轻浮了。"

"这是什么胡话！你的意思是，你从没有化过妆？"

"我化过，在我年轻的时候。我喜欢化妆，但那已经是多年以前……"

马苏德再一次坚持说："阿姨，把它涂上，把它涂上。如果你不知道怎么涂,我给你涂。"他拿起口红,在莎哈扎德的嘴唇上涂了一点,又后退几步,仔细端详莎哈扎德,眼睛里充满了赞叹和喜悦。他拍拍手笑着说:"她看上去是多么美!多么美啊!"然后他就跳进莎哈扎德的怀里,在她的面颊上印了一个大大的吻。

莎哈扎德和我一起笑起来。但突然间,她陷入沉默,将马苏德放回到地上,用单纯天真的语气说道:"我很忌妒你。你真是一个幸运的女人。"

"忌妒我?"我惊讶地问,"你忌妒我?"

"是的!我觉得这是我第一次有这样的心情。"

"你一定是在开玩笑。应该是我忌妒你才对,我一直都希望能够像你一样。你真是一位惊人的女性:受过良好的教育,勇敢,有能力做出决策……我一直都认为哈米德想要一位你这样的妻子。而你却说……哦,不!你一定是在开玩笑。我才是应该心生忌妒的人。我可不觉得自己值得你羡慕,应该是我像普通人羡慕英国女王那样羡慕你。"

"胡说,我什么都不是。你要比我好得多,比我完美得多。你是一位女士,一位善良、充满爱心的妻子,一位温柔睿智的母亲,喜爱阅读和学习,愿意为你的家庭做出牺牲。"

她叹了口气,从椅子里站起身,表情显得格外哀伤。我凭直觉意识到,她很想见到自己的丈夫。

"迈赫迪先生怎么样了?"我问道,"你已经很久没见过他了?"

"是的,差不多有两个月了。我们最后一次见面还是在我来这里的两个星期以前,当时的情况让我们不得不分头撤退。"

"你有他的消息吗?"

"有,可怜的哈米德一直在为我们传递消息。"

"他为什么不趁着夜色来这里一趟?就在夜深的时候,你们至少可以见上一面。"

"太危险了。他来这里的话,这幢房子就不再安全了。我们必须保持高度警惕。"

我放下心中的谨慎,大着胆子说道:"哈米德说你们的婚姻是组织安排的，可我不信。"

"为什么不信？"

"你们两个彼此相爱，就像真正的丈夫和妻子，而不是同志。"

"你是怎么知道的？"

"我是一个女人，我知道什么是爱，能够感觉到爱。你不是那种会和你不爱的男人睡在一张床上的女人。"

"是的，"她说，"我一直都很爱他。"

"你们是在组织中相识的？哦，抱歉，我太多嘴了。我不问了。"

"没关系，我不介意。我已经有好多年没有可以谈谈心的朋友了。当然，我有一些亲密的同伴，但我一直都是倾听者，似乎每个人都需要倾诉自己的事情。你也许是我在最近这些年里唯一可以聊聊天的朋友。"

"我这辈子只有一个真正的朋友，但我在许多年以前就和她失去联系了。"

"看样子，我们都需要彼此。但我更需要你。至少你还有家人，我甚至连家人都没有了。你完全无法想象我是多么想念他们，多么怀念和他们闲聊的日子，多么想得到家人的消息，哪怕只是一些琐碎的日常八卦。一个人只谈论政治和哲学能谈多久呢？有时候我会惦记亲戚们都怎么样了，然后才意识到，我已经忘记了家里的一些孩子叫什么。他们一定也把我忘了。我已经不再是任何家庭中的一员了。"

"但你们不都相信自己属于民众，属于全世界工人阶级大家庭吗？"

她笑了笑，说道："你真是学了不少，对不对？确实如此，但我还是想念我自己的家人。对了，你刚才在问我什么？"

"我问你和迈赫迪是在哪里相识的？"

"在大学。当然，迈赫迪比我高两级。他有着很强的领导能力和机敏的分析头脑。当我发现四处分发的传单和出现在宿舍墙上的标语都是他的杰作时，就开始崇拜他了。"

"你那时对政治还不感兴趣？"

"不，我很感兴趣。一个自认为拥有非凡头脑的大学生怎么可能对政治不感兴趣？成为左翼分子、反对暴政几乎就像是学生们的职责所在。就算是那些并不真正相信左翼路线的人,也会用政治来标榜自己的聪慧。不过实际上,像迈赫迪这样真正投身于革命的人非常少。我那时读的书和学习的知识都还不够多,并不真正知道自己相信些什么。是迈赫迪塑造了我的思想和信仰。尽管他来自一个宗教家庭,但他读过马克思、恩格斯和其他人的著作,并对其中的内容有着深入的理解。"

"所以他引导你加入了组织?"

"那时候还没有组织,我们是在很久以后一同建立起了组织。如果没有迈赫迪,也许我会选择一条完全不同的道路。但我相信,无论如何我都不会彻底远离政治。"

"你们后来是怎样结婚的?"

"当时组织开始成形了。我来自一个传统家庭,就像绝大多数伊朗女孩一样,我不可能随意出门,也没办法在外面待到很晚。有一名同伴向我建议,如果我要将全部时间投入革命事业,我就应该和组织中的同志结婚。迈赫迪表示赞同,并且像一名真正的求婚者那样,带着他的家人去了我家,请求牵住我的手。"

"你在自己的婚姻里幸福吗?"

"我该怎么说呢?也许我真的想要嫁给他,但我不希望我们结婚是为了组织,我也不想接受这样的建议……我那时还很年轻,有着浪漫的幻想,受小资产阶级文学影响很深。"

到了二月,在一个浓雾弥漫、冷入骨髓的夜晚,凌晨一点钟的时候,尽管他们一直在强调随意行动的危险,迈赫迪还是悄悄走进了这幢房子。我那时刚刚睡着,听到院门响,一下子从床上坐起来。哈米德则全身放松地看着他的书。

"哈米德!你有没有听见?院门在响。有人进来了!"

"睡吧,这不关我们的事。"

"你什么意思?你知道有谁会来吗?"

"是的,是迈赫迪。我给了他钥匙。"

"你不是说这样会很危险吗?"

"他们已经有一段时间找不到他了,而且我们也采取了所有防范措施。他需要和莎哈扎德见一面,好好谈一谈。他们对一些问题有不同的看法,需要共同做出一些决定。这不可能只靠我在两边传话来解决,我们只能安排这场会面。"

我很想笑。这是多么奇怪的一对夫妻啊!丈夫和妻子想要见面,却不是因为爱和相互想念。

迈赫迪本应该在凌晨离开,但他没有。哈米德说他们仍然没能达成一致。我笑着去做自己的事了。到了接近傍晚时,哈米德回到家,他们三个在紧闭的门后交谈和争论了几个小时。莎哈扎德出来的时候,面颊绯红,似乎比以前更有活力了。但她避开了我的目光,就像一个秘密被揭穿、无比害羞的女学生,努力想要装作什么事都没有发生一样。

迈赫迪在我家住了三个晚上,到第四天午夜时,他像来时那样悄无声息地离开了。我不知道他们后来有没有再团聚过。但我相信,这几天是他们人生中最甜美的一段时光。马苏德和他们共度了这段与世隔绝的时光,他轮流扑进迈赫迪和莎哈扎德的怀里,用他动听的声音和他所知道的一切游戏与花招逗他们哈哈大笑。透过门上镶的蜂巢格玻璃,我甚至看见过迈赫迪驮着马苏德、四肢着地在起居室爬行的身影。这实在是太奇怪了。我从没有想过,一位如此严肃、不苟言笑的先生会和一个孩子建立这样亲昵的关系。在起居室的这道门后,迈赫迪和莎哈扎德变回了他们自己,他们真正的自己。

迈赫迪离开以后,莎哈扎德连续几天都非常抑郁和焦躁,一直用读书来转移注意力。现在她几乎已经读过了我们所有的书。她睡觉的时候常常会将一本芙茹弗的诗集塞在枕头下面。

到了二月底,她请我给她买几件衬衫、几条裤子,还有一个带着结实背带的大手提包。我给她买了几个手提包,她都说太小了。终于我放弃了,对她说:"那你是想要一个行李袋,而不是手提包!"

"没错,正是这样!它不要太大,不能引起人们的注意,应该便于携带,容量还要足够大,装得下我的所有物品。"

我心中想,也包括你的枪吗?从她来到这里的第一天起,我就知道她有一把枪。我一直都很担心孩子们会找到那东西。

莎哈扎德要离开了，只等一个命令或者消息。到了三月中，新年之前，她在等的东西来了。她留下了她的旧衣服和包，并请我把它们都处理掉。然后她将新衣服和其他物品都放进了新行李袋中，并将马苏德的画小心地放在袋子最深处，就在她的枪旁边。她的心情似乎很矛盾。她已经厌倦了这种隐秘的生活，只能躲藏在一个房间里，完全无法外出。她渴望新鲜的空气，渴望走在街道上，穿行于人群中。但现在，当离开的机会到来时，她却黯然神伤。她不停地拥抱马苏德，口中说着："我怎么能舍下他呢？"但她在紧紧抱住马苏德的同时，只是将自己满是泪水的眼睛藏进了马苏德的头发里。

马苏德觉察到莎哈扎德要走了。每个晚上上床之前，每个白天跟随我出家门之前，她都会让莎哈扎德保证，不会背着他离开。只要有机会，他就会对莎哈扎德说："你要走了吗？为什么？我做了坏事吗？我答应你，天亮的时候不再去你的床上把你吵醒了……如果你要走，也带我一起走吧，否则你一定会迷路的，你不知道这里的街道是什么样子。"他的话让莎哈扎德更加难过和犹豫了。而且他不只是令莎哈扎德心痛，也令我心痛。

在和我们一起度过的最后一个夜晚，莎哈扎德睡在马苏德旁边，给他讲了一个又一个故事。她没办法再控制自己的泪水。马苏德就像所有孩子那样，透过自己的心眼明白了这一切。他用一双小手捧住莎哈扎德的脸，对她说："我知道，当我早晨醒来的时候，你就不见了。"

过了午夜，莎哈扎德按照计划离开了我家。从那一刻起，我就一直在思念她，感觉家里变得空落落的。

在离去之前，她用双手抱住我说："谢谢你为我做的一切。请照顾好我的马苏德，细心守护他。他非常敏感，我很担心他的未来。"然后她又对哈米德说："你是一个幸运的男人，要珍惜你的生活。你有一个无比美好的家。我不希望有任何事情打扰这个家的平静与安宁。"

哈米德惊讶地看着她说："你知道你在说什么吗？好了！我们出发吧，已经很晚了。"

第二天，当我去清扫和整理起居室的时候，我从莎哈扎德的枕头

下面拿出那本芙茹弗的诗集。书中夹着一支铅笔。我打开那一页,看见她在一段诗句下画了线:

> 哪一座高山,哪一座峻岭?
> 能让我躲避你们闪耀的光?
> 你们那明亮到难以置信的家。
> 在那些阳光灿烂的屋顶上,
> 洗净的衣服在飘荡的炊烟中摇曳,
> 让我躲避你们这些康健的女子。
> 你们柔软的手指正在感受,
> 你们肌肤下胎儿喜悦的踢蹬,
> 在你们敞开的衣领中,
> 空气里永远有新鲜奶汁的芬芳。

一滴泪水从我的面颊滚落。马苏德正站在门口,眼睛里充满哀伤地问:"她走了?"

"早上好,亲爱的。早晚她都要回她自己家的。"

马苏德扑进我的怀里,将头枕在我的肩膀上哭了起来。他永远都不会忘记亲爱的莎莉阿姨。多年以后,他已经变成了一个朝气蓬勃的年轻人,却还是会说:"我依然会梦到我为她建起的那幢房子,我们一同生活在那里面。"

莎哈扎德离开以后,我开始为新年而忙碌——春季扫除、为孩子们做新衣服、缝制新的床褥、更换起居室的窗帘。我想要给孩子们一个有趣快活的新年庆典。我努力实现所有新年传统和仪式,希望这些能够留在他们的脑海中,成为他们美好的童年回忆。我们种在花圃中的花草发了芽,西亚马克负责给它们浇水。马苏德描绘彩蛋。哈米德笑着说:"真无法相信,你们竟然会做这些事。为什么要把精力浪费在这种事情上?"

但我知道,在哈米德的内心深处,他也在为新年的到来而感到兴奋和快乐。自从他开始将大部分自由时间都用来和我们共度之后，他也不可避免地融入我们的日常生活，不由自主地表现出了欢喜。

我雇人帮我清理了从屋顶到地下室的每一个角落。新年的气息充满了整幢房子。

我们第一次作为完整的一家人去拜年。我们参加各种新年活动，甚至和哈米德一家人一起去郊外野餐，举行了传统的第十三日庆典[1]。假日结束以后，生活变得更加愉快和充满活力了。我再一次为了自己和西亚马克的学习和期末考试忙碌起来。

哈米德待在家里的时间更长了。他在等待一通一直没有打来的电话，这让他越来越烦躁不安。但他也做不了任何事。我不介意他这样，只是因为他能够在家而高兴。随着考试结束，暑假开始，我为孩子们计划了各种娱乐活动。我想要让他们一起度过整个暑假。现在，我有了汽车驾照，我答应他们下午会带他们去看电影，或者去公园、参加聚会、去游乐园。他们非常高兴和满足。我也感觉非常满足。

一天下午，在从公园回家的路上，我买了一份报纸、一些烤馕和其他几样东西。哈米德还没有回家。我把所有东西都放好，开始切烤馕。我买的报纸就垫在烤馕下面。随着我将馕切开，报纸的头版文章渐渐显露出来。我把烤馕推到一旁。那些字就像匕首一样刺进我的眼睛。我没办法完全理解它们的意思，只是像被闪电击中一样，僵立在原地，不住颤抖起来。我忍不住一直盯着这份报纸。我的脑海中刮起了风暴，肠胃里也在翻江倒海。孩子们注意到我怪异的样子，来到我身边，但我听不懂他们在说些什么。就在这时，屋门开了，哈米德冲了进来。他看上去心烦意乱。我们的目光交汇。这是真的，已经不需要再说些什么了。

哈米德跪倒在地，用拳头狠捶大腿，高声喊道："不！"然后他又

---

1 从伊朗历一月一日（相当于公历3月21日或我国的农历春分）到一月十三日这段时间，是真正节气意义上的春天的节日。第十三日相当于伊朗春节的最后一天。——译者注

将额头抵在地上。

他狂乱的样子让我忘记了自己的恐惧。孩子们都在盯着我们,显得害怕又困惑。我让自己冷静下来,将他们推出厨房,要他们去院子里玩。他们回头看看我们,顺从地出去了。我急忙回到哈米德身边。他将头贴在我的胸前,哭得像个孩子。我不知道我们一起坐在地上哭了多久。哈米德不停地重复着:"为什么?为什么他们不告诉我?为什么他们不让我知道?"

一段时间以后,他的怒火和哀痛促使他开始行动。他洗了脸,像疯子一样冲出房子。我根本拦不住他,只能对他说:"小心,你可能正在受到监视。一定要保持警惕。"

我又读了一遍报纸的头版文章。在一次军事行动中,莎哈扎德和另外几个人被困住了。为了避免自己落入萨瓦克的手中,他们全都用手雷自杀。我一遍又一遍地读那篇文章,以为只要从不同的角度去看,也许就能找出真相。但文章剩下的内容无非是对那些叛国者和破坏分子的侮辱与咒骂。我把报纸藏起来,以免西亚马克看见。到了午夜时分,哈米德精疲力竭地回来了。他穿着衣服躺倒在床上,绝望地说:"一切都乱了,所有联络渠道都被切断了。"

"但他们有你的电话号码。如果有需要,他们会给你打电话。"

"那他们为什么直到现在都没有打?他们已经有一个多月没联系过我了。我知道这次行动,我本应该是行动的一分子。我为此接受过训练。我不明白他们为什么要丢下我。如果我在,就绝对不会发生那种事。"

"你的意思是说,你要一个人和规模庞大的军队作战,拯救所有人?如果你在,你也会死。"

我在心中猜测,为什么他们没有让他参加行动,甚至没有联系他。这是莎哈扎德的决定吗?她这样做是不是为了保护哈米德的家庭?

两三个星期就这样过去了。哈米德非常紧张,一根接一根地抽烟。他还在等待消息。每次电话铃声响起,他都会立刻跳起来。他不遗余力地想要找到迈赫迪和其他关键组织成员,但他一点头绪都没有。每一天都有组织成员被逮捕的消息传来。哈米德再一次检查了每一条逃跑路线。印刷厂遭到检查，一些人被解雇了。每一天都会有各种突发事件，危险就飘浮在空气中。我们时时刻刻都在等待危险的降临，以及组织的消息。

"所有人都藏起来了。"我说，"也许他们全都撤走了，会等到一切稳定下来的时候再回来。你还没有被通缉。你可以先出国。"

"无论什么时候，我都不会离开这个国家。"

"那至少找一个小村子避避风头，去外省。先离开这里，等局势平稳下来再说。"

"我不会离开，他们可能会打家里的电话，或者是我办公室的电话。他们随时都有可能需要我。"

我竭尽全力维系着我们的正常生活，但一切都已经不再正常了。我的灵魂沉浸在深深的哀痛里，同时我又担心哈米德的安全。莎哈扎德的脸以及她和我们一同度过的那几个月的情景，无时无刻不萦绕在我的脑海中。

军事行动的消息出来一天后，西亚马克找到了那份报纸。他将报纸拿到屋顶，读了那篇文章。我正在厨房干活的时候，他面色苍白地攥着报纸走进来。

"你读过报纸了？"我问他。

他将头枕在我的大腿上，哭了起来。

"不要让马苏德知道。"我说。

但马苏德还是都知道了。他变得沉默寡言，不再做任何事，也不再为他的莎莉阿姨画画，只是坐在角落里独自伤心。自此之后，他就没有再问过莎莉阿姨的事情，甚至非常小心地绝口不提她的名字。不久之后，我注意到他的画中出现了阴暗的色调，还有各种怪异的场景，这些都是我以前从没有在他的画中看到过的。我问过他这件事，但他没有给我任何解释，也不像以前那样给我讲画中的故事。我担心这种无法忘却的伤感会对他温柔欢快的灵魂造成永远的影响。他生来就是为了欢笑、爱和安慰他人的，而不是为了悲恸和苦难。

生活给我的孩子们带来了痛苦的经历，他们不得不面对这些苦涩的事实。我对此无能为力。这也是他们成长的一部分。

哈米德的情况比孩子们更糟。他开始漫无目的地四处游荡，有时候会连续消失几天，然后更加心烦意乱地回来。我便知道，他没能找到要找的目标。他上一次离开家以后，一个多星期都不曾传回任何消息。他甚至没有打个电话回来，问问是否有人联系他。

我陷入了持续的焦虑。自从莎哈扎德死后，我就再没有兴趣买报纸了。但现在，我每天都会匆匆赶去报摊，等待当天的日报，而且一天比一天去得早。一拿到报纸，我会直接在大街上游览上面的每一个标题。直到确认没有坏消息之后，我才会稍稍放下忐忑不安的心，转身回家。我看报纸并不是关注新闻，而是想要确认没有任何坏消息。

到了七月底，我终于看到了自己最不愿看到的消息。当时捆住报纸的双股线绳还没有被割断，而那个用黑色大字印的头版标题已经让我全身僵硬。我的膝盖开始发抖，我努力大口吸着空气。我不记得自己是怎样付钱买报，又是怎样回家的。

孩子们正在院子里玩耍。我迅速上了楼，关好屋门。我就在门后坐下来，将报纸在地上铺开。我觉得自己的心仿佛都要从喉咙里跳出来了。报纸上说，一个恐怖组织的领导团体已经被彻底消灭，我们所热爱的国家终于不会再受到这些叛国者的滋扰了。被歼灭的人员名单出现在我眼前，一共是十个人，迈赫迪就在其中。我将那个名单又看了一遍。不，其中没有哈米德的名字。

我感到一阵昏眩，不知道自己的心中泛起了怎样的情绪。我为这些失去生命的人感到哀伤，但我的心中也燃起了一点希望的火花。哈米德的名字不在报纸上。我心中想，那就是说，他还活着，也许正在逃亡，甚至有可能他根本没有被通缉，可以平安回家。感谢真主。但是如果他被逮捕了呢？我又感到一阵头昏目眩，心中充满了疑虑。我给印刷厂打了电话，不过我心里并没有抱多大希望。再过一个小时，印刷厂才会上班。没有人接电话。我觉得自己仿佛要疯了。我希望能有人和我说说话，给我一些建议和安慰。我告诉自己，我必须坚强起来，只要我说错一句话，就可能给我们招来灭顶之灾。

随后两天，我都是在黑暗和恐惧中度过的。我想要停止想那些事，就开始像一个疯子那样干活。到了第二天晚上，我潜意识中早已预料到的事情终于发生了。

那时已经过了午夜，我正要睡觉。我不知道他们是如何突然出现在房间里的。西亚马克跑向我。有人将不停尖叫的马苏德扔进我的怀里。一名士兵用步枪指着蜷缩在床上的我们三个。我不知道他们有多少人，房间里到处都是他们的人。他们将能够找到的所有东西都扔到了房间中央。我能听见比比在楼下发出恐惧的喊声，这让我更加惶恐。他们把梳妆台、橱柜、壁橱和衣箱里的东西以及架子上的东西全都翻出来，堆成一堆，用刀子割开被褥、床垫和枕头。我不知道他们在找什么，只是在心中一直想着，这是好消息，哈米德一定还活着，还没有被逮捕，所以他们才会跑到这里……但他会不会已经被逮捕了，他们只是来搜集所有书籍、文件和书信作为证据？……是谁把我们的地址告诉他们的？

所有这些念头和另外上千种模糊的思绪不断冲击着我的意识。马苏德紧紧抓住我，盯着那些士兵。西亚马克安静地坐在床上。我握住他的手，那只小手像冰块一样，还在微微颤抖着。我看向他的脸，他则是全神贯注地看着那些人的每一个动作。我看到他流露出另一种不属于恐惧的表情，那让我不寒而栗。我永远也不会忘记这个九岁男孩眼睛里的怒火和憎恨。我想到比比，忽然意识到已经有一段时间没有听见她的喊声了。我很想知道她出了什么事，会不会是死了。士兵们命令我们下床。他们撕扯开床垫，然后又让我们回到床上，并命令我们留在那里。

太阳升起来的时候，他们离开了我们家，还带走了各种文件、纸张和书。马苏德在大约半个小时以前就睡着了，而西亚马克一直坐在那里，面色苍白，一言不发。我缓了一段时间才鼓起勇气下了床。我一直觉得一定还有一名士兵留了下来，不知道正躲藏在什么地方监视着我们。我搜遍了每个房间。西亚马克一直跟在我身后。我打开门走了出去。房子里没有别人了。我跑下楼梯。比比卧室的门敞开着，她正侧躺在床上。我心中想，真主啊，她死了。但是当我来到她身边的时候，听见了她沙哑而吃力的呼吸声。我将她扶起来，用两只枕头撑住她的身子，倒了一杯水，喂她喝了一点。现在什么都不必再隐瞒了，我已经用不着害怕泄露任何秘密了。我拿起电话，打给了公公。他努力保持住了镇静。我能感觉到，这个消息并没有让他感到非常吃惊，仿佛他也在等待这一天的到来。

我把整幢房子都查看了一番。这里的一切都变得杂乱无章，我觉得自己再也不可能将每一样东西都恢复原样了。我的房子变成了废墟，看上去就像一个遭受敌人大肆踩躏的国家。我心中感到好奇：现在我是不是只能坐下来等待死亡通知了？

比比的几个房间里堆积着大量乱七八糟的东西。我不知道她怎么会收集这么多没用的东西：旧窗帘；带着污渍的手缝桌布；有许多装饰的旧衣服；大大小小的从旧衣服上裁下来的布块；被包裹起来、已经发黄的旧叉子；边缘残缺，甚至已经碎掉的盘子和碗，等待着永远也不会来的铜碗匠把它们修好……真的，比比为什么还要留着这种东西？她要通过它们寻找她怎样的人生痕迹？

地窖里面才是真正的一团乱麻——摔坏的椅子和桌子、空牛奶瓶和饮料瓶子以及被人用刀子划开之后，从粗麻袋里流出来，洒得到处都是的被弄脏的大米……

公婆来到家里，难以置信地环顾四周。看到这样的惨状，婆婆放声大哭，不停地喊道："我的孩子怎么了？我的哈米德在哪里？"

我吃惊地看着她。是的，我应该哭泣，但我就像冰块一样又冷又硬。我的大脑无法运转，它不愿意去理解这场灾难到底有多严重。

公公迅速将比比抱到车上，又催促婆婆跟上他们。我没有心情，也没有力气帮助和安抚他们，更无法回答他们的任何问题。我的心中什么情绪都没有，我只知道自己不能一动不动地坐着，于是开始从一个房间走到另一个房间。我不知道公公是在多久以后回来的。他抱住西亚马克，流下眼泪。我冷漠地看着他。他似乎离我很远很远。

马苏德充满恐惧、连续不断的尖叫声终于让我清醒过来。我跑向楼梯，将他抱起来。他全身都是汗水，正在不停地颤抖着。

"没事了，儿子，"我说道，"不要害怕，没事了。"

"收拾好你们的东西，"公公说，"先和我们一起住几天吧。"

"不用，谢谢，"我回应道，"我在这里更自在。"

"你不能留在这里，这样做很不明智。"

"不，我要留下来。哈米德也许会联系我，他有可能需要我。"

公公摇摇头，用不容置疑的口吻说："不用，亲爱的，没有这个必要。收拾好你们的东西。如果你觉得去你爸妈家会更自在，我就送你们去那里。我猜我们家也没有那么安全了。"

我意识到，他所知道的并不只是他说的这些，但我没有勇气追问，也不想知道。在这片混乱的废墟中，我找出了一个大行李袋，将我能看见的孩子们的衣服都塞进去，又找了几件我自己的东西。我已经没有力气换衣服，只是在睡衣外面披了一件恰多尔，就带着孩子们走下楼梯。公公在我们身后锁上了门。

在路上，我一句话都没有说。公公一直在和孩子们说话，想要吸引他们的注意力。我们一到我父亲的家，孩子们就跳下车子，跑了进去。我看着还穿着睡衣的他们，两个人看上去都是那样瘦小无助。

"听着，闺女。"公公说，"我知道你很害怕，可能已经被吓傻了。这是一次可怕的打击。但你必须坚强起来，必须面对现实。你还要坐在这里继续发呆吗？还要继续沉陷在自己的世界里吗？你的孩子们需要你，你必须照顾好他们。"

我的眼泪终于落了下来。我哭泣着问："哈米德出了什么事？"

公公将额头靠在方向盘上，一言不发。

"他死了！对不对？他被杀了，就像那些人一样，对不对？"

"不，孩子，他还活着。我们知道的也只有这么多。"

"你们有他的消息？快告诉我！我发誓，我不会告诉任何人。他藏在印刷厂，对不对？"

"没有。他们在两天以前突袭了印刷厂，把里面翻了个遍，又把它给封了。"

"为什么你没有告诉我？哈米德在那里吗？"

"差不多……他就在附近。"

"然后呢?"

"他被捕了。"

"不!"

随后一段时间里,我什么话都说不出来。然后我冲动地问:"所以实际上,他已经死了。比起死亡,他更害怕被逮捕。"

"不要这样想,要抱有希望。我会尽力去做些事情。从昨天开始,我给上千人打了电话,找了几位人脉很广的官员,罗列了很多我能联系的熟人。今天,我还要去见一名律师。所有人都说我们应该充满希望。我是乐观的。你必须帮助我,和我们一直保持联系。现在,我们应该感谢真主,他还活着。"

随后三天里,我一直都躺在床上。我没有生病,但我实在是没有力气,什么都做不了。就好像过去几个月中所积累的恐惧和焦虑都集中到了这最后一击中,一下子就耗光了我的全部力量。马苏德坐在我身边,抚摸我的头发,努力强迫我吃东西,像护士一样照看我。与此同时,西亚马克只是沉默地绕着倒影池转圈,不与任何人说话,也不和别人打架、不破坏物品、不玩游戏。他深邃乌黑的眼睛里闪烁着一种令人不安的光芒,那比他的暴躁好斗更让我感到害怕。只是过了一夜,他仿佛就长大了十五岁,好像变成了一个明白什么是紧张和痛苦的男人。

第三天,我终于下了床。我别无选择,必须继续我的生活。马哈茂德刚刚知道发生了什么。他带着妻子和孩子来到父亲家。伊特兰-萨达特不停地和我说话,但我没耐心搭理她。马哈茂德在厨房里和母亲说话。我知道他来家里是为了得到更多消息。法蒂走进我的房间,把茶盘放在地上,坐到我旁边。就在这时,我听见西亚马克歇斯底里的吼声从院子里传进来。我跑向窗口。西亚马克的声音中充满憎恨,他正在连声痛骂马哈茂德,还向马哈茂德扔石头。然后他突然转过身,用惊人的力量将可怜的吴拉姆-阿里推进池塘,又拿起一个花盆,朝地上摔得粉碎。我不知道是什么让他如此暴怒,但我知道他绝不会无缘无故这样。实际上,我松了一口气。过了整整三天,他终于释放了自己的情绪。

阿里向西亚马克跑过去,一边叫骂着让他闭嘴,一边扬起手抽了他一嘴巴。我瞬间眼前一黑。"把你的手放下!"我尖叫着从窗口跳出去,像保护幼崽的母老虎一样冲向阿里。"如果你再敢打我的孩子,我就把你撕成碎片!"

我将西亚马克抱在怀里。西亚马克还在因为愤怒而全身颤抖。所有人都惊讶地盯着我,院子里顿时变得鸦雀无声。阿里后退一步说:"我只是想让他闭嘴。看看他惹出的乱子,看看他对那个可怜的孩子做了什么。"他朝吴拉姆-阿里一指。那个男孩正站在他母亲身边,就像一只浸透了水的老鼠,不停地抽着鼻子。

"难道你没有听见他对他舅舅说的那些可怕的话吗?"阿里问我。

"他舅舅一定是说了什么,才让他这样气愤,"我反驳道,"他在这里已经三天没有发出过任何声音了。"

"这个顽劣的孩子甚至不值得我和他说话。"马哈茂德阴沉着脸说,"难道你不为自己感到羞愧吗?你刚刚为了一个不懂礼数的小孩背叛了你的兄弟。但你永远都学不会羞愧,对不对?"

父亲到家的时候,房子里已经再次安静下来。这是一场风暴之后的平静,每个人都在衡量自己的损失。马哈茂德和他的妻子、孩子们都走了。阿里在楼上他的房间里。母亲在哭泣,不知道是应该站在我这一边还是她儿子们那一边。法蒂跟在我身边,帮我打包好孩子们的衣服。

"你在干什么?"父亲问。

"我必须走了。"我说,"我的孩子们不应该遭受不公正的对待和侮辱,尤其是不该被他们的亲戚们这样对待。"

"出什么事了?"父亲厉声问道。

"我该怎么说呢?"母亲哭着说,"可怜的马哈茂德只不过是表示了一下关心。他在厨房里和我说话,被那个男孩听到了。你根本想不到他惹了多大的乱子。然后我们的女儿就和她的兄弟们吵了起来。"

父亲转向我说:"无论发生了什么,我不会让你今晚回到那幢房子里。"

"不,爸爸,我必须走。我还没有给孩子们做入学登记。下个星期就要开学了,我还没有把所有事情都处理好。"

"那好,你们可以回去,但今晚不行,也不能让你们自己回去。"

"法蒂会跟我们一起回去。"

"可她算是什么保护者啊!得有男人和你们在一起。那幢房子也许会再次被搜查,不能让两个女人带着两个孩子住在那里。明天我们一起过去。"

父亲是对的,我们必须再留一晚。晚餐后,父亲要西亚马克和他坐在一起,和西亚马克说话,就像西亚马克小时候那样。

"听着,我的孩子,现在告诉我,出了什么事情,让你如此愤怒?"父亲平静地说。

西亚马克就像一台录音机一样说了起来,他完全没有意识到自己是在重复马哈茂德的话:"我听到他对外祖母说'那个浑蛋是一个危险分子,他们迟早都要处决他。我一直都不喜欢他和他的家族,我就知道他们不是什么好人。我们本来就不应该以为帕尔文太太会介绍什么好人来我们家求婚。我告诉过你多少次,应该把她嫁给哈吉阿迦……'"西亚马克停顿了几秒钟,"哈吉阿迦什么的"。

"可能是哈吉·阿布扎里。"父亲说。

"是的,就是这个。然后马哈茂德舅舅还说:'但你说他太老了,而且以前结过婚。你却看不见他是一个虔诚的人,在集市里还有一个兴旺的铺子。于是你把她给了一个不信神的、不值一提的共产主义分子。那个浑蛋,他简直是罪有应得,他就应该被处死。'"

父亲将西亚马克的头抱在自己胸前,亲吻他的头发。

"不要听这样的话。"他温和地说,"他们不够聪明,所以没办法明白你爸爸是一个好人。放心吧,他们不会处死他。我今天和你的祖父谈过了,他说他已经请了一名律师。以真主的意志,一切问题都会解决的。"

我整晚都在思考,如果没有了哈米德,我们该如何把日子过下去。

我该如何养育孩子们？我的责任到底是什么？我该如何在人们的流言蜚语中保护他们？

第二天早晨，我们和父亲一起回到了那幢破败的房子里，随行的还有帕尔文太太和法蒂。看到我的房子，父亲吃了一惊。他离开的时候说："我会让店里的男孩子们来帮忙，这些活儿不是你们三个女人干得了的。"然后他从口袋里掏出一些钱："先拿着这个，如果你还有需要，就告诉我。"

"不用了，谢谢，"我说，"我现在还不需要钱。"

但父亲的好意提醒我开始考虑我们的经济状况。我该如何担负家庭开支？我要永远依靠我的父亲、公公或者其他人吗？我再一次陷入焦虑，只好努力安慰自己，印刷厂会重新开张，恢复运营，而哈米德是那里的股东。

整整三天，法蒂、帕尔文太太、西亚马克、马苏德、父亲的雇员们都在帮我收拾房子，母亲偶尔也会来。我们终于让整幢房子恢复了整齐。哈米德的母亲和姐妹们来整理了楼下比比的房间。比比从医院出来之后，就一直在她们的家中休养。

在收拾的时候，我去地窖里，把那里面的许多破烂都扔掉了。

"真主祝福萨瓦克，"法蒂笑着说，"是他们让你终于发现了这幢房子里都有些什么，还强迫你进行了一场春季大扫除！"

第二天，我去学校给孩子们做了登记。可怜的马苏德竟然要带着这样糟糕的情绪开始他的一年级课程。和西亚马克不一样，他尽量不给我添任何麻烦。去学校的第一天，我能够从他的眼睛里看到对于未知环境的恐惧，但他什么都没有说。当我向他道别的时候，我说道："你是一个好男孩，很快就能交到朋友。我相信你的老师一定会非常喜欢你。"

"你会来接我吗？"他问。

"当然。我怎么会忘记我善良又可爱的儿子呢？"

"不会，"他说，"我只是害怕你会迷路。"

"我？迷路？亲爱的，成年人是不会迷路的。"

"不，他们会的。我们会再也找不到他们，就像爸爸和莎哈扎德。"

这是他在莎哈扎德死后第一次提起她的名字，而且是她的全名，不是莎莉阿姨。我不知道该说些什么，同时又很好奇，幼小的他会怎样理解他们的失踪。我将他抱进怀里说："不，儿子，妈妈们是不会迷路的。她们知道自己孩子的气息，会跟着这气息找到她们的孩子，无论他们在哪里。"

"那么，我不在的时候不要哭！"他说道。

"不，儿子，我不会哭的。我什么时候哭过？"

"你一个人在厨房里的时候经常会哭。"

我真是没有任何事可以瞒过这个孩子。我有些哽咽地说："哭泣不是一件坏事情。有时候我们需要哭一下，这会让我们的心情更轻松。但我不会再哭了。"

马苏德很快证明了自己在学校同样是个好孩子。他会及时完成家庭作业，小心地从不让我烦恼。但萨瓦克出现的那一晚还是对他造成了影响。有一件事他没办法向我隐瞒，就是他惊骇的尖叫声常常在午夜将我惊醒。

两个月过去了。大学开学了，但我根本没有心情去上课。每一天，公公和我都会去见不同的人，请求、恳求和乞求，寻找各种关系。我们甚至写信给法拉赫王后办公室，恳请王后垂怜，让哈米德不要遭受酷刑和处决，能被移交到普通监狱。几个有影响力的人向我们做出了保证，但我们仍然无法确定自己的努力能够达到怎样的效果，哈米德实际所处的环境又是怎样的。

一段时间之后，哈米德被审判。法庭认为哈米德没有参与武装暴动。他被免于处死，但要服刑十五年。我们终于得到许可，能够给他送衣服、食物和信件了。每个星期一，我都会站在监狱门口，抱着一大袋食物、衣服、书和纸笔。其中许多东西都会被当场退还给我。而那些被狱警收走的东西，我也不知道它们是不是真的会被交到哈米德的手里。

他们第一次将哈米德的脏衣服交给我的时候,我被那上面奇怪的味道吓了一跳。那闻起来像是陈旧的血、伤口感染和苦难混合在一起的气味。我心惊胆战地仔细查看每一件衣服。上面的血渍和脓汁简直让我发疯。我关上浴室门,将水龙头开到最大,在水流涌进浴缸的咆哮声中哭泣。他在监狱里受了什么样的苦?如果他像莎哈扎德和迈赫迪那样死去会不会更好一些?他是不是在不停地祈祷自己能够死掉?随后我又仔细查看了他的衣服,知道了他身上的每一处伤,还有这些伤口的严重程度,知道它们哪些在恶化,哪些在愈合。

一天又一天过去,没有任何迹象表明印刷厂会被允许恢复生产。每个月,公公都会给我一些钱,以维持我们的生活。但这种情况能持续多久?我必须做出决定。我必须找一份工作。我不是孩子,也并非软弱无力,我是一个要为两个孩子负责任的母亲。我不想依靠别人的救济养育他们。坐在原地,呜咽着伸出手向别人乞讨施舍不是我会做的事,也不是我的孩子们应该过的生活,更不是哈米德愿意看到的情景。我们必须带着荣誉和骄傲生活下去,必须用自己的双脚站起来。但我该怎么做?我能胜任什么工作呢?

我的第一个想法就是做一名裁缝,为帕尔文太太工作,法蒂也可以帮我。虽然这个工作不需要什么准备时间,但我痛恨这个工作,尤其是还得因此不得不每天都去母亲和帕尔文太太家,必须面对阿里,还会不时见到马哈茂德,以及忍受母亲的责难。

"难道我没有告诉过你,缝纫对女孩子才是最重要的?"她一定会这样说。"但你根本不听,只会把你的时间浪费在学校里。"

每天晚上,我都会看报纸上的招聘启事。每一天,我都会去不同的公司寻找工作。大多数私人企业招的职位都是秘书。公公提醒我,要注意工作环境和女性在工作中不得不面对的一些问题。他的警告很有价值。在一些办公室,我被男人们用不怀好意的目光从头看到脚,仿佛他们是在挑选情人,而不是员工。在这些面试中,我意识到一份中学文凭还不够,我还需要其他技能。于是我去上了两节打字课。在学到基本规则之后,我就不再去了,因为我既没有时间也没有钱付学费。公公给了我一台旧打字机,我便在晚上进行练习。然后他把我介绍给了一个在政府企业工作的熟人。我去面试的那一天，发现坐在我面前的是一个三十一二岁，目光犀利机敏的男人。他用好奇的眼神看着我，仿佛是想要找到一些我没有写在求职简历上的信息。

"你在简历上写你已经结婚了。你的丈夫是做什么的？"

我犹豫了一下。我本以为既然是公公介绍的，他应该知道我的状况。我含糊地说我的丈夫是个自由职业者，在给一家公司做事。我能够从他的眼神和带有嘲讽意味的笑容中看出来，他不相信我说的话。

我感到疲惫而紧张，便说道："我是来找工作的，我的丈夫是谁又有什么关系？"

"我知道，你没有其他经济来源。"

"谁告诉你的？"

"莫塔麦迪先生，推荐你的副总裁。"

"如果我有其他收入，你就不会雇用我了吗？你们不是在招秘书吗？"

"是的，太太，我们是在招秘书。但有许多申请这份工作的人比你受过更好的教育，更有资质。实际上，我不明白为什么莫塔麦迪先生会推荐你，而且还是极力推荐！"

我不知道该说些什么。公公告诉过我，我在面试的时候绝对不能提起我的丈夫还在监狱里。但我不能说谎，因为谎言迟早会被揭穿。而且我需要一份工作，这份工作很适合我。我心中感到焦急，觉得渐渐失去了希望。泪水沿着我的脸颊滚落。我用几乎无法被听到的声音说："我的丈夫在监狱里。"

"因为什么？"他皱起眉头。

"他是一名政治犯。"

面试官沉默了。我不敢说话，他也没有再问任何问题，只是开始在纸上写着什么。几秒钟以后，他抬起头，神情中流露出不安。他将一张纸条递给我说："不要再向任何人提起你的丈夫。拿着这张纸条去隔壁房间，把它交给塔布里兹女士，她会告诉你该做些什么。你从明天开始来上班吧。"

我得到工作的消息爆炸般地传开了。

母亲的眼珠仿佛要从眼眶里蹦出来一样。她问道："你是说在办公室里？像男人一样？"

"是的，男人和女人已经没有分别了。"

"请真主拿走我的生命吧！听听你在说什么！真是末日要到了！我相信你的爸爸和兄弟们一定不会允许的。"

"这和他们没关系。"我反驳道，"没人有权力干涉我和我孩子们的生活。他们过去对我做的那些事已经够了。现在我是已婚女人，我丈夫还没有死。他和我才有权决定我的生活。所以，他们守好自己的本分就好了。"

我的这段话让所有人都闭上了嘴。不过我觉得父亲并不是很反对我去工作。他不止一次表示过，他很高兴我能够凭自己的力量站稳脚跟，而不是依靠我的兄弟们。

这份工作让我振作起来。我开始自立，并且有了安全感。尽管我常常会精疲力竭，但我很骄傲自己不需要再依靠任何人了。

在这家企业里，我是一名办公室助理，负责处理办公室的所有杂务——打字、接电话、整理档案、检查账目，有时候甚至还要翻译信件和文件。一开始，一切都很难。我觉得每一样工作都让我感到困惑和无能为力。但差不多两个星期之后，我对自己的业务已经很熟练。扎尔加先生现在成了我的上司。他耐心地向我解释每一件事，指导我的工作。但他没有再问起过我的私生活，也没有对哈米德表示过任何好奇。渐渐地，我开始在打印时纠正文本中的拼写和文法错误。毕竟我在大学里学的是波斯文学，而且过去十年里我有一半时间都在读书。我的上司注意到了我做的事情，并给了我鼓励。这让我更有信心了。最后，他只需要简单地告诉我想要在信件或是报告里表达些什么，我就会为他写好。

我很喜欢我的工作，但我要面对一个以前从不曾想过的问题：我没办法每个星期去监狱探视了。我已经有三个星期没得到过哈米德的任何消息了。我非常担心，便在心中告诫自己，无论如何这个星期我都必须去一趟。

去监狱探视的前一天,我准备好了每一样东西。我做了几样吃的,打包了一些水果、点心和香烟。第二天,我很早就去了监狱。监狱大门口的卫兵用粗鲁嘲讽的口气问我:"这是怎么回事?你昨天晚上一定是没睡着吧?所以一大早就跑过来了。这么早,我可不会收任何东西。"

"求你,"我说,"我八点钟必须去上班。"

他开始对我说出各种嘲讽和侮辱的话。

"你应该为自己感到羞愧。"我说,"你都在说些什么?"

他仿佛在等着我开口反击,这样他就有借口更加肆无忌惮地谩骂我和我丈夫。我遭遇过许多侮辱和蔑视,但还从来没有人以这种态度欺侮过我,向我骂出过这样下流的话。我气得浑身发抖,想要把他撕成碎片,但我一个字都不敢说。我担心哈米德再也无法收到我的信,无法得到一点我带给他的食物。

我抖动着嘴唇,吞咽下泪水,怀着几近崩溃的心情去上班了。为哈米德准备的大袋子还背在我的肩上。扎尔加先生以他锐利的目光一下子就注意到了我是多么心烦意乱,便将我叫到他的办公室,一边将一封需要打出来的信交给我,一边问:"出什么事了,萨迪吉女士?你今天看起来不太好。"我用手背抹去眼泪,向他解释了今天发生的事情。他愤怒地摇摇头,在一阵短暂的沉默之后,他说:"你应该早些告诉我。难道你不明白,如果你丈夫这个星期依然没有得到你的消息,他会怎么想?赶快去监狱,把你的东西都交给他以后再回来。从今天起,每个星期一你都先把东西送到监狱再来上班。明白了吗?"

"是的,但有时候,我要一直等到中午。我怎么能旷工呢?我不能失去这份工作。"

"不要担心工作的事。"他说,"我会记下你是因为公务外出。我为那些无私的人能做的也只有这些了。"

他是多么仁慈和善解人意啊!我看到了他和马苏德的相同之处,我觉得我的儿子长大以后一定会像他一样。

我和孩子们渐渐适应了这种新的生活节奏。孩子们都在尽力做好自己的事情，不再给我制造新的麻烦。我们每天早上一同吃早餐，为新的一天做准备。尽管他们的学校离家不算太远，我还是会开着那辆雪铁龙2CV送他们上学。在这段日子里，这辆车成了我家真正的救星。到午餐时间，他们会走路回家，在路上买烤馕，热好我提前为他们准备的菜，并给楼下的比比送去一份。那位可怜的老妇人自从上次住院以后，身体就变得非常衰弱。但她只想住在自己的家里，所以我们也要照顾好她。每天工作之余，我会先去购物，再去看望她，为她清洗碗碟、整理房间，和她聊一会儿再上楼。然后我要把家务做好——刷洗、清洁、做好明天的饭和孩子们的晚餐、帮助他们完成作业，以及上千件其他事情。直到十一二点，我才能把这些事做完。然后我会像一具尸体一样瘫倒在床上，沉沉睡去。在这种情况下，我已经不再以为还能继续自己的学业了。我已经错过了一个学年，看样子我还要错过许多个学年。

那一年，还有一件事对我们造成了一段时间的纷扰。经过无数次和家人的争吵之后，法蒂结婚了。马哈茂德认为他已经在我的婚姻中吸取了教训，所以他决意要把法蒂嫁给一个像他一样虔诚的集市商人。法蒂和我不同。她性情柔顺，很容易被吓唬，完全不敢拒绝马哈茂德推荐的那名求婚者。但实际上，她很厌恶那个男人。很明显，我曾经受到的惩罚给她留下了深刻的印象，似乎让她完全失去了自信和表达意见的能力。于是，捍卫她权利的责任就落在了我的肩上。这彻底证实了我是这个家里不好惹的人。

但这一次，我在行动时更加聪明了。我没有与马哈茂德和母亲谈，而是私下里找了父亲。我让他明白了法蒂的心情，请求他不要再因为允许一桩强迫的婚姻而让另一个女儿陷入悲剧。尽管后来马哈茂德发现我做了手脚，并因此比以往任何时候都更加痛恨我，但这场婚姻算是告吹了。法蒂嫁给了另一位由阿巴斯伯伯介绍的求婚者，那是一个法蒂愿意接受的男人。

法蒂的丈夫萨迪克阿迦是一个和善、英俊、受过教育的年轻人，来自一个有文化的中产阶级家庭，在一家政府企业中当会计。尽管他不够富有,马哈茂德轻蔑地称他为"挣工资的",但法蒂很高兴,我和孩子们也都喜欢他。萨迪克阿迦明白我的儿子们想要有一位父亲,他很快就和他们建立起融洽的感情,经常会为他们安排娱乐活动,带他们出去玩。

我们的生活几乎又变得规律起来。我喜欢我的工作,还交到了好朋友,我们一起在午餐和闲暇的时候分享笑话、闲聊,一同欢笑。我们经常会谈论希尔扎迪先生。他是部门主管之一,非常不喜欢我。无论我做什么,他都会挑我的错。所有人都说他是一个敏感的人、一位杰出的诗人,但在我的眼里他只不过是一个充满敌意、脾气糟糕的人。所以我一直很小心地避免出现在他面前,也不给他任何批评我的机会。但他还是不断旁敲侧击,暗示我是通过人情关系才被安排到这里的,根本就不能胜任这份工作。我的朋友们要我放宽心,说他就是这种人。但我还是觉得他对我比对其他任何人都更恶劣。我知道,他在背后称我是扎尔加先生的美人。渐渐地,我也开始讨厌他了。

"他才不像是什么诗人。"我会这样对我的朋友们说,"他看上去更像是一名黑手党。诗人要有一个纤细的灵魂,不可能是这副傲慢、专横和充满恶意的样子。那些诗甚至有可能不是他写的。也许他是将一个可怜的诗人扔进了监狱,用一把匕首抵住那个人的喉咙,强迫那个人以他的名义写诗。"所有人都被我的话逗笑了。

我知道所有这些议论最终都会传进他的耳朵。有一天,他发现了几个排版上的错误,于是把我努力准备的十页报告全都撕了,扔在我的桌子上。我一下子失去控制,向他喊道:"你有没有想过到底为什么这么激动?你总是找碴指责我的工作。我到底做了什么对不起你的事?"

"哈!夫人,你可没有做任何对不起我的事。"他怒气冲冲地说,"我知道你是怎么想的。你觉得我会像扎尔加和莫塔麦迪那样,被你玩弄于股掌之上?我非常清楚你是什么样的人。"

我气得浑身发抖,正要反驳他,扎尔加先生走进来问道:"出什么事了?希尔扎迪先生,这是怎么回事?"

"出什么事了?"他吼道,"这个女人不知道该如何完成她的工作。她耽搁了两天,只交给了我一份充满错误的报告。如果你只是因为一个女人生得漂亮,有关系就雇用她,而不看她是不是识字的话,就会发生这种事。现在你就只能自食其果了。"

"小心你说的话。"扎尔加先生呵斥道,"控制好你自己的脾气。请到我的办公室来,我有话要和你说。"然后他伸手按住希尔扎迪先生的后背,将希尔扎迪推进了他的办公室。

我把脸埋在双手之间,努力不哭出来。我的朋友们聚集在我周围,想要安慰我。阿巴斯-阿里是我们这一层的门卫,他对我总是格外照顾,给我拿来了一杯热水和蜜饯。我则只是把自己埋进了工作里。

一个小时以后,希尔扎迪先生走进我的办公室,站在我的桌前,同时又努力避开我的目光,不情不愿地说道:"我很抱歉,请原谅我。"然后他就快步走了出去。

我大吃一惊。这时我看到扎尔加先生就站在门口,便问他:"这是怎么回事?"

"没什么,忘记这件事吧。他就是这种人。他是一个好人,有一颗善良的心,但他对于一些事又非常紧张和敏感。"

"比如说,关于我?"

"严格来说不是你,而是任何他认为侵犯了其他人正当权利的人。"

"我侵犯了谁的权利?"

"别太当真。"扎尔加先生说,"在我们雇用你之前,他推荐我们晋升他的一名助手。那个人刚刚获得大学学历。我们几乎已经完成了那个人的晋升程序,这时你来应聘这个职位了。在我面试你以前,我答应过希尔扎迪,不会被莫塔麦迪的要求影响。但我还是雇了你。他认为这不公平,像他这样敏感的人自然没办法对于这种他认为'不公平'的事情保持平静。从那时起,他就成了我的敌人,也是你的敌人。他早就不喜欢莫塔麦迪了,因为他对于上级领导天生就有一种敌意。"

"看样子他是对的,"我说,"我的确侵犯了别人的权利。但你既然知道这些,为什么还是雇用了我?"

"好了!我现在不欠你什么了吧?我相信另一个候选人以自己的资

质一定能找到一份工作。实际上,他在一个星期以后就找到了新工作。但以你的情况,你很难找到一份工作。不管怎样,我要向你道歉,因为我不得不将你丈夫的情况告诉希尔扎迪。不过别担心,他是一个值得信任的人。这话我只告诉你,他一直都对政治非常关心。"

第二天,希尔扎迪先生来到我的办公室。他面色苍白,神情哀伤,两只眼睛又红又肿。他局促不安地站在我面前,过了很久,才终于开口说道:"请听我说,之前我太愤怒了,实在没忍住。"然后他背诵了一首诗。那首诗讲述的是怒火如何深入他的灵魂,将他变成了一头狂狼。"我对你很不公平,"他说,"实际上,你工作做得很好,我却对你吹毛求疵。那些老板和主管哪怕只是写一张两句话的纸条,里面都会有上千个错误。"

希尔扎迪先生从此变成了我最热心的支持者和朋友之一。与扎尔加先生不同,他对于哈米德的政治活动非常好奇,很想知道哈米德属于什么组织,以及当时他是怎样被捕的。由于他的热情和兴趣,我对他说了越来越多的事情。而我其实对于谈论这些事并没有什么兴趣。另外,他的热情中还掺杂着一种对于当今政权的愤怒和憎恨,这让我感到害怕。有一次我们聊天的时候,我注意到他变得面色铁青。

"你还好吗?"我有些担心地问。

"不,我不好。"他说,"不过不必担心,我经常会这样。你不知道我是怎样的心情。"

"你是怎么想的?"我问他,"也许我也有同样的想法,只是我没办法用语言表达出来。"

就像往常一样,他开始背诵诗歌。这首诗讲的是一座城市在哀悼遭受屠杀的民众,同时又渴望着复仇,就像一个斋戒的人在赤日炎炎的中午渴望清水。

啊!尽管我遭受过那样沉重的打击,也从不曾有他这般强烈的愤怒和悲伤。有一天,他向我问起了我的家遭受搜查的那一晚,我和他说了一点当时发生的事情。突然间,他失去控制,无所畏惧地喊出了一段诗歌。诗中描述了侵略者将城市变成了只有野狗出没的废墟,而狮子们正在草原上流浪。

我惊恐地跳起来，把门关上。"为了真主的爱啊，这样会被别人听见的，"我恳求他，"这一层就有萨瓦克的密探。"在这些日子里，我们认为我们的半数同事都是萨瓦克的密探。我们都很害怕那些人，只能小心翼翼地行事。

从那时起，希尔扎迪先生就开始不断地念他的诗给我听，其中的任何一首都足以让书写或者背诵它的人被处决。对于这些诗的含义，我有着切身的体会与理解。希尔扎迪是二十世纪五十年代那些政治灾难的幸存者。他年轻而敏感的灵魂也因为那些灾难而遭受重创，自此人生充满苦涩。随着逐渐了解他，我不禁开始思考，他幼时和少年时代所承受的苦难是否会给他留下永远无法磨灭的烙印？我在他的一首诗中找到了答案。那首诗所描写的是一九五三年那场失败的政变[1]。在诗中，他描述从那一刻起，自己的眼睛就总是望着天空，而身体永远漂浮在一片鲜血的海洋中。他永远都只能透过匕首反射的光芒看见太阳和月亮。

我对希尔扎迪了解得越多，就越担心西亚马克。我经常会想起家中遭受秘密警察搜查时他眼睛里迸发出的愤怒与憎恨。我问自己：他会变得像希尔扎迪一样吗？他会不会也深深陷入怨恨和孤独，放弃希望、喜悦和生命的美好？社会和政治问题真的会给敏感的灵魂留下永远不会消退的伤疤吗？我的儿子又会怎样？我必须想办法解决这个问题。

夏季就要结束了，距离哈米德被逮捕已经过去了将近一整年。按照法庭的判决，我们还要熬过十四年没有他的生活。我们别无选择，只能习惯现在的处境。等待成为我们生活中的主要任务。

大学报名的日期越来越近了。我必须决定是永远放弃大学进修，将此夙愿带进坟墓，还是重新入学，并接受这一选择将给我和我的孩子们带来的严苛考验。我知道，每个学期课程都会变难。我还知道，因为时间有限，我不可能为了不影响工作而调整我的课程。就算是我

---

[1] 1953年伊朗政变，是由英国和美国情报机关在1953年8月19日策动推翻民选伊朗首相穆罕默德·摩萨台的政变。——编者注

的上司们不为此而责备我，我也觉得自己不能滥用他们的好意和包容。

但我的工作也向我证明了接受更好的教育是多么有价值。每当其他人对我颐指气使，认为他们有权将他们的错误推到我头上，只是因为他们比我接受过更高的教育时，我都为自己感到难过，想要完成大学学业的心愿也会重新燃起。在未来的许多年中，我都将不得不独自支撑起我们的生活。我一直在思考如何争取到更高的薪水，以满足我的孩子们未来的需要。很明显，拥有大学学历将大大改善我的处境。

不出所料，我的亲人们全都认为我应该放弃返回大学的主意。而让我惊讶的是，哈米德一家人也有着同样的想法。

"你已经承受了太大的压力，"公公充满同情地说，"难道你不觉得同时应付工作和大学学业对你来说实在是太辛苦了吗？"

婆婆一如既往地匆忙打断她丈夫的话，对我说："你从上午直到下午都要工作。我知道你要在完成工作之后才能开始学习。但孩子们该怎么办？为什么你不想想那两个无辜的孩子？到时候谁来照看他们？"

曼妮吉哈就要生产了。她连续几年都没能通过大学的入学考试，最终放弃学业结了婚。她用矫揉造作的口气对她父母说："你们不明白吗？她就是不服气！毕竟我们的曼索耶上过大学。"

我努力控制自己，但我最近已经变得越来越缺乏耐心了。我不再是一个来自外省的傻女孩，对别人的刻薄言语完全不懂得反抗，总是以为自己的需要和愿望无足轻重。我心中的愤怒将我的犹疑和顾虑一扫而光。

"现在我又当爹又当妈，孩子们要用的钱必须由我去挣。"我说，"我必须想办法拿到更高的薪水。我眼下的收入不够支撑他们未来的开销，他们要用钱的地方会一天比一天多。请不必担心，你们的孙子们不会因为缺乏妈妈的爱和关注而受苦。我必须把所有事情都考虑到。"

实际上，我什么都没考虑。那天晚上，我和孩子们坐在一起，努力想要向他们解释清楚一切。他们仔细倾听，我逐一列出返回大学的好处和问题。当我说，现在最大的问题是我要比以前更晚回家的时候，西亚马克便装作不再听我说话的样子，玩起了他的玩具车，并制造出各种刺耳的噪声。我知道他不愿意接受在未来的日子里忍受更长时间的孤单。我不再说话,而是看着马苏德。马苏德在用一双天真的眼睛观察我的表情。然后他站起身,来到我身边,抚摸着我的头发说:"妈妈,你真的想要去上大学?"

"听着,儿子,如果我完成学业,会有很大的好处。尽管过程有点难,但很快就会结束了。到时候,我就能挣到更多的钱,我们将会有更好的生活。"

"不……我的意思是,你真的想要去上大学吗?"

"嗯,是的,"我说,"我努力工作,就是为了能够去上大学。"

"那就去吧,如果你想去,就去吧。我们会自己做好家务。天黑的时候,我们会下楼去和比比待在一起,这样我们就不会害怕了。也许爸爸那时候会回来,我们就不会孤单了。"

西亚马克将玩具车扔到房间另一边,说道:"真是个傻孩子!爸爸可不是在一个他想回来就能回来的地方。他回不来!"

"听着,孩子们。"我柔声说道,"我们必须保持乐观和希望。爸爸还活着,这已经足够让我们心怀感激了。他最终一定能回家。"

"你在说什么?"西亚马克怒喝道,"你以为小孩子是好糊弄的吗?祖父说过,爸爸必须在监狱里待十五年。"

"但十五年里有可能发生许多事。实际上,在监狱里的人每年都会因为表现良好而得到减刑。"

"是的,那也得有十年。那又有什么区别?到时候我已经二十岁了,还需要什么爸爸?我现在就想要爸爸,现在!"

我再一次陷入犹豫。在办公室里,我的朋友们都认为我不应该放弃这个完成学业的机会。扎尔加先生鼓励我,他说,只要我能完成工作,他会帮我安排好,方便我在白天上课。

巧合的是,就在这些日子里,当局终于接纳了我不断提出的申请,允许我们去探视哈米德。我感到高兴又紧张。我给公公打了电话,他立刻来到我家。"我不会告诉他妈妈,你也不应该告诉孩子们。"他说,"我们不知道哈米德现在的情况。如果我们确认过情况还可以接受,那么可以下次再带上他们。"

他的话让我更加焦虑了。我整晚都梦见哈米德被带到我面前,满身都是创伤和鲜血,在我的怀中度过了他生命的最后一刻。第二天早上,我们很早就出发了。我疲惫不堪,又忐忑不安。我担心探视窗口的玻璃上会有一层厚厚的灰尘,让我看不见哈米德,或者眼泪会彻底模糊我的视线。终于,他们把哈米德带来了。和我们想象中的完全相反,他全身干净整洁,头发梳过,脸也刮过。但他瘦得可怕,显得非常憔悴,就连声音也和以前不同了。最初的几分钟里,我们都说不出话来。公公第一个恢复了镇定,问他牢房里的情况如何。哈米德用犀利的目光看了他一眼,表明他问了一个不合适的问题,然后才开口说道:"不管怎样,这是监狱,我度过了一段相当艰难的时光。和我说说你们吧。孩子们怎么样了?妈妈呢?"

很明显,我写的信他大多没有收到。我告诉他,孩子们都很好,长得很快,他们都在班里名列前茅。西亚马克已经上五年级了,马苏德也上了一年级。他问了我工作的情况。我告诉他,因为他的关系,同事们对我都很好,很照顾我。他的眼睛里突然掠过一道亮光。我意识到自己不应该和他说这种事。终于,他问到了我上大学的事情。我和他说了我的疑虑。他笑了笑说:"你还记得自己是如何渴望拿到大学文凭的吗?就算是大学对你也是不够的。你这么有才华,又这么努力。你必须向前走,你应该攻读博士学位。"

我没有时间向他解释,要继续学业对我来说是一个多么沉重的负担,会占用我多少时间。我只是说:"同时兼顾学习、工作和孩子会很难。"

"你能做到的。"他说,"你已经不再是十年前的那个傻女孩了。你是一个能力非凡的女人,能够让不可能变成可能。我真的很为你感到骄傲。"

"你说的是真的?"泪水盈满我的眼眶,"你不再因为有我这样一个妻子而感到羞耻了?"

"我什么时候因为你感到羞耻了?你一直都是一位可爱的妻子,而且你每一天都在成长,变得更加完美。现在,你是每一个男人的梦想。我只是很伤心,是我和孩子们捆住了你的手脚。"

"不要这样说!你和孩子们是我人生中最宝贵的东西。"

我是那样想要用双臂抱住他，把头枕在他的肩膀上哭泣。现在我觉得自己身体里充满了力量，觉得自己什么都能做到。

我选修了几门对我来说还算方便的课程。我找了帕尔文太太和法蒂帮忙，她们同意帮助我照顾孩子们。帕尔文太太的丈夫病了，但她说她可以每周陪孩子们过一两个下午。法蒂和萨迪克阿迦同意每周照顾他们三个晚上。法蒂快要生产了。对她而言，往返奔波是一件很辛苦的事。所以我把汽车给了萨迪克阿迦，这样他就能载法蒂来我们家，或者把孩子接到他们家去，偶尔他还能带大家去看电影或者去郊游。与此同时，我利用每一个机会学习——在办公室的空闲时间、清晨时分还有晚上入睡以前。我常常手里拿着书睡过去。从我年轻时起就有的慢性头痛变得越来越严重和频繁，但我不在乎，每次都是吃一片止痛药，然后继续做事。

现在我的责任包括做一位母亲、一名家庭主妇、一个办公室职员、一名大学生和一个囚犯的妻子。对于最后这份责任，我最为用心。我和每一位家庭成员共同准备要带给哈米德的食物和其他必需品，我们几乎是在像完成宗教仪式一样做这件事。

慢慢地，我学会了如何完成所有任务，并开始习惯于此。直到这时，我才意识到我们能够做到的事情远比我们认为的要多。一段时间以后，我们就适应了这种生活，为我们的目标而调整好了生活节奏。我就像是一个在生活道路上不断奔跑的人。哈米德的声音不断回荡在我的耳边："我为你感到骄傲。"就好像运动场看台上的观众们在为我鼓掌喝彩，让我变得更有力量，更加敏捷。

一天，我在随意翻阅前一天的报纸，视线落在了葬礼消息上。我很少会注意这种消息，但那天我的目光突然停留在一个名字上——易卜拉欣·艾哈迈迪先生，那是帕尔瓦娜的父亲。我的心中一痛，流下了眼泪。我记得他正派慈祥的面孔，思绪里充满了对帕尔瓦娜的回忆。时间和生活的重担都无法抹去我对她的爱，我再一次非常渴望见到她。和她母亲通电话已经是几年前的事情了。眼前的生活占据了我的全部精力，从那以后，我就再也没有联系过她母亲，也没得到过他们的任何消息。

我必须去参加葬礼，这也许是我能够找到帕尔瓦娜的唯一机会了。无论她在哪里，都一定会回来参加自己父亲的葬礼。

走进清真寺的时候，我非常紧张，手掌心里全是汗水。我在死者家属中寻找帕尔瓦娜，但没有看见她。她难道没有回来？就在这时，一位颇为肥胖的女士抬起头。她戴着黑色蕾丝头巾，几绺金色的头发从头巾里露出来。我们目光交汇的时候，我才发现她就是帕尔瓦娜。她怎么在这十二三年里变化这么大？她一下子抱住了我。在整个葬礼中，我们几乎一直在哭泣，一句话都没有说。她在哀悼父亲的过世，而我则是将这些年中受的苦全部化作眼泪倾泻出来。葬礼之后，她一定要我去他们家。等到宾客渐渐散去，我们面对面地坐在一起。一时间，我们都不知道该从哪里说起。我看着她，意识到自己眼前仍旧是那个帕尔瓦娜，只是她有些胖了，还染了头发。她的黑眼圈和稍显浮肿的面孔都是因为最近这些日子里哭得太厉害。

"玛苏姆，"她终于说道，"你过得快乐吗？"

我愣了一下，不知道该如何回答。被问起这样的问题时，我总是会感到困惑。看见我一直保持沉默，她摇摇头，说："哦，真主啊！看样子你的麻烦还没有结束。"

"我不是不喜欢现在的生活，"我说道，"只是我不知道什么算是快乐！实际上，我的生活中有许多幸福：我有了孩子，是两个健康的男孩；我的丈夫是一个好人，尽管他不能和我们在一起；我有工作，还在学习……还记得我的梦想吗？"

"你还没有放弃，"她笑着说，"一张高中毕业证书其实算不上有什么价值，你觉得我得到了又如何呢？"

"我很久以前就拿到高中毕业证书了，现在我在德黑兰大学读波斯文学。"

"真的吗？这太棒了！你真的坚持下来了。当然，你一直都是聪明的学生，只是我没想到你有了丈夫和孩子，还能继续学习。你的丈夫没有反对你，这可真是太好了。"

"实际上，他一直在鼓励我。"

"实在是太棒了！那他一定是一个很有智慧的男人，我应该见见他。"

"是的，如果真主愿意，你在十年或者十五年后就能见到他了！"

"你什么意思？为什么？他在哪里？"

"他在监狱里。"

"愿真主夺走我的生命吧！他做了什么？"

"他是一名政治犯。"

"真的吗？在德国，我经常听伊朗人民党成员和其他反对政府的伊朗人说起那些政治犯。原来你的丈夫也是他们之中的一员！人们都说，他们在监狱里饱受酷刑。是真的吗？"

"他从没有对我说起过这种事，但我常常会在洗他的衣服时看到血。最近我们的探视许可又被撤销了，所以我不知道他现在是什么情况。"

"那么是谁在负担你的家用？"

"我告诉过你，我在工作。"

"你的意思是，你一个人维持着你们一家的生活？"

"生活并不是那么难，真正让人难熬的是孤单。哦，帕尔瓦娜，你根本无法想象我是多么孤独。虽然我常常忙得没有片刻休息时间，但我仍然总是会感到孤独。真高兴我终于找到了你。我真的很需要你……不过你也要和我说说，你过得快乐吗？你有多少个孩子了？"

"我过得还不错。"她回答说，"现在我有两个女儿。莉莉八岁了，拉蕾刚四岁。我的丈夫也还不错，就像其他男人一样。我已经习惯了那边的生活。但爸爸不在了，我不能再让妈妈一个人过日子，尤其是我的妹妹法尔扎内还有两个小孩子，正在为她自己的生活而忙碌。儿子是指望不上的。我觉得我们只能搬回来，住在这里。我的丈夫其实早就在想搬回来的事情了。"

帕尔瓦娜和我有许多话要说。一天的时间根本不够，我们还需要很多个白天和黑夜。按照约定，在星期五的时候我带着孩子去她家拜访，在她那里度过一天。那真是美好的一天。我感觉自己在那一天里说的话比我一辈子说的话都要多。时间和距离没有冲淡我们的友谊，这是我们的幸运。我们仍然是那样亲密无间，和她谈心比与其他任何人交谈都更加舒服自在。我一直都很难向其他人敞开心扉。为了对哈米德的事情保密，我变得更难在其他人面前放松戒备。但现在，我可以将心底的绝大多数秘密都告诉帕尔瓦娜。我找回了我的朋友，永远都不会再失去了。

更加值得庆幸的是，帕尔瓦娜很快就安排好了搬回伊朗的事情。返回德国没多久，他们一家就都搬到德黑兰定居了。她的丈夫找到了新工作。她也在伊朗-德国社团找到了一份兼职工作。现在我又有了一个可以依靠的人。帕尔瓦娜把我的故事讲给她的丈夫，他为此而深受感动，并觉得自己有责任帮助我和我的儿子。我们的孩子们也开始喜欢对方，成了很好的玩伴。帕尔瓦娜常常带他们去电影院、游泳池或者公园。帕尔瓦娜一家的出现给我们的人生带来了变化。我开始在我的儿子们身上看到了新的喜悦和兴奋。法蒂生产之后就没办法把太多时间用在他们身上，他们一度变得非常孤独，生活变得更加混乱。

又一年过去了，我们又能够有规律地去探视哈米德了。每个月，我会带着孩子们去看他一次。但每次见过父亲以后，孩子们的心情都会很糟糕，要用一整个星期来恢复精神。马苏德会变得更加沉静而哀伤，西亚马克则会更狂野、更敏感。每次我们见到哈米德，他都明显又老了一些。

我继续在大学进修，每个学期都拿到几个学分。现在我已经是部门的正式职员。虽然还没有拿到学士学位，但我已然承担起更加专业和高级的工作。扎尔加先生还是很照顾我，也会很放心地把各种工作交给我。希尔扎迪先生和我是很好的朋友。不过他仍然脾气很糟，很难与人相处，偶尔还会和别人发生争吵，而这种冲突对他精神上的打击又格外严重。我试着想要减轻他对于一切事物的悲观情绪，向他保证，没有人对他抱有敌意，人们无论说什么、做什么，背后都没有任何隐藏的企图。而对于我的这些劝说，他只会回应一句："恐惧赶走了我心中的信任，我唯一的爱人只有怀疑。"

他在人群中总会觉得不舒服。所以他不加入任何团体，总是在寻找叛徒留下的蛛丝马迹。他认为所有人都是被政府收买的爪牙。他的同事们并不反感他，但他总是在躲避他们。

我曾经问他："你难道不害怕孤独吗？"

作为回应，他背诵了自己的一首诗。他在那首诗中是哀伤的朋友，孤独的爱人。他的绝望就像太阳一样永恒，像大海一样无边无际。

有一天，扎尔加先生开玩笑地说："好了！为什么你把一切都看得那么难？事情不像你想得那么糟。这些问题在每一个社会中都是存在的。我们也不满意现在的情况，但我们不会把一堆干草看成一座大山，也不会总是对此痛心不已。"

希尔扎迪先生用他的一首诗歌作为回应，那首诗讲述的是人们如何不理解他。他写过不少这样的诗。

有一次，他和部门主管发生了激烈的争论。随后，他大步冲出那个人的办公室，用力摔上了门。所有人都过来劝解他。"稍稍做点让步吧，"有人说，"毕竟这里是单位，不是你家，有些事我们必须忍耐。"

希尔扎迪先生高声说，他永远都不会低下自己的头，向那些人卑躬屈膝。

我插嘴道："希尔扎迪先生，请保持冷静。你不能就这样离开这里，你必须把工作保住。"

"我做不到。"他说道。

"那你现在打算怎么办？"我问他。

"我要离职。我必须离开这个地方……"

他不仅是离开了这家单位，而且很快就离开了这个国家。在他最后来收拾个人物品的那一天，他向我道别，并对我说："请代我向你的英雄丈夫致敬。"然后他还请我背诵一句诗给哈米德听：他们只会将说真话的人送上绞刑架。

随着希尔扎迪先生的离开，我工作的地方又恢复了平静。实际上，就连和他没有任何冲突的扎尔加先生也渐渐无法再容忍他了。不过对于希尔扎迪先生的记忆、他那无尽的痛苦和他所遭受的折磨一直都留在我的心里，驱使我竭尽全力避免自己的孩子们像他那样永远沉浸在痛苦和沮丧之中。

我努力在家里营造出一种欢乐的氛围。我办了一场讲笑话的比赛，能够创作出笑话的人会获得奖励。我们会模仿彼此的一举一动。我想要让他们学会笑对自己的缺点和错误。我们试着用不同的语调说话。我鼓励他们唱歌。当他们跟着留声机或者收音机歌唱的时候，我就会把音量调大。我们还会随着欢快的音乐跳舞。到了晚上，哪怕是累得几乎无法动弹，我也会和他们一起玩游戏，搔他们的痒，直到他们笑得快要昏过去。我们会玩枕头大战，直到他们想去睡觉。

这耗费了我许多力气，但我必须这样做。我必须赶走家中的阴霾，让这里充满生机。我必须填满这个家中的空虚，让孩子们感受到快乐，让他们永远都不会用希尔扎迪先生那样的视角去看待这个世界。

法蒂在结婚后不久就生下了一个漂亮的女儿。这个女孩有一双天蓝色的眼睛，法蒂给她取名芙罗兹哈[1]。男孩子们都很喜欢她，尤其是马苏德，总是想要和她玩耍。

帕尔文太太的丈夫去世了，她终于彻底获得了平静和自由。尤其是她在丈夫去世之前就将他的房产转到了自己名下。但即便如此，她仍然不会说一句那个男人的好话，绝对不会原谅那个男人对她所做的一切。丈夫去世以后，帕尔文太太将更多时间都用来和我们一起度过。如果我因为工作耽搁了回家的时间，她就会陪着孩子们，并替我做好大部分家务，让我能有更多时间休息和陪伴孩子。她觉得她应该为我的命运和孤独负责。她在尽力对我做出补偿。

在马哈茂德的建议下，阿里向一位声誉良好的集市商人的女儿提出了携手联姻的请求。他们正式订了婚，并计划在当年秋天精心筹备一场婚礼。婚礼上会分开招待男宾和女宾，这种安排很合马哈茂德的胃口。他承诺会尽全力让这场婚礼尽善尽美，并答应了新娘一家开出的各种愚蠢条件。所有这一切让这场典礼变得更像是一次古老传统的实践，而不是两个人结婚。

---

[1] 意为"绿松石"。——译者注

当父亲抱怨说："我们不能花这么多钱……这都是些什么无聊的安排？"马哈茂德只是说："这些投资很快就能得到回报。等着看她带来的嫁妆吧，还有我们将会和她爸爸做成什么样的交易。"

艾哈迈德早已彻底离开了这个家庭。没有人想要谈论他，所有人都尽可能避免提起他的名字。父亲早就把他赶出家门了。"感谢真主，他不知道你住在哪里。"父亲对我说，"否则他一定会给你制造出更多的流言蜚语，还会去找你要钱。"

艾哈迈德堕落的速度简直令人咋舌。所有人都已经放弃了他。帕尔文太太是唯一还能见到他的人，并且会悄悄和我谈论他。

"我从没有见过谁会像他那样执意要毁掉自己的人生。"帕尔文太太说，"真是太可惜了。他曾经是那么英俊。如果你现在看见他，根本认不出他来。总有一天，他们会在城南街边的下水道里找到他的尸体。他现在还能活着，全都是因为你妈妈。别告诉别人，如果你爸爸发现了，他一定不会让你妈妈好过的。但那个可怜的女人毕竟是一位母亲，而艾哈迈德又是她最喜欢的儿子。每天上午，你爸爸一离开家，艾哈迈德就会回去。你妈妈会给他吃的，为他做烤肉，给他洗衣服，甚至还会放一些钱在他的衣兜里。直到今天，如果有人对你妈妈说艾哈迈德早就吸海洛因上了瘾，她都会恨不得要了那个人的命。那个可怜的女人还在希望她的儿子能够回头。"

帕尔文太太的预言很快就成真了。艾哈迈德不仅毁掉了自己，还毁掉了父亲。他已经堕落到为了钱不择手段的地步。在欲望和贫穷的驱使下，他去了父亲家，想要偷走一张地毯去卖掉。就在他忙着卷起地毯的时候，父亲回到家，和他扭打在一起。而父亲那颗疲惫的心脏已经无法再承受这样的打击了，他被送到了医院。我们连续几天守在重症监护室的门外。终于，父亲有所好转，被转到了普通病房。

我每天都会带孩子们去医院。西亚马克的个子已经相当高了，完全可以冒充比自己实际年龄更大的男孩，轻松得到探视许可。但就算是用了上千个花招和无数恳求，马苏德也只见了父亲两面。西亚马克在探视的时候总是握着他外祖父的手，一言不发地坐在他身边。

我们全都希望父亲能够恢复健康。但不幸的是，他的心脏病再一次发作。他被送回到重症监护室，二十四小时以后，他将生命还给了生命的赐予者。我失去了在这世间唯一的支撑和避难所。哈米德被关进监狱时，我感觉到的是孤独和被世界抛弃。而父亲故去的时候，我才意识到，之前哪怕他不在我身边，他的存在依旧给我带来了安全的庇护。在我最黑暗的时刻，是他照亮了我的心。随着父亲的离去，我和原生家庭的联系与羁绊也越来越弱了。

随后一个星期里，我一直无法抑制自己的泪水。但我很快就凭直觉意识到，我的眼泪与西亚马克无限的哀伤和沉寂相比根本无足轻重。那个孩子没有流一滴泪，但他的内心已经像是一颗被吹胀到极限的气球，只要再多加一丝空气就有可能爆炸。而母亲却还在抱怨："真是可耻！穆斯塔法阿迦给了这孩子这么多爱，在他被送进坟墓的时候，他却一滴眼泪都没流。这个男孩真是冷血。"

我知道西亚马克的情绪比表面上要糟糕得多。有一天，我将马苏德交给帕尔瓦娜照顾，独自带着西亚马克去了父亲的坟墓。我跪倒在坟墓前，西亚马克站在我身边，如同一片阴沉的乌云。他将目光转到一旁，仿佛不愿意停留在这个时空中。我开始谈起父亲，谈起我对他的回忆、他的仁慈和他的亡故给我们的人生造成的空洞。慢慢地，我让西亚马克坐到我身边，不停地说着话，直到他突然哭了起来，将积存在心中的泪水一股脑地倾泻出来。他一直哭到日落天黑。马苏德回家的时候，看见西亚马克还在哭泣，也蓦然落下了眼泪。我让他们将一切痛苦都发泄出来，以此消解这些堆积在他们小小心灵中的感伤。然后，我让他们坐好，问他们："你们觉得我们应该用什么办法来纪念外祖父？他会希望我们做些什么？我们要怎样生活才能让他感到高兴？"而在做这一切的过程中，我自己也意识到，我必须努力过好每一天，才能永远不会忘记他。

父亲去世之后三个月，艾哈迈德也匆匆地离开了这个世界。他死亡的方式简直和帕尔文太太所预言的一模一样：一名清洁工在城南的一条路上发现了他的尸体。阿里去辨认了尸体。我们没有为他举行葬礼。除了母亲哀痛地哭弯了腰，其他人都没有流下一滴眼泪。我努力想要找到一些关于艾哈迈德的美好回忆，却一无所获。他的死丝毫没有引起我的哀伤，我为此感到愧疚。我的确没有痛失亲人的感觉，但在很长一段时间里，每当我想起他，都会有一种莫名的悲哀萦绕在心头。

因为噩耗接连传来，阿里也没办法举行婚礼庆典，只好低调地将妻子接到家中。几年前，父亲就依照法律程序将家里的房子转让给了母亲。但母亲只顾沉浸在绝望与孤独之中，将操持家务的工作全都放手交给了新娘子。也正因如此，曾经一直是我在艰难时刻的庇护所的那个家向我永远关上了它的大门。

第四章

到了一九七七年年中,我感觉到这个国家政局在动荡,社会舆论和民众的行为都有了明显的变化。在办公室里,在大街上,尤其是在大学中,越来越多的人在发表越来越大胆的言论。监狱中的条件也得到改善。哈米德和其他囚犯都得到了更多生活上的便利,给他们送衣服和食物的限制也在减少。但在我残破的心中,依然没看到一丝希望的曙光,而且我完全无法想象有多么巨大的事件正在暗中酝酿。

距离新年只有几天了,空气中洋溢着春天的气息。我心不在焉地走进家门,却看见一番不同寻常的景象。在门厅中央有几袋大米、几只装食用油的大罐子、几袋茶和豆子,还有另外一些食物。我有些惊讶。公公偶尔会给我们送大米过来,但肯定不包括其他东西。自从印刷厂关闭以后,他们也在承受着经济压力。

西亚马克看到我惊讶的表情,就笑着说:"你还没看到最好的事情呢。"然后他递给我一只信封。我能看到信封里是一沓一百土曼[1]的钞票。

"这是什么?"我问他,"从哪里来的?"

"你猜!"

"是的,妈妈,这是一场竞赛,"马苏德也欢快地说,"你一定要猜一猜。"

"你们的祖父送来的?"

---

[1] 伊朗货币单位。——译者注

"不是!"西亚马克说。

两个男孩一同笑了起来。

"帕尔瓦娜送来的?"

"不是。"

他们还在笑。

"帕尔文太太?法蒂?"

"都不是!"西亚马克说,"你绝对猜不到……我是不是应该告诉你了?"

"是的!是谁送来的?"

"阿里舅舅!但他说我应该告诉你,这些是马哈茂德舅舅送的。"

我大吃一惊。

"为什么?这是为什么?"我问道,"他在梦里预见到什么了?"

我拿起电话,给母亲家打过去,然而母亲什么都不知道。

"那就让我和阿里说话,"我说,"我想要知道到底发生了什么事。"

阿里接过电话,我问他:"出什么事了,阿里阿迦?你们在接济穷人吗?"

"别这样,姐姐。这是我的责任。"

"什么责任?我从没有向你们要过任何东西。"

"那是因为你善良而且高尚,但我必须履行我的责任。"

"谢谢,亲爱的阿里。"我说,"但我和孩子们什么都不需要。请马上来把这些东西拿走。"

"拿走它们做什么?"阿里问。

"我不知道。你想做什么就做什么,可以把它们送给有需要的人。"

"你知道,姐姐,这和我没关系。是马哈茂德哥哥送过来的,你和他谈吧。他不只给你送了,还送了同样的东西给其他许多人。我只是负责转送而已。"

"真的!"我说道,"那位绅士大发慈悲了?这可真是难以想象!别告诉我,他发疯了!"

"这是什么话,姐姐?我们都好好的。你应该认为我们是在做一件好事!"

"你们已经为我做了够多的'好事'了。谢谢你们。还是快点过来把这些东西拿走吧。"

"只有马哈茂德哥哥命令我,我才会把那些拿走。你应该亲自和他谈谈。"

"当然,"我说道,"我这就和他谈!"

我给马哈茂德家打了电话——我给他家打电话的次数简直屈指可数——吴拉姆-阿里接了电话。在热情地问好之后,他把电话递给了他父亲。

"你好,妹妹!真是惊喜啊。是什么让你终于想到我们了?"

"实际上,"我干巴巴地说,"这正是我想问你的。是什么让你终于想到我们了?还给我们派发了救济品!"

"别这样,妹妹。那不是救济品,而是你应得的。你的丈夫为了争取自由而与那些不信真主的人作战,因此他才被关进监狱。我们没有力量参与这场斗争,也受不了监狱和酷刑,但我们至少有义务照看那些勇士的家人。"

"但我亲爱的哥哥,哈米德已经在牢房里蹲了四年。至今为止,我还能维持生活,并不需要任何人的帮助。有真主的恩典,将来我应该也能继续这样过下去。"

"你是对的,妹妹。"马哈茂德说,"我们为此感到惭愧。一直以来,我们都只是蒙着眼过日子,忘记了自己的义务。你一定要原谅我们。"

"行行好,哥哥。我的意思是我还能过得下去,我不想要我的孩子们依靠别人的施舍长大。请派人来把这些东西——"

"妹妹,这是我的责任。你是我的亲人,哈米德是我们的骄傲。"

"但是哥哥,哈米德还是本应该被判死刑的叛国罪犯。"

"不要说反话了,妹妹。你还在记仇,对不对?我已经承认,是我曾经无知愚昧。现在对我而言,任何与暴君战斗的人都是值得赞美的,无论他是穆斯林还是异教徒。"

"非常感谢你,哥哥。"我强硬地说,"但我还是不需要这些食物,请派人来把它们拿走吧。"

"把它们送给你的邻居吧,"马哈茂德气愤地说道,"我没有人可以派到你那里去。"

然后他就挂了电话。

随后几个月,局势的变化越来越明显了。办公室里本来不应该有人知道我的丈夫是政治犯,但人们或早或迟还是都知道了。一直以来,他们对待我的态度都是充满戒备,轻易不会来我的办公室。但现在,所有的谨慎和拘束都消失了,人们似乎不再害怕和我接触。我的朋友圈子迅速扩大了。我的同事们也不再抱怨我的旷工和我把时间都用在学习上。

很快,这种变化更加显著,我的家人、大学里的朋友和同事们都在公开谈论我的生活和处境。他们向我询问哈米德是否安好,向他表达同情、关心和赞美。在社交聚会上,我经常被邀请坐在首席。我发现自己成了众人关注的焦点。对此我感到很不舒服,但西亚马克感到很骄傲。他兴高采烈地公开谈论自己的父亲,自豪地回答人们的问题,向他们讲述他是如何被逮捕的,还有我们家遭到搜查的那个晚上。当然,以他的年纪和想象力,他经常会给自己的回忆添枝加叶。

刚开学还不到两个星期,我就被叫到了西亚马克的学校。我很担心,以为他一定是又打架了,说不定还打坏了同学。但当我走进学校办公室的时候,立刻就发现这次被找来的原因肯定和以前不同。办公室里有几位老师和主管向我问好。他们关上屋门,确保校长和其他行政人员不会察觉到我来了。很明显,他们不信任那些人。然后他们开始向我询问关于哈米德的事情还有这个国家的政治状况、暗中发生的改变以及革命。我惊呆了。他们仿佛将我看作正在秘密策划一场暴动的人。我将哈米德和他被逮捕的情况告诉了他们,但对于其他所有问题,我只是不停地重复说:"我不知道,我并没有参与其中。"最后我才搞清楚,西亚马克一定是在学校谈论过他父亲和革命行动的事,还说我们也参与其中。他一定说了不少夸张的话,所以这些革命的同情者和支持者找我不仅是为了证实他的话,而且还想要和真正的革命者建立直接的联系。

"有那样的父亲，当然会有西亚马克这样的儿子。"一名老师眼含热泪地说道，"您完全无法想象他的话语是多么美丽而充满激情。"

"他都告诉你们什么了？"我很想知道西亚马克会如何向陌生人讲述他的父亲。

"他就像是一个成年人，一名演说家，毫无畏惧地站在我们面前说：'我的父亲是为了反抗压迫、争取自由而战。他的许多朋友都为了这项事业而牺牲，他已经在监狱里被囚禁了许多年。虽然敌人对他施加了无数酷刑，但他一个字都没有说。'"

在回家的路上，我的心中充满了矛盾的情绪。我很高兴西亚马克对自我的肯定。他赢得了人们的关注，并为此感到自豪。但我也很担心他会无端编造各种英雄事迹，不喜欢他这种鼓吹英雄崇拜的个性。他一直都是一个很难相处的孩子，而且他眼下正处在刚刚进入青春期那种混乱又微妙的阶段。他曾经受到过那么多污蔑和羞辱，现在又会如何理解人们对他的赞美和支持？这是我最为忧虑的。他尚未成熟的心智能够承受如此巨大的起伏吗？我很想知道他为什么需要这么多关注、赞同和爱。我已经尽可能把这些东西给予他了。

人们对我们的尊敬和钦佩还在与日俱增，这种情绪显得越来越夸张和牵强，让我怀疑这些人并不仅仅是出于好奇。不管怎样，我已经开始感到在人群中间难以容身了。有时候我会因自己的虚伪而感到愧疚。我会问自己，我是不是正在利用人们的这种情绪欺骗他们？我常常向大家解释，说我对丈夫的信仰和理想并没有太多了解，也从没有参与过他们的活动。但人们不想听这种事实。在单位和大学里，人们在每一场政治辩论中都会将我作为榜样。在每一次选举中，他们都会推举我做代表。每一次我说自己知道的并不多，和革命组织没有什么联系，人们都认为这只是我本性谦虚。唯一不曾对我改变过态度的人只有扎尔加先生，他一直在小心地观察着我周围发生的变化。

终于有一天，我们部门的雇员决定要推选出一个革命委员会，宣布他们支持汹涌澎湃的民众运动。一名不久之前对我还只会小心翼翼地说"你好""再见"的人发表了一通激情洋溢的演讲，赞美了我的革命行为、博爱精神和对自由的热爱,并提名我为候选人。我站起身,带着在以往种种艰难的社交环境中所练就的自信,向发言者表示感谢,却拒绝了他的提议。我真诚地说:"我从没有参与过革命。是生活让我遇到了一个对于政治有着独特见解的男人。当我第一次接触到他的信仰,对那种信仰的基础和体系有了粗浅了解的时候,我还感到头昏目眩呢。"

所有人都笑了起来,有几个人在为我鼓掌。

"相信我。"我说道,"我说的都是实话。正因如此,我丈夫从不曾让我参与到他的活动之中。我全心全意祈祷他能够得到释放,但是说到政治观念和政治影响力,我实在是不甚了了。"

刚刚提名我的人高喊着表示反对:"但你受了许多苦。你的丈夫承受了多年牢狱之灾,是你一个人支撑起一家人的生活,养大了你们的孩子。难道这不正是因为你和他有着共同的理想和信仰?"

"不!如果我丈夫是因为盗窃而被关进监狱,我也会做这些事。这只是因为我是一个女人和母亲,我有责任维持我和孩子们的生活。"

人们开始议论纷纷。但是看到扎尔加先生赞许的神情,我知道自己做对了。最终大家还是推选了我,但他们现在认可的是我的谦逊和真诚。

革命的狂热情绪在不断高涨,随着革命范围扩大,我的心中每一天都在绽放出新的希望。莎哈扎德和她的同志们付出生命、哈米德这么多年身陷囹圄、遭受无数折磨所追求的事业,会不会有可能真的要成功了?

我的兄弟们第一次和我站在了同一个阵营,盼望着同一件事情。我们彼此理解,感觉真正亲密了起来。他们终于像是亲兄弟那样开始支持我和我的儿子们了。马哈茂德甚至无论给他的孩子买什么,都会给我的儿子们也买上一份。

母亲眼含热泪地感谢真主:"真可惜啊,你们爸爸没看到你们这样相亲相爱。他一直都很担心你们。他说过,'如果我死了,孩子们可能一年都不会见一次面。我的女儿一定会最孤单,因为她的兄弟们完全不会帮她.' 真希望他能看到他的儿子们现在是如何照顾他们的姐妹的。"

马哈茂德的人脉关系让他能够得到最新的消息和官方报道。他还能搞到各种传单和录音带，阿里会复制这些材料，而我则会在工作单位和大学里分发它们。与此同时，西亚马克和他的朋友们在街上高声呼喊口号。马苏德绘制各种图画，并在上面写上大大的"自由"两个字。到了暑假，我们开始参加各种集会、进行演讲，反对沙阿的统治。我从没有想过是什么团体或组织在推动这些事。这又有什么关系呢？我们团结一致，是为了达成同一个目标。

每过去一天，我都觉得距离哈米德又近了一步。我开始相信自己能够拥有一个完整的家庭，我的孩子们会有一个父亲。所有这些都将不再是可望而不可即的梦想。我非常高兴哈米德还活着。看见他饱经磨难的面孔时，我已经不再怀疑他是不是应该和他的战友一同牺牲，那样就不必在这么多年里承受如此沉重的摧残。现在我开始相信，他受的苦不是毫无意义的，很快他就能收获自己的战斗成果。他们的梦想就要成为现实了。人民已经站出来，正在街头呐喊："我不会活在暴君的压迫之下。"曾经哈米德和他的朋友们谈论这样的时代时，它仿佛还是那样遥远，那样理想化，那样不真实。

随着革命浪潮的力量越来越强，我发现孩子们越来越不听话了。他们变得和他们的舅舅非常亲密。马哈茂德会来我家，带孩子们去听演讲和辩论。他的身上迸发出一种让我感到非常陌生的激情。西亚马克很喜欢参加这样的活动，总是兴高采烈地跟随着舅舅。而马苏德很快就开始和这些事拉开了距离，用各种借口逃避它们。当我向他问起原因时，他只是说："我不喜欢。"我继续追问，他告诉我："我觉得很不安。"我无法理解他为何感到不安，但我决定不再逼问他了。

西亚马克却变得越来越有热情。他每天都兴致高昂，也不会在家中制造任何麻烦。看样子，他已经借助喊口号释放了心中全部的怒气和沮丧。慢慢地，他开始严格地遵循宗教礼仪。以前清早起床对他来说一直都是一件难事，但现在，他会按时起床进行晨祷。对于他的这种变化，我不知道是该高兴还是担心。他还会关掉收音机，不再听音乐，拒绝看电视，这让我回忆起多年以前马哈茂德的宗教狂热。

到了九月中旬，马哈茂德宣布，他打算为父亲举行一场正式的纪念仪式。尽管父亲过世周年已经过去了一个月，但没有人表示反对。大家都愿意对那个亲爱的人表示崇敬，为了纪念他纯粹的灵魂而出力。因为政府实行了戒严令和严格的宵禁制度，我们决定最好是在周五的中午举行仪式。为此我们全都忙碌起来，热心地烹煮食物，准备仪式所需的一切。宾客越来越多，我心里很感谢马哈茂德在这个混乱的时候还有勇气如此大费周章地追悼我们的父亲。

举行仪式的那一天，我们从清早就开始在马哈茂德家忙碌。伊特兰-萨达特现在越来越胖了，她气喘吁吁地来回奔忙着。我正在削土豆皮的时候，她终于跑到了我身边。"真是麻烦你们了，"我对她说，"谢谢，我们全都很感激你们。"

"哦，不要这么说。"她说道，"毕竟我们应该为爸爸进行一场正式的祈祷了。愿真主让他的灵魂安息。而且以现在的情况，这也是一个让大家聚在一起的好办法。"

"亲爱的伊特兰，我多问一句，我哥哥这些日子怎么样了？请别介意，看样子你们两个已经不再有什么矛盾了。"

"别这么说！我们早就不那样了。我很少能看见马哈茂德，所以根本不想再和他吵架了。每次他回家的时候，都累得不行，心里还装满了其他事，根本不理我和孩子们，也不会为任何事抱怨。"

"他还是那样一门心思只想着教义教规吗？"我问，"他洗浴的时候还是会说'这个不好，那个不好，我必须再做一遍'吗？"

"但愿魔鬼的耳朵是聋的。他现在好多了。现在他实在是太忙了，根本没有时间重复洗手和脚。知道吗？这场革命把他彻底改变了，就好像他的伤痛都被治愈了。他说：'依照阿亚图拉的话，我正在革命的最前线，我就是真主名义下的吉哈德，我将得到真主最伟大的奖赏。'实际上，现在他一门心思只想着革命了。"

演讲是在午后开始的。我们都在后屋,听不清他们说了些什么。因为害怕街上的人会听见,所以没人使用扩音器。起居室和餐厅里全都是人,前院的窗户外面也都站着人。有两个人讲了关于革命、政府的暴虐统治和我们有责任推翻这种反动政府的话,随后伊特兰-萨达特的叔叔说话了。他是一位广为人知的毛拉,因为自己的公开言论曾经被关进监狱几个月,所以被视作英雄。他先是赞美了几句父亲的美德,然后说道:"这个光荣的家庭多年以来一直在为信仰和国家而战,并因此而受到无数苦难。一九六三年,六月五日事件发生,阿亚图拉霍梅尼被逮捕。他们的生命安全遭到威胁,因此被迫离开了在库姆的家园,迁居到这里。随后,他们又经受了死亡之痛。他们的儿子被杀害,他们的女婿至今还在监狱里,只有真主知道他遭受了什么样的刑罚……"

随后几秒钟时间里,我陷入了困惑。我无法理解他说的是谁。我戳了戳伊特兰-萨达特,问她:"他说的是谁?"

"当然是你的丈夫!"

"他说的那个被杀的年轻人是……"

"哦,他是在说艾哈迈德。"

"我们的艾哈迈德?"我惊呼道。

"当然!难道你没有仔细想过,他为什么会无缘无故地死去?还横尸在大街上……他们在三天以后才通知了我们。当阿里去验尸官办公室辨认尸体的时候,在他身上看见了被袭击和殴打的伤痕。"

"他可能是因为争夺药物和另一个瘾君子打了架。"

"不要这样说死者!"

"那些说我们从库姆搬出来的胡话又是谁告诉你叔叔的?"

"你不知道吗?那是在六月五日事件之后,你们全家离开了库姆。爸爸和马哈茂德当时处在危急关头。你当时也许太小,不记得了。"

"事实上,我记得非常清楚,"我气愤地说,"我们是在一九六一年搬到德黑兰的。马哈茂德怎么能对你的叔叔撒这种谎,这样利用人们的热情?"

现在那位演讲的毛拉说到了马哈茂德。他说马哈茂德是一个不曾辜负父亲期待的儿子,将自己的生命和财产都献给了革命,从不会在艰辛与牺牲面前退缩……他在经济上支持了数十个政治犯的家人，像父亲一样照看他们，而他们之中最重要的就是他亲妹妹一家。他替他们扛起了生活的重担，从没有让他们感到过匮乏和孤独。"

这时，伊特兰-萨达特的叔叔向西亚马克点头示意。西亚马克一下子从人群中站起来，走到他身边。看样子西亚马克似乎受到过训练，很清楚应该在什么时候站起来，表演他的角色。那位毛拉抚摸着西亚马克的头说："这个天真的孩子就是一位英雄的儿子，那位英雄已经在监狱里被囚禁多年。政府的罪恶之手让这个孩子和千百个像他一样的孩子都变成了孤儿。感谢真主，这个孩子有一位仁慈的、无私奉献的舅舅——马哈茂德·萨迪吉先生。是他填补了这个孩子父亲的空位，否则只有真主知道这个饱受苦难的家庭会变成什么样子……"

我感到一阵恶心，仿佛我的衬衫领子勒住了我。我下意识地抓住衣领。衣领上的第一颗扣子被拽掉了，落在地上。我带着强烈的愤慨站起身。母亲和伊特兰-萨达特全都警觉地盯着我。伊特兰拽了拽我的恰多尔说："玛苏姆，坐下。为了你挚爱的爸爸的灵魂，坐下。这样不合规矩。"

马哈茂德就坐在毛拉身后，面对着人群，他有些担忧地看向我。我想要尖叫，却发不出任何声音。西亚马克看上去又惊又怕，他离开毛拉，朝我走来。我抓住他的手臂怒斥道："你不为自己感到羞愧吗？"

母亲拍打着自己的面颊说："愿真主带走我的生命吧！女儿，不要让我们蒙羞。"

我愤怒地看向马哈茂德。我们之间有太多事情要说清楚。但突然间，吟诵挽歌的声音响起，所有人都站起身，开始拍打他们的胸口。我抓住西亚马克的手臂，穿过人群，走出马哈茂德的房子。马苏德抓住我恰多尔的一角，跟在我们身后。我真想把西亚马克狠狠揍一顿，揍得他满身青肿。我打开汽车门，把他推进去。他一直在问我："出什么事了？你是怎么了？"

"闭嘴！"

我的声音一定非常严厉和恼怒，以至于两个孩子在回家的路上都没有再吭过一声。我在心里问自己：这个可怜的孩子做了什么？他又应该为这些事担负什么罪责?

到家以后,我诅咒了大地和天空,还有马哈茂德、阿里和伊特兰。然后我坐下来,泪流满面。西亚马克坐在我面前,看上去无比羞愧。马苏德给我端来了一杯水,说如果我喝些水,也许会感觉好一些。他的眼睛里也带着泪水。慢慢地,我平静下来。

"我不知道你为什么这样难过,"西亚马克说,"无论我做了什么,我都很抱歉。"

"你是说你不知道?你怎么可能不知道?告诉我,马哈茂德带着你就是一直在做这种事?他们就这样把你展示在人们面前?"

"是的!"西亚马克骄傲地说,"所有人都在赞美父亲。"

我苦恼地重重叹了一口气。我不知道该怎样对我的儿子说,只能竭力保持镇定,不要吓到他。

"听着,西亚马克,你爸爸不在家已经四年了,我们一直在努力生活,从没有需要过其他人,尤其是你的马哈茂德舅舅。我竭尽全力,让你们能够正常地成长,不需要别人的怜悯和接济,这样才不会有人把你们看作可怜的没有爸爸的孩子。至今为止,我们一直都在靠自己的双手活着。我们确实过得很难,但我们守住了自己的尊严和荣誉,还有你们爸爸的尊严和荣誉。但现在,那个满口谎言的马哈茂德为了自己的名声,把你像洋娃娃一样展示给别人,他却在不断从你这里捞取好处。他想要人们为你感到悲伤,然后称赞他说:'真主啊,他是一个多么好的舅舅啊。'难道你没有问问自己,为什么过去七八个月里,马哈茂德突然对我们有了兴趣,而在之前那么多年中,他却从不曾过问我们的生活?听着,我的儿子,你必须变得更聪明,不要让任何人利用你和你的情绪。如果你爸爸发现马哈茂德在以这种方式利用你和他,他一定会非常伤心。他和马哈茂德没有任何共同之处,他也绝对不希望自己和自己的家人成为马哈茂德这种人手中的工具。"

那时候,我还不知道马哈茂德真正的动机是什么,但我不允许孩子们再跟他来往,也不再回他的电话。

到了十月中旬,学校开始经常性地停课。再有一个学期,我就能得到学士学位了,但我的这段求学之路仍然仿佛无尽漫长。接二连三的罢工、罢学和示威游行,让所有学校都没办法正常上课了。

我参加了不同的政治集会,仔细听过各种演讲,努力判断其中是否有哈米德可以得救的希望。有时候我很乐观,一切看上去都是那么光明又美丽。但另一些时候,我又完全丧失了信心,觉得自己仿佛正在被拽进一口深井。

只要有人发起维护政治犯的活动,我都会冲在最前线。孩子们也会在我身边扬起他们的拳头,就像挥舞着两面旗帜。在承受了那么多痛苦、愤怒和哀伤之后,我竭力高呼:"政治犯必须得到自由。"泪水涌出我的眼眶,但我的心却感到更轻松了。看到身边的人群,我感到无比兴奋。我想要抱住每一个人,亲吻他们。这也许是我第一次,也是最后一次对我的同胞生出这样的感情。我觉得他们全都是我的孩子、我的父亲、我的母亲、我的兄弟姐妹。

很快就有传闻说,政治犯将会被释放。人们都说他们将会在十月二十六日沙阿生日的那一天被释放。希望再一次在我的心里扎了根。但我还是不敢去相信那些消息,因为我承受不了再一次的失望了。公公也在为解救自己的儿子而努力着。他收集到了越来越多的请愿书,将它们寄往政府。我们不断分享自己获得的消息。我以百分之百的热情和献身精神担负起了属于我的责任。

通过各种奔走打听,我们终于得到确切消息:会有一千名政治犯被赦免。现在我们必须确保哈米德的名字出现在那份名单上。

"这会不会只是一个玩弄民众的政治游戏啊?"我有些犹豫地问公公。

"不会!"他说道,"以现在的局势,政府不可能再欺骗民众了。他们至少要释放一些有名望的囚犯,让人们亲眼看到他们的诚意,这样才有可能安抚汹汹民意,否则局势就会变得更糟。要怀有希望,我的闺女,要怀有希望。"

但我非常害怕心存希望。如果哈米德不在赦免名单上,我一定会崩溃的。而让我更为担心的还是孩子们。我很害怕怀有这么多的希望和期待，他们可能无法承受挫败与失望带来的打击。我竭尽全力向他们隐瞒消息，但各种传闻已经如同洪水一般淹没了大街小巷。西亚马克总是会兴奋得满脸通红地跑回家，将最新得到的消息大声喊出来。而我只会冷静地回应他："不，儿子，这些只是政府为了安定民心做的宣传，现在他们还不太可能兑现。以真主的意志，等到革命成功，我们就能亲手打开牢门，接你们的爸爸回来。"

公公很赞同我的处理方式，他也在用同样的方式对待婆婆。

时间越接近十月二十六日，我的期待就不由自主地变得越强烈。我冲动地为哈米德买各种东西，越来越难以抑制自己的幻想。我甚至开始计划起他被释放之后我们都会做些什么。但就在十月二十六日前几天，在我连续奔忙、参加了许多集会之后，公公来到我家。他看上去沮丧又疲惫。等到孩子们出去之后，他才对我说："赦免名单快完成了。很明显，他们没有将哈米德列在上面。当然，我也得到了保证，如果局势这样持续下去，他也会被释放。但这一次能够轮到他的机会非常渺茫，名单上大多是宗教人士。"

我克制住喉头的哽咽，说道："我知道。如果我能那么幸运，我的生活就不会变成这样了。"

一眨眼的工夫，我的希望全都变成了绝望。我流着眼泪再一次关闭了心头已经打开的希望之窗。公公离开了。然而，要向孩子们隐藏起深深的哀伤和失望实在是太困难了。

马苏德一直追在我身边问："出什么事了？你头痛了吗？"

西亚马克也问我："是不是有什么事情发生了？"

我告诫自己，一定要坚强，必须再多等待一段时间。但我觉得整幢房子都在向我压过来，要将我碾成粉末。我无法在这个充满哀伤和孤独的家中待下去了。我牵住孩子们的手，走出家门。清真寺前面正有一大群人在呼喊口号，我被他们吸引过去。广场上挤满了人。我们挤进人群中。我不知道发生了什么，也无法理解他们在喊什么。但这都不重要，我有我的口号。我在怒火中强忍住泪水，高声喊道："政治犯必须获得自由。"我不知道我的声音里有些什么，但片刻之后，我的口号变成了所有人的口号。

几天以后是一个法定假日。天还没有亮，我却已经厌倦了在床上辗转反侧。我知道现在外面管得很严，我不应该出去。但我就是无法让自己躁动的神经平静下来。我必须做些事情。一直以来，做家务都是我逃避现实的港湾。我想要将自己全部的力气都花在不需要思考的辛苦劳作中，缓解自己的焦虑。我掀起床单，摘下窗帘，把它们都放进洗衣机。然后我又擦干净窗户，打扫了房间。我毫无耐心地要孩子们去院子里玩。不过我很快就察觉到，西亚马克正打算要溜出家门。我将他们叫回到屋里，让他们去洗澡。然后我又清洁了厨房。我没有心思做饭，好在昨天的剩饭也够我们吃了。比比的身子越来越弱，吃得也越来越少，无论我做什么，她都只是吃一碗酸奶加上一块烤馕。我在糟糕的心情中喂饱了孩子们，洗干净碗碟。现在我没事可做了。我想要打扫和清洗一下院子，但我的身体已经累得快要撑不住了——这正是我想要的。我拖着身子去了浴室，将水打开，然后开始哭泣。这是我唯一能够放心痛哭的地方。

我离开浴室的时候，已经快到下午四点了。我的头发还湿着，但我不在乎。我将一只枕头放到电视前面的地上，躺了下去。孩子们在我身边玩耍。就在我快要睡着的时候，我看见屋门开了，哈米德走了进来。我紧紧闭上眼睛，希望这个甜美的梦能够继续下去。但我的身边响起了说话声。我小心翼翼地将眼睛睁开一道缝隙。孩子们都在目瞪口呆地盯着一个面庞清瘦、须发花白的人。我的身子僵住了。我是在做梦吗？我的公公正喜气洋洋地站在一旁，用有些沙哑的声音将我们三个从震惊中唤醒。

"看啊！"他说道，"我把你的丈夫领回来了。孩子们，你们怎么了？快来啊。你们的爸爸回家了。"

当我将哈米德抱进怀中时，才感觉到他甚至快要和西亚马克一样瘦了。当然，我在这些年中见过他许多次，但他从没有像现在这样瘦弱和憔悴。他看上去如此触目惊心，也许是因为他骨瘦如柴的身上挂着的这些衣服。现在他就像是一个男孩穿上了自己父亲的衣服，每一件至少都要比他的身材大上两号。他的裤子被腰带系在腰间，堆出了许多褶皱。他的上衣肩部都垂了下来,袖口一直遮住了指尖。他跪倒下去,将孩子们抱在怀中。我扑在他们身上,努力想要把我深爱的这三个人都抱住。我们全都在哭泣,在倾泻各自所承受的痛苦。

公公抹着眼泪说:"好了!起来吧。哈米德非常累,身体也很不好。我是从监狱医院里把他接出来的。他需要休息。我会带他妈妈来看他。"

我来到公公面前,拥抱并亲吻他,将我的头倚在他的肩膀上,一遍又一遍地哭着说:"谢谢您,谢谢您……"

这位老人家是多么好,多么睿智啊!这些天里,是他在独自承受着外面的所有纷争和困苦。

哈米德在发烧。

"我帮你脱衣服,先睡一会儿吧。"我说。

"不,"他回答,"先让我洗个澡。"

"是的,你说得对。你应该把监狱里的那些污秽和苦难都洗掉,然后安下心好好睡一觉。我们很幸运,今天有柴油,而且热水器从上午就一直开着。"

我帮他脱下衣服。他实在是太虚弱了,几乎站都站不稳。随着衣服一件件被脱下来,他看上去越来越瘦小。最后,我惊恐地看到他身上几乎没有一丝肉,只有薄薄一层皮挂在骨头上,上面布满了伤疤。我让他坐到椅子上,给他脱下鞋。看到他枯瘦、变形的双脚上面破烂的皮肤,我终于失去了控制,抱住他的腿,将头靠在他的膝盖上哭了起来。他们对他做了什么?他还能够恢复健康,做一个正常的人吗?

我给他洗了澡,帮他穿上新的汗衫、短裤和睡衣。这些衣服都是我在充满希望的时候买的。它们对他来说还是太肥大了,不过至少没有像那些衣服一样挂在他身上。

他慢慢地躺倒在床上,就好像他想要享受此时此刻的每一秒钟。我给他盖好被单和毯子。他将头放在枕头上,闭上双眼,深深地叹了口气,说道:"我真的是睡在我自己的床上吗?这么多年了,我每一天、每一秒都在盼望这张床、这幢房子和这一刻。真无法相信,这一切成真了。这是多么幸福的事情啊!"

孩子们目不转睛地看着他,观察他的一举一动。他们的目光中充满了爱意、敬佩,又有一点同情和心疼。他将他们叫过来。两个孩子坐到床边,开始和他们的父亲说话。我煮了茶,又让西亚马克去街角的点心铺买些油酥点心和烤馕回来。然后我又榨了一些橘子汁,热好了剩下的汤。我一直在给他拿东西吃。终于,他笑着说:"亲爱的,等一下。我吃不了太多东西。我还不适应一次吃这么多食物,只能一点一点来。"

一个小时以后,哈米德的母亲和姐妹们都赶来了。婆婆欢喜得简直要疯了。老人家像蝴蝶一样在她儿子身边转来转去,一边哭,一边温柔地和他说话。哈米德甚至没有力气抹去自己脸上的泪水,只是不停地说着:"妈妈,不要这样。为了真主的爱,不要这么激动。"但婆婆还是将他从头到脚吻了个遍,断断续续的话语也完全变成了哭声。最后,她的身子靠住墙壁,又慢慢坐到地上。她头发散乱,眼神有些呆滞,面色苍白得可怕,甚至呼吸也变得困难了。

曼妮吉哈急忙伸手抱住她的母亲,高声喊道:"快拿热水和糖来,快!"我跑到厨房,拿来一杯热水和蜜糖,喂进婆婆的嘴里。曼索耶在她的脸上泼了一些冷水。婆婆打了个哆嗦,泪如泉涌。我望向周围,寻找孩子们。他们都站在门后,满是泪水的眼睛一会儿看向父亲,一会儿又看向祖母。

大家激动的情绪终于慢慢平静下来。婆婆拒绝离开卧室,不过她答应不会再哭了。她将一把椅子放在床脚,坐到上面,目光始终没有离开哈米德,偶尔会有一颗泪珠沿着她的面颊滚落,被她抬手抹去。

公公走进厅里,和比比坐在一起。比比正在无声地做着祈祷。公公伸开双腿,疲惫地把头靠在一个垫子上。我知道,这一整天他一定都在竭尽全力地四处奔忙。我给他端上一杯茶,按住他的手说:"谢谢您,今天您辛苦了,您一定累坏了。"

"能有这样的结果,一切努力和辛苦都是值得的。"他说道。

我能听见曼索耶在安慰她的母亲:"为了真主的爱,妈妈,不要这样。你应该感到高兴。为什么你要像被悲伤击倒了一样哭个不停?"

"我很高兴,我的闺女。你无法想象我有多高兴,我从没有想到还能够活着看见我唯一的儿子回家。"

"那你为什么哭得这么厉害?这要让他的心都碎了。"

"我只是看到那些恶棍对我的孩子所做的这一切。"婆婆伤心地说,"看看他的情况有多糟糕,他一下子就老了这么多。"然后她又对哈米德说:"真希望真主能允许我把自己的生命给你。他们是不是虐待你了?他们有没有打你?"

"没有,妈妈。"哈米德有些心神不宁地说,"我只是不喜欢那里的食物。我着了凉,有些感冒。仅此而已。"

在这一片混乱中,连续几天没有从我这里得到音信的母亲打来电话询问我们的情况。当我告诉她哈米德回家了,她大吃一惊。还不到半个小时,大家全都带着鲜花和点心来看我们了。母亲和法蒂一看见哈米德就哭了起来。马哈茂德假装我们之间那些事都没有发生过的样子,他亲吻了哈米德的面颊,拥抱了孩子们,高兴地向所有人表示祝贺,并且立刻就掌握了现场的主导权。

"伊特兰-萨达特,去准备茶盘,尽量多煮一些茶。"他说道,"他们很快就会有许多客人了。阿里,把起居室的门打开,摆好椅子和小桌子。还要有人准备水果和糕点。"

"但我们并没有想要招待谁,"我惊讶地说,"我还没有告诉其他任何人。"

"你不需要告诉谁,"马哈茂德说,"被释放的囚犯名单已经公布了,人们会知道的,而且马上就会过来。"

我立刻就明白,他一定是在计划着什么。我愤怒地说:"听着,哥哥,哈米德的身体很不好,他需要休息。你也能看见,他还发着高烧,呼吸都很困难。你不许叫任何人过来。"

"我不会叫,但人们还是会来。"

"我不会让任何人进这幢房子,"我厉声说道,"我现在就告诉你,以免得之后有人会感到难堪。"

马哈茂德像是突然泄了气的皮球一样,站在原地一动不动地瞪着我。然后,他仿佛想起什么似的说道:"你的意思是,你甚至不想叫个医生来看看这个可怜的人吗?"

"我想叫医生。但今天是假日,我要到哪里去找医生?"

"我认识一位医生。"他说,"我会打电话请他过来。"

他打了电话。一个小时以后,医生来了,另外还有两个人跟着他,其中一个人拿着一个大照相机。我向马哈茂德投去责备的一瞥。医生请所有人离开卧室,然后开始给哈米德做检查。那个拿相机的人开始给哈米德身上的伤疤拍照。

最后,医生诊断哈米德患上了慢性肺炎。他写下一张长长的处方单,叮嘱哈米德要严格按时服药和打针,又告诉我必须非常缓慢地增加哈米德的饮食量。他在离开之前给哈米德打了两针,又留下一些药让哈米德在晚上服用。马哈茂德把药方给了阿里,让他明天早上就把一切药物都买好,送到这里来。

直到这时,人们才突然想起如今正在实施戒严令和宵禁制度。大家全都迅速收拾好自己的物品离开了。婆婆不想走,但公公还是拉走了她,同时承诺第二天一大早就会带她过来。

所有人都走了之后,我恳求哈米德喝下一杯牛奶,又给孩子们吃了一顿简便的晚餐。我实在太累了,根本没有力气收拾散落在家中的碗碟,只是拖着身子躺到哈米德身边。医生给哈米德注射了一针镇静剂,他很快就睡着了。我看着他消瘦的面庞,心中很是感恩他能回来。然后我又转身望向窗外的天空,全心全意感谢真主,并祈求他一定要让哈米德恢复他本来的样子。但没等祈祷完毕,我就睡着了。

第五章

一个星期以后,哈米德的情况有所改善。他已经不再发烧,也能吃下更多东西了。但他仍然远远算不上健康。他一直在咳嗽,晚上的时候更加严重。四年的营养失调和得不到医治的病痛让他现在的身体格外羸弱。不过,我慢慢察觉到,这些都不是哈米德真正的问题所在。与身体情况相比,他更严重的病症是在精神上。现在的他完全被绝望所吞没,不想与任何人说话,甚至对批评政府和揭露严重政治问题的新闻也失去了兴趣。他不想看见自己的老朋友,也拒绝回答任何问题。

"他现在非常抑郁,对身边的事情完全不感兴趣,您认为这正常吗?"我问医生,"所有从监狱中被释放的人都会这样吗?"

"从一定程度上来讲,是的,但别人可能没有这么严重。"医生说,"当然,他们在各方面都经历过常人无法承受的折磨。这让他们难以回归正常的家庭生活,反而会和家人更加疏远。不过哈米德意外地重获自由,他一直作为人生理想和目标的革命成为现实,家人们又这么热情地欢迎他回来,给他这么温暖的关怀,这些都会让他感到喜悦,帮助他重新获得生活的动力。这些日子里,我诊治过不少像哈米德这样的病人。他们的首要问题就是如何让精神平静下来,调节自己的情绪状态,使其适应身体状况。"

"但哈米德实在是太平静了,我必须不断激励他,才能让他做一些日常的事情。"

我无法理解他的消沉。一开始,我将他这种沉默归结于疾病,但他的身体的确在逐渐恢复。我以为也许是我们的家人没有给他足够的空间和时间重新适应生活。我们周围总是聚集着各种各样的人,让我们甚至连单独交谈半个小时都做不到。我们的房子仿佛变成了一家商务旅馆,总是人来人往,川流不息。更糟糕的是,哈米德回到家的第二个晚上,婆婆甚至将生活用品都带了过来,要和我们一起住。哈米德的大姐穆尼尔也带着孩子从大不里士赶了过来。尽管所有人都在帮我们,但哈米德和我都受不了这种拥挤嘈杂的环境。

我知道,这种混乱的状况在很大程度上是马哈茂德的责任。他仿佛是发现了一个非同寻常的怪物,每天都会带一群新的参观者来猎奇。为了防止我抱怨,他开始负责为我们提供食物,每天将饭菜送到我家。按照他的说法,我应该把精力放在其他需要的地方。他的慷慨和炫耀都让我感到惊讶。我并不确切知道他到底编造了什么样的谎言,但他显然要让人们以为哈米德被释放都是因为他的努力。我相信如果没有人拦着,他真的会每天扒光哈米德的衣服,好让观众们能看到他的伤疤。

政治一直都是这幢房子里的热门话题。终于,哈米德的一些老朋友和新的追随者也来看他了。他们想近距离"瞻仰"这位伟大的英雄,倾听他讲述组织的历史,还有他们那些已经牺牲的同志。但哈米德不想见,总是用各种借口来躲避他们。有他们在的时候,哈米德就会变得更加沉默和沮丧。即便在马哈茂德的朋友和其他人来看他的时候,他也不会是这种样子。对此我也很惊讶。

有一天,医生来给哈米德检查身体的时候问我:"为什么你们家里总是有这么多人?难道我没有告诉过你,我的病人需要休息?"他在离开之前当着众人的面说道:"我在第一天就告诉过你们,这位病人需要安宁,需要清洁的空气、清静的环境,让他可以好好休息,恢复体力,这样他的病才能痊愈。但这幢房子总是像运动场一样。现在他的情绪状态比他刚回来时更糟了。这一点也不奇怪。如果你们继续这样下去,我将无法再保证他的健康。"

所有人都目瞪口呆地看着他。

"我们应该怎么做,医生?"婆婆问。

"如果你们不能闭门谢客,那么我建议你们带他去另一个地方养病。"

"是的,我亲爱的医生,从一开始我就想要带他去我家。"婆婆说,"那里更大,不会这样拥挤。"

"不,女士,"医生说,"我指的是一个安静的地方,他可以与妻子和孩子在那里单独相处。"

我非常高兴。医生说出了我的心愿。所有人都向我们表达了祝福,然后尽早地离开了。曼索耶等到人走光以后说:"医生是对的。就算是我待在这里也快要疯了,更不要说是那个在孤寂和沉默中被囚禁了四年的可怜人。看样子,现在唯一的办法就是你们去里海,让哈米德在那里好好休养。我们在那里的别墅一直空着。我们不会告诉任何人你们在那里。"

我简直欣喜若狂。这样真是再好不过了。里海正是我的梦想之地。而且现在政府已经下令封闭了学校,大学也动荡不安,根本无法正常开课。我们可以轻松地在北边消磨时光。

美丽而生机勃勃的海滨秋日用耀眼的阳光、碧蓝的天空和一片颜色变幻不停的大海欢迎了我们。一阵清凉的风吹过,岸边都是大海的咸味。和煦的阳光使得海滩成为最理想的静坐休憩之地。

我们一家四口站在别墅的露台上。我让孩子们深呼吸,告诉他们这里的空气能够将新的生命力注入我们体内。然后我转身看向哈米德。他并没有看到这番美景,也没有听到我的话,更没有嗅闻大海,感受清风拂面。他面色忧郁,神情冷漠,转身走进了屋子。我告诉自己,不要放弃!我已经有了合适的环境和必要的时间,如果我还不能拯救他,我就不配作为一个妻子,也不配真主赐给我的这份祝福。

我规划了作息时间。在很多个阳光明媚的日子里,我会找不同的理由带哈米德在美丽的沙滩上或树林间散步。有时候,我们会一直走到主路上去购物,然后再走回来。哈米德只是陷入沉思,一言不发地跟着我,对于我提出的各种问题,他或者充耳不闻,或者只是点点头,说一声简单的"是"或"不是"。不过我还是不停地向他诉说他不在时家中发生的事情，谈论自然之美，还有我们的生活，丝毫不在意他的反应。我和孩子们玩耍、唱歌和欢笑。有时候，我会安静地坐在那里，欣赏那仿佛只存在于画中、并不存在于现实中的美景，或者充满激情地赞美大自然的奇迹。有些时候，哈米德唯一的反应就是惊讶地看着我。但大多数时候，他只是郁郁寡欢、无精打采。我不再买报纸，关掉了收音机和电视。新闻只会让他更加焦虑不安。而在焦虑和压力中生活了太久之后，能够不看任何新闻对我来说也是一件高兴和放松的事情。

孩子们并没有感到幸福快乐。"我们太早就剥夺了他们的童年。"我对哈米德说，"他们受了很多苦，但现在还不算太晚。我们可以补偿他们。"哈米德耸耸肩，将目光转向别处。

他对自己身边的一切都只是漠然处之。我甚至怀疑他是不是变成了色盲。我为孩子们发明了一个颜色游戏，每个人都必须说出一种我们在自己周围看不见的颜色。我们经常会为此产生分歧，便要哈米德做出评判。他会冷冷地快速看一眼周围，给出一个意见。我一直告诉自己，我比他更顽固。我倒要看看，他还能拒绝和疏远我们多久。我延长了我们每日散步的时间。他已经不会在长时间散步之后吃力地喘气了。他的体力在增强，也比之前胖了些。我一直不停地说话，从不流露出半点气恼和失望。渐渐地，他也开了口。当我感觉他想要说话的时候，我就会专心倾听，绝不破坏当时的气氛。

我们已经在海滨度过了一个星期。在十月份一个阳光明媚的日子，我准备带家人来一场野餐。走了一段路之后，我们将毯子在一座风景宜人的山丘上铺开。在山丘的一侧，大海和天空呈现出每一种韵调的蓝色，然后在最遥远的地方融为一体；在另外一侧，郁郁葱葱的森林一直延伸到天边，呈现出大自然的全部色彩。清凉的秋风让五彩缤纷的树枝轻盈起舞，又轻抚我们的脸颊，让人心生喜悦，活力焕发。

一天，孩子们在玩耍，哈米德坐在毯子上，眺望着海平线。他的脸上有了一些光彩。我递给他一杯刚刚煮好的茶，然后转头盯住了远处的某个点。

"出什么事了吗？"他问道。

"没有，"我说，"我只是在思考。"

"思考什么？"

"没什么，不是什么让人高兴的事。"

"和我说说！"

"那你能先答应我不会生气吗？"

"当然不会！为什么要生气？"

我很高兴他对我产生了好奇。

"我曾经想过，如果你当时也死了，可能会更好一些。"

他的眼睛里闪过一道光。

"真的？"他说道，"我们真是想到一起去了。"

"真的！那时候，我觉得你永远都不可能重新过上正常的生活了。你将会缓慢而痛苦地死去。如果你和他们一样死去，你就能少受些苦。"

"我也一直都这样觉得，"他说，"我没能那样光荣地死去，这一直在折磨我。"

"但现在，我很高兴你没有死。这些日子里，我经常会想到莎哈扎德，非常感激她让你为我们而活了下来。"

哈米德转过头，再一次望向海平线。

"在这四年时间里，我一直在想，他们到底对我做了什么。"哈米德在沉思中说道，"是我背叛了他们吗？为什么他们没有通知我？难道我甚至不值得被告诉一声？到最后，他们甚至断绝了和我的一切联系。我是接受过训练要去执行那个任务的人，如果不是他们对我失去了信任……"

他的眼泪让他无法再说下去。

我很害怕自己任何轻微的举动都会让他关闭这扇刚刚打开的小窗口。我让他哭了一会儿。等他平静下来以后，我说道："他们并没有认为你不值得信任，你一直都是他们的朋友和亲密的同志。"

"是的。"哈米德说，"他们是我仅有的朋友，是我的一切。我什么都愿意为他们牺牲，哪怕是我的家庭。我从没有拒绝过他们，但他们拒绝了我。他们将我像叛徒一样丢弃了，仿佛我没有任何价值。而且他们还是在最需要我的时候这样做的。我怎能再次昂起头来？难道人们不会问，你怎么没有和他们一起去死？也许人们会以为我是告密者，出卖了他们。自从我回家以后，所有人都在用怀疑的眼光看我。"

"不！不，亲爱的，你错了。他们爱你胜过爱任何人，甚至胜过爱他们自己。虽然他们很需要你，但他们要执行的任务比以往任何时候都更加危险，所以他们没有让你也牺牲生命。"

"这全都是胡说。我们之前从没有过这样的想法。我们关心的只有我们的目标。我们接受过战斗训练，早就决心要死在这场战斗中。绝不可能是你说的那样。只有叛徒和不被信任的人才会被我们抛弃，而他们最终抛弃了我。"

"哦，哈米德，情况不是这样的。"我认真地对他说，"亲爱的，你错了。我知道你不知道的事情。这些都是莎哈扎德为我们做的。无论如何，她首先是一个女人，也渴望平静的生活，有丈夫和孩子。你还记得她是多么喜爱马苏德吗？是马苏德填补了她内心的缺失。作为一个女人、一位母亲，她不能剥夺马苏德的父亲，让他成为没有父亲的孩子。她相信自己为自由而进行的战斗，相信自己的目标是全部儿童的福祉。但在她体会过做母亲的感情之后，她就像所有母亲一样，会额外照顾自己的孩子，孩子的安好和她在孩子身上寄托的梦想会变得更重要。让世界上所有的儿童都幸福只是一个抽象的口号，但做母亲是一件实实在在的事情。这种出于本能的偏爱即使对于最纯粹的灵魂而言也是无法割舍的。一个女人不可能对非洲的饥饿儿童和她自己的孩子有同样的关爱。莎哈扎德和我们共同生活了四五个月，她在这段时间里成为一位母亲。她不想剥夺自己孩子的任何人生财富。"

哈米德惊愕地看着我，沉默了许久才说道："你错了。莎哈扎德很坚强，她是一名战士，有伟大的理想。你不能将她和普通女人相提并论。她和你不一样。"

"亲爱的，做一名坚强的战士和做一个女人并不冲突。"

我们继续安静地坐着，直到哈米德再次开口："莎哈扎德有伟大的目标，她……"

"是的，但她是一个女人。她动情地和我说过她的心意，还有她藏在心中的遗憾，那是她人生中被剥夺的一部分。在那以前，她都没办法将这些事说出口。我可以告诉你，有一天，她说她忌妒我。你能相信吗？她在忌妒我！我以为她是在开玩笑。我告诉她，我才是那个应该心生忌妒的人。我告诉她，她是一个完美的女人，而我只能像一百年前的女人那样，将我的人生用在操持这个家上面。根据我丈夫的说法，我只是一个被压迫者的代表。你知道她是怎么说的吗？"

哈米德摇摇头。

"她背诵了一首芙茹弗的诗。"

"哪一首？你还记得吗？"

我吟诵道：

哪一座高山，哪一座峻岭？
你给了我什么？
用你那简单的谎言。
你们这些放弃了肉体和欲望的人。
如果我在发丝间插上一朵花，
难道不会比这个骗局，
比我头上这顶发臭的折纸王冠，
更加诱人？

哪一座高山，哪一座峻岭？
能让我躲避你们闪耀的光？
你们那明亮到难以置信的家。
在那些阳光灿烂的屋顶上，
洗净的衣服在飘荡的炊烟中摇曳，
让我躲避你们这些康健的女子。
你们柔软的手指正在感受，
你们肌肤下胎儿喜悦的踢蹬，
在你们敞开的衣领中，
空气里永远有新鲜奶汁的芬芳。

我继续说道:"你还记得她离开的那个晚上吗?她将马苏德紧紧抱在胸前,闻着他身上的气味,一直在哭泣。她在离去之前说'无论如何,你必须保护好你的家庭,在安全和快乐的环境中养育你的孩子。马苏德非常敏感,他需要母亲和父亲,他很脆弱。'那时我还没有理解她这番话的真正含义。直到后来我才明白,她不停地要我保护我的家庭并非是在给我建议,实际上她是在和自己做斗争。"

"这真让人难以置信。"哈米德说,"你口中的那个人根本就不像莎哈扎德。你是想要说,她走上了一条与她的本心完全相反的道路?你想说她根本就不相信我们的事业?但没有人强迫她走上这条路。她完全可以离开我们,没有人会责怪她。"

"哈米德,你怎么还不明白?这是她的另一部分,是一直隐藏在她心中的一部分,就连她自己都不知道。正是为了这转瞬即逝的一部分,她才没有让你去赴死,没有让你参加那个任务,这都是为了保护你。而不向你传递任何消息,是为了保护他们自己,以防你被逮捕。我不知道她是怎样说服其他人的,但她的确做到了。"

哈米德的神情中流露出怀疑、惊讶和希望,但他并没有完全接受我所说的一切。毕竟这四年里,他一直都以为自己被排除在组织以外是出于其他原因。但一点隐约的希望已经出现在他的心中,这至少让他打破了一直以来的沉默。从那天开始,我们就在不断地交谈,检讨我们的关系和现在的状况,分析我们的心性和行为在经历过那段秘密生活之后都受到了什么样的影响。我们之间的障碍被一个又一个地解决了。随着每一个障碍的消失,一扇新的小窗口都会被打开,阴郁的雾霾慢慢消散,慰藉、自由和快乐的阳光洒进来。他以为早就彻底死掉的自信开始重新生长出来了。

有时候,在讨论过程中,他会惊讶地看着我说:"你真是改变了很多!你读了这么多书,这么成熟。你就像一位哲人,一位心理学家。几年的大学教育会让一个人改变这么多吗?"

"不!"我会带着我不想掩饰的骄傲说,"是生活的艰难迫使我改变的。我必须改变,必须理解,这样我才能选择正确的道路。我要为孩子们的人生负责,这不容有失。幸运的是,你的书、大学和我的工作使这一切成为可能。"

两个星期以后，哈米德变得更有活力，精神也更好了。他在慢慢变回原来的自己。随着压在他精神和情绪上的阴霾一点点消散，他的体力也逐渐恢复了。孩子们都敏锐地察觉到了他们父亲的变化，也和哈米德越来越亲近，又兴奋又着迷地看着他的一举一动，依照他的各种命令做事，和他一起欢笑。听到他们的笑声，我的生命便有了光彩。当健康恢复，渴望生命的激情重新被点燃，哈米德的需求和欲望也被唤醒了。经历过那么多黑暗与孤寂之后，我们爱恋的夜晚变得更有激情了。

公婆和曼索耶过来和我们一起生活了两天。看到哈米德巨大的转变，他们既惊讶又激动。

"我不是早就告诉过你们，只有这样才可以吗？"曼索耶说。

婆婆真是高兴坏了。她不停地围着哈米德转，流露出无限的爱意。她感谢我让他恢复健康。她是那样令人感动，虽然我们心中都充满了喜悦，但我还是禁不住想要流泪。

这两天天气都很冷，还在不停地下雨。我们一直坐在火炉前谈心。曼索耶的丈夫巴赫曼给我们讲了关于沙阿和爱资哈里首相最新的趣闻。哈米德发出由衷的笑声。尽管所有人都认为他已经完全恢复了，但我还是决定继续在这里逗留一两个星期。尤其是婆婆私下里告诉我，比比的情况不是很好，而且还有哈米德的几个激进主义的朋友正在四处找他。巴赫曼建议将他们的车留给我们，他们租车回家。这样我们就能去里海周围的城镇转转。不过那段时间汽油非常短缺，他的建议也没能实现。

我们又在北方度过了美丽的两个星期。我们为孩子们买了一个排球，哈米德每天都和他们一起玩，和他们一起奔跑，教他们打球。孩子们从没有体验过这样有父亲的生活。他们无比感激哈米德和真主。哈米德已经成为他们的偶像。马苏德经常会画一家四口去野餐、游戏、在花丛和花园中散步，明亮的太阳在天空中向这一家人露出微笑。男孩子和父亲之间所有的拘谨和局促都消失不见了。他们和他谈论自己的朋友、学校和老师。西亚马克夸耀自己在革命中的行动,他告诉哈米德,他的马哈茂德舅舅一直让他站在队列最前面,还有他当时听到的各种言论。俩哈米德听后很惊讶,也很悲伤。

有一天,和孩子们玩累了以后,哈米德坐到我身边的毯子上,向我要了一杯茶。"这俩孩子可真有活力,"他说,"他们根本就不会累。"

"你怎么看他们?"我问。

"他们真可爱。我从没有想过自己会如此爱他们。我在他们身上看到了我的全部童年和少年时光。"

"你还记得你曾经多么讨厌小孩吗?你还记得我把怀上马苏德的事情告诉你的时候,你是怎么做的吗?"

"不记得了,我是怎么做的?"

我很想笑。他甚至不记得他是怎样抛弃我的。但现在不是发牢骚和回忆痛苦的时候。

"没什么。"我说。

"不,告诉我。"哈米德坚持道。

"你放弃了全部责任。"

"你很清楚,我的问题不是孩子,我只是不能确定我自己的人生和未来。我一直都以为,我只剩下一年生命了。在那种情况下,要孩子对于我们两个都是非常愚蠢的事情。但说实话,难道你不觉得,如果这些年里你没有要小孩,不必担负起这么多责任,你也就不会受这么多苦吗?"

"如果不是为了孩子们,我就没有理由继续生活和奋斗了。"我说,"是他们逼我行动起来,让我能够忍受生活中的一切。"

"你真是一个奇怪的女人。"他说道,"不管怎样,现在我非常高兴能够拥有他们,也非常感谢你。现在的情况变了,一个美好的未来正在等待他们。我已经不再担心了。"

听到哈米德这样说,我心中感到无比幸福。我微笑着说:"真的?那么现在有孩子不再是问题,也不会再让你害怕了?"

他跳起来说:"哦!为了真主的爱啊,玛苏姆,你在说什么?"

"不必担心。"我笑着说,"现在我也还不清楚,但这并非不可能。我还在可以怀孕的年纪,而且你也知道,我在这边没有吃过避孕药。不过不开玩笑地说,如果我们真的又有了一个孩子,你会像以前那样害怕和感到困扰吗?"

他想了一会儿,然后说道:"不,当然不会,我并不想再要一个,但我也不会像以前那样反对你了。"

我们在讨论和梳理个人问题的时候,也开始谈起了政治和社会问题。哈米德还不太清楚自己被关在监狱中的这几年都发生了什么,到底是什么让他得到释放,为什么民众会有这么大的改变。我和他说了大学生的情况,我的同事,还有这段时间发生的各种事情。我讲述了我的经历,人们如何对待我,以及他们在最近这段时间里对我态度的大幅度转变。我还特别描述了扎尔加如何因为哈米德是政治犯才雇用了我;希尔扎迪天生就是个与众不同的人,却因为政治和社会的压迫心中充满憎恨和怀疑。最后,我提起了马哈茂德全力以赴投身于革命的事。

"马哈茂德真是一个奇迹!"哈米德说,"我从没有想到过他和我还有可能朝同一个方向迈步。"

我们回到德黑兰的时候,比比去世第七天的仪式已经结束了。公婆觉得没有必要让我们知道她的故去。实际上,他们是担心丧礼中太多家人和朋友的聚集会对哈米德造成压力。

可怜的比比,她的死亡没有影响任何人的生活,也没有让任何人的心为之颤抖。实际上,她可以说是在多年以前就离世了。就算是面对一位陌生人的死亡,人们也不会这样无动于衷。与年轻人和这个时代被杀害的那些革命者相比,这样的死显得异常苍白。

楼下房间的门和窗户都紧闭着。比比的生命之书曾经一定也充满甜蜜与兴奋,但现在,这本书写完了。

回到德黑兰以后,哈米德仿佛又回到了多年以前的日子里。各种书籍和小册子从不同的地方纷至沓来。日复一日,聚集在他身边的人越来越多。以前就认识他的人将他塑造成了一位受年轻一代敬仰的英雄：一位曾经的政治犯，从自我牺牲的革命奠基者中幸存的人。他们以他的名字作为口号，称赞他的美德，推崇他成为领袖。哈米德不仅恢复了往日的自信，而且变得越来越骄傲。他像领袖一样对那些人说话，向他们发表演讲，鼓励他们反抗政府。

我们回来之后一个星期，他就带着一群追随者去了印刷厂。他们撕掉封条，打落门锁，用那里的设备开始工作。虽然印刷厂只剩下一些最基本的设备，但已经足够让他们印刷公告、小册子和报纸了。

西亚马克就像一条忠犬，一直跟在他父亲的身边，服从他的每一个命令。他因为自己是哈米德的儿子而骄傲，想要和父亲一起参加每一个集会。马苏德则完全相反。他不喜欢成为人们关注的中心，只是不停地画下街头的抗议者们。他的画里没有任何暴力，甚至没有一个人受伤，流一滴血。

在纪念伊玛目侯赛因殉道的穆哈兰姆月[1]的第九天和第十天，一大群人来到我家，我们全都加入了当天举行的示威游行。哈米德被自己的朋友们包围起来，跟我们分开了。公婆很早就回家了。哈米德的姐妹们、法蒂、法蒂的丈夫萨迪克阿迦和我小心地聚在一起，以免走散。我们不停地呼喊口号，直到嗓子都喊哑了。看到人们倾泻出他们的愤怒和不平，我既兴奋又激动。但我还是没办法赶走盘踞在心头的恐惧和担忧。这是哈米德第一次见证大批民众加入革命。

就像我怀疑的那样，这深深地影响了他，让他不顾一切地投身于其中。

几个星期以后，我开始注意到自己的变化。我很容易感到疲惫，早晨还有一点恶心。我发自内心地高兴。我告诉自己，我们现在是一个真正的家庭了。这个孩子将会在完全不同的环境里出生。一个漂亮的小女孩会给我们的家庭带来更多温暖。哈米德还从未体验过养育一

---

[1] 伊斯兰教历的一月。——编者注

个婴儿的喜悦。

一开始,我还没有勇气告诉他。当我终于向他坦白的时候,他笑着说:"我就知道你又会让我们陷入麻烦,但这不是坏事。这个孩子也是革命的产物。我们需要更多的力量。"

革命热潮之下,很多事情接连发生。我们都非常忙碌,家里总是聚集很多人,就像马哈茂德家一样热闹。渐渐地,我们家变成了政治活跃分子的集会场所。尽管时局还很危险,集会仍然是被禁止的,但哈米德还是不顾一切地做着这些事。他只是说:"他们不敢干涉我们。如果他们再次逮捕我,我就会成为传奇。他们不会冒这个险。"

每天晚上,我们都站在屋顶上,和站在全城各处屋顶上的其他人一同唱诵:"真主至大。"我们利用哈米德在多年以前设计的逃亡路线前往邻居家里,交谈和交换理念,直至深夜。每一个人,无论年轻还是年老,都认为自己是政治家。而沙阿逃到国外让人们更兴奋了。

马哈茂德允许我们随时在他家集会,以获得各种最新的消息和情报。哈米德和马哈茂德建立起了充满友谊的合作关系。他们不会进行政治辩论,而是会交换关于各自活动的情报,向彼此提供建议。哈米德将自己掌握的武装抵抗和游击战的知识都传授给了马哈茂德和他的朋友们。有时候,他们的讨论会一直持续到天亮。

随着阿亚图拉霍梅尼回归伊朗的日期越来越近,不同政治派别和团体之间的合作变得越来越紧密和协调。人们忘记了许多旧日的敌意,许多曾经断绝的关系重新得到建立。我们也联系上了已经在德国住了二十五年的舅舅。就像所有生活在国外的伊朗人一样,他对时局感到异常兴奋,开始有规律地和马哈茂德通电话,想要了解革命的最新进展。马哈茂德现在也和我表姐玛哈波贝的丈夫有了联系,他们会分享德黑兰和库姆的各种新闻。有时候,我觉得自己甚至有些不认识马哈茂德了。他变得非常慷慨,为了革命完全不计较个人得失。我经常会问自己:这还是我认识的那个马哈茂德吗?

十三岁的西亚马克长得非常快,现在已经像一个成年人一样在他的父亲身边工作了。我很少能看见他,也常常不知道他的午餐和晚餐都是什么。但我知道,他比以往任何时候都更快乐。马苏德的任务是在墙上书写口号。有时候他还会用优美的书法将口号写在大幅纸张上,如果有时间的话,他还会加上各种花体设计。每天他都会和一群孩子在街上跑来跑去。这样很危险,但我没办法阻止他们。到最后,我只能跟着他们,为他们望风。我会在街角站岗,让他们能安全地涂刷口号,然后纠正他们的拼写错误。这样我就能照看我的儿子,和他一同支持革命了。能够和母亲一起做一些违法的事情,令马苏德感受到了一种巨大而真挚的喜悦。

唯一压在我心头的哀伤就是我又和帕尔瓦娜分开了。这一次不是因为物理上的距离,而是我们不同的政治信仰。虽然哈米德还在监狱里的时候,她给了我非常大的帮助,帮我照看孩子,还是那时候为数不多会来我家的人,但在哈米德获释之后不久,她就和我们断绝了关系。

帕尔瓦娜和她的家庭是沙阿的支持者,他们认为革命者都是流氓和暴徒。每次见面时,我们的讨论和争执都会加深分歧。我们常常会在无意中贬低彼此的意见,闹到几乎又要吵起来才告别。渐渐地,我们失去了见面的兴趣。他们在不久之后就再一次离开了这个国家,我甚至不知道他们是在什么时候走的。我因为再次失去了帕尔瓦娜而伤心不已,甚至对革命的热情也无济于事。

革命早期甜美快活的日子像风一样过去了。我们的喜悦和兴奋在二月十一日下午到达了顶点。那一天,临时政府垮台了。革命者们占领了政府大楼、电视台和电台。电视上不停地播放着国歌。一位儿童节目的播音员在朗诵芙茹弗的诗歌:"我梦到有人来……"我简直欣喜若狂。我们唱着国歌,从一个房间走到另一个房间,不停地相互拥抱,用美好的话语祝贺彼此。我们感觉到了自由,感觉到了光明,感觉到自己的肩头卸去了一副重担。

学校很快就重新开课了。各个公司和企业都恢复了运营。但生活仍然是一团乱麻,远远没有恢复正常。我回到了工作中。但在我的部门里,人们整天都在争吵。有人认为我们全都应该加入新成立的伊斯兰共和国党，以此来表示对革命的支持。而另一些人说没有这个必要。他们说，现在不像以前了，那个所有人都要被迫加入伊朗复兴党的时代已经一去不返了。

在这些纷争之中，我成为众人关注的焦点。人们都在向我表示祝贺，仿佛是我一个人实现了革命。而且他们全都想要和哈米德见面。终于有一天，哈米德从印刷厂过来接我一起回家，我的同事们将他拉进了办公室，像欢迎一位英雄一样欢迎他。哈米德则显得有些害羞。他只说了几句话，向大家分发了他的组织刚刚印刷的出版物，又回答了几个问题。

我的同事和朋友们都将哈米德描述成一位英俊、体贴、充满魅力的男士。他们全都为此向我表示恭喜。我的心中充满了骄傲。

第六章

我们生活在喜悦之中，享受着这刚刚得来的自由。街边的人行道上全都是售卖各种书籍和小册子的商贩。就在不久之前，如果被查出身上有这样的印刷品，就很可能丢掉性命。而现在，我们能自由阅读各种杂志和报纸，能够谈论所有话题，不必再害怕萨瓦克或者其他任何人。

但一直以来的高压生活让我们还没有学会如何好好利用这种自由。我们不知道该如何辩论，不习惯听到相反的意见，更没有接受过相应的教育，让我们可以接受不同的想法和观点。正因如此，革命的蜜月期连一个月都不到就结束了。我们从没有想过它会结束得这么快。

不同的观点和个人倾向——这些分歧一直以来都因为我们共同敌人的存在而被遮蔽了——现在，它们全都暴露出来，造成了越来越严重的、难以缓和的冲突。不同信仰之间的斗争很快就让人们分裂成不同的阵营。每一个阵营都指责对方是人民、国家和宗教的敌人。每天都有新的政治团体出现，向其他团体发起挑战。那一年，所有传统的新年走访和聚会都变成了热火朝天的政治争论，甚至是斗殴。

影响我一生的重大遭遇发生在马哈茂德家里。本来我们是去拜年的，结果哈米德和马哈茂德争论起来，最终演变为争吵。

"人们唯一想要的只有伊斯兰教，这正是促使他们发起这场革命的原因。"马哈茂德说，"所以，现在的政府应该是伊斯兰政府。"

"我知道！"哈米德用讥讽的口气问，"你能否向我解释一下，伊斯兰政府真正的意思是什么？"

"它意味着贯彻全部伊斯兰教教义。"

"就是说要回到一千四百年前吗?!"哈米德高声质问道。

"伊斯兰教的规则就是真主的规则。"马哈茂德反驳说,"它们并不陈旧,它们的意义是永恒的。"

"那你是否能解释一下,伊斯兰教律法是如何看待国家经济的?还有关于公民权的法律?"哈米德继续问。"我猜你一定是想要恢复多妻制、骑骆驼出行还有砍断手脚的刑罚!"

"这也是真主的规则。"马哈茂德断喝道,"如果人们一直用砍手来惩罚偷窃,就不会有这么多窃贼了,同样也不会有这么多叛国贼和骗子。像你这样没有信仰的人怎么可能知道真主的规则?其中可是充满了智慧的。"

这场争辩最终以哈米德和马哈茂德相互谩骂而告终。他们都无法容忍对方。哈米德一直在谈论人权、自由、收回人民的资产、分配财富和成立政务委员会。而马哈茂德则称他为没有信仰、不信真主的人,是早就该死掉的异教徒。他甚至指控哈米德是叛徒和外国间谍。作为回应,哈米德说马哈茂德只会死守教条、思想落后,是守旧分子。

伊特兰-萨达特和她的孩子们,还有阿里和他的妻子都站在马哈茂德那边。我因为哈米德被孤立而感到伤心,觉得有必要支持自己的丈夫,就迅速站到了他这边。法蒂和她的丈夫犹豫不决,不知道该支持谁。而母亲只是焦急地看着我们。她不明白我们在说什么,只是想要恢复原先的和平。

最糟糕的是,西亚马克被困在中间,神情一片茫然。他不知道谁是对的。马哈茂德几个月以前对他的宗教训导一定还清晰地印在他的脑海里,但他也一直生活在父亲的政治思想的影响下。在这天以前,西亚马克还从没有真正意识到这两种思想之间存在巨大的冲突。在他的舅舅和父亲密切合作的那段日子里,他们的对立观点在他的思想中融为一体。而现在,这两个人彻底分道扬镳了,这刺破了西亚马克幻想的泡沫,也让他完全陷入迷茫。

西亚马克没有追随甚至没有偏向父亲和舅舅之中的任何一人。他再一次变得紧张而好斗。有一天,经过一番长时间的争吵以后,他将头埋在我的胸前,像他小时候那样大哭起来。我安慰他,问他为什么如此心烦意乱。他抽噎着说:"因为所有事情。爸爸真的不相信真主吗?他是霍梅尼先生的敌人吗?马哈茂德舅舅真的认为爸爸和他的朋友们应该被处死吗?"

我不知道该说什么。

我们的日常生活又回到了几年前的样子。哈米德再一次忘记了自己的家庭。他常常在国内四处奔波,剩下的时间则是不停地写各种文章和发表演讲,发行报纸、杂志,发表时事通讯。尽管他不明白西亚马克为何不再跟随他,但西亚马克的确没有以前那种热情了。

学校和集市都重新开放了,人们在为各自的生活而忙碌着。而关于主义和信仰的辩论甚至纷争仍然随处可见。在大学里,任何团体只要能找到一间教室,都会立刻将其占据,在教室门前挂上他们的名号,然后开始分发报纸和传单。这种行为不仅出现在学生中间,甚至连教授们也分成了不同阵营,彼此争斗不休。墙壁和门上都写满了相互冲突的口号,还有各种指控和谴责,比如某个学生或教授从沙阿或者法拉赫王后那里收受了贿赂。

我不记得我们在那一年是怎样学习的,又是如何进行了结业考试。一切都蒙上了一层意识形态斗争的阴影。昨天还是朋友的人,今天就有可能恨不得要对方的命。如果有一方被击败了,甚至真的死了,杀人的一方还会大肆庆祝,认为这是他们团体取得的伟大胜利。

我很高兴那是我在大学的最后一个学期。

哈米德笑着说:"你真是个热爱学习的学生啊!感觉你根本就不打算结束学业。"

"你真不要脸!"我说,"我本来能够用三年半时间拿到学位的。但就是因为你,我才不得不停学。就算是回到大学里,我每个学期也只能拿几个学分,其余的时间我还要工作和照顾孩子。但即便如此,我相信我的考分还是会很高。看着吧,我会被录取为研究生的。"

很不幸,大学校园中的暴乱导致许多教授被解聘,常规课程被取消。这意味着我再一次无法完成学业,还有几个学分只能等到下学期再修了。

我的工作也处于同样的状态。每天都有几个人被贴上前萨瓦克密探的标签。令人震惊的指控和谣言满天飞。消灭反革命成为每一个政治团体的任务，而每一个派系都在指责其他派系是反革命。

我们家中的景象则完全不同。西亚马克不断将"圣战者"组织的报纸从学校带回家。

一九七九年九月中旬，我生下了一个女儿。这一次，哈米德陪在我身边。生产之后，当我被送到产科病房的时候，他笑着对我说："这个孩子比两个儿子更像你！"

"真的？怎么会？我觉得她的皮肤有一点橄榄色。"

"现在她的肤色更像是红色，而不是橄榄色。而且她的脸上有小酒窝，非常可爱。我们叫她莎哈扎德好不好？"

"不！"我说道，"她不应该像莎哈扎德一样。她要有一个漫长又快乐的人生。我们要给她取一个适合她的名字。"

"那你说什么样的名字适合这个小女孩？"

"希琳。"

希琳将是我的最后一个孩子，我想要一直陪在她身边，因为我知道，这段时光一眨眼就会过去。西亚马克对我们的新生儿并没有多加关注，马苏德则会不带半点忌妒地凝视着这个小小的奇迹说道："她可真小，但她什么都有！看看她细小的手指！她的鼻孔就像两个小小的0。"希琳的耳朵和头顶的一小撮胎发都会惹得他笑个停。每天放学以后，马苏德就会坐在她身边，和她说话，或者和她玩游戏。希琳也很喜欢他，一看见他就会挥舞自己的小手小脚，咯咯地笑起来。等到她长大了一些，不再需要我时时刻刻地照料时，她就只让马苏德抱她了。

希琳是一个健康的女孩，性情很像西亚马克和马苏德的融合。她像马苏德一样乐天又讨人喜欢，又像西亚马克一样淘气和躁动不安。她的嘴唇和面颊很像我，不过她继承了哈米德小麦色的皮肤和黑色的大眼睛。我一直在忙着照顾她，完全不在意哈米德离家不归，也不想参与到他的工作和活动中去。我甚至忽略了西亚马克。就像以往一样，西亚马克在学校中品行很好，成绩优秀。但我不知道他还在做其他什么事情。

休过三个月产假之后，我决定再休一年的无薪产假。我想要在平静与喜悦中养育我的女儿、得到学士学位，可能还要准备研究生的入学考试。

除了家庭成员，被希琳点燃热情的还有帕尔文太太。她已经不工作了，又非常孤独。人们似乎已经不再定做衣服，她几乎没有什么客户了。于是她租掉了自己院子最远端的两个房间，这样就有了一小笔收入，不必再担心缺少客户的问题。她大部分自由时间都待在我这里。当我注册了大学的冬季学期之后，她欣然同意在我上课时照看希琳。

大学里仍然是一片乱象。我亲眼看到一位威望素著的老教授被一群学生轰出校门，他的裤子上还带着被踹的脚印。这仅仅是因为他的著作曾经由沙阿资助过。这让我感到心烦意乱。而让我感觉更糟糕的是，还有另外几位教授站在旁边看着学生们的暴行，还微笑着点头表示赞许。当我和哈米德说起这件事的时候，他摇摇头说："革命容不下毫无意义的同情。消灭敌人是革命的根本手段之一。只是很不幸，这些人不知道该如何正确使用这种手段，才有了这种不负责任的行为。每一场革命都会血流成河，因为民众要推翻数百年的暴君统治。与之相比，现在可以说什么都没有发生。"

"什么叫'什么都没有发生'？"我激动地说道，"就在最近，报纸上还公布了前任政府官员被处决的照片。"

"就那么几个人？如果现政权连那么几个人都没有处决，他们自己就要受到质疑了。"

"别这么说，哈米德。你吓到我了。我觉得这样已经太过分了。"

"你真是太感情用事了。"哈米德说，"现在真正的问题是，我们的民众没有革命的文化。"

又过了一段时间，动荡的局势、日渐激烈的政治和社会冲突最终导致大学正式关闭。这个国家远远没能恢复和平稳定。到处都流传着爆发内战的谣言。人们都说有几个省会分裂出去，尤其是库尔德斯坦省。

哈米德常常会出远门。这一次他走了一个多月。我们完全没有他的消息。我又开始感到担心和忧虑了。而且我已经没有了往日的耐心和容忍度。我决定等他回来之后,和他进行一次严肃的谈话。

六个星期以后,他精疲力竭、蓬头垢面地回到家,一头倒在床上,睡了十二个小时。第二天,孩子们发出的声音让他终于醒了过来。他洗了个澡,正经吃了一顿饭,才恢复了精神。他坐在厨房的桌子旁,和孩子们玩闹。我在洗碗碟。这时他忽然惊讶地问:"你是胖了吗?"

"并没有。实际上,我在过去几个月里还掉了不少体重。"

"那你是之前胖了吗?"

我很想拿些东西砸他。他忘记了就在七个月以前,我刚刚生了孩子,所以一直都没有过问我们的女儿。就在这时,希琳哭了起来。我气愤地向哈米德说道:"你现在记起来了吗?阁下,你又有了一个孩子!"

哈米德当然不会承认自己把希琳忘记了。他把她抱在怀里说:"噢,她都长这么大了!胖乎乎的,真可爱!"

马苏德开始夸奖妹妹的天赋和优点:希琳是如何冲他微笑,很有力气地抓住他的手指,能够认出家里所有的人,长出了两颗牙齿,还能够爬了。

"我还没有走多久,"哈米德说,"她在这么短的时间里就有了这么大的变化?"

"实际上,"我告诉他,"她在你离开之前就已经长出牙齿了,还能做许多事,你只是没有看到而已。"

那一晚,哈米德没有出去。差不多十点钟的时候,门铃响了。他立刻跳起来,抓起上衣就向屋顶跑去。我一下子又回到了多年以前。一切都没有改变。这让我全身感到一阵恶寒。

我不记得当时来的人是谁,那个人并没有任何危险,但哈米德和我都受到了很大的冲击。我苦涩地看着他。希琳正在熟睡中。男孩子们都因为父亲回家而异常兴奋,不想睡觉,但我命令他们回自己的房间去。哈米德从衣袋中拿出一本小书,去了卧室。

"哈米德,坐下。"我严厉地说道,"我必须和你谈谈。"

"啊，"他不耐烦地说，"必须是今晚吗？"

"是的，必须是今晚。我担心也许不会有明天了。"

"哦，多么严肃又有诗意啊！"

"随你怎么说。但我一定要把自己想说的都说出来。听着，哈米德，这么多年来，我承受过各种痛苦，从没有向你要求过什么。我尊重你的观念和理想，尽管我并不相信它们。我一直在忍受孤独、恐惧、焦虑和你的不告而别。我总是把你的需要放在第一位。我经历过深夜被秘密警察袭击，我的生活变得混乱不堪。随后，我在监狱门前受到了多年的羞辱。是我一个人扛起了我们的生活，养大了孩子。"

"你到底想说什么？你不让我睡觉，是想让我对你说'谢谢'了？好吧，谢谢你，女士，你真是卓越非凡。"

"不要像一个被宠坏的孩子。"我厉声说道，"我想得到的不是你的感谢。我想说，我已经不再是一个十七岁的女孩，只要能把你当作英雄一样崇拜就满足了。你也不再是一个身强力壮的三十岁男人，能够像以前那样不知疲倦地战斗。你说过，如果沙阿的统治垮了台，如果革命成功了，如果人民得到了他们想要的，你就会回来过正常生活，我们将一同平静快乐地把孩子养大。好好想想他们，他们需要你。不要再做那些事了。我已经没有过去那样的耐心和力气了。你的目标已经达成，你已经为你的理想和你的国家履行了责任。剩下的那些就交给年轻人吧。

"以前你从没有这样做过。这一次，请把你的孩子们放在第一位。男孩子需要一位父亲。我不可能继续在他们的人生中代替你的角色。你还记得我们在里海边度过的那一个月吗？你还记得他们那时有多么快乐、活泼，是怎样对你无话不谈吗？现在我根本不知道西亚马克在做什么，交了什么样的朋友。他已经到了青春期。这是一个危险而艰难的时期。你必须在他身上多花一些时间，关注他的一举一动。而且我们还要为未来做打算。他们的花销每天都在增加，现在的通货膨胀又这么厉害，我没办法一个人负担这些费用了。你知不知道在过去的一年里我们是靠什么生活的？我不能工作，拿不到任何工资。相信我，现在就连我为了以防万一而存下的一点钱也都用光了。你的爸爸还要养我们多久?"

"他每个月给你的钱就是我的薪水。"哈米德反驳道。

"什么薪水?为什么你还在自欺欺人?你觉得那个印刷厂能挣多少钱?为什么要付薪水给一个从不去工作的闲人?"

"那你的问题是什么?"他问道,"你需要更多钱?我会让他们给我涨工资。这样你就能满意了?"

"为什么你就不能明白我在说什么?我说了这么多,你却只听到那几句关于钱的话?"

"其余的全都毫无意义。"他说,"你的问题是你的人生没有半点理想。难道你的脑子里只有物质,一点都没有为人民服务的意识吗?"

"不要喊你的那些口号了。"我说,"如果你真的关心这个国家和人民的需要,那就和我去这个国家偏远的角落,在那里做教师,为人民工作,向他们传授知识;去买一片土地,成为农夫,为人民提供食物;或者做任何你认为可以服务于人民的事情。哪怕我们完全没有收入,我也不会有任何抱怨。我只是想要和你在一起,我想要我的孩子们有爸爸。我发誓,我愿意和你在任何地方生活。我只是想离开这场让人紧张的斗争,远离这种没有尽头的恐惧和焦虑。求你,这一次请为你的家庭和孩子们考虑一下吧。"

"你说完了吗?"他恼怒地说,"你真的就这么头脑简单,喜欢做白日梦?你真的以为在我经历过那么多训练,那么多痛苦,那么多年的牢狱生活之后,现在距离我们的目标已经这么近了,我会把一切交给那些人,跑到被真主抛弃的穷乡僻壤去,和几个农民一起种豆子?我的任务是建立一个民主政府。谁说革命胜利了?我们还有很长的路要走。我的任务是让全世界所有的国家都得到解放。你什么时候才能明白这一点?"

"告诉我,什么是民主政府?"我问他,"难道这个政府不是人民选举出来的?实际上,人民已经做出了选择。只有你,阁下,无法接受你的人民,那些你曾经为之舍命奋战的人,选出了一个伊斯兰政府。现在你又打算和什么人开战?"

"别胡说了……什么选举?他们是从那些缺乏知识,被革命热情冲昏头脑的人那里骗到了选票。那些人根本不知道自己正在落进一个什么样的陷阱里。"

"无论他们是否知道,都是他们选出了这个政府。而且他们也没有收回自己的选票,放弃对这个政府的支持。他们不是你的拥护者,你无法代表他们,你必须尊重他们的选择,即使这和你的信仰完全相反。"

"也就是说,我应该无所事事地等待着一切被毁掉?我是一个政治思想家,我知道什么才是正确的统治体制。现在基础已经打好,我们必须完成由我们开始的事业。不管怎样,斗争仍在继续,我是不会临阵脱逃的。"

"斗争?和谁斗争?现在已经没有沙阿了。你想要和共和国政府斗争吗?好吧,那就去干吧。公布你的计划。从现在开始,做四年的准备,然后让民众投票。如果你的道路是正确的,人民肯定会投票选你的。"

"好了,别骗自己了。伊斯兰教徒不会允许我这么做的。而且你说的人民又是谁?那些根本不识字,只知道害怕真主,脑子里充满宗教幻想,将先知说的每一句话都奉为真理的人?"

"无论是不是文盲,他们都有投票权,而且投出了自己的一票。"我向他重复道,"现在是你想要将自己的政治体制强加到他们头上。"

"是的!如果有必要的话,我会这么做。等到人民明白怎样对他们才是最好的,是谁在为他们的福祉而奋斗,他们就会站到我这一边了。"

"而那些没有站到你这一边的人,那些有不同信仰的人呢?"我问道,"此时此刻,这个国家有几百个政治团体和派别。他们全都相信自己是正确的,不会接受你的政治理想。你又要拿他们怎么样?"

"只有不良分子和叛国者才不会为人民着想,才会反对我的政治理念。他们一定要被消灭。"

"也就是说,你会处死他们?"

"是的,如果有必要的话。"

"好吧,沙阿也是这么做的。那为什么过去你会管这个叫暴政?我那时那样敬仰你,对你寄予厚望,我真是多么愚蠢!我竟然完全不知道,一个曾经为人民进行过那么多斗争、那么爱国、那样不遗余力地宣讲人权的绅士现在却想要成为刽子手了!你只是沉陷在你自己的幻想里,竟然真的以为宗教狂热分子们会一动不动地等待你拿起武器,开始另一场革命,把他们全都杀光。这根本就是一场空想!他们会杀了你!他们不会重复沙阿的错误。而且你自己心里也很清楚,他们才会被看作正当的一方。"

"这本身就证明了他们的狂热倾向。"哈米德说,"也正因为如此,我们才要武装起来,变得强大。"

"你自己的狂热倾向一点也不轻。"我严肃地对他说道,"就算不可能的事情真正发生了,你的组织夺取了政权,你屠杀的人也丝毫不会比他们少。"

"够了!"他喊道,"你根本就不明白什么是革命。"

"是的,我过去不明白,现在也不明白。我只想要保护我的家庭。"

"你根本就是个自私自利、以自我为中心的人。"

和哈米德争吵没有任何用处。我们转了一大圈,又回到了多年以前的起点。一切又重新来过。但这一次,我累了,也受够了。而他比以前更加傲慢和无所畏惧。我做了几天的思想斗争,想到我的生活和未来,我得出结论:把希望寄托在哈米德身上是愚蠢且徒劳的,我只能依靠自己来维持我们的生活。

我决定停止休假,回去工作。帕尔文太太同意每天来家里帮我照顾希琳。

看到我回来工作,扎尔加先生很惊讶。

"你不应该再休息一段时间,好好照顾你的女儿吗?至少先等时局稳定一些再出来吧?"他问道。

"难道你不需要我了?或者是发生了什么我不知道的事情?"我问他。

"没有,没有发生什么特别的事情,我们一直都需要你。只是现在女人们必须戴上头巾了,为此而采取的强制行动造成了一些动荡。"

"这对我来说不算什么。我人生大部分的时间里都戴着头巾,穿着恰多尔。"

这一天还没有结束，我就充分理解了扎尔加先生话里的意思。革命早期那种自由宽松的气氛已经消失了。就像其他地方一样，我的同事们也结成了不同的团体，相互之间不断发生冲突。有一些人在刻意疏远我；有时我一走进某个房间，那里面的谈话就会毫无原因地中止；有些人还会说些恶意的风凉话；而另一些人则会试图和我说一些悄悄话，想从我这里得到各种消息，仿佛我是所有左翼团体的领袖。原先选举我作为委员的革命委员会已经解散了。多个委员会纷纷成立，其中最重要的是"消灭敌人委员会"。很明显，所有人的命运都攥在它的手里。

"他们去年不是已经对萨瓦克的密探进行过甄别和驱逐了吗？"我问扎尔加，"为什么他们还要举行那么多会议，散播那么多谣言？"

扎尔加先生苦涩地笑了笑，然后说道："你在这里待上几天就会明白了。和我们相熟多年的人一夜之间变得很狂热。他们蓄起胡须，整天戴着祈祷念珠，不断地背诵祈祷文，记下别人的错误，把不合意的人赶走，甚至不放过从中牟利的机会。你根本没办法区分投机分子和真正的革命者。我觉得他们要比公开反对革命的人更危险。提醒你一下，你可一定要去参加中午的礼拜，否则你就要被赶走了。"

"你知道我的信仰很虔诚。我从没停止过祈祷。"我说，"但是要我在一个已经被非法征用的地方，当着那么多人的面做礼拜，只为了证明我是虔诚的，我不会这样做。我从来都不能在人群中当着其他人的面礼拜真主。"

"别再说这种话了。"扎尔加先生警告我，"你必须参加中午的礼拜。会有很多人看着你祈祷。"

每一天，从我的工作单位被清除的人都会被公示在布告板上。我们每一天都会提心吊胆地看着那块决定我们命运的板子。如果没有看到自己的名字在上面，我们就会长舒一口气，觉得这是一个好日子。

伊朗和伊拉克开战的那一天，我们听到了爆炸的声音，都跑到了屋顶上。当时人们还不知道发生了什么事。有人说是反革命分子发动了袭击，其他人认为是发生了政变。我担心孩子们，便赶紧回了家。

从那天开始，社会上的冲突变得更加复杂，生活也变得更加艰难。

每晚都要灯火管制,各种物资都处于短缺状态。天气逐渐变冷,燃油和其他燃料却越来越匮乏。我的家里还有一个婴儿,更加可怕的则是挥之不去的战争噩梦。所有这些都在消耗我的精神。

我用黑布遮住孩子们房间的窗户。到了晚上停电以后,零星的空袭连续不断,我们坐在烛光里,心怀恐惧地倾听着从外面传来的各种声音。如果有哈米德在,我们一定会感到非常安慰。但就像以往一样,他在关键时刻从不会留在我们身边。这一次他依然缺席了。我不知道他去了哪里,但我已经没有力气为他担心了。

汽油因为短缺而实行了配给制,这彻底扰乱了公共交通。帕尔文太太经常很难找到出租车或者公共汽车,在上午来我们家。就算是能过来,她往往也要走上很长一段路。

有一天,她迟到了,所以我到办公室也比往常晚了一些。我一走进办公楼,就意识到有事情发生。门卫在我面前转过了头,不仅没有向我问好,甚至没有回应我的问候。门卫室里坐着单位的几个司机,他们都探出头来盯着我。在走廊里,所有和我擦肩而过的人都扭过了头,装作没有看见我。我走进办公室,一下子僵住了。这个房间遭到了洗劫。抽屉里的东西全都被倒在我的桌子上,到处都是散落的纸张。我的膝盖抖动了一阵。恐惧、愤怒和羞耻在我的心中燃烧。

扎尔加先生的声音将我带回现实。"不好意思,萨迪吉夫人,"他说道,"能来一下我的办公室吗?"

我默默地转过身,像机器人一样跟在他身后。他请我坐下。我颓然坐倒在一把椅子上。他说了一会儿。但我什么都没有听见。然后他递给我一封信。我接过信封,问这里面是什么。

"是消灭敌人委员会中央办公室发来的,"他说,"我想……里面说的是你被解雇了……"

我盯着他,泪水再也无法遏制,灼痛了我的眼睛。一千个念头从我的脑海中奔涌而过。

"为什么?"我用哽咽的声音问。

"你被指控有共产主义倾向,和反革命团体有联系,并向他们提供支持。"

"但我没有任何政治倾向,我也没有支持任何团体!我几乎休了一整年的假。"

"实际上,因为你的丈夫……"

"但他的行为和我有什么关系?我已经说了一千遍,我和他的信仰不同。我不应该承担他的过错。"

"的确如此。"扎尔加先生说,"当然,你可以反对这些指控。但他们宣称有证据,还有几个人也会做证。"

"什么证据,那些人能证明什么?我做了什么?"

"他们说在一九七九年二月,你带你丈夫来到办公室,宣扬他的共产主义思想,你组织了一场问答,还分发了反革命报纸。"

"但他只是来接我,是那些人强行把他拽进来的!"

"我知道,我知道。我记得。我只是把他们的决定通知你。你可以对他们的决定提出正式反对。但说实话,我觉得你和你丈夫都有危险。他在哪里?"

"我不知道。他已经一个星期没回家了。我也没有他的音信。"

我疲惫无力地回到办公室,收拾东西。眼泪已经充满我的双眼,但我不允许它们流出来。我不想让我的敌人们看见我凄惨的样子。阿巴斯-阿里是我们这一层的门卫。他托着一只茶盘悄悄走进来,看上去就像是进入了某种禁区。他用哀伤的目光看向我,又看看这个房间,悄声说:"萨迪吉夫人,你不知道我有多伤心。我以我孩子的生命发誓,我没有说过任何有损于你的话。在你的身上,我只看见了善良和仁慈。大家都很伤心。"

我苦涩地笑了笑,说:"是啊,我能够从他们的行为和他们做的伪证上看出来。和我共事了七年的人却在合谋陷害我。他们还真是驾轻就熟,甚至没有人会看我一眼。"

"不,萨迪吉夫人,不是这样的。他们全都很害怕。你不知道那些人给你的朋友萨达蒂夫人和卡娜妮夫人都捏造了什么罪状。有传闻说,她们也会被解雇。"

"我可不觉得事情会这么糟。"我说,"你一定是在夸大其词。而且就算她们被解雇了,也不会是因为她们和我的友谊,而是因为以前和人结下的怨恨和引起的妒忌。"

我拿起装满东西的手提袋和装着我个人资料的文件夹,打算离开。

"夫人,为了真主的爱,不要怪我。"阿巴斯-阿里恳求道,"请宽恕我吧。"

我漫无目的地走在街上,直到中午。慢慢地,忧虑取代了羞辱和愤怒:对未来的忧虑,对哈米德和孩子们的忧虑,对钱的忧虑。现在通货膨胀攀升的速度惊人。没有了工资,我该怎么办?过去两个月里,印刷厂都没能挣到钱。公公已经没办法负担哈米德的工资了。

我头痛欲裂,只能挣扎着向家里走去。

"你怎么这么早就回来了?"帕尔文太太惊讶地问,"而且今天你还迟到了。如果你继续这样,他们会解雇你的。"

"他们刚刚已经解雇了我!"

"什么?你说真的吗?让真主带走我的生命吧!今天上午迟到都是我的错。"

"不是。"我告诉她,"他们不会因为迟到而解雇人,哪怕你根本不工作,只会骚扰其他人,没有能力、盗窃、淫荡、滥交、说谎、愚蠢,都不会被解雇。他们只会解雇像我这样的人。因为我像一头骡子一样工作,因为我能干,因为我要挣钱养活孩子。是我污染了他们,所以他们必须解雇我,这样他们才能够变得干净。"

随后几天,我的身体状况都很差。我有严重的头痛。吃下帕尔文太太送来的安乃近,我才能睡上几个小时。哈米德从库尔德斯坦省回来了。但他根本没有在家里待多久。他说他们有许多工作要做,晚上他都是在印刷厂度过的。我甚至没有机会告诉他,我已经被解雇了。

关于哈米德和他的组织的消息越来越令人担心。我的恐惧与日俱增。终于,我经历过的噩梦重演了。

一天深夜,政府的人冲进了我家。听他们的交谈,我知道印刷厂也同时遭到了搜查。哈米德和跟随他的人都被逮捕了。

同样的结果,同样的恐惧,同样的怨恨,就好像我在被迫重看一部老旧的恐怖电影。那些探进所有地方的手和目光,那些令我厌恶而颤抖的记忆，它们再一次蹂躏了我生活中最私密的角落。就像多年以前那样，我只能感觉到一丝不挂，不寒而栗。但这一次，西亚马克不只是眼睛里充满怒火。他已经是一个脾气暴躁的十五岁男孩，怒火充满了他的全身。我很害怕他会突然将这股怒火发泄出来——无论是用语言还是用拳头。我紧紧抓住他的手，悄声乞求他保持平静，什么都不要说。现在任何声音都只能让我们的处境更糟糕。马苏德将希琳抱在怀里，面无血色地看着这一切，丝毫没有要让自己的妹妹保持安静的意思。

一切又来一遍。第二天清晨，我很早就给曼索耶打了电话，请她把发生的事情非常平静地告诉公公。公婆是否还有力量再一次承受这种苦痛的折磨？一个小时以后，公公打来电话。听到那位老人苦涩的声音，我的心都痛了。

"爸爸，"我说，"我们只能重新来过了，但我不知道该怎样开始，您有办法打听到他的音信吗？"

"我不知道。"公公说，"我先想办法找找人吧。"

屋子里乱作一团。我们的神经全都紧绷到极点。西亚马克像狮子一样咆哮，对着墙壁和门拳打脚踢，诅咒天空和大地。马苏德躲在沙发后面，装作在睡觉的样子。我知道他是在哭，又不想让任何人看到他流泪。希琳一直都是一个讨人喜欢的孩子，现在她也感受到了我们的紧张，在不停地哭。我只能在颤抖和困惑中努力赶走各种令人胆寒的念头。

一方面，我不停地诅咒哈米德，责怪他再一次破坏了我们的生活。而另一方面，我又在不住地问自己：难道现在折磨囚犯依旧是司空见惯的事情吗？我不知道哈米德现在是什么情况。他曾经说过，在最初的四十八个小时里，他们会对囚犯严刑拷打。他能挺过来吗？他的脚最近才开始恢复正常。

他会被指控什么罪名？他必须受到革命法庭的审判吗？

我很想尖叫。我需要一个人待一会儿，于是我走进卧室，关上了门，用双手捂住耳朵，把孩子们的声音隔绝在外，任眼泪肆意流淌。我看着镜子中的自己。我是那样苍白，饱受恐惧的打击，软弱无力，彷徨无助。我该做些什么？我能做些什么？我想要逃走。如果不是为了孩子们，我一定会冲进山里、冲进沙漠，彻底消失。但我该拿孩子们怎么办？我就像是一艘沉船上的船长，船上的乘客都在眼巴巴地看着我。但我的内心比这艘船更残破。我需要一艘救生艇帮我逃走，带我去一个遥远的地方。我已经没有力量再担负起这份沉重的责任了。

婴儿啼哭的声音变得越来越响，而且正慢慢变成痛苦的哀号。我下意识地站起身，抹去泪水。我没有选择。孩子们需要我。这艘船遭遇了风暴，只有我是船长。

我拿起电话，打给了帕尔文太太，迅速向她说明发生了什么，请她留在家里，等我把希琳送过去。我挂电话的时候，帕尔文太太还在绝望地叫喊着。希琳终于在马苏德的怀抱中平静下来。我知道马苏德不可能一直装睡，任自己的妹妹如此痛苦大哭。西亚马克坐在厨房的桌边，满面通红，紧咬着牙关，攥紧双拳。我能看到他额头上的青筋都暴出来了。

我坐到他身边，对他说："听着，儿子，如果你想喊，就喊出来吧。随心所欲地喊出来，把郁积在心里的东西都释放出来。"

"他们彻底打乱了我们的生活。他们逮捕了爸爸。我们却只能像白痴一样看着他们为所欲为。"他喊道。

"你想要我们做什么？我们能做什么？我们能阻止他们吗？"

西亚马克一拳捶在桌子上，手掌边缘流出了血。我紧紧握住他的手。他开始叫骂出各种污言秽语。我一直等到他慢慢平静下来。

"西亚马克，我明白你的心情。"我说，"你在很小的时候，就和所有人打架，非常容易激动。我曾经把你抱在怀里，而你会打我、踢我，直到你发泄完所有怒火。如果这样能让你平静下来，那就来吧。"

我将他抱进怀里。他已经比我高出许多，力气也比我大了许多，不再是那个能够轻易被我抱住的小孩子了。但他没有挥起拳头，而是将头靠在我的肩膀上，哭了起来。几分钟以后，他说："妈妈，你真是幸运，你是这样镇定又坚强！"

我笑了。就让他对我保持这样的印象吧……

马苏德正在泪眼婆娑地看着我。希琳已经在他的臂弯里睡着了。

我向他招招手。他轻轻放下希琳,来到我身边。我也将他抱住,三个人一同流下眼泪。这将我们团结在一起,给了我们力量。几分钟以后,我振作起来,说道:"听着,孩子们,我们不应该再浪费时间了。哭泣帮不了你们的爸爸。我们必须做出打算。你们准备好了吗?"

"准备好了!"他们两个齐声回答。

"那好,行动起来,收拾好一些东西。你们要去外祖母家住几天。帕尔文太太会照顾希琳。"

"你要做什么?"马苏德问。

"我只能去你们祖父家,先想办法找到你们爸爸。也许我们能从他那里得到一些消息。我们必须去各个地方找人,现在的各种政府委员会和军事部门足有几百个。"

"我和你一起去。"西亚马克说。

"不,你必须照顾好你的弟弟和妹妹。"我说,"爸爸不在,你要担负起支撑家庭的责任。"

"首先,我不会去外祖母家,因为舅妈一定会不高兴。她在我面前得把自己完全遮起来,因此会不停地唠叨和抱怨。其次,帕尔文太太会照顾希琳,马苏德也是大孩子了,不需要我再照看他。"

西亚马克是对的。但我还没有弄清楚我们的真正处境。我很担心他的年轻冲动和火爆的脾气会让他无法面对即将到来的一些事。

"听着,儿子。"我说道,"你还有其他责任。你必须把发生的事情告诉你的阿里舅舅,看看他是否认识什么委员会的人,向他寻求帮助。我听说他的连襟加入了革命卫队。如果有必要,就去和那个人谈谈。但一定不要说任何激动的话,那只会让你爸爸的情况变得更糟。"

"当然,我不会的。"西亚马克说,"我不是小孩子了,知道该说些什么。"

"很好。然后我想让你去你的法蒂姨妈家里,把发生的一切都告诉萨迪克阿迦。也许他认识一些可以帮忙的人。如果你愿意,就住在他们那里吧。目前我们必须先找到你们的爸爸。随后我会告诉你还要做些什么。"

"难道你不想让我把这些事告诉马哈茂德舅舅吗?"西亚马克问,

"你知道,他能帮忙。他们说他是一个委员会的头领。"

"不,他已经和你爸爸闹翻了,不会给我们任何帮助的。我们以后再谈这件事。我会尽快来找你。明天你不需要去上学了。希望到周六的时候,我们能够弄清楚发生了什么。"

到了周六,事情没有任何眉目。一切都越发模糊和复杂了。公公和我用了两天时间去见他的每一位朋友和熟人,但这样做毫无用处。之前那些还拥有影响力的人大多离开了这个国家,其他人或者是失去了工作,或者是正打算逃亡。

"一切都变了。"公公说,"我们已经不认识任何人了。"

我们别无选择,只能自己去寻找哈米德。警察局和许多执法部门的长官都否认逮捕了哈米德,说他们完全没有得到过相关的消息,又让我们去找各种政府委员会。那些委员会的人问我们,哈米德被指控什么罪行。我们不知道该如何回答。我战战兢兢、含糊其词地说我觉得他应该是被指控为共产主义分子。没有人认为自己有责任给我们一个答复,或者是因为安全问题,他们不愿意告诉我们哈米德被关在哪里。

两天以后,我感到更加疲惫了。我去了母亲家,希望能得到援助和支持。法蒂和孩子们都在那里。她正忧心忡忡地等着我。

"难道你不能至少打一个电话过来吗?"西亚马克生气地问我。

"不,亲爱的,我不能。你不知道现在是什么情形。我们去了一千个地方,昨天很晚才回到你祖父家。我必须留在那里,因为我们要在今天早晨七点半见一个人。你一定和你的外祖母谈过了,对吗?"

"是的,但我想知道你和祖父那边有什么进展。"

"相信我,只要我有好消息,一定会第一个告诉你。现在去把东西收拾好,我们要回家了。"

然后我转身对阿里说:"阿里,你和马哈茂德认识许多委员会里的人。你就查不出他们把哈米德带到哪里去了吗?"

"说实话,姐姐,不要再提马哈茂德了。他甚至不愿意听到哈米德的名字。至于我,我也不能公开去问那些人。毕竟你的丈夫是一名共产主义分子。如果和他扯上关系,我不知道什么时候就会被扣上一千种罪行。不过我会想办法去问问。"

我非常失望，很想对他说些什么，但我控制住了自己。无论如何，我现在都需要他。

"萨迪克会联系一些他认识的人。"法蒂说，"不要这样折磨自己了，你也没有办法。为什么你还想要回家？"

"我必须回去。"我说，"你根本无法相信那幢房子变成了什么样子，我必须把它收拾整齐。孩子们也必须在周六回学校。"

"那就把希琳留在我们这里吧。"她说，"带上她的话，你没办法跑来跑去。你知道芙罗兹哈有多喜欢她。她会和希琳一起玩，就好像希琳是她的娃娃。"

芙罗兹哈五岁了，就像花朵一样美丽可爱。不过法蒂怀上她的第二个孩子已经四个月了。

"不，亲爱的。"我说，"以你现在的情况，不可能照顾婴儿。有孩子在身边，我也会更安心。只要帕尔文太太可以……"

帕尔文太太非常高兴能在这两天里照顾希琳。听我说起要带希琳回家，她就很不开心。现在她一下子就跳起来说："当然，我会和你一起去！"

"你没有工作吗？"我问她。"我不想给你添太多麻烦。"

"什么工作？感谢真主。我没有了丈夫，也没有任何拖累。这些日子里，根本没人想要定制衣服了。我会和你一起住上一个星期，直到一切都稳定下来。"

"帕尔文太太，我真爱你！没有了你，我该怎么办？我该如何报答你的仁慈？"

周五的时候，我们用了一整天收拾房子。

"他们第一次搜查过这幢房子之后，爸爸派了几个人来帮我收拾。愿真主让他的灵魂得到安息。"我对帕尔文太太说，"现在看看我是多么孤独和凄凉吧。我真的很想念爸爸，真的很需要他。"

我的声音中带着掩饰不住的哭腔。我不知道马苏德正在看着我们。他跑过来，握住我的手说："但你还有我们！我们会帮你。为了真主的爱，不要这么难过！"

我抚摸着他美丽的头发，看着他的眼睛说："我知道，亲爱的。只要我还有你们，我就不会有哀伤。"

这一次，闯进我家的搜查者们没有动比比的房间和地窖，那里几乎是空的，所以我们的工作全都在楼上。到了接近傍晚的时候，家里差不多快收拾好了，至少表面看起来还算整齐。我让孩子们去洗澡，又催促他们去完成已经落下的家庭作业，准备好第二天去学校。但西亚马克依旧烦躁不安。他不想写家庭作业，而且不停地惹我生气。我知道他完全有权利感到不安，但我无法再容忍。

终于，我让孩子们坐下，严厉地对他们说："你们能看到我有多少件事要应付，也知道我现在是多么忧虑，头有多么痛，同时我还要做好多少件事。现在，你们觉得我还剩多少力气？如果你们不帮我，反而给我添麻烦，那么我终究会倒下。你们能帮我的最好办法就是完成你们的家庭作业，让我至少在这件事上不必担心。你们要不要帮我？"

马苏德全心全意地向我做了保证，西亚马克也犹豫着答应了……

到了周六，我们又去了几个政府委员会。公公看上去又老了几岁，明显被痛苦压倒了。我为他感到难过，不想再让他陪我四处奔波。

那一天的奔走仍旧没有取得任何成果，没有人给我一个明确的答复。我意识到自己已别无选择，只能向马哈茂德寻求帮助。我和他在电话里谈会更舒服，但我知道，他告诉家里所有的人，如果是我打来电话，就说他不在家。我很不情愿地去了他家所在的那条街，一直等在街角。直到看见他走进家门，我才按了门铃，走进去。伊特兰-萨达特冷冷地向我打了招呼。吴拉姆-阿里看见我在院子里，高兴地说："你好，姑姑！"然后又突然想起自己不应该这样热心地问候我，就皱起眉头走开了。

"好吧，我相信你来这里不是为了看望我。"伊特兰-萨达特说："如果你是来看马哈茂德的，他不在家，我不确定他今晚会不会回来。"

"让他来这里。"我说，"我知道他在家，我想和他谈谈。我看到他走进来了。"

"什么？"她装出一副惊讶的样子，"他什么时候进来的？我没有看见他。"

"很明显，你从来都看不见有谁走进你家。"我说，"告诉他，我只需要打扰他两分钟。"

伊特兰-萨达特沉下脸，用恰多尔包裹住她圆胖的身子，嘟囔着走开了。我并不生她的气，我知道她只是在服从马哈茂德的命令。几分钟以后，她回来说："马哈茂德正在祈祷。你知道他祈祷会用多长时间。"

"没关系。"我说，"我会等。如果有必要，我会一直等到明天早上。"

又过了一段时间，马哈茂德终于出现了。他咕哝着向我问了好，看上去脾气很糟糕。我全身上下每一个细胞都在厌恶这个地方。我只能哽着喉咙说："马哈茂德，你是我大哥。爸爸留下我让你照顾。只有你能帮我。我像你一样爱自己的孩子们，不要让他们成为没有爸爸的孩子。帮帮我！"

"这不是你能管的事。"他嘟囔着说，"这件事我也没办法。"

"伊特兰-萨达特的叔叔在革命法庭和政府委员会都有很大的影响力。你只要能安排我们见面就好。我只想知道哈米德在哪里，现在情况怎样。只要带我去见一下伊特兰的叔叔就好。"

"真的吗？你想要我承认这种不信真主的无神论者是我的亲戚？还要请求赦免他的罪行？不，亲爱的，我的荣誉和尊严不是在路边捡的，不能这样随随便便丢掉。"

"你什么都不必说。"我恳求道，"我会亲口和他谈。我不会请他们释放他或者宽恕他。他们甚至可以判他无期徒刑。我只是不想让他受折磨……被处死……"我的眼泪一下子就流了出来。

马哈茂德的眼睛里闪动着胜利的光芒，唇边露出一丝冷笑。他摇摇头说："你能够在危难的时候记得我们，这实在是太好了。到现在为止，毛拉们都是坏的，保守派是坏的，没有真主，也没有先知，对不对？"

"不要说了，哥哥。我什么时候说过没有真主和先知？直到今天，我从没有错过一次礼拜。大多数毛拉都要比你更加开明和睿智。难道不是你曾经到处炫耀说你的妹夫是一名革命者、一名政治犯，曾经在监狱里饱受折磨?无论怎样,他都是我孩子们的爸爸。难道我没有权利知道他在哪里?处境如何?为了你对孩子们的爱,帮帮我。"

"起来吧,妹妹。起来,控制住自己。"他说,"你以为这件事是这么简单吗?你的丈夫领导了一场针对真主和伊斯兰教的反叛活动,他是一名无神论者。而尊贵的阁下竟然想要让人们放过他,任他肆意制造各种灾难,摧毁这个国家和我们的信仰?

"说实话,如果他掌了权,难道他会给我们留一条活路?如果你爱你的孩子们,你就会把事情真相告诉他们,对不对?为什么你突然不说话了?不,亲爱的,你把一切都理解错了。真主许可这样的人流血。我把自己的一生都奉献给了伊斯兰教,现在你却想让我去找哈吉阿迦,强迫他为了一个背弃真主的无信仰之人犯下一桩罪行?不,我绝对不会做这种事。哈吉阿迦也不会同意让真主和伊斯兰教之敌逃脱惩罚。哪怕整个世界都为他求情,哈吉阿迦也会做自己该做的事。"

"你认为现在还是沙阿的时代吗?你还能依靠找找关系就拯救那个人?不,亲爱的,现在一切都要讲究事实和正义了。这事关信仰和有权力宽恕罪人的真主。"

我觉得仿佛被一记重锤砸在头上。我的眼睛被泪水灼痛,我的心中翻腾着烈火。我咒骂自己为什么要来找马哈茂德。为什么我要向这个对真主一无所知的伪君子乞求帮助?我咬紧牙关,用恰多尔将自己裹紧,向他吼道:"你直说吧!就说'我已经用尽了他的价值,现在再也用不到他了,我已经不需要合伙人了,我只想保全自己'。你这个蠢货!如果真主看见自己有你这样的仆人,真主也会生气的。"

我咒骂着跑出那幢房子,从头到脚都在颤抖。

我们用了两个星期才查到,哈米德被关在埃文监狱。我每天都会穿上恰多尔,或者有公婆相伴,或者自己孤身一人,到埃文监狱去找各位官员或任何相关的人,希望能得到一点切实的消息。哈米德的罪行已经不容辩驳了。他们掌握了他的许多照片、演讲和文章。任何人都没办法为他辩护。我不知道他是否会接受审判,或者什么时候会被审判。

在他被逮捕差不多一个半月之后,公公和我有一次去监狱的时候,我们被带进了一个房间。

"看样子,他们终于准许我们探望哈米德了。"我悄声对公公说。我们兴奋地站在那个房间里,等待着。几分钟以后,一名狱警抱着一个包裹走进来。将那个包裹放到桌上以后,他说道:"这些是他的个人物品。"

我盯着他,无法理解他是什么意思。他又厉声说道:"你们不是哈米德·苏丹尼的家人吗?他在前天被处决了,这是他的个人物品。"

我感觉自己被电击了,全身都在抖动。我看向公公。他的脸像粉笔一样白,双手紧紧捂住胸口,一屁股坐倒在一把椅子上。我想要去扶他,但我的两条腿完全迈不动。我感到一阵昏眩,然后就什么都不知道了。

救护车刺耳的蜂鸣声将我惊醒。我睁开了眼睛。

他们将公公送进了重症监护室。我被送进了急诊室。我必须通知我的家人们。我还能记起法蒂和曼索耶的电话号码,把这两个号码告诉了护士。

那一晚,公公被留在了医院里。我还能离开医院回家。我无法去看孩子们的眼睛。我不知道他们了解了多少,也不知道该如何告诉他们。我没有力气说话,甚至没有力气哭泣。我被注射了许多镇静剂,所以很快就陷入了黑暗而苦涩的睡眠。

我用了三天时间才摆脱那种惊骇和狂乱的状态。公公也用了三天时间,终于在与死神对抗的战斗中败下阵来,得到了永恒的安宁和自由。我能说出口的唯一一句话是:"他是多么幸运啊,现在他可以安息了。"

在这个世界上,我最羡慕的人就是他。

那对父子的葬礼是一同举行的,这样我们才可以放心地哀悼哈米德。看到儿子们哀伤的面孔、哭肿的眼睛和被包裹在黑色衣服里的瘦小身躯,我的心都碎了。在葬礼上,我一直都在回忆我和哈米德一同度过的时光。现在这段时光浓缩成了我们在里海岸边的那一个月。我的家人中,只有我母亲和法蒂参加了葬礼。

我们一直留在我婆婆家里,直到第七天丧仪结束。我甚至想不起希琳当时在哪里。我常常会向法蒂问起希琳,但总是听不见她的回答。于是一个小时以后,我又会再次问她同样的问题。

婆婆的情况很不好,法蒂说她挺不过这场令人心碎的打击了。她总是在说话,而她说出的每一个字都会让周围的人落泪。我很惊讶她竟然能说这么多话。在悲剧发生的时候,我往往会沉默地坐着,沉浸在各种黑暗的思绪里,一动不动地盯着某个地方。有时候,婆婆会抱住我的儿子们,说他们身上的气味就像他们的父亲。另一些时候,她又会将他们推开,喊叫着:"没有了哈米德,我还要他们做什么?"她不时还会为自己的丈夫哭泣,哀号着说:"如果莫尔塔扎阿迦还在的话,我还能承受这一切。"然后她又会感谢真主带走了公公的生命,让他不必在这里见证这场悲剧。

我知道孩子们都在承受巨大的痛苦,这样的环境很快就会压垮他们。我请法蒂的丈夫——萨迪克阿迦带他们离开。西亚马克早就想要逃出这幢房子了,但马苏德紧紧抓住我,对我说:"我害怕如果我们离开了,你会哭得太厉害,会有不好的事情发生在你身上。"我向他承诺,我会照顾好自己,不会出任何事。孩子们走了以后,我才感觉到被压抑的悲伤得以释放。所有不能在孩子们面前流淌的泪水全都涌了出来,伴随着的是我从胸腔喷出的嘶哑抽噎。

我回到家的时候,就知道自己不能再哀伤下去,我已经不能浪费任何时间了。我的问题太巨大,让我没办法继续沉浸在丧偶之痛里。我的生活已经变得一团糟。孩子们在学校里的课程落下很多,而他们就快要期末考试了。最重要的是,我没有了工作,也没有任何经济收入。我们过去几个月都是依靠公公的接济,而现在他也不在了。我必须想个办法,必须找到一份工作。

我的意识变得混沌,所有问题都没有解决的办法。有一天,在婆婆家里,我听到哈米德的姑姑和婶婶在我休息的房间里悄声说话。直到这时,我才知道哈米德的祖父是将我们居住的那幢房子留给了他的所有孩子。只是因为哈米德的祖母一直都是由我公公出钱出力照料的,出于对那位老太太和我公公的尊敬，哈米德的叔叔和姑姑们才从没有提起过他们也有资格分享遗产。但随着比比和他们大哥的故去，他们已经没有理由不拿回自己的遗产了。几天以后，我在婆婆家又听到哈米德的姐夫们的交谈。穆尼尔的丈夫说："根据法律，因为儿子死在了父亲之前，他的家人不能继承任何遗产。你们可以去问问别人……"在这一片混乱之中，我却能不断听到别人对我人生中至关重要之事的议论，这种情形还真是魔幻。

不管怎样，我感觉到的危险让我比预料中更早地摆脱了悲伤，也压制了我对于哈米德的哀恸。黑暗和孤寂的夜晚现在充满了折磨人的焦虑。我无法入睡，更没办法安静地坐着。我在房间里踱步、思考。有时我会像疯子一样对自己说话。所有的门都向我关闭了。没有工作、没有哈米德、没有他的父亲、没有家、没有任何遗产，所有人都知道我是被处决的共产主义分子的妻子，现在这成了盖在我额头上的耻辱印章。我该怎样从这片风暴肆虐的大海上拯救我的孩子们，将他们送到安全的地方？

"爸爸，你在哪里？你能看见吗？你的预言变成了现实。你的女儿被一个人丢弃在这个世界上。哦，我是多么需要你啊！"

一天深夜，当我再一次像梦游者一样在房间里行走时，突然响起的电话铃声把我吓了一跳。我很惊讶这个时候会有人打电话过来，不过还是拿起了听筒。一个声音从很远的地方传来："玛苏姆，是你吗？哦，真主啊，哈米德是不是真的……哈米德真的过世了？"

"帕尔瓦娜？你在哪里？你怎么找到我的？"我的眼泪一下子涌了出来。

"那就是真的了？我是今晚从一个伊朗电台听到的。"

"是的，是真的。"我说，"哈米德和他爸爸都不在了。"

"什么？他爸爸怎么也过世了？"

"他犯了心脏病，"我解释说，"是哀伤过度而死"。

"哦，真主啊，你现在一定很孤单吧。你的兄弟们会帮你吗？"

"算了吧！他们根本不会向我靠近一步。他们甚至没有来参加葬礼，也没有给我任何慰问。"

"不过，至少你还有工作，不需要别人来供养你。"

"什么工作？我被单位清除了。"

"你什么意思？清除是什么意思？"

"也就是说，他们把我解雇了。"

"为什么？你还有两个孩子……你该怎么办？"

"三个。"

"三个？什么时候？是在我们最后一次见面多久以后？"

"很久……大概两年半以后。我的女儿现在八个月。"

"愿真主让他们付出代价。"帕尔瓦娜说，"你还记得你是怎样支持他们的吗？你说我们又自大，又不道德，说我们在欺骗民众，我们是叛国者。你还说这个国家必须来一次天翻地覆的变革，人民必须拿回他们的权利，还有本应该属于他们的一切……看看你现在的样子！如果你需要钱，需要帮助，请告诉我，好吗？"

哀伤和泪水让我说不出话来。

"怎么了？"她说，"你怎么不说话了？你说话呀。"

我突然想起一句诗，便说道："我不畏惧敌人的嘲讽，但不要让我承受朋友的可怜。"

帕尔瓦娜沉默了几秒钟，然后说道："我很抱歉，玛苏姆。请原谅我。我发誓自己只是情不自禁。你了解我，我心里有话总是存不住。我非常为你感到伤心，只是不知道该说些什么。我本以为你已经得到了你想要的，正过着快乐的生活。我从没有想到会发生这种事。你知道我是多么爱你。你比我的妹妹和我更亲近。如果我们不彼此照顾，又有谁会照顾我们？请以你孩子的生命发誓，如果你有任何需要，都会告诉我。"

"谢谢，我会的。"我说，"只是听到你的声音，我已经得到了很大帮助。现在我最需要的是自信，是你的声音给了我自信。我只需要能够联系到你。"

我考虑过几种不同的工作，又想到了缝纫。我一直都很讨厌缝纫，但它仿佛嵌在了我的命运里。帕尔文太太答应会帮忙，但她几乎已经没有什么客户了。我知道，政府部门绝不会雇用我，和政府有关系的私人公司和组织中的遴选委员会也绝对不会考虑我。我开始在小型私人企业中找工作，但这种求职同样毫无用处。现在的经济环境很糟糕，没有企业会雇用新人。我甚至想过做泡菜和腌肉，把它们卖到杂货店去，或者承接蛋糕、油酥点心之类的食品订单。但我具体该怎么做？对此我毫无经验。

就在这时，扎尔加先生打来了电话。和他往日镇定自若的样子完全不同，他的声音显得很是惶恐。他刚刚听说了哈米德的死讯，所以打电话来向我致以慰问，并询问他和我的几位老同事是否能登门来看看我。第二天，他和另外五位我前单位的朋友来到我家。看到他们，我心中旧日的痛苦再次被唤醒，不由得哭了起来。我的女性朋友们都和我一起流下了眼泪。扎尔加先生面色通红，嘴唇不住地颤抖，目光一直在躲避我。直到平静下来以后，他才说道："你知道昨天是谁给我打了电话，向我表达了对这件事的哀悼吗？"

"不知道！是谁？"

"希尔扎迪先生。他从美国打来的电话。实际上，我是从他那里听闻了噩耗。"

"他还住在国外？"我问道。"我还以为革命以后他会回来呢。"

"他的确回来过。你根本无法相信那时他是什么样子，我从没有见过一个人那样兴奋和快乐。他看上去年轻了好几岁。"

"那他为什么又离开了？"

"我不知道。我问他：'你为什么要走？你的梦想已经实现了。'而他只是说，'人生的梦想不过如此：或者是希望本身已经死掉，或者是希望自己能够死掉'。"

"你应该把他留在你们部门的。"我说。

"这件事就别提了！"扎尔加先生说，"他们甚至想要把我也赶走！"

"你没有听说吗？"穆拉维太太说，"他们已经对扎尔加先生进行了指控。"

"指控什么？"我问道，"你做了什么？"

"你做了什么，我也就做了什么。"扎尔加先生说。

"但他们不可能把这种罪名安在你的头上!"

穆哈默迪先生说:"为什么不可能?他们认为扎尔加先生从头到脚都是旧制度的受益者,是傲慢、腐败的骗子!"

所有人都笑了。

"你说得真是太仁慈了!"扎尔加先生说。

我也很想笑。原先这种谴责沙阿政府统治下聚敛财富者的言辞正慢慢变成一种赞美。

"他们骚扰我已经有一段时间了。都是因为我的叔叔是一名成功的律师,我在国外上过学,还有一个外国妻子。"扎尔加先生解释说,"你一定记得咱们单位的领导看我有多不顺眼。没错,就是他想要利用这个机会除掉我。但他的计划没有奏效。"然后他又问我:"还请告诉我,这段日子你在做些什么?"

"什么都没做!我没有钱,非常需要一份工作。"

那天晚些时候,扎尔加先生又给我打了电话:"我不想在其他人面前提起这件事,不过如果你真的需要工作,我也许能暂时给你安排一些事。"

"我当然需要工作!你根本无法想象我现在的处境。"我简单地把自己窘迫的情况和他说了说。

"我们现在有几篇文章和一本书需要编辑,还要用打字机打出来。"他说,"如果你能找到一台打字机,你就能够在家做这些事了。报酬虽然不是很多,但也不会太少。"

"我相信真主早就安排了你做我的拯救天使!但我怎么能为你的部门工作?如果他们发现了,那你可就麻烦了。"

"他们不会知道的。"扎尔加先生说,"我们会以其他名字起草合同,我会亲自把资料交给你。你不需要到这里来。"

"我真的不知道该怎样感谢你。"

"不需要感谢。你的工作一直都完成得非常好。对于波斯语,很少有人能掌握得像你那么好。你只要能找到一台打字机就行。明天下午我会把文件给你送去。"

我真是很高兴,但我该去哪里找打字机?多年以前公公曾经给过我一台打字机用于练习，但那台打字机已经非常旧了。就在这时，曼索耶打来了电话。在哈米德的姐妹中，她为人是最和善的。我把扎尔加先生给我提供工作的事告诉了她。

"让我问问巴赫曼，"她说，"他们的公司里也许有一台多余的打字机可以借给你。"

我挂上电话，心里感到轻松愉快。感谢真主，今天真是一个好日子。

我开始了在家工作。我打字、编辑文稿，偶尔做一些缝纫活儿。帕尔文太太是我的伙伴、助手和事业搭档。她几乎每天都会来我家，或者照顾希琳，或者和我一起做女红。只要她挣到钱，都会仔细地算我一份。我相信，她分给我的一定比我应得的要多。

她仍然很美丽，而且精力旺盛。我不相信在艾哈迈德死后，她没有过其他男伴。每次谈起艾哈迈德的时候，她的眼睛里还是会充满泪水。周围人对她的议论在我看来一文不值。她是一位高尚又可爱的女性，比我的家人给我的帮助还多。她是这样善良慷慨，甚至愿意为了其他人牺牲自己的舒适和利益。

法蒂也在尽力帮我。但她有两个小孩子，她丈夫薪水也不算高，所以她自己还有上千个问题需要解决。在那样的日子里，每个人都有自己的难题。我身边只有马哈茂德和阿里过得越来越好。他们的财富还在不断增长。很明显，他们在利用父亲的店铺获得政府的补贴物资，再将这些物资以数倍的价格在市场上出售。而父亲的店铺现在本应该是属于母亲的。

母亲已经衰老而疲惫，还要解决她自己的各种问题。我见她的机会越来越少。我去看望她的时候，都会尽量避免遇到我的兄弟们。我也不再去参加社会活动和家庭聚会了。直到有一天，母亲打来电话，高兴地告诉我，经过数年的多次努力，阿里的妻子终于怀孕了。为了庆祝和感谢这一福报，她举办了纪念伊玛目阿巴斯的宴会，并邀请我参加。

"好啊，恭喜！"我说道，"请代我祝贺弟媳。但您知道，我不会去参加宴会的。"

"不要这样说。"妈妈说道,"你必须来。这是为了纪念伊玛目阿巴斯,你怎么能拒绝呢?你知道,拒绝这样的事情是不祥的。你还想让自己的生活变得更加悲惨吗?"

"不,妈妈。我只是不想看见他们。"

"那就不要理他们,只要来参加宴会和礼拜就好了。真主会帮助你的。"

"说实话,"我说,"我确实觉得自己有必要去参加一场大礼拜或者进行一次朝圣,好好哭一场,放空一下心灵,但我不想看到我那些卑鄙的兄弟。"

"为了真主的爱,不要这样说。"母亲斥责道,"无论怎样,他们都是你的兄弟。而且阿里又做错了什么?我亲眼看见他用了那么多时间给各种人打电话,想要帮你。"她又求我:"就算是为了我,来吧。你知道我已经有多久没看见你了?你会去帕尔文太太家,却不会顺便来看看我。难道你不觉得你妈妈在这个世界上已经活不了多久了吗?"

她开始不住地哭泣,直到我终于同意去看她。

在纪念仪式上,我不停地流泪,求真主赐我力量,让我能够挑起生活的重担,为我的孩子和他们的未来而祈祷。帕尔文太太和法蒂也在我的身边哭泣、祈祷。伊特兰-萨达特全身都戴着金首饰。她坐在房间一头,眼神一直躲避着我。母亲低声念诵着祈祷词,一个一个地拨过祈祷念珠。阿里的妻子得意扬扬地坐在她母亲身边,一动也不敢动,生怕自己会流产。她不停地索要着各种食物,而那些食物总是立刻就会被摆在她的面前。

客人们都离开以后,我们开始进行清理,直到萨迪克阿迦带着孩子们玩完回来,来接法蒂和我。母亲亲吻了孩子们,让他们坐在院子里,给他们拿来一些汤。就在这时,马哈茂德到了,伊特兰-萨达特像皮球一样滚进了院子里。母亲没有让他们离开,她也给马哈茂德拿来一些汤,并和他们悄声说了些什么。我知道,我正是他们的交谈对象。但马哈茂德只会让我感到受伤和愤怒,就算我知道终有一天我会需要他,我也不想让任何人调解我和他的关系。况且我更不想让我的儿子们看到甚至参与到我和兄长之间任何的交谈或者争吵之中。

我把西亚马克和马苏德叫过来,对他们说:"西亚马克,把婴儿袋子送到车上去,在那里等我。马苏德,你抱希琳过去。"

"你要去哪里?"母亲问,"孩子们刚到,连汤都还没喝完。"

"妈妈,我必须走了。我还有许多工作要做。"

我又叫了西亚马克一声。他跑到窗前,从我手里接过袋子。

"妈妈,你知道马哈茂德舅舅买了辆新车吗?"他说,"我们想去看看那辆车。"然后他叫吴拉姆-阿里和他一起去。

马苏德说:"妈妈,你抱着希琳吧。我也想去看看。"

母亲一定为这场和解做了精心准备,看样子马哈茂德也是有备而来的。

"你告诉我不要做错事,不要不忠诚,"他对母亲说,"而我已经牺牲了我的权利,我已经忍受了所有那些冒犯,这都是因为先知说,穆斯林应该宽容。但我不能不顾公平和正义,这是为了信仰,为了先知和真主。"

我被激怒了,但我了解马哈茂德,知道他的这番话其实已经是某种道歉了。母亲提高声音对我说:"闺女,过来一下。"

早春三月的微风还是有些冷。我穿上毛衣,抱起希琳,不情愿地走出房间,来到院子里。就在这时,我们听见男孩子们在街上叫嚷。马哈茂德的小儿子吴拉姆-侯赛因跑进院子喊道:"快来啊,西亚马克和吴拉姆-阿里打起来了。"

然后马哈茂德的女儿哭着跑进来,尖叫着说:"爸爸,快点!他要杀掉吴拉姆-阿里了。"

阿里、马哈茂德和萨迪克阿迦都跑出了院子。我放下希琳,抓起挂在栏杆上的恰多尔,往头上一披就跟着他们跑出院子。这时街上已经聚起了一群邻居家的小孩子。我从那群孩子中间挤过去。阿里正将西亚马克摁在墙上,不停地骂他。马哈茂德在用力扇他的耳光。我知道马哈茂德下手有多重。他每打一下,我全身都能感受到一阵痛楚。

我发狂地喊道:"放开他!"我向他们扑了过去。我的恰多尔掉落在地上。我挡在西亚马克和马哈茂德之间,向马哈茂德的脸上挥起拳头,但我的双拳只是落在了他的肩膀上。我想要把他撕成碎片。这是

287

他第二次欺负我的孩子了。只是因为没有父亲保护他们,马哈茂德和阿里就以为能够对他们为所欲为。

萨迪克阿迦将我的兄弟们拉开。但我仍然攥紧双拳,像卫兵一样守护着西亚马克。直到这时,我才看见吴拉姆-阿里正坐在马路牙子上。他母亲揉搓着他的后背,嘶声咒骂着。那个可怜的男孩还没办法顺畅地呼吸。西亚马克一定是把他推倒在地上,让他的脊背撞上了水泥的马路沿。我担心坏了,不由自主地问道:"真主啊,你还好吗?"

"滚开!"吴拉姆-阿里愤怒地吼道,"你和那个坏蛋疯子都滚开!"

马哈茂德怒不可遏地来到我眼前,咆哮道:"记住我的话,他们会把这个家伙也吊死。这些男孩都是那个无信仰的异端的崽子,他们最终也会和他一个下场。你以为等到他被吊死的时候,你还能攥着拳头保护他吗?"

我气愤地叫嚷着,将孩子们推进我的破车里,又哭又骂地把车开回了家。我骂自己不应该去那里,骂男孩子们不该像斗鸡一样打架,骂母亲、马哈茂德和阿里。我不顾一切地开着车,不停地用手背抹去眼泪。到了家,我怒气冲冲地走进房间。孩子们全都用畏惧的眼光看着我。

稍稍平静下来以后,我转过身对西亚马克说:"你真的不为自己感到羞愧吗?还要过多久,你才不会像疯狗一样去攻击别人?上个月你就已经十六岁了。你什么时候能够像一个大人?如果他真的出了事,又该怎么办?如果是他的头撞在马路沿上呢?如果出了这种该死的事,我们要怎么办?他们会把你送进监狱,判你无期徒刑,或者直接把你绞死!"

我泪如泉涌。

"我很抱歉,妈妈。"西亚马克说,"我真的很抱歉。我向真主发誓,我不想打架。但你不知道他们都说了些什么。他们先是不停地吹嘘他们的汽车,开我们的玩笑,然后他们说,我们应该更穷,过得更悲惨,因为我们不是穆斯林,不相信真主。我什么都没有说,没有理他们。对不对,马苏德?但他们还在不停地说,甚至开始说爸爸的坏话。然后他们还模仿他受绞刑的样子。吴拉姆-侯赛因伸出舌头,把脑袋歪向一边。所有人都笑了。然后他说，他们没有用穆斯林的葬礼埋葬爸爸，他们把他的尸体扔到了狗群里，因为他很肮脏……我不知道发生了什么，我没办法控制自己。我扇了他巴掌。吴拉姆-阿里过来阻止我，我就推了他，结果他倒下去，磕到后背……妈妈，你的意思难道是，无论别人说什么，我都必须像懦夫一样，什么都不做？如果我没有打他，今晚我就会悲愤而死。你不知道他们是如何笑话爸爸的。"

他开始哭泣。我静静地看着他，自己也想要抽吴拉姆-侯赛因两巴掌。这个想法让我笑出了声。

"这话你不要对别人说，你打得真够痛快的！"我说，"不过那个可怜的男孩都没办法呼吸了。我觉得他有可能断了一根肋骨。"

两个男孩意识到我了解了他们当时的处境，知道在某种程度上，并不是他们的错。西亚马克擦干眼泪，笑着说："然后你就冲过来了！"

"他们在打你！"

"我不在乎。如果能多打吴拉姆-侯赛因一下，我宁愿再多挨十下打！"

我们都笑了。马苏德跳到房间中央，开始模仿我当时的样子。"妈妈披着恰多尔跑到街上，我还以为她是佐罗呢！她虽然个子矮，却像穆罕默德·阿里一样保护我们！只要马哈茂德舅舅向她吹口气，她也许就会飘到邻居家的屋顶上。但有趣的是，他们全都害怕了，只是目瞪口呆地站在那里！"

马苏德把当时的情形描述得那样滑稽，我们全都笑得趴在了地上。

这真是太奇妙了。我们还没有忘记如何欢笑。

新年快到了，但我没有兴致准备任何东西。我只是很高兴这该死的一年终于要结束了。我在一封给帕尔瓦娜的回信中写道："你真是无法想象我度过了怎样的一年，每一天都会迎来一个新的灾难。"

在帕尔文太太的坚持下，我为孩子们做了新衣服。但我们准备简单地庆祝新年，并没有做春季扫除，也没有准备传统的七喜桌。

婆婆一定要我们回她家过新年。她说，这是哈米德和公公去世后的第一个新年，所有人都要去她家。但我没有耐心应付这种事。

直到我听见邻居们的欢呼声，才意识到新年到了。哈米德不在了，给我们留下无尽空虚和触手可及的痛苦。我和他曾经一同度过七个新年。即使是他没有和我在一起的那些新年，我也一直都能感觉到他的存在。但现在，留给我的只有孤独和脆弱。

马苏德将一张他父亲的照片拿在手里，一直在看着它。西亚马克把自己关在房间里不出来。希琳在房间里走来走去。

我关上卧室的门，开始哭泣。

法蒂、萨迪克阿迦带着他们的孩子来了。他们穿着新衣服，不停地说说笑笑。法蒂被我们肃穆的庆祝方式吓了一跳。她跟着我走进厨房，对我说："姐姐，你真让我吃惊！为了孩子们，你至少应该把七喜桌摆上。你说你不会去婆婆家的时候，我还以为那是因为那会让所有人都再次想起伤心事，你不想让孩子们难过。但现在，我发现你比孩子们的状况还要糟糕。去穿上一件漂亮衣服吧。无论过去这一年发生了什么，它已经结束了。我希望新的一年能给你带来快乐，弥补那些伤痛。"

"我已经不再相信了。"我叹了一口气。

关于腾出房子、将它卖掉的讨论在新年假日结束之后就开始了。婆婆和曼索耶表示强烈反对，但那些姑姑和叔叔都认为现在该把房子卖掉了。房地产市场在革命之后就非常不景气，所有人都在谈论房屋充公和重新分配的事情。直到最近，房价才稍稍上涨了一点。他们想要尽快把房子卖掉，以免房价再一次下降，或者政府决定将这幢房子充公。

他们最终做出了决定。当我收到他们的正式通知时，我告诉他们，我在这个学年结束以前都不会搬家，要到学年结束以后才会开始另做打算。但我能有什么打算呢？我现在拼尽全力也只能让孩子们吃饱穿暖，我能租得起房子吗？

哈米德的母亲和姐妹们也很担心。一开始，她们建议我们搬去和婆婆一起住。但我知道她不可能容忍吵闹的孩子们在房子里四处乱跑。我也不想压抑孩子们的天性，让他们在自己家里也要过得那么悲惨。

最后，哈米德的叔叔建议，他们修好公公家中花园尽头的那两个房间和废弃的车库，让我和孩子们居住。这样我们和婆婆就能够分开住在院子里，还能够相互照应。

本来我和我的孩子们就没有权利再占着这片只有一部分属于公公的房产了，所以我非常感谢他们的好意。

到学年末的时候，婆婆家的房屋也差不多修缮完成了。但西亚马克令人生疑的行为让我无暇计划我们的搬迁。他再一次引发了我旧日的焦虑。每天下午，他回家都比平时要晚，而且他还在不停地谈论政治，似乎已经有了对于某个政治团体的倾向。我无法再容忍这种事了。为了保护我的孩子，不让他们受到更大的伤害，我必须努力把政治挡在我们的生活之外。但也许这正是西亚马克对政治越来越好奇和感兴趣的原因。

我在哈米德的葬礼上见到过西亚马克的几个新朋友。他们是来帮忙的。尽管他们看上去都是善良健康的年轻人，但我不喜欢他们不停地交头接耳的样子，就好像他们之间有什么秘密。后来，他们越来越频繁地来到我们家。我希望西亚马克交一些好朋友，让他能不再那么自我，但我有一种很不安的感觉。婆婆的声音开始不断在我的耳边回响："是哈米德的朋友们毁了他。"

很快我就得知，西亚马克成了"圣战者"组织中的一名热心成员。在每一次聚会中，他都会攥紧双拳，为那些人辩护。他会把他们的报纸和公告带回家。这几乎把我逼到了疯狂的边缘。我们关于政治的讨论总是会以争吵收场。这不仅不会帮助我们互相理解和有效沟通，反而会让西亚马克和我越来越疏远。有一天，我坐下来，努力保持平静，向他讲述了他父亲以及那些毁灭性的政治行动给我们的生活造成了怎样的影响。我说了哈米德和他的朋友们所经历的艰辛、他们遭遇的灾难和最终一无所获的结局。我要他向我承诺，他不会走上同样的道路。

西亚马克用一个真正的男人的声音对我说："你在说什么，妈妈！这是不可能的。现在所有人都生活在政治之中。班里没有一个学生不是属于某个团体的，其中最大的团体就是'圣战者'组织。他们全都是真正的好人。他们相信真主,会为人民的自由而战。"

"换句话说,"我说道,"他们或者是像你父亲,或者是像你舅舅,全都在重复他们两个犯下的错误。"

"根本不是!他们非常不一样。我喜欢他们。他们是我的好朋友,他们支持我。你不明白,如果我不是他们之中的一员,我就只剩自己一个人了。"

"我不明白你为什么总是要依靠其他人。"我厉声说道。

他一下子激动起来,气愤地看着我。我知道自己犯了错。我压低声音,泪水从脸颊滚落,对他说:"我很抱歉。我不是这个意思。我只是没办法让这个家里的人再卷入一场政治游戏了。"我恳求他不要再参与那些政治上的事情。

西亚马克终于答应我,绝不会正式加入某一个政治团体或者组织。但他说,他还是会作为他们的支持者,或者像他所说的,是"圣战者"组织的同情者。

我请萨迪克阿迦和西亚马克做朋友,常和他聊一聊,关注他的行踪。但情况却愈演愈烈,我发现西亚马克在街上售卖"圣战者"组织的报纸。在学校里,他的学习也受到了影响,只是勉强通过了期末考试。不等分数公布,我就知道他有几门课程没能及格。

有一天,萨迪克阿迦打电话警告我,"圣战者"组织第二天会组织一场大规模的游行示威。从一大早,我就像鹰一样盯着西亚马克。他穿上了牛仔裤和运动鞋,想要以买东西为借口溜出去。我没有允许,而是让马苏德去买了东西。随着上午慢慢过去,他变得越来越焦躁不安。他先是到院子里摆弄了一会儿花草,然后拿起水管,开始给花圃浇水,同时用余光瞄着屋里。我假装在地窖里做事情,但实际上是在柳条遮阳帘后面盯着他。他慢慢放下水管,开始蹑手蹑脚地向院门走去。我跑上地窖台阶,抢在他前面堵住门口,伸开双臂撑住了门框。

"够了!"他喊道,"我想出去。不要把我当孩子一样看,我讨厌这样!"

"今天你只有踩着我的尸体才能从这幢房子里走出去!"我尖叫道。

西亚马克向我迈出一步。马苏德带着一种不屈不挠的神情站到了我们中间。西亚马克不能向我发泄他的怒火,但可以发泄在马苏德身上。他开始对马苏德拳打脚踢,同时咬着牙不停地说道:"赶快滚开,你这只小鸡。你以为你是谁?不要捣乱了,你这个瘦麻秆。"

马苏德想要和他讲道理,但西亚马克只是吼叫着:"闭嘴!这不关你的事。"然后他狠狠地打了马苏德一拳。马苏德失去了平衡。

我哭着说:"我还以为我的大儿子会是我的顶梁柱,我还以为他会填补他爸爸留下的空位。但现在,我看到他更喜欢一群陌生人,而不是我。就算是我求他留在家里一天也不行。"

"我为什么不能出去?"他喊道。

"因为我爱你,因为我不想像失去你爸爸一样失去你。"

"那你为什么没有阻止我爸爸成为共产主义者?"

"因为我不是他的对手。我做了能做的一切,但他比我更强势。你是我的孩子。如果我没有能力拦住你,那我还不如死掉算了。"

西亚马克指着马苏德喊道:"如果你不让我走,我就杀了他。"

"不,你杀了我吧。如果你发生了什么事,我也会死。所以你最好还是亲自动手。"

他的眼睛里溢出了泪水。他瞪着我看了一会儿,然后转身走向屋子,把鞋踢掉,盘腿坐在比比房间前露台的木床上。

一刻钟以后,我对希琳说:"去亲亲你的哥哥,他现在很难过。"

希琳跑过去,努力爬上木床,伸手去摸西亚马克。西亚马克将她的手拍开,吼了一声:"别碰我!"

我走过去抱起希琳,把她放到地上,又对西亚马克说:"我的儿子,我懂得成为政治团体的一员,去做那些英雄主义的事情是多么令人激动。把拯救人民和全人类作为梦想会让人心中充满喜悦。但你是否知道这后面还有些什么?这条路到哪里才是尽头?你想要改变什么?你打算用生命去换取什么?你真的想要牺牲自己,只是为了让一群人去杀死另一群人,好获得权势和财富?这就是你想要的吗?"

"不!"他说道,"你不明白,你对组织一无所知。他们想要把正义带给人民。"

"我心爱的孩子,他们全都是这样说的。你可曾听过哪位想要获得权力的人说他不想把正义带给人民？但他们都会说，只有他们的团体获得权力的时候，才能够实现他们的正义。如果有人挡住他们的路，他们就会毫不犹豫地送他去地狱。"

"妈妈，你有没有读过他们写的任何一本书？"西亚马克问，"你有没有听过他们做的任何一次演讲？"

"没有，亲爱的，我没有。但你读过他们足够多的书，听过他们足够多的演讲。你认为他们说的都是对的吗？"

"是的，当然！如果你也看一看，听一听，你就会明白了。"

"那么其他团体和组织呢？你有没有也读过他们的书？听没听过他们的演讲？"

"没有，我不需要。我知道他们会说些什么。"

"但是等一等，这样是不对的。"我认真地对他说，"你不能这样轻易就宣布你已经找到了正确的道路，并愿意为之牺牲你的生命。也许其他团体说得会更好。你在做出决定之前，认真了解过多少种观点和意识形态？有没有不带偏见地研究过它们？你有没有读过你爸爸的任何一本书？"

"不，他的道路不是正确的道路。他们是无神论者，甚至可能是反宗教的。"

"不管怎样，他也相信自己找到了正确的道路，可以拯救全人类，实现正义，而且他是在经过多年研究和学习之后才做出的选择。现在你的知识还不及他的百分之一，却已经宣称他的一生都是错误的，他是因为走上了错误的道路才丢掉了性命。我相信，也许你是对的。但认真想一想，如果他有那么多的经验和知识，还会犯下如此巨大的错误，为什么你就不会犯错？你甚至不知道各种政治哲学和思想流派的名字。想一想吧，我的儿子。生命是你拥有的最为珍贵的东西，你不能因为一个错误就拿它去冒险。人死是不能复生的。"

"你对这个组织一无所知，你对它的质疑也毫无道理。"西亚马克顽固地争辩道，"你以为他们想要欺骗我们。"

"你是对的，我确实对他们一无所知。但我知道，有人会利用天真且没有经验的年轻人，煽动他们的情绪为自己谋利。这不是诚实正派的人做的事情。我不是在某个街角捡到的你，现在也不会随便把你交给某些想要利用你去牟取权力的人。"

直到现在，我都为自己在那一天表现出的坚决感到骄傲。临近傍晚的时候，关于有人被逮捕和杀害的消息开始四处传播，随后就发生了暴动。每一天，西亚马克都听说有更多的朋友被逮捕。"圣战者"组织的领导人都躲藏了起来，或者逃走了，但年轻人却被一批又一批地杀死。每天下午，电视上都会播报那些被处决者的名字和年龄。西亚马克和我一起惊恐地听着那些永远没有尽头的名单。每一次西亚马克听到他认识的姓名，都会像被困在笼子里的老虎一样发出吼声。我不知道那些年轻的男孩女孩的父母从电视上听到自己孩子的名字时会怎样想。我只是在心中悄悄感谢真主，让我阻止了西亚马克在那一天出门。

对于这起事件，人们有着不同的反应。有人感到震惊，其他人或者漠不关心，或者紧张不安，还有一些人甚至感到高兴。一个在不久之前还是那样团结一致的社会，现在对待同一件事竟然会有如此截然相反的态度，这真是令人难以置信。

有一天，我恰好遇到一位深度参与政治的前同事。他看着我说道："出什么事了，萨迪吉女士？你看上去就好像世界末日已经到来了。"

"难道你不担心现在的局势和我们每天听到的新闻吗？"我惊讶地问他。

"不！我觉得现在的一切都是它们应有的样子。"

进入夏季后，我们搬进了婆婆的房子。离开一个住了十七年的家并不容易。那幢房子里的每一块砖都承载着一个故事，能够让我想起生活中的某一个片段。时间让最艰苦的记忆也变得甜美起来。我们还是会管起居室叫"莎哈扎德的房间"，管一楼叫"比比的家"。哈米德的气息仍然萦绕在这里的每一个角落，我还是能够在每个房间的隐蔽之处发现他的东西。我在这幢房子里度过了我人生中最好的时光。

我迫使自己冷静下来。我没有其他选择。我开始打包行李，卖掉一些东西，丢掉一些东西，并将一些东西捐赠出去。法蒂说："把这些家具留下吧，也许你们会搬进更大的房子里。把这些沙发丢掉不可惜吗？你是在革命的第一年才买下它们的，你忘了吗？"

"哦，那时的我真是充满了希望，我还以为自己能有美好的一生。但现在这些沙发对我已经没用了。我绝对不可能再有一幢更大的房子，至少不会很快有。我们的新房子太小了。而且，我又需要招待多少客人呢？我已经决定了，只要带上能够满足基本需求的东西就好。"

我们新家的两个卧室紧挨着，还有由车库改造成的起居室和厨房。浴室、厕所和房子连在一起，但只能从外面进去。我将男孩子们安置在一个房间，我和希琳住另一个房间。我们在卧室里放下了男孩子们的书桌，还有我的书桌、打字机和缝纫机，又把两个小沙发、一张咖啡桌和一台电视放在了起居室。三个房间都通向花园。那个花园很大，中央有一座圆形的倒影池。我婆婆的房子在花园的另一端。

一切都从旧家中搬走以后，我一一走过那些房间，伸手抚摸曾经见证了我人生的墙壁，向它们道别。我来到屋顶，重新走过哈米德的逃亡路线，直到邻居的房子。我又给院子里的老树浇了水，透过满是尘土的窗户向比比的房间看了看。在这幢寂静的房子里曾经发生过那么多骚乱。我抹去泪水，带着一颗沉重的心锁上院门，向我快乐和年轻的生命告别，然后离开。

第七章

　　孩子们都因为搬家而非常伤心，陷入一团混乱的状态，心神不宁。他们固执地拒绝帮忙，不肯配合，以此来表达他们的不满。床垫还没有放正，西亚马克就躺在上面，用手臂盖住了眼睛。马苏德蹲在屋外墙边，将下巴抵在膝盖上，用翻修房子剩下的石膏碎片在地砖上画着各种线条。幸好希琳在帕尔文太太那里，我不用担心她。

　　我没有力气自己把所有事情都做好，但也不能强迫孩子们帮我做。我从他们的沉默中知道，任何一点最轻微的刺激都会惹他们发脾气，开始吵闹。我走进一个房间，深吸一口气，努力让自己平静下来，积聚力气以应付他们。然后我煮了茶，又去了街角的烤馕店。那里下午的面食刚刚出炉。我买了两张烤馕，静悄悄地回到家里，在花园中摊开一块地毯，摆好茶、烤馕、黄油、奶酪和一碗水果，叫孩子们来吃饭。我知道他们都饿了。那一天他们只在十一点的时候，在我们离开旧家之前吃了一份三明治。他们磨蹭了一会儿，但现烤的馕和切好的黄瓜的香气刺激了他们的胃口。他们就像两只警觉的猫一样，一小步一小步地来到铺开的地毯旁边，开始吃饭。

　　当我确定他们的坏脾气已经被美餐所带来的饱足感安抚之后，才对他们说："听着，孩子们，我们刚刚离开的那幢房子里有我的青春和我生命中最好的一段时光，失去了它，我比你们更难过。但我们还能怎么办？我们已经离开了那幢房子，但生活还在继续。你们都很年轻，生活对于你们来说才刚刚开始。总有一天，你们会建起自己的家。那里会比那幢房子更大，更美丽。"

"他们没有权利夺走我们的家。"西亚马克气愤地说,"他们没有这样的权利!"

"不,他们有。"我平静地说道,"他们只是同意在他们的妈妈还活着的时候让我们住在里面。但比比已经去世了,他们当然要分割遗产。"

"但他们从来都没有来看过比比!我们才是照顾她的人。"

"是的,那是因为我们住在那幢房子里,一直在使用它。我们有责任照顾她。"

"祖父的房子也没有我们的份。"西亚马克继续愤慨地说道,"所有人都能继承一份,只有我们除外。"

"是的,这就是法律。如果儿子死在他的父亲之前,儿子的家人就无法继承遗产。"

"为什么法律总是和我们对着干?"马苏德问。

"为什么你们这样在意遗产?"我问,"这些又都是谁告诉你们的?"

"你觉得我们是傻瓜吗?"西亚马克说,"这些话我们都听到过上千遍了,从爸爸的葬礼上就开始了。"

"我们不需要那些遗产。"我说,"现在,我们住在你祖父的房子里,是他们花钱为我们翻修了这些屋子。这些屋子在名义上是否属于我们又有什么关系?我们不用付房租就已经很好了。你们两个会长大,建起你们自己的房子。我不喜欢我的孩子们总是像秃鹫一样盯着钱和遗产。"

"他们抢走了本应该属于我们的东西。"西亚马克说。

"你的意思是,你想住在那幢旧房子里?"我指着花园对面问他。"我对你们却有着更大的梦想。很快,你们就会上大学,开始工作。你们会成为医生或者工程师。你们会建起全新的、现代化的房子,有着最好的家具。对于这堆老废墟,你们甚至不会再看第二眼。而我就像老式的女人一样,会一家一家地为你们寻找最好的妻子。哦,我会为你们找到多么漂亮的女孩啊。我会对所有人夸耀我的儿子们是医生或工程师,他们全都又高又帅,有漂亮的车和宫殿一样的房子。女孩们一定会被你们迷昏过去。"

两个男孩都咧开了嘴。我夸张做作的表演让他们觉得非常好笑。
"好吧，西亚马克阿迦，你喜欢金发女孩还是栗红色头发的女孩？"我又问他。
"栗红色头发的。"
"你呢，马苏德，你喜欢浅色皮肤还是橄榄色皮肤？"
"我希望她有一双蓝色的眼睛，其他的都不重要。"
"就像芙罗兹哈那样的蓝眼睛吗？"我问。
西亚马克笑着说："你这个小流氓，你说露馅了！"
"怎么了？为什么我不能这么说？妈妈的眼睛也是蓝色的。"
"胡说！妈妈的眼睛是绿色的。"
"而且，芙罗兹哈就像我妹妹一样。"马苏德又羞怯地说。
"他说得对。"我带着一点揶揄的口吻说道，"芙罗兹哈现在就像是他的妹妹，但也许等芙罗兹哈长大了，就会像他的妻子了。"
"妈妈！不要这么说！还有你，西亚马克，不要发出这种无聊的笑声。"
我抱住他说："哦，我会为你举办一场什么样的婚礼啊！"
这样的交谈让我的精神也变好了。
"好了，孩子们，你们觉得我们应该如何布置这幢房子？"
"房子？"西亚马克嘲弄地说，"听你说话的口气，你似乎真的以为这是一幢房子了。"
"它当然是。一幢房子有多大并不重要，重要的是你如何装饰它。有些人即使住在棚屋或者潮湿的地下室，也会好好布置它们，让它们看上去比一百座宫殿更美丽和舒适。每一个人的家都反映了他们的风格、品位和个性。"
"但这个地方实在是太小了。"
"不，它不小。我们有两间卧室和一间起居室，还有这座美丽宽阔的花园。有了这座花园，每年中有半年时间我们可以住得更宽敞舒适。让我们在花园里种满花草树木，给倒影池重新刷好油漆，在里面养上金鱼，每个下午，我们都打开喷泉，坐在这里欣赏美景，如何？"
孩子们的情绪变得不一样了。一个小时以前的哀伤和失望都消失不见,他们的眼睛里闪耀着兴奋的光彩。我必须好好利用这个机会。

"好吧,绅士们,起来。那间更大的卧室是你们的。去把那里收拾好,按照你们的兴趣把它布置、装饰起来。它刚刚被粉刷过,看上去很不错,对不对?那间小卧室是我和希琳的。你们把大件家具搬进去,剩下的我来弄。把圆桌和椅子摆在花园里。马苏德,花园是你的了。等我们安顿下来以后,你要仔细查看一下,看看改造它都需要些什么,我们应该买哪些花草植物。还有西亚马克阿迦,你要在屋顶装好天线,还要从祖母的房子里拉一根电话线过来。还有,你和马苏德要把窗帘杆装上。对了,我们不要忘了把之前比比那里的木床清洗干净搬过来,把它放在花园里实在是太好了。我们可以在上面铺一块毯子,这样只要我们愿意,就能睡在外面。那一定会很有趣,对不对?"

孩子们全都兴奋地提起了建议。马苏德说:"我们应该给我们的卧室挂上新的窗帘,从老房子拿来的窗帘都太黑、太厚了。"

"你说得对。我们一起去挑有花卉图案的布,我还会做同样花色的床罩。我保证你们会有一间明亮美观的卧室。"

孩子们开始接受这幢新房子,我们也在慢慢适应我们的新生活。一个星期以后,我们差不多都安顿好了。又过了一个月,我们有了一座开满鲜花的花园,一个闪亮又美丽的倒影池,还有了挂上鲜艳窗帘、被布置一新的房间。

帕尔文太太很高兴我们的搬迁,她说来我们新家的路更好走。婆婆也很高兴我们的到来。按照她的说法,有了我们,她就不那么害怕了。每次空袭警报响起、供电被切断的时候,我们都会跑到她的房子里,这样她就不再是孤单一人。孩子们也适应了这种战时情况,将其视作他们日常生活的一部分。在飞机轰炸、导弹袭击的时候,我们只能待在黑暗中。希琳会为我们唱歌,我们互相陪伴。大家都不再去想天空中的炸弹。只有婆婆会坐在那里,一直惊恐地盯着天花板。

扎尔加先生规律性地来拜访我们,为我带来工作。我们成了很好的朋友,经常会向对方说说心里话。我会向他寻求关于教育男孩的建议。现在他也是孤身一人。战争一开始,他的妻子和女儿就回到法国去了。

有一天他说:"对了,我收到了希尔扎迪先生的一封信。"

"他写了些什么?"我问,"他还好吗?"

"实际上,我觉得他不是很好。他似乎非常孤独和抑郁。我担心他会因为远离祖国而精神崩溃。最近他的诗歌越来越像是流放者写来的信,会不断揪扯人的心弦。我只能回信对他说:'你还是很幸运的,能够过上舒适的生活。'你根本无法相信他在回信里写了什么。"

"他写了什么?"

"和你不同,我总是记不住诗歌。他写了一首痛苦的长诗,描述了他旅居异国的感受。"

"你是对的,"我说,"这种孤独和抑郁会彻底压垮他。"

我的预言很快就成真了。我们心碎的朋友终于找到了永远的平静,一种他有生之年可能都没有享受过的平静。我参加了他的家人为他举办的追悼仪式。他得到了很多赞美和敬意,但他活着的时候无法出版的诗歌,在他死后依然只能被默默地收藏着。

扎尔加先生介绍我认识了几家出版社,我开始在家中为他们工作。最后,他为我在一家杂志社找到了一份规律性的工作,能够提供稳定且有保障的薪水。这笔钱不算很多,但我能够用它来弥补自由职业收入的不足。

我在家附近的学校给孩子们做了入学登记。一开始,他们上学的时候都没精打采、闷闷不乐。和原来的朋友们分别让他们很伤心。不过一个月以后,他们几乎不会再提起原先那所学校了。西亚马克结交了许多新朋友。和善乐天的马苏德很快就赢得了所有人的好感。希琳三岁了,变成了一个快乐又有魅力的小姑娘。她喜欢跳舞,喜欢和哥哥们一起玩,还总是说个不停。我想要把她送到附近的日托中心去,但帕尔文太太根本不听我的建议。

"你手里的钱太多了吗?"她责备我说,"你不是要去杂志社,就是坐在家里不停打字、阅读、书写或者缝纫。现在你却想把辛辛苦苦挣来的钱都扔进那些人的口袋里?不,我不会让你这么干的。我又没死。"

我正在逐渐习惯新的生活节奏。尽管战争还在继续,新闻里都是可怕的事情,但我将全部注意力都投入自己的生活。只有当空袭警报响起的时候,我才会真正感觉到战争就在身边。但即使在那时,只要我和孩子们在一起,我就不会太担心。我一直都认为我们最好的死亡方式就是死在一起。

幸运的是,男孩子们还没有到必须去服兵役的年纪。我相信等他们长大了,这场战争应该早就结束了。毕竟我们能打多少年的仗?幸好我的孩子们也不是那种梦想着要去前线的人。

我开始认为我的艰难岁月已经过去了,我能过上正常的生活,在相对平静的世界里养育我的孩子们。

几个月过去了。政府还在镇压持异见者和反对团体。各种谋杀与暗杀事件层出不穷,政治活跃分子纷纷转入地下,各个组织的领导人都逃亡了。战争还在持续,我再一次开始担心我的儿子们和他们的未来,同时紧紧盯住他们的一举一动。

看样子,我的话和最近发生的这些事对西亚马克产生了效果。至少在我看来,他不再和他那些"圣战者"组织的朋友联络了。随着春季的到来,我的担心也逐步减轻。孩子们都在为期末考试而专心学习。我开始提醒他们需要为大学的入学考试做准备了。我希望他们能够专注在学业中,没有时间去考虑其他事情。

一天晚上,我正忙着打一份编辑好的文件。希琳睡着了。男孩子们卧室的灯光还亮着。这时门铃响了,随后是一阵响亮的捶门声。我全身都僵住了。西亚马克冲出房间,我们在惊骇中相互对视。马苏德睡眼惺忪地走出来。门铃一直响个不停。我们三个向房门走去。我把孩子们推到身后,小心地打开一道门缝。有人将门推开,把一张纸递到我面前,然后直接把我推到一边。几个革命卫队的士兵走了进来。西亚马克冲出屋子,向他祖母的房子跑过去。两名士兵追上他,把他抓住,按倒在花园中。

"放开他!"我尖叫道。

我向西亚马克跑去,但有一只手把我拽回屋子里。我还在不停地尖叫:"出什么事了?出什么事了?"

一名年纪比较大的士兵对马苏德说:"把你妈妈的恰多尔给她穿上。"

我无法保持平静。我能看到西亚马克坐在花园中的影子。我的真主啊,他们要对我的心头肉做什么?我想象西亚马克被用刑的样子,尖叫着昏倒了。当我醒来的时候,马苏德正在向我的脸上泼水。那些人正要把西亚马克带走。

"我不会让你们带走我的孩子!"我尖叫道。

我追上他们。

"你们要把他带到哪里去?告诉我!"

那名年长的士兵同情地看向我。等其他人走远了之后,他悄声对我说:"我们要送他去埃文监狱。不用担心,他们不会伤害他。下个星期再去探望吧,到时候找伊扎图拉·哈吉-侯赛尼。我会亲自把他的消息告诉你。"

"把我的生命拿走吧,但请不要伤害我的孩子。"我乞求道,"为了真主的爱,为了你对你孩子们的爱!"

他又同情地摇摇头,离开了。马苏德和我一直追着他们到了街道尽头。邻居们都将窗帘拉开一点,看着我们。等革命卫队的车转过街角之后,我瘫软在街道中央。马苏德把我拽回到家里。我眼前的画面只剩下西亚马克苍白的面孔和惊恐的眼神,只能听到他用颤抖的声音喊:"妈妈!妈妈,为了真主的爱,帮帮我!"我一整晚都惊惶不安。我没办法再活下去了。他才十七岁,最大的罪行也许就是在街角售卖"圣战者"组织的报纸。他已经有一段时间没联系过那些人了,他们为什么还要来抓他?

第二天早晨,我吃力地下了床。我找不到可以帮助我的人,但我不能就这样干坐着,看着我的孩子被毁掉。我的生命就像不断重放的电视,只是每一次事情都变得有一点不同,而每一次我的承受能力都在减弱。我穿好衣服。马苏德没有脱衣服就在沙发上睡着了。我轻轻将他唤醒,对他说:"今天我希望你不要去上学。你在这里等着帕尔文太太过来,把希琳交给她,然后给法蒂姨妈打电话,告诉她发生的事情。"

他带着倦意说:"这么早你要去哪儿?现在几点了?"

"五点了。我要去马哈茂德家,在他出去工作前找到他。"

"不，妈妈！不要去。"

"我别无选择。我的孩子有生命危险。马哈茂德认识许多人。无论怎样，我必须让他带我去见伊特兰-萨达特的叔叔。"

"不，妈妈，为了真主的爱，不要去。他不会帮你的。你忘了吗？"

"不，亲爱的，我没忘。但这一次不一样。哈米德对他而言只是一个陌生人，西亚马克却是他的血亲，是他的外甥。"

"妈妈，你不知道。"

"不知道什么？什么我不知道？"

"我本来不想告诉你，但昨天下午，我看见街角有一个革命卫队的人。"

"然后呢？"

"他不是一个人，他正在和马哈茂德舅舅说话。他们都在看着我们家这边。"

我感觉整个世界天旋地转。马哈茂德出卖了西亚马克？出卖了他自己的亲外甥？这不可能。我跑出屋。我不知道自己是如何开车去马哈茂德家的。我像疯子一样用力砸门。吴拉姆-侯赛因和马哈茂德慌乱地开了门。吴拉姆-阿里已经应征参军，去前线有一段时间了。马哈茂德还穿着家居服。

"你，你这个无赖，是你把革命卫队带到我家的？"我尖叫道，"是你带了密探来逮捕我的儿子？"

他冷冷地看着我。我在等待他否认，发怒，因为我的指责而狂暴。但他只是以那种冰冷的态度说："实际上，你的儿子是一名'圣战者'，不是吗？"

"不是！我的儿子还很小，根本就没有选择什么阵营。他从来就不是任何组织的成员。"

"只有你才这样想，妹妹，你一直都在逃避，我亲眼看到过他在街上卖报纸。"

"就是这样？你把他送进监狱就是因为这个？"

"这是我的宗教责任。"他说，"难道你不知道他们犯下了怎样的叛乱和谋杀罪行？我不会为了你的儿子毁掉我的信仰和来世。哪怕他是我自己的儿子,我也会这样做。"

"但西亚马克是无辜的,他根本就不是'圣战者'组织的成员!"

"这就和我无关了。我只是有责任将这些事告诉当局,剩下的就是伊斯兰法院的事情了。如果他是无辜的,他们会释放他。"

"就这样?如果他们犯了错呢?如果我的孩子因为他们的错误而死去呢?你良心上能过得去吗?"

"我为什么要为此而担心?如果他们犯了错误,有罪责的就是他们。就算是那样,情况也不会太糟。他会成为殉道者,会升上天堂。他的灵魂将永远感激我,因为我将他从他父亲那样的命运中拯救了出来。对于我们的国家和宗教而言,那些人都是叛徒。"

只有愤怒支撑着我还能站在他面前。

"说到背叛自己的国家和宗教,没有人比你做得更恶劣。"我吼道,"就是像你这样的人毁了伊斯兰教。阿亚图拉什么时候做出过这样的法特瓦[1]?为了牟取私利,你什么脏事都干,却还要用信仰和宗教来粉饰你的肮脏。"

我啐在他的脸上,走出了他家。我感觉头痛欲裂,不得不两次停在路边,吐出苦涩的胆汁。我去了母亲家。阿里正要出门去工作。我抓住他的手臂,乞求他帮助我,找一个有影响力的熟人,去求他的岳父帮忙。他摇着头说:"姐姐,我发誓我都要伤心坏了。西亚马克是在我的怀里长大的。我曾经很爱他……"

"曾经?"我喊道,"你的意思就好像是他已经死了!"

"不,我不是这个意思。我只想说,没有人会帮你,也没有人能帮你。现在他已经被贴上了'圣战者'的标签,所有人都会唯恐避之不及。那个异端组织杀了太多人。你明白吗?"

我走进母亲的房间,倒在地上,不断用头去撞墙,呻吟着说:"看看啊,这就是你宠爱的儿子们。他们要杀死自己的外甥,一个十七岁的男孩。你还一直跟我说,叫我不要计较,因为我们身上流着一样的血。"

---

[1] 伊斯兰律法的裁决。——译者注

就在这时,法蒂和萨迪克带着他们的孩子赶到了。他们把我从地上扶起来,送回家。法蒂一直在哭。萨迪克阿迦不停地咬着他的胡子。

"说实话,我正在为萨迪克担心。"法蒂悄声说,"如果他们也指控他是'圣战者'该怎么办?他曾经因为政治的事情跟马哈茂德和阿里吵过几次。"

泪水沿着我的面颊不停地滚落。

"萨迪克阿迦,我们去埃文监狱吧,"我乞求道,"也许他们会告诉我们一些消息。"

我们去了埃文监狱,但这纯粹是白费力气。我说我想要找伊扎图拉·哈吉-侯赛尼,却被告知他不在。

在昏眩和混乱中,我们回了家。法蒂和帕尔文太太努力想要让我吃点东西,我却什么都吃不下。我一直在想,西亚马克会吃些什么。我一边哭一边思考应该做些什么,应该去找谁。

法蒂突然说:"玛哈波贝!"

"玛哈波贝?!"

"是的!我们的表姐玛哈波贝。她的公公是教士。人们都说他是一位重要人物,而且姑姑经常说他非常正派,人又好。"

"对,你说得对!"

我就像一个溺水的人抓住了一块浮木,一点希望的微光照进我的心中。我站起身。

"你要去哪里?"法蒂问。

"我必须去库姆。"

"等等,萨迪克和我陪你一起去。明天我们一起走。"

"明天就太晚了!我自己去。"

"你不能!"她高声说道。

"为什么我不能?我知道姑姑家在哪里。她的地址一直没有变过,对不对?"

"是没变过,但你不能一个人去。"

马苏德一边穿衣服一边说:"她不是一个人去,我和她一起去。"

"但你还要上学……而且你们也不能今天就走。"

"都这种情况了,谁还在乎上学的事?我不会让你一个人去的,现在我是家里的男人了。"

我将希琳托付给帕尔文太太,然后我们就出发了。马苏德就像照顾孩子一样照顾我。在公共汽车上,他尽量坐直身子,好让我能把头靠在他的肩膀上睡一下。他让我吃了几块饼干,强迫我喝水。我们到达库姆之后,他拽着我打了一辆出租车。我们到姑姑家的时候,天已经黑了。

看到我们这时候出现,姑姑吃了一惊。她盯着我的脸说:"愿真主垂怜!发生了什么事?"

我一下子流出了眼泪,说:"姑姑,帮帮我。我又要失去我的儿子了。"

半个小时以后,我的表姐玛哈波贝和她的丈夫穆赫辛来了。玛哈波贝的神情仍然是那样欢快,只是她有一点胖了,看上去比原来更成熟了。她的丈夫是一个英俊的男人,看上去聪明又体贴。谁都能看出他们对彼此的爱与关心。我不由自主地哭泣着,仔细说了发生的一切。玛哈波贝的丈夫不停地安慰我,说了许多鼓励的话。

"只是因为这么小的一点证据,他们不可能真正逮捕他。"他说道。然后他答应第二天带我去见他父亲,尽量想办法帮助我。我终于稍稍平静下来。姑姑逼着我吃了一顿简单的晚餐。玛哈波贝又让我吃了镇静药。整整二十四小时之后,我终于陷入了痛苦的昏睡。

玛哈波贝的公公是一位慈祥又富有同情心的人。他被我的哀伤感动,竭力安慰我。然后他打了几个电话,写下几个名字和几张纸条,交给穆赫辛,要他陪我回德黑兰。在路上,我不停地祈祷,向真主发出恳求。我们一到家,穆赫辛就开始联系不同的人。终于,我们得到了第二天去埃文监狱探视的机会。

在埃文监狱,典狱官与穆赫辛友善地互致问候,然后说:"可以肯定的是,他是一名'圣战者'组织的同情者,但到现在为止,我们还没有找到可靠的证据证明他有罪。等到走完常规的法律程序,我们就会释放他。"然后他又请穆赫辛向他的父亲表示问候。

典狱官的话让我足足等了十个月,黑暗痛苦的十个月。每天晚上,我都梦见他们绑住西亚马克的双腿，用鞭子抽他的脚底。他的血肉粘在鞭子上，一片片脱落。每天晚上，我都在尖叫中惊醒。

我记得那是在西亚马克被捕后一个星期，有一天，我看见了镜子中的自己。我看上去是那样苍老可怜，完全是一副病态的消瘦模样。最奇怪的是，一缕白发突然出现在我的右侧头顶。在哈米德被处决以后，我就看到自己有了几根白发。但这缕白头发是新的。

我不断和玛哈波贝联络，通过她从她的丈夫和公公那里得到消息。我去埃文监狱，参加了一次为犯人父母安排的会议。我询问西亚马克的情况。监狱职员认识他，并对我说："不必担心，他会被放走的。"

我真是大喜过望。但我又想起了会议上另一名犯人的母亲说："他们说'他会被放走'，就意味着他会从这个世界被放走。"

恐惧和希望简直要把我杀死。我拼命工作，只是为了没有那么多时间去思考。

大学重新开学的消息确定了。我前去登记，准备继续修剩下的学分，这样我终于能实现自己为之努力那么久的目标了。负责登记的人皱起眉头，以最冰冷的口气说："你不符合登记条件。"

"但我一直在上大学！"我说道，"我只需要拿到这几个学分就可以获得学位。实际上，我已经上了那些课，只需要进行结业考试。"

"不，"他说道，"你的学籍已经被开除了。"

"为什么？"

"你的意思是你不知道？"他冷笑着说，"你是一名被处决的共产主义分子的未亡人，还是一个叛徒和异见者的母亲。"

"我为他们两个感到骄傲。"我愤怒地反驳道。

"你尽可以骄傲，但你不能上课，也不能从这所伊斯兰大学获得学位。"

"你知道我为了这个学位付出了多少努力吗？如果不是大学关闭了，我应该在几年前就获得学位了。"

他耸耸肩。

我又和另外几名登记人员交谈过，但都没有用。我沮丧地走出大学。我的一切努力都白费了。

二月份柔和的阳光洒落在地上。冬日刺骨的寒冷已经消退,清凉的春风在空气中流动着。萨迪克阿迦把我的车送去维修了,我只能步行上班。我真是沮丧极了,只能让自己不停地忙碌下去。到了差不多下午两点的时候,法蒂打来电话:"下班以后过来一下吧。萨迪克去修车厂取车了,他会先去接孩子们……"

"我没有心情,"我说,"我会自己回家。"

"不,你必须过来,"法蒂坚持说,"我需要和你谈谈。"

"发生什么事了吗?"

"没有。玛哈波贝打来了电话,说他们已经到德黑兰了。我请他们过来,他们也许会有消息。"

我挂上电话,心中难免感到狐疑。这一次法蒂的语气很不一样。我不由得开始担心起来。现在正有一份紧急项目放在我的书桌上,我继续工作,却总是无法集中精神。我给家里打电话,对帕尔文太太说:"萨迪克阿迦要去接希琳,请为她准备好。"

帕尔文太太笑着说:"萨迪克阿迦已经到了,他在等马苏德。不过马苏德刚刚也进家门了。他们要去法蒂家。你什么时候过去?"

"我完成工作就过去。"然后我又加了一句,"和我说实话,是不是发生了什么事?"

"我不知道!如果真的出了什么事,萨迪克阿迦一定会告诉我的。亲爱的,不要这样平白无故地担心。你这样会垮掉的。"

我把任务交上去后就离开办公室,乘出租车去了法蒂家。法蒂为我开了门。我用探询的眼光看着她。

"你好,姐姐。"她说道,"你为什么这样看着我?"

"和我说实话,法蒂,出什么事了?"

"什么事?一定要发生什么事,你才会来看我们吗?"

芙罗兹哈边跑边跳着舞,一下子扑进我怀里。希琳也跑了过来。我看向马苏德。他站在屋里,看上去很平静,仿佛陷入了沉思。我走过去,悄声问他:"出什么事了?"

"我不知道。"他说,"我们刚刚到。他们有些奇怪,一直在说悄悄话。"

"法蒂!"我高声说道,"到底出什么事了?快告诉我。我都要疯了!"

"为了真主的爱啊,请镇定下来,"法蒂说,"无论是什么事,都肯定是好消息。"

"是关于西亚马克的吗?"

"是的,我听说他们要在新年前释放他了。"

"甚至有可能更早。"萨迪克阿迦说。

"是谁说的?你们是从哪里听说的?"

"镇定,"法蒂说,"坐下来,我给你倒杯茶。"

马苏德抓住了我的手。萨迪克阿迦正在和孩子们说笑玩耍。

"萨迪克阿迦,为了真主的爱,请把你知道的都告诉我。"

"说实话,我知道的也不多。法蒂知道的要比我多。"

"她是从哪里听说的?从玛哈波贝那里?"

"是的,她应该和玛哈波贝通过电话。"

法蒂托着茶盘走了进来,芙罗兹哈也蹦蹦跳跳地端来了一盘油酥点心。

"法蒂,为了你对孩子们的爱,请坐下来告诉我,玛哈波贝到底说了什么?"

"她说,问题都解决了,西亚马克很快就会被释放。"

"差不多会在什么时候?"我问。

"也许是这个星期。"

"哦,我的真主!"我喊道,"真的吗?"

我靠在沙发上。法蒂早就做好了准备,她迅速递给我一个硝酸甘油滴瓶和一杯水。我吃了药,让自己平静下来,然后起身就向外走去。

"你要去哪里?"法蒂问。

"我必须去整理好他的房间。如果我的儿子明天就能回家,那里的每一样东西都必须是干净整齐的。我还有一千件事要做。"

"坐下来。"法蒂平静地说,"为什么你不能好好坐一会儿?说实话，玛哈波贝说他也许今晚就能回家。"

我一下子倒在沙发上。"你是什么意思？"

"玛哈波贝和穆赫辛已经去埃文监狱了，因为他们有可能今天就释放他。你必须控制好你的情绪。他们随时都有可能回来。你一定要保持冷静。"

我变得焦躁不安，一点耐心都没有了。每过几分钟，我就会问一句："现在是什么情况？他们什么时候会过来？"

就在这时，我听见马苏德喊道："西亚马克！"我看见我的儿子走了进来。

我完全没办法承受这样的喜悦和兴奋，感觉我的心脏就要从胸膛里跳出来了。我将西亚马克紧紧抱在怀中。他比以前更瘦，也更高了。我都快无法呼吸了……有人在向我的脸上泼水。我再一次抱住我的儿子，伸手抚摸他的脸、他的眼睛、他的手。这真是我亲爱的西亚马克吗？

马苏德抱紧西亚马克，哭了一个小时。这个善良温柔的男孩，他曾经那样勇敢地肩负起生活的责任，不断给我希望，原来他将这么多眼泪隐藏了那么久。

希琳一开始还有一点拘谨，但我们激动的情绪让她也兴奋起来。她笑着扑进了西亚马克怀里。

那一晚充满了言语无法形容的喜悦、兴奋和热情。

"我必须看看你的脚。"我说道。

"好了，妈妈。"西亚马克笑着说，"别发疯了！"

我的第一通电话打给了玛哈波贝的公公。我哭着向他表达谢意，向他说出了所有意义美好的词句。

"我并没有做什么。"他说道。

"有的，您做了许多，是您把儿子还给了我。"

随后两天里，亲人们纷纷来探望我们。曼索耶和曼妮吉哈都在这里照看她们的母亲——我婆婆的身体现在越来越差，越来越健忘和糊涂了。她完全把西亚马克当作哈米德了。

我向真主做了许多保证，立下许多誓言，以至于我都不知道该从什么事做起了。于是我放下了所有手头要做的事情,带着三个孩子先去马什哈德的伊玛目里达圣陵朝圣,又从那里前往库姆,向我的姑姑、玛哈波贝、玛哈波贝的丈夫和我的拯救天使——玛哈波贝的公公表达谢意。

那是一段多么甜蜜快乐的日子啊!我感觉自己又活了过来。孩子们都在身边,我再也不会为任何事伤心了。

西亚马克很快就要十八岁了。他已经落下了一年学业。不过因为我让他提前一年上了小学,所以他在年龄上并没有落后。但在他重新登记入学的时候,却因为有入狱记录而被学校拒收了。我一直都希望我的孩子们能够获得高等教育,但现在,我只能接受这个事实——我的儿子甚至连中学文凭也拿不到了。

无法完成中学学业对西亚马克是一个沉重的打击,他因此变得暴躁易怒。无所事事地待在家里显然不是一个明智的选择,尤其是他的几个老朋友又出现在我们周围了。西亚马克对他们好像并没有兴趣,但他们的出现让我感到紧张。

西亚马克决定去找一份工作。他看到了我的工作是多么辛苦,我们的生活又是多么拮据。他想要帮忙。但他能做什么?他没有做小生意的本钱,也没有学历。这时,伊朗和伊拉克的战争仍然很激烈,并且距离我们越来越近。这些事都让我感到忧心。有一天,曼索耶来看我,我将自己担心的事情告诉了她。

"说实话,这正是我来看你的原因。"曼索耶说,"西亚马克必须继续接受教育。我们家族年青的一代都上了大学,西亚马克不能连中学的文凭都没有。"

"我已经想过这件事了。"我说,"他可以上夜校,接受通识教育考试。但他说他想要工作。他说,如果他不能上大学,那么中学文凭也没什么用。不管有没有文凭,他都必须工作,那么不如从现在就开始。"

"是这样,玛苏姆,"曼索耶说,"我有一个计划,我不知道你听了会怎么想,不过请不要告诉别人。"

"当然！"我惊讶地问，"你的计划是什么？"

"你知道，我的阿尔德希尔去年中学毕业了。他必须去服兵役，而这场战争不知道什么时候才能结束。无论如何，我都不会让他们送我的儿子上前线。况且你也知道，他一直都有些胆小。就算是子弹没有杀死他，恐惧一定也会要他的命。我们已经决定送他出国。"

"送他出国？怎么送？所有要服兵役的人都不能离开这个国家。"

"这正是问题所在。"曼索耶说，"他只能偷渡出境。我们已经找到了人。只要给他二十五万土曼，他就会把孩子们送过国境。我想要让他们两个一起出去，这样他们可以相互照顾。你觉得如何？"

"这听起来真是个好主意。"我说，"但我必须筹够了钱才行。"

"不用担心。"她说，"如果你缺钱，我们可以帮忙。不过重要的是他们必须在一起。西亚马克可以照顾自己，阿尔德希尔还需要有人帮助。如果他知道自己不会是一个人，就会比较容易同意这件事，我们也就不会那么担心了。"

"但他们要去哪里？"我又问。

"他们有许多地方可以去。所有国家都接收难民。他们会接受一段时间的难民津贴，然后就可以继续接受教育了。不过请告诉我，你真正担心的是什么？是钱吗？"

"不是，为了我的孩子，我可以卖掉我的所有东西，也可以去借债。但我必须确定这对他有好处。给我一个星期想想这件事，也让我和他好好讨论一下。"

我用了两天时间考虑我该怎样做。把西亚马克这样年纪的孩子交给蛇头[1]是明智的做法吗？非法穿越国境有多危险？他还必须一个人生活在世界另外一边的某个地方。如果他需要帮助，他又能找谁？我必须寻求建议。于是我私下里将这件事告诉了萨迪克阿迦。

"说实话，我不知道。"萨迪克阿迦说，"每一件事都有风险，而这件事一定会更危险。我对西方的生活没有概念，但我知道最近许多人都想要流亡到其他国家去，其中一些最终还是回来了。"

---

[1] 指专门组织非法偷渡，从中谋财的人。——编者注

第二天,扎尔加先生给我带来了工作任务。他曾经去过西方的大学,一定能给我中肯的意见。

"当然,我对于非法越境没有经验,也不知道那会有多危险。"他说,"但正有越来越多的人愿意承担这种风险。如果西亚马克被接纳为难民——实际上,他曾经是政治犯,所以肯定会得到接纳——那样他就不会有任何经济困难。而且如果他愿意,他还能接受最好的教育。现在唯一的问题就是孤独和流亡在外的生活。许多像他这种年纪的年轻人都会因此而变得抑郁,产生严重的情绪问题。他们不仅无法学习,甚至连正常的生活都很困难。我不想吓唬你,但他们之中的自杀率很高。如果你要送他走,就必须确定他去的地方会有真正关心他的人,能够填补你的空缺,照顾他的日常生活。"

在国外,我唯一认识和信任的人只有帕尔瓦娜。因为担心家里的电话会被窃听,我去了曼索耶家,在那里和帕尔瓦娜通了电话。听过我的述说之后,帕尔瓦娜说:"我一定会帮忙的。你根本无法想象我是多么担心他。尽你所能把他送出来吧。我向你保证,我会好好照顾他,把他当作我的儿子。"

帕尔瓦娜的真诚和热心减轻了我的忧虑。我决定和西亚马克谈一谈。我不知道他会有怎样的反应。

趁希琳睡觉的时候,我悄悄打开通向男孩子们卧室的门,走了进去。西亚马克正躺在他的床上,盯着天花板。马苏德坐在他的书桌边学习。我坐到马苏德的床上,开口说道:"我想要和你们两个谈谈。"

西亚马克猛地坐起身。马苏德也转向我问:"出什么事了?"

"没出事。我一直在想西亚马克的未来。我们需要做一个决定。"

"什么决定?"西亚马克语带嘲讽地问,"我们有权做决定吗?无论别人对我们说什么,我们都只能说'好'。"

"不,亲爱的,情况并非一直都是如此。这个星期里,我一直在思考送你去欧洲的事情。"

"哈!你做梦呢吧!"他说,"我们哪来那么多钱?你知道这要花多少钱吗?蛇头至少会向我们要二十万土曼,在难民申请被批准之前的生活费也要这么多。"

"没错!你说得非常准确!"我说道,"你是怎么知道的?"

"哦,我仔细研究过这个问题。你知道我有多少朋友已经离开这个国家了吗?"

"不知道!为什么你不告诉我?"

"告诉你什么?我知道你拿不出这么多钱,说的话只会让你伤心。"

"钱不重要。"我说,"如果是对你好的事,我会把钱筹到。你只要告诉我,你想不想去。"

"我当然想去。"

"你在那边想要做什么?"

"我想读书。在这里,他们不会让我上大学。我在这个国家没有未来。"

"你觉得你会想念我们吗?"我又问。

"会,我会非常想念你们,但我能一直待在这里看着你打字和缝纫吗?"

"你只能以非法的方式离开这个国家。"我说,"这非常危险。你愿意承担这种风险吗?"

"这种风险不比在军队服役、被派到前线更大,对不对?"

他是对的。再过一年,他就会被征召入伍,而这场战争似乎还没有尽头。

"但你必须答应我几个条件,而且绝对不能违背你的承诺。"

"好的,条件是什么?"他问。

"第一,你必须答应我,你不会接近任何伊朗政治团体和组织。你不能和他们搅和在一起。第二,你会尽可能念到最高学历,你会成为一个接受过高等教育、受人尊敬的人。第三,你不会忘记我们,无论何时,你都会帮助你的弟弟和妹妹。"

"你不需要让我做出这些承诺,"西亚马克说,"这些正是我要做的。"

"所有人都这样说,但他们又都会忘记这些事。"我说。

"我怎么可能忘记你们三个?你们是我的全部生命。我希望有一天能够报答你的爱和你辛勤的工作。请相信,我一定会好好学习,会远离政治。说实话，我现在对所有政治团体和派系都腻烦透了。"

我们用了几个小时讨论他要如何离开这个国家，以及我们该如何筹钱。西亚马克又恢复了活力，他显得兴奋而充满希望，同时又紧张而忧心忡忡。我卖掉了两块地毯和仅剩的几件金首饰，甚至把我的结婚戒指和希琳的小金手镯也卖掉了，又从帕尔文太太那里借了一些钱。但我的钱还是不够。扎尔加先生一直在关注我的情况，甚至不等我开口，他就已经了解了我的困难。有一天，他给我拿来了五万土曼，说这是欠我的工资。

"但我不可能有这么多工资！"我说。

"我又加了一点。"

"加了多少？我需要知道我欠你多少。"

"不太多。"他说，"我会从你未来的工资中扣除。"

只用了一个星期，我就给了曼索耶二十五万土曼，明确地告诉她，我们已经准备好了。曼索耶惊讶地看着我说："你从哪里弄来了这么多钱？我本来已经为你准备好十万土曼了。"

"非常感谢，不过我已经把钱筹够了。"

"他们在巴基斯坦还要住几个月。这笔钱你也能筹到吗？"

"现在还不行，不过我会想办法搞到的。"

"不必，"她说，"我已经把钱准备好了。"

"好吧，"我说，"不过我以后会还你的。"

"真的不需要。"曼索耶说，"这本来就是你们的钱，是你们孩子本应继承的那一份遗产。如果哈米德晚死一个星期，那半套房子和其他一切都应该是你们的。"

"如果哈米德没有死，"我说，"你们的爸爸也应该还活着。"

我们联系了那个蛇头。他是一个黑色皮肤、瘦得皮包骨的年轻人，穿着当地的传统衣服。能找到他本身就是一个故事。他的代号是马欣太太。只有在电话里说"要找马欣太太"，他才会说话。他说孩子们要去扎黑丹，那是伊朗东南部的一座城市。他们要在那里等着，一有机会就出发。他承诺说有几个朋友会帮他，让孩子们能够平安越过国界到达巴基斯坦，然后被送到伊斯兰堡的美国办公室。他说他会给孩子们披上羊皮，把他们混在羊群里偷渡出境。

我非常害怕，但我尽量不在西亚马克面前表现出来。他是一个无所畏惧的冒险者，这件事更让他感到兴奋，而不是畏惧。

我们从蛇头那里得到指令之后的第二天，孩子们就跟随曼索耶的丈夫巴赫曼去了扎黑丹。和西亚马克告别的时候，我觉得自己的一条胳膊从身体上被砍了下来。我不知道自己做得对不对，因分别的哀伤和对于他即将面临危险的恐惧而犹豫不决。那天晚上，我始终没有离开自己的礼拜垫。我不停地祈祷、哭泣，将我的儿子交到了真主的手中。

在恐惧和焦虑之中度过了三天，我们终于得到消息，孩子们已经安全越过国境。十天以后，我和西亚马克通了话。他已经到达伊斯兰堡。他的声音是那样哀伤，那样遥远。

现在留给我的只剩下分别的痛苦。马苏德非常想念西亚马克，我每天晚上的哭泣让他更加困扰。曼索耶的情况比我还要严重。她以前从不曾和她的儿子有过一天的分离。我一直在告诉她、告诉我自己："我们必须坚强！在这个时候，我们必须拯救我们的孩子，为他们的未来着想。做母亲的必须承受住离开孩子的哀伤，这是我们必须付出的代价，否则我们就不是一位好母亲。"

四个月以后，帕尔瓦娜从德国打来电话，然后将话筒递给西亚马克。我惊喜地尖叫着。他终于到了。帕尔瓦娜向我保证会照顾好他。西亚马克刚刚在难民营度过了几个月。其他人在难民营里只是无所事事地待着，他却利用这段时间自学了德语，很快就进入学校，又考进了大学，攻读机械工程学。他从没有忘记自己的承诺。

帕尔瓦娜安排西亚马克和她一家人一起度假，不断让我知道他的学业进展。我感到高兴又骄傲，感觉自己的人生责任已经完成了三分之一。我勤奋地工作，不断偿还债务。马苏德细心地照顾着我和我们的生活。在上学念书的同时，他还承担了这个家庭缺失的父亲的角色，用他无尽的爱给我带来数不清的快乐和希望。还有希琳，她的好动爱玩、各种滑稽举动和甜美的声音给我们一家带来了轻松和喜悦。我找到了内心的平静,尽管只是暂时的。我们仍然被许多问题和忧虑包围着,伊朗和伊拉克的这场破坏性的战争仿佛永远都不会结束。

当我终于再一次学会欢笑的时候,有一天,扎尔加先生严肃地坐在我面前,两只眼睛盯着咖啡桌,向我求婚。我知道他的女儿和法国妻子在几年以前就已经离开了伊朗,但我还不知道他离婚了。他是一个睿智而又博学的人,在各方面都跟我很合适。和他一起生活能够解决我的许多情感问题和物质需要,而且我并不反感他。我一直都很喜欢和敬仰他,把他看作一个真正的男人,一位亲爱的朋友和同伴。我可以轻易地向他敞开心扉,也许他能够给我哈米德从不曾完全给予过我的爱和关怀。

哈米德死后,扎尔加先生是第三个向我求婚的人。对于前两个人,我都是毫不犹豫就拒绝了。但对于扎尔加先生,我不太确定该怎么做。无论是在理性还是感情上,嫁给他似乎都是正确的,但我注意到了马苏德是多么小心翼翼地在观察我的一举一动,而且变得多么紧张不安。有一天,他忽然毫无缘由地说:"妈妈,我们不需要其他人,对吧?无论你需要什么,只要告诉我,我就会给你。让扎尔加先生别来得那么勤了,我已经受不了他了。"

于是我明白了,我不应该扰乱我们生活中刚刚获得的安宁,不应该把注意力从我的孩子们身上移开。我相信自己有责任全心全意地照顾好他们,应该为他们填补好父亲空缺的是我,而不是一个陌生人。扎尔加先生的出现也许对我是一件好事,但很明显,这会让我的孩子们,尤其是我的儿子们不舒服,也不快乐。

几天以后,我带着万分歉意拒绝了扎尔加先生,但我也请求他千万不要因此影响我们的友谊。

第八章

我生命中的波折虽然从没有断过，然而我似乎总是能得到一些喘息和恢复的机会。但平静的时间越长，随之而来的冲击也就越可怕。因为确信这一点，就算是在最好的时候，我也无法藏住心底的忧虑。

随着西亚马克平安出国，看样子我最担心的问题已经解决了。尽管我非常想念他，有时候似乎再也无法压抑想要看他一眼的渴望，但我从没有后悔过送他出国，也从不希望他会回来。我会和他的照片说话，给他写很长的信，把我们生活中发生的每一件事都告诉他。马苏德是那样温柔体贴、善解人意，不仅不会给我惹任何麻烦，还常常为我解决各种问题。他的青春期是在艰难动荡的岁月中度过的，但他始终都以耐心和镇定的态度面对一切。对于希琳和我，他自觉负有很大的责任，把我们日常生活中的很多事情扛在肩头。我必须小心，不去利用他的善良和自我牺牲精神，也不逼这个年轻人去做能力以外的事情。

平时马苏德会站在我背后，一边给我按摩脖子一边对我说："我真担心你会累病了，去床上休息一下吧。"

我会对他说："别担心，亲爱的。没有人会因为工作太多而生病。只要晚上好好睡一觉，每周休息两天，所有疲惫就都会烟消云散。真正让人生病的是无聊、忧虑和无用的念头。工作才是生命的精髓。"

马苏德不只是我的儿子，还是我的搭档、我的朋友和顾问。我们会讨论所有事情，一起做决定。他说得对，我们不再需要别人了。我唯一担心的就是以后会有人利用他的善良和无私而占他的便宜，就像他妹妹只要用一个吻、一滴眼泪或者一声恳求就能让他做任何事。

对于希琳，马苏德就像是一位负责任的父亲。是马苏德带希琳去学校报名，和她的老师们交谈，后来又每天和她一起去上学，给她购买所需要的一切。空袭来临时，马苏德会抱着希琳一起躲在楼梯下面。他们相互关爱，让我很高兴。但和一般的母亲不一样，看到他们长大，我的心中并没有半点欣喜。实际上，随着战争的持续，我的心中只有越来越多的恐惧。

每一年我都对自己说，战争明年就会结束了，马苏德不会被征召入伍。但战争一直看不到尽头，我们的邻居和朋友的孩子不断死在战场上。这样的消息让我心惊胆战。甚至就连马哈茂德的儿子吴拉姆-阿里也死在了前线。听闻他的噩耗，我感到格外忧郁。我永远不会忘记最后一次看见他时的场景。那时他站在我家门口。我已经许多年没有见过他了。不知道是因为他穿了一身军装，还是因为他眼睛深处那种陌生的光亮，我觉得他看上去比以前要年长了许多。他不再是原先的那个吴拉姆-阿里了。

我惊讶地向他问好，又问他："发生什么事了？"

"必须发生什么事，我才能来看您吗？"他带着一点责备的口气反问道。

"不，亲爱的，这里永远都欢迎你。我只是有些吃惊，毕竟你是第一次来我家。请进。"

吴拉姆-阿里似乎有些不安。我给他倒了一杯茶，开始和他闲聊起来，问了问他家里人的情况。但我没有提起他身上的军装，还有他自愿参军上前线的事情。我觉得自己是害怕谈论这些事。这场战争已经浸透了鲜血、痛苦和死亡。当我终于不再说话的时候，他说道："姑姑，我是来请求您原谅的。"

"原谅什么？你做了什么？还是你打算做什么？"

"您知道，我已经去过了前线。"他说，"我正在休假，随后还会回去。是的，这就是战争，一切服从真主的意志，也许我会成为一名烈士。如果我有那样的幸运，我请求您原谅我和我的家人曾经那样对待过您和您的儿子们。"

"真主不允许如此！不要说这样的话。你的人生才刚刚开始。愿真主永远都不会让那样的一天落在你的身上。"

"但这不是坏事，这将是一种祝福。这是我最大的意愿。"

"不要再这样说了。"我责备他，"好好想一想你可怜的妈妈。如果她听到你这样说，一定会崩溃……我真的不明白，她怎么会让你上战场。难道你不知道，父母的赞同要比其他任何事情都更重要？"

"是的，我知道，我已经得到了她的允许。一开始，她只是一直哭。我带她去了安放战争牺牲者的医院，对她说：'看看敌人在如何杀戮我们的人民。你真的想要阻止我履行信仰赋予我的义务吗？'我妈妈是一个真正有信仰的人，我相信她的信仰要比我爸爸坚定得多。她说：'我怎么能违逆真主？他所满意的事情，就是我满意的。'"

"好吧，亲爱的孩子，但你还是应该先把学上完。如真主所愿，也许那时战争就结束了，而你也能为自己创造一个舒适的人生。"

他冷笑一声说："是的，就像我爸爸一样。这就是您的意思，对吗？"

"嗯，是的。这有什么错吗？"

"就算其他人不明白，您也一定能理解。不，那不是我想要的！战场完全是另一个地方。只有在那里，我才感觉自己接近了真主。您根本不知道那是什么样的世界。每个人都心甘情愿地献出自己的生命，每个人都有着同一个目标。没有人谈论钱和地位，没有人夸夸其谈，没有人贪图财富。我们所比拼的是献身精神和自我牺牲。您无法想象大家是怎样争先恐后地奔赴火线。那里才有真正的信仰，没有伪善，没有欺诈。我正是在那里才遇到了真正的穆斯林。花言巧语和物质利益在那些人眼中一文不值。我和他们在一起的时候，才获得了内心的平静，成为接近真主的人。"

我低下头，认真思考这个年轻人的话。这是他发自肺腑的信念之词。吴拉姆-阿里找到了属于他的真理。这时，他哀伤的声音打破了房间里的寂静。

"今天下午，我去了爸爸的商店。他的所作所为让我感到困扰。我开始对一切事情产生了怀疑。您还没有见过那幢新房子，对吧？"

"确实还没有。不过我听说那家店非常大,很漂亮。"

"是的,它很大。就和您能够想象的一样大,您在里面甚至会迷路。但是姑姑,那是一处被国家没收的房产,是偷来的。您明白吗?我爸爸满口信仰和虔诚,我真不知道他怎么能住在那里。我一直对他说:'爸爸,拥有这幢房子是不被信仰认可的,它真正的主人并没有把它交给你。'爸爸却说:'让它的主人下地狱去吧。那家伙是个骗子和贼,革命之后就逃走了。你会担心贼先生不许可吗?'他说的话和做的事让我感到困惑。我想要逃走,我不想变成他的样子。我想要做一个真正的穆斯林。"

我留他吃了晚餐。当他做晚祷的时候,他纯洁的信仰让我发抖。我们道别时,他悄声对我说:"请祈祷我成为烈士。"

吴拉姆-阿里的愿望成真了,我却伤心了很长时间。但我不允许自己去马哈茂德家里表示哀悼。母亲很生我的气,她说我铁石心肠,像骆驼一样固执偏强。但我就是没办法走进那幢房子。

几个月之后,我在母亲家看见了伊特兰-萨达特。她显得苍老而憔悴,脸上和脖子上的皮肤都垂了下来。看见她,我哭了出来,将她抱住,却不知道该对一位失去孩子的母亲说些什么,只能絮絮叨叨地说了一些通常哀悼的话。她轻轻地将我推开,对我说:"不需要哀悼!你应该祝贺我,我的儿子成了烈士。"

我一时呆住了,只能难以置信地看着她,用手背抹去脸上的眼泪。我怎么能祝贺一位母亲失去了自己的儿子?

伊特兰-萨达特离开以后,我问母亲:"她真的不为儿子的死感到痛苦?"

"不要这么说!"母亲说道,"你根本不知道她受了多少苦。这只是她安慰自己的办法,她只能依靠坚定的信仰来帮助自己承受这种痛苦。"

"你对伊特兰的看法也许没有错,但我相信马哈茂德一定会利用他儿子的牺牲去牟利……"

"让真主带走我的生命吧!你在说什么,闺女?"母亲责备道,"他们已经失去了儿子,你却还在他们背后冷嘲热讽?"

"我了解马哈茂德。"我说,"你确定他没有想办法利用儿子的死来牟取好处?你觉得他的钱都是从哪里来的?"

"他是商人。为什么你这么忌妒他?每一个人的人生都会有得有失。"

"算了吧,你很清楚,诚实和干净的钱不是那么容易挣的。难道阿巴斯伯伯不是商人吗?他做生意要比马哈茂德早三十年,现在他为什么还是只有那一家店铺,而刚刚开始做生意的阿里却已经在大把捞钱了?我听说他刚刚订了一幢价值几百万土曼的房子。"

"接下来你又要说阿里了?赞美真主,像我儿子这样聪明又虔诚的人总是会得到真主的帮助。也有一些人会像你一样不幸。这都是真主的意愿,你不应对此感到气愤。"

我已经很长时间没有来看望母亲了。我经常会去帕尔文太太家,但我从没有敲过母亲的门。也许她是对的,我是在忌妒。但我不能接受这样的现实——当人们都在因为战争和世事艰难而受苦时,我的兄弟们却在日复一日地积累财富。不!这不符合道义与人性。这是有罪的。

我度过了一段相对平静的时光,只需要承受相对的贫困、繁重的工作和对未来的担忧。

西亚马克离开一年以后,婆婆因为迅速恶化的癌症去世了。她当时明显已经失去了活下去的意愿。我相信她自己也在催促体内的肿瘤尽快扩散。她在弥留之际仍然没有忘记我们——她让她的女儿们承诺,不会让我们失去这个家。我知道,在这件事上曼索耶也做出了努力。后来,她竭尽全力遵守她母亲的遗愿,坚定地反对她的姐妹们提出的一切要求。

曼索耶的丈夫是一位工程师。他很快就拆掉了那幢老房子,盖起了一幢四层公寓楼。在施工的时候,他尽量绕开了我们这一边的花园,让我们不必搬走。他在泥土、灰尘和噪声中住了两年,直到那幢美丽的建筑完工。公寓楼的每一层都有两套一百平方米的公寓。只有第三层是一整套大公寓,曼索耶一家人住在里面。他们将一层的一套公寓给了我们,另一套被曼索耶的丈夫用来做自己的办公室。曼妮吉哈得到了二楼的两套公寓,她住在其中一套里,将另一套租了出去。

西亚马克知道我们分到了一套公寓的时候,气恼地说:"他们应该再给我们一套公寓,这样你就能把它租出去,有一些收入了。即便如此,也只是我们应得财产的一半。"

"亲爱的儿子,"我笑着说,"你还在计较这件事吗?他们把这套公寓给我们,对我们已经非常好了。他们根本没必要这么做。想想看,我们现在有了漂亮的新家,而且没有花一分钱。我们应该高兴和感激。"

我们的公寓是最早装修完的,这样我们就能搬进来,让花园的另一侧也可以得到整修了。我们很高兴每个人都有了自己的卧室。和希琳同住一个房间绝不是件轻松的事情。我很高兴能够摆脱她无休止地嬉戏以及总是把东西弄得一团乱的毛病,希琳也很乐意摆脱我的洁癖和没完没了的抱怨。马苏德看到他明亮美丽的卧室更是高兴得不得了,而且他仍然认为西亚马克会和他一起住。

几年时间就这样匆匆过去了。马苏德已经上了高三。战争还在继续。每一年,他都以优秀的成绩通过考试,而我的忧虑也在与日俱增。

"你为什么这样着急?"我向他发牢骚,"你可以学得慢一点,过一两年再拿毕业文凭。"

"你是在建议我留级吗?"他问。

"那又有什么不好?我想要你留在学校里,直到战争结束。"

"真主啊,不!我必须赶快完成学业,为你分担一些养家的责任。我想要工作。不用担心服兵役的事,我答应你,我会考进大学,那样我就可以过几年再服兵役了。"

我该怎么告诉他,他是不可能通过入学审核的?

马苏德以优异的成绩从中学毕业了,然后他又夜以继日地准备大学的入学考试。但他终于还是知道了,因为我们家庭的过往,他很可能没有机会被大学录取。为了安慰我,也可能是为了给自己打气,他对我说:"我没有政治犯罪的记录,而且学校里的人都喜欢我,他们会支持我的。"

但这些都没有用。他的申请被驳回了,因为他的家人是政治犯。得知这个消息的时候,他一拳捶在桌子上,将他的书本都扔到了窗外,哭了起来。我也和他一起哭泣。我对他未来的幻想都化为泡影。

我的全部念头就是在战争中保护我的儿子。再过几个月,他就必须去军队报到了。西亚马克和帕尔瓦娜都打来电话,说我无论如何都必须送他去德国。但我首先就没办法说服他。

"我不能丢下你和希琳。"他争辩说,"而且,我们该怎样筹到那么多钱?你刚刚才还清为西亚马克借的钱。"

"钱不重要,我会想办法筹到的。重要的是找到可以信赖的人。"

而这绝不是一件容易的事情。我唯一的线索就是那个电话号码和那个代号——"马欣太太"。我打了那个电话。一个男人接了电话,说他就是马欣太太。但他的声音和我几年前对过话的那个年轻男人不一样。然后他开始问一些奇怪的问题。我突然意识到,我掉进了一个陷阱,于是立刻挂了电话。

我向曼索耶的丈夫寻求帮助。几天以后,他告诉我,送西亚马克和阿尔德希尔偷渡出国境的那些蛇头都被逮捕了。现在边境遭到了严格的管制。我又从其他人那里听说许多男孩在偷渡出境的时候被逮捕了,还有一些蛇头收了钱,却把男孩们丢在了荒山或者沙漠里。

"这有什么好伤心的?"阿里满是恶意地说,"难道你的孩子要比其他孩子更尊贵吗?就像吴拉姆-阿里一样,他们全都有责任为自己的国家战斗。"

"像你这种人才应该上战场,因为你们在不断从这个国家获利。"我反驳道,"我们在这里只是局外人,我们没有任何权利。金钱、地位、阔绰的生活,这些全都是你们的。而我的儿子——他那样有才华,却没有权利接受教育,没有权利去工作,只是因为他的亲属有其他信仰,他就被所有审查委员会给拒绝了。他自己根本就不信那些东西。现在告诉我,既然这个国家因为他的信仰不同抛弃了他,那他还有责任为这个国家去送命吗?"

那时,我唯一的想法就是保护我的孩子。但我失败了。我找不到安全可靠的办法送他出国。马苏德也完全不合作，总是不断向我表示反对。

"你为什么要这么担心？"他问我。"两年的兵役时间不算长。所有人都有义务服兵役，我也会服兵役。在那以后，我就能拿到护照，合法地离开这个国家了。"

但我没办法接受。

"这个国家正在战争中！这不是开玩笑。如果你出了事，我该怎么办？"

"谁说所有上战场的人都会没命呢？"他反问我，"有许多人都健康完整地回来了。不管怎样，我们做任何事都会有风险。你觉得偷渡出国的风险会更小吗？"

"但也有许多男孩子死在了战场上。你忘记吴拉姆-阿里了？"

"好了，妈妈，不要自寻烦恼。你被吴拉姆-阿里身上发生的事吓坏了。但我答应你，我会活着回来。而且，等到我接受征召，完成军事训练的时候，战争可能已经结束了。你从什么时候起变得这么懦弱了？我认识的女人里，只有你不害怕警报声和空袭。你经常说，'我们的房子被击中的概率就和遇到车祸差不多，但我们不会每天都担心发生车祸。'"

"只要你和希琳在我身边，我就什么都不害怕。"我对他说，"但你不知道，防空警报响起的时候，如果你不在，我是多么惊慌。而现在，如果他们能让我和你一起上前线，我就不会担心，也不会害怕。"

"真是的！你在说什么胡话。难道你觉得我要告诉他们，如果没有妈妈，我哪里都不会去？我只想要妈妈？"

我们的争论一直都是这样，总会以玩笑结尾，然后我们会笑着在对方的脸颊上留下一个吻。

那一天终于还是到了。马苏德和另外成千上万的年轻人出发去接受军事训练。我努力让自己保持乐观。我日日夜夜都在向真主做礼拜，向他伸出双手，祈求这场战争能快一点结束，我的孩子可以回家。

战争已经在我们的生活中持续了七年，但我从未感受过如此巨大的恐慌。每一天，我都会见证烈士的葬礼，寻思是士兵死亡和受伤的数量突然增加了,还是一直都有这么多死伤。现在无论我去哪里,都会遇到和我同病相怜的母亲们。我似乎一眼就能认出她们。我们将一切交给命运,用哽咽的声音彼此安慰,眼睛里闪烁着恐惧。我们都很清楚自己是在故作坚强。

马苏德完成了他的训练。但奇迹没有发生,战争没有停止。我努力想要将他安排在一个不那么危险的位置,但这些努力都失败了。那天,我牵起希琳的小手,去送他上前线。他穿着军装,看上去仿佛长大了许多。他和善的眼睛里充满了担忧。我完全控制不住自己的泪水。

"妈妈,别这样。"他说,"你必须打起精神来。你还要照看希琳。看看法拉马兹的妈妈有多坚强,看看其他人的父母和他们的儿子道别时是多么平静。"

我转过头扫了一眼。在我眼中,那些母亲全都在哭泣,哪怕她们表面上没有流泪。

"不用担心,亲爱的孩子。"我说,"我不会有事的。再过一小时我就会平静下来,再过几天,我就能适应你的离开了。"

他吻了希琳,努力想让希琳笑一笑,然后他又悄声对我说:"请答应我,等我回来的时候,你仍然会这样美丽、健康而坚强。"

"你也要答应我,你会安然无恙地回来。"

我一直看着他的脸,直到最后一刻。当火车发动的时候,我又冲动地跟随火车跑了起来。我想要将他的轮廓清晰地刻在我的脑海里。

我用了一个星期才接受这个现实。马苏德已经走了,但我一直都没能适应这件事。我不仅想念他,担心他的安危,他的离去在我们日常生活中造成的空虚也让我无法承受。当他不在的时候,我突然意识到他是一位多么重要的伙伴,他曾经从我的肩头分走了多么重的负担。没过多久,我就开始反思我是多么自私,竟然会以为他帮忙是理所应当的,却忽视了他的慷慨仁慈。现在我只能自己去做所有事情了。我很感激马苏德为我做的一切,每一次当我做起原先都是由他来做的事情时,就会感到一阵心痛。

"哈米德被处死的时候,我彻底垮了。"我对法蒂说,"但实际上,他的死并没有对我的日常生活造成什么影响,因为他从没有承担过家里的任何责任。我们为去世的爱人哀悼，但几天以后，我们就会回到日常生活中。而一个在日常生活中不断帮助你的人如果不在了，那种艰难要远远实在得多，想要适应也困难得多。"

我们用了三个月时间才学会如何不依靠马苏德继续生活下去。希琳一直都是个快乐的女孩，但她现在笑得明显没有以前多了。每天晚上她都会找个理由坐下来哭一通鼻子。我发现自己只有在祈祷的时候才会平静。我会在礼拜垫上连续坐上几个小时，忘记自己和周围的所有人。我甚至会忘记希琳还没有吃晚餐，也没有注意到她就在电视前捧着书本睡着了。

马苏德只要有机会就给我们打电话。每次和他说过话以后，我的心情就会轻松二十四小时。然后焦虑又会袭来，就如同一块石头滚下山坡，冲击力和速度每一分钟都在增加。

两个星期过去了，我一直没有他的消息。我的心中只剩下担忧。我开始给他朋友的父母打电话，他们的孩子也都被派到前线去了。

"亲爱的女士，现在还不是需要担心的时候。"法拉马兹的母亲用平淡的口吻说道，"我觉得那个男孩把你宠坏了。他们可不是去姑姑家探亲，只要愿意就能打电话回来。有时候他们所在的地方会几个星期连一个澡都洗不上，更不要说打电话了。至少先等上一个月再说吧。"

当你爱的人身处枪林弹雨之中，一个月都没有任何消息，那种感觉实在是太难以忍受了。但我只能等待。我努力用工作填满白天的时间，但我的大脑根本不受控制，完全无法集中精神。

两个月过去了，我终于决定向军事部门要一个回答。我早就应该这样做，但我又害怕自己可能得到的答案。我站在军队大楼门前，双腿不断抖动。但我别无选择，只能走进去。我被领到一个宽敞却很拥挤的房间。那里有许多面色苍白、眼睛里布满红血丝的人。他们排队等候着被告知他们的孩子死在了哪里，是如何死去的。

我坐到接待人员的桌前，我的膝盖在剧烈地颤抖，我的心跳声回荡在耳朵里，让我几乎听不见其他任何声音。仿佛过去了一段无尽漫长的时间，那名接待人员不停地翻动面前的本子，然后问我："你和列兵马苏德·苏丹尼是什么关系？"我的嘴张开又闭上，重复了几次之后，我才能告诉他，我是马苏德的母亲。那名接待人员似乎并不喜欢我的回答。他皱起眉，低头继续翻动本子，然后带着一种虚伪的和善与敬意问我："你是一个人？他的父亲没有来？"

我的心就要从喉咙里跳出来了。我吃力地咽了一口唾沫，努力控制住泪水，用一种在我听来非常陌生的声音说："不！他没父亲。无论怎样，请告诉我！"我的声音几乎要变成了尖叫："到底出什么事了？告诉我发生了什么！"

"没事，夫人，不必担心，请保持冷静。"

"我的儿子在哪里？为什么我一直没有他的消息？"

"我不知道。"

"你不知道？"我喊道，"这是什么意思？是你们派他上了战场，现在你却告诉我你不知道他在哪里？"

"听着，这位亲爱的母亲，事实是他所在的区域发生了大规模军事行动，有几段边界被夺回来了。关于那里部队的情况，我们还没有确切消息，不过我们正在调查。"

"我不明白。如果你们已经夺回了边界，那你们为什么不清楚那里的情况？"

我没办法让自己说出"伤亡"两个字，但他明白我的意思。

"不，这位亲爱的母亲，我们目前还没有找到带着你儿子名牌的尸体。我还没有进一步的消息。"

"你什么时候能有进一步的消息？"

"我不知道。他们正在那里进行调查。现在下结论还太早。"

有几个人扶我从椅子里站起来。他们都和我一样，也只能听到类似的回答。一个女人请她前面的人为她留好位子，然后扶着我一直走到门口。这里的人们就像是在排队领取食物和其他救济品。

我不知道自己是怎么回家的。希琳还没有放学回家。我在空旷的房间里踱步，大声呼唤着儿子们的名字。我的声音在公寓中回荡。西亚马克！马苏德！我不断重复他们的名字，声音越来越大，仿佛他们就躲在什么地方，只要我用力呼唤，他们就能做出回应。我打开他们的橱柜，闻他们旧衣服上的气味，将那些衣服抱在胸前。除此之外，我不记得自己还做过什么了。

希琳发现了我，喊来她的姑姑们。她们将我送到医生那里。医生给我打了一针镇静剂。随后我进入了没有片刻安宁的睡眠和黑暗的噩梦。

萨迪克阿迦和巴赫曼继续寻找各种消息。一个星期以后，他们说马苏德的名字出现在了失踪士兵名单上。我无法理解那意味着什么。他变成烟雾消失了？我勇敢的儿子就这样毁灭了，什么都没有留下？就好像他从不曾存在过？不，这不合逻辑。我必须做些什么。

我还记得我的一名同事说过，他侄子曾经在战争中失踪了一个月，后来他们在一所医院找到了他。我不能就这样坐等那些官僚的行动。整个晚上，各种念头在我的脑海中翻腾，到了早上，我一下床就做出了一个决定。我在淋浴龙头下面站了半个小时，让自己摆脱镇静剂和安眠药的效果，穿好衣服，看着镜子里的自己——我有那么多头发都变白了。帕尔文太太在这些黑暗的日子里一直陪在我身边。她惊讶地看着我，说道："出什么事了？你要去哪里？"

"我要去找马苏德。"

"你不能一个人去！他们不会让一个女人孤身去战区的。"

"我可以住在那附近的旅店里。"

"等等！"她说道，"我给法蒂打个电话，也许萨迪克阿迦可以请假和你一起去。"

"不，为什么那个可怜的人要丢下他的生活和工作？就因为他是我的妹夫？"

"那就问问阿里，甚至也可以问问马哈茂德。"帕尔文太太坚持说，"无论如何，他们是你的兄弟，他们不会丢下你的。"

我苦涩地笑了笑说："你知道这是在胡说。在我生命中最艰难的时刻，他们早已抛弃了我，对我甚至还不如对待陌生人。而且我正需要一个人去，这样我才能用全部的时间去寻找我无辜的孩子。如果有人跟着我，我最后只能回家来，无法完成我的搜寻。"

我乘上了前往阿瓦士的火车。车上大部分乘客都是军人。和我同一个隔间的还有另外两个去找儿子的人。我们唯一的不同是他们知道他们的儿子负了伤,正在阿瓦士的一家医院里。

阿瓦士的春天更像是骄阳似火的夏季。在这里,我终于在战争开始将近八年之后理解了战争的意义。这里只有悲剧、苦难、毁灭和混乱。我看不到一张有笑容的脸。到处都是纷乱的人群,而每个人都像是葬礼上的掘墓人和哀悼者,动作和表情中没有任何喜悦与精神。他们的眼睛里都有一种抹不掉的恐惧和深藏的忧虑。和我说话的每一个人都有亲人死在这场战争中。

我从一家医院跑到另一家医院。在火车上遇到的法拉阿尼夫妇也一直和我一起奔波。他们终于找到了他们的儿子。那个孩子脸部受了伤。看到他们一家三口再次团圆的场景,我的心一直在颤抖。我告诉自己,如果马苏德的面孔难以辨认,我只要看一眼他的小脚趾就能把他认出来。无论他是瘸了、少了一条胳膊还是一条腿,我都不在乎。我只想要他活着,让我能重新将他抱进怀里。

看到这么多受伤和残废的年轻人在痛苦中哀号,我简直要发疯了。我为他们的母亲而感到心碎。我不由得想到,这是谁造成的?我们怎么会那样麻木,以为那些空袭就是战争的全部了?我们从来都没能理解这场灾难到底有多么深重。

我到处寻找,去了许多军队办公室和相关部门。终于,我找到了一名士兵,他在那场军事行动开始的晚上看见过马苏德。那个年轻人在养伤,正要被送往德黑兰。他努力做出安慰的笑容,对我说:"我当时能看见马苏德,我们一同前进,他就在我前面几步远的地方。那时我们身边发生了多次爆炸。我失去了知觉。我不知道其他人怎么样了。不过我听说我们那一小队人里受伤或牺牲的人大多都已经被找到,并且身份也都确认了。"

这没有用。没有人知道我的儿子怎样了。那一句"在行动中失踪"就像一柄大锤,不断敲击着我的脑壳。在回德黑兰的路上,我背负的痛苦仿佛又沉重了一千倍。我在昏眩中回到家,径直走进马苏德的房间,仿佛有什么事忘了为他做。我翻看他的衣服,觉得他的几件衬衫需要熨一下。哦,我儿子的衬衫上还有皱褶!我开始熨烫那些衣服,仿佛这就是我最重要的任务。我的全部精神都集中在那些看不见的皱褶上。每一次我将那些衣服举到阳光下，就看到皱褶还在上面，于是我又开始熨烫……

曼索耶不停地在说话，但我只有一小部分意识能够察觉她的存在。然后我听到她说："法蒂，现在情况更糟了。她真的失去了理智，她已经把这件衬衫熨了两个小时。如果他们说他牺牲了，也许情况还会好些。那样她至少还能为他哀悼。"

我像疯狗一样冲出房间，尖叫道："不！如果他们告诉我他死了，我会自杀。我活着只是因为希望他还活着。"

但我也感觉到自己离失去理智已经不远了。我经常发现自己在高声向真主说话。我和真主的关系已经被切断了。不，我们之间的关系变得充满了敌意，他是冷酷无情的权威，而我则饱受打击，放弃了生活，完全不希望得到拯救，在自己最后的时刻终于找到勇气说出深埋在心底的话。我对真主说出各种无礼之词，将真主看作一个只要求祭品的偶像，而我不得不将我的一个孩子送到他的祭坛上。我必须在他们之间做出选择。有时候，我会送上西亚马克或者希琳，用他们代替马苏德。然后我又会感到深深的愧疚，对自己憎恨不已，哀伤地问自己：如果他们发现我会为了他们之中的一个人而牺牲另一个，他们又会怎样想？

我什么都做不了了，帕尔文太太不得不强行给我洗澡。母亲和伊特兰-萨达特与我谈论烈士的荣誉，说他们已经不再是普通人。母亲还想要将对真主的恐惧灌注到我心里。"你必须因他的喜悦而满足。"她说，"每一个人都有自己的命运。如果这是他的意志，你就必须接受。"

但我只是发疯地尖叫道："为什么他要给我这样的命运？我不想要！难道我受的苦还不够吗？我去了多少次监狱，洗干净我爱人的血衣，为他哀悼，夜以继日地工作，在无数苦难中养大我的孩子。这些都是为了什么？难道是为了这个？"

"不要说恶毒的话！"伊特兰-萨达特喊道，"这是真主在考验你。"

"我还要经受他多久的考验？真主啊，为什么你要不停地考验我？你想要向和我一样的可怜人证明你的威力吗？我不想要通过你的考验，我只想要我的孩子。把我的孩子给我，然后告诉我我没有通过你的考验吧！"

"愿真主饶恕你！"伊特兰-萨达特责备道，"不要惹来真主的怒火。你以为只有你是这样吗？所有那些母亲，只要她们的儿子和你的同龄，就都有着同样的境遇，有一些人甚至已经牺牲了四五个孩子。想一想她们，不要这样不知感恩了。"

"你认为，当我看见其他人的苦难时，我应该感谢真主？"我尖叫道，"我只为她们感到心碎。我也为你感到心碎，就像我在为自己心碎。我自己也失去了我十九岁的儿子，甚至没得到一具能让我抱在怀里的尸体……"

这是我第一次提到他的尸体。我开始接受马苏德的死亡。但这些吵闹和争论让我的状况更糟糕了。我没办法再分清楚日子和月份。我开始一把一把地吃安眠药，在昏睡和醒来之间的世界里徒自挣扎。

一天早上，我醒过来，觉得喉咙干得仿佛要窒息了。我来到厨房，看见希琳正在洗盘子，不由得吃了一惊。我不喜欢她用那双小手做家务。

"希琳，你为什么不去上学？"我问。

希琳给了我一个嗔怪的微笑，对我说："妈妈，学校在一个月以前就放暑假了！"

我惊讶地站在原地。我是在哪里？

"你的考试呢？你完成期末考试了吗？"

"当然！"她气恼地说，"那已经是很久以前的事情了。难道你不记得了？"

是，我不记得了，我也不记得她怎么会变得像现在这样干瘦、憔悴和伤心。我是那么自私，在这几个月里完全沉浸在自己的哀伤里，忘记了她的存在。我忘记了这个很可能像我一样悲痛的小女孩。我将她抱在怀里。她将自己深深埋进我的怀抱中，仿佛期盼这一刻已经很久了。我们一同哭了起来。

"请原谅我，亲爱的。"我说，"请原谅我，我没有权利忘记你。"

看到希琳这样难过，这样渴望爱，又这样无助，我努力从冷漠与恍惚中挣脱。我还有一个孩子。为了她，我要继续活下去。

在心碎和孤独中，我恢复了日常生活。我努力工作得更久，更加拼命。在家里，我没办法对任何事情集中起精神。我决定永远不在希琳面前哭泣。她需要一个正常的人生，她需要快乐和喜悦。这个九岁大的女孩已经承受太多的伤害了。我请曼索耶带她一起去里海度假。但希琳不想丢下我一个人，于是我和她们一起去了里海岸边的别墅。

那幢别墅仍然和十年前一样，北方的海岸也仍然像以前那样美丽，仿佛正等待着将我送回到我人生中最美好的那段日子。男孩们一同嬉戏的声音回荡在我的耳边。我感觉到哈米德渴望的目光一直跟随着我。我会连续坐上几个小时，看着他和孩子们玩耍。有一次，我甚至拿起他们的球，抛回给他们。那些美丽的景象突然就在一阵凶残的声音中结束了。真主啊，这一切为什么过得那样快？只在那几天里，我拥有了一段美好的家庭生活，而剩下的日子全都充满了痛楚和苦难。

凡是目之所及的地方都会给我带来一段段回忆。有时候我会下意识地张开手臂，拥抱我爱的人，然后又突然惊醒，惊骇地望向四周，猜测是否有人看到我这样做。一天晚上，我坐在海滩上，沉浸在自己的思绪中，我感觉到哈米德的手在抚摸我的肩膀。他的出现是那样自然。我喃喃说道："哦，哈米德，我真累啊！"他捏了一下我的肩头。我将面颊枕在他的手上。他轻轻抚摸我的头发。

曼索耶的声音吓了我一跳。

"你去哪里了？我找了你一个小时了！"

我依然能感受到哈米德手掌的温暖留在我的肩膀上。我想，这是多么神奇啊，就好像真的一样。如果疯狂意味着打破现实，那么我的确是做到了。这种感觉是这样令人喜悦。我可以沉浸在甜美的幻想里，在自由的癫狂想象中度过余生。这种诱惑将我引到了悬崖边缘，只是因为希琳和我对她负有的责任，才迫使我抵抗住了它的诱惑。

我知道，我必须回到家里。我突然非常害怕那种幻想会战胜我。到了第三天，我收拾好行李，回到德黑兰。

在八月份里暖热的一天，下午两点的时候，办公室里的所有人突然四处奔跑，发出喜悦的喊声，相互表示祝贺。阿里普尔推开我办公室的门，高声喊道："战争结束了！"我坐在椅子上，纹丝不动。如果他们是在一年前告诉我这个消息，我又会怎样？

我已经很久没有去军事部门询问过情况了。虽然作为一名失踪士兵的母亲，人们都对我彬彬有礼，但那些军官尊敬的话语在我耳中就像我在监狱大门外听到的辱骂一样刺痛着我。无论是作为烈士的母亲，还是作为"圣战者"的母亲或者共产主义分子的妻子，我都无法忍受它们。

战争结束一个多月之后，学校还没有重新开学。一天上午十一点，我办公室的门被猛然推开，希琳和曼索耶冲了进来。我惊恐地跳起来，不敢问她们发生了什么事。希琳扑进我的怀里，哭了起来。曼索耶望着我，泪珠不断地从面颊上滚落。

"玛苏姆！"她说，"他还活着！他还活着！"

我跌倒在椅子上，仰头靠在椅背上，闭上眼睛。如果我是在做梦，那么我永远都不想醒过来。希琳用她的小手拍打我的面颊。"妈妈，醒过来，"她恳求说，"为了真主的爱，快醒过来。"我睁开眼睛。她笑着说："他们从指挥部打来了电话。是我接的电话。他们说，马苏德的名字在战俘名单上，就在联合国的名单上。"

"你确定？"我问她，"你也许是听错了。我必须自己去确认一下。"

"不，你不必去了。"曼索耶说，"希琳当时跑来找我，我亲自给他们打了电话。马苏德的名字和他的个人信息都在名单上。他们说，他很快就能被交换回来了。"

我不知道自己做了什么。也许我是像疯子一样手舞足蹈，或者是在地上跪拜祈祷。幸好曼索耶在。她把人们都从我的办公室里推了出去，这样他们才没看到我发疯的样子。我必须去一个神圣的地方。我需要乞求真主的原谅，求他宽恕我说的那些亵渎的话，因为我非常害怕这份快乐会像水一样从我的指缝中流走。曼索耶能想到的最近的地方就是萨利赫圣坛。

在圣坛前,我紧紧抓住圣墓的围墙,一遍又一遍地说:"真主啊,我错了,请原谅我。真主啊,您是伟大的,您是仁慈的,您必须原谅我。我一定会补足我错过的所有礼拜。我会将救济品送给穷人……"

现在回看那段日子,我意识到自己真的是疯了。我和真主说话,就像一个孩子和她的玩伴说话。我定好了游戏规则,并且小心地确认我们都不会破坏这些规则。每一天,我都祈求真主不要丢弃我。就像是与长久分离的爱人重归于好,我的心中既渴望,又害怕。我不停地向他恳求,希望他能理解我的处境,忘记我的忘恩负义。

我又活了过来。家中再一次充满了喜悦,希琳的笑声再一次充满了每一个房间。她又开始不停地奔跑、嬉闹、伸手抱住我的脖子、亲吻我。

我知道,战俘的生活是严苛而残酷的。我知道马苏德受了很多苦。但我也知道,这一切都将过去。真正重要的是他还活着。我每天都在等待他重获自由。我将房子打扫得一尘不染,重新整理好他的衣服。一个月又一个月过去了,每一个月都比前一个月更加让人难以忍受。但能够再见到他的希望支撑着我等下去。

终于,在夏季结束之前,一天晚上,他们把我的儿子送回了家。在许多天以前,为了祝贺他的归来,我家周围的几条街都已经被装饰上了彩灯和旗帜。鲜花、甜点和糖水让我们的家充满了生命的气息。这座公寓楼里挤满了人,其中有许多我都不认识。我激动地见到了我的表姐玛哈波贝和她丈夫。当我看见她公公也来了,我只想亲吻那位老人的手。对我而言,他就是虔诚和爱的化身。

帕尔文太太负责接待客人。曼索耶、法蒂、曼妮吉哈和已经长成漂亮大姑娘的芙罗兹哈头几天就在忙着准备一切。马苏德回来的前一天,法蒂看着我说:"姐姐,你应该染一下头发。如果那个孩子看见你变成这副样子,他一定会昏倒的。"

我同意她的话。现在我什么都同意。法蒂给我染了头发,还修了眉毛。芙罗兹哈笑着说:"姨妈就像是要结婚一样!她看上去就像新娘子一样漂亮。"

"是的,亲爱的,这就像是我的婚礼。不过这要比婚礼好得多,我结婚的那一天可没有这么高兴。"

我穿上了一件美丽的绿色裙子,这是马苏德喜欢的颜色。希琳穿上了我刚刚给她买的粉色裙子。刚过中午,我们就都准备好了,只等马苏德回来。母亲和阿里一家人来了。伊特兰-萨达特也来了。她看起来格外心烦意乱,被她强压在内心的哀痛随着时间的流逝,正变得越来越深沉。我努力躲避她的目光。我的孩子还活着,她的孩子却已经死了,这终归让我感到有些惭愧。

"为什么你要带伊特兰来?"我问母亲。

"她想要来。有什么问题吗?"

"她眼睛里的羡慕让我不舒服。"

"说什么胡话!她根本没有羡慕你。她是一位烈士的母亲,她的地位要比你高得多。真主会把她放在最高的位置上。你真的以为她会忌妒你?不,亲爱的,实际上她非常高兴,你不必再为她担心了。"

也许母亲是对的,也许伊特兰-萨达特的信仰是如此坚定,足以让她坚持下来。我努力不再想她,但还是在躲避她的目光。

希琳一直想要点燃一个小火盆,好烧一些野芸香,但火盆里的火总是会灭掉。

过了九点钟,我已经没有耐心了,而这时车子终于到了。我早就吃了镇静剂,又为这个时刻做了很久的准备,但我全身还是在剧烈地颤抖着。我昏了过去。当我睁开眼睛,发现自己正在马苏德的臂弯里时,这一刻是多么美好啊。

马苏德更高了,但非常瘦,面色也很苍白。他的眼神也变了。他所承受的一切让他变得更加成熟。他有一点跛,常常会感到疼痛。我能看出他患了失眠症,而当他能够睡着的时候,又常常会做噩梦。这让我意识到他受了多少苦。但他完全不想谈论这些事。

他在战场上受了伤,奄奄一息。伊拉克军队捉住了他,让他在几所医院里接受治疗。现在他的身上还有尚未痊愈的伤口。有时候他会感受到剧烈的疼痛，还会发烧。医生说他的瘸腿可以通过复杂的手术来矫正。在恢复足够的体力之后，他接受了手术。幸运的是，手术非常成功。我把他当作小孩子一样悉心照料。和他在一起的每一刻对我而言都无比珍贵。我会看着他睡觉。他睡着的时候，那张英俊的面孔看上去就像是一个小孩子。我给他起了一个绰号："真主的赐予"。真主真的把他还给我了。

马苏德的身体在缓慢地恢复健康，但他在精神上已经不是过去那个精力充沛、生机勃勃的男孩了。他不再画画了，对于未来也没有打算。有时候，他的朋友、战友和曾经的同牢难友会来看望他。这会让他稍微打起一些精神。但用不了多久，他就又会消沉下去。我请他的朋友们不要丢下他。他们之中什么年龄的人都有。

针对马苏德的抑郁情况，我决定找马哈索迪先生谈一谈。他们曾是前线的战友——未来他还将在我儿子的生命中扮演一个关键性的角色。那时他差不多是五十岁，面相和善又老成。马苏德对他很尊敬。"不必担心。"他说，"我们的情况都差不多。这个可怜的男孩也受了很重的伤。他会慢慢恢复的。他必须开始做事情了。"

"但他很有才华，很聪明。"我说，"我想让他读书。"

"他当然应该读书。他是战场上回来的老兵，可以上大学。"

我真是欣喜若狂。于是我收拾好马苏德的书本，对他说："好了，康复时间结束了，你必须为自己的未来做打算，把还没做完的事情做完。其中最重要的就是你的学习。你必须从今天就开始。"

"不，妈妈。这对我来说已经太晚了。"马苏德低声说，"我的脑子已经不再那么好用了，也没有耐心看书和准备入学考试。我是不可能被录取的。"

"不，亲爱的，你可以利用鼓励老兵上大学的配额和优惠政策。"

"你是什么意思？"他问道，"如果我的成绩不行，我是不是一个老兵都没有区别。我是不会被录取的。"

"如果你认真学习，你会比任何人都更有资格入学，"我对他说，"而且能够上大学本身就是他们给所有老兵的权利。"

"换句话说，他们剥夺了其他人的权利，又把这份权利给了我。

不，我不想要。"

"你要拿到的是本应属于你的权利，这份权利在四年前被不公正地夺走了。"

"就因为他们那时夺走我的权利，现在我就应该对别人也这样做吗？"他依旧在争辩。

"无论对错，法律就是这样规定的。不要告诉我你已经习惯了法律总是对你不公。亲爱的，有时候法律还是会帮你的。你为这些人和这个国家打过仗，受过苦。现在这些人和这个国家想要奖励你。你不应该拒绝。"

这场仿佛没有休止的争论终于以我的胜利而告终。当然，芙罗兹哈在这件事上也起了很大作用。她正在念高三，每天都会来我家，让马苏德帮她做功课，强迫马苏德重新开始学习。她的善良和美丽将生命的喜悦带给了马苏德。他们一同学习、说话和欢笑。偶尔我还会要求他们放下书本，出去玩一玩。

马苏德申报了建筑系。他被录取了。我亲吻他，向他表示祝贺。"这话我只对你说，这不是我应得的权利，"他笑着说，"但我非常高兴！"

马苏德的下一个问题是找工作。

"像我这样年纪的男人还要让妈妈养活，这太惭愧了。"他经常这样说。有几次，他甚至念叨着要辍学。马哈索迪先生在政府部门已经坐到了一个比较高的位置，我再一次向他求助。

"当然有适合他的工作，"马哈索迪先生很有信心地说，"而且这也不会影响到他的学习。"

马苏德轻松地通过了资格考试、遴选程序和面试——这些大部分都只是走走形式。最终他被雇用了。一直烙印在我们额头上的耻辱仿佛突然被抹去了。现在他成了一颗珍贵的宝石。作为一名老兵的母亲，我也得到了所有人的尊敬，还得到了各种工作和资源，我有时候还不得不拒绝掉其中一些。

这种剧烈的变化真是令人感到好笑。这是一个多么奇怪的世界啊，它的愤怒与仁慈都是这样反复无常。

第九章

我的日子变得平静而有规律。我的孩子们全都健康而且成功,在为他们的工作和教育忙碌着。我们也没有了经济困难。我的收入变高了。马苏德挣到的薪水也比普通人要高。作为一名老兵,他还会得到津贴,足够他买一辆车和一幢房子。西亚马克完成了学业,开始工作了。他也在不断地给我们寄钱。

战争结束以后,帕尔瓦娜开始有规律地回到伊朗。我们每次见面的时候,岁月的鸿沟都仿佛一下子就消失了,我们又回到了年轻的时候。她仍然是那样风趣快活,能够让我笑昏过去。我从没有忘记欠她的情分。十年时间里,她一直像一位充满爱心的母亲一样照顾着我的儿子。西亚马克仍然会将自己的全部假日和帕尔瓦娜一家人共同度过。帕尔瓦娜不断地将他的生活细节告诉我。那时我就会闭起眼睛,在脑海中努力勾勒起我不曾和儿子共同拥有的那些生活。渴望见到西亚马克成为我唯一的哀伤,偶尔会让我的世界陷入黑暗。

连续两年,西亚马克都要我去德国看他。但我还要照顾马苏德,并为年龄还小的希琳担心,这让我无法成行。终于,我再也忍受不了对他的思念,决定去德国一趟。对此我非常紧张。出发的日子越近,我就越感到不安。我很惊讶于自己竟然能承受十年远离他的生活。我被深深地困在各种磨难之中,甚至曾经有很长一段时间不曾看过一眼他的照片。

哈米德经常说:"没有理由的忧郁和哀伤就是小资产阶级的特点……当你的肚子吃饱了,不在乎其他人的苦难,你就会沉浸在那种空泛无聊的情绪里。"也许他是对的,但我一直都能感觉到和西亚马克分离的痛苦。因为我对此无能为力,所以一直压抑着这些情绪,甚至不承认自己是多么需要见到他。现在我的生活相对安定下来了,我有权利思念我的儿子,我渴望见到他。

我和希琳告别的时候,她看上去很困扰,却又满不在乎地说:"我可不是因为你不在而感到难过,我只是因为自己现在还不能办信用卡而难过。"她已经十四岁了,什么事情都知道。在人生中获得的关爱让她充满了自信,并且她总是想到什么就会说什么。尽管她很不愿意,我还是将她留下来,交给马苏德、法蒂、曼索耶和芙罗兹哈照顾。然后我就飞去了德国。

我走出法兰克福机场的海关,期待地看向周围,甚至觉得有些喘不过气来。一名英俊的年轻男子向我走来。我细看他的脸,只有他的眼睛和笑容让我感到熟悉。他额头上那些蓬乱的发卷让我想到了哈米德。尽管我在家里摆着西亚马克各种各样的照片,但我还是以为自己会看到一个脖子细长、相貌稚嫩的年轻男孩。现在他已经变成了高大英俊的男人,正向我伸开双臂。我将头埋进他的胸口,他将我紧紧抱住。能够像孩子一样躲进自己儿子的怀中是多么令人喜悦的事情啊。我的头顶几乎够不到他的肩膀。我拼命吸进他的气息,欢喜地哭了起来。

我过了好一会儿才注意到正在给我们拍照的那个美丽的女孩。西亚马克把她介绍给我。我无法相信她就是莉莉——帕尔瓦娜的女儿。我将她抱住,对她说:"你已经长得这么大了,还这样美丽。我看过你的照片,但它们和你本人根本没法比。"莉莉发出了会心的笑声。

我们坐进了西亚马克的小车子。他说:"我们先去莉莉家。帕尔瓦娜阿姨已经准备好午餐,正在等我们。今晚,或者如果你愿意的话,我们明天去城里我住的地方。到那里要两个小时的路程。"

"太好了!"我说道,"你还没有忘记你的波斯语,说话也没有一点口音。"

"我当然没忘。这里有许多伊朗人,帕尔瓦娜阿姨只用波斯语和我说话。她对她的孩子要求还更严格呢，对吧，莉莉？"

在去帕尔瓦娜家的路上，我察觉到莉莉和西亚马克之间的关系已经超越了友谊和家人之间的亲情。

帕尔瓦娜的家又漂亮又舒适。她兴高采烈地向我们问好。她的丈夫霍斯劳看上去比我想象的更老一些。我对自己说，这很正常，我上一次见到他已经是十四五年前的事情了。他对我似乎也有同样的看法。他们的孩子也都长大了。拉蕾说波斯语有很重的德国口音。阿达兰是在德国出生的，他能听懂我们说话，但没办法用波斯语交谈。

帕尔瓦娜坚持要我在她家过夜。不过我已经决定去西亚马克家住，等到下个周末再来看她。我想要在德国至少住一个星期，好能够重新认识我的儿子。只有真主知道，我们有多少话要说。但是当我们终于只剩彼此两个人的时候，我却不知道该说些什么，该从哪里说起，该如何消除这么多年我们之间产生的隔阂。西亚马克问了我家里每一个人的情况。我只是说他们都很好，并且代他们向他问好。然后我问道："这里的天气一直都是这么好吗？你真无法相信德黑兰现在有多热了……"

我们用了二十四个小时才融化掉那一层陌生的冰墙，说起了更加亲密的话。幸好现在是周末，我们有足够的时间。西亚马克谈起了他离开我们之后经历的种种艰难，他在越过国境线时遭遇的危险，他在难民营里的生活，还有如何开始在大学读书，并最终找到了工作。我和他说了马苏德的经历，他受的苦，我们是怎样以为他死了，然后他又回来了。我又讲述了希琳，希琳的淘气和多动总是会让我更多地想起他，而不是马苏德。我们的交谈根本停不下来。

到了星期一，西亚马克去上班了，我在他家附近溜达了一圈。我很惊讶于这个世界竟然这样大，这样美丽。想到我们竟然会以为自己就是宇宙的中心，实在是非常可笑。我们实际上是多么微不足道啊。

我学会了在这边购物。每天我都会做好晚餐，等待他回家。每个晚上，他都会带我去看不同的景色。我们从没有停止过交谈，但我们从不曾谈过政治。他离开伊朗已经太久了，对于祖国的新变化和真正的问题并不了解。就连他现在说话时使用的词汇和表达方式也都落后于时代，总是让我想到革命早期的情景。有时他的话甚至能把我逗笑。

有一天，他有些烦恼地说："你为什么会笑我？"

"亲爱的，我不是在笑你。只是你说的一些话有一点奇怪。"

"你是什么意思？哪里奇怪？"

"就好像是外国电台广播的那些东西。"我解释说。

"外国电台？"

"是的，那些在境外向伊朗国内广播的电台，尤其是那些由反对组织掌握的电台，就像你一样，他们把或真或假的消息都混在了一起，而且还在使用许多年以前的辞藻。就算是小孩子也立刻就能听出来，他们都在国境以外。有时候他们说的东西很好笑，当然，有时候也很让人生气。顺便问一句，你还是'圣战者'组织的同情者吗？"

"不！"他说道，"说实话，我没办法接受和理解他们做的一些事。"

"比如？"

"加入伊拉克军队，攻击伊朗，和伊朗军队作战。有时候我会想，如果我仍然和他们混在一起，那我在战场上碰到马苏德的时候该怎么办。我经常会因为这个噩梦而在深夜中惊醒。"

"感谢真主，你终于恢复理智了。"我说。

"没有那么严重。这些日子里，我想了很多关于爸爸的事。他是一位伟大的人，不是吗？我们应该为他感到骄傲。这里有许多人都与他有着同样的信仰。他们告诉了我一些我从前完全不知道的事情。他们真的很想见见你，听你谈一谈他。"

我警惕地看着他。旧日的困境仍然在折磨着他的灵魂。我不想破坏他对于父亲的想象，剥夺他的自豪感，但我认为他对这种自豪感的需要和依赖正是他不成熟的表现。

"听着，西亚马克，我对于这种戏码没有兴趣。"我说道，"我知道你和你爸爸的信仰不一样。他是一个仁慈正派的人，但他也有错误和缺点。他最大的问题在于眼光太过片面。对于拥有他那种政治理念的人来说，这个世界被分成了黑白分明的两半。每个人或者是他们的盟友，或者是他们的敌人，而敌对组织的一切都是坏的。就算是在艺术上，他们也相信只有与他们理念相同的艺术家才是真正的艺术家，其他人都是白痴。如果我说，我喜欢某位歌手，或者认为某个人是优秀的诗人，你爸爸一定会争辩说那位歌手或者诗人是沙阿的支持者，或者是共产主义的反对者，所以他的作品都是垃圾。他的确会让我因为喜欢一首歌或者一首诗而感到内疚！

"他们其实并没有个人观点和偏好。你还记得阿亚图拉塔莱加尼去世的那一天吗？我们的邻居德哈尼先生和他太太是左翼阵营的支持者，曾经时常来我们家拜访。他们给我们打电话，因为他们不知道该怎么做。那位阿亚图拉在去世前曾经斥责过在库尔德斯坦省发动暴动的人。所以他们不知道该如何看待他的死亡。他们一整天都在询问左派领袖们，自己是否应该表示哀悼。终于，命令下来了——那位阿亚图拉是人民的支持者，他的死应该被哀悼。德哈尼太太突然就流下眼泪，变得非常伤心难过！还记得吗？"

"不记得！"西亚马克说。

"但我记得。我想要你依靠自己的思想和信念做决定，通过阅读和学习去衡量每一件事的好坏，得出你自己的结论。纯粹的理想主义会让你落入陷阱，产生偏见，会妨碍你进行独立思考，妨碍你形成自己的观点，会造成歧视。最终它会让你变成一个思想浅薄的狂热者。我很愿意把同样的话也说给你的朋友们，我会向他们列出你爸爸他们的种种错误。"

"妈妈，你在说什么？"西亚马克气恼地说道，"我们必须让他活在人们心里，他是一位英雄！"

"我已经厌倦了英雄主义。"我说，"过往的回忆充满了苦涩，我不想再回忆那些事了。而且你也应该忘记那些事，好好思考你的未来。你的人生还在前面，为什么你会想要沉浸在过去的事情里？"

我不知道西亚马克对我的话听进去了多少，也不知道这些话能对他有多大的影响。但我们都没有再表现出任何谈论政治的兴趣。

我向他询问了帕尔瓦娜一家人的情况，希望能够发现更多被他藏在心中的秘密。他终于向我吐露了心声。

"你无法想象莉莉是多么温柔和聪明。"他说，"她正在读企业管理。今年她就能从大学毕业，开始工作了。"

"你爱她？"我问。

"是的！你怎么知道的？"

我笑着说："我从机场回来的路上就发现了。妈妈们总是很快就能发现这种事。"

"我们想要订婚，但还有一些问题。"

"什么问题？"

"她的家人。当然，帕尔瓦娜阿姨很好。她就像妈妈一样，我知道她爱我。但在这件事上，她站在了她丈夫那边。"

"霍斯劳是怎么说的？"

"我不知道。他不赞同我们，对我们施加了各种限制，提出各种条件。他的思维方式和一百年以前的伊朗男人一模一样。你绝对想不到他还接受过高等教育，在这里居住过那么多年。"

"他是怎么说的？"我又问。

"我们想要订婚。他说：'不，你们不能！'"

"就是这样？不用担心，我会和他们谈谈，看看问题出在哪里。"

帕尔瓦娜并不反对这件事。实际上，她很高兴西亚马克和莉莉会彼此爱慕。

"西亚马克就像是我自己的儿子。"她说，"他是伊朗人，说我们的语言。我们彼此是相互理解的。我一直都害怕我的孩子们会和德国人结婚，那样我可能根本没办法和他们的另一半有什么共同语言。我知道西亚马克的每一件事，甚至知道他的祖先是什么人。他很聪明，学习很好，现在就很成功，还会有一个光明的未来。最重要的是，他和莉莉彼此相爱。"

"那么问题出在哪里？"我问，"看样子霍斯劳汗并不认可你的想法。"

"实际上他和我的看法一样。但问题是我们和孩子们的想法不太一样。我们依然是伊朗人，有些事情是无法接受的。我们的孩子却是在这里长大的，无法理解我们的观念。他们两个只想订婚，却不着急结婚。"

"帕尔瓦娜，我真为你感到吃惊！就算他们想要订一年的婚又怎样？这有什么问题吗？现在这种事在伊朗也很常见了。也许他们想要更好地了解彼此，也许他们想要先存些钱再结婚，或许他们只是想给自己更多时间。"

"你想得真是太简单了！"帕尔瓦娜提高了声音，"你知道他们想要怎么订婚？他们实际上是想要一种非正式的婚姻。就像他们身边的一些孩子那样，他们想要同居。而且他们打算'订婚'至少五年后，再决定是否想继续在一起。直到那时，他们才会考虑正式结婚。如果他们觉得不合适，就会分开。而且他们甚至不介意在结婚前生孩子。如果他们没有结婚，他们之中的一个人就会照顾那个孩子！"

我难以置信地瞪大了眼睛，惊愕地说："不！他们不可能这样订婚吧！"

"亲爱的，他们就是这样打算的。每天晚上，莉莉和霍斯劳都会因为这件事而吵架。实话实说，霍斯劳完全无法接受这种事。我相信你一定能理解他。"

"我当然理解！"我目瞪口呆地说，"他们怎么能这样？如果换作马哈茂德那帮人，会怎么对他们！我终于明白霍斯劳汗为什么那么冷冰冰的了。他太不容易了！西亚马克太让我吃惊了。他似乎忘记了自己来自哪里。他真的这么西方化了？在伊朗，一个男孩和一个女孩之间的简单对话到现在都有可能造成流血事件，而这位绅士却想要和别人的女儿同居五年，却不娶她？这太令人难以置信了！"

那天晚上，我们一直谈到了凌晨。西亚马克和莉莉坚信在结婚之前必须深入了解对方，而一纸婚书是毫无价值的。我们则认为以正当方式构建的家庭才最重要，结成正式的夫妻关系和尊重亲缘纽带是绝对有必要的。最后，我们终于达成一致——只是为了我们，他们两个会接受那种"无聊且愚蠢"的婚姻关系。如果他们觉得彼此不再合适，他们可以撤销婚书，结束这段婚姻。我们还决定，让他们在我还在德国的时候结婚，收拾好属于他们的家，准备开始他们的共同生活。

"真是太感谢你了！"霍斯劳说，"你根本无法想象你从我的肩膀上卸下了怎样的一副重担。"

"这实在是一个奇怪的世界,"我回答说,"许多事情我到现在都无法理解。"

我美妙而甜蜜的旅程以西亚马克和莉莉的婚礼作为终点。我很高兴有了一位善良、聪慧、非常有魅力的儿媳妇,而且她还是帕尔瓦娜的女儿。我真是太高兴了,甚至都不想回家了。

那段时光的美好记忆将永远伴随着我。

那时的照片成为我最好的纪念品。它们将会铺满我的墙壁、书架和桌子。

美好的时光总是很短暂。转眼之间,希琳已经读高三了。马苏德的大学也读到了最后一学年。为了准备毕业设计和论文,他非常忙碌,而且他的工作任务也增加了。但他最近的沉默和这些事都没有关系。他的心里压着一块石头。我看得出他想要和我谈一谈,却又有些犹豫。这让我感到惊讶,毕竟我们一直都是乐于无话不谈的。不过我没有逼他,只是让他自己去解决心中的疑虑。终于在一个晚上,希琳去参加朋友的生日聚会时,他坐到我身边,对我说:"妈妈,如果我决定离开你和希琳,单独居住,你会非常难过吗?"

我的心一沉。他为什么想要离开我们?我努力保持平静,对他说道:"每个孩子总有一天都会离开他的父母,但这还要看他离开的原因。"

"比如说,结婚。"

"结婚?你想要结婚?"我惊讶地问。"哦,真主啊,这可真是太好了!这正是我的梦想。"

实际上,我早就想过马苏德结婚的事情。这么多年来,我一直梦想着他会娶芙罗兹哈。他们非常喜欢对方,从小时候起就十分亲密。

"感谢真主,"马苏德说,"我一直害怕你会不赞成呢。"

"为什么我会不赞成?我要恭喜你!现在告诉我,什么时候举行婚礼?"

"慢着,妈妈!首先我必须去请求她把手给我,看看她是否会同意成为我的妻子。"

"胡说!"我喊道,"她当然会同意。除了你,她还会更喜欢谁?他们在你小时候就已经非常爱你,甚至不止一次暗示过你为什么还不把事情说清楚。可怜的芙罗兹哈比他们更着急。她从来都没办法向我隐藏她的秘密,对你的感情一直都闪动在她的眼睛里。哦,那个可爱的孩子!她一定会成为一位美丽的新娘!"

马苏德瞪着我说:"芙罗兹哈?你在说什么?芙罗兹哈就像是我的亲妹妹,就像希琳一样。"

我大吃一惊。我怎么会犯这么大的错?他们那样亲密,那些非同寻常的眼神,那么长时间的相互信任,这些全都只是因为兄妹感情?我只能咒骂自己说话竟然这么草率。

"那么,她又是谁?"我努力让自己恢复镇定,但我的声音中还是出现了一片冰冷的波纹。

"是米娜的亲戚,拉丹。"马苏德说,"她二十四岁,非常美丽。而且她来自一个很受尊敬的家庭。她的父亲刚刚从交通部退休。"

"我当然知道他们一家。这件事有多久了?你这个小流氓,怎么从来都没有吐露过一个字?"

我笑了起来,想要为我刚刚的冰冷态度做出补偿。而他也像个孩子一样被我的笑声所鼓舞,把一切都告诉了我。

"我是三个月以前遇到她的。我们向彼此表露感情才刚刚一个月。"

"你只认识了她三个月,就已经决定要娶她了?你一定是发高烧了!"

"妈妈,为什么你要这么说?有些人甚至没有看见过某个女孩,就会求那个女孩伸出手嫁给他。"

"是的。但是我的儿子,我们有两种婚姻。一种是基于理性和实际条件,另一种是基于爱。一场传统的婚姻需要有人介绍,再正式请求女孩伸出手。在这种情况下,双方的现实情况会更受重视。双方家庭会明确表达他们的需求。长辈会权衡各种条件,做出比较。只有当他们确定条件合适的时候,才会同意年轻人的结合。两个年轻人会在婚前见几次面。如果他们彼此喜欢,就会结婚,并希望能够渐渐爱上对方。

"但在基于爱情的婚姻中,两个人会发展出深厚的感情,对于其他事情则不会太在意。因为他们的爱,他们会对这段关系中可能缺失的东西视而不见,并且会逐渐适应。如果他们能够直面各种问题,担负起责任,相互支持,那么无论逻辑上和理性上经历多少纠结,他们都能结婚。看样子,你们符合第二种情况。在这种情况下,两个人应该非常了解对方,能够确定自己的爱是坚定和持久的,足以弥补任何现实的缺憾,承受其他人的非议。那么,你难道不觉得三个月并不足以让你们建立起这样深厚的纽带,得到真爱吗?"

"我很抱歉,妈妈,但你又开始谈哲学了。"马苏德不耐烦地说,"我希望我的婚姻能够结合你所说的这两种情况。为什么我们不能既相爱,又符合现实条件?我认为问题在于你并不知道什么是爱。你都结婚两三天了,还没能好好看看你的丈夫,所以我觉得你不能正确地看待爱。拉丹说:'爱就像是落在你大腿上的一个苹果,它只用一秒钟就出现了。'看看她对爱的解释是多么美丽!她是那样感性又迷人。你一定要见见她。"

我感到一阵心痛。我很想告诉他,曾几何时,我也差一点就将我的生命交托给一个我爱的人。但我克制住自己,只是说:"我对爱知道些什么?你又对我知道些什么?就像芙茹弗写的那样:'我的伤口全都来自爱。'"

"但你从没有提起过爱情。"

"我有好多事都没提起过,但这不代表我不懂爱情。"

"那你建议我们怎样做?"

"我不会建议你们做任何事。你们必须给自己一些时间,测试你们的爱情,让它经受锤炼。"

"我们没有时间了。"马苏德争辩说,"已经有人在追求她了,向她求婚。她的父母随时都有可能把她嫁掉。那样我们就要永远失去彼此了!"

"这件事本身就是一场测试。"我说,"如果她真的爱你,就不会接受别的婚姻。"

"你不知道她的情况。她的家里人都在给她施加压力。就算别人不明白,你也一定应该明白。"

"我的儿子,她是一个受过教育的、聪明的女孩。根据你告诉我的情况,她的父母也是理性的人,他们和三十年前你的祖辈们完全不同。如果她对她的父母说不想马上结婚,他们会理解,不会强迫她。现在这个时代已经完全不同了。"

"有什么不同?"马苏德争辩道,"我们的文化还是那个文化,人们仍然认为女孩子的人生目标就是结婚。他们会强迫她。实际上,她的父母在她十八岁的时候就想让她嫁人,但她一直不同意。"

"那她再反抗一年肯定也没什么问题。"我尽量耐心地说。

"妈妈!为什么你要为难我们?为什么你不直接说,你根本不想让我娶她?"

"我不是这个意思。我甚至还没有见过那个女孩。她很可能是一个很好的人。我只是说,你应该再等一等。"

"我们没有时间可以等了!"

"好吧,"我生气地说,"那你是否可以告诉我,我应该做什么?"

他跳起来,将一张纸递到我面前。

"这是他们的电话号码。马上给他们打电话,说我们明天会去拜访。"

我有些左右为难。一方面,我告诫自己不要照他说的去做;另一方面,我又不知道自己是否真的是在为难一个我从没有见过的女孩。我还记得当马哈茂德想要娶玛哈波贝的时候,母亲是如何磨磨蹭蹭,故意耽搁的。况且这是我儿子第一次如此急迫地向我提出要求,我不应该拒绝他。但同时我又想到了芙罗兹哈。她还有法蒂和萨迪克阿迦失望的神情一直浮现在我的脑海中,挥之不去。这会对他们造成多么大的打击啊!

"你确定不再想一想了?"我问他。

"是的,妈妈,她爸爸说,如果还有别人想要追求她,就应该在这个星期内提出请求,否则她就要嫁给他们为她挑选的追求者了。"

我别无选择,只能拿起电话,拨了那个号码。他们立刻就认出了我。很明显,他们一直在等待我的电话。

马苏德非常高兴,如释重负。他围绕着我转个不停。
"这下好了,我们要去买些点心。"他说,"现在时间已经不早了!"
我没有心情。我的手头还有工作要完成。但我估计如果自己拒绝,他一定会认为我还是不接受他的这份感情。我不想剥夺他的幸福。在汽车里,他还是说个不停。而我脑子里只有芙罗兹哈和法蒂。难道不是芙罗兹哈给了他活下去的力量,让他重新愿意去读书的吗?那以后又发生了什么?我一直都自以为对儿子非常了解,难道是我大错特错了?

淘气又洞察力非凡的希琳立刻就注意到了马苏德异样的情绪。
"出什么事了?"她问我,"这位绅士怎么像一根快乐的弹簧一样蹦来蹦去的?"
"什么事都没出。"我说,"和我说说生日聚会的事。你们玩得高兴吗?"
"简直棒极了。我们又唱歌又跳舞。对了,我必须邀请大家来我家。我一定要举办一场生日聚会。别人家里我都去过了,但我从没有办过自己的聚会。下个月怎么样?"
"但你的生日是在夏天!"我说。
"这没关系,我只是需要一个理由。而且这段时间也没什么事,我可以邀请我的朋友们来玩玩。"
"也许很快就会有事情发生,到时候你就能邀请你的朋友们来参加婚礼了。"我说。
希琳瞪大了眼睛,转过头盯着马苏德。"婚礼?谁的婚礼?"
"我的婚礼,"马苏德说,"你哥哥的婚礼。如果我结婚,你会高兴吗?"
"你?结婚?不,说实话,我可不会高兴。"希琳毫不掩饰地说道,"不过,这也要看新娘子是谁。"
"我们还不认识她,"我说,"他们差不多算是一见钟情。"
"别告诉我是那个一直打电话过来的不要脸的女孩。"希琳喊道,"就是她,对不对?我就知道有事情发生。妈妈,你知道吗,她可烦人了，总是打电话来，又一句话不说就把电话挂了。"

马苏德红着脸争辩说："你说'烦人'是什么意思？她只是很害羞。她打电话来的时候，听到是别人接电话就会感到难为情，所以才会挂电话的。"

"害羞？"希琳嘲弄地说，"有时候，她也会说话。她会不知羞耻地问：'马苏德汗在家吗？'我问她叫什么名字，她却总是傲慢地说她等一会儿再打过来。她可真没有礼貌！"

"够了！"马苏德斥责道，然后他又转回头对我说："对了，我们要为明天准备一些鲜花，还要准备好得体的衣服……"

我惊讶地看着他。"听起来，这种事你仿佛已经做过上百遍了！你对该做些什么非常清楚。"

"我本来不知道的。"他说，"是拉丹告诉我需要做些什么，好让她爸妈高兴。"

"我也去！"希琳高声宣布。

"不，"我说，"你可以等到我们下次见他们的时候再去。"

"为什么？我必须看看她。我是她的小姑子，她必须得到我的许可！"

"你还是个小孩子。"马苏德说。

"我不是小孩子！我十八岁了。妈妈，你怎么不说句话呢？"

"马苏德，"我说道，"她跟着一起去不会有什么坏处，通常都是追求者的母亲和姐妹去向女孩提出请求的。不要说你妹妹是小孩子，我在她这个年纪已经做母亲了。"

"不，妈妈，现在不行，这样做不合适。她可以下次再去。"

希琳阴沉下脸，哭了起来，但这些都没有让马苏德改变心意。很明显，他是从"上面"得到了命令，而且他绝对不会违抗。

那一篮子花大到连车里都很难放下。我们最终把它放到了后备厢里，但后备厢盖肯定是关不上了。

"你一定要买这么大的一篮子花吗？"我问他。

"拉丹说：'你必须带一个大花篮来，好把其他人买的花都比下去。'"

"这是什么傻话!"

那家人的房子很老,也很大。房间里全都是古董家具,其中一间摆满了我在商店里才会见到的瓷器。沙发和椅子都是经典的高脚风格,扶手上装饰着金色叶片,包裹着红色、黄色和橙色的皮革。纹饰华丽的金色大画框中装裱着名画的复制品。红色窗帘带着流苏和金色内衬……这幢房子看上去更像是一家酒店,而不是一个让人感到舒适惬意的家。

拉丹的母亲年岁和我差不多,化着浓妆,头发是淡金色,赤脚穿着一双高跟凉鞋,一根接一根地抽着雪茄。她的父亲相貌端庄,胡须花白,嘴角叼着一支烟斗。他不停地聊着他的家族,他们曾经的威望和地位,他们重要的人际关系和他们的海外旅行。

我在大部分时间里只是静静地听着。那一晚就在简单的介绍和闲聊中度过了。我能看出来,他们是在等我提出我们此行的重要目的,但我还是感觉这有些太快了。当我提出想用一下洗手间的时候,拉丹的母亲坚持要亲自带我去他们的一个洗手间,就在私人套间里。她是想借此向我展示他们家其余的部分。但就算是在他们的居室中,所有座位也都充满了俗丽的装饰。我没有看见一把舒服的椅子。为了表示礼貌,我说道:"您真是有一个美轮美奂的家。"

"您想要看看其他房间吗?"她迫不及待地问。

"不,不,谢谢您,我不应该这样冒昧。"

"哦,没关系!请跟我来。"

她用手按住我的脊背,半推搡地带我朝卧室走去。尽管我不喜欢这样,但受好奇心驱使,我还是跟上了她,也许我是想要看看她家到底有多不像一个家吧。所有房间的窗帘都是又厚重又昂贵,装饰着缎带和流苏,所有家具都一样富丽堂皇。

"为什么你什么都不说?"马苏德在回家的路上向我抱怨。

"说什么?这只是我们的第一次见面而已。"

他转过头不看我,也不再说一句话。

到了家,希琳依然不和马苏德说话。她只是问我:"好吧,和我说说看,那座石头城堡里都发生了什么?"

"没什么特别的。"我说。

希琳早就因为被排除在这次行动以外而怒气冲冲了。她喊道:"好吧,不用告诉我!我是个外人,一个陌生人,我连个人都不算。你们以为我是小孩子,一个间谍,你们什么都瞒着我。"

"不是,亲爱的,不是这样的。"我用安慰的语气说,"让我先把衣服换了,再详详细细地告诉你。"

希琳跟着我进了卧室,盘腿坐在床上。

"好了,告诉我吧!"

"你问什么,我就回答什么。"我一边脱衣服一边说。

"那个女孩什么样?"

我并不觉得那个女孩有什么特别的地方。实际上,我几乎想不出有什么可以说的。犹豫了一下之后,我回答道:"她有一点矮。比我矮一点,但要胖很多。"

"你的意思是她是个胖子?"

"不,只是丰满而已。我实在是太瘦了。就算是比我胖,也肯定算不上是真胖。"

"那其他的呢?"

"我觉得她的皮肤很白。不过她化了很浓的妆,而且那个房间不是很亮,所以我也没太看清楚。我觉得她有一双褐色的眼睛。她把头发染成了浅褐色,近似金色。"

"哦!她穿着什么?"

"一件黑色紧身裙,裙摆在膝盖以上,还有一件带有黑色、粉色和紫色图案的上衣。"

"是直发吗?"

"我觉得不是。她做了发卷,不过发卷太多了。"

"很好!"希琳喊道,"多么迷人的女巫啊!那么,她的妈妈和爸爸呢?"

"不要这样说话,这样不好。他们都是很值得尊敬的人。她的妈妈差不多和我同岁,也化着浓妆,不过她穿得很高雅。他们的房子里全都是上等瓷器、古董、流苏窗帘和传统的金色家具。"

"我记得只要我稍微化一点妆,那位绅士就会和我吵起来,他还总是抱怨我的头巾戴得太靠后了。现在他竟然陷入了那么狂热的恋情,想要和那种女孩结婚了?他怎么去跟他的真主党朋友们交代呢?"

"说实话,我一点也不明白,"我说,"一切似乎都乱套了。"

"好吧,不管怎样,你喜欢她吗?"

"我该怎么说呢?"

就在这时,我转过身,看见马苏德正靠在门框上,用充满责备和受伤的眼神看着我。他摇摇头,一句话都没有说就走进了他的房间。

随着一次次见面,我们两个家庭之间的巨大差异变得越来越显而易见。我看到了马苏德和拉丹是多么不合适,但马苏德对此完全视而不见。他已经被恋爱冲昏了头脑,对于身边所发生的任何事情都是盲目的。他一直在谨慎地和我交谈,而我则保持着沉默。对于这件事,我们唯一谈论的就是不断前去拜访。我不做任何评价,也没有参加讨论,只是和他一起去,倾听他们的交谈。

我知道了,拉丹的父母为他们的长女准备了一百金币的嫁妆,而他们的女婿承诺会给他们双倍。我还知道了拉丹最近刚刚结婚的亲戚是在哪里买的结婚戒指,他们为结婚礼服又花了多少钱,那个姑娘的亲人在婚礼上戴了镶嵌着什么样宝石的首饰。

当然,我知道这不一定都是真的。有时候这些故事甚至自相矛盾。"哦。你们可真是幸运,"有一次我甚至不屑地说道,"过去几个星期里,你们已经参加至少十场婚礼了!"他们住了口,相互看了一眼,我知道他们已经感到被冒犯了。但随后他们又开始争论,婚礼是在夏天举行更好,还是要等到秋天。

我不知道该怎么办。我感到越来越疲惫,对那个女孩也越来越缺乏热情。看样子,我很难和这些人建立起正常关系。他们关心的只有钱、衣服、头发和妆容。我无法从他们的话语中找到任何内在的东西。不过我还不想和马苏德讨论这件事。我害怕我的任何评价和结论都会让他感到我和他站在对立的位置上。他必须自己发现其中的问题。

终于,在拉丹的催逼下,马苏德主动挑起了这个话题。他带着一种我从不曾感受过的怨恨冷冰冰地说:"好了,妈妈,你还想过多久才结束这场游戏?"

"什么游戏?"

"你完全不打算提我和拉丹的事,还有我们的计划。"

"你想要我说什么?"

"你的看法!"

"但我对你的看法更感兴趣。"我说,"我觉得你一定对拉丹一家人有了一些了解。你觉得他们怎么样?"

"我为什么要在乎她的家庭?"他说,"我爱的是她。"

"每个人都是在家庭中长大的,在家人创造的生活环境中被养育成人。"

"他们的生活环境有什么问题?他们有很高的地位。"

我没有接话。这个词不是马苏德会说出来的。

"你说'他们有很高的地位'是什么意思?在你看来,什么样的人是有地位的人?"

"我不知道。"马苏德气恼地说,"这算是什么问题?他们是值得尊敬的人。"

"你为什么会认为他们是值得尊敬的人?因为他们有许多古董?因为他们不注重家居的舒适,也缺乏美感,只是在身边堆满昂贵的东西?因为他们不停地谈论衣服和头发的颜色?还是因为他们总是在背后议论别人,一心在和别人攀比?"

"但你也喜欢美丽的东西。"马苏德争辩道,"你一直都抱怨我的衬衫和裤子不搭配。为了买一件家具,你会跑一百家店铺。"

"亲爱的,欣赏美丽的事物和希望自己家里有漂亮的家具是因为我们对生活怀有热情,这一点我完全不会反对。每个人的生活都是一面镜子,会照出他的品位、想法和文化。"

"那么,看到他们的房子,你就知道他们的想法和文化有问题了?"

"难道你不觉得吗?"

"不觉得!"

"你有没有在那个家里看到一个小书架?有没有看见他们之中的某个人在读书?当他们提起一本学术著作、一件艺术品或者古董的时候,有没有谈到过钱以外的事情?"

"说这些都没有用!不是每个人都会把书摆出来。而且你为什么那么在乎他们的书?"

"因为我想要看到他们的思想倾向。"

"算了吧!我们有各种各样的书,什么领域和方向的都有。那又有谁会知道我们有什么样的思想倾向?"

"有思想、有智慧的人。"

"凭什么知道?"

"在一个共产主义者的书架上,会有各种阐述共产主义的书籍,从最基本的到精深的。而他的小说大多也会是马克西姆·高尔基和其他苏联作家的。他还会有罗曼·罗兰的书,关于其他哲学和意识形态的书籍会比较少。而非共产主义者的书架上只会有两三本基本的共产主义理论书籍,并且很可能有一半都没被翻开过。其余都是被共产主义者认为是'小资产阶级'的书……

"如果你的书架上有阿里·沙里亚蒂[1]的书,也不能说明你有很强的伊斯兰教倾向,毕竟革命之后所有人都买过他的书。真正有狂热伊斯兰教信仰的人会在他的书架上堆满祈祷书、伊斯兰教教典和伊斯兰教哲学书,还有宗教指引之类的书籍。而如果他的书架上都是国家主义书籍、政治家传记和伊朗历史,那么这个人肯定对宗教不感冒。另外,每一个受过良好教育的人都会有几本与他的知识和技术领域相关的书籍。"

"但你为什么会这么在乎他们受过什么教育,有什么政治倾向?"

"因为我的整个人生都在受到不同的政治派别及其信仰的影响,我想要知道,这一次我将会面对的是怎样的一些人。"

"但你对政治很反感,而且一直要我们保证不会被卷进政治问题里。"马苏德又争辩说。

"是的,但我有对你说过,不要读书和学习吗?你要做一个有智慧

---

[1] 是伊朗伊斯兰教现代主义思想家、社会学家,是伊斯兰革命早期最重要的理论家。——编者注

的人,要理解不同的思想流派,这样你才能够区分什么是对、什么是错,而不是被那些牟取权力的人当作工具。拉丹有没有和你谈起过她看的书,或者是她有什么理念和观点?你是一个很有才华的艺术家,在艺术上,你们有没有交流过各自喜欢什么,不喜欢什么?最重要的是,战俘生活让你有了自己的宗教信仰,那么如果你要与之谈婚论嫁的那家人只是将伊斯兰教当作崇敬伊玛目阿伯法兹的晚宴,甚至把这个宗教看作一场热热闹闹的婚礼,你又该怎么办?他们支持沙阿,期待迎回王储,并不是因为他们的政治信仰,而是因为这样他们就能喝酒,能够在沙滩上穿比基尼了。以我们的生活背景,你觉得我们和他们之间会有什么共同语言?我亲爱的马苏德,这个女孩和你没有共同之处。她绝对不会按照你的希望去穿衣服。你们每次出门的时候一定会吵架。"

"不用担心这种事。"他反驳道,"她说过,如果我要求,她都可以穿上恰多尔的。"

"你就这样相信了她?但即便如此也是不够的。人都是本性难改,她不是那种会轻易放弃自己的想法和原则的人。"

"现在那个可怜的女孩不就是放弃了自己的原则吗?"马苏德提高了声音,"她会这样说,就是因为她爱我。不,妈妈,你是在找借口。你认为除了我们,所有人都不好。"

"不是,亲爱的。我从没有这样说过。我相信他们都是好人,甚至比我们还要好。但他们会很难相处。"

"不,这只是一个借口。"

"你想知道我的看法,我告诉了你。这是你的人生、你的未来,而你知道,这对我来说是最重要的事情。"

"妈妈,我爱她。她说话的时候,她笑的时候,我就不一样了。我从没有遇到过像她那样有女性魅力的女人。她和别人完全不同。"

我大吃一惊。是的,他是对的。我怎么会没看到?马苏德迷恋这个女孩是因为她和他生命中其他的女性都不一样。她在纵情挥洒自己的女性魅力,而马苏德身边的女人们都在竭力隐藏这一点。说实话,那个女孩的气质中的确有一种妖艳的美感,她的举手投足,甚至是她在电话里的声音都无不体现出这一点。她能够让男人浮想联翩,蠢蠢欲动。简而言之,她最大的特点就是她的性感。而我缺乏阅历的儿子几乎从没有见识过这样的女性魅力,所以自然会深受影响。但我该怎样让他明白,他受到的吸引并非出于爱情,也不是建设人生的正确基础呢?以眼下这种情况,无论多少言辞和逻辑都不会对他有用,反而只会让他更加顽固,更执着于自己的欲望。

"我最大的愿望就是我的孩子能够幸福。"我说,"我相信幸福取决于一场充满了爱与理解的婚姻。我尊重你的爱情,会完全按照你的要求去做,哪怕那有悖于我的意愿。我唯一的条件就是你要和她先保持一年的订婚关系。那样可以让你们自由地相处,也就能更好地了解彼此。与此同时,我们可以存钱,准备婚礼,好满足他们的要求。你一定也清楚,他们对婚礼有着很高的期望。"

尽管一开始表示反对,但拉丹的家人最终让步,同意保持一段长时间的订婚期。我相信他们的担心和宗教信仰无关,他们只是想要确定这场婚礼最终会成为现实。他们决定举行一场盛大的订婚仪式,让他们那个大家族中的每一个人都能见到未来的新郎。他们将日期定在了下个星期。我没办法再隐瞒这件事,只能公之于众。但我该如何告诉法蒂、芙罗兹哈和萨迪克阿迦呢?

一天上午,我去看望法蒂,和她谈起宿命、命中注定的事和真主的意志。她听我说了一会儿,开始用怀疑的眼神看着我,向我问道:"姐姐,出什么事了?你想要对我说什么?"

"你知道,我一直都梦想着有一天来到这里,和你谈起芙罗兹哈,请求她将手交给马苏德。但真主似乎并不想让这件事发生。"

法蒂的面色阴沉下来。她说道:"我早就有一种感觉,有什么事情不对劲。那么告诉我,是真主不想还是你不想?"

"你怎么能这样说?我爱芙罗兹哈胜过爱希琳。我最大的愿望和一直以来都在考虑的事情就是让她和马苏德缔结连理。但我不知道那个孩子为什么突然会失了心智,爱上了别人。他顽固地对我说'我想要她',强迫我去向那个女孩求婚。现在他们要订婚了。"

我看见了芙罗兹哈的人影。她僵立在门口,手中捧着茶盘。法蒂跑过去,从她手中接过茶盘。芙罗兹哈盯着我,她的目光在无声地向我发问:为什么?她的脸上充满了失望和哀伤,慢慢地又显露出受到侮辱后的愤怒。然后她就转过身,跑进了自己的房间。

"她还是孩子的时候,你就一直在说,芙罗兹哈是马苏德的。"法蒂也气愤地说道,"他们一直都是那样亲密。你可别和我说,马苏德不喜欢她。"

"他的确喜欢芙罗兹哈,非常喜欢,现在也是一样。但他说,他对芙罗兹哈的感觉只是像兄妹一样。"

法蒂冷笑两声,走出起居室。我知道她有很多话想说,只是因为对我的尊敬才没有说出口。我跟着她走进厨房。

"亲爱的,你完全有理由生气。"我说,"这件事也让我快要发疯了。我现在能做的只是拖延这场荒谬的婚姻。他们要保持一年的订婚关系。我希望马苏德能够在这段时间里看清楚。"

"是吗?他坠入爱河,他们两个即将拥有快乐的人生,而你不应该做一个恶婆婆,希望他们在订婚之前就分手。"

"但是法蒂,你不明白。"我叹了口气,"哪怕他们有任何一点共同之处,我也不会感觉这么糟糕。你根本无法想象他们的差异是多么巨大。我不是说她是个坏女孩,但她不适合我们。你可以自己亲眼看看。说实话,我很希望得到你的意见。也许是我看错了她,因为我一开始就不想让这件事发生。我还算好,对这件事至今都没有做过任何评价。希琳就不同了,她甚至根本不愿意去看那个女孩一眼。如果马苏德听到了她对那个女孩的评价,一定再也不会和我们说一句话了。那样我就要彻底失去他了。"

"那么,那个女孩一定有什么过人之处,才让马苏德那样想要她。"法蒂说,"毕竟喜欢她的是马苏德。"

"你想要我和芙罗兹哈谈谈吗?"我问法蒂。"你完全无法想象我是多么心疼她。"

法蒂耸耸肩说:"她现在也许没有心情说话。"

"最不济她也只是会把我从房间里赶出来。这没关系。"

我轻轻敲了敲芙罗兹哈的屋门,把门推开一点。芙罗兹哈正躺在床上。她的蓝眼睛红红的,脸上还挂着泪水。她转过身背对着我,不让我看见她的脸。我立刻感到一阵心疼。我不能就这样看着这个甜美的女孩哭泣。于是我坐到床边,轻轻爱抚她。

"马苏德不值得你为他这样。"我说,"记住我的话,他一定会为此而后悔的。这件事中唯一倒霉的只有他。我不知道为什么在他经历过那么多痛苦和磨难之后,真主还是不想让他得到一个安宁幸福的人生。我曾经一直希望这样的人生将由你来为他创造。可惜的是,最终他却配不上这样的幸福。"

芙罗兹哈纤细的肩膀颤抖着,但她没有说话。我知道失落的爱情会给人带来怎样的痛苦。我起身回了家,感觉疲惫又沮丧。

在我的家人中,母亲、法蒂、萨迪克阿迦、马苏德的姑姑们和帕尔文太太参加了订婚仪式。英俊的马苏德穿上了精致的西装,打着领带,站在刚刚从发廊回来的拉丹身边。拉丹穿了一件蕾丝长裙,头发上装饰着蕾丝花朵。

"这是怎么回事!"希琳用嘲弄的口气说,"看看那个新郎。他不是经常说自己不喜欢领带吗?因为他觉得领带就像一根缰绳!到底发生了什么,让那个女人那么轻易就给他套上了缰绳?哦,如果他的同事能看到他现在的样子就好了!"

我努力表现出高兴的样子,但实际上,我的心情非常糟糕。我想起了自己梦中的马苏德的婚礼。在我的想象中,那将是我生命中最美好的夜晚之一。而现在,希琳闷闷不乐,抱怨每一件事。只要有人向那对恋人表示祝贺,希望他们得到幸福,希琳就会转过头说一声:"呸!"我不断提醒她这样太过于无礼,为了马苏德,她也不应该如此,她却根本不理我。当拉丹的家人坚持要男方的妹妹表演他们所谓的"刀刃舞",还要在舞蹈中将蛋糕刀交给拉丹的时候,希琳拒绝了,并且愤愤不平地说:"我恨这种滑稽戏码。"

马苏德对我们怒目而视,我不知道该怎么做。

马苏德订婚之后还不到三个月,芙罗兹哈就结婚了。很明显,我是最后一个被通知的。我知道有很多男孩子在追求她,但我没想到她会这么快就结婚。我去看了她。

"亲爱的,为什么要这么匆忙?"我问她。"给自己一点时间,让你能够以平静通达的心态喜欢上一个人。那个人应该真正懂得你的价值,知道你是一颗无比珍贵的宝石。"

"不,姨妈。"她带着苦笑说道,"我绝对无法再有那样的爱情了。我让我爸妈挑选了他们认为合适的人。当然,我也不是不喜欢苏赫拉布。他是一个善良又讲道理的人。我觉得,只要有足够多的时间,我就会忘记过去,变得越来越喜欢他。"

"是的,当然。"我说道。我心中却在想,但你心中的火焰永远也无法熄灭。"不过我还是希望你能等上一年。我不相信那场订婚能够维持下去,现在已经有一些迹象了。"

"不,姨妈,就算马苏德现在跪在我脚前,取消他的婚约,请求我向他伸出手,我也会拒绝他。我心中的一些东西和我在他身上所期许的偶像光环都破碎了。一切都不会再和以前一样了。"

"你是对的,我为我说的话感到抱歉。我真的没有别的意思。但你不知道,我是多么希望你能够成为我的儿媳。"

"求你,姨妈,够了!我希望你从没有对我说过这些话,这正是我如此难过的原因。从我在这个世界上睁开眼睛的那一天开始,我就将自己看作你的儿媳和马苏德的妻子。而现在,我觉得我就像是一个眼睁睁看着丈夫欺骗自己的妻子。而可怜的马苏德实际上什么错事都没有做,我们从没有向对方许下任何承诺。他有权决定自己的未来,选择他爱的女人。你的话只能在我心中制造一个虚假的幻象。"

唯一让我感到幸运的是,苏赫拉布的确是一个善良、睿智、受过良好教育而且相貌英俊的男人。他来自一个有文化的家庭,正在攻读法语。一个月以后,这对年轻夫妇就去了巴黎。法蒂一家人也都和他们一起去度假了。我怀着沉重的心情和他们告别,眼含热泪地希望他们能够永远幸福快乐。

马苏德和拉丹的订婚只维持了七个月。马苏德就像是突然从一场沉睡中醒过来一样。

"我们根本没有可聊的!"他说,"我会谈论几个小时的建筑、艺术、宗教和文化,而拉丹只是一开始会表现出一点有兴致的样子。实际上她对这些事根本就没有兴趣。她只想着衣服、头发和化妆。她甚至对运动都没有兴趣。你根本无法想象她的头脑有多么浅薄,只有在谈到钱的时候才会引起她的注意。他们和我们根本就不是一路人。他们宁愿不吃东西,宁愿去做丢人的事,宁愿欠债,也要穿上别人从没有见过的新衣服,在聚会中炫耀。他们对于体面和荣誉的概念和我们的习惯从根本上就有着天壤之别。"

我终于长舒了一口气。但我也感到异常难过,因为我们失去了无比宝贵的芙罗兹哈,尤其是我已经能感觉到马苏德也在后悔。最终将他唤醒的打击有很多,而我相信芙罗兹哈的婚姻就是其中最重要的一个。但现在一切都太晚了。

马苏德再一次将全部身心投入工作。他和希琳重归于好,我们一家人恢复了往日的平静和温暖。但马苏德一直在为伤害了我而深深自责,想方设法对我做出弥补。

有一天,他一回到家里就兴奋地说:"好消息!你的问题解决了。"

"我的问题?我没有什么问题。"我说道。

"我是说你上大学的问题。我知道你一直梦想着能够拿到学士学位,然后继续读书。我从没有忘记过你在被开除的那一天是怎样的表情。我和几个人谈过了,其中包括文学系主任。我们一起当过兵。他同意让你修完最后几个学分,拿到文凭。然后你还可以考取硕士学位。知道吗,你也许还能读到博士学位呢。"

许多相互矛盾的心绪涌上我的心头。但我肯定自己对那张纸已经没有渴望了。

"我曾经有一个名叫玛赫纳兹的同班同学。"我说道,"她非常喜欢一句话,就用精美的字体写下来,钉在了墙上。那句话是'我想得到的,只有我不再想要的时候才能得到'。"

"什么?你的意思是你已经不想要你的学位了?"

"不想要了,亲爱的,很抱歉浪费了你的时间。"

"但是为什么?"

"多年以前,他们剥夺了我的权利,我因此而蒙受了许多损失,其中最基本的损失是我本应该得到加薪。在那段艰难的岁月中,那是我迫切需要的。而现在,因为各种机缘巧合,也许只要我向他们苦苦哀求,他们就能给我这个恩惠!……不,我不想要了。今天,我因为自己掌握的知识和经验得到了人们的认可。我的编辑工作让我能够得到拥有博士学位的人才能得到的收入。没有人再要求我拿出学位证书。哪怕是有人提起这件事,我也只会一笑置之。

"而且那些人颁发学位头衔的方式也让那些头衔在我眼中失去了价值。无论是什么东西,我都想要以我自己的能力去获得,而不是通过别人的仁慈。"

那一年,希琳考入了大学。她想要攻读社会学专业。我很高兴我的三个孩子都能接受大学教育。希琳很快就交到了新朋友。我想要知道她身边都是一些怎样的人,就鼓励她在我们家里举办聚会,这样我就能安全地在一旁观察她的朋友们。渐渐地,我认识了她的许多朋友,我们的公寓也变成了他们常规的聚会场所。尽管他们打扰了我的工作和平静,让我无法集中精神,我还必须做更多的烹饪和清洁工作,但我仍然为此感到高兴,并很愿意这样做。

两年以后的早冬时节,帕尔瓦娜和我的第一个孙辈出生了。我去了德国,亲眼见证了那个美丽动人的小女孩出世。西亚马克和莉莉给她起名为朵尔娜。帕尔瓦娜和我不停地围着她打转,还为她到底像谁而争论不休。尽管我现在是祖母了,但我心中的快乐和幸福让我觉得自己又年轻了,比之前十年里都更有活力。

朵尔娜两个月大的时候,我不得不离开了她。我内心十分不舍,但我还是想要回伊朗过新年。我不想让希琳和马苏德孤单太久。

一回到家,我很快就注意到有事情发生了。希琳的朋友中间出现了一个我不曾见过的年轻人。希琳向我介绍法拉马兹·阿卜杜拉伊,说他是一名研究生。问好之后,我对他说:"欢迎加入这个厉害的社会学者群体,不过说实话,你能忍受他们吗?"

他笑着说:"的确是很不容易!"

我有些好奇地看着他。

"哦，法拉马兹，你是在开我们的玩笑吗？"希琳有些害羞地责备他。

"当然不是，女士！你是让我们感到自豪的王冠。"

希琳咯咯地笑着，我则对自己说——明白了！

所有人都离开以后，希琳问我对她的朋友们有什么看法。

"他们之中大多数人我以前就认识，现在他们也没什么变化。"我说。

"但你觉得以前你没见过的那些人呢？"

"那个坐在沙发上的高个子女孩是个新人，对不对？"

"是的，她的名字是涅金。坐在她旁边的是她的未婚夫。他们真是一对神仙眷侣，下个月就要结婚了。我们全都被邀请参加他们的婚礼。"

"这太好了，他们很般配。"

"那么，其他人呢？"希琳继续问道。

"什么其他人？你们这群人里还有其他新人？"

我知道她拐弯抹角地问这些问题只是想知道我对法拉马兹的看法，但我喜欢先逗逗她。

希琳终于忍不住了，有些着急地问："你是说你没有注意到那么大的一个男人？"

"他们全都很大。你说的是谁？"

"我说的是法拉马兹！"她激动地说道，"他很喜欢你。他说：'你妈妈可真漂亮，她年轻的时候一定是个大美人。'"

我笑着说："真是个可爱的年轻人！"

"就是这样？你对他的看法只有这么多？"

"我怎么可能对刚刚说过两句话的人有什么看法？为什么你不把他的事情好好和我说一说？这样我就能看看他的内在是不是和他的外表一样好了。"

"你想要我说什么？"

"你所知道的他的一切，包括所有你觉得不相干的事情。"

"他们家一共有三个孩子,他是老二,今年二十七岁,很有教养。他妈妈是一位教师,爸爸是一位土木工程师,经常外出。他在他爸爸的公司里工作。"

"但这不是他所学的专业,"我说,"他应该是社会学系的吧?"

"不是!我告诉过你了,他是技术系的。"

"那么他为什么会和你们在一起?你是在哪里遇到他的?"

"他是苏鲁什最好的朋友。苏鲁什就是涅金的未婚夫。他们总是在一起,我也常常会见到他。你去德国的时候,他才正式加入我们。"

"好吧,再和我多说一些。"

"我还能告诉你什么?"

"你只是给了我一些一般性的信息。现在和我说说他的性格。"

"我怎么会知道?"

"你是什么意思?"我问她,"你和他成为朋友,难道就是因为他是家里的二儿子、他妈妈是教师、爸爸是工程师、他念技术系?"

"妈妈,真是没法和你说话了!你说得就好像他是我的男朋友。"

"或许他真的是呢。不过我关心的不是这个,现在我更感兴趣的是他到底是一个什么样的人。"

"你不介意?"希琳惊讶地问,"你的意思是,就算我们的关系已经很亲近了,你也不在乎?"

"听着,你很快就要二十一岁,早就是成年人了。我相信你,相信我养育你的方式。我知道你的生命中不缺乏爱,所以不会盲目地因为别人的一点关爱就被俘虏。你知道自己应当拥有什么,不会让任何人践踏你的权利。你尊重宗教和社会规范,聪明又理性,还很有远见。我知道你不会被幻想和冲动所左右。"

"真的?你是这样看我的?"她问道。

"当然!有时候你的思考和决定要比我更理性,你比我更能够控制自己的情绪。"

"你是认真的?"

"为什么你会怀疑自己?也许是因为你的感情太强烈了,让你担心自己的判断会受到影响。"我说道。

"哦,是的!你根本不知道我是多么害怕。"

"这样很好。这表明你还拥有理智。"

"说实话,我不知道该怎么做。"

"你必须做什么事吗?"

"不是吗?"

"当然不是。你唯一要做的就是学习,计划你的未来,更好地了解自己和他。"

"但我就是控制不住地想他。"希琳说,"我总想要看到他,花更多的时间和他在一起……"

"只要你想,你就可以在大学里见到他,也可以邀请他来这里。当然,只有当我在家的时候才可以。我也想了解他。"

"难道你不担心我……我不知道……我会不会做得太出格?"

"不,"我说,"我相信你,更胜于相信我的眼睛。而且,只要一个女孩自己想要做出格的事,就算是给她戴上手铐和脚镣,她也一样能做到。我们必须依靠内心来约束自己,你也一样。"

"谢谢你,妈妈。我感觉好多了。请放心,我一定能把握好分寸。"

新年假日之后,有一天希琳不在家,马苏德坐到我身边说:"妈妈,我需要对我的未来做一个严肃的决定。"

"说实话,"我说道,"我也正要和你说这件事。不过我必须承认,我完全不相信用那种传统的办法能挑选一位好妻子。我想要你找到一个你喜欢的女孩,一个能够与你和谐相处,被你所了解的人。我实际上很希望你能够在大学或者工作中遇到这样的女孩。"

"我要承认,上一次我犯了个很大的错误,这让我现在都感到害怕。我觉得自己不会再那样沉迷于爱情了。不管怎样,我现在遇到了一个机会,它在各个方面看上去都是合情合理的。如果你觉得合适,我就会努力试一试。坦白地说,现在我的朋友们几乎都结婚了。我觉得很孤独。"

我想到芙罗兹哈,不由得心中一痛,叹了口气说道:"好吧,告诉我这是怎样的一个机会。"

"马哈索迪先生有一位二十五岁的女儿,她正在大学读化学专业。马哈索迪先生曾经暗示过,他不介意有我这样一个女婿。"

"马哈索迪先生是一个很好的人。我相信他的家人一定也都很好。"我说,"但还有一个问题。"

"什么问题?"

"他是政府部门的副部长,与政治相关。"

"好了,妈妈!你真的是太多虑了。别告诉我你在担心他会被投进监狱,甚至是被处死!"

"为什么我不担心?政治和权力的游戏早就把我吓坏了。所以你开始在那里工作的时候,我才会那样忐忑不安,要你承诺绝对不会接受敏感职位和政治任命。"

"如果所有人都像你这样想,那国家要由谁来管理?"马苏德问。

"很抱歉,但我觉得是你需要去看看心理医生!"

不管怎样,马苏德还是决定请求那位姑娘将手给他,和他结为夫妻。希琳和我已经准备好要去马哈索迪先生家里提亲的时候,马苏德又对我们说:"我能请你们再帮我一个忙吗?出于对马哈索迪先生的尊敬,你们能不能穿上恰多尔?"

我发火了。"听着,亲爱的儿子,你难道忘记了我们也是人?我们有自己的想法、原则和信念。我们不能总是变成另外一种人。你知道我有多少次不得不因为男人的眼光而改变自己,把自己完全遮起来?我在库姆要一直穿着恰多尔,在德黑兰需要戴上头巾,我嫁给了你们爸爸,他不想让我戴任何头巾,然后革命来了,我又必须披上长长的曼图。你想要和拉丹小姐结婚的时候,你想让我变得时尚精致,那时我就算是穿上大开领的裙子你也不会在乎。而现在,你想要娶你领导的女儿了,你就想让我穿上恰多尔!不,儿子,也许我一生中不得不屈服于许多人,但我肯定不会屈服于我的儿子。我想要告诉你,作为一名体验过人生中各种好事和坏事的中年女性,我可以自己做主,选择我要穿什么。我们会穿着日常衣服去拜访他们,不会为了取悦他们而进行任何伪装。"

阿特菲是一位虔诚庄重的姑娘,最重要的是,她很有理智。她容貌姣好,有一双淡褐色的眼睛。她的母亲招待我们非常周到,但就算是在希琳和我面前,她也会一直穿戴着合规的赫加布。马哈索迪先生就像平时一样和善有礼。从很久以前开始,我就一直觉得欠他一份人情。他胖了一些,头发变成了白色,手中不停地揉捻着他的祈祷念珠。从我们来到他家开始,他和马苏德就谈起了工作,仿佛完全忘记了我们来到这里是为了另外一个原因。

尽管他们的家庭气氛让我隐约想起了马哈茂德家,但我在这里没有任何不好的感觉。实际上,他们的虔诚信仰也给我的心中注入了某种平和与安宁。我在这里感觉不到对于冒犯真主和地狱天使的恐惧,仿佛只有爱与关怀的天使飞翔在我的周围。和马哈茂德家完全不同,欢笑与喜悦在这里不是罪行。希琳肯定也和我有着同样的感受。因为她的舅舅们,她对于宗教家庭一直都没有什么好感。但在这里,她很快就和阿特菲热络地聊起了天。

一切都是那样顺利而快捷。我们在仲春时节为马苏德和阿特菲举行了婚礼。尽管马苏德早先几年就已经用政府的优惠政策买了一所不错的公寓,但马哈索迪先生还是坚持要他们住在他家的一楼,那是他特意为阿特菲留出来的。

马苏德收拾行李的那一天,我努力表现出高兴的样子,帮助他收拾各种东西,还不断开他的玩笑。但是在他离开之后,他的房间空了出来,我坐到空房间中的床上,盯着墙壁,突然感觉这个公寓失去了它的精神,而我的心中也充满了沉重的哀伤。我对自己说,小鸟飞走,巢自然会空下来。但我人生中第一次开始害怕未来,害怕未来的孤独。

希琳刚刚到家。她将屋门打开一点,问道:"他走了吗?这里显得好空啊。"

"是的,孩子们都会离开。"我说,"但这是最好的分别。感谢真主,他还活着,而且一切都好。我终于看到他结婚了。"

"妈妈,但和你说实话,我们现在真的很孤单。"希琳说。

"是的,但我们还有彼此,在你离开之前,我们还能再一起度过一两年。"

"一两年!"她惊呼一声。

"你不会想要在大学毕业之前结婚吧?"

希琳咬住嘴唇,耸耸肩。"谁知道呢?也许我再过两个月就要结婚了。"

"什么?我不会允许的!"我坚定地说,"你为什么要这么匆忙?在你读完大学之前甚至都不应该想这件事。"

"但有一些情况……"

"什么情况?不要听别人说什么。你要以平静的心态完成学业,开始工作,站稳脚跟。这样你才不需要听从别人的威吓,束手束脚,被迫接受各种羞辱。只有到那个时候,你才能开始思考婚姻的问题。结婚不是着急的事情。你一旦进入了婚姻,就要永远为家庭和家人负责。只有在你年轻和单身的时候,你才能这样无忧无虑。这样的岁月非常短暂,一去不复返。为什么你想要让你人生最好的阶段变得更短?"

马苏德常常会回来看我。他总是对我说:"你不应该再工作了,现在你已经到了需要休息一下的年龄了。"

"但是儿子,我喜欢我的工作。"我告诉他,"对于我来说,工作更像是一种习惯。没有了它,我会觉得自己毫无用处。"

但他还是不愿放弃。我不知道他是怎样记录了我的所有工作经历,安排我得到了一份退休金。当然,我很高兴能够有一份稳定的收入,但我不能放弃工作。我的手头总会有一两个项目需要完成。马苏德也会定期地给我钱,这已经远超过我的需要了。

他的薪水相当丰厚。但他并不喜欢自己的工作,我也不希望他继续在政府做下去。我不停地劝他:"你是一个艺术家,一名建筑师,为什么你要留在这种人际关系复杂又沉闷无趣的政府职位上?在这种职位上的晋升是有欺骗性的。失去你的人际关系,你就会一头栽倒。你只应该接受你认为值得去做的工作。你是那样虔诚,有着那么坚定的信仰,为什么在职业问题上,你会如此不负责任,自欺欺人?"

"妈妈，你知道你为什么这么想吗？因为你被欺骗和伤害过太多次了。不过不用担心，我对这种官僚主义的确也没有耐心了。我和几个朋友正在计划创建自己的公司。我会暂时留在我的岗位上，履行我的职责。等到我们的公司成立，我就会离职。"

对于希琳，我一直在努力避免提起那件事。但几个月之后，我不得不妥协，开始讨论她的结婚计划了。法拉马兹已经得到了他的硕士学位，正准备前往加拿大。他们打算在他出国之前结婚，这样他就可以为希琳申请居住权。我反对希琳退学的打算，不过他们向我保证，为希琳申请居住权需要差不多一年的时间，这足够让希琳完成自己的学业了。

想到又要和希琳分别，我难免会感到格外痛苦，但她是那样快乐和兴奋，所以我不允许自己在她面前表现出任何一点哀伤。我们为他们举行了婚礼。不久之后，法拉马兹就出国了，他会等到希琳的居住权申请得到许可的时候再回来。那时候希琳也将读完大学。我们会在那时再举行一场正式的结婚典礼，然后新娘和新郎就要一起离开了。

尽管心中万般不愿，我还是履行着自己的责任。我的孩子们学习都很好，也都成功地开辟了自己的人生。但我还是感觉到空虚和茫然，就像我曾在学校期末考试结束时常常会有的那样。仿佛我已经无事可做。我比以往更加尽心地感谢真主，唯恐他会认为我心存不满，对我施加惩罚。我还安慰自己，幸好现在还有时间。希琳至少要到一年以后才会走。不过我还是无法对心中的乌云视而不见，那是年老和孤寂向我投下的阴影。

第十章

希琳去加拿大的日子越近,我就越感到焦虑和抑郁。我努力不黏着自己的孩子们。我不想成为一个爱管闲事、只能依靠孩子们过日子、让他们无时无刻不为我担心的老母亲。随着一个月又一个月过去,我努力参与社交活动,扩大我的朋友圈,寻找新的方式填满我越来越多的自由时间,但在这个年纪交新朋友不是一件容易的事情。我和我的家人也没有多少联系了。母亲年纪很大了,住在马哈茂德那里。她不想时常来我这里住几天,我也不会去马哈茂德家,所以我很少能看见她。帕尔文太太也上岁数了,不再像以往那样活力四射,爱做各种事情。但我知道,她依然是唯一一个在我需要帮助的时候能够指望的人。法蒂在芙罗兹哈结婚并离开伊朗以后就变得哀伤阴郁,我们不再像以往那样亲密了。很明显,她觉得让她承受和孩子分离的痛苦是我们的错。我会定期和我曾经的女同事们聚会,偶尔还能见到扎尔加先生。他在几年前再婚了,现在看起来很幸福。

只有当帕尔瓦娜回德黑兰的时候,我的忧虑才会稍稍减轻。我们聊天、欢笑,仿佛回到了年轻时那段快乐的日子。那一年她的母亲生病了,她在伊朗逗留了更长的时间。

"希琳离开以后,你一定要把这个公寓租出去,每年去你的孩子们那里分别住几个月。"她说道。

"绝对不行!我不要失去自己的独立和自尊,也不打算干涉孩子们的生活。几代人住在同一幢房子里已经不再合适了。"

"干涉?他们应该喜欢这样,为此感到高兴!"帕尔瓦娜不赞同我的话,"他们应该想要回报你的辛苦付出。"

"别这样!这让我想起了我的祖母。她过去常说:'养儿子就像是炸茄子,一开始会用掉很多油,但随后他们一定会吐出很多油。'我对我的孩子们可没有这样的期待。我做这些都是因为我自己,这是我的责任。他们不欠我什么。而且我的确想要保持独立。"

"保持独立做什么?"帕尔瓦娜继续争辩道,"一个人坐在家里,让他们默默地、毫无愧疚地忘记你?"

"胡说。"我说道,"这个世界上每一场革命都是因为人们想要独立,现在你却想让我就这样放弃自己的独立。"

"玛苏姆,时间过得这么快,孩子们一转眼就长大了!"帕尔瓦娜说,"那些日子是那样美好,我真希望它们能够回来。"

"不!"我提高了声音,"我不希望过去的任何一个小时再回来。感谢真主,那些日子终于过去了。希望剩下的日子也一样飞快地过去。"

炎热的夏季到了。我开始为准备希琳的嫁妆而忙碌。帕尔瓦娜和我经常会一同购物,或者找别的理由一起过上一天。在一个最炎热的下午,我刚刚躺下午休,却被一阵意料之外的门铃声吵了起来。门铃响个不停。我拿起对讲电话,问门外是谁。

"是我,赶快开门。"

"帕尔瓦娜?出什么事了?我们说好晚点再见面的。"

"是你把门打开,还是我把门撞开?"她高声喊道。

我急忙把门打开。一眨眼的工夫,她就已经上了楼梯。她面色通红,额头和上嘴唇全是汗珠。

"出什么事了?"我问她,"到底是怎么回事?"

"进去,先进去!"

我一头雾水地看着她。帕尔瓦娜扯下头巾,丢掉曼图,坐倒在沙发上。

"水,凉水!"她喘着粗气说。

我迅速给她端来一杯水。

"等会儿我再给你拿点冰果子露。"我说,"现在先告诉我出什么事了，你要急死我了！"

"猜猜，猜猜我今天看见谁了！"

我感觉自己的心像块石头一样掉在地上，我的胸膛一下子空了。我知道了。帕尔瓦娜的一举一动都让我想起了三十三年前的时候。

"赛义德！"我哽咽着说。

"你这个疯丫头！你怎么知道的？"

我们再一次变成了在父亲家楼上房间里悄声耳语的那两个青春期的女孩子。我的心脏就像那时候一样拼命狂跳，她也是一样地兴奋和不安。

"快告诉我！你在哪里看见他的？他怎么样？看上去如何？"

"等一下！让我慢慢说。我去药房给我妈妈拿药。那位药剂师认识我。他当时正在接待一位客人，他们站在柜台后面。那位客人背对着我，我一时还看不见他的脸。他的声音让我觉得有些熟悉。因为他的头发和身材看上去很有魅力，我就想要看看他的脸长什么样子。药剂师的助手已经把药给了我，但我还是想看一眼那个人再走。我来到柜台前说：'你好，医生，希望你一切都好。我想问一下，一天最多能吃几粒安眠药？'真主啊！那是一个多么愚蠢的问题。但这让那位客人转过身，惊讶地看向了我。哦，玛苏姆，那就是他！你根本无法想象我当时的心情。我简直紧张得要死！"

"他认出你了吗？"

"真主赐福他，是的！他是那么聪明。已经过了这么多年，而且我戴着头巾，披着曼图，还染了头发，但他还是认出了我！当然，他一开始犹豫了一下，不过我立刻就摘掉太阳镜，向他微笑，让他能看清我。"

"你们说话了吗？"

"当然！你以为我还会害怕你的兄弟们吗？"

"他看上去怎么样？老了很多吗？"

"他额角的头发完全变白了，其余地方也是一片花白。他戴着夹鼻眼镜。原来他不戴眼镜的，对不对？"

"对，他不戴。"

"当然，他的面容已经老了很多，但他看上去没有什么变化。"帕尔瓦娜继续说道，"尤其是他的眼睛，还和原来一模一样。"

"他说了什么？"

"就是平常的问候。他先是问起了我爸爸。我告诉他，我爸爸在很久以前就去世了。他向我表示了哀悼。然后我大着胆子问：'那么，你这些年住在哪里？在做什么？'他说：'我在美国住了一段时间。'我就问他：'你的意思是，你不在伊朗了？'他说：'我现在定居伊朗。我是几年前回来的，在这里工作。'我不知道该如何问起他的婚姻，他是不是有孩子。我只是说：'那你的家人呢？'他显得有些惊讶。我又急忙补了一句：'我是说你的母亲和姐妹们。'他说：'很不幸，我妈妈差不多二十年前就过世了。我的姐妹全都结了婚，组建了自己的家庭。不过现在我一个人在伊朗，能多去探望她们了。'我支棱起了耳朵。这肯定是最好的机会了。我问他：'一个人？'他说：'是的，我的家人都留在了美国。我又能怎么办？孩子们全都是在那里长大的，早就习惯那里的生活了。我的妻子不想离开他们。'我得到了我想要的大部分信息，感觉再问下去可能就太失礼了。于是我说：'很高兴遇到你。请把你的电话号码写给我吧。如果你有时间的话，我很愿意再和你见面。'"

我沮丧地问道："他没有问起我？"

"有的，等一下！就在他写下电话号码的时候，他忽然说道：'你的朋友呢？你和她还有联系吗？'我几乎无法掩饰自己的兴奋之情。我说：'有的，有的。当然，她一定也很想见到你。今天下午我们可以通个电话，也许可以安排你们见一面。'你绝对不会相信，他的眼睛里突然出现了怎样的光彩。他问这样是否合适。我觉得他还在害怕你的兄弟们！我说：'这当然合适。'然后我迅速和他告了别，以最快的速度赶来了你这里。全凭真主的意志，我在路上才没出车祸。那么，你现在是怎么打算的？"

我的脑海里思绪万千，不断翻腾。一切发生得太快了，我根本来不及搞清楚自己在想什么……

"嗨……你在想什么？"帕尔瓦娜问，"如果他今天下午打电话过来，我该和他说什么？你想要我约他明天过来吗？"

"过来？来哪里？"

"或者去我家，或者来这里。这要看希琳是怎么安排的。"

"明天是星期几？"

"星期一。"

"我不知道她会做什么。"

"没关系。我们可以在我家见面。我妈妈总是在睡觉，对于任何事都不在意。"

"但我们为什么要做这种事？还是算了吧。"

"别那么胆小！"帕尔瓦娜责备我，"难道你不想见见他？无论如何，他也是你的老朋友。我们并没有做错什么事！"

"我不知道。"我说，"我现在脑子全都是乱的，什么都想不清楚。"

"你还是这样！你的脑子什么时候清楚过？"

"我的脑子完全不转了。我的手和膝盖都在发抖。"

"好了！不要像个十六岁的孩子一样。"

"这正是问题所在。"我说，"我已经不是十六岁了。他看到我现在的样子，一定会吓坏的。"

"说什么傻话！变老的又不只是我们，他也老了。而且按照霍斯劳的说法，你就像是科曼的地毯，越老越有韵味。"

"别说了！我们俩自己知道，我们都多大年纪了。"

"是的，但重要的是其他人不知道，而我们不应该就这样自暴自弃。"

"难道你以为人们都是瞎子吗？我们到底变老了多少显而易见。我甚至都不愿意照镜子了。"

"别这么说！你说话的口气就好像我们已经九十岁了，而实际上我们才刚刚四十八岁！"帕尔瓦娜说。

"不，亲爱的，不要骗你自己了。我们五十三岁了。"

"真主啊，太棒了！"帕尔瓦娜用嘲弄的口气说，"你的数学这么好，我很惊讶你怎么没有成为下一个爱因斯坦。"

就在这时，希琳走了进来。帕尔瓦娜和我就像两个做了错事的孩子一样,立刻停止争吵,装出无事发生的样子。希琳吻了一下帕尔瓦娜的面颊,没有多看我们一眼就回了她的房间。我们对视了一眼,一下子笑了起来。

"还记得以前阿里走进房间的时候,我们是怎样把那些纸藏起来的吗?"我问道。

帕尔瓦娜看了一眼手表,惊呼道,"哦,我的真主啊!看看时间。我和我妈妈说过,我只出去十五分钟。她一定担心坏了。"她披上曼图,又说道,"今天我不会再来了。如果他打来电话,我就请他明天六点钟去我家。那里更安全。不过你应该早一些来……好吧,我会给你打电话的。"

我回到卧室,坐在梳妆台前,仔细端详镜子中自己的脸,想要找到一些十六岁时的痕迹。我仔细地看着眼睛周围的皱纹——它们在我微笑的时候变得更深了。我的鼻翼两侧有两条非常明显的纹路,一直延伸到嘴唇。我面颊上那两个美丽的圆形酒窝——帕尔文太太说它们在我笑起来的时候差不多有一寸深——现在变成了两个长长的凹槽,与我嘴角两边的法令纹平行。我曾经光滑闪亮的皮肤现在变得苍白松弛,在我的面颊上还有一些浅色的斑点。我的眼皮不再紧致,黑眼圈也格外明显。我茂盛的红褐色头发曾经一直垂到腰际,现在却在变短、变细、变得干枯难看。尽管我在定期染发,但白色的发根还是清楚地显露出来。就连我眼睛里的神情也变了。不,我已经不再是赛义德爱上的那个美丽女孩。我感到不知所措,只能不停地在镜子里寻找自己,直到希琳的声音把我叫醒。

"出什么事了,妈妈?你已经照了一个小时的镜子了!我还从没见过你这么喜欢镜子呢。"

"喜欢?不!我想要把所有镜子都打碎。"

"为什么?俗话说,'要打碎的是自己,打碎镜子没有用'。你在镜子里看见了什么?"

"我看见了我自己,看见了自己的衰老。"

"但你从没有在乎过自己变老啊。"她说,"你和大多数女人都不一样,你从来不忌讳谈论自己的年纪。"

"是的，但有时候，有些东西，也许只是一张照片，就会带你回到过去。你看着镜子，突然发现自己已经变得那么不一样了，这实在是太残酷了，就好像从悬崖上摔下去一样。"

"但你一直都说，每一种年龄都有它的美。"

"是的，但青春的美丽完全是另一回事。"

"我的朋友们都说：'你妈妈真是一位高贵的女士，亲切又文雅。'"

"亲爱的希琳，我的祖母也是一个亲切的人。她从不会说一个女孩生得丑，只会说她非常可爱。现在你的朋友们也只是不想说'你妈妈已经一大把年纪了'，所以他们就说我亲切文雅。"

"妈妈，你说得不对。在我看来，你一直都是那个最美丽的人。我还是小女孩的时候，人们就只想看着你。我很忌妒。直到几年以前，人们还是看你比看我更多。我一直都很伤心自己的眼睛没有你那样的色彩，我的皮肤也没有你那样洁白光滑。"

"胡说！你比我以前漂亮多了。我的肤色一直都很苍白，人们都以为我生病了。而你有着闪闪发亮的眼睛，美丽的小麦色皮肤，你的酒窝更漂亮。"

"那么，是什么让你想到了年轻的时候？"她问我。

"是年纪。人们到了我这个年纪，过去就会变成另一种颜色，就算是那些糟糕的日子也会变得美好起来。我们还年轻的时候都在想象未来，想知道明年会发生什么，再过五年又会在哪里，希望时间赶快过去。但是到了我这个年纪，我们就不会再去关心未来会怎样，我们实际上已经到达了人生的巅峰，于是就转过头，开始重温过去了。"

那天下午晚些时候，帕尔瓦娜打来电话，说她已经安排好了第二天六点钟的见面。整个晚上，我都处在热切的兴奋之中。我不断告诉自己，赛义德和我最好还是不要见面，我们应该只记得彼此青春时的美好样子。我记得在那些年里，每一次当我穿上漂亮的裙子，欣赏镜子中的自己时，都会希望自己能够在某次聚会、某场婚礼，或者就在大街上与他不期而遇。我一直都希望如果我们能够再次见面，那一定是在我最美丽的时候。

第二天一大早,帕尔瓦娜就打来了电话。"你心情如何?我昨晚根本就没合上眼。"

"哦,我们都是一个样。"我笑着说。

然后她迅速开始给我各种指示。

"首先,把你的头发染一下。"

"我最近刚刚染过。"

"没关系,再染一下,发根总是很难着色的。然后洗个热水澡。再盛一大盆冷水,放进去足够多的冰,把你的脸泡进去。"

"我会溺水的。"

"不会的,傻瓜!把你的脸多泡几次,然后用我从德国给你买的黄瓜面膜,就是装在绿色袋子里的那个,把它敷在脸上,躺下来休息二十分钟。然后把它洗掉,再用那个黄色的乳霜,多用一些。你五点钟就过来,我给你化妆。"

"化妆?我又不是新娘!"

"谁知道呢,也许会是的。"她说。

"你应该为自己感到羞愧!我这个年纪还要当新娘?"

"又说年纪了!我向真主发誓,如果你再这么说,我可就要揍你了。"

"我该穿什么?"我又问。

"我们一起在德国时买的那件灰裙子。"

"不行,那是晚礼服。不合适。"

"你说得对。穿那身米黄色的套装吧。不!还是穿那件玫瑰色的衬衫,配那条浅色的蕾丝领子。"

"谢谢。"我说,"我自己会把衣服选好的。"

尽管我从来都没有耐心精致地打扮自己,我还是听从了帕尔瓦娜的所有指示。希琳走进我的房间时,我正躺在床上,脸上敷着绿色的黄瓜面膜。

"出什么事了?"希琳惊讶地问。"你今天真的很不一样。"

"没什么。"我故作轻松地回答,"帕尔瓦娜一定要我用这个面膜,我觉得我应该试一试。"

她耸耸肩，走了出去。

三点半的时候，我开始做准备。我小心地吹干头发，打好发卷。我一件接一件地仔细试穿衣服，在穿衣镜前打量自己，心想，我比以前至少重了十公斤……这是多么奇怪啊，我曾经瘦得那样皮包骨，面颊却像苹果一样，而现在，我的身子胖了，脸却没有原来那样丰满了。

我穿在身上的每一件衣服都不好看。很快我的床上就堆满了衬衫、短裙和长裙。希琳靠在门框上问我："你要去哪里？"

"去帕尔瓦娜家。"

"这么精心打扮就是为了去见帕尔瓦娜阿姨？"

"她邀请了我们的几位老朋友去她家。我不想看上去又老又丑。"

"啊哈！"希琳喊道，"也就是说，你们青春时代的竞争还在继续。"

"不，不是竞争。不过这种感觉很奇怪。我觉得我们看到彼此的时候，有可能像是在三十多年以后重新去看镜子中的自己。我希望我们仍然能看到自己多年以前的样子，否则我们就要完全变成陌生人了。"

"他们有多少人？"

"谁？"

"帕尔瓦娜阿姨的客人们！"

我脸一红。我一直都不擅长说谎。我嗫嚅着说："她找到了一位老朋友，那位老朋友会带她能找到的朋友一起过来。所以我不知道过来的会是一个人还是十个人。"

"你从没有提起过你的老朋友们。她的名字是什么？"希琳问。

"当然，我有朋友和同学，只是我和他们的关系不像和帕尔瓦娜那样好。"

"真有趣。"希琳喃喃地说，"我可没办法想象和朋友们在三十年以后见面是什么样子。想想看！我们那时候可能连路都走不稳了。"

我没有理她。我在努力思考一个理由，以免她如果说想要和我一起去，我会无话可说。不过希琳还和往常一样，更喜欢和她的同龄人打交道，宁愿一个人留在家里，也不愿意去看一眼那些"路都走不稳"的老家伙。最后，我穿上了一件巧克力色亚麻长裙，裙子里有束腹带，脚上是一双褐色的高跟凉鞋。

过了五点半，我才到帕尔瓦娜家。她将我从头到脚仔细打量了一遍，然后说："不算坏。我再给你修饰一下。"

"听着，我不希望看上去化妆的痕迹太重。我就是我。毕竟，我有我的人生……无论那是怎样的人生。"

"你一直都是这么美。"帕尔瓦娜说，"我只会给你加一点巧克力色的眼影，还有一点眼线，再涂一点睫毛膏。你还应该涂点口红。然后就不需要其他打扮了。真主保佑你。你的皮肤仍然像镜子一样光滑。"

"是的，一面碎掉的镜子。"

"但那些裂纹根本看不见。而且他的眼神已经很不好了。我们可以坐在暗一点的地方，那样他会更看不清的。"

"别这么说！"我责备她，"听起来你就像是要推销某种劣质商品！我们会坐在花园里。"

到了六点整，门铃声把我们两个都惊得跳了起来。

"我以我妈妈的生命发誓，他一定是在门外站了十分钟，等到六点整才按了门铃。"帕尔瓦娜说，"他比我们还紧张。"

帕尔瓦娜按下对讲电话上的按钮，打开大门，然后朝花园走去。走到半路，她忽然停下来，回头看向我。我还站在原地。她向我招招手，要我跟上去，但我就是挪不动步子。我透过窗户，看到帕尔瓦娜领着赛义德来到花园中的桌椅旁。他穿着一件灰色的西服，看上去比原来胖了一点，头发都已经花白了。我看不见他的脸。几分钟之后，帕尔瓦娜回到屋里，生气地说："为什么你还在这里？别告诉我，你想要像准新娘那样托着茶盘出去！"

"别催我！"我恳求道，"我的心脏就要从胸膛里跳出来了。我的腿完全动不了。我没办法跟着你出去。"

"哦，我可怜的小宝贝！现在你打算闪亮登场了吗？"

"不行……再等一下！"

"你是什么意思？他问你在不在，我说你在。这太失礼了，快一点。不要像个十四岁的女孩一样。"

"等等……让我冷静一下。"

"呃！那我应该怎么和他说？你等的女士昏倒了?！这太没礼貌了，

他正一个人坐着呢。"

"告诉她，我在陪你妈妈，我马上就过去。哦，我的真主啊！我还没有向你妈妈问好呢！"说完我就冲向了帕尔瓦娜母亲的卧室……

我从没有想过，在这个年纪竟然还会感到慌乱。我一直都将自己看作一个理智沉着的人，一个早已经历过人生起起伏伏的人。这么多年中，曾经有许多男人对我表现过有兴趣，但我在青春期以后就再也没有这样紧张和手足无措过。

"我亲爱的玛苏姆，谁来了？"艾哈迈迪夫人问道。

"帕尔瓦娜的一位朋友。"

"你认识她吗？"

"是的，是的，我们在德国见过面。"

就在这时，我听到帕尔瓦娜喊道："玛苏姆，亲爱的，快过来吧。赛义德汗在等着你呢。"

我照了照镜子，又用手指梳了梳头发。当我走出艾哈迈迪夫人的卧室时，她还在说话。我知道我不应给自己留有思考的时间。我快步走进花园，拼命抑制住声音中的颤抖，开口说道："你好！"

赛义德从椅子里跳了起来，笔直地站着，两只眼睛直勾勾地看着我。几秒钟以后，他才回过神来，轻声说道："你好！"

我们交换了几句常规性的问候，很快就不那么紧张了。帕尔瓦娜回房间里去端茶水，赛义德和我只是面对面地坐着。我们都不知道该说些什么。他的面容变老了，但他那双迷人的褐色眼睛仍然和我记忆中的毫无差别——那份感觉几十年来一直沉甸甸地压在我的心头。看上去，他变得更从容自若，更有魅力了。我希望他对我也会有同样的印象。帕尔瓦娜这时回来了，我们继续客套地闲聊。渐渐地，我们的重聚有了越来越多的热情。我和帕尔瓦娜询问他这些年去了哪里，都在做些什么。

"大家都要说一说，我才……"他说道。

"我没什么可说的。"帕尔瓦娜回答，"我的生活一直都很普通。中学毕业以后我就结婚生子，搬去了德国。我有两个女儿和一个儿子。我现在还是定居在德国，不过我也经常会住在这边，因为我妈妈生病了。如果她的健康有所改善，我就会带她去德国和我一起生活。就是这样。你看，我的生活里没什么有趣和兴奋的事情可言。"然后她指了指我说道："她可不一样。"

赛义德转向我说："那么你也应该和我说说你的生活。"

我带着恳求的神情看向帕尔瓦娜。

"为了真主的爱，先别着急！"帕尔瓦娜对我说完又转向赛义德，向他解释说："她的人生故事能写一本书。如果她现在讲起来，可能到了半夜也说不完。另外她的故事我全都知道，要我将它们再听一遍就太无聊了。所以你应该先说说你的。"

"我从大学毕业的时间比预想中要晚一点。"赛义德说，"我被免除了兵役义务，因为我爸爸过世了，我是妈妈唯一的儿子，所以成了一家之主。大学毕业以后，我回到乌鲁米耶，在我叔伯们的帮助下，开了一家药房。我们的家境渐渐变好了，我爸爸留下的房产也有增值。我帮我的姐妹们结了婚，然后卖掉药房，和妈妈一起搬回了德黑兰。那时我的几位老同学打算开一家药品进口公司，我就加入他们，成了合伙人。我们的生意发展得不错，并开始制造化妆品和保健品。"

"我妈妈一直坚持要我娶妻。我终于屈服，娶了纳齐。她是我的一位合伙人的妹妹，当时刚刚念完中学。后来我们有了孩子，是一对双胞胎，两个捣蛋鬼。把他们养大已经非常难了，所以我决定不再要其他孩子。革命以后，一切都变得一团乱，公司的未来很不明朗。战争爆发的时候，我们的前途变得更加暗淡不明。纳齐全家人都要离开这个国家。她也一心想要让我们出国。当时边境关闭了，但她还是坚持要我们偷渡出境。我一直不同意，直到两年后情况有所改善。然后我妈妈得了重病。我觉得她是因为知道我很快就会离开伊朗，过度伤心而损害了健康，更早地离开了人世。我当时非常沮丧，卖掉了我们的一切。我唯一明智的地方就是保留了我在公司的股份。我们先去了奥地利。纳齐的另一位兄弟住在那里。我们留在那里，直到办齐了去美国的文件。

"从零开始非常困难。但不管怎样，我们在美国定居了下来。孩子们都很高兴，他们只用了两年时间就完全变成了美国人。纳齐想要提升她的英语,就禁止我们在家里用波斯语。这让那两个男孩子几乎完全忘记了他们的母语。我夜以继日地工作,让全家人过上舒适的生活。我有了一切,却没有快乐。我想念我的姐妹们、朋友们,想念德黑兰和乌鲁米耶。纳齐的身边有家人和朋友,我的孩子们也在学校和邻居中交了朋友。他们生活在一个我从来都无法融入,更一无所知的世界里。我感到孤独,和所有人都很疏远。

"当战争结束的时候,我听说这里的情况在改善,有许多人都回来了,于是我也回了国。公司还在运营,市场也不算很糟。我恢复了工作,感觉好多了,精神也振作起来。很快我就买了一幢公寓,想把纳齐接回来,但她不愿意回来。她有非常好的理由——孩子们……是的,她说得对。他们已经完全融入了美国文化,强行让他们离开已经不可能了。最终,我决定既然我能在伊朗挣更多的钱,那么就留在这里,继续工作。而纳齐会留在美国,直到孩子们长大。这就是我们过去六七年的生活。现在孩子们长大了,移居到了其他州,而纳齐仍然没有回国的打算。每年我会去看望他们一次,在美国住几个月……其他时间就只有孤独和工作。我知道这不是健康的生活方式,不过我还没有采取行动改变它。"

帕尔瓦娜在桌子下面踢了我一脚,同时带着一种几乎不加掩饰的、恶作剧般的笑容看向赛义德。我太清楚她的这种表情了。但我只是为他感到伤心。我一直都希望至少他能够有幸福的生活。但看样子,他比我更孤独。

"好了,现在该你了。"赛义德看着我说。

我讲述了我和哈米德草率的婚姻,他的善良和政治行动,他在牢狱中度过的岁月和他最后被处死。我还说了我的工作、上大学以及我因为孩子们而承受的一切艰辛。然后我又讲了最近这些年的生活,关于我各自成家的孩子们,还有我自己几乎完全平静下来的人生。我们三个就像多年之后重新聚首的亲密朋友一样倾心交谈,完全忘记已经过去了多久。

电话铃声把我们吓了一跳。帕尔瓦娜去接电话。几秒钟后,她喊道:"是希琳。她说已经十点了。"

"妈妈,你在哪里?"希琳气恼地问。"看样子你这段时间过得很愉快,但我可是担心极了。"

"如果能有一次换成你来担心我,那也不错。"我说道,"我们谈得很入神,把时间忘了。"

即将分别的时候,赛义德说:"我可以开车送你回家。"

"不用,她自己有车。"帕尔瓦娜说话还是一如既往地莽撞,"你们不能背着我说悄悄话。"

赛义德笑出了声。我瞪了帕尔瓦娜一眼。

"怎么了?为什么你又要瞪我?"帕尔瓦娜说,"好吧,我想知道你们两个都会说什么……看到了吗,赛义德汗?她一点也没有变。我们还是孩子的时候,她就总是说:'不要这么说,这太无礼了;不要那样说,那不合规矩。'这么多年过去了,她还是这副样子。"

"够了,帕尔瓦娜!"我责备道,"别再说这种胡话了。"

"好啦,我只是说出我的想法而已。我向真主发誓,如果我发现你们两个背着我见面,我一定会惩罚你们。我必须也和你们在一起。"

赛义德还在笑。我咬着嘴唇说:"当然,你会和我们在一起……"

"那么,为什么我们不现在就计划好下一次聚会?别和我说你们不想再见面了。"

为了结束这场讨论,我说:"下次请来我家吧。"

"哇,这太好了。"帕尔瓦娜说,"什么时候?"

"星期三上午。希琳会在十点钟去大学,要到傍晚的时候才回来。你们来吃午饭吧。"

帕尔瓦娜拍着双手欢快地说:"太棒了!我会请法尔扎内来陪妈妈。周三如何,赛义德汗?"

"我不想给你添麻烦。"他说道。

"一点也不麻烦。"我说,"我会很高兴的。"

他迅速记下我的地址和电话号码,然后我们就怀着两天后将会再见的念头告别了。

我刚回到家,还没把衣服换下来,电话铃声就响了。帕尔瓦娜带着喜悦的笑声说:"恭喜!那家伙没有老婆!"

"他当然有。那么长的故事难道你都没听见?"

"那是一个关于分手的故事,可不是婚姻的故事。难道你还不明白吗?"

"那个可怜人……你可真坏。如真主所愿,他的妻子会回来的,他们的生活会重新走上正轨。"

"行行好吧!"帕尔瓦娜说,"过了这么多年,我还是不知道你到底是真傻还是装的。"

"亲爱的,他们是正式的丈夫和妻子。"我争辩说,"他们没有依照法律分手,他也从没有提起过要离婚。你怎么能这样就轻易判断别人的关系呢?"

"那就让我们看看,分手的定义是什么。"帕尔瓦娜顽固地说,"只有在一张纸上签字才算是分手吗?不,亲爱的。无论是从感情、喜好、生活方式、时间还是地点来看,他们都已经分开七年了。动动你的脑子,你真的认为在那个开放的社会里,那位女士会独守空闺,为一个她甚至不屑于坐飞机来看一看的男人而哭泣吗?你以为这七年里,这位绅士会像耶稣基督一样纯洁,只是在心中回忆他的爱人吗?"

"如果是这样,那他们为什么不正式离婚?"我问道。

"他们为什么要离婚?那个女人太聪明了,不会这么做的。她有一头骡子为她工作,把挣到的大笔金钱都寄给她。而且他还是一头没有任何麻烦的骡子:不需要为他准备午饭和晚饭,不需要为他洗净和熨烫衣服。如果主动放弃这只下金蛋的鹅,她一定是个白痴。对这位绅士而言,他既不想娶别人,在海外也没有资产。要和那个女人离婚,他就必须放弃自己的一半财产。至今为止,他显然还没有看到这样做的必要。"

"我的真主啊,你竟然在想这些事!"

"我见过上千件类似的事情。"帕尔瓦娜说,"赛义德和他的妻子也许和那些人有不一样的地方,但他们都有一个共同点:他们再也不会是彼此真正的丈夫和妻子了。这一点你完全可以相信。"

我重新焕发了青春活力,为星期三做准备。我一度以为自己已经失去这股活力了。我清扫了公寓,洗干净各种东西,烹饪美食,打扮好自己。那真是美好的一天。我们三个又在一起了。我们的聚会还在继续,成为我生活的主要内容。

我感觉自己又年轻了。我开始关心自己的容貌,仔细化妆,购买新衣服。有时候,我甚至会偷偷打开希琳的衣柜,借她的衣服穿。整个世界呈现出完全不同的色彩。我的人生有了新的目标。我充满热情地工作和做每一件事。我不再感到孤独、衰老、无用和被人遗忘。甚至我看上去也变得年轻了。我眼睛周围的细纹不再那样明显,嘴唇周围的皱纹也变浅了许多。我的皮肤看上去更细腻,更有光彩了。我的心中充满了愉悦的期待。电话铃声有了新的含义。我在接电话的时候会下意识地压低声音,说话也变得含混不清,断断续续。我躲避着希琳质询的眼神。我知道她已经注意到了我的变化,但她还不知道该如何和我谈论这件事。

我们重聚的一个星期以后,希琳对我说:"妈妈,自从找到那些老朋友之后,你看上去精神多了。"

又有一次,她开玩笑地说:"妈妈,我发誓,你的行为有点可疑哦。"

"你说'可疑'是什么意思?我做了什么?"

"一些你以前没做过的事情。你开始享受人生了,还经常出门,高兴得常常会唱歌。我也说不好,反正你就是不一样了。"

"怎么不一样了?"

"你好像恋爱了一样,像个小女孩。"

帕尔瓦娜和我觉得应该把赛义德介绍给希琳。在我这个年纪,再这样偷偷摸摸显然不合适,而且这样我就不必再害怕希琳看见我和赛义德在一起。不过我们一定要找到一个理由让他来拜访。经过数次讨论之后,我们决定把他的身份定为帕尔瓦娜的一位亲友,刚刚从海外返回伊朗。我们偶尔的聚会都是为了工作。巧合的是,赛义德曾经将一些英文文章翻译成波斯文,于是他请我为他编辑好这些文章。

希琳见了赛义德几次。我很好奇她对赛义德有什么样的看法,不过我不想引起她的怀疑。终于,希琳主动挑起了这个话题。

"帕尔瓦娜阿姨是在哪里找到他的?"

"我告诉过你,他是帕尔瓦娜的亲友。"我说,"怎么了?"

"没什么……他虽然年纪大了,但很英俊。"

"年纪大了?"

"是的,他很有教养,又很和蔼。"希琳继续说道,"不过他和帕尔瓦娜阿姨并不般配。"

"你真是太无礼了!帕尔瓦娜阿姨的所有朋友和亲戚都是很体面的人。"

"那她为什么像现在这副样子?"

"什么样子?"

"嗯,她有一点疯疯癫癫的。"

"你应该为自己感到羞愧!"我责备她,"你不应该这样谈论你的阿姨。她幽默风趣,让大家都感觉年轻了,这有什么错吗?"

"有!她在这里的时候,就会变得过分活泼和得意,你们两个总是在说悄悄话。"

"你在忌妒她?难道我就不能有一个朋友?"

"我从没有这样说过!我很高兴看到你充满活力,神采飞扬。只是她似乎忘记自己多大岁数了。"

一整个夏天,我们至少每隔一天都会见一面。到了九月初,赛义德邀请我们去他在德黑兰北边达马万德峰附近购买的一座花园别墅做客。那真是美丽而值得纪念的一天。达马万德峰高耸入云,从白雪皑皑的山顶吹来的微风略带着一点寒意。空气中洋溢着清新的芬芳,白杨树细枝上的小叶片就像是被放大的装饰亮片,在灿烂的阳光下不断变换着色彩。当风力变强的时候,闪烁的树叶发出的声音就像有千千万万的小精灵在鼓掌。这就是自然的生机和美丽。沿着细小的溪流,一丛丛牵牛花散发出甜美的香气。树枝上挂着沉甸甸的果实——苹果、梨子、黄李子和毛桃都在太阳下闪着光。在我的人生中,只有几个时刻是我希望时间能够停止的,这一天就是其中之一。

我们三个在一起的时光是这样惬意和快乐,一切谨慎和生疏都消失不见，我们随心所欲地交谈着。帕尔瓦娜就像我的另一半，会说出各种我自己无法用语言表达的事情。她特有的活泼和直率不断让我们放声大笑。我完全无法控制自己的笑声，仿佛这笑声直接从我身体的最深处升起来，在我的嘴唇上绽放，让我感到既陌生又快乐。我问自己：这样笑的人真的是我吗？

到了将近傍晚的时候，经过一段令人精神振奋的长途散步，我们坐在别墅的高露台上，观赏壮丽的日落，喝茶，吃点心。这时帕尔瓦娜开了口。

"赛义德，我必须问你一句，这么多年来，玛苏姆和我一直都想要知道，你为什么在那一晚之后就消失了。为什么你不回来？不让你妈妈来请求她把手伸给你？你们本来都可以不必受这么多苦的。"

我愣住了。在此之前，我们一直在避免谈论那个晚上。这会让我感到难堪，肯定也会让赛义德不舒服。我惊讶地看着她，叫了一声："帕尔瓦娜！"

"怎么了？我觉得我们已经足够亲密，可以无话不谈了，尤其是改变你们人生的这件大事。赛义德，如果你不愿意的话，可以不回答。"

"不，我需要解释。"赛义德说，"实际上，我一直想要谈谈那个晚上和那时发生的一切，但我不想让玛苏姆感到不安。"

"玛苏姆，这会让你感到不安吗？"帕尔瓦娜问我。

"说实话，我不介意知道……"我说道。

"那天晚上，我还不知道发生了什么，只是在药房工作。艾哈迈德突然闯进来，对我破口大骂。他那时喝得烂醉。阿塔伊医生想要让他冷静下来，艾哈迈德却攻击了他。我跑过去将医生拉开。艾哈迈德又扑向我，开始打我。邻居们都跑了过来。我惊呆了，一动也不能动。当时的我是那样害羞，在公共场合抽烟都觉得不自在，而艾哈迈德却叫嚷着我引诱了他的妹妹。然后他突然抽出一把匕首。人们跑过来将我从他面前拽开。艾哈迈德在离开以前威胁说，如果再看见我，就会杀了我。阿塔伊医生说我最好先休几天假，让事态平息下来。而且我当时的情况也不太好。我几乎动弹不得，有一只眼睛肿得完全看不见了。不过我的伤不算严重，只是我的胳膊需要缝几针。

"几天以后,阿塔伊医生来看我。他说艾哈迈德每天都会醉醺醺地去药房闹事。他还放话说:'就算人们不让我在这里杀了那条脏狗,至少没有人能阻止我在家里杀人。我会杀了那个不知羞耻的女孩,让那个杂种难过一辈子。'这时候,塔巴塔巴伊医生又告诉阿塔伊医生,他已经给你家打过电话,听说你遭到了残忍的殴打,情况很糟。阿塔伊医生说:'为了那个无辜的女孩,先出去躲几个月吧。我会亲自和她爸爸谈谈,然后你就能带着你妈妈回来,请求牵住她的手了。'

"我曾经在深夜里不止一次来到你家附近,希望至少能透过窗户看见你。然后,我退了学,回到乌鲁米耶的家里,等待医生的消息。我一直以为我们能够结婚,你可以和我妈妈住在一起,直到我拿到学位。我等了很久,但医生一直都没有消息。于是,我回到德黑兰,去见了他。他对我说,我必须继续学业,我的人生刚刚开始,很快我就会忘记这些事。一开始我以为你死了。但他告诉我,你的家人迅速把你嫁了人。我彻底崩溃了。我用了六个月时间才恢复过来,继续我的生活。"

九月中旬,天气转凉,秋天来了。帕尔瓦娜已经准备好要回德国了。她的母亲身体好了一些,医生说她可以进行长途旅行。我们三个坐在帕尔瓦娜家的花园里。我已经裹上了一条薄披肩。

"帕尔瓦娜,这一次你的离开比以往任何一次都更让我伤心。"我说道,"我会感到非常孤独。"

"愿真主能听到你的真心话!"帕尔瓦娜说,"你们两个肯定正在心里祈祷能够摆脱我呢!不管怎样,从现在开始,你们两个无论说了什么,你都要写信让我知道。最好能用录音带把你们说的话都录下来。"

这一次赛义德没有笑。他摇摇头说:"不必担心,我也必须走了。"

帕尔瓦娜和我突然坐直了身子,我惊讶地问:"要去哪里?"

"我必须去美国一趟。我每年夏初都会过去,与纳齐和儿子们一起过上三个月。今年我已经把起程的日期推迟了。说实话,我还是不想去……"

我坐回到椅子里。我们三个人全都陷入了沉默。

帕尔瓦娜又去倒茶了。赛义德利用这个机会伸手按住我放在桌面上的手,对我说:"我离开之前必须和你谈一谈。明天午饭的时候,我们在上个星期聚会的餐馆见个面吧。我会在一点钟到那里。你一定要来。"

我知道他想要说什么。多年以前我们对彼此的爱,此刻在我们的心中苏醒了。走进那家餐馆的时候,我的心中充满紧张和期待。他正坐在餐厅深处的一张小桌旁,望着窗外。经过平常的寒暄之后,我们点了菜,然后又双双陷入一言不发的沉思。不过我们当然不可能就这样吃完一顿饭。

终于,他点燃一支烟,说道:"玛苏姆,现在你一定知道,你是我生命中唯一的真爱。命运在我们的路上放置了许多障碍,我们都受了很多苦。但也许命运终于想要补偿我们,让我们看到它的另外一面。我要去美国,彻底解决和纳齐的问题。两年以前我就对她说过,或者她回伊朗,和我住在一起,或者我们就只能离婚了。但我们对此都没有再采取任何实质性的行动。现在她已经开了一家餐馆,而且看上去经营得还不错。她说我们还是住在美国会更好。不管怎样,我们最终还是要做出决定。我已经厌倦了这种不确定也不安定的生活。如果我能够对你有信心,知道你会嫁给我,事态对我而言就会变得明朗,我可以安心做出决定,坚定地按我的决定去做……那么,你是怎么想的?你会嫁给我吗?"

这正在我的预料之中。从我再见到他的第一天开始,我就知道总有一天,他会问出这个问题。但我还是心一沉,说不出话来。其实在我的心里,我并不知道该给他怎样的答案。

"我不知道。"

"你怎么会不知道?经过了三十多年,你还是无法为你自己做出决定吗?"

"赛义德,我的孩子们……我该如何对我的孩子们说?"

"孩子?什么孩子?他们全都长大了,有了自己的生活。他们不再需要你了。"

"但他们对我的事都很敏感,我担心这会让他们感到不安。他们的妈妈在这个年纪……"

"为了真主的爱,让我们在一生中能有一次只考虑我们自己吧。"他说,"经过这么多事情,我们终于能够共度余生了,不是吗?"

"我必须和他们谈谈。"

"好吧,和他们谈谈,但请尽快让我知道结果。下周六,我就必须走了,我已经没办法再拖延。我还要在德国停留一下,进行一次商业会晤。"

我直接去了帕尔瓦娜家,把一切都告诉了她。她跳起来尖叫道:"你们两个叛徒!你们终于这么干了,终于趁我不在场的时候把你们必须说的话说了。我等了三十多年,就是想要看他向你表白的时候你会是什么反应,你却背叛了我!"

"但是帕尔瓦娜……"

"没关系,我可以原谅你。但为了真主的爱,你们赶快结婚吧,在我离开之前办婚礼。我一定要在场。这一直都是我最大的梦想之一。"

"求你了,帕尔瓦娜,别这样!"我喊道,"结婚?在我这个年纪?我的孩子们会怎么说?"

"他们能说什么?你把你的青春都给了他们,你为他们做了一切。现在你必须为自己想一想了。你有权找一个人和你白头偕老。我认为他们只会为你感到高兴。"

"你不明白。"我说,"我担心他们会在他们的配偶面前感到难堪。我必须顾及他们的尊严和名声。"

"够了!"帕尔瓦娜喊道,"你那套尊严和名声的说辞真是够了。这种话让我感到恶心!一开始,你要担心你父亲的尊严,然后又是你兄弟们的尊严,还有你丈夫的,现在又是你的孩子们的……我发誓,如果你再这样说,我就从这扇窗户跳出去。"

"哈?哪扇窗户?你的房子只有一层。"

"你是希望我去跳埃菲尔铁塔吗?就因为作为美德化身的你永远都在担心别人的名誉?而且这根本就不会有损任何人的名誉。许多人都会结不止一次婚。给自己一个机会,让你至少能平静幸福地度过余生吧。毕竟你也是人,有权经营自己的生活。"

我用了一整个晚上思考自己该如何把这件事告诉我的孩子们。我试着去想象他们每一个人会如何反应,在最好和最坏的情况下,他们会说些什么。我觉得自己就像是一个十几岁的女孩子,站在父母面前,跺着脚说:"是的,我想要他,我想要嫁给他。"不止一次,我决定彻底放弃这个念头,向赛义德闭上眼睛,就像以前那样继续我的生活。但他善良温和的面容、我对孤独的恐惧,还有一直在我们心中跳动的旧日爱情阻止了我。离他而去实在是太困难了。我整夜辗转反侧,却没有想出到底如何抉择。

帕尔瓦娜一大早就打来了电话。

"怎么样?你和他们说了吗?"

"没有!你以为我会在半夜里告诉他们?而且我还不知道该怎么说呢。"

"好了!他们又不是什么外人。你和你的孩子们总是无话不谈。别告诉我,你不知道该怎么和他们说这样简单的事情。"

"简单?这怎么会简单?"

"先和希琳说。她是女人,会更理解你。儿子们在遇到和自己妈妈有关的事情时总是会热血上头,但女儿不会。"

"我不能!这太难了。"

"你想要我来告诉她吗?"

"你?不!我必须鼓起勇气亲口告诉她,否则我就只能彻底放弃这件事。"

"放弃什么?你疯了吗?过了这么多年,你终于等到了你的真爱,现在你却想要放弃他?因为什么?这根本没有道理!说实话,为什么我不过去呢?我们可以一起和她谈。这样会更容易。两个对一个,我们可以更好地对付她。如果有必要,我们甚至可以揍她一顿。我中午就过去。"

午餐后,希琳穿好衣服,对我说:"我要去见一下我的朋友沙赫纳兹,很快就回来。"

"但亲爱的希琳,我正是来看你的。"帕尔瓦娜说,"你要去哪里?"

"很抱歉,阿姨,我一定要去。事关我们夏季学期的一项任务。只要我按时修满学分,下个学期就可以毕业了……你们俩先睡个午觉,等你们醒来的时候我就回来了。"

"帕尔瓦娜阿姨来看你,你却跑掉了,这很失礼,"我说,"她再过几天就要走了。"

"阿姨又不是外人。"希琳说,"如果不是真的有必要,我是不会去的。先小睡一下,煮一壶茶。我回来的时候会买阿姨喜欢吃的蛋糕,我们可以坐在阳台上吃茶点。"

帕尔瓦娜和我躺到了床上。

"你的故事真像电影一样。"帕尔瓦娜说。

"是的,一部印度电影。"

"印度电影怎么了?印度人也是人,他们也有他们的生活。"

"是的,奇怪的生活,非常不像真实的生活。"

"难道其他国家的电影不也一样奇怪,不像真实的生活吗?那个大个子美国人叫什么来着?……阿诺德。他一只手就能摧毁一整支军队。还有练空手道的家伙,一脚就能踢倒六百人,会从飞机上跳到火车上,然后再跳到汽车上、飞进一艘船里,一路上还打败了三百个人,身上却连一道伤痕都没有……"

"你到底想说什么?"

"我想说的是,真主——或者是命运,或者随便你想叫它什么,它已经给了你一个美妙的机会。如果你不好好把握,那可就太不领情了。"

希琳带着蛋糕回来的时候,我们正坐在阳台上。

"哦,天气又热起来了,"希琳喘着气说,"先让我换一下衣服。"

我急切地看向帕尔瓦娜,但她只是示意我保持平静,坐直身子。几分钟以后,希琳也和我们坐到一起。我为她倒了茶。她和我们聊了起来。帕尔瓦娜等到机会合适的时候,就开口说道:"亲爱的,你想不想参加婚礼?"

"太妙了!"希琳喊道,"我爱死婚礼了。但必须是那种有许多音乐和舞蹈的婚礼,而不是马哈茂德舅舅家和阿里舅舅家的那种婚礼。但谁要结婚？新娘和新郎漂亮吗？我可不喜欢不好看的新娘和新郎。他们酷吗？"

"亲爱的，好好说话。"我说，"'酷'是什么意思？"

"'酷'意味着时尚和时髦。这是个很棒的词，你不喜欢它只是因为年轻人都在用它。"她又转向帕尔瓦娜，"感谢真主，妈妈不是我们的波斯文学教授，否则我们就只能用那些浮夸的词句说话了。"

"看看她是多么牙尖嘴利！"我对帕尔瓦娜说，"你说一句，她就有十句等着你。"

"哦，不要为这种无聊的事情吵吵闹闹的。"帕尔瓦娜说，"我待得太久了，现在要走了。"

"但是阿姨，我刚刚回来！"

"这是你的错。"帕尔瓦娜说，"我告诉过你，不要出去。"

"但你还没有说是谁的婚礼。"

"你希望是谁的婚礼？"

希琳靠在椅子里，品着茶说道："我不知道。"

"那么，如果是你妈妈的婚礼呢？"

希琳把嘴里的茶都吐了出来，笑得前仰后合。帕尔瓦娜和我对视了一眼，也努力微笑了一下。但希琳一直笑个不停，就好像她听到了最好笑的笑话。

"你怎么了？"帕尔瓦娜责备道，"这有什么可笑的！"

"阿姨，这真的很可笑。想象一下，妈妈穿上结婚礼服，戴上面纱，和一个拄着拐杖、弯腰驼背的老头子举行婚礼仪式！我猜应该是由我来捧起新娘的婚纱！想象一下新郎颤颤巍巍地把结婚戒指戴在新娘满是皱纹的手指上。好好想一想！这不是很滑稽吗？"

我感到羞耻和愤怒，只能低下头，揉搓双手。

"够了！"帕尔瓦娜怒喝一声。"听你这么说，就好像你妈妈足有一百岁了。你们年轻人怎么变得这么无礼？这么不懂得考虑他人的感受？不用担心，新郎丝毫没有颤颤巍巍。实际上，他要比你的法拉马兹英俊多了。"

希琳目瞪口呆地看向我，对我说道："好吧，别这么说我！这是我在电影里看到的桥段。那么,你们到底是什么意思?"

"我的意思是,如果你妈妈决定结婚,可是有很棒的男人供她挑选呢。"

"为了真主的爱啊,阿姨,别说这种话。我妈妈都有两个儿媳、两个孙辈了,很快她还要送走她最心爱的、唯一的女儿。"然后她又转向我说,"我要告诉你,妈妈,法拉马兹说我的加拿大居住权差不多已经拿到了。他也许会在一月份假期的时候回伊朗来,这样我们就能举行婚礼,然后一起离开。"

这是我女儿的婚礼,我应该表现出一些兴致,但我只能摇摇头说:"我们可以等一下再说这件事。"

"怎么了,妈妈?你这么不安,就是因为我说你老了吗?我很抱歉。这全都是阿姨的错,是她刚刚说的话把我逗笑了。"

"为什么我的话会让你发笑?"帕尔瓦娜提高了声音,"在西方,人们八十岁的时候还会结婚,也没有人会笑话他们。实际上,他们的孩子和孙辈都会为他们感到高兴,为他们庆祝。你妈妈还很年轻呢。"

"阿姨,你在那边已经住了太长时间,完全变成西方人了。这里可不一样。首先我就会感到难堪。而且我妈妈什么都不缺,不想结婚。"

"你确定吗?"

"当然!她有一个可爱的家,有自己的工作,可以去旅行和度假。马苏德费了很大力气为她争取到了退休金。她的两个儿子都会以各种方式供养她。而且在我结婚以后,她还要去加拿大帮我照顾孩子。"

"这算是什么尊严!"帕尔瓦娜气愤地说。

我没办法再听她们的争吵了。我站起身,收拾好碗碟,回到房间里。这时我看见帕尔瓦娜在飞快地说话,希琳对她怒目而视。然后帕尔瓦娜拿起她的手提包走了进来,她披上了曼图,戴上了头巾,同时悄声说道:"我告诉她,我们的生活不仅仅需要物质,还需要情感上的关怀。我也告诉了她,那位来这里拜访过我们几次的绅士就是向你求婚的人。"

希琳还坐在椅子里,手肘撑着桌面,将头埋在手心里。帕尔瓦娜离开以后,我回到阳台上。她眼中含泪地看着我,说:"妈妈,告诉我，帕尔瓦娜阿姨在说谎，告诉我这不是真的。"

"什么不是真的？赛义德求我嫁给他？这是真的。不过我还没有回答他。"

希琳松了一口气。她说道："哦，看帕尔瓦娜阿姨的样子，我还以为这件事已经定了。但你不会答应他的，对不对？"

"我不知道，也许我会答应他。"

"妈妈，想一想我们！你知道法拉马兹对你有多尊敬。他一直都说你是一位道德高尚、正派无私的女士，说你是那种任何人拥有都应该感恩戴德的母亲。我该怎么告诉他，我妈妈想要一个丈夫？如果你这样做，就会破坏你在我们心中的形象和这些年我们对你的敬意。"

"我可不会因为你们质疑我的人格就认为自己犯了什么罪。"我坚定地说。

希琳站起身，将椅子推开，跑进了屋里。几分钟以后，敲击电话按键的声音表明她正在联系其他人。她在给马苏德打电话。我对自己说，风暴要开始了。

一个小时以后，马苏德心烦意乱地进了门。我坐在阳台上，假装正在看报纸。希琳飞快地和他说了一堆话，她把声音压得很低。又过了一会儿，马苏德来到我身边。他的眉头紧锁。

"哦，你好！"我说道，"真高兴你能来看我。"

"抱歉，妈妈，我一直在忙工作的事，连白天黑夜都分不清了。"

"怎么了，亲爱的？为什么你要让自己陷在那些没用的管理工作中？难道你不应该开始创建自己的公司，为你的艺术和建筑事业而奋斗吗？你的本性完全不适合这种工作。你看上去老多了，我已经很长时间没有听到过你的笑声了。"

"我已经在这份工作里牵扯太深了。而且阿特菲的爸爸说，为国家出力是信仰赋予我们的责任。"

"为谁出力？"我问他，"为人民吗？你认为如果你做自己擅长的事情，社会难道就不会受益了吗？实际上，你在管理方面没有任何经验。他们不应该给你这个职位，你也不应该接受它。"

"先不要说这件事了。"马苏德不耐烦地说，"我从希琳那里听到的到底是什么胡话?"

"希琳说过很多胡话,你指的是哪一句?"

就在这时,希琳也端着茶盘来到阳台上,坐到了马苏德旁边,就好像她想要清晰地划分出两个阵营一样。"妈妈!"她用抱怨的口气说道,"马苏德说的是有人向你求婚的事。"

他们同时压抑住笑声,偷偷交换了一个眼神。我气坏了,但我在努力控制脾气,保持自信。

"你们父亲死后,曾经有一些男人向我求婚。"

"那些人我都知道。"马苏德说,"他们之中有一些顽固得令人难以置信。你是一位完美的女性。难道你以为我不曾注意过他们渴望的眼神和对你的追求?遇到那种事,所有孩子都会像我一样,半夜做噩梦,梦见你嫁给了一个陌生人。你不知道有多少个晚上,我躺在床上,想象着杀掉扎尔加先生。只有对你的信任才能让我保持镇静。我知道你绝对不会为了自己的心愿而丢弃我们。我知道你是这个世界上最好的、最有牺牲精神的母亲,你绝对不会为其他任何东西而放弃我们,无论有怎样的其他选项,你也只会选择我们。我不明白,现在又发生了什么,这个男人为何会对你有这么大的影响,让你把我们都忘掉了。"

"我从不曾、也永远都不会忘记你们。"我说,"你是一个成年人了,不要像个有恋母情结的孩子一样。你们小的时候需要我,所以我有责任把自己的人生奉献给你们。我不知道应该奉献到什么程度,但我知道,像你和西亚马克这样的男孩子绝不会轻易接受一位继父,哪怕他能够成为你们优秀的导师,能帮助我渡过人生中的许多难关。在那个时候,对我来说唯一重要的就是你们的舒适和快乐。但现在,情况完全不同了。你们全都长大了。我已经竭尽全力完成了我的使命。你们也不再需要我了。难道你不觉得,我终于有权利考虑自己的生活,为我自己的未来做决定,让我能够活得快乐一些了吗?实际上,这也会让你们更轻松。你们不必再应对一个衰老、孤独的母亲。她肯定会变得越来越暴躁易怒,难以伺候,给你们带来越来越多的麻烦。"

"不,妈妈,请不要这样说。"马苏德说,"你是我们的骄傲和荣耀。在这个世界上,你仍然是我最珍贵的人。直到我死的那一天,我都会是你的奴仆,无论你需要什么,想要什么,我都会去做。我发誓,如果我连续几天都没有来看你,那只可能是因为我实在是太忙了,但我的全部心思都在你这里。"

"这就是我要说的问题!"我说道,"你是一个已婚男人,一个父亲,你有无数的问题和责任要应对,可为什么你要把全部心思放在你妈妈这里?你们三个全都应该只考虑你们自己的人生。我不想让你们担心,成为你们的责任和负担。我想要你们看到我并不孤独,看到我很快乐,让你们不必为我而担心。"

"不需要这样。"马苏德争辩说,"我们不会丢下你一个人。我们会对你充满爱与尊敬,愿意为你做各种事。你为我们做了那么多,我们要尽力报答你。"

"亲爱的,我不想这样!你们什么都不欠我的。我只是想要和一个能够给我平静安宁的人度过余生,这是我一直以来的梦想。难道这个要求很过分吗?"

"妈妈,我为你感到惊讶。为什么你不能理解,这会让我们陷入多么可怕的困境?"

"可怕的困境?我做了什么不道德或者亵渎真主的事情吗?"

"妈妈,这有悖于传统。这一点已经很糟了。关于这件事的谣言会像一颗炸弹一样炸开。你有没有想过,我们会为此背负怎样的丑闻和耻辱?我的朋友、同事和下属都会说些什么?更糟糕的是,我还能在阿特菲的家人面前抬起头来吗?"然后他又迅速对他的妹妹说:"希琳,你绝对不能在阿特菲面前提起这件事。"

"如果她发现了呢?"我问道。

"如果她发现了?她会失去对你的全部敬意。我在她心中塑造的你的光辉形象会彻底破碎。她会把这件事告诉她爸妈。单位里所有人都会知道。"

"那又怎样?"

"你知道他们在我背后会怎么说吗?"

"不知道,他们会怎么说?"

"他们会说:'主管先生都这个年纪了,还有了个新继父。昨天晚上,他把他妈妈的手放在了一个老浑蛋的手里。'我该如何在这样的羞耻中活下去?"

我的喉咙里哽了一个硬块,连话都说不出来了。我受不了他们以这种方式来回报我所谓纯粹美好的母爱。我的头感到一阵阵钝痛。我走进屋里,吃下两粒止痛药,坐在阴影里的沙发中,把头靠在沙发背上。

希琳和马苏德又在阳台上交谈了一段时间。马苏德想要离开,他们就走进了房间。希琳看着马苏德的背影说:"这全都是帕尔瓦娜阿姨的错。她完全不懂规矩,可怜的妈妈根本不会想到这种事,是她把妈妈说动了心。"

"我向来就不喜欢帕尔瓦娜阿姨。"马苏德说,"我一直都觉得她很粗俗。她从来都不知道遵循礼仪。那天晚上在我们家,她还想要和马哈索迪先生握手!那位可怜的先生被吓坏了,完全不知道该怎么办。如果帕尔瓦娜阿姨是妈妈,她一定已经再婚一百次了。"

我站起身,打开一盏小灯,对他们说:"这和帕尔瓦娜无关。每个人都有权利决定自己的生活。"

"是的,妈妈,你有这个权利,"马苏德说,"但你想要为此而牺牲掉你孩子们的荣誉和名声吗?"

"我的头很痛,想要躺一会儿。"我说,"我想你在这里已经耽搁太久了,最好还是回去照顾你的妻子和孩子吧。"

尽管吃了安眠药,我还是一整晚都没能合眼。各种相互矛盾的想法在我的脑海中来回冲撞。一方面,我知道自己会对孩子们造成伤害,这让我深感愧疚。马苏德疲惫为难的面孔和希琳的泪水一直盘桓在我的心中。但另一方面,对于自由的幻想不断向我招手。哦,我是多么希望能够在这一生中抛掉一切责任的锁链,自由地飞向广阔的世界啊,哪怕只有一次也好。我心中的渴望、对赛义德的爱意,还有再一次失去他的恐惧,这些都令我心碎。

天亮了,我却没有力气起床。电话铃响了几次。希琳接起电话,对方却又把电话挂了。我知道那是赛义德。他在为我担心,但他不想和希琳说话。电话铃再一次响起。这次希琳冷冷地问了一声好,然后粗鲁地喊道:"妈妈,是帕尔瓦娜太太,来接电话。"

我接过听筒。

"我现在是帕尔瓦娜太太了!"帕尔瓦娜说道,"希琳差一点就要骂我了!"

"抱歉,别往心里去。"

"哦,我可不在乎。"帕尔瓦娜说,"但告诉我,你现在怎么样?"

"很糟。头一直痛。"

"马苏德也知道了?他的反应像希琳一样糟糕吗?"

"更糟。"

"这些孩子真自私!他们唯一不在乎的就是你的幸福。他们就是不明白……这都是你的错,一直牺牲自己,顺从他们,才让他们变得这样骄纵放肆,甚至不想一想你也有自己的权利。那你现在要怎么做?"

"我不知道。"我说,"暂时先让我整理一下思绪。"

"可怜的赛义德都快担心死了。他说他已经两天没有得到你的消息了。每一次他打电话都是希琳接的。他不知道现在是什么情况,是可以和希琳说话,还是应该暂时保持距离。"

"告诉他,不要打电话来。之后我会给他打电话。"

"你想要我们三个今天下午一起出去走走吗?"帕尔瓦娜问。

"不,我没心情。"

"我在这里只能再待几天了,赛义德也很快就要走了。"

"我不能出去,我真的感觉很不好。"我说,"我几乎要站不住了。代我向他问好。再过一阵我会给你打电话。"

希琳靠在门边上,听着我们的交谈,看上去很是恼火。我挂上电话,对她说:"你有什么事?"

"没有……"

"那你为什么像地狱的看门人一样站在这里?"

"难道帕尔瓦娜太太不应该赶快离开吗?她在这边的事情不是都做完了吗?"

"注意你的用词!"我呵斥道,"你应该为自己感到羞愧。怎么能这样说你的阿姨?"

"什么阿姨?我只有一个阿姨,法蒂阿姨。"

"够了!如果你再这样说帕尔瓦娜,你就要遭报应了!明白吗?"

"我错了!"希琳语带嘲讽地说,"我可不知道帕尔瓦娜太太在你心里有这么崇高的地位。"

"是的,她有。现在你出去,我要睡觉。"

差不多中午的时候,西亚马克打来了电话。这很奇怪,因为他从来不在这个时候打电话。希琳和马苏德一定是急着把这件事告诉了他,甚至等不到他下班回家。在冰冷地问好以后,他说道:"他们俩告诉我的到底是怎么一回事?"

"什么怎么一回事?"我问他。

"你想要找个老公。"

听到我的儿子用这种口气和我说话,我实在是太伤心了,但我还是坚定地说:"这有什么问题吗?"

"当然有问题。你有过我父亲那样的丈夫,怎么可能再提起其他男人的名字?你这是对他的不忠。我与马苏德和希琳不同,我不会失去什么名誉,我也不觉得你这个年纪的人想要结婚有什么奇怪的。但我不能忍受对我烈士父亲的记忆被玷污。他的追随者们全都在期待着我们好好保护关于他的记忆,而你却想要让别的家伙取代他的位置?"

"你要不要听听你在说什么,西亚马克?什么追随者?你说得就好像你爸爸是一位先知!一百万个伊朗人里也不一定有一个听说过他。为什么你总是这样盲目自大?我知道你周围的人在鼓励你,而你却那么单纯、容易被骗,乐于做一个英雄的儿子。但是,我亲爱的儿子,睁开你的眼睛吧。人们喜欢创造英雄。他们会肆意夸大一个人,这样他们就能躲在那个人的身后,让那个人替他们说话。有危险的时候,他就会成为那些人的盾牌,替他们承受惩罚,让他们有时间逃走。而你爸爸正是这样的人。他们将他推到第一线,向他欢呼。但是当他被抓进监狱的时候,他们都逃走了。当他被杀害的时候,他们甚至拒绝承认和他有关系。那以后,他们只会批评他,编造他的种种错误。你爸爸成为英雄,又给我们带来了什么?有谁曾经敲响我们的家门,问问英雄的家人是怎么过日子的?他们之中最胆大无畏的人如果在街上遇到我们，也只是会偷偷摸摸地向我们问一声好。

"不，我的儿子，你不需要一位英雄。我能够理解你还是孩子的时候就对英雄有多么着迷。但现在你已经是成年人了，你不需要做一位英雄，也不需要追随一位英雄。你应该用自己的双脚站稳身子，依靠你自己的智力和知识选择你想要支持的领导者，一旦你觉得他们的方向是错误的，就立刻收回你的选票。你不应该追随任何人和任何意识形态，尤其是如果他们要求你盲目接受他们的一切。你不需要神话。让你的孩子们看到你是一个心智坚定的人，能够保护他们，而不是一个还需要被别人保护的人。"

"哼！妈妈，你从来都不明白父亲有多么伟大，他的斗争有多么重要。"

每次他想要将哈米德描绘成一个巨人的时候，他口中的"爸爸"就会变成"父亲"。仿佛"爸爸"这个词对于那位巨人来说实在是太渺小了。

"你从来都不明白我因为他受过多少苦。"我说，"儿子，睁开你的眼睛，现实一些。你爸爸是一个好人，但至少对于他的家人，他是无能和失职的。没有任何人是完美的。"

"妈妈，我打电话来不是为了和你争辩这些事。现在的问题是你和你要做的事。我真的无法容忍任何人代替我爸爸的位置。就是这样。"

他挂上了电话。

和西亚马克争吵毫无意义。他的关注点不是我，而是他的父亲。而我必须为他的偶像牺牲。

那天傍晚，马苏德和阿特菲带着他们可爱的儿子来到我家。那个孩子总是能让我想到小时候的马苏德。我从阿特菲怀中抱过我的孙子，对她说："我亲爱的阿特菲，欢迎你们。我已经有一段时间没见过这个小宝贝了。"

"全都是马苏德的错。"她说道，"他只顾着工作。今天，他取消了一场会议，提前回了家。他说他想要来看望您，因为您身体不太好。我已经有一段时间没见过您了，而且我在家里也很无聊，所以就逼着他也带我来。"

"你做得对。我很想念你和这个孩子。"

"听说您身体不好,我很着急。"阿特菲说,"您感觉哪里不舒服?"

"其实没什么。"我说,"我只是头痛得厉害。这孩子把情况说得太夸张了。我不想给你们添任何麻烦。"

马苏德说:"请别这样说,妈妈,这一点也不麻烦。这是我们的责任。你一定要原谅我,最近我实在是太忙了,才忽略了你,没能好好照顾你。"

"我不是需要你照顾的孩子。"我冷淡地说,"我可以照顾好自己,你也有自己的妻子和孩子。我不希望你丢下工作来到这里,只是为了履行你的责任。这只会让我更不舒服。"

阿特菲流露出探询的神情。她抱过开始哭闹的儿子,给他换尿布。我起身去了厨房——我永远的避难所。我洗起了水果,让希琳有时间将最新的消息告诉马苏德,这样他们才能计划下一步行动。阿特菲很快就回到起居室,显然是努力想要搞清楚这对兄妹在神秘兮兮地谈些什么。终于,她似乎听明白了,就高声问道:"谁?谁要结婚了?"

马苏德慌张地说:"没有人!"

希琳急忙救场说:"只是我妈妈的一位老朋友。她的丈夫在几年前去世了。现在她已经有了女婿、儿媳和孙辈,却昏了头,想要结婚。"

"什么?"阿特菲喊道,"我真无法相信会有这样的女人!为什么没有人告诉她,在她这个年纪,心里应该只想着做好事,认真祈祷,遵循戒律?她应该心向真主,好好想想自己的来世。竟然有这种人,心里装满了那些荒唐事……真是令人难以置信!"

我站在一旁,端着水果碗,听着阿特菲夸夸其谈。马苏德看着希琳,躲避我的目光。我把水果碗放到桌上,说道:"为什么你不告诉那个女人,只要买一块墓地,躺进去就好了?"

"这算是什么话,妈妈?"马苏德责备道,"精神生活获得的回报要远远超过物质生活。一个人到了特定的年纪,就应该努力体验这种生活了。"

正因为我的孩子对于我的年纪和我这个年纪女人的态度，我才意识到，为什么女人从来都不愿意透露自己的年龄，总是将其当作机密一样隐瞒起来。

第二天，我正准备去帕尔瓦娜家，希琳穿得整整齐齐，走进我的房间说："我和你一起去。"

"不，不需要。"

"你不想让我和你一起去？"

"不想！我记得在很久以前，我去哪里都会被人看着。我痛恨被看管。你们最好不要再这样做，否则我就住到山里和沙漠里，让你们永远都找不到我。"

帕尔瓦娜收拾行李的时候，我把最近发生的一切都告诉了她。

"真是令人难以置信，我们的孩子竟然这么快就想把我们送到另一个世界去。"她说道，"西亚马克让我感到惊讶。为什么他也不能理解？你这是什么命运啊！"

"我妈妈过去常说：'每个人的命运都是预定好的，他们的人生道路早已经铺就了，就算是天崩地裂也不会改变。'我经常问自己：我这一生会是什么样子？我能不能有自己独立的命运？还是我永远都只能是他人命运的一部分，从属于我生命中的那些男人，被别人当作祭品献到他们信仰和目标的祭坛上？我的父亲和兄弟为了他们的名声而牺牲了我，我的丈夫为了他的思想追求和事业目标牺牲了我，现在我又要为我儿子的英雄理想和爱国情怀付出代价了。

"那么，我是谁？是一个反叛者的妻子，还是一个为了自由而战的英雄的妻子？是一个异见者的母亲，还是一个热爱自由的战士的母亲？他们有多少次把我捧到了最高的位置上，又把我头向下摔在地上？这两者都不应该由我来承受。他们抬举我不是因为我自己的能力和美德，他们把我重重摔下去也不是因为我自己的错误。

"这就好像我从不曾存在过，从没有过任何权利。我什么时候为自己活过？什么时候为自己工作过？什么时候有过选择和决定的权利？他们什么时候问过我：'你想要什么？'"

"你真的是失去了你的勇气和信心。"帕尔瓦娜说,"你从来都没有这样抱怨过。这不像是你。你必须反抗他们,过你自己的生活。"

"你知道,我不想和他们对抗。这并非我不能,我能,但这会让一切再没有喜悦可言。我会感到挫败,会觉得过去这三十年里,什么都没有改变。尽管我受了这么多苦,甚至都没能改变我自己家中的一些事。我期待我的孩子们至少能有一点同情心和理解力,可即便是他们,也不愿将我看作一个独立自主的人。我对他们的价值只是一个能够为他们服务的妈妈。还记得那句老话吗?'眼睛看着别人,心却只想自己。'我的幸福和我的愿望对他们来说都不重要。

"现在,我对这场婚姻已经丧失了兴趣和热情。在某种程度上,我已经失去了希望。他们的态度让我和赛义德的关系变得黯然无光。那些我以为和我最亲密的人,那些我以为爱我的人,那些我亲手抚养长大的人,都这样谈论我和赛义德,想象一下其他人会怎样说,想象一下他们会把我们拽进怎样的泥潭。"

"让他们下地狱吧!"帕尔瓦娜说,"他们愿意说什么就说什么好了,你不应该去听那些话。你要坚强,过你自己的日子。不要绝望。要解决这些问题,你就应该去见赛义德。起来,给那个可怜人打个电话。他已经快要担心疯了。"

那天下午,赛义德来到帕尔瓦娜家。帕尔瓦娜不再对我们的谈话感兴趣,去忙她自己的事了。

"赛义德,我非常抱歉。"我说道,"我们是不可能结婚的。我注定永远都无法得到幸福和平静的生活。"

赛义德看上去似乎要崩溃了。

"我的整个青春都因为这场命中注定的爱情被毁了。"他说,"就算是在生活最顺利的时候,在我的内心深处也只有哀伤和孤独。我不是说从没有注意过其他女人,不是说我从没有爱过纳齐,但你才是我的一生所爱。当我再次找到你的时候,我觉得真主终于给了我祝福,在我的后半生,他想要让我体会到生命的喜悦。对我而言,最快乐和最平静的时光就是我们过去两个月一同度过的这些日子。现在让我放弃你实在是太难了。现在我感觉比以往任何时候都更加孤独,比任何时候都更需要你。我求你重新考虑一下。你不再是一个孩子,不再是需要得到父亲许可的十六岁女孩,你能够为自己做出决定。不要让我再一次绝望。"

我的眼睛里溢出泪水。

"但我的孩子们怎么办?"

"你同意他们的话吗?"

"不同意。他们的逻辑对我毫无意义,全都只是因为他们的自私自利。但以他们的心态,他们会把一切都归罪于我,并深感苦恼、困惑和沮丧。我从来都没办法眼睁睁地看着他们心碎。现在我怎么可能做出让他们感到羞耻、丢脸和伤心的事?他们的配偶、同事和朋友会用轻蔑嘲讽的目光看他们,这都是因为我,我会感到很愧疚。"

"也许一段时间之内,他们会有这样的心情,但他们很快就会忘掉。"

"如果他们忘不掉呢?如果这件事会一辈子压在他们心头呢?如果这会毁掉我在他们心中的形象呢?"

"一切最终都会恢复到原来的样子。"赛义德争辩说。

"如果回不去了呢?"

"但我们能做什么?也许这就是我们要为自己的幸福必须付出的代价。"

"我应该让我的孩子们来付出这份代价吗?不,我不能。"

"你就依从自己的内心一次,让自己获得自由吧。"他恳求道。

"不行,我亲爱的赛义德……我不是这样的人。"

"我觉得你在拿你的孩子们当作借口。"

"我不知道,也许吧。也许我已经没有了勇气。最近发生的事情都太伤人了。我没有想到他们会有这样残酷的反应。现在我已经太累、太沮丧了,无法为我的人生做出这么大的决定。我觉得自己都有一百岁了。我不想只是为了泄愤或者为了证明我的力量而做任何事。我很抱歉,但以现在的情况,我不能给你想要的回答。"

"但是,玛苏姆,这样我们就要再次失去彼此了。"

"我知道,我觉得我好像在自杀一样,而且这已经不是第一次了……但你知道最让人崩溃的是什么吗?"

"不知道!"

"事实是,我生命中的这两次死亡,都是我爱的人带给我的。"

帕尔瓦娜走了。

我又和赛义德见了几次面。我让他承诺会与他的妻子和解,留在美国。毕竟,拥有一个家庭,哪怕不够温暖和亲密,也要比孤身一人更好……

在和他道别之后,我走路回了家。一阵寒冷的秋风迎面吹来。我实在是累了。孤独的担子越来越沉重,我的脚步越来越蹒跚。我用黑色羊毛衫把身子裹紧,抬起头看向灰沉沉的天空。

哦,一个多么严酷的冬天正等在前面啊。